中国左翼乡土小说的
多元化研究

A Diversified Study of
Chinese Left-wing Native Novels

田丰 著

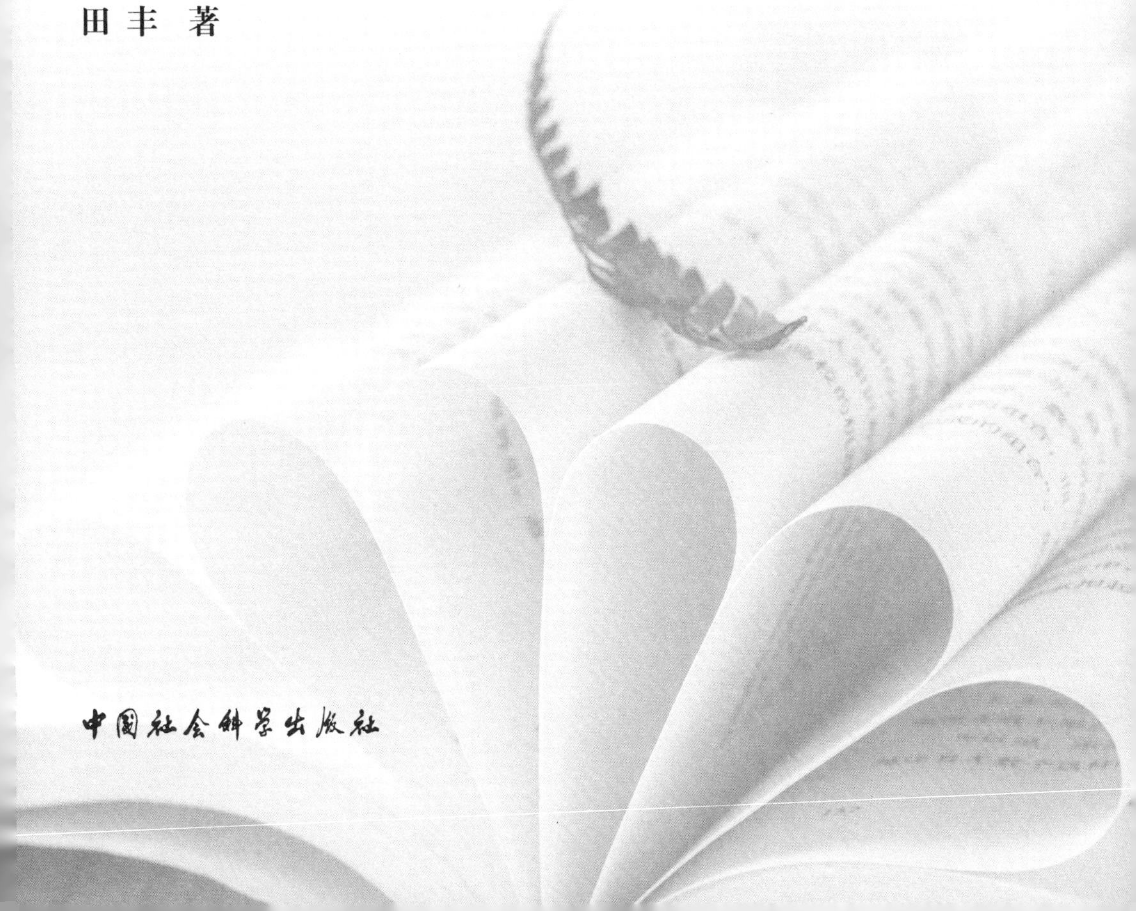

中国社会科学出版社

图书在版编目(CIP)数据

中国左翼乡土小说的多元化研究/田丰著. —北京：中国社会科学出版社，2024.7
ISBN 978-7-5227-3322-7

Ⅰ.①中⋯　Ⅱ.①田⋯　Ⅲ.①左翼文化运动—乡土小说—小说研究—中国　Ⅳ.①I207.42

中国国家版本馆 CIP 数据核字(2024)第 057811 号

出 版 人	赵剑英	
责任编辑	郭晓鸿	
特约编辑	杜若佳	
责任校对	师敏革	
责任印制	王　超	

出　　版	中国社会科学出版社	
社　　址	北京鼓楼西大街甲 158 号	
邮　　编	100720	
网　　址	http://www.csspw.cn	
发 行 部	010-84083685	
门 市 部	010-84029450	
经　　销	新华书店及其他书店	

印　　刷	北京君升印刷有限公司	
装　　订	廊坊市广阳区广增装订厂	
版　　次	2024 年 7 月第 1 版	
印　　次	2024 年 7 月第 1 次印刷	

开　　本	710×1000　1/16	
印　　张	19.75	
插　　页	2	
字　　数	354 千字	
定　　价	99.00 元	

凡购买中国社会科学出版社图书，如有质量问题请与本社营销中心联系调换
电话：010-84083683
版权所有　侵权必究

国家社科基金后期资助项目
出 版 说 明

　　后期资助项目是国家社科基金设立的一类重要项目，旨在鼓励广大社科研究者潜心治学，支持基础研究多出优秀成果。它是经过严格评审，从接近完成的科研成果中遴选立项的。为扩大后期资助项目的影响，更好地推动学术发展，促进成果转化，全国哲学社会科学工作办公室按照"统一设计、统一标识、统一版式、形成系列"的总体要求，组织出版国家社科基金后期资助项目成果。

全国哲学社会科学工作办公室

前　言

从概念命名角度而言，由于目前学界对于左翼乡土小说的关注度不够，且之前没有围绕这一对象展开整体性专门研究的论文和著作出现，因此，对于"左翼乡土小说"这一概念常常会有陌生感，觉得不是文学研究界习用的概念。其实不然，"左翼乡土小说"并非首创或自造的概念，而是存在已久并早已为学界公认，现择其要者对此前的使用状况作一说明。

其一，论文方面，朱晓进在文中曾大量使用"左翼乡土小说"一词，并将同时期的"京派"乡土小说等称作"非左翼乡土小说"[①]。其他如陈晋肃、徐美恒、王德威、李运抟、余荣虎、李兴阳、林朝霞、杨春时、刘旭等[②]都在论文中直接使用过。

其二，著作方面，由朱晓进执笔的《中国乡土小说史》第三章不仅频频使用"左翼乡土小说"这一概念，而且还作出了"在30年代乡土小说中占主流地位的左翼乡土小说"[③]的论断。其他如孙萍萍、李旦初、赵顺宏、余荣虎、张永、魏家文、李运抟[④]等都在著作中直接使用过。

[①] 朱晓进：《三十年代乡土小说的审美倾向与文体特征》，《南京师大学报》1994年第2期。

[②] 陈晋肃：《二三十年代乡土小说美学的文化苦旅》，《宁夏社会科学》1997年第3期；徐美恒：《现代乡土小说兴起的社会变革意义》，《新疆大学学报》2006年第3期；王德威：《革命时代的爱与死——论阎连科的小说》，《当代作家评论》2007年第5期；李运抟：《"主义文学"与苦难书写》，《江汉论坛》2011年第1期；余荣虎：《论京派乡土小说的审美趣味》，《中国现代文学研究丛刊》2012年第6期；李兴阳：《中国社会变迁与乡土小说的"流动农民"叙事》，《扬子江评论》2013年第3期；林朝霞、杨春时：《蓝、红、白的交响——中国乡土小说思潮论》，《东南学术》2013年第3期；刘旭：《重思赵树理文学中的"国民性"问题》，《杭州师范大学学报》2013年第3期。

[③] 陈继会等：《中国乡土小说史》，安徽教育出版社1999年版，第112页。

[④] 孙萍萍：《继承与超越：四十年代小说与五四小说》，武汉出版社2002年版；李旦初：《李旦初文集》第10卷，人民日报出版社2004年版；赵顺宏：《社会转型期乡土小说论》，学林出版社2007年版；余荣虎：《凝眸乡土世界的现代情怀：中国现代乡土文学理论研究与文本阐释》，巴蜀书社2008年版；张永：《民俗学与中国现代乡土小说》，上海三联书店2010年版；魏家文：《民族国家视野下的现代乡土小说》，光明日报出版社2010年版；李运抟：《现代中国文学思潮新论》，广西师范大学出版社2011年版。

值得进一步说明的是，上述提及的论著都是直接使用"左翼乡土小说"这一概念的，其他诸如"'左翼'乡土小说"、"左翼的乡土小说"、"左翼作家的乡土小说"以及"左翼乡土文学"等尚不在其列。另外，为数不少的博硕论文和报纸文章也未在统计之列，同时撷其要者难免会挂一漏万，但窥斑见豹，由此便足以见出"左翼乡土小说"这一概念由来已久，而并非新造的概念。

从时间范围而论，本书所选定的左翼乡土小说特指1927—1937年也即左翼十年间创作完成的有着左翼革命色彩的乡土小说。自中华人民共和国成立后，学术界屡屡受到外界政治运动形势变幻的深巨影响，在对包括左翼乡土小说在内的左翼文学的评价上屡有波折。20世纪五六十年代，左翼文学曾被广泛关注，但到"文化大革命"时期，由于受到"三十年代文艺黑线专政论"的影响，左翼文学备受贬抑。进入新时期以来，1927—1937年的左翼乡土小说因为带着明显的阶级标识和现实功利意图，往往不被研究者重视，这从近些年来的研究状况也可以见出。

目前尚未搜寻到研究左翼乡土小说方面的专著，只是在一些乡土小说文学史著中有所论及。与左翼乡土小说研究有所关联的比较重要的乡土小说研究专著有以下几种：丁帆单独完成由江苏文艺出版社1992年出版的《中国乡土小说史论》；陈继会等合著由安徽教育出版社1999年出版的《中国乡土小说史》；陈昭明单独完成由大众文艺出版社2007年出版的《中国乡土小说论稿》；余荣虎独著由中国社会科学出版社2011年出版的《中国现代乡土文学理论流变论》；等等。丁帆在《中国乡土小说史论》中指出，单就左翼作家茅盾的短篇小说创作而言取得较大成就的非"乡土小说"莫属，在作家群落介绍中，蒋光慈、柔石、叶紫、丁玲等左翼乡土小说家都有所涉及。陈继会等合著的《中国乡土小说史》强调指出，虽然中国现代乡土小说起始于20世纪20年代，但就整体的质和量而言，30年代才是乡土小说发展的黄金时代。此外，还分别从对以鲁迅为代表的五四乡土小说家的借鉴，30年代的中国社会政治、经济变动以及作家主观认识上的飞跃等方面，阐释了30年代乡土小说兴盛的原因。其中第三章执笔人朱晓进认为在30年代乡土小说中占据主流地位的是左翼乡土小说，大量的成熟作品产生于30年代中后期。陈昭明在《中国乡土小说论稿》第二章第四节"萧红等左翼作家的乡土小说"中总结出左翼乡土小说所具有的四个特点：第一，左翼乡土小说是特殊的创作环境和文化景观的产物；第二，左翼乡土小说的审美风格以悲壮美为主色，在捕捉自然意象也即描绘特殊的风土人情时已不再是庭院式的，而是追求用一种宏阔远大的眼界来描写景物；第三，人物塑造回荡着一曲悲壮美的主旋律，尤其是新一代农民形象丰富了中国现代小说的人物画廊，对20世纪40年代解放区小说中的小二黑、赵玉林等新型农民典型的塑造产生了深远影响；第四，动荡的时代、骚动的乡村、强烈的政治参与意识和社会责任感等诸多因素的综合作用，使得左翼作家具有相近的审美追求。余荣虎的《中国现代乡土文学理论流变论》通过对乡土文学理论流变的考察，指出20世纪三四十年代左翼批评家创立了革命的乡土文学理论，其本质是革命本位论。经典乡土文学理论主张乡土批判，革命的乡土文学理论推崇美化农民，由于最根本的立场是相反的，因而后者必然消解、颠覆前者，后者对于实用性、政治性与艺术性关系的处理，以及对于乡土文学的主要创作方法——现实主义的理解都有一定的权宜色彩。

相较而言，对于左翼乡土小说单个作家的研究较为活跃，但除了茅盾、丁玲、叶紫、柔石、萧红、萧军等几个代表性作家的代表性作品有较深入的研究，其余左翼作家的乡土小说往往为人们所忽视和遗忘。这种研究现状不仅与左翼乡土小说的实际贡献和历史价值不相称，而且碎片化的个体作家研究不利于形成对于左翼乡土小说的整体性认识。

左翼乡土小说不仅上承五四乡土小说，而且直接开启了解放区乃至中华人民共和国成立后的乡土小说创作，同时还与俄苏、日本、美国等域外的左翼小说有着紧密的联系，因此，对于左翼乡土小说的深入研究有助于我们了解中国乡土小说的整体演变情况。同时，1927—1937年这十年间的左翼乡土小说创作正处于国内政治局势急剧动荡，革命烽火连绵不息的特殊历史时期，尤其是自1931年起日本侵华势头日益凸显，民族危亡、国家危亡。值此内忧外患、生死存亡之际，左翼乡土小说家密切关注现实，有着明确的革命斗争意识、人文关怀精神和人道主义情结，对于农民觉醒、民族解放和国家救亡的现实境况都有所反映。结合当时特定的历史语境深入分析和研究左翼乡土小说，有助于我们更充分地理解和把握左翼乡土小说的历史价值。总之，只有对左翼乡土小说进行重新梳理，还原左翼乡土小说的真实面目，才能准确地评价左翼乡土小说的历史价值及其创作局限。

以往的研究主要集中于单个作家作品或单个作家群体（如社会剖析派、东北作家群等），从整体上研究左翼乡土小说尚有所欠缺，通过对左翼乡土小说整体性的把握和解读，有助于我们对左翼乡土小说产生全面而深入的认识。本书立足于从多元化视角整体把握左翼乡土小说，深入研究和阐释其发展演变、转型症候、影响因素、革命想象、伦理图景、审美特质、查禁情形以及影视剧改编，并从历史层面做出价值评判。同时，通过对左翼乡土小说与五四乡土小说以及京派乡土小说之间的内在关联和差异的深入分析，有助于我们准确界定左翼乡土小说的特点及其文学史价值和意义。此外，左翼乡土小说与现实政治以及革命活动之间的密切互动，也有待更加深入的探讨和界定。总之，本书对于全面、系统地推进左翼乡土小说研究的深广度是有一定价值和意义的。

  本书采用内部研究和外部研究相结合，理论建构和文本细读同时并重的研究路径和研究方法，始终坚持以文学作品为研究的出发点和中心，在坚持辩证唯物主义和历史唯物主义的基础上注意汲取西方马克思主义等西方文论的最新成果。同时，力求充分全面地占有材料尤其是原始期刊资料，对左翼乡土小说进行科学、客观、全面、深入的解读。在具体研究的过程中，注重结合历史语境对研究对象进行研究，既注重对于史料的梳理和研读，同时也注重文本细读，将对作家作品的解读放入作家的整体创作状态和特定的社会历史语境中去考察和发现作品所具有的意义。

目　　录

第一章　左翼乡土小说对五四乡土小说的承续与发展 …………（1）
　　第一节　左翼乡土小说的鲁迅基因及与五四乡土小说的关联 ……（1）
　　第二节　左翼乡土小说的发展演变状况及其转型症候 …………（14）

第二章　文艺大众化讨论对左翼乡土小说的影响 ………………（25）
　　第一节　左翼乡土小说本土化的语言策略和创作实践 …………（26）
　　第二节　左翼乡土小说对民谣和歌曲的借鉴与汲取 ……………（44）
　　第三节　左翼乡土小说风景描写的去象征化和弱化 ……………（52）

第三章　域外文学"体验"对中国左翼乡土小说的影响 …………（61）
　　第一节　"俄苏体验"对中国左翼乡土小说的影响 ………………（63）
　　第二节　"美国体验"对中国左翼乡土小说的影响 ………………（79）
　　第三节　"日本体验"对中国左翼乡土小说的影响 ………………（83）

第四章　左翼乡土小说基于想象的革命叙事及其缺憾 …………（87）
　　第一节　责任与担当:左翼乡土小说家缘何"想象"革命 …………（87）
　　第二节　真实与虚构:左翼乡土小说家如何"想象"革命 ………（100）
　　第三节　局限和不足:对左翼乡土小说革命想象叙事的反思 ……（126）

第五章　伦理视域下左翼乡土小说的革命书写 …………………（138）
　　第一节　家庭伦理视域下左翼乡土小说的革命书写 ……………（139）
　　第二节　经济伦理视域下左翼乡土小说的革命书写 ……………（156）
　　第三节　政治伦理视域下左翼乡土小说的革命书写 ……………（173）

第六章　左翼乡土小说的审美表征及审美形态 …………………（186）
　　第一节　左翼乡土小说的政治与审美 ……………………………（186）

第二节　左翼乡土小说的身体美学意蕴 …………………（197）
　　第三节　左翼乡土小说的悲剧美学意蕴 …………………（214）
　　第四节　左翼乡土小说的暴力美学意蕴 …………………（226）

第七章　左翼乡土小说的查禁情形及影视剧改编探析 …………（232）
　　第一节　左翼乡土小说的查禁情形探析 …………………（232）
　　第二节　左翼乡土小说的影视剧改编探析 ………………（254）

第八章　左翼乡土小说的历史价值及其创作局限 ………………（276）
　　第一节　左翼乡土小说的历史价值 ………………………（276）
　　第二节　左翼乡土小说的创作局限 ………………………（283）

参考文献 ………………………………………………………………（288）

后　　记 ………………………………………………………………（304）

第一章 左翼乡土小说对五四乡土小说的承续与发展

左翼乡土小说与五四乡土小说虽然分属不同历史时空的产物，但两者之间并非壁垒森严，既有所承续也有所发展。在五四乡土小说产生之前，中国古代小说罕有以农民为主要表现对象的，基本上都是围绕着帝王将相、才子佳人来演绎情节和铺陈故事，在这些小说中既"没有种地的农民"，也"没有农民当主角"①。五四时期之所以会形成乡土小说的创作风潮，很大程度上是由于社会现实变动和作家思想转变等诸多因素综合形成的。五四时期中国现代城市文化和都市文明正在逐步建立，由传统教育模式向现代教育制度的转型已经基本完成，不仅逐步形成了新的作者群体，也培育了数量可观的受过新式教育的读者群体，从而为乡土文学创作提供了现实可能性。左翼乡土小说与五四乡土小说的发生和发展一样，都与其所处时代的社会革命、文化运动以及读者群体阅读趣味的变化等有着直接的关联。在土地革命和农民运动风起云涌之际，左翼乡土小说的产生在很大程度上是时势使然、顺势而为的，当时的读者也迫切希望阅读那种充满革命激情和斗争精神的文字，对此徐志摩就说过："主义是共产最风行，文学是'革命的'最得势。"②

第一节 左翼乡土小说的鲁迅基因及与五四乡土小说的关联

左翼乡土小说家大都经历过大革命的洗礼，革命对于他们而言不仅并不陌生，甚而可以说早已融入他们的血液之中，在国民党杀人如草不闻声

---

① 吴黎平整理：《毛泽东一九三六年同斯诺的谈话》，人民出版社1979年版，第10页。
② 徐志摩：《我也"惑"》，载韩石山编《徐志摩全集》第3卷，天津人民出版社2005年版，第320页。

的白色恐怖和文化"围剿"的严峻情势下有力地配合了当时中国共产党领导的革命运动。他们紧随时代步伐，纷纷开始描写农民运动和土地革命，从而在阐发革命理想的同时，也试图激发起农民的革命热情和斗争精神。作为中国现代乡土小说的一个重要支脉，左翼乡土小说在注重政治叙事的同时，并没有完全忽略乡土文学的本质属性和审美特征。在以鲁迅为首的五四乡土小说家的示范带动下，左翼乡土小说家并未因致力于反映社会现实和表现时代精神而全然忽视风情画、风俗画和风景画的呈现，并非像有些论者所认为的那样毫无美感可言，在帮助读者认清当时农村现状的同时，也能够让读者获得审美愉悦和美感体验。总体而言，左翼乡土小说与五四乡土小说并没有像钱杏邨在《死去了的阿Q时代》中所预示的那样完全断裂开来，反倒显露出受到以鲁迅为代表的五四乡土小说家影响的深刻烙印，既同中有异，又异中有同。

一 鲁迅对左翼青年乡土小说家的发掘和培养

众所周知，鲁迅是中国现代乡土小说当之无愧的开创者和领军人物，正是他筚路蓝缕、披荆斩棘方才开发出乡土小说这块值得深入垦殖的文学沃土，之后的左翼乡土小说家正是在以他为首的五四乡土小说家的影响和启示下从事乡土小说创作的，因此，在这两者之间自然而然地有着千丝万缕的紧密联系。

左翼乡土小说家大都经受过"五四"的洗礼和熏陶，与五四乡土小说家有着极为相似的情绪感触和人生体验，因而双方从心理上和情感上并没有太大的隔阂，极易产生共鸣。

为数众多的左翼青年乡土小说家更是在鲁迅的直接影响和大力扶持下走向文学创作道路，对此蹇先艾说过："事实告诉我们：二十年代和三十年代的作者，尤其是北京的青年们，多数是在鲁迅的扶植下，或者受了他的小说的熏陶才从事写作的"[1]。也正因此，左翼乡土小说携带有明显的鲁迅基因，正如有论者所指出的那样，虽然在20世纪30年代乡土小说中"茅盾模式显然占了相当重要的地位，但不能忽略的是，仍有相当多的作家继续着'五四'的反封建和进行思想启蒙的命题，继承着鲁迅乡土小说的模式"[2]。其实，就连身为左翼乡土小说创作重镇的茅盾本人也深受

---

[1] 蹇先艾：《我所理解的"乡土文学"》，载宋贤邦、王华介编《蹇先艾 廖公弦研究合集》，贵州人民出版社1985年版，第64页。

[2] 陈继会等：《中国乡土小说史》，安徽教育出版社1999年版，第115—116页。

鲁迅的影响和熏陶，早在五四时期他便对鲁迅称赞不已，明确说过："过去的三个月中的创作我最佩服的是鲁迅的《故乡》"①，并且号召作家们要以鲁迅为榜样切切实实地描写农村。当年鲁迅的《呐喊》结集出版后社会评价不一，而茅盾却相当敏锐地认识到《呐喊》所包蕴的思想深度和文学价值，从而给予充分肯定，认为它不仅从内容上彰显出无情地猛攻中国传统思想的五四精神，而且鲁迅"常常是创造'新形式'的先锋；《呐喊》里的十多篇小说几乎一篇有一篇新形式"②，将其视为五四新文学仅有的收获。1931年，已经加入左联并担任行政书记的茅盾在瞿秋白授意下先后撰写了《"五四"运动的检讨》和《关于"创作"》这两篇文章，对"五四"给予了否定性评价，认为五四运动在无产阶级革命时代只能起到反革命的作用，对于五四文学作品的成就也基本持否定意见，但唯独认为鲁迅的《呐喊》是"带些'壮健性'的文学作品"③。另一重要代表作家吴组缃的乡土小说在创作技巧和表现内容方面也明显受到鲁迅的影响，之所以会如此与他仔细研读鲁迅的作品并从中获取借鉴是分不开的。吴组缃在尚未成年时便阅读过大量鲁迅的作品，对于其中的许多名言警句甚至达到能够背诵的程度，逐渐引发他产生许多联想，教会他关心现实和热爱生活，"进而探索自然与人生，一直归总到对国情，对社会的缛心忧念"④。

　　身为左翼领袖的鲁迅对于左翼青年乡土小说家的发掘和培养工作始终是悉心尽力的，这单从他对叶紫、萧军、萧红、柔石、蒋牧良、艾芜和沙汀等青年作家的扶持与帮助上便可以见出。叶紫在周扬引荐下第一次见到鲁迅，在谈话中鲁迅鼓励他要将苏区的真实情况描绘出来。叶紫的短篇小说《电网外》就是应鲁迅的要求创作而成的，在经鲁迅审阅后为了避开国民党的检查改名为《王伯伯》公开发表，之后鲁迅又将这篇小说推荐给《国际文学》发表，使得叶紫在左翼文坛刚刚崭露头角之际便有了国际读者。萧红、萧军刚到上海时人地生疏，鲁迅特地在梁园豫菜馆请客，将他们介绍给茅盾、聂绀弩、叶紫等人予以关照⑤，还特别委托叶紫做"二萧"的"监护人"和"向导"，在生活上指导他们。为了帮助萧军和

---

① 郎损（茅盾）：《评四五六月的创作》，《小说月报》1921年第12卷第8号。
② 茅盾：《读〈呐喊〉》，载《茅盾全集》第18卷，人民文学出版社1989年版，第398页。
③ 丙申（茅盾）：《"五·四"运动的检讨——马克思主义文艺理论研究会报告》，《文学导报》1931年第1卷第2期。
④ 吴组缃：《感激和怀念——纪念鲁迅诞生一百周年》，《文艺报》1981年第18期。
⑤ 详情参见鲁迅1934年12月17日、18日和19日日记。（《鲁迅全集》第16卷，人民文学出版社2005年版，第491页。）原本胡风和梅志夫妇也在受邀之列，但因未能及时收到鲁迅的来信而未至。

萧红在文坛立足，鲁迅还利用自己在上海出版界的朋友关系极力推荐他们的稿件。其中萧红到上海不久后创作完成的短篇小说《小六》、《三个无聊人》和《饿》等作品因此得以顺利在《太白》《文学》等刊物上发表①，从而很快在文坛站稳脚跟。1934年10月9日，鲁迅在写给萧军的信中就文艺创作方向及题材选择等问题谈了自己的意见，告诉萧军"不必问现在要什么，只要问自己能做什么。现在需要的是斗争的文学，如果作者是一个斗争者，那么，无论他写什么，写出来的东西一定是斗争的"②，这对于萧军而言无疑是弥足珍贵的，从而坚定了他的创作信心。有一天，叶紫和萧军为了《八月的乡村》的插图事宜一块到上海美术专科学校访问青年版画家黄新波，在离开宿舍时萧军不仅向黄新波公开了自己的住址，还邀请另外几个青年有时间到他家里来玩。叶紫出了宿舍后责备萧军不应该暴露自己的住址，并让他赶紧搬家。鲁迅不仅在致"二萧"信中称赞"叶这人是很好的"③，还在另一封信中叮嘱"二萧""以后关于不知道其底细的人，可以问问叶他们，比较的便当"④。叶紫的《丰收》、萧军的《八月的乡村》和萧红的《生死场》等左翼乡土小说代表作不仅全部经由鲁迅审阅，而且是在他一手策划和资助下才得以面世的。为了帮助这些作品打开销路，他还亲自一一写了序文。在叶紫的《丰收》出版之后，鲁迅还特意邀请文界和出版界的朋友撰写批评推介文章以广为宣传，由此使得叶紫很快便引起文坛瞩目。萧军和萧红也因《八月的乡村》和《生死场》的及时出版，不仅迅速在上海文坛打开局面，还引发了不小的轰动，"无疑地给上海文坛一个不少的新奇与惊动"，成为"东北人民向征服者抗议的里程碑的作品"⑤。设若没有得到鲁迅的提携和帮助，叶紫、萧军和萧红的作品在当时的特定情形下，要么可能永远埋没下去，要么也极有可能遭遇出版延宕而无法及时发挥影响。

1925年，柔石在北京大学曾经旁听过鲁迅讲授的中国小说史和文艺理

---

① 悄吟（萧红）：《小六》，《太白》1935年第1卷第12期；《三个无聊人》，《太白》1935年第2卷第10期；《饿》，《文学》1935年第4卷第6号。
② 鲁迅：《341009 致萧军》，载《鲁迅全集》第13卷，人民文学出版社2005年版，第224页。
③ 鲁迅：《350121 致萧军、萧红》，载《鲁迅全集》第13卷，人民文学出版社2005年版，第356页。
④ 鲁迅：《350313 致萧军、萧红》，载《鲁迅全集》第13卷，人民文学出版社2005年版，第408页。
⑤ 许广平：《追忆萧红》，载张毓茂、阎志宏编《萧红文集》第3卷，安徽文艺出版社1997年版，第376页。

论课程。1928年，他来到上海后不仅经常陪伴在鲁迅左右，还在鲁迅家里搭伙吃饭，成为鲁迅唯一一个敢于托付私事的人。在生活中如此亲密，在文学创作方面他也深受鲁迅的熏染。柔石在鲁迅《狂人日记》的影响下创作完成了《疯人》；《人鬼和他的妻的故事》的主题思想也与鲁迅一脉相承，人鬼原本是备受欺凌的弱者，但他却反过来欺压更为弱小的妻儿；《没有人听完她的故事》[①] 单从篇名便不难看出受到鲁迅《祥林嫂》影响的痕迹，小说中以乞讨为生的老妇人和祥林嫂一样想向人们倾诉自己的苦难，却得不到哪怕一丝的同情；《死猫》里的木匠文土与阿Q颇为相似，整天幻想着有朝一日能够发财以及发财后该如何摆阔气。不仅如此，柔石还在鲁迅提携下参与《萌芽月刊》的编辑工作，他的名作《为奴隶的母亲》就发表在该刊上。蒋牧良的处女作《高定祥》1933年在《现代》上刊发后引起了鲁迅的关注，专门询问作者是否还有其他新作。正是在鲁迅的关心和肯定下蒋牧良方才坚定了从事文学创作的决心，从而辞去职务专心从事写作，接连创作出《当家师爷》、《懒捐》和《赈米》等左翼乡土小说力作。

虽然丁玲早年间在给鲁迅写信求助后因受到误会而未能得到回信，但这并没有妨碍她在文学创作上接受鲁迅的启发和引导，她在《鲁迅先生于我》中说过："我把他指的方向当作自己努力的方向，在写作的途程中，逐渐拨正自己的航向"[②]，由此方才逐渐从表现女性自我意识的小圈子走向广阔的天地。不仅如此，丁玲还从鲁迅翻译的马克思主义文艺理论著作中汲取营养，从而有助于她理性地分析中国的社会现实。丁玲的《水》刊发后深得鲁迅赞许，他曾特意向丁玲索要十余册分送给中外朋友，以便向中外文坛介绍推广。

彭柏山在生活和创作上都曾得到过鲁迅的帮助和指导。当年彭柏山从苏区来到上海后生活异常困窘，尚未谋面的鲁迅在通过胡风了解到这一情况后，特意嘱咐胡风从他每月捐给左联的20元钱中拿出几元给彭柏山以维持生活[③]。不仅如此，鲁迅还对初学写作的彭柏山进行过指导，《崖边》创作完成后由鲁迅亲自审阅并作了修改[④]，后经胡风推荐在《作品》1934

[①] 该作品在《奔流》1929年第1卷第8期刊发时题名为《没有人听完她的故事》，收入商务印书馆1930年出版的短篇小说集《希望》中时改名为《没有人听完她底哀诉》。
[②] 丁玲：《鲁迅先生于我》，载武在平编《丁玲散文选集》，百花文艺出版社2009年版，第248页。
[③] 胡风：《孤光自照　肝胆皆冰雪——纪念彭柏山逝世十六周年》，载《彭柏山文选》，上海文艺出版社2003年版，第547页。
[④] 刘再复：《从炼狱中升华了的灵魂——彭柏山同志和他的〈战争与人民〉》，载《论中国文学》，作家出版社1988年版，第357页。

年创刊号上刊出。

　　周文也是在鲁迅的扶持和指导下成长起来的，在创作之初由于参加实际革命活动占据了他大量的时间和精力，加之左联内部一直有着创作影响革命的论调，后又陷入"盘肠大战"的论战之中，导致他一度想要放弃写作。鲁迅惜其文才，以自己的亲身创作体验和经历现身说法，耐心开导他"创作，应该是艰苦的，不断的，坚韧做去的工作。譬如走路，一直向前走就是。在路上，自然难免苍蝇们飞来你面前扰扰嚷嚷；如果扰嚷得太厉害了，也只消一面赶着一面仍然向前走就行。但如果你为了赶苍蝇，竟停下脚步或竟转过身去用全力和它们扑打，那你已失败了，因为你至少在这时间已停滞了！你应该立刻拿起你的笔来"①。周文在鲁迅的开导下茅塞顿开，不仅重新执笔创作，而且始终牢记鲁迅的教诲坚持描写自己熟悉的人和事，不仅在乡土小说的创作精神上"无疑受鲁迅的《呐喊》、《彷徨》的影响更甚"②，而且从世态人情描写、地方色彩呈现以及深沉的文化心理揭示等多个层面也与五四乡土文学有着血脉联系。众所周知，艾芜和沙汀两人是在鲁迅的指导下完成创作转向的，这早已传为文坛佳话，鲁迅回信中"选材要严，开掘要深"③的谆谆教诲被奉为圭臬，为深陷迷津中的他们指明了创作的方向。

　　当然，受过鲁迅提携和教诲的左翼青年乡土小说家远远不止以上这些，但由此便不难看出鲁迅对于左翼乡土小说创作的影响之深。与此同时，左翼青年乡土小说家在继承以鲁迅为代表的五四乡土小说家优良创作传统的基础上又有所创新和发扬，从而使得"左翼乡土文学对'五四'乡土文学的整体超越，就更加突出"④。不仅如此，左翼乡土小说家与五四乡土小说家在人员构成上也有一定的交集。王统照、王鲁彦、许杰、王任叔、魏金枝、彭家煌和潘漠华等都是横跨"五四"和左翼两个时期的乡土小说家，其中王任叔、魏金枝、彭家煌和潘漠华还是左联成员，王统照则是左联的重点联系对象，许杰虽未正式加入但从内心里"自认为是左联的一个成员或者是一个同志"⑤。总之，他们都经历了从启蒙到革命的思想转变，从而起到了沟通左翼乡土小说与五四乡土小说的桥梁和纽带

---

① 周文：《鲁迅先生是并没有死的》，载《周文选集》（下），四川人民出版社1980年版，第426页。
② 杨义：《中国现代小说史》第2卷，人民文学出版社1986年版，第510页。
③ 鲁迅：《关于小说题材的通信》，《十字街头》1932年第3期。
④ 吴福辉：《中国现代文学发展史》，北京大学出版社2010年版，第213页。
⑤ 许杰：《我与左联》，《新文学史料》1980年第1期。

的作用。左翼乡土小说家沿着由鲁迅开创的现实主义的乡土小说创作道路继续推进，方才形成蔚为壮观的左翼乡土小说创作风潮。

二 作家群体构成、创作观念及叙事模式等的内在关联

左翼乡土小说家大都经受过"五四"的洗礼和熏陶，与五四乡土小说家有着十分相似的情绪感触和人生体验，因而双方不仅在心理和情感上没有太大的隔阂，而且在作家群体构成、创作观念以及叙事模式等许多方面都有着相似之处，显现出两者之间颇为紧密的内在关联。具体而言，主要有以下几方面。

首先，从作家群体的主体构成来看，左翼乡土小说家和五四乡土小说家一样大都是经由农村来到城市的，他们的作品也基本上都是在城市完成的。

这是由于长久生活在某一地域的人们对于本地风物事象早就习惯成自然，反倒不大可能发觉其新奇独特之处，只有到了异地尤其是城市之后才能通过对比和回忆重组体认到故乡农村所特具的地方色彩与乡土风味，从而行诸笔端创作出乡土小说。此外，从宽泛的意义上讲，由于中国是传统的农业国，大部分作家都和土地以及农民有着密切的天然联系，这一点单从出生于城镇的鲁迅、茅盾等人的现实状况即可见出。鲁迅虽然出生于绍兴城里的官宦人家，但其母亲的娘家却是在农村，他自小便时常跟随母亲住到外婆家，年龄稍大时又因家庭罹难在舅父家寄居过，因而逐渐知道农民"是毕生受着压迫，很多苦痛，和花鸟并不一样了"[①]。同时由于家道中落，他对于农民的苦难遭际的描写也更能引起同情和共鸣。茅盾祖母的娘家也是在农村，而且他家里几代的"丫姑爷"都是农村人，还时常往来走动，并不把他当外人，因此能够听到他们的真心话，从而了解到一般农民的生活情形和思想状况。

其次，左翼乡土小说和五四乡土小说在创作主旨、叙事模式、创作路径和人性表现等方面都有着明显的相似之处。

左翼乡土小说家为革命、为社会的创作宗旨与五四乡土小说家所秉承的"为人生而艺术"等创作观念有着极其密切的内在联系，两者都有着明确的现实指向，也都关心民瘼，对底层民众充满同情。相较于推崇"为艺术而艺术"的创造社而言，聚集了大量五四乡土小说家的文学研究会所倡导的"为人生而艺术"和"血和泪"的文学主张更容易与革命文

[①] 鲁迅：《英译本〈短篇小说选集〉自序》，载《鲁迅全集》第 7 卷，人民文学出版社 2005 年版，第 411 页。

学衔接起来，而且这些主张在当时即已得到鲁迅的认可和支持。

究其本质而言，五四乡土小说家是以从西方文化中获取的现代意识来认识和剖析中国农村及农民的，在揭示出农民凄惨处境和悲剧命运的同时，也着重表现了农民身上所习见的性格愚懦和灵魂麻木。左翼乡土小说家也大体如此，他们在作品中揭示了农民乃至革命农民身上所存在的精神弱点和思想弊病，只不过在对本土文化进行反思时选取的参照系有所不同，他们更加注重从俄苏和日本文论资源中汲取养分。左翼乡土小说家和五四乡土小说家也都自觉否弃了只见自然美而不见农家苦的传统文人描绘乡村的常见套路，将单纯描摹自然优美的田园风光和恬静悠闲的农家生活的叙事模式排拒在外，而以废名和沈从文为代表的京派乡土小说家反倒自觉地接续起这一传统，因而呈现出与前两者截然不同的风貌。五四乡土小说家业已注重从伦理道德的角度入手来批判和反思封建制度与封建文化，左翼乡土小说家也采用了相似的叙事模式，在此基础上又有所突破和创新，除了五四乡土小说家所常见的家庭伦理视角，同时还采用了经济伦理和政治伦理等多重视角来进行深入剖析。

当年鲁迅将目光转向农村是有着多方面原因的，其中主要源于他通过切身体验深刻地认识到潜藏在农民身上的国民性弱点，以及理性地把握到辛亥革命失败的根本原因在于没有带来农村的大变动。因而，一方面，鲁迅试图通过乡土小说创作揭示出"上流社会的堕落和下层社会的不幸"[①]，对于饱受压迫的底层民众既哀其不幸又怒其不争，以便唤起人们对农村和农民的关注，同时加深对农民思想局限的认识；另一方面，他也希望以其作品警示革命者必须汲取辛亥革命失败的教训，从而唤醒广大农民参与到革命进程中来，最终取得中国革命的胜利。左翼乡土小说家正是延续着以鲁迅为首的五四乡土小说家的创作路径继续前进的，不仅在表现底层人民苦难遭际和悲惨命运这一点上两者是相通的，而且他们所着重表现的正是鲁迅所期盼的农村大变动时期到来时的情形，热切呼唤和引导农民起来革命。

鲁迅在日本求学期间即已开始思索怎样才是最理想的人性，在他所作的第一篇白话小说《狂人日记》中就揭示出所谓讲究仁义道德的封建礼教吃人的本质。狂人其实不仅不"狂"，反倒是看穿了事实真相的难得的清醒者和反抗封建家族制度及封建礼教的斗士，他认识到将来容不得吃人

---

① 鲁迅：《英译本〈短篇小说选集〉自序》，载《鲁迅全集》第 7 卷，人民文学出版社 2005 年版，第 411 页。

的人活在世上，大声疾呼要救救孩子。左翼乡土小说家与五四乡土小说家在人性、人伦和人道等的表现上也有着相似之处，他们都揭示出中国国民人性麻木与冷漠的弊病，对于封建伦理制度摧残人性的本质也都有所批判。

最后，左翼乡土小说与五四乡土小说在人物形象塑造上也有着相似之处，显现出一定的关联性。

鲁迅在《阿Q正传》中成功塑造的阿Q形象对于左翼乡土小说家有着强大而深远的影响，从而形成了类似于阿Q的人物形象系列，对此已经有许多学者进行过论述，在此不一一赘述。不仅如此，左翼乡土小说家还在鲁迅的影响和启示下塑造了一大批颇为相似的看客形象，同时也因阶级观念的渗入而呈现出别样的特质[①]。

三　地方色彩呈现的延续和传承

在乡土小说甫一问世时，地方色彩之于乡土小说的重要性便引起格外关注，鲁迅、周作人和茅盾等都对此展开过论述。鲁迅不仅在私人通信中强调"艺术上也必须有地方色彩，庶不至于千篇一律"[②]，而且在他本人的乡土小说中确然呈现出江南水乡独特的自然风貌和人文景观，有着鲜明的地方色彩。在鲁迅的引领带动下地方色彩俨然成为乡土小说的重要标志，"表现'地方土彩'（Local color）变成新文学界口头禅，乡土文学家也彬彬辈出"[③]。许钦文、王鲁彦和许杰等人的乡土小说展现了浙东的自然景物和优美风光，彭家煌的乡土小说散发出浓郁的湖南乡土气息，蹇先艾则描绘出老远的贵州那奇异的风俗，凡此种种，不一而足。

以茅盾为首的左翼乡土小说家不仅极为重视以进步的世界观与人生观来认识和反映农村社会现实，同时也在延续五四乡土小说家重视地方色彩描绘的基础上进一步扩大了乡土小说的地域表现范围。从作家的地域分布来看，五四乡土小说家除了来自山东的王统照和河南的徐玉诺、尚钺等人，基本上都是来自南方省份，其中鲁迅、许钦文、王鲁彦、许杰和潘漠华来自浙江，彭家煌、黎锦明来自湖南，废名来自湖北，蹇先艾来自贵州，台静农来自安徽……左翼乡土小说家的来源更为广泛，其中仍以南方省份为主，比如浙江的茅盾和柔石，湖南的丁玲、叶紫、蒋牧良和彭柏山，湖北的吴奚如和聂绀弩，安徽的蒋光慈和吴组缃，江西的夏征农，四

[①] 详见田丰《鲁迅与左翼乡土小说中的看客形象比照研究》，《济南大学学报》2015年第6期。
[②] 鲁迅：《340108　致何白涛》，载《鲁迅全集》第13卷，人民文学出版社2005年版，第5页。
[③] 苏雪林：《〈阿Q正传〉及鲁迅创作的艺术》，《国闻周报》1934年第11卷第44期。

川的艾芜、沙汀、周文、罗淑和含沙（王志之），云南的马子华，广东的丘东平，等等。此外，还有来自黑龙江的萧红、辽宁的萧军和端木蕻良等，东北籍作家的异军突起在扩大了乡土小说地域表现范围的同时也带来了粗犷、硬朗、剽悍而又朴实的北方原野气息。与此同时，来自山东的王统照在左翼时期也写出了长篇小说代表作《山雨》，引起文坛瞩目，茅盾曾撰文评价道："全书大半部的北方农村描写是应得赞美的。"①

由于中国地大物博、幅员辽阔，加之农民囿于土地等生产资料的限制而活动范围极其有限，因此，"在区域间接触少，生活隔离，各自保持着孤立的社会圈子"②。由此便形成了十里不同风、百里不同俗的特殊人文景观，作家只要写到农村和农民便不可避免地要描写与展现他们所赖以生存的自然环境、生活习惯以及民风民俗。

五四时期陈独秀、胡适等高举科学和民主这两大旗帜，对中国传统社会形成的乡土民俗信仰带来前所未有的巨大冲击。流传已久的乡土民风习俗往往被视为野蛮的、残忍的，甚至充满着血腥味，对乡民们的精神和灵魂造成了严重的桎梏。因而，五四乡土小说家一方面在小说中表露出对于农村淳朴民风和童年美好记忆的深刻怀念，另一方面也对乡土民俗进行了不遗余力的批判，从而展现出封建民俗文化给农民带来的沉重灾难和酿成的人生悲剧，有力地揭示和控诉了封建传统文化的吃人本质，并借此反映出农民身上所存在的国民性弱点。左翼乡土小说家继承五四乡土小说家的遗绪，同样极其重视揭示带有封建迷信意味的恶风陋俗给农民造成的深重苦难。

首先，左翼乡土小说家和五四乡土小说家一样十分重视风俗事项的描绘，沿着五四乡土小说开辟的路径继续深入，呈现出鲜明的风俗景观。

左翼乡土小说家和五四乡土小说家都在小说中描绘过典卖妻子这一婚恋风俗，呈现出颇为相近的格调与风貌。五四乡土小说家描绘过各式各样的婚恋奇观，其中最为常见的是"典妻""卖妻"，许杰的《赌徒吉顺》、台静农的《负伤者》和《蚯蚓们》等都揭示过此类婚俗事相。除此之外，还有"强迫寡妇改嫁"（鲁迅《祥林嫂》和叶圣陶《这也是一个人？》）、"冥婚"（王鲁彦《菊英的出嫁》），等等，不一而足。许钦文的《老泪》更是通过女主人公彩云的奇特经历将"借种""入赘"和"招补床老"等婚俗和生育奇观一一做了展示。由典卖妻子的婚恋风俗所引发的悲剧在

---

① 东方未明（茅盾）：《王统照的〈山雨〉》，《文学》1933 年第 1 卷第 6 号。
② 费孝通：《乡土中国》，上海人民出版社 2013 年版，第 9 页。

左翼乡土小说家柔石和罗淑笔下得以延续，他们各自创作完成了经典之作《为奴隶的母亲》和《生人妻》。典妻实际上是由封建买卖婚姻演变而成的一种畸形婚俗形式，主要在南方地区流行，这一风俗"始于宋、元之际，观于元世祖时，王朝对南方典雇妻女风俗之请牒云云，可以知矣"[①]。到了清代，典妻之风愈演愈烈，民国时主要流行于南方的浙江地区，尤其是浙东一带直至20世纪二三十年代依然非常普遍，柔石的《为奴隶的母亲》和许杰的《赌徒吉顺》所描绘的典妻风俗都源于此。四川籍作家罗淑的《生人妻》和贵州籍作家蹇先艾的《在贵州道上》所描写的都是卖妻行为，与典妻有所不同。四川籍作家含沙（王志之）在《租妻》中所描绘的租妻实际上也是典妻，春生一家因无力偿还油盐店的欠款，不得已将春生嫂租给掌柜的刘大爷半年[②]，但这与浙东一带典妻的目的是生育子嗣还是有所不同。畸变的婚恋风俗背后往往与金钱有关，究其实质典妻就是一种有着约定期限的人身买卖关系，妻子如同被典当的物品那样被典卖给那些想要生下子嗣或者贪恋欢愉的男子。相较而言，柔石《为奴隶的母亲》对于典妻风俗给妇女所造成的人身损害和精神戕害的呈现，比起五四乡土小说要更为深入，也更加感人。许杰在《赌徒吉顺》里只是提及输得精光的吉顺夜间来找文辅，想让他出面说合将妻子典给富绅哲生，但并未真正出典；柔石在《为奴隶的母亲》中却完整细腻地描绘出春宝娘被典卖前后的所思所想所感，使得读者能够明了妇女由于被典卖所遭受的心理伤痛和精神戕害，从而深刻地揭示出妇女被侮辱被损害的凄惨处境。罗淑的《生人妻》与其他关乎售卖妻子的小说的最大不同在于，卖草人的妻子有着十分强烈的反抗意识，不甘心屈从他人的摆布和命运的安排。

左翼乡土小说家在五四乡土小说家注重风俗描绘的创作观念的熏染下另辟蹊径，在作品中大量描摹农事风俗，不仅扩大了乡土小说风俗描写的取材范围，而且有助于让读者更加深入地了解普通农民的日常劳动情形，加深对于农民的认识。

茅盾在《春蚕》中对浙东蚕乡风俗做了细致入微的描绘，从洗团匾、糊"蚕簟"、收蚕、窝种直到蚕宝宝上山，将养蚕的整个流程都清晰地呈现出来。吴组缃曾撰文就此提出批评，认为茅盾对养蚕风俗的铺陈过于细致以致到了琐屑、啰唆的地步，这是他以"好奇心看乡下事，同时也是

[①] 陈顾远：《中国婚姻史》，商务印书馆2017年版，第89—90页。
[②] 含沙：《租妻》，《国闻周报》1935年第12卷第20期。

以此来满足读者的好奇心,超出了表现主题和描写人物的需要"①。应该说,吴组缃的批评不无道理,这样的细节铺陈的确有些游离主题,不过却也因此让蚕乡之外的人们能够了解到蚕农究竟是如何养蚕的,从而调动起一部分读者的阅读兴味。茅盾还在《水藻行》中展现了"打蕴草"这一南方水乡的农事风俗,每年冬天农民都要驾船打捞蕴草,将其沤制后作为田地里的肥料。左翼乡土小说家还描写了大量具有地方特色的租佃风俗,从租赁到收获的整个过程都有所表现。在蒋牧良的《三七租》中,立福一家在走投无路之际不得不接受"三七租"这样的鬼佃,还必须在地主写下"请耕字"后方才可以租种。夏征农《禾场上》每到收获时节地主都要派管事到田间地头"坐场"监督佃农打谷,收场后管事拿出印箱在谷堆周围烙上十几个石灰印。到了"开桶"那一天,佃农照例要"请酒",饭后地主从谷堆上按一定比例取走充作田租。叶紫《丰收》中每到收获时节佃户们都要备上"打租饭"款待田主,云普叔为了博得老爷们的同情和怜悯,一家人省吃俭用也要费心尽力地置办一桌丰盛的酒席。蒋牧良、夏征农和叶紫并非为了单纯满足读者的好奇心而特意展现农事风俗,而是为了借此揭示地主阶级及其走狗欺压佃农的丑恶行径,比如叶紫《丰收》中对"打租饭"风俗的描绘就表现出"湘中佃农供应农村统治阶级的状况",显示了"封建榨取的形式"②。

其次,左翼乡土小说家和五四乡土小说家都在科学与民主思想指引下,揭示和批判了带有浓重迷信色彩的地方风俗。

五四乡土小说家受到科学、民主思想的影响,否定和批判了带有封建迷信色彩的传统民风习俗。鲁迅在乡土小说中就描绘过浙东一带有着浓郁封建迷信意味的恶风陋俗,比如《祝福》中祥林嫂在柳妈劝告下想要通过"捐门槛"的方式赎罪,以免到了阴间被两个丈夫劈为两半。民间自古就有相信巫医的陋俗,农民在患病时常常宁愿求神也不愿相信科学,以致延误病情,付出惨重的代价。鲁迅《明天》里的单四嫂子在孩子染上重病后不去求医问药,而是求何小仙施法用阴阳五行来治病,结果贻误病情致使孩子不治身亡。在王鲁彦《菊英的出嫁》中,菊英在走亲戚后不幸感染白喉,不过由于发现及时,如果通过西医治疗完全可以治好,但笃信菩萨的菊英母亲却不愿带女儿到医院看病,而是虔诚地到庙里去求香

---

① 吴组缃:《谈〈春蚕〉——兼谈茅盾的创作方法及其艺术特点》,《中国现代文学研究丛刊》1984年第4期。
② 凌冰:《〈丰收〉与〈火〉》,《现代》1933年第4卷第2期。

灰，结果导致女儿病死。王鲁彦《河边》中的明达婆婆也是如此，她并非无钱到医院医治，而是根本不相信医院能够医好她的病，宁愿拖着病体冒雨前往关帝庙求神保佑。许钦文《老泪》中的明霞得了热病，其母亲彩云也是不愿意去请医生，一大早就到庙里求菩萨，抽到上上签后不禁喜出望外，以为女儿会受菩萨保佑转危为安，却不料明霞在吃了香灰做成的所谓仙丹后很快死去。

　　左翼乡土小说家在小说中也大量描绘了此种带有迷信色彩的传统风俗，并且大都对此做了必要的合理的批判，从而指示出其骗人的本质。萧红《生死场》中的"跳大神"设若作为农民消遣解闷的娱乐方式倒还不无裨益，但用来治病却是贻害无穷。王统照《山雨》中的奚大有在生病时先请巫医写就一张纸符，之后将这张纸符烧成灰，用白水冲开后口服。但王统照并未在小说中对此进行批判，而是仅限于展示此种迷信风俗。魏金枝在《做肚仙的人》中则揭示了所谓"肚仙"的虚妄性和欺骗性。洪焕叔发现稻田遭了虫灾面临绝收后想到一条妙计，那便是装成"肚仙"欺骗别人来换取生活费用。他在装作"肚仙"给人看病时也会开出所谓的神药，然而实际上却是将藿香丸捻成粉末后放在烟灰里做成的，只能治疗轻微一些的肚痛头痛。吴组缃《黄昏》中桂花嫂子家的7只鸡被人偷走后，她以"砍刀板咒"的方式来发泄内心的怨愤。三太太的孙子福宝子一连病了十多天也不见好转，绝望之下三太太想通过"喊魂"来让孙子化险为夷，最终自然于事无补，落得一场空。吴组缃另一作品《天下太平》中的丰坦村由于所处位置等客观原因侥幸躲过了许多次的兵燹人祸，也没有遭遇过大的天灾，因而能够独处一方，悠然自得地过着太平日子，但村民们却将此完全归功于神庙的护佑，尤其是庙顶上的"一瓶三戟"更是被视为神物，受到全村人的顶礼膜拜。然而，丰坦村的村民们最终还是未能躲过破产的命运，在外面商铺里做店员的人大量被辞退之后纷纷回到村里。朝奉王小福在走投无路之际打起了宝瓶的主意，在即将得手时却因精神恍惚连同宝瓶一起从屋脊上跌落致死。透过丰坦村的最终破产以及王小福的悲惨遭遇，足以说明所谓神灵信仰只不过是封建迷信罢了，除麻痹村民们的精神外并不能给他们带来任何实质性的保障。丁玲在《田家冲》中也描绘了有着楚巫文化印迹的"叫魂"和"扎灵屋"风俗，所谓"叫魂"是指每当小孩儿受到惊吓不停哭闹时，人们便认为，这是鬼魂附体作祟所致，大人们必须通过呼喊小孩儿的名字将他的魂魄喊回来；"扎灵屋"则是视死如生的传统文化风俗的表现，先用麻秸和竹篾做成骨架，之后外面再糊一层纸做成房屋形状，在祭奠亡者时烧掉以供人死后在阴间居住。在蒋牧良的《报错了仇》中，藜灼五嫂因为婆婆临死"犯了时"，便依照当地风俗带着孩子们到各家各户乞讨以求消灾免祸。艾芜的小说《端阳节》的副标题就是"北洋军阀时代某乡风俗记之一"，在该小说中他确也描述了许多地方风俗，比如"招魂"、"游百病"以及端阳节"赶韩林"的驱鬼风俗。然而，艾芜并非为了单纯地展示民俗，而是将政治内涵融入民风习俗的描绘之中，在小说中就特意交代今年驱鬼"赶韩林"的起因是财主张大爷害怕经他告密而被杀的革命者会变成厉鬼进行报复，而让他始料未及的是乡民们却借着"赶韩林"之机一起围攻他。

第二节　左翼乡土小说的发展演变状况及其转型症候

虽然左翼乡土小说与五四乡土小说之间有着千丝万缕的内在关联，但是，由于所处的政治环境与社会语境都有了极大改变，因而两者之间也存在明显的差异，显现出前者在后者的基础上进一步发展演变的态势。

总的来看，左翼乡土小说与五四乡土小说的根本区别在于其革命化和政治化的思想内涵与精神表征，从五四时期的为人生、为社会转变为左翼时期的为革命、为政治。五四乡土小说家极其注重思想启蒙和揭示国民性问题，在小说中常常描绘个体农民的苦难遭际及其愚昧无知，哀其不幸又怒其不争。左翼乡土小说家则纷纷将目光转向农村阶级斗争和革命解放上来，着重分析造成农民苦难的社会根源和阶级原因，同时也十分注意表现农民的觉醒及反抗，将农民视为革命的重要依靠力量和团结对象。此外，从作品选材和表现方式上也可以见出两者的差异。以鲁迅为首的五四乡土小说家多围绕着辛亥革命到五四前后这一段历史时期作为取材范围，偏重于回忆，有着浓重的朝花夕拾意味；而以茅盾为代表的左翼乡土小说家却更为看重小说选材的即时性和现实性，主要围绕刚刚过去或者正在发生的农民运动和土地革命来进行文学创作，有着明确的现实指向和政治倾向，同时也由于缺乏切身实感的经历体验而偏重于想象。

总体而言，左翼乡土小说家和五四乡土小说家无论在创作理念还是思想意识等方面都有所转变，其转型症候主要表现在以下三方面。

一　"反乡"与"返乡"

五四乡土小说家之所以离开农村来到都市，既是为了通过求学、求职以寻求别样的人生,同时在很大程度上也是为了躲避农村那种闭塞落后以至于让人感到窒息的生活环境。但处在五四落潮期的五四乡土小说家又时常会感到忧伤、寂寥和彷徨,因而在他们的小说中隐现着乡愁,渗透出悲凉的意味。在五四乡土小说家笔下,故乡往往是荒芜不堪、凋敝破败的,除了描述童年生活,他们很少将故乡想象为幸福安宁、温馨可亲的所在,基本上都是悲凉、沧桑的"荒村"和"废园"。这些在想象中重构的故乡已经不是实然的故乡本体,而是作者想象中的异邦和他者,借此"最为熟悉的故乡作为乡土中国的象征自然负载了过去和现在的'黑暗'、'落后'、'绝望'的文化想象"[1]。

然而,时过境迁,随着土地革命的兴起,农村开始成为引人瞩目的焦点,成了革命的策源地,也成为左翼文界的重点关注对象。瞿秋白在《普洛大众文艺的现实问题》一文中就明确要求左翼作家必须深入工农大众中,将工农革命者以及土地革命作为重要的表现对象和表现内容,从而担负起宣传革命的职责与重任。相应地,左翼乡土小说家笔下的农村再也不是五四乡土小说中所呈现的那种模样,小说中的革命知识分子和工人纷纷回到农村组织领导农民开展农民运动和土地革命,农村不再是静态的悲凉的乡土,而是成了动态的革命的热土。譬如在蒋光慈《咆哮了的土地》中,李杰刚回到故乡时触目所及还是十年前的模样,但当革命启动之后,这片沉寂已久的故土很快就变成了咆哮的土地。

包括鲁迅在内的五四乡土小说家基本上都是"走异路,逃异地,去寻求别样的人们"[2]等城市异乡人,他们奔向城市之后感受到远离故土和身居异地的双重悲哀,一方面,他们有着被故乡放逐的悲凉之感;另一方面,陌生的城市又无法给他们以心理安慰。在此种情形下,五四乡土小说家在小说中尝试着营造精神的故园,以寄放那孤苦无依的魂灵,寻求情感的抚慰,之所以如此,与当时特定的时代语境和社会环境分不开。

五四时代正处于新旧交替的历史转换时期,新旧思想、观念和文化之间的冲突、调整与融合让五四乡土小说家多少感到有些无所适从,并且过渡阶段往往都是一个悲剧地带,当新方式逐渐显露的同时旧方式还依然存在,由此使得五四乡土小说家极易萌生悲剧意识。在离开故乡来到城市后,大多数五四乡土小说家很快便发现自己无法完全认同和适应现代城市,以至

---

[1] 何平:《现代小说还乡母题研究》,复旦大学出版社2012年版,第147页。
[2] 鲁迅:《〈呐喊〉自序》,载《鲁迅全集》第1卷,人民文学出版社2005年版,第437页。

于黎锦明大为感慨生活在北京的人们假如有灵魂恐怕也已被灰色染遍了①；塞先艾也在《朝雾》序中说过："从老远的贵州跑到北京来，……我所感到的只有空虚与寂寞"②；王鲁彦则感到"只有彷徨、恐怖、怅惘、郁结！"③ 身份和心理认同的危机促使五四乡土小说家重新将目光转向那已被抛离在身后的故乡，但他们心向往之和眷恋不舍的却是童年时期的农村生活经历，对于现实的农村则依旧进行着理性批判。在现实生活中，他们无一例外地选择在城市谋生而不愿回到农村，极少有人会将现实中的故乡作为真正的归宿。因而，事实上五四乡土小说家的"返乡"大多是发生在精神层面，是始终未能成行的想象之旅，他们更多的是想重温童年时期农村生活所给予过他们的温馨和甜蜜，或者想望那永远不可企及的天上的自由乐土，以此来慰藉痛苦的灵魂。海德格尔说过："接近故乡就是接近万乐之源（接近极乐）……还乡就是返回与本源的亲近"④，但五四乡土小说家在对都市感到陌生的同时，又无法对陷入落后停滞中的故乡产生亲近之感，唯有储存在童年记忆中经过美化和提纯的故乡想象才能给他们些许的安慰。因而，精神上的"返乡"只能带给他们暂时的麻痹和短暂的愉悦，并不足以彻底弥合与现实故乡之间的情感断裂，在涉及现实故乡时又会呈现出"反乡"的一面来。

在五四乡土小说家笔下农村往往是罪恶的渊薮，故乡也时常是冷寂和野蛮的悲惨世界，他们渴望从这里永远逃离出去。在大多数五四乡土小说家眼里，现实中的故乡都如同许钦文在《父亲的花园》中所描绘的那样充满残破、凄凉和萧瑟的画面，"那时的盛况总是不能恢复的了"⑤。其实发生改变的不仅仅是故乡的面貌，同时也是作家的心境以及对故乡情感的变化。然而，由于农村毕竟是大多数五四乡土小说家的生养地，他们对于故乡依然或多或少有着割舍不断的情感依恋，尤其是难以彻底抛开对于故乡亲人的思念，由此促使他们在小说中灌注对故乡亲人的深情思念和对童年时期的美好回忆。鲁迅对此做过总结，他认为乡土文学的作者在从事写作之前即已被故乡放逐，因而对于他们而言回忆故乡已经不存在的事物要

---

① 黎锦明：《〈烈火〉重版自序》，载《烈火》，开明书店1927年版，第1页。
② 塞先艾：《〈朝雾〉序》，载《朝雾》，北新书局1927年版，第2—3页。
③ 王鲁彦：《弱者中弱者的一封信》，载《鲁彦散文集》，上海文艺出版社1984年版，第19页。
④ ［德］海德格尔：《人，诗意地安居：海德格尔语要》，郜元宝译，广西师范大学出版社2000年版，第69页。
⑤ 钦文（许钦文）：《父亲的花园》，《〈晨报〉五周年纪念增刊》1923年第12期。

比当前明明存在却又无法接近的事物更为舒适，也更能自慰①。事实上也确然如此，许多五四乡土小说家都表达过类似的感触，譬如潘训（潘漠华）在《乡心》里就曾饱蘸深情地写道："在故乡流着泪的我亲爱的母亲，荒凉草满的死父底墓地，低头缝衣的阿姊，隐约模糊的故乡底影子，尽活泼地明鲜地涌上我底回忆里"②；蹇先艾在编选小说集《朝雾》时特意选取了自己最喜爱的几篇，"借以纪念从此阔别的可爱的童年"③；王鲁彦在《童年的悲哀》中也说过他愿意回到可爱的童年时代，回到那梦幻的浮云的时代④，但在1927年发表的《一个危险的人物》里却又描绘出现实农村狰狞可怖的一面来。在城里读书生活长达八年之久的子平回到故乡后，只因其行为规范、处事习惯乃至吃饭穿衣等违背了传统便被视为异端，叔父以"共产党"的罪名将他告发，最终他为此丢掉了性命。在鲁迅的乡土小说中每每涉及童年时期的乡土记忆，经常会呈现出优美动人的画面，充溢着对于静谧美好的田园景象和善良淳朴的乡风民情的细致描绘，比如《社戏》和《故乡》中在回忆童年生活时大抵都是如此；与之形成鲜明对照的是，每当涉及现实农村时便会显现出荒凉残破的画面和黯然忧伤的心境，这在《故乡》和《风波》等作品中也都有所体现。五四乡土小说家对于农民的描绘也受到"反乡"心态的影响和制约，在他们的作品中虽然不乏对于农民质朴自然的人性人情的揭示，但往往只存在于那些已经隐藏在记忆深处的故人身上，而在当下现实生活中的农民身上却早已荡然无存。因此，五四乡土小说家对于农村的回忆实际上是"一种反抗式的记忆"⑤，在对比中否定和批判了现实农村，同时又"以憎恶的然而同情的心描写了农村的原始性的丑恶"⑥。

左翼乡土小说却正好相反，涉及对以往农村生活的回忆时往往呈现出凄惨的一面来，而对于现实农村的描绘却能够给人以希望，呈现出蓬勃向上的情景风貌。与此同时，左翼乡土小说家鲜有对童年印象中故乡美景的呈现，而是更加侧重于揭示当前农民对于运命的挣扎，即或偶有对过去农村宁静富足生活的描写，也往往是为了与当下破落衰败而亟待拯救的现实

---

① 鲁迅：《〈中国新文学大系〉小说二集序》，载《鲁迅全集》第6卷，人民文学出版社2005年版，第255页。
② 潘训：《乡心》，《小说月报》1922年第13卷第7号。
③ 蹇先艾：《〈朝雾〉序》，载《朝雾》，北新书局1927年版，第3页。
④ 鲁彦：《童年的悲哀》，《小说月报》1929年第20卷第11号。
⑤ 吴福辉：《中国现代文学发展史》，北京大学出版社2010年版，第175页。
⑥ 茅盾：《〈小说一集〉导言》，载刘运峰编《1917—1927中国新文学大系导言集》，天津人民出版社2009年版，第61页。

农村进行对比。左翼乡土小说中主人公的"返乡"也不再局限于精神层面,而是更多地指向现实层面,他们回乡的目的是号召和鼓动广大农民起来反抗地主及参加革命。

许多五四乡土小说都有着类似于鲁迅《故乡》那样的"离去—归来—再离去"的叙事模式,原本抱着希望而来的"返乡"成为事实上的"反乡"。在鲁迅的《故乡》等乡土小说中,"我"当年之所以别离故乡多半是因家庭变故或者受到排挤而不得不到城市中去寻求别样的人生,之后又因种种原因回到故乡,但发现故乡早已面目全非,不复记忆中的景象,在失望之余只得再度离去。如果说《故乡》中的"我"还对故乡抱着些许希望的话,那么《祝福》中的"我"完全抛却了一切奢望,转而清醒地认识到自己是不相容于鲁镇的,以至于刚一回来便做好了决计要走的打算。而在左翼乡土小说家笔下却大相径庭,他们塑造了一批"返乡"领导农民闹革命的领袖人物,比如蒋光慈《咆哮了的土地》中的张进德、李杰,许杰《七十六岁的祥福》中的方立山、大宝,戴平万《激怒》中的桂叔,徐盈《旱》中的刘永智,等等。我们不妨以张进德为例做一简要说明。张进德在母亲死后在乡间本已了无牵挂,他既没有房屋也没有田地以及其他任何财产,甚至连一个亲人也没有,因而决定在矿山上永远生活下去,不准备再回到这乡间了。然而,时隔不久矿山工人们掀起了斗争风潮,张进德参与其中受到锻炼,使得他的生活连同思想都发生了改变,革命党人的宣传让他改换了观看世界的眼睛,他完全不是半年前的张进德了,渐渐成为矿工罢工运动的领袖。在罢工遭遇挫折后,他又回到故乡发动农民进行革命斗争,迅速成为动员和领导青年农民参加革命的领袖人物。半年前张进德离开故乡的时候,"决定不再留恋它了,因为在这里已经没有了使他留恋的东西"①,然而此次"返乡"之后,他不仅不再对这乡间感到厌倦,反而突然被引起了兴趣,感到这里究竟与他有着密切的因缘,他决心引领着青年农民一起改造农村中一切不合理的现实,号召他们起来干革命。这样的情节设定,与五四乡土小说中所常见的"我"决心永远别离故乡自然有着天壤之别。此外,端木蕻良《科尔沁旗草原》中的丁宁和《咆哮了的土地》中的李杰同为地主子弟,他们也都认识到农民的力量。丁宁之所以回到老家就是打算做一番轰轰烈烈的事业的,但是,由于他仍然未能彻底消除与底层农民之间的心理隔阂,因而并不被理

---

① 蒋光慈:《咆哮了的土地》,载方铭、马德俊主编《蒋光慈全集》第 4 卷,合肥工业大学出版社 2017 年版,第 6 页。

解和接受，最终他的个人理想彻底失败了，感觉自己只是做了一个出奇的噩梦，原本踌躇满志的他不得不黯然离去。李杰却与之不同，他不再高踞于农民之上，而是以平等的姿态来对待农民，怀着不可动摇的决心回到故乡发动农民从事革命活动。为了和农民打成一片，李杰无论从身体上还是思想上都严格要求和认真改造自己，以此博得了农民的信任和赞许，最终为了革命事业献出宝贵的生命，永远地驻留在故乡的土地上。

左翼乡土小说家在中国共产党领导的土地革命的影响下，逐渐认清了农民乃是革命的生力军，只有激发和调动起他们的革命热情和革命斗志方能取得革命的胜利，由此促使他们对农村和农民有了新的认识。尤其是那些被迫逃离黑土地的东北作家更是有着切身的体会，萦绕在他们心头的唯有"返乡"和"恋乡"的情愫，他们每时每刻都渴慕着能够重新回到那沦陷了的故土，作为流亡者所经受的辛酸苦辣刺激着他们深深思念那广袤的黑土地和滞留在家乡的亲人，在他们的小说中满蕴着无限的乡愁，这远非五四知识分子精神"返乡"所能比拟的，其中凝结着他们的血与泪。

总体而言，左翼乡土小说家与五四乡土小说家在离开故乡之后都难掩思乡之情和怀乡之念，但他们对于现实农村情感态度的差异，以及世界观、价值观的不同，又使得两者的乡土小说创作呈现极大的差别。

二 农民的发现

五四乡土小说家笔下的农民无论在物质层面还是精神层面都处于赤贫状态，饱受地主阶级的压榨、剥夺和摧残、凌辱，由此陷入愚昧麻木、卑微落后的境地。他们侧重于透过揭示农民所遭受的精神奴役的创伤来展现中国国民性的弱点，却很少给农民指示出路，同时也基本没有塑造出觉醒的农民形象来，正如同潘漠华在《人间》中所描述的那样"无千无万的乡人，都被物质生活追逼着，使他们苦恼于衣食住的鞭下，只有颓唐，凄楚"[1]。左翼乡土小说家却并不作如是观，他们不再一味贬抑和批判农民身上所积淀的落后文化心理和思维习惯，在他们的小说中农民"再不是以前那样不识不知的了，他必得张开自己底眼睛用自己底手腕和头脑来创造一个新世界"[2]。左翼乡土小说家塑造了大量农民觉醒者的形象，使得农民从国民劣根性的承担者一跃成为民族的脊梁和革命的中坚。具体而言，左翼乡土小说家笔下的农民虽然在物质上依旧处于贫困状态，但在精

---

[1] 潘漠华：《人间》，载应人编《漠华集》，浙江文艺出版社1984年版，第178页。
[2] 任白戈：《农民文学底再提起》，《质文》1935年第4号。

神上已经逐渐觉醒，敢于进行反抗斗争，使得读者能够从中感受到民族新生的希望。

随着农民运动和土地革命的深入开展，左翼文界对于农民的认识也在不断增强。早在1927年9月，开始向左转的郁达夫就在《农民文艺的提倡》一文中号召作家在革命运动吃紧的现在，在农民运动开始的现在，要分出一部分精力创作农民文艺[①]。蒋光慈在写于1928年2月的《关于革命文学》一文中明确指出，包括农民在内的一切被压迫群众既是抗争旧社会的重要力量，同时也是建立新社会的主人。在左翼乡土小说家眼中，农民不再是往日有待启蒙的愚昧大众，而是有着"地之子的超拔的气质和神奇光彩"[②]。1932年11月，鲁迅自上海到北平探亲，北方文总党团书记陈沂向他作了关于1931—1932年北方左翼文化运动情况的汇报，鲁迅特别叮嘱要注意与农民结合，深入农民之中，"陈独秀就是不要泥腿子，看不起泥腿子，不愿同国民党干的那些坏事进行斗争，遭致了大革命的失败"[③]。陈沂不仅向北方文总所属各联党团负责人作了传达，还特别向《文学杂志》《文艺月报》的负责人讲了鲁迅的指导意见。11月28日下午陈沂送别之时，鲁迅再次叮嘱："一定不要忘记泥腿子，陈独秀是看不起泥腿子，不要泥腿子的。"[④] 1935年，任白戈在《农民文学底再提起》中号召作家要致力于展现农民的现实生活和英勇斗争行为，表现出革命民众那"花一般的理想，火一般的感情，铁一般的意志"[⑤]。张天翼也与蒋牧良多次谈及由于农民占中国人口的大多数，因而"做个作家那就尤其需要认识农村"，否则就不能称为中国作家了，而"对认识农民的不够"[⑥] 也是当时已经成名的张天翼最引以为憾的。正是有着如此明确的理性认识和自觉追求，左翼乡土小说家才能在小说中塑造出为数众多的觉醒的革命农民形象，从而有力地呼应了当时正在如火如荼展开的土地革命。

总的来看，五四乡土小说家擅长描摹的是老中国的儿女们，而左翼乡

[①] 郁达夫：《农民文艺的提倡》，载王自立、陈子善编《郁达夫研究资料》，知识产权出版社2010年版，第227页。

[②] 马云：《端木蕻良与中国现代文学》，北京出版社2001年版，第83页。

[③] 陈沂：《1931—1932年的北方左翼文化运动——向鲁迅先生的一次汇报和请示》，载《北方左翼文化运动资料汇编》，北京出版社1991年版，第330页。

[④] 陈沂：《1931—1932年的北方左翼文化运动——向鲁迅先生的一次汇报和请示》，载《北方左翼文化运动资料汇编》，北京出版社1991年版，第333页。

[⑤] 任白戈：《农民文学底再提起》，《质文》1935年第4号。

[⑥] 蒋牧良：《记张天翼》，载沈承宽、黄侯兴、吴福辉编《张天翼研究资料》，知识产权出版社2010年版，第51页。

土小说家的突出成就之一却是成功地塑造出光彩照人的新一代青年农民系列形象。农民之所以能够从过去五四乡土小说家笔下被批判的沉默的国民转变为"新的,能够创造光明的力量"①,最主要的还是与当时的时代语境和革命形势变动有关。20世纪30年代既是动荡的年代,也是革命的年代,农村凋敝和农业破产固然给农民带来前所未有的严峻考验和深巨灾难,但在中国共产党的领导下部分农民正在逐渐摆脱愚昧和怯懦,开始为了求得生存和美好未来而战。尤其是两湖、江西一带的农民已经被广泛地组织动员起来,开始自觉投入争取自身解放的斗争进程中来,在他们身上已经几乎寻不出闰土、阿Q的印迹。这倒并非说当时整个中国就已绝无阿Q这样的落后农民,而是左翼乡土小说家显然更为关注的是那些受到革命启蒙的农民,而不是像鲁迅那样"多采自病态社会的不幸的人们中"②。钱杏邨所说的十年来中国农民早已不是那样幼稚了,其意也正在此,同时他特意强调这些"勇敢的农民为我们又已创造了许多可宝贵的健全的光荣的创作的材料了"③。因而,在左翼乡土小说家笔下,觉醒了的农民不仅不再满足于坐稳奴隶地位,而且他们业已开始了从奴隶到革命主体力量的历史性蜕变,由此便使得左翼乡土小说与五四乡土小说在农民形象塑造上存在显著的差异。

在五四乡土小说家笔下,农民通常是有待启蒙和教育的对象,而在左翼乡土小说家看来,农民尤其是老一代农民虽然的确有着愚昧落后的一面,但在青年农民身上却蕴藏着巨大的革命活力,觉醒了的他们确定无疑地将与工人阶级一起成为推动革命持续前进的主体力量。蒋光慈《咆哮了的土地》中的青年农民在张进德和李杰的启蒙教导下思想迅速发生转变,在蒋介石叛变革命之后他们非但没有退缩和犹疑,反倒在李杰率领下缴了当地反动军队的械,与反动军阀和地主民团展开了坚决的武装斗争,并最终汇入革命洪流之中。此外,"农村三部曲"中的多多头、《丰收》中的立秋等都是敢于斗争的青年农民中的佼佼者,事实证明"为了自己的利益,他们是能够斗争,而且斗争得颇为顽强的"④。尤为关键的是,老一代农民在革命形势推动下也开始觉醒,逐渐认同了革命道路。总之,左翼乡土小说家笔下的许多农民不仅不再是亟须拯救和启蒙的落后群体,

---

① 蒋光慈:《关于革命文学》,《太阳月刊》1928年2月号。
② 鲁迅:《我怎么做起小说来》,载《鲁迅全集》第4卷,人民文学出版社2005年版,第526页。
③ 钱杏邨:《死去了的阿Q时代》,《太阳月刊》1928年3月号。
④ 茅盾:《我怎样写〈春蚕〉》,《青年知识》1945年第1卷第3期。

反而迅速成为具有高度革命意识和反抗精神的先进典型，借用周扬的一句话便是"昨天还是落后的，今天变成了进步的；昨天还是愚蒙的，今天变成了觉醒的；昨天还是消极的，今天变成了积极的"①。

三　土地的彰显

中国社会就其本源而言是典型的乡土社会，在远古女娲造人的神话中人就是由泥土做成的，中华文明本身也是从土地里生长出来的文化形态，其形成和发展离不开农耕文化的滋养和浸润。中国自商周以来便以农立国，在传统农业文明长期熏染下农民形成了浓郁的土地崇拜情结，土地信仰根深蒂固，并且形成了安土重迁的心理习惯和文化传统。

五四乡土小说家在他们的小说中对此也有所表现，鲁迅、许杰、蹇先艾等在《阿Q正传》、《故乡》、《赌徒吉顺》、《惨雾》和《水葬》等作品中便"描写了匮乏或丧失土地的农民的痛苦生活和艰难精神处境"②。比如在许杰的《惨雾》中，玉湖、环溪两个村庄之所以会爆发充满血腥味的械斗，起因即在于对溪水冲积形成的一片沙渚的开垦权的争夺，这片沙渚对于两个村庄的村民们来说可谓一桩极大的财富，为此他们不惜拼死相争。但单就许杰的创作意图而言，显然并非为了单纯强调土地之于农民的重要性，而是要通过械斗的描写来剖析农民身上所固有的劣根性，双方械斗虽因争夺土地而起，之后却是为了维护各自的面子而战。只有到了20世纪30年代，土地革命逐渐深入人心和日寇开始大肆鲸吞中国国土的特殊历史时期，"土地"方才成为乡土小说的重要表现对象，左翼乡土小说家紧紧围绕着土地来进行革命叙事。

之所以会如此，与左翼乡土小说家对于土地革命蓬勃发展的现实状况的热烈关切，以及对土地之于农民的重要性的理性认识密不可分。蒋牧良自从事文学创作之日起便将"自己的文学生命，与湘中那块有旱有涝，有矿产，有弹痕，有辛酸，有抗争的土地的生命连结在一起的"③。马子华在《他的子民们》的"跋"中，也明确指出，封建制度是系结在土地关系上的。左翼乡土小说家大多来自乡下，他们是中国的地之子，与农村、农民有着千丝万缕的联系，非常清楚土地对于农民的重要性，在小说中对此进行了浓墨重彩的勾勒和刻画，取得突出的成就。

---

① 周扬：《新的现实与文学上的新的任务》，《解放》1938年第41期。
② 贺仲明：《论新文学中的农民土地意识书写》，《吉林师范大学学报》（人文社会科学版）2009年第3期。
③ 杨义：《中国现代小说史》第2卷，人民文学出版社1986年版，第402页。

农民问题是中国革命的根本问题，而土地问题又是解决农民问题的关键所在。土地革命自然无法离开广大农民的拥护和支持，而要开展土地革命所面临的首要问题便是如何确定革命目标，从而赋予革命对象性和目的性。针对广大贫苦农民强烈渴望拥有土地，而土地资源又集中于少数人之手的现实情形，自然而然地便将革命对象引向地主阶级。地主和佃农的本质区别在于是否拥有土地所有权，地主阶级正是凭着地权残酷压榨农民的。蒋牧良的《三七租》、马子华的《他的子民们》和叶紫的《丰收》等作品都生动地揭示出无地、少地农民在面对地主残酷剥削和压榨时的辛酸与无奈。丁玲在《水》里也通过人物之口说过："只要有着土地，就全有我们在。……土地就是我们的命呀！"① 事实证明，能否解决无地、少地农民的土地需求，直接关系到农民是否能够积极拥护革命，进而也决定了土地革命能否最终取得成功。在茅盾的《泥泞》中，已经加入农会的村民们之所以不愿意去开会，乃是因为农会未能兑现承诺把土地分给他们，遂萌生出被欺骗之感，情绪变得极为消极低落。而在吴奚如的《活摇活动》中却呈现出另一番截然不同的景象，金麻子在分得土地后不禁欣喜若狂，公开表态要永远跟着共产党走。由此可见，满足农民的土地要求对于土地革命的深入开展是尤为重要的，唯有如此，方能激起农民的革命热情，从而取得斗争的胜利。

萧军、端木蕻良等东北作家更是有着丧失家园和故土的血泪痛楚，犹如端木所言的那样，"土地使我有一种力量，也使我有一种悲伤"②。常言道，越是失去的越是觉得宝贵，东北作家出于对沦陷了的故土心理补偿的需要，同时也由于身为移民后代的他们血液里原本就流淌着对于土地的挚爱，因此，自然而然地在小说中倾注着对于那失去了的黑土地的深情，着意展现出东北农民抗日保土的爱国精神和顽强的斗争意志。

萧军《八月的乡村》里的小红脸投奔革命军后一直对土地念念不忘，希望有朝一日能够夺回属于自己的田地，但他也明白不把日本人赶出中国是不可能重新过上安稳日子的。李辉英的《万宝山》是根据轰动一时的"万宝山事件"写成的，1931年汉奸郝永德非法租了3000余亩土地，租期为10年，在契约尚未生效的情况下他便擅自将土地转租给朝鲜人耕种，在日本人唆使和支持下，朝鲜人不仅侵占了土地，而且还未经允许在中国农民的田里挖沟引伊通河水浇田，由此引起当地农民的不满，他们组织了

---

① 丁玲：《水》，《北斗》1931年第1卷第3期。
② 端木蕻良：《我的创作经验》，《文学报》1942年第1号。

自卫队,与日本军警展开英勇顽强的武装斗争。端木蕻良被誉为"土地与人的行吟诗人"①,他对于故乡的土地有着近乎血亲般的情感认同,"土地是我的母亲,……我是土地的族系,我不能离开她"②。端木蕻良在《大地的海》中讲述了农民为了土地而英勇抗争的战斗历程,日寇逼迫农民铲掉青苗,修筑一条通往城市的公路,以便加紧掠夺农村的各种资源,失去了土地的农民在革命者的启发和带领下团结一致,与日寇展开殊死搏斗。

---

① 杨义:《中国现代小说史》第3卷,人民文学出版社1986年版,第275页。
② 端木蕻良:《土地的誓言》,载《端木蕻良文集》第7卷,北京出版社2009年版,第480页。

第二章 文艺大众化讨论对左翼乡土小说的影响

为了让左翼文学深入普通民众之中，左联自成立之后便十分重视文艺的大众化，为此先后进行过三次文艺大众化讨论，这对左翼乡土小说创作产生了深远的影响。1930年春，《大众文艺》编辑部组织发起文艺大众化座谈会，正式揭开第一次文艺大众化讨论的帷幕。这次讨论取得以下重要收获，鲁迅倡导为大众设想的作家要竭力创作既浅显易懂，又能让大家爱看的作品[①]；冯乃超强调文学的大众化问题实际上就是文学如何深入群众的问题[②]；洪灵菲针对文艺大众化的具体创作方法问题提出要"尽可能的利用大众所理解和爱护的那些旧的艺术形式，放进新的内容"[③]。在文艺大众化讨论的推动下，1931年左联执委会作出决议，为了完成当前的紧迫任务必须制定新的路线，而首要问题是必须推行文学的大众化。与此同时，伴随着中国革命的重心由城市转向农村，农民问题显得愈加重要，左翼作家不再像以往那样将表现对象和内容主要集中于城市革命以及工人运动，而是逐渐转向对土地革命和农民运动的描摹上来，左翼乡土小说创作开始兴盛起来。在早期革命文论中频频出现的是"工人阶级"这一词汇，而从20世纪30年代初起"工农大众"逐渐取代"工人阶级"，由于当时中国人口的80%以上都是农民，工人也大都是在农村破产后进城务工的农民，因而"工农大众"就其主体而言其实就是农民，相应地大众文化实质上主要就是农民文化。

1932年进行的第二次文艺大众化讨论与第一次的不同之处在于，这次讨论涉及大众文艺创作的许多具体问题，诸如大众文艺的语言、体裁、

[①] 鲁迅：《文艺的大众化》，载文振庭编《文艺大众化问题讨论资料》，上海文艺出版社1987年版，第17页。
[②] 乃超（冯乃超）：《大众化的问题》，载文振庭编《文艺大众化问题讨论资料》，上海文艺出版社1987年版，第13页。
[③] 洪灵菲：《我希望于大众文艺的》，《大众文艺》1930年第2卷第4期。

形式以及描写技术等，对于左翼乡土小说创作有着更为直接的指导和推动作用。在这次讨论中，不仅丁玲担任主编的《北斗》是展开讨论的重要期刊阵地，而且部分左翼乡土小说家（比如茅盾、丁玲、张天翼等）直接参与了讨论，其他如叶紫、艾芜、沙汀、蒋牧良等左翼新进作家则通过左联举办的文学座谈会以及阅读左联刊物等多种途径，及时了解到文艺大众化讨论的主要内容及观点，从而对他们的乡土小说创作产生一定的影响。

第一节　左翼乡土小说本土化的语言策略和创作实践

众所周知，文学是语言的艺术，任何文学文本都是由语言建构起来的，可以说，语言是文学得以产生和存在的家园，语言的改变会从根本上改变文学的面貌。文艺要想大众化首先必须让大众能够看得懂，这在当时左翼文论界已经达成共识。也正因如此，语言问题引起左翼文论家的高度重视，进而对左翼乡土小说创作产生了重要而深远的影响。作为反映社会生活和表达思想感情的唯一媒介，"想象一种语言就叫做想象一种生活形式"[①]，语言变革的背后往往意味着人对外部世界观念和态度的改变，五四时期的白话文运动便是中国人为了跳出由文言建构起来的知识和思想网络的一次努力，大量外来词汇和口语语汇的引入使中国人的知识领域得以迅速扩大的同时，也刷新了人们对于世界的认识，从而营造出新的文化家园。但是，由于五四白话文运动的不彻底性，实际上并未能真正做到言文一致，口语化的作家少之又少。五四文学不仅在翻译文学的影响下有着明显的欧化倾向，同时也未能彻底摆脱文言文的影响，这就使得五四文学的普及程度受到很大的限制，无法深入文化水平极低的底层工农大众中去，由此遭到左翼文论家的批评和否定。

一　左翼文论家的理论倡导及观点辩驳

左翼文论家为了让大众文艺能够深入普通百姓尤为重视的语言问题中，不仅将之视为文学的工具和载体，同时还赋予意识形态功能。

瞿秋白就极为重视大众文艺的语言问题，他认为，不仅"五四"产生的"新文言"因被出身于绅商阶级的文人用作散布封建思想和买办意识的工具而必须予以摒弃，甚至在五四白话文学基础上创作完成的早期革

[①]　［英］维特根斯坦：《哲学研究》，陈嘉映译，上海人民出版社2005年版，第11页。

命文学也是普通民众无福消受的,因而必须用劳动人民的语言来创作革命的大众文艺。不仅如此,瞿秋白还将文学语言问题提到政治高度上,强调指出,"不注意普洛文艺和一切文章用什么话来写的问题,这事实上是投降资产阶级,是一种机会主义的表现,是拒绝对于大众的服务"①。在他看来,五四式的白话非驴非马,和文言一样读出来也不能懂,仍是新式士大夫的专制工具,而无法作为沟通大众的工具。周扬在《关于文学大众化》一文中也提出,要想创作出劳苦大众能够看得懂的作品首先必须解决"文字"问题,而"五四式"的白话和"之乎者也"的文言都是他们看不懂的②。瞿秋白认为由于无产阶级身居各方杂处的大都市,他们的日常用语不仅容纳了许多方言,而且还接受了一些外国字眼,已经在产生一种中国的普通话,因而他心目中最理想的是用无产阶级话语来创作大众文艺。但是,正如茅盾所指出的那样,所谓无产阶级的全国范围的普通话实际上是子虚乌有、难以界定的,单是这种普通话是北方话的还是南方话的色彩浓厚些就很难抉择,"即使在一地的新兴阶级有其'普通话',而在全国却没有"③。事实上,在未能掌握全国政权的前提下,要想创造出能够为全国群众所共用的普通话几乎是不可能的。瞿秋白后来也多少意识到自己的设想有着过于理想化的一面,他在反驳茅盾时特意强调他并没有说全国范围的统一的中国话已经存在,而是说这种普通话已经在产生着,但还没有完全形成。有鉴于此,他提出在创造大众文艺时"要用现在人的普通话来写。——有特别必要的时候,这要用现在人的土话来写(方言文学)"④。阳翰笙对此深表赞同,但沈起予、魏猛克明确表示反对。阳翰笙在主张要用工农大众所说的普通话进行文学创作的同时,特意强调在必要时也可以用方言来写⑤。沈起予则主张除专为朗读以及给某个特定地方的人而写的作品之外,不宜使用土语⑥。魏猛克也认为,"土话是原始的,

---

① 史铁儿(瞿秋白):《普洛大众文艺的现实问题》,载文振庭编《文艺大众化问题讨论资料》,上海文艺出版社1987年版,第39页。
② 起应(周扬):《关于文学大众化》,载文振庭编《文艺大众化问题讨论资料》,上海文艺出版社1987年版,第139页。
③ 止敬(茅盾):《问题中的大众文艺》,载文振庭编《文艺大众化问题讨论资料》,上海文艺出版社1987年版,第116页。
④ 史铁儿(瞿秋白):《普洛大众文艺的现实问题》,载文振庭编《文艺大众化问题讨论资料》,上海文艺出版社1987年版,第40页。
⑤ 寒生(阳翰笙):《文艺大众化与大众文艺》,载文振庭编《文艺大众化问题讨论资料》,上海文艺出版社1987年版,第87页。
⑥ 沈起予:《〈北斗〉杂志社文学大众化问题征文》,载文振庭编《文艺大众化问题讨论资料》,上海文艺出版社1987年版,第157—158页。

没有进步性的语言"①,同时他还以张天翼小说中最喜欢用的一句骂语"奶奶雄"为例加以说明,倘若不是本地人是不能明白其意义的,"一篇文章用许多看不懂的土话,即使加了注释,那效果与搬用成语和典故,又有什么分别呢!"② 因此,他提出"倘谈到土话的采用时,则希望不要忽略了它现在在文学作品上所收到的是怎样的效果"③。司马疵又针锋相对地反驳了魏猛克的意见,他强调指出,为了当前大众的需要,绝不能把方言土话当作原始的、没有进步性的一弃了之,"为了目前救急的办法,也只有在各地方用各地方的'方言土话'",而"不能因为象张天翼先生用'奶奶雄'使一些地方的人不懂而怪'方言土话'的不行"④。由此可见,当时左翼文界对于文学用语问题并未达成一致意见。

总体而言,由于瞿秋白、阳翰笙在左翼文界身居领导地位,有着极强的影响力和号召力,他们的意见得到了更多的认同和支持,就连第三次文艺大众化运动的核心人物陈望道也持有类似的观点。在他们的共同推动下,1931年由瞿秋白修改定稿的左联执委会决议强调"在必要时容许使用方言"⑤,从而对左翼乡土小说创作产生了直接的影响。

此外,值得特别注意的是,不仅语言问题引起足够的重视,同时还涉及大众文艺的语体风格。

郭沫若对红色的高蹈派满纸新式的子曰诗云和咬文嚼字颇为不满,他认为,"大众文艺的标语应该是无产文艺的通俗化",哪怕"通俗到不成文艺都可以"⑥。郑伯奇针对语体的欧化也有过质疑,他在《关于文学大众化的问题》一文中批评了早期普罗文学通行的生硬的直译体等西洋化语体的弊病,认为这有碍于启蒙运动深入群众中去,因为"大众所爱好的是平易,是真实,是简单明瞭",而"智识分子所耽溺的眩奇的表现和

---

① 魏猛克:《普通话与"大众语"》,载文振庭编《文艺大众化问题讨论资料》,上海文艺出版社1987年版,第240页。
② 魏猛克:《普通话与"大众语"》,载文振庭编《文艺大众化问题讨论资料》,上海文艺出版社1987年版,第240—241页。
③ 魏猛克:《普通话与"大众语"》,载文振庭编《文艺大众化问题讨论资料》,上海文艺出版社1987年版,第241页。
④ 司马疵:《内容与形式》,载文振庭编《文艺大众化问题讨论资料》,上海文艺出版社1987年版,第265页。
⑤ 《中国无产阶级革命文学的新任务——一九三一年十一月中国左翼作家联盟执行委员会的决议》,载《中国新文学大系(1927—1937)》第1集,上海文艺出版社1987年版,第421页。
⑥ 郭沫若:《新兴大众文艺的认识》,载文振庭编《文艺大众化问题讨论资料》,上海文艺出版社1987年版,第12页。

复杂的样式"① 是大众无法理解和接受的。叶以群也认为,要实践文艺大众化不仅需要注意方言土话的运用,还必须实现句法的大众化,"一是句法的简单化、普通化;绝对避去烦累冗长的用语,务使诵读起来,非常顺口,而且谁都听得懂。第二是采用土语,用当地工农大众的土语来写作品,以供当地的工农大众读,这样才能使他们懂,引起他们的兴趣"②。同时他还提出,作家要想实现文学的大众化就必须深入大众中去,如此才能理解大众并且满足他们的需求。然而,就当时的现实情况而言,要想让左翼乡土小说家深入大众内部尤其是农民群体中去体验生活显然是不切实际的,但语言、句法和艺术表现形式上的大众化却相对容易些,具有一定的可操作性。

二 左翼乡土小说本土化的文本表现

在文艺大众化讨论的影响带动下,左翼乡土小说无论从语言还是句法乃至语体风格上相较于五四乡土小说而言都有着很大的改变,呈现鲜明的本土化特征。

首先,左翼乡土小说的叙述语言和对话大都简洁明了,趋近于口语,很少有佶屈聱牙处,较为贴近农民日常生活用语的原貌,小说句式也以短句为主,句法倒装、章法凌乱之类的欧化话语模式已经较为少见。同时,左翼乡土小说家大量增加对话在小说中所占的比例,并且注重通过对话和动作来展现人物的心理变化,而较少采用静止的心理刻画。

在左翼乡土小说家中,丁玲和茅盾在文艺大众化讨论前后都有作品问世,通过对他们前后期作品的对比分析,可以帮助我们更为直观地了解文艺大众化运动对左翼乡土小说的叙述语言、句式、句法等所产生的具体影响。

丁玲对于文艺大众化是有着自觉认识的,据她后来回忆虽然当年有些力不从心,但的确曾积极响应瞿秋白等提出的要搞大众化的倡议:"我们那时候也拼命想,写东西要用中国的形式,可是我用不来啊。我们曾到'大世界''新世界',去听'相声'、'独角戏'。"③ 虽然丁玲直言她学不来也不会用上海那些带着强烈逗趣色彩的大众化的东西,但身为左联党团

---

① 郑伯奇:《关于文学大众化的问题》,载文振庭编《文艺大众化问题讨论资料》,上海文艺出版社1987年版,第15页。
② 华蒂(叶以群):《〈北斗〉杂志社文学大众化问题征文》,载文振庭编《文艺大众化问题讨论资料》,上海文艺出版社1987年版,第149页。
③ 庄钟庆、孙立川:《丁玲同志答问录》,《新文学史料》1991年第3期。

书记的她依然不遗余力地加以倡导，在一次党小组会上便曾强调"写作要通俗化，大众化，口语化，要能使工人看得懂"①。丁玲不仅从理论上高度重视文艺大众化，同时她还身体力行地直接从事左翼乡土小说的大众化创作，而并非如她所言的那样"没用过那种形式写东西"②，《田家冲》和《水》等小说就是其主要的创作实绩。

丁玲的早期小说《莎菲女士的日记》《梦珂》《阿毛姑娘》等都是以女性为主人公，通过内心独白来展现女性复杂的情感体验和微妙的心理变化，形成"私语"的叙事模式，语言风格繁复细腻。在距离《水》创作完成时间最近的小说《阿毛姑娘》中有这样一句叙述话语，"阿毛真不知道也有能干的女人正在做着科员，或干事一流的小官，使从没有尝过官味的女人正在满足着那一二百元一月的薪水；而同时也有着自己烧饭，自己洗衣，自己呕心呕血去写文章，让别人算清了字给一点钱去生活，在许多高的压迫下还想读一点书的女人——而把自己在孤独中所见到的，无朋友可与言的一些话，写给世界，却得来是如死的冷淡，依旧又忍耐着去走这一条已在这纯物质的，趋图小利的时代所不屑理的文学的路的女人？"③这句话不计标点符号共有180字，一气呵成，不仅结构复杂，话语也极其缠绕，有着明显的欧化色彩，如此之长的单个句式在之后的《田家冲》和《水》中再未出现过。当某段叙述话语较长时，丁玲往往会将其切分为好几句话，所用词语也较为简单明了，使得读者阅读起来不会有太大的阻滞感。譬如《水》中有这样一段叙述话语："喊了的，哭了的，在不知所措，失了力量的那些可怜的妇女；在喊了哭了之后，又痴痴呆呆的噤住了，但一听到了什么，那些一阵比一阵紧的铜锣和叫喊，便又绝望的压着爆烈了的心痛，放声的喊，哭起来了。极端的恐怖和紧张，主宰了这可怜的一群，这充满了可怜无知的世界！"④整段话不计标点共109字，被分成两句，第一句话中间又由分号隔开，每小句话又被切分成多个组成部分，使得整段话阅读和理解起来要相对容易得多。

单单从个别字句的变化还不能反映出小说的整体变化情况，通过对丁玲的《阿毛姑娘》、《田家冲》和《水》以及茅盾的《蚀》三部曲和"农村三部曲"等小说分别进行统计，所得出的结论更能说明问题，具体统计情况如下：

---

① 关露：《我想起了左联》，载《左联回忆录》，知识产权出版社2010年版，第191页。
② 庄钟庆、孙立川：《丁玲同志答问录》，《新文学史料》1991年第3期。
③ 丁玲：《阿毛姑娘》，《小说月报》1928年第19卷第7号。
④ 丁玲：《水》，《北斗》1931年创刊号。

第二章 文艺大众化讨论对左翼乡土小说的影响

小说名称	总字数	句子总数	平均每句字数（取整数）
《阿毛姑娘》	24454	673	36
《田家冲》	20105	812	25
《水》	20193	714	28
《蚀》三部曲	204191	7511	27
农村三部曲	40462	1643	25

通过对比不难发现，《田家冲》和《水》的平均每句字数都要比《阿毛姑娘》少很多，明显有着短句化的趋向。茅盾前后期小说平均每句字数变化虽然没有丁玲小说那么明显，但同样也呈现出短句化的趋向。

不仅短句化趋向明显，小说中人物对话的变化情况也非常显著。由于茅盾的《蚀》三部曲和"农村三部曲"表现对象有所不同，前者主要是小资产阶级革命者，而后者是农民，人物对话没有太多的可比性，因而我们选取"农村三部曲"中的三个组成部分——《春蚕》、《秋收》和《残冬》来进行比较分析。茅盾"农村三部曲"中的《春蚕》发表于1932年11月，正值第二次文艺大众化讨论形成热潮之际，《秋收》和《残冬》则创作完成于1933年4—7月，此时第二次文艺大众化讨论早已结束，但对左翼乡土小说创作产生的影响正日益深化。统计表格如下：

小说名称	总字数	对话字数	平均每句对话字数	对话约占全文比例（%）
《阿毛姑娘》	24454	1535	15	6
《田家冲》	20105	7008	19	35
《水》	20193	8728	21	43
《春蚕》	13819	1141	13	8
《秋收》	16576	2605	12	16
《残冬》	10067	2685	13	27

由上表我们不难看出，丁玲和茅盾乡土小说中对话所占全文的比例都随着时间推演呈现逐渐增大的趋势，尤其是丁玲作品的变化更为明显。需要说明的是，在从事左翼乡土小说创作之前，丁玲并不喜欢在小说中描写人物对话和动作，1931年5月她在光华大学演讲时即说过："在我的作品里，我不愿写对话，写动作，我以为那样不好，那样会拘束在一点上"[1]，这也就可以解释为什么其早期小说如《莎菲女士的日记》《阿毛姑娘》等

---

[1] 丁玲：《我的自白》，载《丁玲全集》第7卷，河北人民出版社2001年版，第4页。

只有极少的对话。正是在文艺大众化运动的影响下丁玲方才改变了创作观念，开始注重在小说中描绘人物对话，从而使得人物对话在全文中所占的比例急剧上升，尤其在《水》中对话已经接近全文的一半。1932年5月，丁玲在暨南大学所做的演讲中直接暴露出她创作理念上的变化，她认为当时的作家们为了使作品显得深奥普遍地偏爱修饰文句，像沈从文那样爱用倒装和堆砌浮词写成一种长句，"美是很美，然而大众是看不懂的"①。实际上，不仅沈从文，如前文所述的那样在丁玲的早期小说中也有着相同的特点，但此时她在文艺大众化运动的影响下已经对此有了自觉认识，开始有意趋向大众化。丁玲在《给〈大陆新闻〉编者的信》中谈及《母亲》的创作设想时更是对之前繁复的文风做了彻底否弃，她"力求着朴实和浅明一点的。象我过去所常常有的，很吃力的大段的描写，我不想在这部书中出现"②。茅盾在《春蚕》中主要通过大段静止的心理刻画来描绘老通宝的内心活动，而在此后创作完成的《秋收》和《残冬》中这一趋向明显减弱，更加注重通过对话和动作来揭示人物的心理活动。之所以如此与文艺大众化讨论有着很大的干系，他在《问题中的大众文艺》一文中就明确说过，旧小说之所以能更接近大众的主要原因在于"旧小说（指最得大众欢迎的旧小说）主要的描写方法是动作多，抽象的叙述少"③。

其次，左翼乡土小说中嵌入了大量的方言土话以及民谚俗语，甚至就连人物称谓也充分地方化。

方言和俗语都是在特定区域内通行的言语形式，因而往往具有鲜明的地域特色和风土气息，是乡土文学地域色彩的重要载体，适当使用的话不仅有助于引起当地人的阅读兴味，也有利于增强左翼乡土小说的地方色彩和风土味。正如当时有论者所说的那样，大众的方言土话不仅"丰富了创造了新的语汇，即语言的色彩，也赋予了新的形式，在质量上有了新的革命"④。具体而言，主要表现在以下三方面。

---

① 末卜：《丁玲女士演讲之文艺大众化问题——〈啼笑姻缘〉何以能握着大众的信心？》，《"〈啼笑因缘〉值得借鉴"——丁玲关于文艺大众化问题的具体意见》，《新文学史料》2012年第3期。

② 丁玲：《给〈大陆新闻〉编者的信》，载袁良骏编《丁玲研究资料》，知识产权出版社2011年版，第87页。

③ 止敬（茅盾）：《问题中的大众文艺》，载文振庭编《文艺大众化问题讨论资料》，上海文艺出版社1987年版，第112页。

④ 石夫：《中国现阶段文学之诸问题》，载《北方左翼文化运动资料汇编》，北京出版社1991年版，第245页。

第二章 文艺大众化讨论对左翼乡土小说的影响

第一，左翼乡土小说对话中的人物称谓时常会采用当地方言，在给人物进行命名时也有着明显的地方特色，显露出独特的乡土风味。

夏丏尊在第三次文艺大众化讨论中曾经专门撰文论述文学作品中的人物称谓问题，他指出在日常生活中人们都是叫"爸爸"、"爷"或者"爹"以及"娘"、"妈"或者"姆妈"，但在白话文包括初小教科书中却常常用的是"父亲"和"母亲"这样的称谓，显得非常可笑，"'爷娘妻子走相送'，唐人诗中已叫'爷娘'了，我们现在倒叫起'父亲''母亲'来，这不是怪事吗？"[①]为此，他建议在进行文学创作时要尽可能地吸收方言和采用大众常用的活话。其实在他提出这一问题之前，丁玲、茅盾等左翼乡土小说家已经意识到这一点，在小说中大量使用方言来称谓人物。

丁玲在《田家冲》和《水》中基本上都是采用常德方言来称谓人物的。比如《田家冲》中的"幺妹"（最小的妹妹）、"丫头"等，《水》里的"二毛"、"三毛"、"毛毛"、"老板"（丈夫）、"堂客"（妻子）、"老幺"（最小的孩子）、"三姆"（赵三爷的老婆）等都是带有地方色彩的称谓。将丁玲的《田家冲》《水》与1928年创作完成且同样涉及农村的《阿毛姑娘》进行对比，便能见出在人物称谓上的显著变化。在《阿毛姑娘》中"父亲"这一书面称谓是和阿爸、阿毛老爹等地方称谓混合起来使用的，其中称呼"父亲"有20处，此外还有1处"老父"，"阿毛老爹"有5处，"阿爸"1处；全文中称呼"母亲"和"妈"各1处；在指称"丈夫"时还用过"夫婿"这样的古文词汇；此外也没有"三姆"这样极具地方特色的称谓，而是用比较通行的"婶婶"。而在《田家冲》中称呼"父亲"只有2处，"爹"这样的地方化称谓却多达63处；"妈"的称谓也多达52处，"母亲"却只有1处，而且是出自文化程度较高的三小姐之口。《水》中"妈"这一称谓有13处，"母亲"有2处，另有"刘二妈""三姑妈""大妈""伯妈"等多种地方化称谓；"爸"和"爹"分别有3处和2处，没有"父亲"这一称谓出现。通过前后对比不难发现，丁玲在文艺大众化运动影响下的确是有意将小说人物称谓地方化的。

此外，其他左翼新进作家作品中的人物称谓也往往带有浓烈的地方特色。与丁玲一样同为湖南籍的叶紫在小说中也用"堂客"来指称妻子，除此之外还有"老倌"等更为别致的人物称谓。叶紫《丰收》中的"云普叔""云普婶""玉五叔"和《星》中的"梅春姐""德隆嫂""麻子

---

① 夏丏尊：《先使白话文成话》，载文振庭编《文艺大众化问题讨论资料》，上海文艺出版社1987年版，第224页。

婶""黄瓜妈"等都是采用"名字+称谓"的组合方式。与之相类似的还有吴组缃《樊家铺》中的"线子嫂""线子娘"等,以及吴奚如《活摇活动》中的"德春叔""麻子哥""庚培嫂"等。叶紫是湖南人,吴奚如是湖北人,而吴组缃是安徽人,都属于楚文化影响圈,因而人物称谓也有着共通性。

在同为潮州籍的戴平万和洪灵菲的小说中则常以"阿承""阿猪"(戴平万《春泉》)、"阿进"(洪灵菲《在洪流中》)来称呼人物;茅盾的"农村三部曲"中也有"阿多""阿四""阿爹""阿嫂""阿九"这样的称谓。茅盾是浙江人,与广东潮州同属吴越文化圈,其人物命名也呈现相似性。

东北作家小说中的人物常常以绰号命名,比如萧军《八月的乡村》中的"铁鹰队长""小红脸""刘大个子";端木蕻良《大地的海》里的"红辣子""张大个子",《遥远的风砂》中的"双尾蝎""煤黑子";萧红《生死场》中的"二里半""麻面婆""罗圈腿""秃胖子";等等,都是如此,带有独特的东北地域文化特征。南方作家中也有以绰号命名人物的,比如蒋光慈《咆哮了的土地》中的刘二麻子,还有蒋牧良《航船》里的驼背五叔、红鼻子、黑麻子、矮胖子,《旱》中的贤七矮子、星克大头,《报复》里的舜鸡公、曾猪婆、角斗巴公、贵驼子,等等,都是以绰号命名,但和东北作家作品相比又有着明显的地域差异。

山东籍作家王统照《山雨》中的官绅人物多以"姓氏+职务"来称呼,比如陈庄长、吴练长,其他农村里的头面人物或者德高望重者多以"魏大爷""奚二叔""陈大爷"之类相称,显现出齐鲁大地深受儒家文化浸润讲究礼仪的特点。

此外,在四川籍作家罗淑的《井工》《地上的一角》《鱼儿坳》等小说中有一个共同的人物——"老瓜",这一人物命名有着鲜明的四川地方特色。"瓜"在四川方言中用来形容某人痴傻憨呆,罗淑在小说中还对此专门做过解释:"这名字的意义是无力,是懦弱,甚至是憨痴,更由这而来的是讪笑,是揶揄。"[①]

但也并非所有的左翼乡土小说家都像丁玲、叶紫等这样将人物称谓充分地方化,比如蒋光慈《咆哮了的土地》里的叙述话语仍然使用的是"父亲""母亲"这样的书面称谓,只是在人物对话中会使用"爸""妈"等地方称谓。小说中在王贵才不慎跌入水池遭到其父王荣发责备之后,有

---

① 罗淑:《井工》,载《罗淑选集》,四川人民出版社1980年版,第54页。

这样一段叙述话语:"父亲的话好像一桶冷水一般,将王贵才的浑身的热度都浇下去了。他只是向父亲望着,没有回答他所说的话。看见父亲的驼背的后影,不禁忽然消逝了由父亲的话而生的气愤"①,蒋光慈在描述没有接受过任何正规文化教育的王贵才的心理活动时频频使用"父亲"这样的称谓显然是不符合人物身份的。由此可以见出,蒋光慈并未像丁玲那样明显受到文艺大众化运动的影响,而这与他特立独行不愿积极参与左联事务的态度是相一致的。

第二,左翼乡土小说中融入了许多方言土话和谚语,从而使得人物语言呈现口语化特征的同时,也增强了乡土小说的地方色彩。

左翼乡土小说家对此也是有着明确的自觉认识的,比如茅盾在《白话文的清洗和充实》一文中就倡导在小说中要尽量采用方言,一来可以用方言代替那些文言字眼,二来也能够增强作品的地方色彩。

丁玲《水》中的人物对话就掺入了许多地方俗语,比如"退哈欠"(退什么)、"屎到了门口才来挖茅厕"(平时毫无准备,事急时才仓促应对)。此外,《水》里的人物无论男女在对话中都时常夹杂着许多粗俗的叫骂,可谓名目繁多,这些粗俗的叫骂充斥着语言暴力,同时也带有对于女性的心理歧视,而这在丁玲早期小说中是十分罕见的。由此显现出丁玲的小说语言伴随着文艺大众化运动开始趋向于男性化和暴力化,借此来彰显男性农民身上所具有的原始强力,而这已经成为革命小说语言的一种独特标志,在其他左翼乡土小说家笔下也有不同程度的体现。

叶紫《丰收》中由于立秋忙于农会工作而耽误了农事,云普叔便忍不住骂道:"你这狗人的杂种!这会子到哪里收尸去了?"② 接着云普叔迁怒于云普婶,两人之间又爆发了激烈的争吵,"都是你这老猪婆不好,养下这些淘气杂种来!""老鬼!你骂谁啊?""骂你这偏护懒精的猪婆子!""好!老鬼,你发了疯!你恶他们,你把他们一个一个都拿去杀掉好了……"③ 在以上对话中,"收尸""老猪婆""杂种""懒精""老鬼"等都是当地骂人的粗话,如果单从语言文明的角度而言,小说中出现如此密集的骂人话语显然是不恰当的,但从地域文化的角度来看却使得人物对话充满地方风味,同时也符合文化水平极低的农村夫妇的身份。

---

① 蒋光慈:《咆哮了的土地》,载方铭、马德俊主编《蒋光慈全集》第4卷,合肥工业大学出版社2017年版,第11页。
② 叶紫:《丰收》,容光书局1935年版,第44页。
③ 叶紫:《丰收》,容光书局1935年版,第48页。

叶紫在从事文学创作前有过长期的农村生活经历，在大革命失败后他四处流浪又进一步贴近社会底层，因而能够原汁原味地摹写出充满独特地方特色的人物对话，使得人物语言极富个人色彩和地域风味。叶紫的小说语言基本不事雕琢，较少对语言进行锤炼，自有一种朴拙之美，借用鲁迅的话就是语汇的不丰"好像缺点而其实是优长之处"①。但实际上叶紫在小说中运用群众口头语言时也是经过一定的选择、提炼和加工的，因而他的小说中的方言土话一般都很容易理解，并不会严重阻碍读者阅读。在叶紫的乡土小说中加入了许多益阳方言土话，比如"日脚"（太阳）、"懒精"（不勤快的人）、"号丧"（令人讨厌的哭泣）等；农事、农具用语则有"标线"（稻穗从禾苞中长出）、"跛子桶"（一般四个人合作用一个桶打稻，不足四人时就像跛脚一样，故名跛子桶）、"挑草皮子"（农民用草皮来做肥料）、"牢刷版"（竹子做成的赶鸡工具）等。此外，叶紫小说中还穿插了一些农事谚语和气象谚语，农事方面的有"清明泡种"等，气象方面的则有"东扯西落，有雨不落""南扯火门开，北扯有雨来！"这些谚语是农民根据当地特有的农事活动和特殊的气象条件长期琢磨总结出来的，是农民生活和生产经验的结晶，同时也有着鲜明的地域特色。

蒋牧良的小说中也大量运用了方言俗语，比如《从端午到中秋》中的俗语"水都过了三丘田，你还在寻水路"意指事情都过去很久了，早就为时已晚；《集成四公》中的"枕头边上有一箩谷，死了还怕没人哭"用来形容钱、粮的重要性。《古记》里的"香炉腿"（传宗接代、延续香火）、"打计告"（商量事情）；《报复》中的"打油火"（敲诈勒索）等方言俗语都极富地方特色。

正如前文所言的那样，茅盾对于运用方言俗语是有着自觉意识的，他在《论大众语》一文中明确说过："方言中间有些语法能够传达某一种情趣的，都有被注意的价值，都有成为大众语的新鲜血液的资格。"② 在《春蚕》中茅盾运用了许多具有江南水乡特色的方言词汇，比如"塘路"（紧邻池塘的道路）、"快班船"（船身狭长，前低后高，有橹四支，同时摇动，还有一人坐在船头上扳桨，比一般航船要快些）、"官河"（流经水乡的主要干流，有时特指运河）、赤膊船（没有船篷等遮蔽的简易船只）

---

① 鲁迅：《叶永蓁作〈小小十年〉小引》，载《鲁迅全集》第 4 卷，人民文学出版社 2005 年版，第 152 页。

② 茅盾：《论大众语》，《新中华》1943 年第 1 卷第 8 期。

等。另外,还有一些当地的俗语,比如"棺材横头踢一脚,死人肚里自得知"等。此外,茅盾还在《春蚕》中加入了许多独具特色的养蚕口语和谚语,前者比如"蚕花太子""宝宝上山""蚕花廿四分"等,后者比如"清明削口,看蚕娘娘拍手"等,既展现出蚕乡所特有的乡土风味,也可以帮助读者更加深入地了解蚕乡风俗。

吴组缃的《一千八百担》最为人称道的就是其中的人物对话,在长达三万多字的小说中除了开头和结尾处的少量叙述文字,几乎全由对话组成,更为难得的是这些对话不仅有着鲜明的地方风味,同时还揭示出众多出场人物的个性特征。

自幼生长在皖南农村的吴组缃对于家乡的方言土话可谓了如指掌,在其设定的人物对话中融入许多俗语、民谚。比如说话要算数是"一滴水一个泡"[1],祖先的骸骨被称为"祖先的黄金",不要生气是"不要走气门",不要生我的气是"莫火我",疟疾是"半更子",其他如"十个女人九个肯,只怕男人嘴不稳""八字没见撇,他倒先伸腿了""这不是猫儿耍老鼠!这叫人怎么活""生了个天,难道不出太阳""挣住卵子才肯过河""天天在铜钱眼里打秋千""捉住个丫头要屙割""豆腐贴对联,两不粘""命里有屎吃,到处是茅坑""小狗掉在粪坑里,吃了一个饱"等地方俗语的大量运用,使得人物对话充满浓郁的地方味。

不仅如此,吴组缃还非常注重通过带有鲜明个人化色彩的地方俗语来表现不同人物迥异的个性,从而使得人物活灵活现、如在眼前。比如讼师子渔赞成子寿将义庄稻、田等全部瓜分的意见,因此遭到步青指责他"太没良心,太没宗旨",子渔在大笑一阵之后回击道:"老头子,在'家堂菩萨'面前,这是。你老哥扣屁眼赌个咒,分义庄,你心里想不想?……说谎话的不是好耶娘扯的!"[2] 言语尖刻、粗俗、放荡无忌却又一针见血,极其贴合其讼师身份,显现出土生土长的讼师对于本地语言超强的驾驭能力,寥寥数语便戳穿了步青的假面,其中的"家堂菩萨""扣屁眼赌个咒""说谎话的不是好耶娘扯的"都是当地的俗语。吴组缃原本还计划用皖南方言创作长篇小说《山洪》,虽然最终未能达成所愿,但由此也可以见出他对皖南方言的偏爱之情,以及运用方言土话的自觉意识。

除此之外,罗淑小说中也大量运用川南的方言土话,比如"抱鸡婆"

---

[1] 同为安徽籍的吴敬梓在《儒林外史》第 26 回中也有"一点水一个泡"的类似说法。[(清)吴敬梓:《儒林外史》,吉林大学出版社 2019 年版,第 228 页。]
[2] 吴组缃:《一千八百担》,《文学季刊》1934 年创刊号。

（孵蛋的母鸡）、"捞梢"（赌博翻本）、橘子"熟登了"（熟透了）等。

在东北作家创作的乡土小说中则掺入许多江湖黑话。比如在端木蕻良《遥远的风砂》中，枪法不算顶"靠"（对自己的枪法不是很有把握）、撒马撒马（看看光景）、有"荤腥"（有女人）、四至（舒服）、香一香（炒一炒）、躺桥（睡觉）、料水（守卫）、天"察棚了"（天阴了）、插了他吧（枪毙他吧）、借点"崽子"（子弹）、打脖回（撤退）、"滑"了（退走）等。萧军《八月的乡村》中胡子出身的铁鹰队长虽然极力控制着不说江湖黑话，但还是在无意中说出了"挂彩"（受伤）。对于其他尚未加入革命军的人来说却并无这样的禁忌，刘大个子在前往营地的路上就这样想着："我不大相信什么'革命'马上就能来的。……还不如现在去到那个'柳子'挂个'柱'混二年"①，其中的"柳子"是指有一定势力范围的武装土匪群体，挂个"柱"则是入伙的意思。

不过，值得注意的是，相对而言东北籍左翼乡土小说家对于方言的使用要稍弱一些，尤其是在萧红的《生死场》中就很少使用方言，而在萧军的《八月的乡村》中较少使用，这在一定程度上是由于他们的小说创作完成于来到上海之前，因而受到文艺大众化讨论的影响相对要弱些，同时这也与他们对于方言使用的主观认识有关。比如在萧红《生死场》中有这样一段叙述语："夏天有肥绿的叶子，肥的园林，更有夏夜会唤起王婆诗意的心田，她该开始向着夏夜述说故事"②，这段叙述语显然有些过于知识分子化了，并不符合王婆的身份。端木蕻良却并非如此，他"常常喜欢运用一些地方语，总觉得这样乡土味儿要浓一些"③，这在很大程度上乃是由于他在1932年考入清华大学之后便加入了左联，适值第二次文艺大众化讨论之际，因而在从事创作时受到了影响。端木蕻良于1935年创作完成的《科尔沁旗草原》中的人物对话及叙述话语都带有浓郁的地域特色，明显受到文艺大众化讨论的影响，对此郑振铎就曾评论道："近来提倡'大众语'，这部小说里的人物所说的话，才是真正的大众语呢！"④

第三，左翼乡土小说中方言土话的大量运用使得被五四白话文运动中

---

① 田军（萧军）：《八月的乡村》，容光书局1935年版，第24—25页。
② 萧红：《生死场》，容光书局1935年版，第123页。
③ 端木蕻良：《〈端木蕻良小说选〉自序》，载耀群编《端木蕻良小说选》，湖南人民出版社1981年版，第3页。
④ 端木蕻良：《致鲁迅（2封）》，载《端木蕻良文集》第8卷（下），北京出版社2009年版，第6页。

断了的方言写作传统在一定程度上得到恢复,让方言土话重新焕发出活力,同时也有助于增强小说的地方风味和艺术魅力。

美国乡土小说家赫姆林·加兰说过:"方言给语言以生命"①,虽然小说不必全部用方言来写,但是确有必要在乡土小说中适当地加以运用。

五四白话文运动在促使白话文地位得以提升的同时,也使得方言受到贬抑和压制,虽然在当时也进行过方言调查研究工作,但其目的却是要弥补白话文语汇贫乏的弊端,创造出一种能够通行全国的国语,而这些方言要想成为国语的构成基础却有待进一步的改造,而在经过改造之后的方言却又通常会在很大程度上失去原有的地方风味。同时由于五四白话文运动的主导方向是语体欧化,方言土话受到压制和冷遇,因而五四文学中极少以方言入文,诗歌方面仅有徐志摩等人曾经尝试以土白创作过《一条金色的光痕》《东山小曲》等平民诗。诗歌如此,小说亦然。胡适就对鲁迅的《阿Q正传》有过感慨,假如"是用绍兴土话做的,那篇小说要增添多少生气呵!可惜近年来的作者都还不敢向这条大路上走"②。虽然胡适这句话的本意是想让鲁迅在创作《阿Q正传》时像土白诗那样从头到尾都采用方言,但也同时指出了包括鲁迅在内的五四作家"不敢"在文学作品中使用土话的问题,而这实际上是鲁迅有意为之的结果。鲁迅对于方言写作是持明确反对态度的,他认为,"若用方言,许多字是写不出的,即使用别字代出,也只为一处地方人所懂,阅读的范围反而收小了"③,因此,他在创作乡土小说时始终坚持使用欧化的白话文,而对于方言却慎之又慎。因而,虽然五四乡土小说家大都来自农村,他们对于各自家乡的方言也极为熟悉,但在创作小说时却往往在方言使用问题上持谨慎态度,由此导致五四乡土小说中方言土话的使用呈现碎片化的状况,甚至就连人物对话也常常是欧化的。茅盾就说过王鲁彦的《黄金》最大的缺点是人物对话"常常不合该人身份似的太欧化了太通文了些",如果采用宁波土白"大概会使这篇小说更出色些"④。同时茅盾还主张"小说中人物的对话,最好是活的白话,而不是白话文"⑤。

---

① [美]赫姆林·加兰:《破碎的偶像》,刘保端等译,载《美国作家论文学》,生活·读书·新知三联书店1984年版,第93页。
② 胡适:《〈吴歌甲集〉序》,《国语周刊》1925年第17期。
③ 鲁迅:《文艺的大众化》,载《鲁迅全集》第7卷,人民文学出版社2005年版,第367—368页。
④ 方璧(茅盾):《王鲁彦论》,《小说月报》1928年第19卷第1号。
⑤ 方璧(茅盾):《王鲁彦论》,《小说月报》1928年第19卷第1号。

当然，也并非说五四乡土小说中没有方言或者只有改造过的方言，在小说中多少也会保留一些原汁原味的方言土话。早在1924年就有人认为，鲁迅的"《呐喊》底乡土色彩是很重的，所以我虽是瓯江系贴邻的太湖系人，还有些地方不大了解"①，这里所说的"有些地方不大了解"既是风俗习惯方面的，同时也包括语言方面的。但正如上文所述，以鲁迅为代表的五四作家从主观上非但不想让更多的方言土话进入小说中，反倒是要尽可能地减少或者不用方言土话，只不过有些方言土话因为没有可以替代的白话被保留下来罢了，这与左翼乡土小说家有意将方言土话融入小说中的做法是有着本质区别的。造成此种差别的原因自然是多方面的，但主要还是在于作家创作理念的不同，五四乡土小说家是应着思想启蒙的需要自觉摒弃方言土话的，其目的是让不同地域的民众尤其是市民阶层都能欣赏和接受其作品；而左翼乡土小说家则是应着革命启蒙的现实需要自觉采用方言土话，以便让其小说尽可能地为文化水平低下的工农大众所理解和接受。

需要特别说明的是，横跨"五四"和左翼两个时期的乡土小说家彭家煌是个例外，他既是五四乡土小说的重镇，同时早在1931年便经由潘汉年介绍加入左联。彭家煌在创作乡土小说时"使用地道的乡土语言，叙述故事描写人物都用乡下土俗语言讲述，你找不到文人痕迹。另外，他的人物语言也完全是乡土人的故乡语言，并让大量俗语、俚语、歇后语、谚语进入叙事与人物的口语表达"②。他的《怂恿》因为带着土音的对话和鲜明的地方色彩等特征而被茅盾誉为五四时期最好的乡土小说之一，而在左联时期收入《喜讯》集中的乡土小说也延续了注重运用方言土话的创作特点。

三 左翼乡土小说本土化存在的缺憾

由于左翼乡土小说语言的本土化试验尚处于尝试阶段，难免会有一些缺憾。比如丁玲由于对普通农民生活不够熟悉，单凭想象很难贴合农民语言的实际情状。在她的《田家冲》和《水》中，人物语言与对话就存在刻意短句化和粗陋化的弊病，明显带有"不熟悉农民语言而又要刻意显示农民语言特色的模仿化和想象化痕迹"③，就连对《水》赞誉有加的冯

---

① 正厂：《鲁迅之小说》，《时事新报·学灯》1924年3月18日第3版。
② 刘恪：《中国现代小说语言史（1902—2012）》，百花文艺出版社2013年版，第192页。
③ 逄增玉：《文学现象与文学史风景》，商务印书馆2011年版，第445页。

雪峰也认为《水》的文字组织"是过于累坠和笨重,就使我们读起来也很沉闷的"①。比如在《水》中裸着身体的汉子在鼓动灾民们起来抗争时所说的话中既有"杂种""他妈的""老子"等粗俗语汇,又有"胼手胝足""恃凶来讹诈"等书面语言,呈现无法谐和的一面。归结起来,左翼乡土小说本土化尝试所存在的主要缺陷有以下两方面。

首先,方言土话的运用的确有助于增强作品的地域色彩,但如果使用过于泛滥或者太过生僻的话也会适得其反,反倒有可能给本地以外的读者阅读和理解小说带来严重障碍,从而影响到传播与接受的范围和广度,甚而会从"大众文艺"蜕变为"小众文艺"。

左翼文论家对此也有所认识,鲁迅就说过:"太僻的土语,是不必用的"②,而要"做更浅显的白话文,采用较普通的方言,姑且算是向大众语去的作品"③,"倘写土话,别处的人们就看不懂,反而隔阂起来,不及全国通行的汉字了"④,但同时他认为,在开首启蒙的时候还是要"各地方各写它的土话,用不着顾到和别地方意思不相通"⑤,之后再逐渐加入普通的语法和词汇,最终形成通行全国的语言的大众化。在第三次文艺大众化运动讨论中,垢佛在《文言和白话论战宣言》一文中也针对大众语是用各地方言连缀而成的观点提出质疑,他认为,"我国的方言,各处不同,倘用粤省的方言,我们江苏人不懂,倘用江苏的方言,湖南河北等省的人,恐亦不大明瞭。我想'大众语'也决不如此简单"⑥。

在左翼乡土小说中,由于方言土话的大量运用而影响到读者阅读和接受的典型文本当首推王统照的《山雨》。

《山雨》被公认为王统照的代表作,1933 年刚一问世便引起文坛瞩目。茅盾即认为,《山雨》是"五四"以来描写北方农村的长篇小说中最为坚实的一部⑦,吴伯箫更是将《山雨》与《子夜》并置,称 1933 年为

---

① 丹仁(冯雪峰):《关于新的小说的诞生》,《北斗》1932 年第 2 卷第 1 期。
② 鲁迅:《答曹聚仁先生信》,载文振庭编《文艺大众化问题讨论资料》,上海文艺出版社 1987 年版,第 326 页。
③ 鲁迅:《答曹聚仁先生信》,载文振庭编《文艺大众化问题讨论资料》,上海文艺出版社 1987 年版,第 326 页。
④ 鲁迅:《门外文谈》,载《鲁迅全集》第 6 卷,人民文学出版社 2005 年版,第 99 页。
⑤ 鲁迅:《门外文谈》,载《鲁迅全集》第 6 卷,人民文学出版社 2005 年版,第 99 页。
⑥ 垢佛:《文言和白话论战宣言》,载文振庭编《文艺大众化问题讨论资料》,上海文艺出版社 1987 年版,第 180 页。
⑦ 东方未明(茅盾):《王统照的〈山雨〉》,《文学》1933 年第 1 卷第 6 号。

"子夜山雨季"①。但在中华人民共和国成立后编写的《现代文学史》中对于《山雨》的评价却并不高，为此臧克家曾想要代王统照讨回公道，但总编辑给出的答复是"我替剑三在会议上说了些好话，可是编辑同志说：他的文句不通！"②臧克家对此颇为不满，他认为："《山雨》因为写的是山东农村人物，当然少不了用点土话，你不懂就'不通'了?！真可笑。"③然而，事实上王统照使用的土话的确有着过于生涩的弊病。由于王统照在《山雨》中所用的是山东诸城一带的方言，个别用语就连诸城以外的山东人也不一定能听懂，比如"呕哈！今儿个的天够一份！"④呕哈是感叹词，即便不明其意也不致影响理解下文，而"天够一份"就让人费解了，恐怕不是诸城当地人很难会想到这是在说今天天气真冷的。其他诸如"不上"（荒年交不出佃租）、"夜来"（昨天）、"不正干"（不守规矩，走歪门邪道）、"泊地"（靠近池塘或湖泊的田地）、"拥撮"（尽力争取、维持，拥撮客人时则为热情款待）、"龄今"（现在）、"路倒"（倒毙在路上的人）、"行行子"（家伙，对人或物的一种蔑称）、"住一会"（过一会儿）、"簸弄"（耍弄、戏弄）等方言土话若不加注释的话，诸城之外的人恐怕是很难明了确切含义的。

当时有些左翼乡土小说家显然也意识到这一问题，他们所做的补救措施是在小说文本中附以旁注或者文中注。比如茅盾的《春蚕》、蒋牧良的《懒捐》以及端木蕻良的《遥远的风砂》分别在《现代》、《文学季刊》和《文学》等刊物上发表时⑤都对令人费解的方言土话专门作了注释。此外，萧军的《八月的乡村》、葛琴的短篇小说集《总退却》中的《蓝牛》⑥等乡土小说在出版时，也在文中附以注释。吴组缃的《一千八百担》在《文学季刊》刊发时除对地方风物和方言土话进行旁注说明之外，还特意对农民求雨时祭拜的"癫痫头孩子模样的菩萨"作了多达367字（不含标点符号）的注释：

---

① 吴伯箫：《剑三，永远活着》，《前哨》1958年1月号。
② 臧克家：《我认识的王统照先生》，《文史哲》1987年第6期。
③ 臧克家：《我认识的王统照先生》，《文史哲》1987年第6期。
④ 王统照：《山雨》，开明书店1933年版，第1页。
⑤ 茅盾：《春蚕》，《现代》1932年第2卷第1期；蒋牧良：《懒捐》，《文学季刊》1934年第1卷第3期；端木蕻良：《遥远的风砂》，《文学》1936年第7卷第5号。
⑥ 端木蕻良：《八月的乡村》，容光书局1935年版；葛琴：《总退却》，良友图书公司1937年版。葛琴的短篇小说《蓝牛》无论刊载于《夜莺》1936年第1卷第4期，还是后来收入作品集《总退却》，均在文末附有注释文字。

这位脾气好的菩萨,叫做"西风癞痢"。据说玉皇大帝是他的外公。外公派他一件有趣的差使:职司山乡地方的晴雨。每逢六月,也不知他是孩子气玩乱了心,还是其实做不得主,天老是一晴就晴上十天半个月,让太阳把田里土壤晒开裂,河水干涸到露出滩石;正要飞速地发长的稻稞,都变得垂头丧气,一天天萎黄。大家一看这情形:急得要不得,照例先禁三天屠,表示向这位癞痢头孩子以及他的上司下属忏悔求情。还不下雨,村上人把锣一敲,邀上一百二百人,戴起杨柳圈,赤着脚,排成行列,火把,龙旗,香案,鸣锣放鳅,星夜跋涉三四十里乱石荆棘路,到承流峰顶的龙王潭里捉起一条鱼鳅,虾,四脚蛇,……或是计【什】么的,总之是条"真龙",关到瓦缸里,鸣锣喝道走回来,由地方上有体面的大老乡绅接着,供到这里龙王台上来。这是瞒住癞痢头孩子,贿赂恐吓他的下属的办法,如果仍然不下雨,那可不客气了:选几个粗壮汉子,跑到斗南山西风庙里由神座上把癞痢头孩子绑押到这里来,叫猛毒的太阳把他一头癞痢晒得出汗冒油!①

这样的大段注释不单单有助于读者弄清小说中较为生涩的方言土话的含义,了解地方的风土民俗,同时也可以增加他们的阅读兴味。注释就其本意而言是为了让方言区之外的读者能够理解方言土话的具体所指的补救措施,但由此形成了一种独特的文体现象。与左翼乡土小说处于同一时期的京派乡土小说中却极少有注释出现。沈从文的《边城》于1934年在《国闻周报》上连载时并无任何注释,是年由生活书店结集出版的初版本中也没有进行注释②。

　　其次,左翼乡土小说家在运用方言土话时往往取法自然,非常注重本色,而没有对方言土话进行必要的美化和提纯,从而也在一定程度上造成小说语言的粗鄙化和浅陋化,缺乏艺术性和审美性,因而未能在实用和艺术、通俗和高雅之间取得平衡。

　　需要特别指出的是,左翼乡土小说家也逐渐意识到语言的粗鄙化特别

---

① 吴组缃:《一千八百担》,《文学季刊》1934年创刊号。
② 1944年12月,沈从文在校读文聚版土纸本《长河》时十分细致地加批了大量的注释,"如此作法,就沈来说,属绝无仅有,惜未见出版"。(沈从文:《〈长河〉自注》,载《沈从文全集》第10卷,北岳文艺出版社2002年版,第182页。)幸而《沈从文全集》的编者将50年前沈从文亲笔写下的批注整理成《〈长河〉自注》,已收入《沈从文全集》第10卷。

是流氓用语等问题，比如丁玲在《谈写作》一文中就明确反对生硬照搬方言土话，她认为，群众的语言也是有美丑之分的，所以，在吸收时必须有所选择和甄别，比如要写一个流氓，腔调上固然要像，却不能用流氓的语言，而是要用作家的语言也即文学用语①。但不容否认的是，正是通过文艺大众化讨论的理论倡导和左翼乡土小说家的创作实践才使得方言土话得到普遍认可与接受，不仅有利于增强乡土小说的地方风味和乡土色彩，同时也使得在欧风美雨下孕育成长起来的中国乡土小说家能够将创作之根深扎于民族文化的土壤之中，从而汲取充足的养料茁壮成长。

此外，需要着重说明的是，虽然左翼乡土小说家热心于文艺大众化运动的初衷是为了让文化素养较低的工农读者能够阅读左翼乡土小说，但实际上收到的成效微乎其微。然而，也不能据此就完全否定左翼乡土小说家在文艺大众化方面所做的努力，毕竟借此一方面的确深刻地改变了左翼乡土小说的创作面貌，另一方面也为以后赵树理等乡土小说家的创作打下坚实的基础，从而使得革命的乡土小说最终为劳苦大众所接受和欣赏。

第二节　左翼乡土小说对民谣和歌曲的借鉴与汲取

左翼文论家清醒地认识到劳苦大众中的大多数都是文盲，能识字的也多半连《三国演义》《水浒传》这样的旧小说都无法通读。但是，这并非意味着工农大众生活于文学荒漠中，事实上他们有着属于自己的文学，"他们有他们自己创作的俚谣，他们有他们自己表演的短剧。并且他们有他们能享受的巡回图书馆，在这图书馆有他们最喜欢的插绘本小说等"②。

郑伯奇在文艺大众化讨论中即指出文学作品要想赢得大众的青睐，就必须"帮助大众去创作民谣，编排戏剧"③。而茅盾更是早在1925年就说过："民谣是民众思想的结晶的表现，在民俗学上占着极重要的地位。而民谣中尤以恋歌为重要的部分，各国莫不皆然。"④ 鲁迅也曾倡导为大众

---

① 丁玲：《谈写作》，载《丁玲全集》第8卷，河北人民出版社2001年版，第268页。
② 郑伯奇：《关于文学大众化的问题》，载文振庭编《文艺大众化问题讨论资料》，上海文艺出版社1987年版，第16页。
③ 郑伯奇：《关于文学大众化的问题》，载文振庭编《文艺大众化问题讨论资料》，上海文艺出版社1987年版，第17页。
④ 茅盾：《打弹弓》，载《茅盾全集》第18卷，人民文学出版社1989年版，第462页。

着想的作家应该多写一些能为大众所理解所喜爱的作品，但受限于大众的文化水平，"那文字的程度，恐怕也只能到唱本那样"①。丁玲也在对《啼笑因缘》②为何会受到大众热烈欢迎进行深入分析的基础上提出要做到文艺大众化，第一必须接近大众，第二需要改变格调，"要借用《啼笑姻缘》《江湖奇侠传》之类作品底乃至俚俗的歌谣的形式，放入我们所要描写的东西"③。魏金枝在为《北斗》所作的应征文章中承认《水浒传》《西游记》等书籍以及山歌野调等民间流行的大众化作品"虽在内容的意识上不大正确，或竟极其有害，但对于大众化的这一点确已相当办到"；同时他提出"因要引起大众阅读的兴趣，必须把文学的题材针对时事与大众本身的需要"。在阳翰笙归纳总结出的不识字或半识字的工农大众所能欣赏的艺术形式中就有歌谣曲调，"走到随便那处的农村，那更是那些山歌小调的势力了"，"所以，这些歌谣曲调，在广大的文化水准很低，或者低至于零的工农群众中的影响是非常之大的"。

然而，真正愿意从事民歌民谣创作的作家却少之又少，倒是左翼乡土小说家受到启示，开始尝试着在小说文本中嵌入民歌民谣。这些带有独特地域特征和乡土文化特色的民歌民谣的嵌入，有助于增强左翼乡土小说的地域色彩和乡土气息，正如同鲁迅在《门外文谈》中所指出的那样，民谣、山歌、渔歌等流传于民间的歌谣都是不识字的诗人的作品，被吸收入文人的作品中作为新的养料，在文人的细腻之外别添一种刚健、清新的风味来④。同时，部分民歌在经过左翼乡土小说家改造后也有着明确的政治内涵和教育意义，有助于启发农民的革命思想和政治觉悟。

一 对民歌的直接汲取

左翼乡土小说家在小说中有意识地掺入一些情歌、山歌、田歌、秧歌和儿歌等各色各样的民歌，借此既可以表达农民的思想、情感和愿望，也能够增强左翼乡土小说的地方色彩。

蒋牧良《报复》的突出优点在于对农村乡土风情的着力渲染，小说中曾

---

① 鲁迅：《文艺的大众化》，载文振庭编《文艺大众化问题讨论资料》，上海文艺出版社1987年版，第17页。
② 系由张恨水创作的长篇章回体小说，该小说自1930年3月17日起在《新闻报·快活林》连载，后由三友书社结集出版单行本，题名均为《啼笑因缘》，因此下面引文中所写的《啼笑姻缘》不确，但为尊重原文起见保留原状。
③ 华汉（阳翰笙）：《普罗文艺大众化的问题》，《拓荒者》1930年第1卷第4、5期合刊。
④ 鲁迅：《门外文谈》，载《鲁迅全集》第6卷，人民文学出版社2005年版，第97页。

猪婆在田间劳作时哼唱的一段插秧歌就极富水乡特色："喝了酒，/面飞红，/栽个'直一'逞威风！/……尽管苦，/尽管穷，/田里栽了四条缝——/不怕无饭过残冬！"① 这段插秧歌充分表现出农民对于自身劳动技能的自信和夸耀，他们相信通过辛勤劳作一定能换回未来生活的保障，同时也表达出他们对于土地的信仰和依赖。但在当时动乱的社会现实中这样的民歌却只能起到暂时的心理安慰作用，广大农民事实上很难通过自己的辛苦劳动过上富足稳定的生活，在他们的生活中依旧充满着艰辛苦难和贫困饥饿。

在端木蕻良《大地的海》中，郝老爹自幼便失去父母双亲，后来他被无儿无女的牧猪人收留，在牧猪人去世后靠着给别人放猪来维持生活。孤独寂寞的他时常也会萌发出对自己苦难身世的哀叹，借着歌谣来发泄内心的苦闷，"小白菜儿，/地里黄啊，/两三岁时，死了娘啊——/……亲娘想我一阵风，/我想亲娘在梦中呵……"② 但是，别的孩子却不喜欢此种凄凉而忧愁的歌唱，每当他唱得起劲的时候他们便会唱起另一支恶毒的歌子来侮辱他："小猪官，/哭咧咧，/南边打水是你爹。……/谁听你歌多丧气，/谁想你妈好体惜！"③ 受到奚落和侮辱后郝老爹就不再唱了，由此也反衬出农村中人与人之间的隔膜和冷漠。

当时农民的生活无疑大都是贫穷和苦闷的，但他们不会因此整天沉浸在消极、悲凉的心境中。在王统照的《山雨》中，陈家庄的村民们农闲时围坐在一起听魏二说书，虽然他们一直都承受着苦难的折磨，但在听说书时暂时忘却了这一切而沉浸在兴奋的渔鼓声中，在动乱的年代里享受着难得的片刻悠闲和惬意。尤其是青年农民，对于他们而言一切的苦难都抵不过爱情的诱惑，越是生活困苦，他们越是渴望得到异性的温暖和抚爱，不善言辞的他们往往会借助情歌来表达自己热烈的情感，而在求之不得时也同样会借助情歌来排解心中的郁闷和伤感。

在丁玲的《田家冲》中，大哥知道三小姐要来的消息后在冲子外边大声地唱着情歌表达自己的爱意，"二月菜花香又黄/姐儿偷偷去看郎……"。尚不懂得情爱是怎么回事的幺妹无意识地跟着唱道，"蔷薇花，朵朵红，幺妹爱你……"④。三小姐到来后，大哥总爱在离家最近的田里干活，这样他便可以常常看见她了，每当他唱起歌时幺妹便接声了，幺妹让三小姐唱

---

① 蒋牧良：《报复》，载《蒋牧良小说选》，湖南人民出版社1983年版，第67页。
② 端木蕻良：《大地的海》，载耀群编《端木蕻良小说选》，作家出版社1993年版，第13页。
③ 端木蕻良：《大地的海》，载耀群编《端木蕻良小说选》，作家出版社1993年版，第13—14页。
④ 丁玲：《田家冲》，《小说月报》1931年第22卷第7号。

时三小姐只是笑。大哥虽然爱着三小姐，但性格内敛的他并不敢直接向她表白，因而始终未能将两人的关系进一步发展为恋情。与腼腆害羞的大哥相比，端木蕻良《大地的海》中的杏子却毫无顾忌，她在洗衣服时大胆地唱起泼辣直白的情歌，"哀梨岭！哀梨岭，我苦笑着。……/哀梨岭！他现在，要过岭去。……/离开了我的情的情人。……/走了约十里路，他足痛吧……"①。悠扬的歌声混合着刚健和婀娜，令人愉悦而又哀伤。来头在听到杏子的歌声后不禁动了思春之心，开始烦恼起来，往常耕作时愉快、刷溜的感觉荡然无存，变得疲懒起来。艾老爹觉察到二儿子来头受到杏子歌声的诱惑后，便想去阻止杏子继续歌唱，却非但没能制止住，反倒招来一顿羞辱。但杏子并非水性杨花的风流女子，在她身上有着东北女子的刚烈雄强气质，她爱憎分明、决不屈从。杏子原本喜欢艾老爹的大儿子虎头，但在虎头做了地主的走狗之后她毅然选择分手，转而爱上了善良朴实的来头。

叶紫的《菱》中也穿插有一段情歌："采菱采到……更半夜，……/想起了情郎……丢不下；……/湖中底寒鸦……叫啾啾，……/叫得奴家呀……好心忧！……/寒雁儿本是……悲秋鸟……/姐在房中想郎，……郎不晓；……/鸟为食来……奴为情，……/青春年少呀……好伤心！……"② 这段歌谣原本要表达的是少女渴望恋人关爱却又不可得的伤感情愫，但在小说中传达出的却是和尚嫂在采菱时的欢愉心情，歌谣中"采菱""寒鸦"等带有地方性和季节性的农事行为与动物物象显露出独特的地域风情。

传统乡土中国不仅产生了大量的歌谣俚曲，还孕育出浓郁的民俗文化，同时各个地方又有着不同的审美格调，由此便使得融入歌谣俚曲的左翼乡土小说呈现鲜明的地域文化色彩。然而，流传于民间的情歌并不都是朴实无华、清新优美的，也有一些艳歌淫曲。比如叶紫《星》中轻浮的男人在挑逗梅春姐时所唱的"姐说：'我的哥呀！……/我好比深水坝里扳罾……起不得水啦！……/我好比朽木子搭桥……无人走啦！……/只要你情哥哥在我桥上过一路身，/你还在何嗨……修福积阴功！……'"③。此种充满猥亵意味的歌谣不仅丝毫不能打动梅春姐的芳心，反倒从侧面表明梅春姐忠贞自守的品性。

正所谓唱者无心听者有意，有时情歌也会引起误解和难堪。茅盾

---

① 端木蕻良：《大地的海》，载耀群编《端木蕻良小说选》，作家出版社1993年版，第26页。
② 叶紫：《菱》，《四友月刊》1940年第8期。《菱》原本系叶紫拟创作的长篇小说，但生前仅完成1章，由巴金保存，经巴金许可后在《四友月刊》1940年第7期和第8期连载。
③ 叶紫：《星》，载胡从经编《叶紫文集》（上），湖南人民出版社1983年版，第312页。

《水藻行》中财喜在和侄子水生一道去"打蕴草"划船时唱起村里人常唱的歌来:"姐儿年纪十八九,／大奶奶,抖又抖,／大屁股,扭又扭;／早晨挑菜城里去,／亲丈夫,挂在扁担头。／五十里路打转回。／煞忙里,碰见野老公,——／羊棚口:一把抱住摔筋斗"①。原本这支歌是当地农民唱来讽刺不合理的婚恋习俗的,富农们常常为自己的儿子找一个年龄大得多的童养媳,以便榨取她的劳动力,处于青年期的童养媳在寂寞难耐之下经常背着小丈夫偷汉子。但因财喜与秀生老婆之间有着不伦关系,秀生便觉得这歌句句都是针对他唱的。为此他不但央求财喜别再唱了,还向财喜表明自己的态度,他虽是没有用的人,"可是,还有一口气,情愿饿死,不情愿做开眼乌龟"②。如此一来,反倒让财喜一时间没了主意,他不由得心里有些愧疚起来,觉得自己不该在秀生面前那样高兴地唱这支歌,仿佛自己是有意要向秀生示威似的。由此可见,这支民歌已经融入故事叙事网络之中,成为其中的有机组成部分,推动了故事情节的发展。

二　借用民歌曲调改编歌谣

左翼乡土小说家不仅直接汲取民歌来增强地方色彩,同时还在小说中借用和改编民歌曲调创作出具有现实性、阶级性和斗争性的歌谣,以此来表达强烈的反抗精神,鼓舞人民的斗争意志。

叶紫《偷莲》中的妇女们与汉少爷斗智斗勇,将其愚弄一番后捆了个结实,之后她们载着满船的莲蓬归去时唱起欢快的"偷莲歌":"偷莲……偷到月三更啦,……／家家户户……睡沉沉;……／有钱人……不知道无钱人的苦,／无钱人……却晓得有钱人的心!……"③ 在现实生活中的确有采莲歌,但"偷莲歌"却不大可能存在,极有可能是叶紫在民歌基础上加以改造而成的。左翼乡土小说家时常会借用民歌曲调改编歌谣以使其符合文义,比如在蒋牧良的《温师爷》中,小鬼头们追赶着温师爷唱着"温铁嘴,／狗奴才,／讨生谷,／天天来";"莫变狗,／满山走,／啃骨头,／戳烂口"④,这样的歌谣显然不可能直接取自现实生活,而是经过作者改编创作而成的。马子华的《路线》也与此类似,年轻农民们把他们平时演唱的田歌变了格调,用猛烈的力唱道:"小小田地不得栽,／又来

---

① 茅盾:《水藻行》,《月报》1937 年第 1 卷第 6 期。
② 茅盾:《水藻行》,《月报》1937 年第 1 卷第 6 期。
③ 叶紫:《偷莲》,载胡从经编《叶紫文集》(上),湖南人民出版社 1983 年版,第 214 页。
④ 蒋牧良:《当家师爷》,《现代》1934 年第 5 卷第 2 期。

公路把锄抬，/一家大小肚子饿，/仰起头来只喊天。/哎哟！只喊天。"①悲切苍凉的歌声随着冷风传到被迫修筑公路的农民们的内心深处，引起强烈的情感共鸣，终于他们在刘福源带领下奋起反抗，把两个工头打死在田里。

同样是战斗中遭遇失败、受到重创，萧军《八月的乡村》里革命军所唱的革命歌曲和伪军所唱的民间歌谣却有着极大的区别，所起到的效果也截然不同。革命军中的一个伤员在伤痛难耐时唱起歌来，而这歌声如同一根燃烧的火柴抛在有毛绒的毡上那样迅速激发受伤队员们火热的情感，他们被歌声缠裹着感动不已，竟然不顾伤痛跳起来踏着拍子合唱道："弟兄们死了，被人割了头；/被敌人穿透了胸！/活着的弟兄，要纪念他们，他们作了斗争的牺牲！/……弟兄们忍耐着艰苦！/弟兄们忍耐着创痛，/不忍耐没有成功；/……只有不断的忍耐，不断的斗争。……"② 这样的歌声催人振奋、促人觉醒，鼓舞起英勇顽强的战斗意志和不屈不挠的战斗精神，给革命者注入了强大的精神动力，就连平日里铁石一样坚强的铁鹰队长也被感动得流下两行热泪，"在这歌声里面，他寻到了力的源泉"③。失去了情人和孩子的李七嫂循着歌声找到革命军，"那时才，不安定和怆痛的心，现在也随着这歌声疲倦下来。同时她清明的意识到，从此她也将和别的男人们一样"④。而被革命军伏击后受到重创的伪军所唱的民间歌谣却充满着思乡的情感，与革命军鼓舞士气的战歌形成鲜明对比，绰号"百灵鸟"的伪军士兵这样唱道："一更里来，月亮照窗台？/奴家的丈夫怎还不回来？/当兵啊，一去三年整……/这样的岁月怎么叫人挨？……少柴无米呀……才逼走了你，/恩爱的夫妻呀，两啊两西东……"⑤ 如此凄婉缠绵的歌词不仅无法激起伪军们的战斗意志，反倒使得他们每个人都为自己的前途命运哀叹和担忧起来，就连"百灵鸟"自己也因受到强烈的心理触动一时间无法再唱下去。在战斗中伤残了的人开始怒骂"百灵鸟"，指责他唱得要人命，要他改唱轰轰烈烈的。"百灵鸟"却不为所动，仍然接着唱了起来，"五更呀里来，月儿挂西天，/世间哪有谁知当啊当兵的难！/打了个胜仗呀没有个归家的日……/打了败仗呀，骨肉不团圆。……"⑥ 这沉闷哀伤的歌声深入每个伪军士兵的心底，"我们这是为谁打仗"的疑问激

---

① 马子华：《路线》，《现代》1934年第5卷第1期。
② 田军（萧军）：《八月的乡村》，容光书局1935年版，第143—144页。
③ 田军（萧军）：《八月的乡村》，容光书局1935年版，第144页。
④ 田军（萧军）：《八月的乡村》，容光书局1935年版，第147页。
⑤ 田军（萧军）：《八月的乡村》，容光书局1935年版，第53—54页。
⑥ 田军（萧军）：《八月的乡村》，容光书局1935年版，第55页。

荡在每个人的心田,引起强烈的反战、厌战情绪。

王家堡子被革命军攻陷之后,青年农民们和革命军共同感受着歌声的力量,"等待歌声起来的时候,篝火便被遗忘掉;到歌声高沸到不可遏止的时候,歌声也被遗忘了。贯穿每颗心,充满每只眼睛,充满每人的咽喉……只是一种火流,一种泪,一种震荡的鸣叫!"① 正是借着歌声的力量,青年农民们忘记了自己的农民身份,俨然一个个都是革命军队员,他们被歌声深深地感染,"一种不可抑制的引诱,抓紧每颗青年的心,开始为这活跃的、新鲜的、热情的人群所引吸;所迷恋"②,他们内心早已决定明天一定要加入革命军。充满战斗性和鼓动性的革命歌曲的教育功能和感染力量是显而易见的,即便是文盲的青年农民也能够为歌曲所吸引、所迷恋,革命军对于革命战歌的此种非常力量也是有着自觉意识的,只要安定下来,安娜就教不识字的队员们认字和唱歌。

总体而言,左翼乡土小说家对于民谣和歌曲的借鉴和汲取还处于尝试阶段,但与五四乡土小说家及同时期的京派乡土小说家相比,确然有着更为自觉的意识和更为突出的创作实绩。

鲁迅早在1913年写给教育部的工作意见书中就曾率先提出民俗对于文艺的重要作用,呼吁成立国民文术研究会,"以理各地歌谣,俚谚,传说,童话等;详其意谊,辨其特性,又发挥而光大之,并以辅翼教育"③,但单就目前所见其乡土小说中并没有穿插过民歌民谣。周作人、刘半农等也在1918年2月间成立了歌谣征集处,1922年12月还创办了《歌谣周刊》,在发刊宣言中强调:"本会搜集歌谣的目的共有两种,一是学术的,一是文艺的"④,不过其影响主要集中在诗歌方面。俞平伯、刘大白和刘半农等人都曾积极参与创作拟歌谣体的新诗,但几乎未对乡土小说创作产生什么影响。虽然在鲁迅、台静农、许钦文和彭家煌等作于五四时期的乡土小说中有时也提到过"山歌""唱歌"等词语,但并未在小说中出现过具体的歌谣内容。在废名的小说中就目前所见仅有两处插入了歌谣内容:其一是在作于1923年的《柚子》中,柚子接过"我"从山顶上折下的杜鹃花后坐在门槛上唱起歌来:"杜鹃花,/朵朵红,/爷娘比我一条龙。/

---

① 田军(萧军):《八月的乡村》,容光书局1935年版,第204页。
② 田军(萧军):《八月的乡村》,容光书局1935年版,第205页。
③ 鲁迅:《儗播布美术意见书》,载《鲁迅全集》第8卷,人民文学出版社2005年版,第54页。
④ 周作人:《〈歌谣〉发刊词》,载张铁荣、陈子善编《周作人集外文(1904—1925)》(上),海南国际新闻出版中心1995年版,第477页。

哥莫怨，/嫂莫嫌，/用心养我四五年；/好田好地我不要……"①；其二是《火神庙的和尚》中一个顽皮的放牧少年为嘲弄头发因生虱而变稀疏了的小宝唱起的山歌："和尚头，光流流，烧开水，泡和尚的头。"② 蹇先艾在1926 年曾作遵义土白诗歌《回去!》③，但在其小说中涉及歌谣的目前仅见于1923 年的《乡间的回忆》，"我"在下水摸鱼时听到放牧归来的恒儿的歌声："鸦鹊窝，板板梭；一梭梭到对门坡，今年荞子少，明年荞子多!"④ 废名和蹇先艾所作小说中的这三处歌谣都是直接引自当地的民歌，无论从量上还是质上都无法与左翼乡土小说相提并论。

京派乡土小说家沈从文的《边城》以田园牧歌情调著称，其中仅"歌"字就出现了101 次（其中包括一次"诗歌"），但真正列出歌谣内容的却只有过渡人走后翠翠在船上轻轻哼唱的巫师十二月里为人还愿的迎神歌⑤："福禄绵绵是神恩，/和风和雨神好心，/好酒好饭当前陈，/肥猪肥羊火上烹!/洪秀全，李鸿章，/你们在生是霸王，杀人放火尽节全忠各有道，/今来坐席又何妨!/慢慢吃，慢慢喝，/月白风清好过河!/醉时携手同归去，/我当为你再唱歌!"⑥ 这首极为柔和的歌唱起来快乐中又微带忧郁，颇符合翠翠当时的心境。众所周知，湘西是盛产民歌民谣的地方，在小说中翠翠的父母就是通过对歌互生爱慕后结合在一起的，傩送和天保原本也是约定站在渡口对面的高崖上轮流去给翠翠唱歌，谁得到回答谁便迎娶翠翠。然而在小说中我们却无法得见优美的歌词，只能通过爷爷的描述和翠翠本人在梦中随着歌声飞到悬崖半腰摘虎耳草来间接感受歌声的优美动听，让人多少觉得有些遗憾。只有到了最后一个京派作家汪曾祺笔下才开始在小说中大量穿插歌谣内容，但其时已经是在中华人民共和国成立之后。

---

① 冯文炳（废名）：《柚子》，《努力周报》1923 年第 59 期。
② 冯文炳（废名）：《火神庙的和尚》，《语丝》1925 年第 18 期。
③ 蹇先艾：《回去!》，《晨报副镌·诗镌》1926 年第 1 号。
④ 蹇先艾：《乡间的回忆》，载《蹇先艾文集》第 1 卷，贵州人民出版社 2004 年版，第 1—2 页。
⑤ 需要说明的是，由北岳文艺出版社 2002 年出版的《沈从文全集》第 8 卷中的《边城》在编入时所依据的是改订本，在 1934 年 10 月生活书店初版本中的《迎神歌》前面补上了一大段歌词，"你大仙，你大神，睁眼看看我们这里人!/他们既诚实，又年青，又身无疾病。/他们大人会喝酒，会作事，会睡觉;/他们孩子能长大，能耐饥，能耐冷;/他们牯牛肯耕田，山羊肯生仔，鸡鸭肯孵卵;/他们女人会养儿子，会唱歌，会找她心中欢喜的情人!/你大神，你大仙，排驾前来站两边。/关夫子身跨赤兔马，/尉迟公手拿大铁鞭。/你大仙，你大神，云端下降慢慢行!/张果老驴上得坐稳，/铁拐李脚下要小心!"（《沈从文全集》第 8 卷，北岳文艺出版社 2002 年版，第 96—97 页。
⑥ 沈从文：《边城》，生活书店 1934 年版，第 77—78 页。

通过比照我们不难发现，左翼乡土小说家对于民歌的借鉴和汲取是有着自觉意识的，而这正是左翼乡土小说家在文艺大众化运动影响下有意为之的结果。

第三节　左翼乡土小说风景描写的去象征化和弱化

众所周知，左翼乡土小说的风景描写相较于五四乡土小说和京派乡土小说而言都要薄弱一些，这既与左翼乡土小说家的创作观念有关，同时也与左翼文论家在文艺大众化讨论中的批评和引导有一定的关联。总的来看，左翼乡土小说的风景描写在做着减法，先是从优美的乡土自然风景的呈现转向带有象征意味的人化风景的描摹，之后又在左翼文论家的批评影响下开始去象征化，从而导致风景描写的弱化。

一　充满象征意蕴风景描写的文本呈现

与左翼乡土小说家处于同一时期的京派乡土小说家热衷于在小说中呈现富于古典审美意蕴的田园牧歌，形成庄严和雅致的审美风格。以沈从文为代表的京派乡土小说家推崇的是远离政治的自由文学观，追求自然、健康而又不违背人性的理想境界。虽然他们与左翼乡土小说家处在相同的政治环境下，却更加倾向于选择政治色彩不那么浓烈的偏远地区作为表现对象，着重表现茂林修竹、潺潺流水、月下小景、黄泥乌瓦等带有浓郁乡野气息，充满田园诗意且又风景旖旎的所在，老人、少女和黄狗更是时常作为一种典型背景出现。与京派乡土小说家不同的是，左翼乡土小说家很少单纯描摹纯粹的静态的自然风景，而是将自然风景和社会现实融合在一起，在描写自然景物时常常融入作者的主观情绪，无论山山水水还是一草一木都不再是纯然的自然存在物，而是经过作者主观意识浸染之后带有强烈象征意味的人格对应物和情感投射物。左翼乡土小说家笔下风景描写的一个重要特点是他们总是以人作为风景画中的重要组成部分，而很少像同时期的京派乡土小说家那样时常离开人纯粹描绘自然的风景画面。

然而，深究其实，左翼乡土小说家并非没有像京派小说家那样发现静穆平和之美的眼光和能力，对于故乡田园风光之美他们也是深有感触的。比如萧军《八月的乡村》中就有一段对于王家堡子在被焚毁之前和谐宁静而又带有浓郁乡土气息的风景描绘：

高粱叶显着软弱；草叶也显着软弱。除开蝈蝈在叫得特别响亮以外，再也听不到的虫子吟鸣。猪和小的猪仔在村头的泥沼里洗浴，狗的舌头软垂到嘴外，喘息在每个地方的墙荫。一任狗蝇的叮咬，它也不再去驱逐。孩子们脱光了身子，肚子鼓着，趁了大人睡下的时候，偷了园子的黄瓜在大嘴啃吃着。

　　这好像几百年前太平的乡村，鸡鸣的声音，徐徐起来，又徐徐地落下去，好沉静的午天啊！①

但是，萧军写景的用意并非要借此发怀乡之幽情，沉醉于对静谧平和的田园风景的描摹之中，而是为了与遭受战火破坏后的景象进行对比②。另如苏联汉学家费德林在评价丁玲的《田家冲》时也对其乡土风景描写所显示出的巨大艺术审美力赞赏有加，认为"她以鲜明的色调热情地描绘了一幅幅农村生活、农民艰苦劳动的图画和一幅幅祖国大自然充满独特田野风光和森林景色的画面"③。

从当时的时代语境来看，在国民党严酷的文化"围剿"下，左翼乡土小说家并没有多少创作自由，而为了生存他们还必须在公开刊物上发表作品赚取稿费来维持生计。在这样的创作背景下，左翼乡土小说家不得不在小说中采用暗示和象征的笔法，以曲笔来间接表达革命主题，而不大可能为了让工农大众能够接受直白浅露地予以表达，风景描写也因此染上了浓重的象征意味。吴组缃、茅盾等左翼乡土小说家都非常喜欢运用象征手法来描摹风景，并以此间接表达思想主题和政治内涵。其中最有代表性的作品，当数吴组缃的《栀子花》和茅盾的《春蚕》。

吴组缃是功力很深厚的风土人情画家，他非常擅长赋予作品中的景物描写象征意蕴，而且常常不露痕迹，仿佛是在不经意间信手为之。在吴组缃的《栀子花》中，失业的店伙计祥发在动身前往北京谋生之前出神地望着院子里的栀子花，等他再次失业返回故乡时妻子已经病殁，"零乱的砖土，正压盖在他那丛栀子花树上；在砖瓦的隙里犹露探着一二朵枯悴的白花"，祥发在看到栀子花后睹物思人，"再也支持不住了，眼前一阵黑，

---

① 田军（萧军）：《八月的乡村》，容光书局1935年版，第40—41页。
② 正如同王瑶所作的评价那样"书中对于东北风物的诗意的描写，反而更使人感到这地方为人强占的愤怒和不甘。"（王瑶：《中国新文学史稿》，北岳文艺出版社2015年版，第238页。）
③ ［苏］H. 费德林：《中国文学》（节录），载袁良骏编《丁玲研究资料》，知识产权出版社2011年版，第492页。

躺倒在泥泞的地上"①。从现实意义上讲,栀子花的枯悴自然是妻子死后无人照料的结果,但在归家的丈夫眼里却难免将栀子花的横遭摧残与自家的不幸遭遇联系到一起。枯悴的白花与祥发悲痛的心情相映衬,栀子花已然超出了自然物象的范畴而成为主人公凄苦命运的象征。不仅如此,吴组缃有时还会以盛景衬哀情,借以传达人物的内心情感。在《樊家铺》中,吴组缃先后7次写到桂花。刚一开篇他便着意描绘在村子里幽淡地飘散开来的寂寞的桂花香气,这里明写桂花香气的寂寞实际暗指人的寂寞。此时线子嫂的丈夫已被关在牢中,她一心想要搭救却苦于无处筹钱,在万分焦急之下无论桂花香气多么芳香馥郁,她也丝毫提不起赏花观景的兴致。桂花色味俱佳,盛开的花朵不仅香气扑鼻,而且在枝头上闪着金光,如此美好的景致勾起线子嫂对往日太平时节热闹景象的回忆,然而今昔对比却让她更加哀愁。此后桂花树慢慢凋谢,线子嫂的心情也日渐烦躁,对于生活前景更觉渺茫。到小说末尾,线子嫂的丈夫平安归来,但弑母的人伦惨剧已经酿下,她再也不可能回归往日的生活,而此时"茅铺上探出的火舌已舐着那棵高大的桂花树了"②,樊家铺上空腾起一片火光,映红了夜空,旧有的一切都已经葬于火海。此外,吴组缃其他小说中的景物如《天下太平》中的一瓶三载,《卍字金银花》中的金银花,《一千八百担》中祠堂前的石狮等也都有着鲜明的象征意味。

  茅盾《春蚕》中的景物描写多是阴暗惨淡的,就连桑树也好像失去了生命力,在水里的倒影晃乱成灰暗的一片,地里到处是干裂的泥块,这与其所要表达的农村衰落和农民破产的主题是一致的,充分映现出农民心境的凄凉和无奈,形成整体的象征。在《春蚕》中还有这样一段富于象征意味的景物描写:"一条柴油引擎的小轮船很威严地从那茧厂后驶出来,……一条乡下'赤膊船'赶快拢岸,船上人揪住了泥岸上的树根,船和人都好像在那里打秋千。"③ 在这里,小轮船是现代文明社会的象征,赤膊船则象征着传统农业社会,整段景物描写隐喻着现代文明的到来给尚处于传统农业阶段的宁静乡村带来的巨大冲击,中国农民只能无助地在时代的风雨中飘摇沉浮,时刻面临被彻底覆灭的危险。明显处于弱势地位的中国农民对此却颇为无奈,一开始他们还用石头去砸毁堤岸的小轮船,当局则出动军警进行护卫。久而久之,他们逐渐被迫接受,以至于将这每天

---

① 吴组缃:《栀子花》,《文学月刊》1932年第2卷第2期。
② 吴组缃:《樊家铺》,《文学季刊》1934年第1卷第2期。
③ 茅盾:《春蚕》,载《茅盾全集》第8卷,人民文学出版社1985年版,第315页。

都准时而至的汽笛声当成报晓的鸡鸣,由此象征着中国农民在万般无奈之下不得不屈从于现代文明的淫威。

其他左翼乡土小说家(比如蒋光慈、王统照等),也常常在作品中运用象征手法来描摹景物。蒋光慈《咆哮了的土地》开头即是一段有着明显象征意味的景物描写,"李家老楼既然还昂然地呈现着威严,从这些矮小的茅屋里,既然还如当年一样,冒着一股一股的如怨气也似的炊烟"[①]。傍着山丘河湾零散分布的贫苦农家的小茅屋在夕阳下飞腾着怨气般的炊烟,而在树林葳蕤处却深隐着一座阁楼屋顶的"乡间圣地"——李家老楼,相形之下小茅屋不过是穷苦的巢穴而已。往日里乡人们每次经过这座宏伟的李家老楼时都禁不住啧啧称羡,然而,在革命浪潮风起云涌之际,乡人们尤其是青年农民却开始将其视为罪恶的渊薮。农民阶级意识的觉醒通过对同一座建筑的不同观感生动地表露出来。在王统照的《山雨》中,奚大有离开家乡两年后由青岛重返故乡时触目所及皆是阴冷萧索的景象,村里人在给陈庄长雨中送葬时的景象更是异常凄凉,将"一个肃杀的时季的预兆告诉给大家"[②]。其实,肃杀的又岂止是季节,中国的传统乡村和质朴农民都面临即将被摧毁的命运。

二　去象征化的风景描写的理论倡导

总体而言,左翼乡土小说家带有象征意味的风景描写不仅在很大程度上避免了普罗文学普遍存在的平铺直叙和直白浅露的说教意味,而且增强了作品的审美格调和艺术感染力。然而,在第二次文艺大众化讨论中,以瞿秋白、阳翰笙为代表的左翼文论家却明确反对象征主义的景物描写。

瞿秋白注重的是大众文艺所能起到的革命宣传和鼓动作用,而对于审美手法、表现技巧等却极力排斥和贬抑。他在《普洛大众文艺的现实问题》一文中指出,新式白话作品存在欧化和摩登化的趋向,"关于风景,并不是清清楚楚的说'青的山绿的水花花世界',而是象征主义的描写"[③],他认为,中国普通民众对此是非常看不惯的,因此大众文艺必须摒弃此种景物描写手法。阳翰笙在《文艺大众化与大众文艺》一文中也指出,不仅五四新文学作品描写风景用的是象征主义,同时他特意强调在

[①] 蒋光慈:《咆哮了的土地》,载方铭、马德俊主编《蒋光慈全集》第4卷,合肥工业大学出版社2017年版,第16页。

[②] 王统照:《山雨》,开明书店1933年版,第347页。

[③] 史铁儿(瞿秋白):《普洛大众文艺的现实问题》,载文振庭编《文艺大众化问题讨论资料》,上海文艺出版社1987年版,第42页。

当前的革命文学中也存在同样的问题，"偏偏在写风景的时候，喜欢'山高水长'的乱画一阵，有些画得太糟的，简直每篇文章都可以抬来通用，大可不必去另费心想。象这种不痛不痒的描写风景，'云淡风轻'的说了半天，费了一大肚子的气力，结果我们的大众还是不晓得你在涂抹些什么，这不是'活天冤枉'的事吗！"①基于此，他认为，要想实现革命文艺大众化"在风景的描写上应该反对细碎繁冗不痒不痛的涂抹"②，而要像《水浒传》和《儒林外史》那样一笔不苟，白描式地描绘风景。

如同前文所述的那样，瞿秋白、阳翰笙所指出的带有象征主义意味的风景描写并非空穴来风，左翼乡土小说家的确对运用象征主义手法描写景物青睐有加。之所以如此也并非仅仅出于他们的个人喜好，同时还与国民党严苛的书报检查制度有着紧密的关联，他们在小说中无法直接表露政治理念和革命思想，只能通过象征手法"深文隐蔚、余味曲包"地间接传达自己的思想观念。然而，如此一来，由于景物描写中的象征意象通常都是"言近而旨远，辞浅而义深；虽发语已殚，而含意未尽"③，因而景物描写自然显得不那么直白，导致文化水平较低的普通民众往往无法体会其中所蕴含的深意。

深究其实，我们发现左翼文论家并非仅仅反对风景描写的象征化，甚至对于象征手法本身也是持反对态度的。

干釜在1929年就已提出要想实现大众化就必须"努力打破神秘的象征的欧化底笔致"④。不仅如此，他还现身说法，坦承他本人此前也曾主张这种欧化的写法，但由此导致的后果是失去了许多潜在的读者。同时他还举龚冰庐所著的《炭坑夫》中以小孩诞生为新生活的期望这一带有象征意味的写法为例予以批评，认为"这象征的意味，在某一点看来，实在很不必要的"，"反而减少了无产阶级者底激昂的情感"，而鲁迅的作品之所以能轰动读者却"不在于他底内容，似乎在于他底简练的单语"⑤。白瑛在《文学大众化》一文中也说过："在一种新式的文字和语体所写出的作品，不仅是念出来使它们不能听懂，就是看起来似乎更比文言来吃力些，无论在插写风景，人物，都用着十足的欧化气派，自觉是高尔基，屠

---

① 寒生（阳翰笙）：《文艺大众化与大众文艺》，载文振庭编《文艺大众化问题讨论资料》，上海文艺出版社1987年版，第92页。
② 寒生（阳翰笙）：《文艺大众化与大众文艺》，载文振庭编《文艺大众化问题讨论资料》，上海文艺出版社1987年版，第92页。
③ 李敖主编：《史通·文史通义》，天津古籍出版社2016年版，第24页。
④ 干釜：《关于普罗文学之形式的话》，《白露月刊》1929年第1卷第5期。
⑤ 干釜：《关于普罗文学之形式的话》，《白露月刊》1929年第1卷第5期。

格涅夫的高足,无怪劳苦们只有远离了",而"这大众化的文学,应当要用着大众的日常的生活找寻题材和日常言语写作品,而在形式上是应该利用大众所嗜好的通俗的形式,接近大众的生活"①。

三 风景描写的去象征化及其影响

左翼文论家对于风景描写去象征化的倡导,以及对风景描写本身的贬抑,都对左翼乡土小说家产生了直接而深远的影响。

张天翼在文学大众化问题讨论时就说过"写景也愈少愈妙,因为对那些什么金雀花,什么啄木鸟之类,不但别人没工夫去查生物学大辞典,而且这年头也不会领会到杜鹃怎样在溪水旁摇头的闲情逸致"②,而这势必会对他本人的乡土小说创作产生影响,在其作品中也的确鲜见景物描写,带有象征意味的景物描写更是付之阙如。另一位左翼乡土小说家马子华在《大众化的白居易诗》一文中也说过:"我们翻开以前的诗文来看,作者的地位既是站得太高,那么写的对象因之很狭,不是女人便是皇帝;不然便是拿着自然界的景物反来覆去的变些花样","若果以'为艺术而艺术'的眼光来看,中国以往的诗文,作者姑不问其是忠臣或是叛逆,精采的确也不少。若果是以描画或抒写某社会层的疾苦而为文的,那么实在没有几篇给我们找得出来"③。在他的乡土小说中也确然是以揭示社会底层民众的生活疾苦为主,而较少对于自然景物的细致描摹。

茅盾和丁玲乡土小说中的景物描写也呈现明显的变化。前文中我们已经着重分析过茅盾《春蚕》中的风景描写常常带有象征意蕴,但在《秋收》和《残冬》中不仅景物描写有所减少,而且即便是为数不多的景物描写也基本上都是白描式的,鲜有象征意味。《秋收》中的景物描写较之《春蚕》而言要浅显直白得多,正如同瞿秋白所期望的那样仅仅是清清楚楚地说出"青的山绿的水花花世界",而没有运用象征手法。《残冬》更是只在小说开头有两小段景物描写,与《春蚕》根本无法相提并论。因而每每谈到"农村三部曲"中的自然风景描写,论者往往举《春蚕》为例而鲜有提及《秋收》和《残冬》的。之所以会出现如此大的反差,正是由于茅盾受到文艺大众化讨论的影响,在参与讨论时他本人就明确说过大众受限于极低的文化程度不可能具备像知识分子那样的联想能力,"他

---

① 白瑛:《文学大众化》,《大路》1935 年第 1 号。
② 张天翼:《〈北斗〉杂志社文学大众化问题征文》,载文振庭编《文艺大众化问题讨论资料》,上海文艺出版社 1987 年版,第 152 页。
③ 马子华:《大众化的白居易诗》,《光华大学半月刊》1934 年第 2 卷第 7 期。

们不耐烦抽象的叙谈和描写，他们要求明快的动作"①。

丁玲在《田家冲》中对于农村风景的描写有着美化和诗意化的成分②，从整体上给人以罗曼蒂克之感，她笔下的农村多少有些脱离实际，显得过于古朴，犹如桃源仙境，农民也都是淳朴善良、毫无心机，有着明显的美化痕迹③。《田家冲》虽然写的是三小姐在农村从事革命宣传的故事，但在开头写农村风景时却犹如一篇乡居随笔，当时即有论者提出批评。比如王淑明就指出《田家冲》等作品里的景物描写太过美丽，反倒容易让读者"看落了本文中的积极底主题"④，她认为，景物描写是丁玲小说的一大缺陷，希望今后努力加以克服。对此丁玲本人也有过反思，她所爱的是以往较为安定时期的农村，而对农村的感情又"只是一种中农意识"⑤。其实，严格来说，丁玲因为出身于名门望族的大地主家庭，其意识还不是中农意识⑥。她虽然自幼丧父，家境也日渐衰落，但尚不必亲尝稼穑之苦，对于真正的农民苦难生活并不十分熟悉，与居于底层的贫苦农民在心理上也存在一定的隔膜⑦，后来她在接受法国女作家苏姗娜·贝尔

---

① 止敬（茅盾）：《问题中的大众文艺》，载文振庭编《文艺大众化问题讨论资料》，上海文艺出版社1987年版，第113页。
② 翻译了丁玲多部作品的苏联汉学家波兹德聂耶娃在《〈丁玲选集〉俄文版序言》中表达过类似感触，她认为丁玲"把赵家的生活刻画得有几分田园诗味：她隐约地表现了农民的要求和苦难"（[苏]波兹德聂耶娃：《〈丁玲选集〉俄文版序言》，载孙瑞珍、王中忱编《丁玲研究在国外》，湖南人民出版社1985年版，第57页）。捷克汉学家丹娜·卡尔沃多娃也有同感，她认为"作品描写的农村过于田园诗化，没有深刻指出那里疲惫的人们的痛苦生活"（[捷]丹娜·卡尔沃多娃：《〈丁玲选集〉捷克文版前言》，载孙瑞珍、王中忱编《丁玲研究在国外》，第81页）。美国学者加里·约翰·布乔治也认为"丁玲如此迷恋于描写自然风景的美，以致有的段落却与表达小说的主题——农村革命运动的高潮相悖。"（[美]加里·约翰·布乔治：《丁玲的早期生活与文学创作（一九二七——一九四二）》，载孙瑞珍、王中忱编《丁玲研究在国外》，第157页。）
③ 1933年4月，丁玲在《我的创作生活》一文中也有过反思，认为自己在《田家冲》中"把农村写的太美丽了"（丁玲：《我的创作生活》，载《丁玲全集》第7卷，河北人民出版社2001年版，第16页）。
④ 王淑明：《丁玲女士的创作过程》，《现代》1934年第5卷第2期。
⑤ 丁玲：《我的创作生活》，载《丁玲全集》第7卷，河北人民出版社2001年版，第16页。
⑥ 冯雪峰在评论丁玲早期创作情形时就明确说过"她自己是破产的地主官绅阶级出身"[丹仁（冯雪峰）：《关于新的小说的诞生》，《北斗》1932年第2卷第1期]。
⑦ 丁玲对此也并不掩饰或隐讳，1980年6月她在《谈自己的创作》一文中即说过："我生在农村，长在城市，是小城市，不是大城市，但终究还是城市。我幼年因为逃避兵患战祸，去过农村，但时间较短，所以我对于农民虽然有一些印象，但并不懂得他们。……我写了地主老爷随便打死佃户，写了农民自发起来参加大革命，但对于生活在农村里面的人物，真正农民的思想、感情、要求，我还只是一些抽象的表面的了解。"（丁玲：《谈自己的创作》，载《丁玲全集》第8卷，河北人民出版社2001年版，第80页。）

纳访谈时就明确说过:"《田家冲》中的人物都是我童年很熟悉的,这些佃农并不是农村最穷、最受压迫的人,他们的处境比雇农要稍好一些……那时,一有战乱,我们就逃到这种人家,以躲避兵燹。"① 也正因此,《田家冲》中沐浴在夕阳之下的农家小院显得洁净美观,农田里也是一片生机盎然,丝毫没有饥馑之忧,呈现欢乐祥和的农家景象,以至于很难想象在这样优美的环境中会酝酿着阶级反抗。之所以将农村刻画得太美作为小说的失败之处,其原因在于一来这种美化农村的写法很容易冲淡作品所要表现的革命意识形态内涵,从而导致读者只注意到农村的优美风景而忽略了凄苦的现实;二来从风景审美的内在肌理来看也确然模糊了阶级属性,譬如老旧破败的茅屋在农民思想中无疑是自家遭受沉重经济压迫而生活困窘的现实表征,但在长期身居城市衣食无忧的三小姐看来却是别有一番风味:"她掉转身去望,她只觉得这屋是有点太旧了。当然,这在另一种看法上,这是这景色中一种最好的配衬,那显着静的古老的黑的瓦和壁,那美的茅草的偏屋,那低低的一段土墙,黄泥的,是一种干净的耀目的颜色呵!大的树丛抱着它,不险峻的山伸着温柔的四肢轻轻的抱住它。而且美的田野,像画幅似的便伸在它的前面,多么好的一个桃源仙境!"②

然而,对于丁玲《水》中的景物描写王淑明却没有过多指责,这是因为到了创作《水》时丁玲业已意识到《田家冲》在写景方面存在的问题,在《水》中没有多少优美乡土景物的描写,即便是极少的景物描写也从之前的诗意优美一变而为雄浑粗犷,以粗线条的手法勾勒出农民奋力抗击洪水以及他们与阶级敌人进行殊死搏斗的壮烈画面。这与紧随丁玲的《水》(第 1 卷第 1—3 期连载)之后刊发在《北斗》第 2 卷第 1 期的匡庐③的《水灾》形成鲜明对比。匡庐的《水灾》中有着大段的乡土风景描写,在描述洪水决堤的情景时用的还是诗化的语言:"湖里的水,争前恐后的拥挤着向这缺口奔流,五六尺高的溜头呼呼地流动,水,激成巨纹,旋涡,射箭般的快,飞鸟般的急","浪,激成白花,吐成白沫,旋动着,激动着,像白衣舞女的波浪式的跳动,臂靠臂,肩并着肩,嘻笑的

---

① [法]苏姗娜·贝尔纳:《会见丁玲》,载孙瑞珍、王中忱编《丁玲研究在国外》,湖南人民出版社 1985 年版,第 459 页。
② 丁玲:《田家冲》,《小说月报》1931 年第 22 卷第 7 号。
③ 匡庐是由左联发掘培养的工人作家,艾芜曾经谈及自己受丁玲委派在杨树浦工人区由左联创办的涟文学校担任教员时,某天工人装束的匡庐自我介绍说:"他在《北斗》上发表过文章,署名叫匡庐。"(艾芜:《三十年代的一幅剪影——我参加左联前前后后的情形》,载《艾芜全集》第 11 卷,四川文艺出版社 2014 年版,第 367 页。)此后,艾芜经常利用深夜时间或者星期天去找匡庐等人,让他们尽量抽出时间搞一点文艺写作。

活泼的舞着进行的行列"①，后面这一段景物描写如果单独抽取出来是很难跟水灾联系在一起的。不仅如此，匡庐在描绘路上倒毙的饿殍时也掺杂着景物的描绘，"月儿从云层里攒出来，照着这悄悄地斜卧的尸身。经过这处的后来的逃难者们也稍微的歇一忽儿擦把眼泪。那一群的孩子们也离开了这处照就的走路，风偷偷地吹着他们的低语"②。通过对比，可以明显地看到，虽然同样取材于跨越16省的大水灾，丁玲与匡庐小说中的风景描写却有着极大区别，而这与他们对于风景描写的主体认识差异紧密相关。

总体来看，茅盾和丁玲在《秋收》、《残冬》以及《水》等乡土小说中的风景描写与他们之前创作完成的《春蚕》和《田家冲》相比要薄弱得多，而与此同时作品的政治倾向性却愈加明显，阶级斗争内涵也得到加强。

不容否认的是，风景描写的去象征化和弱化的确给左翼乡土小说带来一定的负面影响。丁帆在《中国乡土小说史》中将乡土小说的美学特征归纳为"三画四彩"（其中"三画"是指风景画、风俗画、风情画），缺少了风景画的描绘对于乡土小说的审美特质势必会造成一定的损害。尤其是到了解放区时期，景物描写去象征化乃至大规模削减风景描写的呼声更盛，这在某种程度上可以视为文艺大众化讨论的回响，由此使得乡土小说地域色彩和风土气息逐渐弱化，其极致表现是干脆去除景物描写。周扬在评论赵树理《李有才板话》时就说过"这里，风景画是没有的"③，从西到东的一道斜坡只是用来区分村中的不同阶级。

---

① 匡庐：《水灾》，《北斗》1932年第2卷第1期。
② 匡庐：《水灾》，《北斗》1932年第2卷第1期。
③ 周扬：《论赵树理的创作》，载黄修己编《赵树理研究资料》，知识产权出版社2010年版，第164页。

第三章　域外文学"体验"对中国左翼乡土小说的影响

域外文学对于中国现代文学的发生和发展都起着至关重要的作用。自五四新文化运动以来，中国文学便与西方文学结下不解之缘，几乎所有作家都直接或间接地接受过域外文学思潮、文学观念和创作方法的熏染。包括左翼乡土小说家在内的整个中国左翼文界不仅不例外，而且与域外左翼文界有着组织上的关联。中国左联成立约半年后便与"共产国际"建立起密切联系。1930年，秋萧三作为中国左联常驻代表参加了在苏联哈尔科夫召开的国际革命作家会议，并当选为国际革命作家联盟书记处书记；1934年，他还代表中国左联出席了苏联作家第一次代表大会并作了发言。也正因此，许多中国左翼作家认为自己是"共产国际"作家，中国左翼文学的特殊性也正在于它并非纯然肇始于中国的文学运动，而是自觉接受"共产国际"的领导，成为国际左翼文学运动的有机组成部分。

综而观之，包括左翼乡土小说在内的中国左翼文学并非横空出世或者偶然生成的，而是国内外因素相互激荡形成合力作用的结果。从内部来看，它是大革命失败后中国进步文艺界面临重要转折关头进行必然调整的结果；从外部而言，则是在世界共产主义运动推动下左翼文学运动风潮云涌的产物。域外文学尤其是左翼文学的革命性、先进性、新颖性强烈地吸引着中国左翼作家，在中国左翼文学初创阶段，左联即大力倡导学习借鉴域外新文学经验[①]，并经常组织盟员通过小组座谈或者读书会

[①] 左联宣告成立时所提出的主要工作方针的第一条便是："（一）吸收国外新兴文学的经验，及扩大我们的运动，要建立种种研究的组织。"（《中国左翼作家联盟的成立》，《拓荒者》1930年第1卷第3期。）1930年5月初，左联下属的马克思主义文艺理论研究会也将"外国无产阶级文学作品之研究"作为研究部门之一种（《左翼作家联盟消息》，《萌芽月刊》1930年第1卷第5期）。1932年3月9日，左联秘书处扩大会议通过了《关于"左联"改组的决议》，决定秘书处下设三个委员会，其中国际联络委员会（联委）的任务之一便是"指导翻译国际革命普罗文学作品及文艺理论书籍论文"（《关于"左联"改组的决议》，载《中国新文学大系（1927—1937）》第19集，上海文艺出版社1989年版，第115页）。

的形式来集中学习文学理论和文学作品①。在此种情势下，中国左翼作家纷纷响应号召从别国取得火种，从译介的俄苏、美国和日本等域外文学中寻求创作借镜。

　　域外文学对于中国左翼乡土小说家而言并非单纯的阅读经历，而是一种全新的阅读"体验"，他们借此获得启示以完成中国左翼乡土小说的创建，正如同伽达默尔所言，"如果某个东西不仅被经历过，而且它的经历存在还获得一种使自身具有继续存在意义的特征，那么这种东西就属于体验"②。具体而言，中国左翼乡土小说作为一种精神创造的产物并非简单的域外文学的"移植"，而是灌注着中国左翼乡土小说家主体自我生命的体验和表达，诚如李怡所言："作为文化交流而输入的外来因素固然可以给我们某种启发但却并不能够代替自我精神的内部发展，一种新的文化与文学现象最终能够在我们的文学史之流中发生和发展，一定是因为它以某种方式进入了我们自己的'结构'，并受命于我们自己的滋生机制。换句话说，它已经就是我们从主体意识出发对自我传统的某种创造性的调整。"③ 由于受到主客观条件的限制，长期身处通都大邑的中国左翼乡土小说家对于土地革命和农民运动大都没有多少实感经验，国内也鲜有可资借鉴的成熟小说文本，因而他们纷纷致力于从别国取得火来，目的是为了从域外文学中学习创作方法，获取创作经验，在此基础上结合个体农村生

---

① 据白曙回忆："我们小组学习、座谈过的作品有《一周间》（蒋光赤译）、《士敏土》（董绍明、蔡咏裳译）、《铁流》（曹靖华译）、《毁灭》（鲁迅译）、高尔基的《母亲》（沈端先译）和日本小林多喜二的《蟹工船》等。其中茅盾的《子夜》得到郑振铎的支持，在学校曾公开座谈了两次。至于短篇，我们漫谈过高尔基的《二十六个和一个》（瞿秋白译），鲁迅的《祝福》、《药》，茅盾的《春蚕》、《林家铺子》，丁玲的《奔》，沙汀的《法律外的航线》等篇的艺术构思和艺术特色。"（白曙：《难忘的往事——关于"左联"反法西斯斗争及其它的片断回忆》，载《左联回忆录》，知识产权出版社 2010 年版，第 220 页。）杜埃也说过广州左联经常开展读书会活动，阅读和讨论中外左翼书刊，其中译介的域外文学及理论著作有"鲁迅译的《艺术论》和苏联文艺政策。冯雪峰译普列汉诺夫的《艺术与社会生活》，卢那卡尔斯基文艺理论译著，……日本森山启的文艺论集；郭沫若（麦克昂）译的美国工人作家辛克莱的长篇小说《屠场》和《石油大王》，夏衍（沈端先）译的高尔基的《母亲》，鲁迅、曹靖华分别译出的《毁灭》、《表》、《铁流》，此外，还有反映苏联内战时期和农业集体化时期的名著《士敏土》、《一周间》、《铁甲列车》、《被开垦的处女地》、《贫农组合》、《布罗斯基》，日本小林多喜二的《蟹工船》、德永直的《没有太阳的街》"（杜埃：《广州左联杂忆》，载《左联回忆录》，知识产权出版社 2010 年版，第 522 页）。

② ［德］汉斯-格奥尔格·伽达默尔：《真理与方法——哲学诠释学的基本特征》，洪汉鼎译，商务印书馆 2021 年版，第 98 页。

③ 李怡：《东游的摩罗：日本体验与中国现代文学的发生》，江苏凤凰文艺出版社 2018 年版，第 7 页。

活经验和本土文化资源展开对中国土地革命和农民运动的想象。也正因为如此，中国左翼乡土小说家并非简单机械地照搬域外文学，而是通过独立自主的精神创造过程来进行汲取和转化，以自我关照、自我选择和自我表现为精神基础来接受域外文学，简言之，合则用，不合则弃，从中所获取的"每一个体验都是由生活的延续性中产生，并且同时与其自身生命的整体相联"①，以使得创作出的中国左翼乡土小说更为贴合中国的实际情状。总之，域外文学的译介和传播对于中国左翼乡土小说创作而言既显现出不同国别文学交流和影响的深刻印迹，同时也伴随着中国左翼乡土小说家主体的与自我的内在精神活动；透过日积月累的域外文学"体验"，逐渐形成"俄苏体验"、"美国体验"和"日本体验"这三大谱系，其中又以"俄苏体验"最为显著。

第一节 "俄苏体验"对中国左翼乡土小说的影响

现代国家中俄国与当时中国的国情最为相似，加之俄国十月革命的爆发让自近代以来长期被动挨打如同坠入漫漫长夜之中的中国人看到了一线曙光，迅速激发了解和学习俄苏的强烈愿望。基于"中俄相似性"②的高

---

① ［德］汉斯-格奥尔格·伽达默尔：《真理与方法——哲学诠释学的基本特征》，洪汉鼎译，商务印书馆2021年版，第110页。
② "中俄相似论"得到国内众多学者的认同，梁启超、李大钊、鲁迅、周作人、郭沫若、茅盾、郑振铎等都表述过类似观点，其中梁启超认为"中国与俄国相类似之点颇多，其国土之广漠也相类，其人民之坚苦也相类，其君权之宏大而积久也相类，故今日为中国谋，莫善于鉴俄"（梁启超：《俄国人之自由思想》，载《梁启超全集》第1卷，北京出版社1999年版，第370页）。鲁迅也对美国学者巴特莱特说过："中俄两国间好像有一种不期然的关系，他们的文化和经验好像有一种共同的关系。……中国现时社会里的奋斗，正是以前俄国小说家所遇着的奋斗。"［［美］巴特莱特（Robert Merrill Bartlett）：《新中国之思想界领袖》，石孚译，《当代》1928年第1卷第1期。］不仅如此，他还在《祝中俄文字之交》中直言俄国文学是"我们的导师和朋友"（鲁迅：《祝中俄文字之交》，载《鲁迅全集》第4卷，人民文学出版社2005年版，第473页）。郭沫若也在为《新时代》所作的译序中说："农奴解放后的七十年代的俄罗斯，诸君，你们请在这书中去见面罢！你们会生出一个似曾相识的感想——不仅这样，你们还会觉得这个面孔是你们时常见面的呢。我们假如把这书里面的人名地名，改成中国的，把雪茄改成鸦片，把弗加酒改成花雕，把扑克牌改成马将（其实这一项就不改也不要紧），你看那俄国的官僚不就像我们中国的官僚，俄国的百姓不就像我们中国的百姓吗？这书里面的青年，都是我们周围的朋友，诸君，你们不要以为屠格涅甫这部书是写的俄罗斯的事情，你们尽可以说他是把我们中国的事情去改头换面地做过一遍的呢！"［郭沫若：《〈新时代〉序》，载［苏］屠格涅夫《新时代》（上册），郭沫若译，商务印书馆1925年版，第4页。］

度文化认同,俄苏文学与中国现代文学的联系也日益变得密切,以至于现代文学史上的许多作家(诸如鲁迅、茅盾、郭沫若、巴金、老舍、曹禺、郁达夫、王统照、张天翼、艾芜、田汉、蒋光慈、夏衍、郑振铎、瞿秋白、周扬等)"都同俄罗斯文学有着这样那样的关系"①。对此鲁迅明确说过:"俄国文学是我们的导师和朋友。因为从那里面,看见了被压迫者的善良的灵魂,的酸辛,的挣扎;还和四十年代的作品一同烧起希望,和六十年代的作品一同感到悲哀。我们岂不知道那时的大俄罗斯帝国也正在侵略中国,然而从文学里明白了一件大事,是世界上有两种人:压迫者和被压迫者!"② 20 世纪 30 年代中国左翼文学作为国际左翼运动的有机组成部分,标志着中国文学已由五四时期的文学革命向着革命文学转变,与中国共产党领导的革命一样以俄苏为样本和参照,"新文艺运动和革命运动找到的是同一个导师"③,由此也使得"俄苏体验"对中国左翼乡土小说创作产生了极为显著的影响。

一 由俄苏文学译介热潮奠定的接受基础

相较于西方各国而言,俄国文学的汉译历史并不称得上久远,最早被译介到中国的俄国小说是普希金的《上尉的女儿》(1903 年,译名为《俄国情史》)④。虽然晚清时期中国学者已经开始用文言文翻译俄国文学,但无论从规模还是影响而言均远逊于英国、法国、美国等国,据《晚清小说目》所载 1903—1913 年共出版了近 600 种小说,译自俄国的仅有十余种⑤。俄国十月革命的爆发成为陡然转变的关捩,由于正值中国新文化运动方兴未艾之际,迅速迎来译介俄苏文学的高潮,无论翻译数量还是质量都有了很大提高,俄苏文学开始在中国广泛传播并逐渐被接受。根据《中国新文学大系·史料·索引》所做的不完全统计,1917—1927 年十年间国内共出版了 225 种外国文学译著,其中俄苏文学译著高达 65 种,接近总量的 1/3,诚如 1926 年夏天鲁迅在接受美国学者巴特莱特访问时所言,"俄国文学作品已经译成中文的,比任何其他外国作品都多,并且对

---

① 汪介之:《俄罗斯文学精神与中国新文学总体格局的形成——中俄文学关系的宏观考察》,《国外文学》1992 年第 4 期。
② 鲁迅:《祝中俄文字之交》,载《鲁迅全集》第 4 卷,人民文学出版社 2005 年版,第 473 页。
③ 张铁夫:《20 世纪上半叶普希金在中国的接受》,载张铁夫、张少雄主编《湖湘文化与世界文学》,中南工业大学出版社 2000 年版,第 90 页。
④ 王介南:《中外文化交流史》,书海出版社 2004 年版,第 406 页。
⑤ 陈国恩:《中国现代文学的历史与文化透视》,武汉大学出版社 2005 年版,第 33 页。

于现代中国的影响最大"①。一时间对于俄苏文学的喜好在知识分子群体中蔚然成风,郑振铎在追忆瞿秋白时就曾感慨道:"我们那时候对于俄国文学是那么热烈的向往着,崇拜着,而且是具着那么热烈的介绍翻译的热忱啊!我们第一次得到的稿费,记得都是翻译俄国的作品的稿费。"②郁达夫也说过:"世界各国的小说,影响在中国最大的,是俄国的小说。"③不仅如此,俄国文学研究在革命知识分子群体中也颇为流行。凡此种种,不仅是为了"通过文学来认识伟大的俄罗斯民族"④,也是因为俄国十月革命在政治上、经济上和社会上所造成的极大变动引发了全世界的瞩目,"掀天动地使全世界的思想都受他的影响。大家要追溯他的远因,考察他的文化,所以不知不觉全世界的视线都集于俄国,都集于俄国的文学;而在中国这样黑暗悲惨的社会里,人人都想在生活的现状里开辟一条新道路,听着俄国旧社会崩裂的声浪,真是空谷足音,不由得不动心。因此大家都要来讨论研究俄国。于是俄国文学就成了中国文学家的目标"⑤。

俄苏文学的译介、传播和接受在五四时期即已成效显著,鲁迅、茅盾、郁达夫、王统照、巴金、沈从文等都不同程度地受到潜移默化的影响。然而,值得注意的是,中国革命作家对俄苏革命文学的汲取和借鉴却相对较晚,正如同鲁迅所言,"我们的武人以他们的武人为祖师,我们的文人却毫不学他们文人的榜样"⑥,直到1927年大革命失败后,随着普罗文学兴起方才逐渐蔚为大观。及至左联成立,中国左翼作家基于政治信仰、理想追求以及现实文学创作的需求对俄苏文学有着高度的情感认同,将之作为可资效仿和借鉴的重要创作资源。俄苏文学的译介和接受也迎来新的高潮,以至于"苏联文学翻译在三四十年代的译界占据了压倒一切的霸主地位"⑦。

---

① [美]巴特莱特(Robert Merrill Bartlett):《新中国之思想界领袖》,石孚译,《当代》1928年第1卷第1期。
② 郑振铎:《回忆早年的瞿秋白》,载《郑振铎全集》第2卷,花山文艺出版社1998年版,第625—626页。
③ 郁达夫:《小说论》,载《郁达夫全集》第10卷,浙江大学出版社2007年版,第142页。
④ 茅盾:《果戈理在中国——纪念果戈理逝世百年纪念》,载《茅盾评论文集》(上),人民文学出版社1978年版,第30页。
⑤ 瞿秋白:《〈俄罗斯名家短篇小说集〉序》,载《俄罗斯名家短篇小说集》,新中国杂志社1920年版,第1页。
⑥ 鲁迅:《马上日记之二》,载《鲁迅全集》第3卷,人民文学出版社2005年版,第361页。
⑦ 李今:《二十世纪中国翻译文学史·三四十年代·俄苏卷》,百花文艺出版社2009年版,第99页。

当然这也并非中国左翼作家单方面促成的结果,而是与社会语境的变动息息相关。20世纪30年代又被称作"红色30年代",1929年开始资本主义世界爆发了严重的经济危机,而社会主义国家苏联却在经济建设上取得举世瞩目的丰硕成就,此消彼长间充分显现出社会主义制度的优越性。一方面,包括日本、美国在内的各国共产党都认为世界无产阶级革命即将到来;另一方面,伴随着国家的日益强大苏联也开始向外输出革命。苏联在解决"面包问题"后开始致力于解决"文化问题",这也为世界左翼文学的发展提供了充足条件,在世界范围内掀起了风起云涌的左翼文学运动。20世纪20年代初最早以"左翼"命名的文学组织——左翼艺术阵线(又称"列夫",前身是未来派)在莫斯科宣告成立,苏联作为左翼文学思潮的策源地自然成为各国左翼文学家瞩目的焦点,相应地,俄苏文学成为各国左翼文界竞相译介、学习和模仿的对象,"他们之研究俄国文学,正如新辟一扇向海之窗,由那窗里,可以看出向来没有梦见的美丽的朝晖,蔚蓝的海天,壮阔澎湃的波涛,于是不期然而然的大众都拥挤到这个窗口,来看这第一次发现的奇景"①。参与领导左联事务的中国共产党早期领袖瞿秋白也说过:"俄罗斯革命不但开世界政治史的新时代,而且辟出人类文化的新道路。"② 总而言之,中国左翼作家本着对俄苏革命及其革命文学的高度认同,成为译介俄苏文学的主体力量,举凡鲁迅、茅盾、蒋光慈、周扬、夏衍、钱杏邨、柔石、周立波、楼适夷、洪灵菲等都译介过俄苏文学。

"红色30年代"俄苏文学的译介也从五四时期有着浓郁人道主义色彩、平民关怀意味的托尔斯泰等作家的作品转向充满革命斗争精神的作品,从中汲取新质素来赋予无产阶级革命必然性、合法性和合理性。据任白戈回忆,"苏联作家法捷耶夫的《毁灭》和绥拉菲摩维支的《铁流》等小说都成为左翼作家的读物,从中吸取革命小说创作的经验。总之,一切都以苏联为师,向苏联学习,这就是'左联'创作的方向"③。与此同时,左联也非常重视青年作家的培养工作,并对学习和传播俄苏文学提出过具体要求。1932年3月9日,左联秘书处扩大会议通过的《关于左联目前具体工作的决议》中即明确提出"青年文艺研究团体应当是左联的后备

---

① 郑振铎:《关于俄国文学研究的重要书籍介绍》,载郑振铎《俄国文学史略》,岳麓书社2010年版,第158页。
② 瞿秋白:《赤俄新文艺时代的第一燕》,《小说月报》1924年第15卷第6号。
③ 任白戈:《我在"左联"工作的时候》,载《左联回忆录》,知识产权出版社2010年版,第297页。

军,在文艺斗争的路线和政策方面,完全接受左联的领导"①,这些由青年学生组成的文艺团体的工作还要与工农读书班、讲报团和说书队等进行联络,以使得这些学生团体与工农文艺团体形成互帮互助的姐妹团体关系,"他们一面研究着世界的普罗文学和革命文学,一面就要学习着把世界革命文学的名著用普通的白话传达给群众,这在最初,可以只是最简短的讲述故事的口头谈话,(例如《铁流》《毁灭》等都是可以关涉到目前紧迫的反帝国主义斗争的题目)"②。

凡此种种,势必会对中国左翼乡土小说创作产生直接而深刻的影响,与此同时,左翼乡土小说家对于土地革命和农民运动大都没有多少实感经验,国内也鲜有可资借鉴的成熟小说文本,因此中国左翼乡土小说家也自觉地从译介过来的俄苏文学中寻求借鉴,以此来激活革命想象,使之成为建构中国左翼乡土小说的重要资源。不仅茅盾、蒋光慈、王统照、丁玲等既成作家深受俄苏文学的影响,而且萧红、萧军、端木蕻良、叶紫、艾芜、彭柏山等新进作家也明显受到俄苏文学的熏染,从而充分显露出"俄苏体验"所引发的强大创作效应。

二 既成作家所受俄苏文学的影响

茅盾和蒋光慈都是在大革命失败后开始从事文学创作的,他们不仅都积极倡导和亲自译介过俄苏文学,而且他们的作品也受到俄苏文学的影响。王统照和丁玲成就文名较早,他们之所以能够紧跟时代步伐完成从文学革命到革命文学的剧烈转变,俄苏文学的影响功不可没。

茅盾并不讳言被视作左翼文坛重大收获的《子夜》在写作方法上"尤其得益于托尔斯泰"③,该作确然与《战争与和平》一样有着宏伟的结构、庞杂的场面和众多的人物。事实上不仅如此,茅盾在"农村三部曲"中对老通宝的心理描写也与"拉普"所倡导的"活人论"有着明显的相通之处。1927年初,李别进斯基在剖析法捷耶夫的《毁灭》时认为这部小说富于革新性的特点在于对人物内心感受过程的描写,并就此提出无产阶级作家应当表现具有复杂内心感受过程和有着新的烦恼事情的具体的人。1927年9月,"活人论"成为莫斯科无产阶级作家协会第六次省代

---

① 《关于左联目前具体工作的决议(一九三二年三月九日秘书处扩大会议通过)》,载马良春、张大明编《三十年代左翼文艺资料选编》,四川人民出版社1980年版,第195页。
② 《关于左联目前具体工作的决议(一九三二年三月九日秘书处扩大会议通过)》,载马良春、张大明编《三十年代左翼文艺资料选编》,四川人民出版社1980年版,第195页。
③ [法]苏珊娜·贝尔纳:《走访茅盾》,丁世中、罗新璋译,《新文学史料》1979年第3期。

表会议的一个重要议题，法捷耶夫也在会议报告中将表现"活人"作为争取领导权的中心任务。具体而言，"活人论"倡导作家要"能够表现活生生的人，即在人物的全部复杂性和多样性中去表现人，塑造有血有肉的真实形象"，"这个活人是现实的、有血有肉的、带着千百年的痛苦负担、带着猜疑和苦难、发疯似的追求幸福的人，是生活在两个时代的交叉点上，把父辈、祖辈和曾祖辈多少世纪遗留下来的东西带到新时代来，往往是经受不住世纪的超重负担的人"[①]，而茅盾笔下的老通宝无疑正是这样的"活人"。"活人论"还主张学习以托尔斯泰和陀思妥耶夫斯基为代表的俄国作家的心理描写手法，认为"个人的心理分析乃是文学了解社会心理的最好途径"，而"从心理上揭示活人的道路，就是无产阶级文学的道路"[②]，茅盾在《春蚕》中也正是透过对主人公老通宝的心理刻画来展现社会心理的。

中国左翼作家虽然大都倾心于俄苏文学，但真正精通俄文的却寥寥无几，而蒋光慈曾于1921年到莫斯科东方劳动者共产主义大学学习，醉心于文学的他在留学三年期间阅读了大量俄苏文学作品，这使得他具备了直接从俄苏作家原著中获得创作借鉴的能力。蒋光慈也充分利用这一优势来译介俄苏文学和进行文学创作，从而使得其作品打上了受到俄苏文学影响的深刻烙印。蒋光慈翻译过苏联小说集《冬天的春笑》（泰东图书局1929年出版）和李别进斯基的《一周间》（北新书局1930年出版），并且与陈情合译了罗曼诺夫的长篇小说《爱的分野》（亚东图书馆1929年出版），此外他还编纂出版了《俄罗斯文学》（创造社出版部1927年版，分为上下卷，下卷原稿为瞿秋白撰写，经蒋光慈删改而成）。他在谈及《冲出云围的月亮》时便直言受到了陀思妥耶夫斯基的影响，坦承"我近来颇觉得自己受了点朵斯托也夫斯基的技术的影响，老是偏向于心理方面的描写"[③]。《最后的微笑》中的人物心理刻画也有着模仿的痕迹，在工厂做工的阿贵被开除后几近疯狂的心理活动描写，便显露出原本为陀思妥耶夫斯基独具的病态疯狂色调。《丽莎的哀怨》则受到蒋光慈曾翻译的苏联作家谢廖也夫《都霞》的影响，在他看来谢廖也夫从侧面描绘都霞"在白色

---

① 张大明、陈学超、李葆琰：《中国现代文学思潮史》（下），北京十月文艺出版社1995年版，第526—527页。
② 张大明、陈学超、李葆琰：《中国现代文学思潮史》（下），北京十月文艺出版社1995年版，第526页。
③ 蒋光慈：《异邦与故国》，载方铭、马德俊主编《蒋光慈全集》第1卷，合肥工业大学出版社2017年版，第212页。

圈中所悟到的党人的崇高"反倒要比正面写她"在'红'的环境中觉悟的更有价值"[1]，从而创作完成了饱受争议的作品《丽莎的哀怨》。由于蒋光慈深受包括俄苏文学在内的域外文学的熏染，因而在故事细节呈现上有时也会出现西方所习见却不大符合中国社会现实的情形来，譬如《少年漂泊者》中漂泊者的母亲在丈夫被地主逼租活活打死后不愿苟活于世，毅然选择用剪刀刺喉自杀；《冲出云围的月亮》中阿莲的妈妈也在丈夫因参加工人示威运动被开枪打死后，用剪刀割断自己的喉管死去。曾经与蒋光慈朝夕共处的女友吴似鸿对此颇不以为然，她认为，中国妇女自杀时大都宁可选择投水也不会采用此种方式。

蒋光慈在译介过的众多俄苏文学作品中尤为推崇李别进斯基的《一周间》，早在作于1927年的《十月革命与俄罗斯文学》一文中便称赞其"实在表现出革命中共产主义的形象及他的心灵来"[2]，1929年间又将其翻译成中文（北新书局1930年出版）。蒋光慈在译者后记中称赞《一周间》"是新俄文学的第一朵花，也就是说，从这一部书出世之后，所谓普洛文学得了一个确实的肯定"[3]，他也确然将之奉为创作圭臬，对其后期代表作《咆哮了的土地》产生了深刻影响[4]。蒋光慈认为，《一周间》的美妙之处在于"它表现从事英雄的，悲壮的，勇敢的行动之主人翁，并未觉得自己的行动是英雄的，悲壮的，勇敢的。所谓伟大的，证明有道德力量的冒险事业，成为日常的必要的工作，因此从事冒险的英雄，也就不觉得自己是英雄了"[5]。通过文本比照分析我们不难发现，蒋光慈在时隔一年后完稿的长篇小说《咆哮了的土地》中的主人公李杰和张进德与此番表述颇为一致。虽然他们从事的是发动农民投身革命的英雄壮举，但是，自始至终都没有以英雄自居，而是将革命视为日常的必要的工作，对于他们而言"最高的道德是要将自己的生命中

---

[1] 蒋光慈：《编后》，《新流月报》1929年第1期。
[2] 蒋光慈：《十月革命与俄罗斯文学》，载方铭、马德俊主编《蒋光慈全集》第6卷，合肥工业大学出版社2017年版，第40页。
[3] 蒋光慈：《〈一周间〉译者后记》，载［苏］U. libedinsky《一周间》，蒋光慈译，北新书局1930年版，第209页。
[4] 蒋光慈的女友吴似鸿也注意到他因病不得不中断创作《咆哮了的土地》的一段时期内"常时见他执着英文版的《苏联文学》，或是俄文版的什么小说。"（吴似鸿：《蒋光慈回忆录》，载方铭编《蒋光慈研究资料》，知识产权出版社2010年版，第105页。）虽然吴似鸿并未写明蒋光慈阅读的俄文版小说的具体篇目，但在他创作《咆哮了的土地》时借重俄苏文学来从中寻求借鉴却是显而易见的。
[5] 蒋光慈：《〈一周间〉译者后记》，载［苏］U. libedinsky《一周间》，蒋光慈译，北新书局1930年版，第210页。

所有的都献与革命"①。因而只要对革命有利、能够促成革命事业的成功，他们甘愿牺牲亲情、爱情乃至生命，这也正如同蒋光慈在《〈一周间〉译者后记》中所说的那样："我们看出革命的 Dialectic，我们看出真正的革命的个性，这种个性是以完成整个的，全部的社会组织为前提，而走入自身的消灭。"② 也正因为如此，李杰为了让革命继续向前推进，不仅牺牲亲情，默认李木匠带人火烧李家老楼，而且最终为革命献出了生命。

　　蒋光慈还在1929年9月5日的日记中这样评论道："《一周间》实在不愧为一部普洛文学的杰作，……最表现它的崇高的价值和意义的，那是在于它不但描写了国内战争的事实和革命党人的英勇的行为，而且将革命党人的心灵的深处给大众翻露出来。读者读了这一部书，将觉得所谓真正的革命党人并不是简单的凶狠的野兽，而却是具着真理性，真感情，真为着伟大的事业而牺牲的人们。"③ 他在《咆哮了的土地》中也对革命者李杰进行了深入的心理刻画，细致入微地剖析了他在面对革命和亲情时的两难抉择以及为此所承受的巨大心灵痛楚，"进德同志！你以为我是发了疯吗？我一点也没发疯。人总是人，我怎么能忍心将我的病了的母亲，无辜的小妹妹……可是，进德同志！我不得不依从木匠叔叔的主张……""唉！进德同志！人究竟是感情的动物，你知道我这时是怎样地难过啊。我爱我的天真活泼的小妹妹……"④ 透过类似的细节场面，呈现为了伟大革命事业而牺牲自我的英雄人物真实而又丰富的内心世界，从而让读者感悟到李杰这样的革命者既是当之无愧的革命英雄，同时也绝非钢铁心肠，而是同样有着七情六欲的肉体凡胎。

　　值得注意的是，蒋光慈虽然对《一周间》偏爱有加，但也并非盲目崇拜而定于一尊，他在阅读法捷耶夫的《毁灭》之后将两者做了比较分析，"今天下午读完了法节也夫的《坏灭》。法氏的笔调很生动，描写心理尤能精细入微。在艺术的手腕上，他比李别金斯基高明得多了。《一周间》还有许多幼稚的地方，《坏灭》则令我们感觉得它的作者是一个很成熟的老匠了"⑤。蒋光慈在《咆哮了的土地》中也充分借鉴了法捷耶夫善于描绘人物心理的特点，从而展现出革命者从幼稚到成熟的革命成长蜕变过程。此外，蒋

---

① 蒋光慈：《〈一周间〉译者后记》，载［苏］U. libedinsky《一周间》，蒋光慈译，第211页。
② 蒋光慈：《〈一周间〉译者后记》，载［苏］U. libedinsky《一周间》，蒋光慈译，第212页。
③ 蒋光慈：《异邦与故国》，载方铭、马德俊主编《蒋光慈全集》第1卷，合肥工业大学出版社2017年版，第202—203页。
④ 蒋光慈：《咆哮了的土地》，载方铭、马德俊主编《蒋光慈全集》第4卷，合肥工业大学出版社2017年版，第150页。
⑤ 蒋光慈：《异邦与故国》，载方铭、马德俊主编《蒋光慈全集》第1卷，合肥工业大学出版社2017年版，第226页。

光慈《咆哮了的土地》中的情节设定还与绥拉菲摩维支的《铁流》不无相似，同样描绘了在敌强我弱的背景下如何将普通民众锻炼成钢铁战士的艰辛革命历程，而张进德可谓中国的郭如鹤。蒋光慈在《咆哮了的土地》中还借李杰之口直接谈及屠格涅夫的《父与子》，他在大敌当前时想道："我曾读过俄国文学家杜格涅夫所著的《父与子》一书，描写父代与子代的冲突，据说这是世界的名著。不过我总觉得那种父子间的冲突太平常了。如果拿它来和我现在与我父亲的冲突比较一下，那该是多么没有兴趣啊！"① 蒋光慈原先拟定的小说题名就是《父与子》，显然他是以《父与子》为摹本和超越的对象的。

蒋光慈在刻画革命人物时还有意借鉴俄苏革命文学家"画眼睛"的表现手法。在法捷耶夫的《毁灭》中，队长莱奋生"又大又深的眼睛象湖水"②，当队员莫罗兹卡违反纪律偷了农民的瓜时他"那双洞察一切的眼睛一眼就把莫罗兹卡看透了"③；绥拉菲摩维支的《铁流》中政委郭如鹤也有着"锐利的好像大针一般的灰眼睛"④。《咆哮了的土地》中的张进德则有着一双放着敏锐的光的眼睛，平素顽皮得无以复加，任谁也不惧怕的癫痢头和小抖乱在他"锐剑也似的眼光"审视下"如同这眼光已经穿透了他们俩的心灵，他们俩不由自主地有点战栗起来，而觉得自己是犯罪的人了"⑤，很快便承认是他们两个打死了老和尚。这样的情节设定与莱奋生审问莫罗兹卡有着异曲同工之妙，革命领袖的眼睛都有着异乎寻常的洞察力和威慑力。此外，李杰两眼"放射出来的英锐的光芒"⑥，王贵才则有一对"秀长而放着光的眼睛"⑦，李木匠有"一双使女人消魂的眼睛"⑧，吴长兴的"眼睛却放射着忠实的光"⑨。总体来看，革命者政治觉悟越高

---

① 蒋光慈：《咆哮了的土地》，载方铭、马德俊主编《蒋光慈全集》第4卷，合肥工业大学出版社2017年版，第146页。
② ［苏］法捷耶夫：《毁灭》，磊然译，人民文学出版社1978年版，第1页。
③ ［苏］法捷耶夫：《毁灭》，磊然译，人民文学出版社1978年版，第23页。
④ ［苏］绥拉菲摩维支：《铁流》，曹靖华译，三闲书屋1931年版，第8页。
⑤ 蒋光慈：《咆哮了的土地》，载方铭、马德俊主编《蒋光慈全集》第4卷，合肥工业大学出版社2017年版，第82页。
⑥ 蒋光慈：《咆哮了的土地》，载方铭、马德俊主编《蒋光慈全集》第4卷，合肥工业大学出版社2017年版，第16页。
⑦ 蒋光慈：《咆哮了的土地》，载方铭、马德俊主编《蒋光慈全集》第4卷，合肥工业大学出版社2017年版，第8页。
⑧ 蒋光慈：《咆哮了的土地》，载方铭、马德俊主编《蒋光慈全集》第4卷，合肥工业大学出版社2017年版，第54页。
⑨ 蒋光慈：《咆哮了的土地》，载方铭、马德俊主编《蒋光慈全集》第4卷，合肥工业大学出版社2017年版，第39页。

则眼睛越富有光彩和智慧,诸如"敏锐""英锐"等,而思想落后守旧的王荣发却有着"两只不大发光的眼睛"①,这一方面与他的年龄有关,另一方面也与其政治觉悟的低下不无关联。

王统照之所以能从早年"爱与美"的表现转向"血与火"的呈现,很大程度上也是在俄苏文学的影响下方才得以完成的。刚开始从事文学创作时,王统照就很喜欢读托尔斯泰、契诃夫、屠格涅夫和柯罗连科等19世纪俄国著名作家的作品,但在此之后,他的关注转移到苏联进步作家对于充满血和泪的社会现实的观察与描绘上来。他在担任《文学》主编时,还利用封底封面向读者推荐过高尔基的《燎原》、肖洛霍夫的《被开垦的处女地》、富尔曼诺夫的《夏伯阳》等苏联革命文学名著。王统照五四时期创作完成的乡土小说《黄昏》就有着模仿俄苏文学的痕迹,小说开头便是老人赶着车将自己的女儿送给地主,当时就有论者指出这一情节可能模仿自俄国小说:"因为无论如何,我们中国的地主,大约总比不上俄国的地主吧?这么没收子女的事情,怕还没有这样的法力咧,况且主人公——赵建堂——不是一个好讲究法律的宝货吗?欠他的租,尽有法子对付,何苦要没收老人的女儿呢?"②《山雨》中"魏二说书"一节的描写,也与屠格涅夫《猎人笔记》中的"唱歌者"颇为相似。

丁玲早在1927年便以《梦珂》初试锋芒,1928年《莎菲女士的日记》问世之后更是让她蜚声文坛,在丈夫胡也频被捕牺牲后她开始急剧向"左"转,文学风格也迅即发生改变,而在这其中就不乏俄苏文学影响的促成因素。曾经有人问及丁玲最喜欢的作家是谁,她一面表示很难说具体受到哪个作家的影响,一面又强调"真正使我受到影响的,还是十九世纪的俄国文学和苏联文学,还是托尔斯泰、屠格涅夫、高尔基这些人。直到现在,这些人的东西在我印象中还是比较深"③。

三 新进作家所受俄苏文学的熏染

萧红、萧军、端木蕻良、叶紫、艾芜、彭柏山等新进作家早在接受文学启蒙阶段便已开始广泛接触俄苏文学,因而在创作伊始便深受俄苏文学影响。相对而言,由于东北地区有着与俄苏接壤的地缘优势,因此萧红、

---

① 蒋光慈:《咆哮了的土地》,载方铭、马德俊主编《蒋光慈全集》第4卷,合肥工业大学出版社2017年版,第11页。

② 张子偉:《王统照君的〈黄昏〉》,载冯光廉、刘增人编《王统照研究资料》,知识产权出版社2010年版,第135页。

③ 丁玲:《谈自己的创作》,载《丁玲全集》第8卷,河北人民出版社2001年版,第90页。

萧军、端木蕻良等东北籍作家更容易广泛接触俄苏文学，受到俄苏文学的影响也更为显著。

当年的哈尔滨因着特殊的地缘优势成为俄苏侨民聚集之地，一度又被称作"东方的莫斯科"，是当时赫赫有名的红色文化传播中心[1]，大量俄苏文学作品经此传入关内[2]。萧红、萧军为了提升俄语水平以便阅读乃至翻译俄苏文学，还经友人介绍一度专门聘请了俄语家庭教师佛民娜（萧红《索菲亚的愁苦》中索菲亚的原型）。萧红在《我之读世界语》中也说过："当我第一次走进上海世界语协会的时候，我的希望很高，我打算在一年之内，我要翻译关于文学的书籍，在半年之内我能够读报纸。"[3] 萧军初到上海时看到在霞飞路上有比较多的俄国人，竟不由得触发起思乡之情，"一有机会就喜欢和遇到的随便哪个俄国人说几句'半吊子'的俄国话"[4]。由于这些人大都是白俄，其中有些还靠告密为生，鲁迅闻讯后着实有些替萧军担心。也正因此，萧红和萧军都受到俄苏文学的强烈熏染，使得他们的左翼乡土小说烙上了俄苏文学的深刻印迹。

萧红自创作伊始无论是主体精神、选材角度、审美追求还是创作手法，都与俄苏文学有着相通之处，反而"受中国传统小说影响不大，她的作品，一开始就带有俄罗斯现实主义文学的味道，加上她的细腻笔触，真实的情感，形成自己的文字格调"[5]。萧红在从事文学创作之初便受到

---

[1] 1920 年，瞿秋白以北京《晨报》和上海《时事新报》特约通讯员身份前往莫斯科，途中滞留哈尔滨，期间首次听到了《国际歌》，他在文章中称哈尔滨"先得共产党一点空气（atmosphere）"（瞿秋白：《赤都心史》，北京联合出版公司 2021 年版，第 49 页），由此他也成为"向内地指出哈尔滨是中国最早感受十月革命气息的城市的第一个中国人"（王观泉：《一个人和一个时代——瞿秋白传》，天津人民出版社 1989 年版，第 126 页）。这是因为"欢呼十月革命的胜利，引吭高唱《国际歌》，纵情地畅谈共产主义，在北京则是根本不可能的。除了哈尔滨以外，当时的全中国，连最激进分子也是无从想象得到的"（王观泉：《一个人和一个时代——瞿秋白传》，第 144 页）。

[2] 哈尔滨海关仅在 1927 年 6 月 28 日到 7 月 25 日不到一个月间，便查扣了经由中东铁路从苏联传入中国的"书籍 8 种，报纸 57 种，杂志 27 种，合计 3157 件"（哈尔滨城市规划局：《哈尔滨》，中国文史出版社 2006 年版，第 106 页）。20 世纪 30 年代哈尔滨仍旧是俄苏文化传播的重要节点城市，譬如"全平、旦如等人在上海老西门组合开办了咖啡店，以作为进步文化人士聚会场所，哈尔滨书店的办理人专诚跑了三十三家俄国书店，选购了十三张俄国文学家的像寄给全平、旦如"（钟嘉陵：《三十年代，来自哈尔滨的消息》，载《东北现代文学史料》第 6 辑，黑龙江社会科学院文学研究所 1983 年版，第 7 页）。

[3] 萧红：《我之读世界语》，载《萧红全集》第 4 卷，黑龙江大学出版社 2011 年版，第 203 页。

[4] 萧军：《鲁迅给萧军萧红信简注释录》，黑龙江人民出版社 1981 年版，第 60 页。

[5] 孙犁：《读萧红作品记》，载张学正编《孙犁代表作》，河南人民出版社 1994 年版，第 618 页。

托尔斯泰潜移默化的影响,非常注重反映现实和批判社会,譬如《王阿嫂的死》就深入揭示了泯灭人性的张姓地主对于雇工王阿嫂一家的残酷压迫;《莲花池》中走投无路的爷爷为了养活孙子小豆不得不从事盗墓,结果事发后被日本兵带走。萧红基于相同的审美偏好对素有"文学风景画大师"之称的屠格涅夫钦羡不已,称赞"屠介涅夫是合理的,幽美的,宁静的,正路的,他是从灵魂而后走到本能的作家"①。屠格涅夫以擅长写景著称于世,能够把握并刻画出瞬息万变的大自然景象,萧红在创作《生死场》《呼兰河传》等作品时也予以借鉴,并且越来越醇熟,完成于全面抗战时期的《呼兰河传》中的《火烧云》一节便真切生动地呈现火烧云瞬息万变的形态和绚烂多姿的色彩。屠格涅夫在选材上倾向于选取自己所熟悉的生活,在其中灌注着个人的生活经历,对此他本人说过其自传就在作品中,而萧红的《生死场》《呼兰河传》等作品也有着十分浓郁的自传色彩。

鲁迅在给萧军《八月的乡村》作序时即已敏锐地注意到该小说与法捷耶夫《毁灭》的相似性及其独特性,"虽然有些近乎短篇的连续,结构和描写人物的手段,也不能比法捷耶夫的《毁灭》,然而严肃,紧张,……"②无独有偶,李健吾也曾评论道:"《毁灭》给了一个榜样。萧军先生有经验,有力量,有气概,他少的只是借镜。参照法捷耶夫的主旨和结构,他开始他的《八月的乡村》。"③ 1929年日本左翼文论家藏原惟人将《毁灭》译成日文,在译者后记中,他认为,"这部小说能够在文学史上得到非常高的评价,是因为这部小说对作品中的人物——即便是代表革命人形象的游击员,也不会把他们描写成像故事中的英雄人物或是离奇的怪人一般。也不会把他们都描写成红一色的斗士"④。萧军在《八月的乡村》中对小说人物尤其是革命知识分子进行刻画时,也极其重视写出人物的复杂性和多面性。虽然萧明并没有像密契克那样背叛革命,但置身于革命队伍中的他们都有着孤独之感,觉得自己受到其他队员的蔑视和揶揄,沦为被取笑的对象。在《毁灭》中密契克有着强烈的人道主义观念,他反对毒死病人与劫取粮食,但又提不出更好的解决方法;《八月的乡村》里的萧明也

---

① 萧红:《无题》,载《萧红全集》第4卷,黑龙江大学出版社2011年版,第200页。
② 鲁迅:《〈八月的乡村〉序言》,载田军(萧军)《八月的乡村》,容光书局1935年版,第3页。
③ 李健吾:《八月的乡村》,载《咀华与杂忆》,中央编译出版社2010年版,第60—61页。
④ 转引自陈朝辉《论〈毁灭〉从翻译到重译——再谈鲁迅与藏原惟人》,《鲁迅研究月刊》2011年第12期。

明确反对枪毙地主，但在事后却又认识到这对于革命而言也许是必需的。此外，萧明和密契克身上都有着诸多自相矛盾处，密契克"要革新，然而怀旧；他在战斗，但想安宁"①，萧明也是开始时踏实肯干，后来却因爱情受挫而变得灰心丧气，既忠于革命又不愿杀人。法捷耶夫在谈及创作《毁灭》的基本思想时说过："第一个亦即基本的思想：在内战中进行着人材的精选，一切敌对的都被革命扫荡掉，一切不能从事真正的革命斗争的，偶然落到革命阵营里的都被淘汰掉，而一切从真正的革命根基里、从千百万人民大众中间站起来的都在这次斗争中受到锻炼，并且不断壮大和发展。人的最巨大的改造正在进行着。"②萧军《八月的乡村》中也在进行着同样的淘汰过程和人才的精选，原本冲锋在前的知识分子萧明因爱情受挫几乎完全丧失革命斗志，但李三弟等工农出身的革命队员却迅速成长起来，并由他们担负起领导革命的重任。

萧军《八月的乡村》不仅在主旨和结构上受到《毁灭》的影响，而且在故事场景设定上也能见出模仿《铁流》的痕迹③，譬如《八月的乡村》中李七嫂搂着被日军士兵松原太郎摔死的儿子的情景，就与《铁流》中的母亲不愿舍弃被敌人轰炸致死的孩子极为相似。《铁流》中母亲紧紧抱着被敌人轰炸而死的孩子，虽然孩子已经身体僵硬，但她不愿接受孩子已死的事实，依然"低下来望着那由破小衫里露出的白白的乳头，那惯了的手指抓住乳嘴，温存的放到那不会动的张着的冰冷的小口里"④。《八月的乡村》里的李七嫂也是在明知儿子已被日军士兵摔死以后依然将儿子紧紧搂在怀中，这样的感人细节不仅能让人们深切地感悟到母爱的深厚博大，同时也能激发人们对于残暴敌人的刻骨仇恨。

端木蕻良是沐浴着"五四"现代文学新风成长起来的，尚在中学读书时他便透过《小说月报》上刊载的"现代世界文学号""俄国文学研究"等专号阅读了高尔基、屠格涅夫、果戈理、陀思妥耶夫斯基、安德烈夫等

---

① 鲁迅：《〈溃灭〉第二部一至三章译者附记》，载《鲁迅全集》第10卷，人民文学出版社2005年版，第371页。
② [苏]法捷耶夫：《和初学写作者谈谈我的文学经验》，水夫译，载石尔编《外国名作家创作经验谈》，浙江人民出版社1981年版，第353页。
③ 萧军在应埃德加·斯诺之请给《活的中国》所写的小传中说过除了鲁迅和郭沫若，他"没怎么读过当代中国作家的作品，所以也没受到什么影响"，"在外国作家中间，我最喜欢歌德和契诃夫。后来书读多了，我发现了苏联作家。我特别喜欢高尔基的《母亲》和绥拉菲摩维支的《铁流》。这两部作品都使我深深感动，后者给我的影响尤其大"（[美]埃德加·斯诺：《活的中国》，文洁若译，湖南人民出版社1983年版，第205页）。
④ [苏]绥拉菲摩维支：《铁流》，曹靖华译，三闲书屋1931年版，第84页。

俄苏作家的译作，较为系统地了解到俄苏文学的发展演变状况。端木蕻良自己也说过对他影响最大的域外文学是俄国文学，"外国作品首推《复活》和《安娜·卡列尼娜》、《死魂灵》、《贵族之家》等"①。端木蕻良与托尔斯泰一样都出身于地主阶级，且均对底层农民充满同情，对于家族的过往有着深深的忏悔意识，因此，自然而然地将托尔斯泰引为同类而崇拜有加。端木蕻良服膺托尔斯泰所宣扬的人道主义思想和民主意识，其长篇小说《科尔沁旗草原》就明显受到托尔斯泰《复活》的启发。《科尔沁旗草原》中的主人公丁宁身上交织着《复活》主人公聂赫留道夫和《安娜·卡列尼娜》主人公沃伦斯基的影子，他们的相似之处在于均"顺从自己年轻的任性，也可以说是顺从美的爱，想去接近真，想把土地的利益还给农民"②。端木蕻良《科尔沁旗草原》中的中国年轻地主丁宁也像《复活》中的聂赫留道夫那样极力反对封建伦理道德，同时如出一辙地与丫鬟灵子上演了一段始乱终弃的悲情故事。第八章中甚至还设定了丁宁由《复活》的阅读体验而引发深思的细节场面，第十七章里丁宁为了摆脱沮丧心境想向侍女求欢，为此又心生罪恶感，于内心挣扎之际他又再度乞灵于《复活》，"于是他用了全部的自己的力量在灵魂的深处，大声的呼号。让理智帮助我呀，自尊与纯洁给我以勇气呀，让我消除这些有害的幻想，让马司洛娃的脚印，停留在托尔斯太那老头子所幻化出来的解决方案之内吧，让他陶醉在他的基督教义的尾巴以内吧"③。此外，丁宁不仅本着人道主义对于农民极表同情，而且与《复活》中的聂赫留道夫一样有着忏悔意识。屠格涅夫的抒情笔触以及理性统摄下的情感表达也给端木蕻良带来极深的影响，以至于在其首部长篇小说《科尔沁旗草原》中情不自禁地借主人公丁宁之口说出了源自屠格涅夫的句子："Look what has happened to it!"④（你看，这是怎么回事！）

1933 年，端木蕻良得到一本在北平秘密流传的《铁流》后简直如获至宝，成为其文学创作的重要参照，不仅左联时期的《遥远的风砂》明显受到影响，而且全面抗战时期的战争小说《柳条边外》和长篇小说《大江》等也深受影响。正是由于端木蕻良的作品明显受到俄苏文学的影响，因此评论者时常会进行比拟性评价，譬如巴人在论及《科尔沁旗草原》时就认为该作品"有

---

① 端木蕻良：《治学经验谈》，载《端木蕻良文集》第 5 卷，北京出版社 2009 年版，第 575 页。
② 端木蕻良：《安娜·卡列尼娜》，载《端木蕻良文集》第 5 卷，北京出版社 2009 年版，第 401 页。
③ 端木蕻良：《科尔沁旗草原》，开明书店 1939 年版，第 447 页。
④ 端木蕻良：《科尔沁旗草原》，开明书店 1939 年版，第 293 页。

《铁流》的劲与光与彩与音乐,又有《静静的顿河》的如画的场面"①。

叶紫的乡土小说并不单单是农村生活经验和土地革命见闻的产物,同时也深受俄苏文学的影响。在苏联作家中对叶紫影响最大的是高尔基,他对高尔基"文学是一种战斗的事业,为了给敌人以狠狠的打击"②等创作观念深表赞同,其乡土小说也有着极强的战斗性,以饱蘸着血与火的文字诠释了"文学是战斗的!"③ 在具体小说创作中,叶紫十分注重从苏联革命文学中汲取养分。他曾经仔细研读绥拉菲摩维支、法捷耶夫、革拉特珂夫的《铁流》《毁灭》《士敏土》等苏联革命文学名著,对于苏联作家"惊心动魄的取材"、"洗炼的手法"和"沸腾的热情"④倾心不已,在他自己的小说中也有着类似的倾向和特点。此外,叶紫还对俄国古典作家作品青睐有加,以至于到了"研读再三,几可成诵"的程度,在潜移默化之下自然延伸到其作品创作之中,"当我在作品中描绘一个人物或是一种场面时,我便不由的想起那些名作家所曾描绘过的,相似的,或是比较相似的人物和场面",在写好之后他"更将它们加以比较:看看是否可以赶得上它们的几分之几;……不然,就实行改写,直到自己觉得比较满意时才罢手"⑤。此外,叶紫的代表作《星》无疑受到苏联作家涅维洛夫(一译捏维洛夫)的小说《女布尔雪维克——玛丽亚》的影响,从问世时间上《女布尔雪维克——玛丽亚》的原作及中文翻译均早于《星》,而且叶紫还在《读〈丰饶的城塔什干〉》一文中提及过该篇被收入由曹靖华辑译的苏联短篇小说集《烟袋》⑥。《女布尔雪维克——玛丽亚》中的女主人公玛丽亚原本是一个任劳任怨的农妇,虽然丈夫珂左克是个不折不扣的无赖,但她依旧忍辱负重,维系着无爱的婚姻,此后在十月革命影响下她的思想开始发生转变,与革命者华西里坠入爱河,并一起从事革命工作。叶紫的《星》无论是从故事架构还是人物形象设定上都与此篇小说颇为相

---

① 巴人:《直立起来的〈科尔沁旗草原〉》,载林志浩、李葆琰主编《中国新文艺大系(1937—1949)评论集》,中国文联出版社 1998 年版,第 196 页。
② [苏]高尔基:《给留·阿·尼基弗罗娃》,曹葆华、渠建明译,载《高尔基文学书简》(上卷),人民文学出版社 1962 年版,第 311 页。
③ 鲁迅:《〈丰收〉序言》,载叶紫《丰收》,容光书局 1935 年版,第 4 页。
④ 叶紫:《广告》,载胡从经编《叶紫文集》(上),湖南人民出版社 1983 年版,第 304 页。
⑤ 任钧:《忆叶紫》,《文学月报》1940 年第 1 卷第 6 期。
⑥ 叶紫在《读〈丰饶的城塔什干〉》中说涅维洛夫的作品"被译成中文的只有收在《烟袋》里的一个短篇和一本中篇《不走正路的安得伦》"(黄德〔叶紫〕:《读书生活》1934 年第 1 卷第 3 期)。其中被收入由曹靖华辑译的《烟袋》(未名社 1928 年出版)中的短篇小说正是涅维洛夫的《女布尔雪维克——玛丽亚》,另一本中篇小说《不走正路的安得伦》也是由曹靖华翻译的(野草书屋 1933 年出版)。

似，在梅春姐身上就有着玛丽亚的影子。此外，叶紫《向导》中的母亲与高尔基《母亲》中的尼洛夫娜也有着相似之处。

艾芜对于俄苏文学可谓情有独钟，对此他说过："在世界各国的文学中，我最喜欢苏联文学。这不只是由于我爱苏联这个工人阶级领导的国家，而且还由于苏联以前的文学遗产，即俄国文学那种热爱劳动人民的美丽的作品，那种同情被侮辱、被压迫者的人道主义，曾深切地吸引着我。许多年前读过的作品，科罗连柯的《玛加尔的梦》、屠格涅夫的《木木》、高尔基的《草原上》、果戈理的《外套》……到今天，那里面的人物还生动地活在我的记忆里面。接着法捷耶夫的《毁灭》、绥拉菲摩维支的《铁流》、革拉特珂夫的《士敏土》、肖洛霍夫的《静静的顿河》……翻译过来了，新的人、新的生活，给我极大的感动、鼓舞和愉快。这只是举出最初所接触到的俄国文学和苏联文学的作品，而在我从事文学工作和不断学习的路上，从托尔斯泰、契诃夫、高尔基起，一直到法捷耶夫，可以举出一长串苏联作家的名字，来做我的老师。"[①] 在为数众多的俄苏作家中，高尔基对艾芜的影响最大，他们都有着长期的流浪经历，同时也都热衷于在作品中描摹流浪生活，因而容易激发起亲切之感，"由于有了流浪的生活，又有渴望自由的心情，一旦读到高尔基的初期的短篇小说，真如干燥极了的土地上一下逢着甘雨，心里有着说不出的喜悦。凡是翻成中文的高尔基作品，我都找来读，而且不止读一次，总是常常拿来读。甚至高尔基喜欢读的别人的作品，我也要找来读。……我觉得我自己曾经成了高尔基热烈的爱好者和追随者"[②]。俄苏文学对于艾芜的影响之深，单从长篇小说《故乡》中的一个场景描绘便可见一斑，在雷志恒位于乡下的卧室墙上贴着许多由他寄回后妹妹雷春兰剪下的外国作家画片，其中就有"拿着猎枪站在树林边上的屠格涅夫，坐在矮凳上补着鞋子的托尔斯泰，……吊起墨水瓶背起原稿走的高尔基……"[③] 艾芜的首个短篇小说集《南行记》中的诸多作品也显现出受到俄苏文学影响的深刻印迹，对于被压迫的劳动人民寄予着深切的同情和真挚的热爱，对此他本人也说过："从文学工作的起点上讲，这不能不说俄国作家对我是有相当的影响的。他们影响我，主要是深刻地教育我如何热爱劳动人民"[④]。

---

① 艾芜：《我与苏联文学》，载《艾芜全集》第 14 卷，四川文艺出版社 2014 年版，第 214 页。
② 艾芜：《高尔基永远走在我们的前头》，载《艾芜全集》第 13 卷，四川文艺出版社 2014 年版，第 206 页。
③ 艾芜：《故乡》，载《艾芜全集》第 5 卷，四川文艺出版社 2014 年版，第 180 页。
④ 艾芜：《我与苏联文学》，载《艾芜全集》第 14 卷，四川文艺出版社 2014 年版，第 215 页。

1930年，彭柏山得到两张购书的优待券，分别是《毁灭》和《铁流》。他将这两本书买来之后进行了深入阅读，相较而言对《毁灭》的印象颇为不佳，感觉非常晦涩，"没有《铁流》那样火一般的热情和胜利的结局"，因此，"对于这本书的态度，是极其淡漠的"①。一年以后，彭柏山跟着游击队在深山雪地里行军，敌人眼看就要追上来了，一位躺在担架上的负伤的同志为了不牵累大家让他枪毙自己。这种以革命大局为重而不惜牺牲自我的精神深深打动了彭柏山，脑海中不由得浮现起《毁灭》中"所描写的用毒药结束自己同伴的生命，以及美谛克、企什、木罗式柳等等情景"②，从而改变了他对《毁灭》的看法。后来，彭柏山在左联工作时，向胡风谈起"他看了法捷耶夫的《毁灭》，引起他强烈的写作欲望"③，最终在胡风等人的鼓励下完成了短篇小说《崖边》，自此走上了文学创作道路。

第二节 "美国体验"对中国左翼乡土小说的影响

根据美国左翼文学的发展演变情况，可以将其划分为前、后两期。前期是1910—1919年，涌现出以西奥多·德莱塞、厄普顿·辛克莱、杰克·伦敦、辛克莱·刘易斯和艾格妮丝·史沫特莱等为代表的美国第一批左翼文学家，他们对美国社会生活的诸多方面进行了揭露和抨击；后期则是"红色三十年代"，涌现出迈克·高尔德、马尔科姆·考利、约翰·帕索斯、约瑟夫·弗雷曼、维克多·卡尔佛登、兰斯顿·休斯、厄斯金·考德威尔等新一代左翼文论家和文学家。④ 在新老两代左翼文学家的协力推进下美国左翼文学成就斐然，以至于"在世界的左翼文学都不自觉的被苏联的理论所牢笼着，支配着的今日，只有美国，却甚至反过来可以影响苏联"⑤。

美国左翼文学因勇于深入现实生活、敢于揭示社会阴暗面以及关心无产阶级的生活处境而引起国人关注，早在1919年7月15日《少年中国》

---

① 彭柏山：《鲁迅的启示》，载《彭柏山文选》，上海文艺出版社2003年版，第327页。
② 彭柏山：《鲁迅的启示》，载《彭柏山文选》，上海文艺出版社2003年版，第327页。
③ 胡风：《孤光自照 肝胆皆冰雪——纪念彭柏山逝世十六周年》，载《彭柏山文选》，上海文艺出版社2003年版，第547页。
④ 参见周仁成《从革命文学、左翼文学到反法西斯的抗战文学——美国左翼文学在我国现代时期的传播与交流》，《文艺理论与批评》2016年第2期。
⑤ 编者：《现代美国文学专号导言》，《现代》1934年第5卷第6期。

创刊号上便开始连载杰克·伦敦的小说《野犬呼声》（易家钺翻译）。自此之后，有关杰克·伦敦的译作便不断在国内各大报刊上出现。然而，自中国大革命失败后，美国左翼文学家厄普顿·辛克莱开始受到特别关注。辛克莱小说的译介起初主要是由创造社推动的，尤其是郭沫若贡献卓著，接连翻译出版了《石炭王》（乐群书店 1928 年出版）、《屠场》（南强书局 1929 年出版）、《煤油》（光华书局 1930 年出版）这三部辛克莱的长篇小说。此外，同样来自创造社的陶晶孙也翻译了辛克莱的另一部长篇小说《密探》（北新书局 1930 年出版）[1]。辛克莱本身就是美国左翼文学的领军人物，创造社及其主要译者郭沫若又在国内文坛有着极强的影响力，因此辛克莱很快便得到左翼文坛的一致认可[2]，正如同季羡林当年所言，"辛克莱 Upton Sinclair 乃美国所谓普罗作家中最享盛名者。所著《石炭王》King Coal《屠场》The Jungle 经郭沫若译为中文，一时销行极广"[3]。左联本身就是由创造社、太阳社和鲁迅及在鲁迅影响下的作家群体发起成立的，因而创造社对于包括辛克莱《石炭王》《屠场》等在内的美国左翼作家作品的译介不但"对于中国普罗文坛的推进，是很有力量的"[4]，而且

---

[1] 单就左翼十年期间而言，辛克莱的其他译作还有：《工人杰麦》（黄药眠译，启智书局 1929 年出版）；《人生鉴》（傅东华译，世界书局 1929 年出版）；《潦倒的作家》（席涤尘译，前夜书店 1929 年出版）；《钱魔》（林微音译，水沫书店 1929 年出版）；《地狱》（钱歌川译，开明书店 1930 年出版）；《实业领袖》（邱韵铎、吴贯忠合译，支那书店 1930 年出版）；《山城》（麦耶夫译，现代书局 1930 年出版）；《太平世界》（葛藤译，上海昭昭社出版部 1930 年出版）；《拜金主义》（陈恩成译，联合书店 1930 年出版）；《美国文艺界的怪状》（陈恩成译，联合书店 1930 年出版）；《波斯顿》（余慕陶译，光华书局 1931 年出版）；《都市》（彭芳草译，神州国光社 1931 年出版）；《追求者》（曾广渊译，联合书店 1931 年出版）；《罗马的假日》（王宣化译，实现社 1932 年出版）；《现代恋爱批判》（钱歌川译，神州国光社 1932 年出版）；《求真者》（平万译，亚东图书馆 1933 年出版）；《辛克莱社会论》（张迪虚译，新生命书局 1933 年出版）；《婚姻与社会》（雯若译，天马书店 1934 年出版）；《亚美利加的前哨（辛克莱自叙传）》（糜春炜译，绿野书屋 1934 年出版）；《文丐》（缪一凡译，商务印书馆 1935 年出版）；《心理无线电》（秦仲实译，中华书局 1935 年出版）；等等。

[2] 荒煤在临时充任由"剧联"创办的小型图书馆馆长时阅读了许多中外文学作品，其中"现在还有印象，就是郭沫若化名易坎人翻译的美国辛克莱的小说，如《屠场》、《石油》、《煤炭王》（应是荒煤凭着印象回忆时将两者混淆，误记作《石油》《煤炭王》。——笔者注）等。我这才多少了解到所谓资本主义社会是怎么回事，什么叫做资产阶级和剥削"（荒煤：《伟大的历程和片断的回忆——纪念"左联"成立五十周年》，载《左联回忆录》，知识产权出版社 2010 年版，第 359 页）。

[3] 羡（季羡林）：《辛克莱回忆录》，《大公报（天津）·文学副刊》1932 年 11 月 28 日第 256 期。

[4] 刚果伦：《一九二九年中国文坛的回顾》，《现代小说》1929 年第 3 卷第 3 期。

对于中国左翼文学影响极深。在为数众多的美国左翼文学家中，单纯从对中国左翼文学创作所形成的影响力而言，无人能出辛克莱之右。

具体而言，辛克莱对于中国左翼文学的影响，首先，着重表现在反抗文学传统的叛逆精神上，这对于中国左翼作家大胆突破传统束缚而寻求观念解放有着启示作用。其次，辛克莱是以创作暴露资本主义社会阴暗面的揭发黑幕小说著称于世的，而这正是中国左翼作家的重要创作宗旨，从中可以寻求借鉴。辛克莱的《屠场》是20世纪初美国文艺界"揭发黑幕运动"中诞生的首部作品，徐訏对此曾经说过："他描写美国资本主义社会的罪恶，在中国有一个时候很吃香，他的《屠场》、《石灰王》一类小说在中国曾风行一时。"① 最后，中国左翼作家也对辛克莱小说所彰显出的"力"以及"力"的表现形式钦羡不已，这也是他们孜孜以求的创作目标。早在普罗文学兴起之时便开始倡导创作"力"的文艺，以期在革命低潮时期起到鼓舞革命斗志和焕发革命精神的作用，而思想进步的读者也在热切期盼着"有力的作品"②。瞿秋白在比较辛克莱的《屠场》等作品与茅盾《子夜》的创作异同时曾经说过："我们可以看出两个截然不同点来，一个是用排山倒海的宣传家的方法，一个却是用娓娓动人叙述者的态度。"③ 郭沫若在《〈屠场〉译后》中也不由得感慨道："本书所含有之力量和意义，在聪明的读者读后自会明白。译者可以自行告白一句，我在译述的途中为他这种排山倒海的大力几乎打倒，我从不曾读过这样有力量的作品，恐怕世界上也从未曾产生过。读了这部书我们感受着一种无上的慰安，无上的鼓励：我们敢于问：'谁个能有这样大的力量？'"④ 瞿秋白和郭沫若在论及辛克莱时不约而同地使用了"排山倒海"这个词，1930年《读书月刊》在推介由郭沫若翻译的辛克莱《煤油》的广告语中也着重强调："其描写方面尤为深刻动人，结构是宏大绵密，波澜是层出不穷，力量是排山倒海，总之，他的这种作品，真是可以称为'力作'。"⑤ 凡此种种，足以见出辛克莱作品给当时左翼文界所带来的冲击力和震撼力之强烈。也正由于中国左翼文学兴起之初缺乏"排山倒海"般的力作，因而

---

① 徐訏：《牢骚文学与宣传文学》，载《徐訏文集》第10卷，上海三联书店2012年版，第88页。
② R. T.：《文化问题与月刊》，《创造月刊》1928年第2卷第4期。
③ 施蒂而（瞿秋白）：《读〈子夜〉》，载《中国新文学大系（1927—1937）》第1集，上海文艺出版社1987年版，第799页。
④ 易坎人（郭沫若）：《〈屠场〉译后》，载《郭沫若集外序跋集》，四川人民出版社1983年版，第293—294页。
⑤ 编者：《煤油》，《读书月刊》1930年创刊号。

辛克莱的小说不仅在很大程度上满足了此种阅读期待和审美需求，而且为左翼文学创作树立了可资借鉴的典范。

也正因此，不仅 1928—1935 年辛克莱的译著不断被出版，而且其译文频频刊载于《大众文艺》《拓荒者》《光明》《文艺月报》《杂文》等左翼刊物，但由此也招致国民党当局的注意。1934 年 3 月 20 日，中国国民党上海特别市执行委员会在查禁郭沫若译介的《石炭王》时给出的理由是："内容描写一大学生投身矿坑当小工，联合工人与资本家抗争，意在暴露矿业方面的资本主义的榨取与残酷，阶级意味，极为浓厚"，而《屠场》的查禁理由是"描写美国资产阶级在屠场里，对于工人之榨取与压迫，极力煽动阶级斗争"①。

茅盾、萧红等左翼乡土小说家都受到辛克莱的影响，在他们创作的左翼乡土小说中留下了印迹。辛克莱非常注重实地调查，郭沫若在《桌子的跳舞》一文中就曾呼吁中国作家要效仿辛克莱，"又譬如我们要表现工人生活也是一样，我们率性可以去做工人，去体验那种生活。象 Upton Sinclair 的'King Coal'一类的作品，那没有到炭坑里面去研究过是绝对写不出的呀"②。这给以茅盾为代表的中国左翼乡土小说家带来方法论上的启示，茅盾的《林家铺子》《子夜》不仅都极为关注社会问题，而且致力于通过实地调查获得大量创作素材之后再展开深入剖析。也正因为如此，茅盾又被称作"中国的辛克莱"。此外，美国左翼文学缺乏苏联左翼文学那样异常鲜明的阶级性、政治性和斗争性，反倒显露出浓郁的人道主义情怀。茅盾的《林家铺子》和"农村三部曲"也与之有着相似之处，对于原本小有资产的林老板和老通宝等破产者给予了深切的人道同情，而不像其他中国左翼乡土小说家那样具有爱憎分明的阶级立场。

萧红对于辛克莱可谓敬仰有加，早在中学求学时她不仅在学校"星星剧团"组织排演的辛克莱剧作《小偷》中饰演过病妇人，还阅读过辛克莱的《屠场》，"在那时节我读着辛克来的《屠场》，本来非常苦闷，于是对于这本小说用了一百二十分的热情读下去的"③。虽然由于大洋阻隔萧红始终未能与辛克莱有一面之缘，但的的确确对他仰慕已久，为此她还曾托即将离港返美的史沫特莱将自己的《生死场》及其他几部作品转赠

---

① 《禁书之善后（续）》，《大公报（天津）》1934 年 4 月 9 日第 13 版。
② 麦克昂（郭沫若）：《桌子的跳舞》，载饶鸿兢等编《创造社资料》（上），知识产权出版社 2010 年版，第 173 页。
③ 萧红：《一九二九年底愚昧》，载《萧红全集》第 4 卷，黑龙江大学出版社 2011 年版，第 184 页。

给辛克莱。辛克莱接到史沫特莱转来的萧红作品后也将自己新出版的一本书回赠给萧红，同时还附了一封热情洋溢的信以感谢萧红珍贵的礼物和热情的问候。由此便不难见出萧红对于辛克莱的喜爱之情，这自然也会影响到其文学创作。

萧红在早期作品《手》中描绘人物时即提及过辛克莱的《屠场》，她还在另一篇散文里提起过《石炭王》。萧红的《生死场》不仅叙事套路与《屠场》颇为近似，而且其革命想象得益于从这本书中获得的启示。具体而言，《屠场》直接启发了萧红的阶级意识，使得她在从事写作时能够从阶级视角来深入观察、分析农村中贫富悬殊的鲜明对比状况，并且揭示出农民只有奋起抗争才有出路。《屠场》由前后两部分组成，前半部分写主人公尤吉斯全家自立陶宛移民至美国，本以为进入天堂的一家人却如同坠入地狱般承受着充满艰辛的生活磨难。尤吉斯由于不幸受伤而被无情辞退，妻子奥娜又遭工头强奸，他在盛怒之下殴打工头，被抓入监牢。然而灾难并未就此终止，妻子和幼子又分别因难产和溺水双双殒命。出狱后的尤吉斯万念俱灰而自甘堕落，不但沦为抢劫他人财物的强盗，还成为可耻的工贼，为资本家阻挠屠场罢工充当内应。后半部分尤吉斯在参加社会主义运动后幡然醒悟，他不再相信之前的一切东西了，决心要与曾经严酷折磨过自己的世界决裂，从此积极投身阶级斗争之中。而《生死场》在情节设定和核心人物心路历程的转变上都与之相似。小说前半部分写尚未觉醒的农民浑浑噩噩的苦难遭际，后半部分则因日寇入侵这一事件的刺激迅速觉醒，与日寇展开殊死抗争。并且，从《生死场》的主人公赵三身上不难看出尤吉斯的影子，起初他带头组织镰刀会对抗地主加租，但在误伤窃贼被捕入狱后因地主说情得以释放，转而对地主感恩戴德，不仅放弃抵抗，而且带头同意加租，前后像变了个人一样。十年后日寇入侵激发了他的民族情感，方才重新焕发起斗争热情，积极从事抗日宣传鼓动，号召青年农民拿起武器去与敌人作殊死搏斗。

第三节　"日本体验"对中国左翼乡土小说的影响

中、日两国长期受到儒家思想浸润，同属于汉字文化圈。在长达两千年的文化交流中曾始终以日本接受中国文化为主，日本陆续从中国学习了包括文字、宗教、建筑等诸多方面的文化。然而清朝以来由于国家长期实行闭关锁国政策，近代又屡屡遭受外国侵略，导致国弱民穷、备受欺凌，由此也激发起国人的民族忧患感,在经历了"大野招魂哭国殇"的深创巨痛后开始直面现实,诚如李鸿章对伊藤博文所言,"日本非常之进步足以使我国觉醒。我国长夜之梦,将因贵国的打击而破灭,由此大步进入醒悟之阶段"①。反观日本自明治维新之后逐渐从封建主义社会过渡到资本主义社会,走向了国富民强的发展之路。20世纪初日本跻身于资本主义列强之列,随后又卷入第一次世界大战,国内矛盾不断激化,在此种背景之下,日本无产阶级文学运动开始兴起。也正因此,一批又一批的中国人怀揣强国之心和报国之志跨洋越海,负笈东游,期盼着通过师法日本来寻求救国救民道路。相较而言,其时留日学生较之留学欧美者思想更为激进,不仅从事革命活动者居多,而且对于早期社会主义思想在中国的传播贡献卓著,留日学生李汉俊、李达和陈望道等担负起了通过翻译和写作在国内宣传马克思主义的重任。其后在中国左翼文学的发生和发展过程中,留日学生也发挥了举足轻重的作用,相较于留学其他国家者而言成为左翼作家的数量最多,由此也使得"日本体验"成为不可小觑的影响因素。

早在倡导普罗文学时期,郭沫若不仅并不讳言中国的新文艺深受日本的洗礼,而且不无自豪地宣称"中国文坛大半是日本留学生建筑成的。创造社的主要作家都是日本留学生,语丝派的也是一样。此外,有些从欧美国家回来的彗星和国内奋起的新人,他们的努力和他们的建树,总还没有前两派的势力的浩大,而且多是受了前两派的影响"②。郭沫若此言虽然不免有自诩之嫌,但确也基本切合实际。左联筹备之初只有蒋光慈能够熟练使用俄语,但他忙于写作经常不到会,而筹备会其他成员大都只会日语,因此不仅左联起草的纲领和文件主要参照的是日本"纳普",而且俄苏文艺理论也大多是经由日本左翼文坛转译传入中国的。值得注意的是,中国左翼作家并非通常所认为的那样仅仅将日本视为追踪西方的桥梁和中介,对于日本左翼文学本身也有着浓厚的兴趣,中国早期反映底层社会和劳苦大众的优秀之作譬如楼适夷的《盐场》和柔石的《为奴隶的母亲》等"便有对日本普罗文学创作经验的汲取"③。

日本无产阶级文学运动肇始于1921年《播种人》的创刊,致力于创

---

① [日] 信夫清三郎:《日本政治史》第3卷,吕万和等译,上海译文出版社1988年版,第300页。
② 麦克昂(郭沫若):《桌子的跳舞》,载饶鸿兢等编《创造社资料》(上),知识产权出版社2010年版,第171页。
③ 徐美燕:《论中国左翼文学思潮中的"日本元素"及其产生的正负效应》,《东北师大学报》2011年第4期。

作实践的有秋田雨雀、江口涣、藤森成吉和小川未明等。其后日本左翼文界由于观点、路线的分歧几经分化组合，1928年"纳普"（全日本无产者艺术联盟）成立之后开始进入创作活跃期，其中小说创作方面以小林多喜二和德永直为代表。1931年，日本无产阶级革命作家为了应对日本天皇政府的残暴镇压，又将"纳普"改组为"克普"（日本无产阶级文化联盟），并加入了"国际革命作家联盟"。1933年2月20日，从事地下革命活动的小林多喜二被捕当晚即遭杀害，自此日本左翼文界遭受重创而逐渐销声匿迹，1934年"克普"的解散标志着日本无产阶级文学运动宣告中断。虽然相较而言，日本左翼文论对中国左翼文界的影响更大一些，但对日本左翼文学的译介也颇为风行，这自然会对中国左翼乡土小说创作产生影响。其中藏原惟人和小林多喜二分别堪称日本左翼文论和左翼文学创作的翘楚，受到中国左翼文界的热切关注。小林多喜二遇害身亡后，"左联"不仅发布了《为小林事件向日本政府抗议书》，而且为其遗属进行了募捐活动，显现出中、日两国左翼作家之间的深情厚谊。

小林多喜二的《蟹工船》《一九二八年三月十五日》等作品不仅是世界无产阶级文学的典范之作，而且很快便被译成中文，从而对中国左翼乡土小说创作产生了影响。小林多喜二的《蟹工船》完成于1929年3月，先是在《战旗》上连载，之后又于是年9月出版了单行本。1930年1月，夏衍在《拓荒者》创刊号上推介了小林多喜二及其《蟹工船》，殷切期待这部普罗文学的杰作"鼓动读者的感情"以及"兴奋读者的心灵，使他们获得光明"[①]。1930年2月15日，由鲁迅担任主编的《文艺研究》创刊号上还发布了《蟹工船》的出版预告。1930年4月，由陈望道等人主持的大江书铺出版了潘念之翻译的《蟹工船》，在中国左翼文界引发了积极而热烈的反响，其中由左翼乡土小说家王任叔撰写的评论文章《小林多喜二底〈蟹工船〉》刊载于《现代小说》1930年第3卷第4期。被誉为"新的小说"诞生标志的丁玲《水》中的革命想象，不仅有赖于童年的水灾生活经历体验，而且深受《蟹工船》的影响。她在该小说中一反常态地没有像成名作《莎菲女士的日记》那样着力塑造典型人物，而是致力于描绘农民群像，这与《蟹工船》显然一脉相承。冯雪峰对丁玲的这一创作转变称赞不已，认为她能正确理解阶级斗争。

此外，还有些中国左翼乡土小说与小林多喜二的其他作品在思想观念和文学表达上有着相通之处。譬如洪灵菲《在洪流中》的母亲形象与小

[①] 若沁（夏衍）：《关于〈蟹工船〉》，《拓荒者》1930年第1卷第1期。

林多喜二《党生活者》里的人物便不无相似。在《党生活者》中，儿子为了从事革命事业不得不离开母亲，母亲虽然对于革命道理并不了然，但为了儿子的安全甘愿忍受着生离死别之苦。后来当她历尽辛苦找到儿子时也只能匆匆见上一面，平静地拿出煮鸡蛋给儿子吃的同时将一腔母爱寄予在殷切叮嘱之中。洪灵菲《在洪流中》的母亲也是如此，她既担心因投身革命而遭受通缉的儿子阿进的安危，又深明大义地默默支持儿子离开自己从事革命活动。

　　总而言之，由于20世纪30年代中国左翼乡土小说家大都没有农村革命或者苏区生活的经历体验，为了从事左翼乡土小说创作，他们除了根据以往的农村生活体验、大革命时期的斗争实践，以及通过查阅报纸、走访朋友等其他途径来获取创作素材，也十分注重从俄苏、日本和美国等域外文学中寻求借鉴，从而在域外文学"体验"的基础上来创建中国左翼乡土小说。这也使得中国左翼乡土小说与世界文学尤其是左翼文学之间形成血肉般的紧密联系，无论故事情节、创作方法，还是人物塑造都显露出明显的印迹，从而成为国际左翼文学的有机组成部分。

第四章 左翼乡土小说基于想象的革命叙事及其缺憾

虽然大革命时期左翼乡土小说家大都曾经置身于火热的革命活动之中，但他们基本上都是在城市里参与和体验革命的，除了像叶紫、吴奚如、耶林、彭柏山、丘东平、聂绀弩和黎锦明等少数作家，大部分左翼乡土小说家都没有农村革命或苏区生活的经历体验，因而他们在创作乡土小说时主要依凭的是对土地革命和农民运动的文学想象。

第一节 责任与担当：左翼乡土小说家缘何"想象"革命

左翼批评家在总结普罗文学的经验教训时业已认识到生活经验之于革命文学的重要性，干釜在《关于普罗文学之形式的话》一文中认为革命文学要绝对排斥空想和虚构的浪漫化的表现形式[①]。茅盾也强调指出"有价值的作品一定不能从'想象'的题材中产生，必得是产自生活本身"[②]，同时他还对创造社和太阳社文学创作中所存在的问题作了指摘。他认为创造社最大的毛病在于其题材来源"多半非由亲身体验而由想象"[③]；太阳社的部分青年作家虽然并不乏革命生活实感经验，但他们没有同工农长期生活过，因而其创作也有着明显的想象痕迹。由此可见，虽然革命文学家自觉接受中国共产党的领导，将工农革命运动作为主要的描写对象，但由于他们不熟悉工农的生活状况和斗争情形，以至于虽然创作的题材领域有所扩大，却存在严重的公式化、概念化、模式化弊病。实际上茅盾本人的乡土小说创作也并非完全基于生活实感经验，他在从事创作之前特意

---

① 干釜：《关于普罗文学之形式的话》，《白露月刊》1929年第1卷第5期。
② 茅盾：《关于"创作"》，载《茅盾全集》第19卷，人民文学出版社1991年版，第279页。
③ 茅盾：《关于"创作"》，载《茅盾全集》第19卷，人民文学出版社1991年版，第277页。

"看了一些党出版的分析中国社会的书"①，以此作为指导来对农村社会进行深入剖析。当时左翼文论家业已意识到要克服此种创作弊病就必须加强对于社会现实的观察和描写，林伯修在《1929年急待解决的几个关于文艺的问题》一文中即指出革命作家应当抛却一切主观成分，在观察和描写时要坚持从现实出发②。

左翼批评家之所以极其关注描绘革命时所存在的"想象"与"虚构"问题，其根本目的是将革命文学纳入现实主义创作道路上去。然而，受制于当时特定的历史条件和作家的现实处境，这样的清理工作实际上收效并不显著，在左翼乡土小说家笔下依然存在类似的问题。

丁玲可谓最早得到左翼文界一致肯定的左翼乡土小说家，她的《水》被冯雪峰认定为"新的小说"的诞生，标志着革命文学已经"从浪漫蒂克走到现实主义，从旧的写实主义走到新的写实主义"③。此时丁玲因丈夫胡也频被捕牺牲而急剧向左转，业已像成仿吾所号召的那样在逐渐"克服自己的小资产阶级的根性……开步走，向那龌龊的农工大众"④，在创作《水》时她也大体上"能够正确地理解阶级斗争"⑤，但其实《水》并没能全然摆脱公式化、概念化、模式化的革命叙事模式，冯雪峰在充分肯定这部小说的同时，也强调指出这还只是"新的小说的一点萌芽"⑥。实际上，丁玲在创作《水》时对于当时蔓延16省的大水灾并不十分熟悉，为此她不得不调动起童年时期对于故乡水灾的记忆。在丁玲的童年记忆中，位于沅江下游的常德每到春夏就要涨水，整个常德县城就像一个放在水中的饭碗，城外更是一片汪洋，"老百姓倾家荡产，灾黎遍地，乞丐成群，瘟疫疾病，接踵而来"⑦，因此她从小就对水灾后的惨况印象深刻。丁玲曾亲口对苏联学者费德林说："《水》是以故乡湖南为素材写成的"⑧，小说中的长岭岗、乌鸦山等都是取自故乡常德的地名，其他比如农民护堤抗灾等故事情节则只能完全借助想象来完成。同时丁玲对于农民

---

① 茅盾：《关于文艺创作中一些问题的解答》，载《茅盾全集》第23卷，人民文学出版社1996年版，第365页。
② 林伯修：《1929年急待解决的几个关于文艺的问题》，《海风周报》1929年第12号。
③ 丹仁（冯雪峰）：《关于新的小说的诞生》，《北斗》1932年第2卷第1期。
④ 成仿吾：《从文学革命到革命文学》，《创造月刊》1927年第1卷第9期。
⑤ 丹仁（冯雪峰）：《关于新的小说的诞生》，《北斗》1932年第2卷第1期。
⑥ 丹仁（冯雪峰）：《关于新的小说的诞生》，《北斗》1932年第2卷第1期。
⑦ 丁玲：《谈自己的创作》，载《丁玲全集》第8卷，河北人民出版社2001年版，第81页。
⑧ ［苏］费德林：《丁玲印象记》，李荣生译，载孙瑞珍、王中忱编《丁玲研究在国外》，湖南人民出版社1985年版，第399页。

的斗争生活也没有多少直观经验，基本上全凭想象来进行创作。对此，丁玲自己也说过由于她从小就对水灾后的惨象有着极深的印象，所以写起农民抗灾斗争能够得心应手，但对于农民反抗封建统治者的斗争的描绘"就比较抽象，只能是自己想象的东西了"①。需要指出的是，为了弥补生活经验的不足，丁玲在写作时也确实做过一些前期准备工作，她在冯达陪伴下去看过逃离灾区的难民，"得到一点素材，就写进小说里去"②，但整体而言还是想象成分大于现实成分。虽然《水》有着种种的缺陷和不足，但放在当时来说却是了不起的进步，毕竟已经从单向的个体革命启蒙的描绘转变为表现农民集体的觉醒和斗争，在很大程度上减弱了早期革命文学普遍存在的反映农民革命的幼稚化、概念化的弊病，因而得到左翼文界的广泛认可和赞誉。1933年5月22日下午，鲁迅在与朝鲜《东亚日报》驻中国特派记者申彦俊谈话时，申彦俊问道："在中国现代文坛上，您认为谁是无产阶级代表作家？"鲁迅回答说："丁玲女士才是唯一的无产阶级作家。"③ 不过由此也不难看出，当时左翼乡土小说多是依凭想象进行创作的窘况。

事实上不仅仅丁玲如此，大多数左翼乡土小说家在描摹农民运动和土地革命时都并非依据革命实感经验，而是借助想象来完成的。从"想象"到"现实"的彻底转换，充其量只是左翼批评家对于革命文学未来发展方向及理想境界的一种预想和展望，在当时而言并不具备可行性，只有到了解放区时期和中华人民共和国成立后才有可能付诸实施。这倒不是说左翼乡土小说家不愿意如实地描写农民和农村革命，或者对于"想象"革命有着某种特殊的偏爱，而是主要由于受到外部客观环境和作家主观条件的限制。

首先，从外部环境来看，由于国民党频繁的军事围剿以及对农村革命根据地的严密封锁等诸多因素的制约，致使左翼乡土小说家即使想深入苏区了解土地革命的实际情况也不可得。

从1930年11月中原大战结束直到1933年10月，国民党接连对苏区发动了五次军事围剿，苏区的革命斗争形势异常严峻，虽然取得了前四次反围剿的胜利，但终因王明"左"倾冒险主义在中国共产党党内和红军中占据统治地位而导致第五次反围剿失利，中共中央领导机关和红军主力

---

① 丁玲：《谈自己的创作》，载《丁玲全集》第8卷，河北人民出版社2001年版，第81页。
② 丁玲：《魍魉世界——南京囚居回忆》，载《丁玲全集》第10卷，河北人民出版社2001年版，第5页。
③ 李政文：《鲁迅约见朝鲜友人的一封信》，《新文学史料》1983年第3期。

被迫退出中央革命根据地开始二万五千里的长征。与此同时，为了配合军事围剿，国民党还发动了大规模的文化"围剿"，左翼文艺受到沉重打击，并于1931年初酿成了左联五烈士的惨案，鲁迅、茅盾等人也被特务跟踪过，1933年5月丁玲更是被国民党秘密逮捕羁押。萧红、萧军刚到上海时人地生疏，鲁迅不仅热情地介绍茅盾、叶紫、聂绀弩等人关照他们，还特别委托叶紫做"二萧"的"监护人"和"向导"，在生活上指导他们。在如此严酷的环境之下，左翼乡土小说家不得不深居简出，不可能自由地到处活动，更不用说到苏区去体验生活。迟至1934年，彭柏山短篇小说《崖边》（署名冰山）的发表方才标志着直接反映苏区人民斗争生活的小说创作零的突破。彭柏山有过在湘鄂西苏区工作的经历，直接接触过红军，这在当时的左翼乡土小说家中实属罕见，在鲁迅、胡风和周文等人的鼓励下他根据自己在苏区的工作和生活经历写出了这篇小说。胡风在看过之后大为赞赏，认为"这是一篇真实反映苏区斗争和生活的作品，上海没有作家写过，以前虽然也有人写过这类题材的作品，但那都是凭空虚构的，不像彭柏山有扎扎实实的人物和细节"①。茅盾也对《崖边》给予了较高的评价，认为彭柏山"用了'严肃'的笔调写一件'严肃'不过的事……他这一篇实在写得不坏"②。1936年，胡风又协助鲁迅将《崖边》推荐给日本改造社社长山本实彦，从而得以在当时日本有着巨大影响的《改造》杂志上发表，由此可见左翼文界对于这篇依据真实经历写成的短篇小说的重视程度。其实单就小说质量而言，这篇小说并不怎么出众，之所以得到推崇主要就是因为它是根据作者的真实生活经历创作而成的，而这在当时极为难得，正所谓物以稀为贵，由此引起左翼文界的格外重视。此外，吴奚如1926年自黄埔军校（第四期）毕业，北伐战争时曾任叶挺独立团连党代表和团政治处副主任，在土地革命战争时期曾任中共湖北省委军委代书记等职，对于土地革命的情况了如指掌。也正因此，吴奚如创作的《叶伯》《活摇活动》等作品较之其他左翼乡土小说家的同类题材小说而言更为贴合当时的实际情形，较少想象的痕迹。

其次，从作家主体而言，大革命失败后部分左翼乡土小说家（如茅盾、叶紫等）因为在大革命期间其本人或者家人从事过革命活动而遭到国民党通缉，回到农村极易暴露身份招致危险，只能驻留上海这样的大城市，依靠租界这一特殊环境来与敌周旋。同时由于当时中国共产党的经费十分紧

---

① 苗振亚：《彭柏山：一位小说家的逆变》，《书屋》2010年第4期。
② 惕若（茅盾）：《两本新刊的文艺杂志》，《文学》1934年第3卷第3号。

张,只有因从事具体革命工作而无法继续进行文学创作的作家(比如洪灵菲等人)才能每月领取津贴费[1],而坚守在文化战线上的左翼作家只能在上海、北京这样出版业高度发达的城市卖文求生。由此便使得左翼乡土小说家只能长期驻留城市,而无法随时随地到农村去直接深入了解土地革命的真实情形[2]。因而左翼乡土小说家在左翼十年间大都与实际的革命活动尤其是土地革命有着一定的距离,不大可能获得土地革命的实感经验[3]。

再次,大革命的失败犹如晴天霹雳般惊醒了无数青年的革命幻梦,到处是阴云密布、腥风血雨,原本触手可及的革命胜景转眼间已成明日黄花,之前置身于革命阵营中的知识分子群体开始分化。中国共产党此时也已认识到文化宣传工作对于革命所能起到的重要推动作用,开始加强对左翼文学的领导工作,在文化战线上展开新的战斗。也正因此,需要大批的左翼文化界人士留在城市开展文化工作,而不是将他们集中调往苏区从事具体的革命工作。比如丁玲在丈夫胡也频牺牲后曾向张闻天提出"我是搞创作的,只有到苏区去才有生活,才能写出革命作品"[4],张闻天当时答应下来,让丁玲等消息,但最终丁玲未能到苏区去,而是留下来担任左联刊物《北斗》的主编。

最后,左翼乡土小说家在无法获得直接的革命生活实感经验的同时,对于间接经验的获取也极为不易。

国民党严密的舆论控制和严格的书报检查制度使得关于苏区农村及土地革命实际情形的文章基本上无法公开发表,中国共产党党内刊物在国民党统治区又多是秘密发行,并非轻易可以得到。同时,大革命失败后为了

---

[1] 洪灵菲因忙于工作停止写作后没有了稿费收入,每月只从党内领取一笔微薄的津贴费,他本人每月18元,妻子秦孟芳12元,两个孩子每人8—10元,生活非常艰苦(参见陈贤茂《洪灵菲传》,学林出版社1989年版,第173页)。

[2] 蒋牧良在《记张天翼》中即曾说过:"一种超乎极限的贫困,常常是使每个作家遇到不可克服的困难,多少作品之不能产出,多少愿望之难于实现,多半都是贫困的关系。天翼这样渴慕着农村的生活,可是他离开南京并没有向农村走去,反而到了十里洋场的上海,那就是他一离开都市,势必使一个年逾七十的母亲,无法再活。"(蒋牧良:《记张天翼》,载沈承宽、黄侯兴、吴福辉编《张天翼研究资料》,知识产权出版社2010年版,第51页。)

[3] 曾经历任左联宣传部长和秘书长的任白戈在回忆当时的情形时也说过:"'左联'为了在劳动人民中培养出无产阶级的作家,还专门设立了一个大众文艺工作委员会,派一些作家到工厂去进行工作。大众指的是工农大众,由于上海的环境限制,作家不可能到农村中去,只能到工厂进行这一工作。"(任白戈:《我在"左联"工作的时候》,载《左联回忆录》,知识产权出版社2010年版,第293页。)

[4] 丁玲:《关于左联的片断回忆》,载《丁玲全集》第10卷,河北人民出版社2001年版,第239页。

安全起见国民党统治区内共产党党内多是单线联系，在中共中央机关屡遭敌人破坏的严峻形势下保密措施越发严密，一般左翼乡土小说家甚至不可能像萧军、萧红在东北时那样直接接触到熟悉革命实际情形的革命者。"二萧"尚未南下时，经由舒群介绍结识了熟悉磐石游击队抗日斗争情况的共青团满洲省委委员傅天飞，听他亲口讲述了游击队英勇抗日的故事，萧军《八月的乡村》和萧红《生死场》中的许多情节都是在这些听来的革命故事的基础上再进一步艺术虚构而成的。尤其是萧军，他在从事文学创作之前不仅上过军校，而且有着从军入伍的经历，有论者即曾据此给予《八月的乡村》极高的评价，认为"它几乎是中国现代文学史上惟一一部带着自己真实的军旅生活的体验并以这种体验本身描绘军旅生活的小说作品。……他写的是自己的感受和体验，写的是自己的所见与所闻，它是中华民族真实历史命运的一个写照，是中华民族部分成员在当时的一种真实的生存状态，它让人像感受战争那样感受战争"[①]。然而大多数左翼乡土小说家却没有这样幸运，他们很难得到类似的机会，也难以通过其他途径获取间接经验，只能想象革命。

总之，左翼乡土小说家并非不想或不敢直接表现农村的阶级斗争和苏区的真实革命情况，如此是与国民党政权对农村革命根据地频繁进行军事围剿和严密消息封锁的特殊情境有关。左翼作家们无法深入土地革命的旋涡中去直接观察和体验革命斗争情形，对于中国共产党领导的农民武装斗争缺乏直感经验，同时以土地革命为题材的作品又很难公开发表或者出版，正是由于以上这些因素的叠加导致左翼乡土小说中直接取材于土地革命的作品数量十分有限。然而左翼乡土小说家并未因此就彻底放弃对于土地革命和农民运动的书写，在对实际革命斗争情形并不熟悉的情况下，依然会借助想象来描绘革命。

接下来的问题在于既然左翼乡土小说家对于土地革命和农民运动的实际情形并不熟悉，那么他们为什么又非要以此为取材范围和表现对象呢？其原因自然也是多方面的，举其要者有以下四方面。

第一，左翼乡土小说家大都出身于社会的中、下层，他们不能也不想寓居在艺术的"象牙塔"中，对社会现状有着强烈不满的他们本着浓郁的家国情怀和强烈的社会担当意识致力于改变现实来创造一个更为美好的世界。因而在时代激流的冲击下，他们往往会对底层农民的悲惨遭遇心生

[①] 王富仁：《三十年代左翼文学·东北作家群·端木蕻良——〈端木蕻良小说评论集〉序》，载《王富仁序跋集》（下），汕头大学出版社 2006 年版，第 109—110 页。

同情，热烈拥护和赞同土地革命，从而将土地革命和农民运动纳为小说创作的表现对象。

在大革命失败后，左翼乡土小说家不见容于当局，备受打压和限制，他们大多没有固定职业，辗转流离，过着清贫和动荡的生活，与底层农民有着近乎相同的境遇，因而能够对农民作同情之理解。左翼乡土小说家在执笔为文时高度重视时代性、社会性和革命性，以紧密追踪时代风潮，密切关注社会现实，注意配合中国共产党所领导的革命事业为职事，这已经内化为他们的主动意识和自觉行为。对于大多数左翼乡土小说家而言，再也没有比革命更具刺激性与诱惑力的了。1934年，北方左联成员王余杞在天津创办左联刊物《当代文学》并担任主编，他在回忆创刊宗旨时即说过作家在文以载道之外还需要注意文须及时，"文学作品虽然不是新闻报道，但也须要扣紧时代脉搏，尽快地反映现实"①。也正因此，在城市革命遇挫而农村土地革命逐渐兴起的时代潮流推动下，他们为了表征革命理想，激发农民的革命热情，纷纷致力于描绘土地革命和农民运动。

在农村土地革命刚刚发动之时，中国共产党党内一度有压倒性的批评意见，比如在1930年中共中央所作的决议中就认为"想'以乡村包围城市'，'单凭红军来夺取城市'，是一种极错误的观念"②。但是由于城市反动势力过于强大，中国共产党领导的城市工人运动不断遭遇挫折和失败，农村土地革命却日益高涨起来，中国革命的重心逐渐从城市转向农村，斗争形式与革命道路也相应地发生转变。左翼乡土小说家敏锐地捕捉到革命的最新动向和未来方向，开始将笔触从城市工人运动转向农村土地革命，在这些作家中蒋光慈最具代表性。在他的早期代表作《少年漂泊者》中，主人公汪中原本是一个佃农子弟，在他年少时父母便被地主逼债而死，失去生活依靠的他开始过着流浪生活。后来，他从H城来到W埠，在一家洋货店当小伙友，因给抵制日货的学生们通风报信而被店主辞退，之后他又去汉城的一个纱厂做工，并因积极参加工人运动而被捕入狱，出狱后他又进入黄埔军校，最终牺牲在征讨军阀的革命炮火中。而在其后期代表作《咆哮了的土地》中，同样也是黄埔出身的革命者李杰却主动离开革命队伍，回到故乡领导农民开展革命运动。汪中和李杰所走过的不同革命道路，折射出革命风向的转换和斗争形式的变化，从中也反映

---

① 王余杞：《记〈当代文学〉》，《新文学史料》1979年第5期。
② 《新的革命高潮与一省或几省首先胜利（一九三〇年六月十一日中共中央政治局会议通过目前政治任务的决议）》，载中共中央文献研究室、中央档案馆编《建党以来重要文献选编（一九二一——一九四九）》第7册，中央文献出版社2011年版，第263页。

出作者思想观念以及革命认识上的转变，显现出鲜明的时代气息。

茅盾也将小说题材从城市小资产阶级革命转换到乡村农民革命，创作完成《泥泞》和"农村三部曲"等关涉土地革命和农民运动的乡土小说。叶紫刚入文坛时便立志要攀住时代的轮子前进，"在时代的核心中把握到一点伟大的题材，来作我们创作的资料"①。他的创作宗旨是要怀着复仇的决心和满腔的怒火"去刻划着这不平的人世，刻划着我自家的遍体的创痕"②，因而在他几乎所有的小说中都包含革命斗争的内容。

整体而言，左翼十年是革命的年代，随着土地革命的兴起和农民逐渐成为革命的主力军，农村和农民开始取代城市和工人成为左翼作家的重点关注对象，以至于在当时就有人感叹"几乎所有的作家全写农村去了"③。

第二，土地革命的蓬勃发展需要左翼乡土小说家予以表现并发扬光大，以便彻底瓦解国民党所作的歪曲宣传，传递出农民身上所焕发的革命力量，表现出他们不屈不挠的反抗意志和斗争精神，以便让国统区的广大民众能够了解并拥护中国共产党领导的农民运动和土地革命。

国民党为了配合军事围剿，也为了赢得民心，利用强大的舆论宣传工具将工农红军描绘成一帮"共匪"，不仅愚昧无知还凶狠残暴，只知道到处"杀人放火""共产共妻"。中国共产党由于无法直接对国统区民众进行革命宣传，因而难以及时有效地破除这些谣言，从而使得许多不明真相的民众相信了这些谣言，对土地革命抱有敌视的态度。

1927—1937年，这十年间在"民国时期期刊全文数据库（1911—1949）"以"共匪"作全字段检索（检索时间为2023年3月31日）便可查到2846条相关信息，其中大量充斥着"共匪烧杀""共匪焚劫""共匪屠杀""共匪蹂躏""共匪浩劫"等眩人耳目的新闻报道。同时国民党御用文人也在小说中蓄意歪曲和丑化农会与农民运动。比如在李赞华刊发于《前锋月刊》的小说《变动》中，农会和农民运动非但没有给农民带来任何好处，反而加剧了他们的苦难。寡妇腊梅阿娘就因为家中没有男子便处处吃亏，"前年闹的什么会，派的捐便比别人多"④。现如今村里人听赖皮阿香说"女人，不穿裤子，不算一回事，什么都是公，什么都是共"，有

---

① 叶紫：《从这庞杂的文坛说到我们这刊物》，载叶雪芬编《叶紫研究资料》，知识产权出版社2010年版，第35页。
② 叶紫：《我怎样与文学发生关系》，载叶雪芬编《叶紫研究资料》，知识产权出版社2010年版，第54页。
③ 任白戈：《农民文学底再提起》，《质文》1935年第4号。
④ 李赞华：《变动》，《前锋月刊》1930年第1卷第2期。

家室的男人"听了有些愤激,仿佛这是切肤之痛"①。整个村庄唯独赖皮阿香这样一无所有的无赖之徒热切欢迎着农民运动的到来,"他想着,横竖来了好,自己没有东西给别人共,共别人多少总是合算的事"②。最终赖皮阿香的确挂上了红布当了"毛贼",而善良的胡子阿伯却被绑了,腊梅阿娘辛苦养大的肥猪也不见踪影,最后整个梅家庄葬于火海之中。荣福发表在《炉炭》上的《被逐的农夫》也与此类似。由于"共匪"打进了漳城,导致附近各处秩序大乱,散兵、盗贼乘机劫掠,使得原本平静的乡村起了一种恐怖。"共匪"洗劫村庄后,连怀孕4个月的孕妇和小孩也给绑走了,之后不仅写信要全村摊派2万元军费,而且被绑走的每个人要再交2千元的赎金。村民们无力缴付,决心与"共匪"拼死一战。"共匪"在作战失利后,又来了"一大群凶恶的人,拿着大红旗很勇敢地冲过来"③,在民团被打散后,"一刻儿村里红的火焰燃烧起来,那些惨无人道的共匪才算是报仇了,全村几千祖宗遗传下来的房屋,如今一片焦土"④。此外,民族主义作家陈穆如在刊发于《现代文学评论》的《急转》中也描绘过农会组织的农民运动,虽然短期内让许多地主屈服在他们的肘腋下面,但随着形势转变,地主李大爷等人又带着人马回来了,"经过了几个月的纷乱,死伤了不少的人民,而且许多穷苦的人们都被迫地逃亡在外,流离失所"⑤。经此劫难之后,包括老四在内的社学村的村民们都感到"那些什么说得天花乱坠的,他们都是欺骗农民,欺骗一切被压迫者罢了"⑥。当上了清乡委员的地主李大爷却是一副菩萨心肠,虽然他一心想要报仇,为此带人抓捕了老四的妻子想要将人送到县衙里,但是经不住邻人的劝说又将她放走了。老四被捉后也仅被县官宣判坐了半个月的监狱,以示惩戒。刑满释放后,老四又和妻子一起在破屋中过着他们所固有的生活,对于之前的那段恐怖经历却不禁感到后怕和黯然了。葛贤宁也在《无花果》中着力宣扬家道中落但精明能干的"父亲"不仅善于经营置买下一二百亩的田地,而且感念旧情,慷慨出资20元钱安葬了给他当过12年长工的卢恒业,"母亲"在听闻其死讯后也是禁不住老泪纵横。

虽然这样的小说从数量上看并不是很多,但造成的影响非常恶劣。在

---

① 李赞华:《变动》,《前锋月刊》1930年第1卷第2期。
② 李赞华:《变动》,《前锋月刊》1930年第1卷第2期。
③ 荣福:《被逐的农夫》,《炉炭》1933年第28期。
④ 荣福:《被逐的农夫》,《炉炭》1933年第28期。
⑤ 陈穆如:《急转》,《现代文学评论》1931年创刊特大号。
⑥ 陈穆如:《急转》,《现代文学评论》1931年创刊特大号。

此种情势下，左翼乡土小说家不断通过文学创作来拆穿国民党及其御用文人对于土地革命和工农红军的歪曲宣传，1931年11月左联执委会在所作决议中也明确要求"作家必须描写白色军队'剿共'的杀人放火，飞机炸轰，毒瓦斯，到处不留一鸡一犬的大屠杀"①。

许杰在《剿匪》中揭露了国民党军队名为剿匪、实为扰民的罪恶行径。连长口口声声说此次剿匪是救国救民之大义举，却在酒足饭饱后只因村里人没有给他安排姑娘陪伴便大发雷霆，纵容醉酒的士兵们梦游一般地散入村中随便打门，致使整个村庄笼罩在恐怖氛围之中。最后，这一连前来剿匪的军队押着捉来的两个乞丐充作"共匪"回城复命了事。②戴平万《山中》里的县长和劣绅老三爷沆瀣一气，不仅解散农会，抓走农会负责人，还要派官兵前来清乡捉人。全村的人闻讯后躲到山上过夜，官兵扑空之后竟然一把火将整个村庄付之一炬。③耶林的《村中》则通过对国民党军的飞机炸死无辜村民来冒充军功的情节描绘，揭露了国民党草菅人命的血腥暴行。④在徐盈的《旱》中，村民们在大旱之年已经瘦得皮包骨头，地主王老爷却依然勾结县长借兵要强行收租，大兵们叫嚷着要将村民们杀得一个不剩，在生死关头村民们不得不团结起来拼死抗争。⑤在马子华的《沉重的脚》中，前来剿匪的两营人住进小小的村子，不仅将正处于青黄不接期的村民们的粮食一扫而光，而后还抓走了三四十个壮丁，除老海乘机逃脱外其余人一个也没有回来。老海才离家六七天，触目所见却是满目疮痍，村口赤条条伏着一具裸体女尸，整个村庄被大火烧得干干净净。⑥叶紫的《星》和茅盾的《泥泞》等小说揭露了地主劣绅及其走狗故意散布"共产共妻"等妖言惑众，蛊惑农民们反对农民运动的丑恶行径。王鲁彦在《乡下》中揭示了国民党组织的反动农会欺压百姓的真实面目，与共产党领导的农会一心一意要维护农民利益有所不同，不仅"入会时要入会费，以后要常年费，特别捐，此外每种一亩田，还须缴纳一角五分，那一次迟付，便派了如狼如虎的人来强索，付不出来，拿了你的东西去。话说得硬一点，就把你交给公安局押了起来。农会的委员和办事员全

---

① 《中国无产阶级革命文学的新任务——一九三一年十一月中国左翼作家联盟执行委员会的决议》，载《中国新文学大系（1927—1937）》第1集，上海文艺出版社1987年版，第421页。
② 许杰：《剿匪》，《大众文艺》1929年第3期。
③ 戴平万：《山中》，《海风周报》1929年第1期。
④ 耶林：《村中》，《北斗》1931年第1卷第4期。
⑤ 徐盈：《旱》，《文学月报》1932年第1卷第3期。
⑥ 马子华：《沉重的脚》，《现代》1934年第6卷第1期。

是官,自己并不种田,他们一点也不体恤农人的痛苦。有时还故意挑拨农人起恶感,和纠纷,……从中取利。你要是平时不孝敬他们,他们就像田里的蚂蟥似的暗地里来咬你的脚骨,叫你流血疼痛,种不来田"①。总之,反动农会完全是国民党鱼肉百姓的工具,有百害而无一利,由此便使得民众能够真切地了解到反动农会以及国民党当局的丑恶嘴脸及其凶残本质。

以上这些左翼乡土小说从不同角度有力地揭示出所谓"共匪"杀人放火和"共产共妻"只不过是国民党政府以及土豪劣绅为了欺骗民众而故意歪曲事实,以达到维护其反动统治和既得利益的卑劣手段而已,同时还揭露了国民党政府军队和土豪劣绅所办民团屠戮民众、滥杀无辜的血腥罪行,有助于人们认清事实真相。

第三,这也与中国共产党以及左联的大力倡导有关。

中国共产党一开始主要效仿苏俄在城市集中开展革命工作,因而早期的革命文学多取材于城市工人运动,在大革命失败后中国共产党开始将农民武装斗争提到议事日程,之后表现农民武装斗争情形的左翼乡土小说才逐渐出现。在此之前,虽然茅盾在《蚀》三部曲中也零星提到过农民武装斗争,却是作为城市斗争的陪衬而非主要内容。1930 年 8 月 4 日,左联执委会作出决议,号召"'左联'全体联盟员到工厂到农村到战线到社会的地下层中去"②。左联执委会还于 1931 年 11 月 15 日发布决议,明确要求作家除了描写反帝反军阀及城市工人斗争,还"必须抓取苏维埃运动,土地革命,苏维埃治下的民众生活,红军及工农群众的英勇的战斗的伟大的题材",以及"必须描写农村经济的动摇和变化,描写地主对于农民的剥削及地主阶级的崩溃"③。这一决议对左翼乡土小说家的创作起到方向指引的作用,从创作的实际状况来看也的确产生了直接的影响。

第四,当时的民众尤其是进步青年也迫切想了解农村土地革命的实际情形,但由于国民党的信息封锁,他们只能了解到国民党所发布的片面消息,很难听到中国共产党发出的声音,而左翼乡土小说的出现在一定程度上满足了民众的此种需求,民众的需要反过来又刺激着左翼乡土小说家创

---

① 鲁彦:《乡下》,《文学》1936 年第 6 卷第 2 号。
② 《无产阶级文学运动新的情势及我们的任务(一九三〇年八月四日左联执行委员会通过)》,载马良春、张大明编《三十年代左翼文艺资料选编》,四川人民出版社 1980 年版,第 152 页。
③ 《中国无产阶级革命文学的新任务——一九三一年十一月中国左翼作家联盟执行委员会的决议》,载《中国新文学大系(1927—1937)》第 1 集,上海文艺出版社 1987 年版,第 421 页。

作出更多的作品。

　　苏雪林就描述过左翼文学在20世纪30年代所产生的影响:"今日新文化已为左派垄断,宣传共产主义之书报,最得青年之欢迎,一报之出,不胫而走,一书之出,纸贵洛阳"①,由此不难看出,左翼文学在当时读者群体中是深受赞誉和广受欢迎的,从而引起了苏雪林对以鲁迅为首的左翼作家"垄断"文坛的不满和攻击。其中左翼乡土小说的火爆,不仅反映出左翼作家创作热情的高涨,同时也说明这些乡土题材的作品正好契合了当时读者的需要,在某种程度上甚而可以说正是作者和读者一道促成了左翼乡土小说创作的热潮。正是由于左翼乡土小说家特别看重小说的社会功能和他们所肩负的时代责任,方才能够自觉地紧跟时代步伐,从而创作出有着浓郁时代气息和较强现实感的乡土小说。1930年2月10日,戴平万的《村中的早晨》发表在左联刊物《拓荒者》上,编辑室在推介时即着重强调他刻画了新时代农民的姿态,与鲁迅笔下辛亥革命时代的阿Q形成十分鲜明的对照,"我们由此可以看到革命怎样的在农村里发展着"②。茅盾、叶紫等左翼乡土小说家掀起的"丰灾小说"创作热潮也是颇具典型性的创作现象,让读者得以了解到许多太平世界的奇闻。

　　总之,左翼乡土小说家克服重重困难,在中国共产党的指引下努力从事左翼乡土小说创作,虽然有着种种局限和不足之处,但依旧取得了不可磨灭的辉煌成就。

　　当然,也并非所有的左翼乡土小说家都会在小说中进行革命想象,而且当时的农村绝非到处都弥漫着战火和硝烟,但与京派乡土小说家倾心于描摹宁静优美的乡土景观有所不同的是,左翼乡土小说家更为注重对乡土社会的阴暗面、农民的苦难遭际及其英勇抗争精神的揭示与呈现。

　　譬如吴组缃自执笔为文起"便避免革命浪漫式的题材,而拣选了他最熟悉的乡里中的乡绅和农民,来作为小说中的人物"③。在他的《官官的补品》中,陈小秃在家庭破产之后无路可走,最终下定决心投身与地主阶级进行武装斗争的农民群体中去。在20世纪30年代农村革命运动风起云涌之际,农民的自发抗争逐渐汇入中国共产党领导的土地革命斗争的洪流中,从自发反抗逐渐向自觉的阶级斗争转变。中国共产党为了扩大影响,增强革命力量,也在不断地寻求加强与农民自发武装之间的联系,陈

---

① 苏雪林:《与蔡子民先生论鲁迅书》,载孙郁编《被亵渎的鲁迅》,群言出版社1994年版,第190页。
② 《编辑室消息》,《拓荒者》1930年第1卷第2期。
③ [美]夏志清:《中国现代小说史》,刘绍铭等译,中文大学出版社2001年版,第243页。

小芣参加的所谓"土匪"队伍就与共产党有着联络。农民的自发斗争虽然带有很大的盲目性，但也正由此构成中国土地革命的群众基础，最终他们汇合到中国共产党的领导之下，为中国的阶级斗争和民族解放做出重要贡献。

王西彦则严格遵循着必须基于生活经验进行文学创作的铁律，虽然他一方面也认同文学创作"毕竟需要想象和虚构，一个作家不可能单凭自己的经历写作"①，但另一方面他坚持认为"作家的'米'，不用说是生活经验。他只能描写他所熟悉的。没有生活，也就不可能有虚构和想象"②。王西彦最为服膺的俄罗斯作家是冈察洛夫，十分赞同他所说的："我只能写我体验过的东西，我清楚地看见过和知道的东西。总而言之，我写我自己的生活与之长在一起的东西。"③ 由于王西彦没有实际经历体验过农民运动和土地革命，因而并没有在作品中加以表现。实际上王西彦走上文学道路"最初是为了给母亲和三个姊姊那样的旧时代农村妇女鸣冤，后来则是给自己所属的知识分子群体叫屈"，因此他的乡土小说"色彩总是阴暗的，作品的主题也只有一个，它就是人世间广大无边的苦难"，以至于时隔多年后他在翻阅自己的旧作时"也不能不吃惊执笔时的沉郁心情"④。他也"曾经听到过好心的朋友和读者的劝告，希望我能改弦易辙，放弃原来的苦难中人物和过分阴暗的调子，尽可能给读者一点'亮色'"，但对此他却无法认同和接受，因为他"有个执拗的想法：一个从事文学写作的人总得忠于自己的生活经验和对人生的真切感受"⑤。

1932年，艾芜和沙汀在写给鲁迅的信中曾谈起他们所面临的创作困境，他们既无多少革命实感经验，又不愿虚构一些人物"使其翻一个身就革命起来"⑥。据沙汀回忆，他们求教的目的"是希望写出来的作品有

---

① 王西彦：《关于〈古屋〉的写作》，载艾以等编《王西彦研究资料》，知识产权出版社2009年版，第259页。
② 王西彦：《自己的家园——〈两姊妹〉自序》，载艾以等编《王西彦研究资料》，知识产权出版社2009年版，第247页。
③ 王西彦：《自己的家园——〈两姊妹〉自序》，载艾以等编《王西彦研究资料》，知识产权出版社2009年版，第247页。
④ 王西彦：《风雨中的独行者》，载艾以等编《王西彦研究资料》，知识产权出版社2009年版，第89页。
⑤ 王西彦：《风雨中的独行者》，载艾以等编《王西彦研究资料》，知识产权出版社2009年版，第90页。
⑥ 沙汀、艾芜：《关于小说题材的通信》，《十字街头》1932年第3期。

助于当年党所领导的武装斗争和土地革命"①,但最终在鲁迅的劝告和指导下他们转变了创作路径,开始注重从生活出发选取自己熟悉的题材进行创作。沙汀早期小说(比如《土饼》《老人》等)都是着力反映时代大潮冲击下的乡土生活状况,其创作目的意在表现土地革命所产生的影响以及揭示当时动荡不安的社会现实,后来他在鲁迅指导下始而将笔锋转向他所熟悉的四川小城镇生活题材领域。在取材对象转向故乡之后,沙汀开始致力于对社会阴暗面的揭示,较少光明面的呈现,这在很大程度上是因为故乡的真实生活状态即是如此。偏僻闭塞的川西北并不像两湖区域那样处于轰轰烈烈的革命风暴之中,而是更趋近于封闭保守、沉闷闭塞的状态,而沙汀又在现实主义创作观念指引下极其重视倾向性与真实性的统一,因而更为执着于对社会阴暗面的揭露和批判。

第二节 真实与虚构:左翼乡土小说家如何"想象"革命

众所周知,想象力是作家从事文学创作时进行形象思维的一种必备能力。假设没有文学想象的参与,"事物便是荒诞的、古怪的,不能产生充分的成果"②。具体到左翼乡土小说家的革命想象而言,虽然他们中的一部分亲身参加过大革命运动,但是大都没有实际经历过农民运动和土地革命,因而他们借助想象既是为了进行形象思维,同时也是为了"补充事实的链条中不足和还没有发现的环节"③。

其实不唯中国左翼乡土小说家如此,苏联作家作品也存在类似情况,鲁迅在致胡风信中就说过:"《铁流》之令人觉得有点空,我看是因为作者那时并未在场的缘故,虽然后来调查了一通,究竟和亲历不同,记得有人称之为'诗',其故可想。"④ 只不过苏联革命小说家大都出身于职业革命者群体,法捷耶夫、绥拉菲摩维支、肖洛霍夫、富尔曼诺夫、伊万诺夫等莫不如此,其中法捷耶夫年方17岁时便加入布尔什维克,18岁接受委

---

① 沙汀:《和青年作者谈心》,载《沙汀文集》第7卷,四川文艺出版社2018年版,第104页。
② [美]玛莎·努斯鲍姆:《诗性正义——文学想象与公共生活》,丁晓东译,北京大学出版社2010年版,第3页。
③ [苏]高尔基:《谈谈我怎样学习写作》,载舒聪选编《中外作家谈创作》(下),山西人民出版社1980年版,第322页。
④ 鲁迅:《350628 致胡风》,载《鲁迅全集》第13卷,人民文学出版社2005年版,第489—490页。

派参加游击队,不满 20 岁时便由于表现出色成为旅政委,正如他本人所言:"我首先是一个革命者,然后是作家,当我拿起笔来写作的时候,我已经成长为一个布尔什维克。毫无疑问,由于这个原因,所以我的创作会成为革命的创作。"① 也正因此,苏联革命小说基本上都是革命斗争实践的产物,正如同鲁迅在评论《毁灭》时所说的那样,有些内容"是用生命的一部分,或全部换来的东西,非身经战斗的战士,不能写出"②。反观中国左翼作家,"大多数人是阅读了马列主义书本而开始从事革命的",因此"对国民党反动派的残酷屠杀极其愤恨,但对中国的历史和现状都缺少认真的研究和了解"③,所以整体而言中国左翼乡土小说的创作前提条件与苏联革命文学有着很大的不同,也更具难度和挑战性。虽然中国左翼乡土小说所构建的革命世界缺少直接的革命实践基础,叙事和人物刻画也较为粗疏,但少有论者注意到其革命想象事实上也并非凭空虚构,而是有着间接的农村生活经验、本土文化资源以及域外文学借鉴依据的,所以才能够在很大程度上满足当时读者强烈的阅读期待,也为现代文学史提供了当年土地革命和农民运动情形的重要文学叙事参照。其中有关域外文学的汲取和借鉴方面的情形在第三章"域外文学'体验'对中国左翼乡土小说的影响"中已经有所论及,此处不再赘述,重点对革命想象的乡土生活经验之维和本土文化之维展开剖析。

一 革命想象的乡土生活经验之维

虽然想象具有无远弗届的自由性和随意性,但同时又要以表象为基础,"表象的丰富与否直接影响作者的想象力"④,设若没有记忆表象的储备也就不可能有想象。左翼乡土小说家虽然大多没有亲身经历过农村革命,但他们基本上都有着一定的农村生活经验,这就为他们想象农民运动和土地革命提供了必要的前提条件和现实基础。鲁迅在给叶紫的《丰收》作序时,就曾明确指出:"作者写出创作来,对于其中的事情,虽然不必亲历过,最好是经历过。"⑤ 事实证明,作家的农村生活经验越丰富,所

---

① [苏]弗·博博雷金:《亚历山大·法捷耶夫》,刘循一译,北京出版社 1984 年版,第 1 页。
② 鲁迅:《〈溃灭〉第二部一至三章译者附记》,载《鲁迅全集》第 10 卷,人民文学出版社 2005 年版,第 371 页。
③ 夏衍:《"左联"成立前后》,载会林、陈坚、绍武编《夏衍研究资料》,知识产权出版社 2010 年版,第 38 页。
④ 陆志平、吴功正:《小说美学》,东方出版社 1991 年版,第 149 页。
⑤ 鲁迅:《〈丰收〉序言》,载叶紫《丰收》,容光书局 1935 年版,第 1 页。

获取的表象也就越丰富，在此基础上进行农村革命想象时才能够塑造出丰满立体的人物形象。此外，左翼乡土小说家在批判和反思普罗文学创作得失经验的基础上，已经对在生活经验基础上展开革命想象有了明确的理性认识和自觉追求。

首先，经过左翼文论家对普罗文学中全然脱离现实，一味凭借主观想象来进行革命文学创作的倾向进行集中清理和批判之后，左翼乡土小说家业已明确认识到必须扭转假、大、空的创作倾向。

左翼乡土小说家包括新进作家在内对此是有着自觉意识的，他们已经认识到文学中的革命想象并不是单纯从政治理念出发而脱离现实生活经验的任意幻想，而是必须建立在一定的感性经验和生活基础之上。

毋庸讳言，1928年前后的普罗文学创作确然偏重于主观想象，多数作品"对于革命或工农斗争生活的描写是比较肤浅的、虚幻的，空想出来的"[1]。当年瞿秋白就曾以阳翰笙的《地泉》为例，对"一切事变都会百事如意的得着好结果"[2] 的革命想象提出了批评。在早期革命文学创作中，的确存在因实际生活经验匮乏而几乎完全凭借想象来描摹工农生活和斗争情形的公式化、概念化的倾向。单纯取材于土地革命和农民暴动的普罗文学大都有着此种倾向，茅盾认为此类作品"'革命'则或然，农村生活描写则未必；那是冒牌的农村生活请了'革命'先生在大门上保镖的拙劣办法！那只是戴着革命的牌头而已"[3]。在这些作品中，"只看见一群被呼为农民的人，却不是在田里工作着的农民"，然后一个革命家飞天而降，经过一番演说便让农民心悦诚服，恍然大悟"非要打倒地主不可"！深究其实"却不见农民们从事实上认得了辛苦一年只是替地主白做牛马"。[4] 阳翰笙的长篇小说《地泉》（由3个中篇小说——《深入》《转换》《复兴》组成）即存在这样的弊病，在重版时瞿秋白、郑伯奇、茅盾、钱杏邨以及阳翰笙本人都对这部作品展开了批评和自我批评。的确，由于阳翰笙对农民不够熟悉，使他们也常常和革命知识分子一样满口逻辑性极强的豪言壮语，严重违背了生活现实，完全成为革命的传声筒。对此，阳翰笙自我批评道："我在写的时候，却把本来很落后的中国农民，写得那样的神圣，我只注意去描画他们的战斗热情，忘记了暴露他们在斗

---

[1] 温儒敏：《新文学现实主义的流变》，北京大学出版社1988年版，第93页。
[2] 易嘉（瞿秋白）：《革命的浪漫谛克——〈地泉〉序》，载华汉（阳翰笙）《地泉》，湖风书局1932年版，第7页。
[3] 茅盾：《关于〈禾场上〉》，载《茅盾全集》第19卷，人民文学出版社1991年版，第465页。
[4] 茅盾：《关于〈禾场上〉》，载《茅盾全集》第19卷，人民文学出版社1991年版，第465页。

争过程中必然要显露出来的落后意识","这样的写法,不消说,我是在把现实的斗争,理想化"①。钱杏邨也深有同感,他认为这样的写法其实是革命的罗曼蒂克,将现实神秘化和虚伪化了②。左翼文论家对于此种缺乏生活实感经验而单凭主观想象创作完成的公式化、概念化的小说进行集中清算的目的,就是扭转早期革命文学假、大、空的创作倾向,直到1931年茅盾还对蒋光慈的革命文学作品提出过批评,"我们看了蒋光慈的作品,总觉得其来源不是'革命生活实感',而是想象"③。茅盾所言也得到了同时代作家的认同,一度思想"左"倾的郁达夫也说过:"我总觉得光慈的作品,还不是真正的普罗文学,他的那种空想的无产阶级的描写,是不能使一般要求写实的新文学的读者满意的。"④

　　左翼文界对于生活实感经验和革命经历体验匮乏所导致的创作困境也有所觉察和警惕,1930年8月4日,左联执委会在所作决议《无产阶级文学运动新的情势及我们的任务》中即指出以往的作品"内容缺乏现实社会的真实性。因为作家们依然没有和现实社会的斗争打成一块,形成生活感的空虚,作品内容的没有力量"⑤。1930年9月17日,鲁迅在左联为他举办的五十寿辰庆祝会上也对左翼文学脱离工农和实际的不良创作倾向提出批评,恳切希望青年作家要到工农当中去,"从实践中而不是从概念中创造出工人农民所喜爱的文艺作品来"⑥。

　　1932年1月20日,《北斗》第2卷第1期刊出了鲁迅、茅盾、郁达夫、叶圣陶、张天翼、郑伯奇、胡愈之等22人关于"创作不振之原因及其出路"的应征文章,他们近乎一致地认为缺乏生活经验是造成创作不振的重要原因,另外还有没有言论出版自由、表现技巧差、不够大众化等方面的原因。

　　茅盾的《子夜》原计划大规模地描绘当时中国社会的整体面貌,瞿秋白在阅读过部分初稿后也建议他写农民暴动和红军活动,但在实际写作

---

① 华汉（阳翰笙）:《谈谈我的创作经验》,载潘光武编《阳翰笙研究资料》,知识产权出版社2009年版,第200页。
② 阿英:《革命的罗曼谛克——序华汉的三部曲〈地泉〉》,《阿英全集》第1卷,安徽教育出版社2003年版,第673页。
③ 茅盾:《关于"创作"》,载《茅盾全集》第19卷,人民文学出版社1991年版,第278页。
④ 郁达夫:《光慈的晚年》,《现代》1933年第3卷第1期。
⑤ 《无产阶级文学运动新的情势及我们的任务（一九三〇年八月四日左联执行委员会通过）》,载马良春、张大明编《三十年代左翼文艺资料选编》,四川人民出版社1980年版,第154页。
⑥ 马良春、张大明:《左翼十年大事记》,载马良春、张大明编《三十年代左翼文艺资料选编》,四川人民出版社1980年版,第51页。

过程中农村部分却未能按照计划充分展开。这是由于他对工农生活不够熟悉，兼以资料有限，尤其是关于农村革命势力的发展更是"连'第二手'的材料也很缺乏"，而他"又不愿意向壁虚构，结果只好不写"[①]，由此使得整部书成为半肢瘫。与此形成鲜明对比的是，由于茅盾和资产阶级常有接触，比较熟悉，因此小说中描写买办资产阶级与民族资产阶级的部分比起工人而言要更加生动真实。

当时的评论者凌冰业已注意到左翼新人的生活经验之于作品的重要性，他认为叶紫的《丰收》和《火》不是作者观念地引导农民来接受革命，而是严格地按照自然的需要依次展开他们的行动的必然步骤，"不是公式的演绎，而是事实的复现"[②]。同时他还以丁玲的《水》和叶紫的《丰收》为例，认为"经验对于成功具有极大的决定成分"，"丁玲因为身历灾区，所以把握现实得心应手，而《丰收》中的立秋便是作者的嫡亲表弟，……因为他直接的确切的认识现实，所以写来格外挚切"[③]。但其实丁玲也走过弯路，在此之前她创作的首篇乡土小说《田家冲》就存在思想、艺术不够成熟，生活实感经验也明显不足的弊病，也正因此，冯雪峰认为该小说"至多不能比蒋光慈的作品更高明"[④]。

丁玲对《田家冲》所遭受的众多批评也有过自我辩解，她在作于1933年4月的《我的创作生活》一文中承认由于自己对农村的阶级斗争并不是很熟悉，所以没能写出三小姐从地主女儿成长为革命者的整个过程，但"这材料确是真的"[⑤]。直到晚年丁玲在接受苏姗娜·贝尔纳访谈时还对此耿耿于怀，颇为详致地讲述了自己是如何获取材料的："一九三一年我回到湖南老家。亲友们，特别是我的母亲给我讲了许多类似的故事：我们家族里有些青年学生曾经参加了大革命。随后蒋介石背叛了革命，在全国屠杀共产党人。于是他们四散逃亡，有的躲到农村，藏在农民家里。作品中的三小姐就是这样的一个革命青年。"[⑥] 对于苏姗娜·贝尔纳"三小姐是实有其人吗"的提问，她这样答道："那是几个真人的综合。我集中了他们身上的语言和性格特点而塑造了自己

[①] 茅盾：《再来补充几句》，载《茅盾全集》第3卷，人民文学出版社1984年版，第562页。
[②] 凌冰：《〈丰收〉与〈火〉》，《现代》1933年第4卷第2期。
[③] 凌冰：《〈丰收〉与〈火〉》，《现代》1933年第4卷第2期。
[④] 丹仁（冯雪峰）：《关于新的小说的诞生》，《北斗》1932年第2卷第1期。
[⑤] 丁玲：《我的创作生活》，载《丁玲全集》第7卷，河北人民出版社2001年版，第16页。
[⑥] ［法］苏姗娜·贝尔纳：《会见丁玲》，载孙瑞珍、王中忱编《丁玲研究在国外》，湖南人民出版社1985年版，第459页。

的人物。"① 当年的确有批评家认为《田家冲》中的三小姐完全是空想出来的人物,其时在丁玲做了自我说明之后,论者王淑明又"疑心这材料,是否就是在写着她自己"?② 但无论如何,此时身居上海的丁玲对于农村革命还是比较陌生的,她自己也说过故事虽是真的,而她却未能正确地把握着这事实,将它更有力地表现出来,因而"写人物的行动,又每每失之想象,而不适合于真实"③。当年尚未成名的耶林在以读者身份写给丁玲的信中,也曾指出她新近创作的小说内容"总是比较空虚,偏于想象"④。实际上丁玲对于自身作品暴露出来的偏重想象的问题是有着明确的自我认识的,1931年5月她在光华大学所作的演讲中就做过自我检讨,并表示她"对于由幻想写出来的东西,是加以反对的"⑤。此时丁玲对自己是否有创作乡土小说的能力,以及凭空虚构作品的意义何在都有所怀疑:"我们要写一个农人,一个工人,对于他们的生活不明白,乱写起来,有什么意义呢?"⑥ 虽然她明确表示不愿写工人农民,但最终这样的转变她非但没有实现,反而在乡土小说的创作道路上越走越远。在距离这次演讲仅隔2个月后《田家冲》便在《小说月报》上刊发,4个月后《水》又开始在《北斗》上连载。丁玲在《水》中不仅描写了农民因水灾遭受的巨大灾难,同时还展现出农民自发性的反抗斗争,而不再像《田家冲》里那样需要依赖革命知识分子的引导,完全是由群众自行选择自己的立场,从而使得这部作品将现实生活和农民革命有机地融合在一起,赋予阶级斗争合法性和正当性,具有极强的现实针对性和重要的政治意义。该小说很快赢得左翼评论界的一致赞赏,成为她成功向"左"转的标志。冯雪峰称赞《水》为新的小说的诞生,标志着丁玲从个人主义的虚无走向工农大众的革命⑦;阿英则认为《水》是1931年左翼文艺最优秀的成果⑧;茅盾也称誉《水》的出现标志着"革命与恋爱"的公式已被清算⑨。

---

① [法]苏姗娜·贝尔纳:《会见丁玲》,载孙瑞珍、王中忱编《丁玲研究在国外》,湖南人民出版社1985年版,第459页。
② 王淑明:《丁玲女士的创作过程》,《现代》1934年第5卷第2期。
③ 王淑明:《丁玲女士的创作过程》,《现代》1934年第5卷第2期。
④ 耶林:《写给丁玲的四封信》,《新文学史料》1980年第1期。
⑤ 丁玲:《我的自白》,载《丁玲全集》第7卷,河北人民出版社2001年版,第2页。
⑥ 丁玲:《我的自白》,载《丁玲全集》第7卷,河北人民出版社2001年版,第2页。
⑦ 丹仁(冯雪峰):《关于新的小说的诞生》,《北斗》1932年第2卷第1期。
⑧ 阿英:《一九三一年中国文坛的回顾》,载《阿英全集》第1卷,安徽教育出版社2003年版,第566页。
⑨ 茅盾:《女作家丁玲》,《文艺月报》1933年第1卷第2号。

左翼文界的一致推崇使得丁玲一跃成为左翼文坛的代表性人物，并且开始担负起引领和指导青年作家创作的重任。丁玲不仅彻底摆脱了之前对于乡土小说创作的不自信，而且时隔多年后对此念念不忘，"在《水》之后，我的写作完全改变，因为我整个生活变了，我的哲学深入了，我的思想终于成为辩证的了。这种新的作风常被批评家称为'无产阶级的'。……我的小说现在以中国无产阶级为对象了"①。1932年1月，丁玲在为"创作不振之原因及其出路"征文所作的总结文章中，特意提醒那些已经有了初步思想觉悟的青年作家要想走向新的创作道路主要的是要重塑自我，在大众的集团里改造自我的情感和意识，否则的话便会导致作品显露出残余的旧意识②。丁玲在文学观念上逐渐和鲁迅达成一致，那便是必须将"真实性"置于"倾向性"之上，也即要写自己熟悉的生活，不要为了刻意地表现政治倾向而人为地虚构故事和拔高人物③，"不要凭空想写一个英雄似的工人，或农人，因为不合社会的事实"④，但事实上正如前文所指出的那样，丁玲的《水》等作品尚有并未能完全脱离凭空想象的痕迹。

　　不过值得肯定的是，虽然丁玲并没有遵守自己在演讲时说过的以后不写农民的约法，但她在进行乡土小说创作时的确始终坚守着一定的底线，在有所为的同时也有所不为。比如在她的乡土小说中几乎从来没有出现过枪战场面，或者哪怕是一般的战斗场面。1937年，丁玲在回答记者关于听说她在最近的将来要写一部中国的《铁流》的提问时就明确说过："我从来没有这样想过，当然更谈不到创作，因为我没有实际经验，晴天的枪声和雨天的枪声，都是有分别的，连这个我现在还不知道，那里还能够谈到实际的创作。"⑤

---

① [美]尼姆·威尔斯：《丁玲——她的武器是艺术》，陶宜、徐复译，载《续西行漫记》，解放军文艺出版社2002年版，第264—265页。

② 丁玲：《对于创作上的几条具体意见》，载《丁玲全集》第7卷，河北人民出版社2001年版，第9页。

③ 1930年2月8日，鲁迅先是在《〈溃灭〉第二部一至三章译者附记》中指出："中国的革命文学家和批评家常在要求描写美满的革命，完全的革命人，意见固然是高超完善之极了，但他们也因此终于是乌托邦主义者。"（鲁迅：《〈溃灭〉第二部一至三章译者附记》，载《鲁迅全集》第10卷，人民文学出版社2005年版，第372页。）1931年1月17日，他又在《〈毁灭〉后记》中对此种罔顾事实而肆意拔高所呈现的"主角无不超绝，事业无不圆满"的创作倾向提出了批评（鲁迅：《〈毁灭〉后记》，载《鲁迅全集》第10卷，人民文学出版社2005年版，第366页）。

④ 丁玲：《对于创作上的几条具体意见》，载《丁玲全集》第7卷，河北人民出版社2001年版，第9页。

⑤ 浩歌：《丁玲会见记》，《新西北》1937年第1卷第4期。

鲁迅晚年在见过因右膝重伤到上海求医的陈赓之后，一度萌生出要写一部如同《铁流》那样反映红军战士英勇战斗情景的小说的念头，但最终因为只能得到一些间接材料而未有亲身感受体验作罢。不仅如此，鲁迅还推己及人，劝告后辈作家们不要脱离现实而凭空想象或者生硬模仿，他在写给姚克的信中说："只要写出实情，即于中国有益"[①]，在给李华的信中也说过表现国民的艰苦和战斗自然不错，但是如果"自己并不在这样的旋涡中，实在无法表现，假使以意为之，那就决不能真切，深刻，也就不成为艺术"[②]。鲁迅的这些话的确切中了要害，但也多少有些过于绝对化，在当时大多数左翼乡土小说家都没有土地革命实际经历的前提下有着取消关涉革命的左翼乡土小说创作的意味。

其次，左翼乡土小说家虽然大都未曾亲身经历过土地革命，但由于他们大多来自农村，对于农村生活还是比较熟悉的，由此使得他们能够在以往农村生活经验的基础上来想象革命。

虽然小说创作离不开虚构和想象，无论作家的经历多么奇特，也不可能原原本本地呈现在小说之中，但作家只有以自己熟悉的事物为基础才有可能得心应手，从而为作品真实地摹写、反映社会生活提供必要的保证[③]。

其一，蒋光慈、叶紫、蒋牧良、丁玲、萧军、丘东平、彭柏山、黎锦明等左翼乡土小说家都出生于农村[④]，在从事写作时他们脱离农村的时间尚短，有着较为深厚的生活基础和直观的经历体验，尤其是吴奚如、彭柏山、丘东平等少数人还直接参加过农民运动和土地革命，见证过激烈的阶级斗争和工农红军的英勇善战，因而他们得以创作出一些贴近现实农民运动和土地革命原貌的乡土小说。

蒋光慈在革命文学发轫期便声名大振，但其早期作品中的人物塑造却

---

① 鲁迅：《340125 致姚克》，载《鲁迅全集》第13卷，人民文学出版社2005年版，第17页。
② 鲁迅：《350204 致李桦》，载《鲁迅全集》第13卷，人民文学出版社2005年版，第372页。
③ 鲁迅在为葛琴的首个作品集《总退却》所作的序文中就曾直言："我以为作者的写工厂，不及她的写农村，但也许因为我先前较熟于农村，否则，是作者较熟于农村的缘故罢。"（鲁迅：《〈总退却〉序》，载葛琴《总退却》，良友图书公司1937年版，第3页。）
④ 端木蕻良的情形有些特殊，虽然他出生在农村，但年幼时便随父亲迁居县城。即便如此，他与农村依旧有着千丝万缕的联系，对于土地有着深入骨髓般的眷恋情感，在从事创作道路之后常以农村和农民为取材对象。端木蕻良的两部长篇小说《大地的海》和《科尔沁旗草原》"所写的人物和故事都是有真人真事做底子的"，"真事和故事纠缠在一起"，对此他明确说过《大地的海》里"那个年青农夫的影子，便是用我的大表哥的来作底子的"，而在《科尔沁旗草原》的原稿上更是"有许多地方把'丁府'误写成'曹府'"（端木蕻良：《我的创作经验》，《文学报》1942年第1号）。

存在脸谱化的弊病,"许多革命者只有一张面孔,——这是革命者的'脸谱',许多反革命者也只有一张面孔,——这是反革命者的'脸谱'"①,从而严重地扭曲了现实。由此带来的后果是不仅读者难以从中产生对于革命者的正确认识,而且导致其作品中很少有个性鲜明的人物形象,在读过之后很难让人留下清晰的印象。造成此种状况的原因自然是多方面的,除了与蒋光慈秉持的创作理念和创作手法有关,还同他对革命者的斗争生活存在一定的隔阂有关。从革命经历来看,蒋光慈早在中国共产党成立之前便与刘少奇、任弼时、萧劲光等一起赴苏联留学,并且他见到过列宁两次。但蒋光慈与这些无产阶级革命家有着很大的不同,在苏联留学期间他最为热衷的是阅读文学作品,回国之后参加的也多是文学活动,因而对于革命者的斗争生活并不十分了然,在其作品中常常简单地将革命者和反革命者划分为两个截然对立的阵营,并且两面的阵营中都没有动摇不定的分子。但到了创作乡土小说《咆哮了的土地》时却有了极大的改观,无论李杰、张进德还是刘二麻子、李木匠等人物形象都有着较为鲜明的个性特征,同时蒋光慈也写出了人物身上复杂、矛盾的一面,革命者不再是完人,而是有着各种各样的缺点。这既与蒋光慈创作理念的转变有关,同时更主要的还是在于他来自农村,对于农民较为熟悉。虽然蒋光慈此时已经离家达10年之久,但是他毕竟在农村生活过近20年,对于农民和农村生活还是非常熟悉的,无须通过刻意地调查和揣摩便可将人物写活。

在左翼乡土小说家中叶紫的经历颇为传奇,他在进行小说创作前有着常人所难企及的革命家史和深厚的农村生活基础。叶紫的叔父余璜是县农会会长兼农民自卫军总司令,在他的带领下不仅叶紫一家都参加了革命,而且年仅16岁的叶紫还被送往中央军事政治学校武汉分校学习军事。马日事变后,叶紫的父亲和二姐被国民党公开处决,头颅挂在益阳东门口示众3天,母亲在陪斩时受到刺激导致精神失常。他不仅肩负着一家人的血海深仇,连他本人也被通缉,东躲西藏侥幸躲过敌人的屠刀,因此他常对别人说自己是从血泊中爬过来的。为了给父亲和二姐报仇他尝试过学剑侠,也当过兵,然而始终是家仇难报,只得将满腔仇恨寄托在文字中。然而,这并未能减轻叶紫心理上的重负,他这样说过:"我现在的生活,全然不能由我支配。我底精神上的债务太重了"②,以至于在急切的复仇意念驱使下他常常"简直像欲亲自跳到作品里去和人

---

① 茅盾:《〈地泉〉读后感》,载华汉(阳翰笙)《地泉》,湖风书局1932年版,第15页。
② 满红:《悼〈丰收〉的作者》,《长风》1940年第1卷第2期。

家打架似的！"① 也正因此，自执笔为文之日起叶紫便自觉地以农民运动和土地革命为取材对象，从一开始即采取现实主义的创作手法和创作态度，他的小说是建立在高度真实的生活基础之上的，小说中的主要人物也大多有生活原型。叶紫在介绍《丰收》的创作缘起时就说过："云普叔是我自己的亲表叔，……立秋已经被团防局抓去枪毙了，是在去年九月初三日的早晨。为了纪念这可怜的老表叔，和年轻英勇的表弟，这篇东西终于被我流着眼泪的写了出来。"② 此外，《星》中的梅春姐的生活原型是叶紫的大姐③；《向导》中刘姆妈带领敌人进入埋伏阵地为子报仇是根据一位姓盛的老大娘的革命故事写成的；《山村一夜》依据的是余庭春（叶紫的堂伯父）父子的真实经历。叶紫对于这些人物原型的生活经历和革命历程都了如指掌，因而容易将人物写活，使得人们能够清楚地了解当时农民运动的真实状况，在这其中也注入了叶紫本人的经历体验和情绪感受，从他的小说中"看到的不仅是农人苦人，也许全不是，只是他自己，一个在血泪中凝定的灵魂"④。自《丰收》一出，包括《申报·自由谈》和《现代》等在内的诸多报纸副刊及文艺刊物竞相评价，不仅称赞叶紫拥有丰富的农村生活经验，甚至推崇其为"《水》后仅见的杰作"⑤。

毋庸讳言，如果单从艺术技巧和表现手法来看，叶紫的《丰收》还称不上成熟之作，之所以引起广泛关注与鲁迅在所作序中披露出叶紫独特的生活阅历和革命经历是有着一定关联的。在叶紫之前，左翼作家要么没有在农村生活成长的经历，要么没有亲身的农村革命体验，单凭想象创作出来的小说难免有失真之处。况且叶紫背负着全家人的深仇大恨，他的故乡又是农民革命运动的核心地带，他本人又有着火一般的革命热情，因而其小说自然能够带给读者强烈的情感冲击，激发起读者的阅读兴趣。实际上作者有没有深厚的农村生活经验，完全可以透过小说中所描绘的农民生活细节来加以衡量和判断，越是能够细致入微地描述出农民的生活细节，越说明作者农村生活体验的广博和深入。叶紫《丰收》中对于云普叔饥饿时的情节描绘和心理刻画就十分真实。云普叔在饥饿难耐时也想放弃劳

---

① 叶紫：《〈丰收〉自序》，载《丰收》，容光书局1935年版，第5页。
② 叶紫：《编辑日记》，《无名文艺月刊》1933年第1卷第1期。
③ 叶紫的大姐余裕春在大革命时期积极参加农民运动，担任过兰溪女子联合会会长，兼第四支部负责人，马日事变前夕还担任过三天益阳县副县长。
④ 李健吾：《叶紫的小说》，载李维永编《李健吾文集·文论卷1》，北岳文艺出版社2016年版，第169页。
⑤ 凌冰：《〈丰收〉与〈火〉》，《现代》1933年第4卷第2期。

动回家，但一想到田地丰收便可以彻底摆脱困境，又回到田里继续劳动，他"勉强跑到田中去挣扎了一会，浑身就像驮着千斤闸一般的不能弹动。连一柄锄头，一张耙。都提不起来了，眼睛时时欲发昏，世界也像要天旋地转了一样。兜了三个圈子，终于被肚子驱逐回来"①。如果作者没有切身的感悟和体验，单凭想象是很难将人物翻来覆去的内心挣扎和饥饿体验描绘得如此生动逼真的。但这并不能表明叶紫是全然按照生活实际来进行文学创作的，他在《丰收》和《火》中都对现实生活中的农民斗争结局进行了改写。在生活中，立秋的原型被枪毙，抗租运动遭遇失败，革命斗争陷入低潮中；在小说中，立秋虽然生死未明，但至少还存有生还的希望，农民运动也取得暂时的胜利，起义后的农民们奔赴雪峰山革命根据地决心与敌人展开长期的斗争。这样的改写对于叶紫所要表现的革命主题而言是至关重要的，由此也使之成为精心结构的佳作。

另一位左翼新进作家蒋牧良也堪称阅历丰富，他出身农家，种过田、做过工、当过兵，还当过游学先生，对此吴组缃就说过："牧良生活底子比我和天翼都深厚得多，他亲历过社会底层，而且一直没有脱离它。"②正是有着如此深厚的生活积累和实感经验，蒋牧良在从事乡土小说创作时方能扩大取材范围，对于农村生活和革命运动进行全方位的表现。在他的小说中，既有对农民自发反抗斗争的描写，也有对中国共产党领导下的土地革命的反映。在《干塘》中，一群农村孩子团结一心、机智勇敢地与地主展开斗争；在《报复》里，蔚林寡妇在地主豪绅的残酷压榨下非但没有屈服，反而开始起来反抗，一把火烧了地主的山林；在《集成四公》中，广大农民在红军到来时纷纷起来打土豪、分田地，还撕毁地主的借据，表现出坚决的斗争精神。反观吴组缃，由于他离家后长年在外漂泊，对于家乡农民生活情形的感知和认识还停留在离乡之前的印象上，在从事创作时对于家乡农民的反抗方式和生活出路的描写就有着简单化和概念化的弊病，在他的小说中留给穷人的无非只有"偷"和"当土匪"这两条出路。

此外，像叶紫一样出身农村且有过土地革命和农民运动亲身经历的左翼乡土小说家还有丘东平和黎锦明等人。丘东平亲身参加过海陆丰农民运动，并担任过彭湃的秘书，他的《通讯员》《沉郁的梅冷城》《红花地之防御》等作品再现了这次声势浩大的农民运动激烈的斗争场面，揭示出

---

① 叶紫：《丰收》，容光书局1935年版，第28页。
② 吴福辉：《吴组缃谈张天翼》，《新文学史料》1981年第2期。

农民革命意识的生成过程及其悲剧遭遇，在当时即得到左翼文论家的充分肯定。1932年11月15日，丘东平取材于农民运动的首篇作品《通讯员》在《文学月报》第1卷第4期发表，主编周扬在《编辑后记》中认为这"是一篇非常动人的故事"①。胡风在读了这篇小说后"不禁吃惊了"，认为丘东平"用着质朴而遒劲的风格单刀直入地写出了在激烈的土地革命战争中的农民意识的变化和悲剧"，而"这在笼罩着当时革命文学的庸俗的'现实主义'空气里面，几乎是出于意外的"②。彭燕郊在悼念丘东平的文章中也说过："最先读到的《通讯员》，一下子被抓住了：革命原来可以这样写，也应该这样写。"③ 1934年，鲁迅和茅盾在应美国青年伊罗生之邀编辑《草鞋脚》时也将丘东平此文收入。黎锦明1926年自北京师范大学毕业，嗣后在广东海丰的一所中学任教，直到次年方才离开，因而得以亲身经历海陆丰农民运动，根据此段经历他创作完成了中篇小说《尘影》，在出版时由鲁迅作序。其他左翼乡土小说家虽然没有直接参加过农民运动和土地革命，但因对农村和农民较为熟悉，因而在进行革命想象时也大致能够贴合农民的生活实际和心理状态，而不至于纯粹凭借空想将农民知识分子化。

其二，类似茅盾、王统照、萧红这样出生于乡镇的左翼乡土小说家虽然并未在农村直接生活过，但由于乡镇与农村之间有着极其紧密的联系，因而他们对于农村并不感到十分陌生，通过时常能够接触到的亲戚、用人等，他们也能够间接了解一些农村生活的情况，借此来进行革命想象。

我们不妨以茅盾为例来作一分析。茅盾说过："我不敢冒充是农家子。从我能听会说的时候起，见闻范围确也相当复杂，但从没在农村生活过。"④ 虽然一出乌镇就是农村，但茅盾只是在童年时期每逢清明时节跟随家人到农村给祖先上坟，而没有在农村生活过。他对农民的了解主要是通过家里的用人以及常来走动的几代丫姑爷，养蚕方面的知识和风俗则是幼年时因祖母带领丫鬟在家养蚕耳濡目染下习得的，而对于"叶市""茧行"等方面的情形则主要透过经营这些行业的亲戚世交口中间接了解到。茅盾自己也说过，正是因为有着这样的生活底子，他才能够写出《春

---

① 周扬：《编辑后记》，《文学月报》1932年第1卷第4期。
② 胡风：《忆东平》，载许翼心、揭英丽主编《丘东平研究资料》，复旦大学出版社2011年版，第39页。
③ 彭燕郊：《傲骨原来本赤心——悼念东平》，载许翼心、揭英丽主编《丘东平研究资料》，复旦大学出版社2011年版，第66页。
④ 茅盾：《我怎样写〈春蚕〉》，《青年知识》1945年第1卷第3期。

蚕》。同时茅盾还做了大量的前期准备工作,有意识地搜集了一些关于农村的素材,但是囿于农村生活经验的不足,他"只敢试试写《春蚕》"①。曾有论者认为《春蚕》中老通宝说自己一家和陈老爷家这样的高门大户的命运好像是一线儿牵着是糊涂的认识②,其实不然,透过包括老通宝的原型黄财发在内的几代丫姑爷和茅盾一家的交往情况便可知茅盾这样写是有一定事实根据的。茅盾通过理性分析清醒地认识到正是由于帝国主义经济侵略和国内政治混乱,才导致农村破产和农民苦难的,从而运用艺术笔触揭示出春蚕越丰收,蚕农越困顿的严酷现实,有力地抨击了一手造成这一切悲剧的帝国主义侵略者和国民党统治者。

总体而言,由于左翼乡土小说家大多是在具备一定的农村生活经验的基础上来想象土地革命和农民运动的,将想象和现实融合在一起,因而在一定程度上可以避免凌空蹈虚的概念化、公式化的写作模式,这在左翼乡土小说中有着鲜明的体现。值得注意的是,左翼乡土小说家认识到生活经验十分重要的同时,并未将文学想象和生活经验对立起来,茅盾即明确提出"不可以为除了自己实实在在'经验'过的范围以外,便一字也不能写,我们要知道'经验'之外,还有'想象',有许多心理状态,作家是没有经验过的就要先想象"③。但是这种想象并非天马行空般地任意幻想,而是必须受到理性的控制和现实的约束,这就要求作家不仅需要借重于创作理念和写作手法,必要时还必须进行实地考察和耐心观察,同时调动起自己以往的生活经验储备,在此基础上再借助合理想象进行文学创作。

最后,我们还应看到生活经验之于左翼乡土小说家的革命想象并不都是呈现正相关关系,有时也会由于左翼乡土小说家生活经验的囿限及其惯性力量而对他们进行革命想象带来阻滞作用和负面影响。

虽然我们无意秉持血统论或者出身论,但也不能因此就全盘否认作家的出身以及相应的社会地位对于其思想意识的细微影响。由于王统照出身于大地主家庭,在他从事左翼文学创作时依旧是家有良田、生活丰裕,因而他"对中国的社会关系没能够作出更正确的分析。事实上是抹杀了当时剧烈的阶级矛盾"④。在《山雨》中王统照将小地主陈庄长塑造成大公

---

① 茅盾:《我怎样写〈春蚕〉》,《青年知识》1945 年第 1 卷第 3 期。
② 傅腾霄:《〈春蚕〉新论》,《安阳师专学报》1980 年创刊号。
③ 茅盾:《谈"人物描写"》,《青年文艺》1942 年第 1 卷第 1 期。
④ 田仲济:《王统照小说的现实主义精神》,载冯光廉、刘增人编《王统照研究资料》,知识产权出版社 2010 年版,第 212 页。

无私、宅心仁厚的长者，从而在一定程度上掩盖了村庄内部的阶级矛盾。与茅盾"农村三部曲"中的老通宝一样，《山雨》中所描写的受压迫者（比如陈庄长和奚大有等）都并非农村中的底层农民。但与"农村三部曲"不同的是，在《山雨》中陈庄长成为拯救陈家庄的英雄人物，陈家庄的安危完全系在他一人身上，到最后他为了替陈家庄父老求情招致败兵毒打，以致丧命。虽然我们并不能绝对地说在当时的农村就一定没有陈庄长这样的人物，但不可否认的是王统照对于陈庄长这一人物形象的确有着美化的嫌疑。正如茅盾所揭示的那样，"这位好心眼儿的老人只知道供应官差，成了贪官污吏最驯顺的工具，他从不敢想一想怎样替本村的痛苦大众找一条活路，……他事实上是领导着一村的农民忍受任何压迫，消弭了农民的反抗！"[1] 田仲济也认为虽然不能完全否认当时农村社会中地主阶级有像陈庄长这样善良的人存在，但"把陈庄长写成处处为农民着想的忠厚长者，就历史的发展来说，是不真实的"[2]。这是因为依照通常情形，地主阶级在农村经济崩溃的过程中常常会将自己的负担转嫁到农民身上，从而加重阶级压迫和经济剥削，但在《山雨》中却只揭示了陈家庄农民和镇上吴练长的矛盾，却全然看不到陈家庄内部地主阶级和贫苦农民之间的阶级斗争，身为陈家庄唯一地主的陈庄长俨然成为正义的化身。在遭受兵痞和权势者肆意盘剥以及军阀横征暴敛的残酷掠夺之后，奚大有从小有产者沦为无产者，原本隐忍、忠厚的性情也不断发生变化，在他身上逐渐显现出反抗意识和斗争精神。他不顾性命地与土匪进行枪战，"对付兵匪的能力，很奇异地日日增长。他于是在村子中渐渐被一般人所倾服了！……从单锋脊偷营的战功以后，他在这几个村子中变成了仅亚于陈庄长的人物，这拼命的大有他自己也不明白何以从夏天来变成了周身是胆的'英雄'"[3]。但是由于王统照没能直接参与农民的革命斗争，这给他借小说来反映现实生活带来一定的局限性。在他的作品中对于当时农村阶级斗争的揭示还远远不够，没有充分表现出尖锐和复杂的一面，对于造成农村经济破产和社会秩序崩溃的根源挖掘得也不够深，尤其是在陈庄长这一关键人物的处理上更是显得有些模糊了阶级界限，影响到对于阶级斗争主题的揭示和呈现。

相对而言，王统照的《山雨》对于帝国主义经济入侵和军阀的罪恶

---

[1] 东方未明（茅盾）：《王统照的〈山雨〉》，《文学》1933年第1卷第6号。
[2] 田仲济：《王统照小说的现实主义精神》，载冯光廉、刘增人编《王统照研究资料》，知识产权出版社2010年版，第211页。
[3] 王统照：《山雨》，开明书店1933年版，第161—162页。

统治导致农村崩溃和农民破产的揭示是比较成功的,在后几章中对于奚大有来到城市以后在杜氏兄妹影响带动下逐渐倾向革命的描写却要逊色一些。这与王统照的家庭出身和所处社会地位有着紧密的关联,出身于地主家庭的他相比普通农民而言更能体悟到帝国主义经济入侵和军阀横征暴敛给农村和农民所造成的深重灾难,他对于像陈庄长这样的地主的思想意识和心理活动也更为熟悉,更容易把握得住,实际上在一定程度上陈庄长身上也有着他自己的影子;而他对于底层贫苦农民的了解却较为有限,更遑论深入了解和表现其思想意识乃至斗争精神。也正因此,王统照在小说中很少直接展现阶级斗争,也没能成功塑造出革命英雄人物形象,反倒对农村里的中上阶层寄予着深切的同情。虽然有这些明显的缺陷,但这并非意味着王统照的小说就不具备任何革命性,而是仍然有其独特的价值和意义。早在五四时期王统照创作的长篇小说《一叶》和《黄昏》便具有明显的反封建倾向,"意在揭露绅商地主家族的罪恶和崩溃,反映被欺凌侮辱的弱女子的痛苦"[①]。《山雨》则与时俱进,在反封建的同时也有着鲜明的反帝倾向,出版后不久便被国民党中央宣传委员会以"内容颇含阶级斗争意识""勒令禁止发行"[②],经开明书店交涉删去后面5章才得以继续发行。同时也正如茅盾所说,《山雨》中所描摹出的陈家庄破败衰落的景象的确让人感到愤怒,作者的情绪是积极的,没有感伤,"这也许是作者所见的部分的'真实',我们相信中国境内也有这样的村子实际存在着"[③]。然而令人颇感遗憾的是,本来在《山雨》的后半部奚大有破产之后从农村来到城市是有可能参与到革命运动中去的,但由于作者对城市革命不太熟悉,"虽涉及了革命,写得却仍然不够深刻,他的生活和认识决定了这个问题"[④],因而自始至终,农民的觉醒和反抗都是处于萌芽状态的。总之,王统照对旧社会黑暗和腐朽一面的揭示比较深入和成功,但"由于诗人所居住的地区,由于诗人对革命的认识和接触的局限,没有能够更多和更深入反映革命斗争"[⑤]。这也是当时左翼作家作品带有共性的

---

① 冯光廉、刘增人:《王统照传略》,载冯光廉、刘增人编《王统照研究资料》,知识产权出版社2010年版,第3页。
② 吴松亭、周劭馨:《试论〈山雨〉的现实主义成就》,载冯光廉、刘增人编《王统照研究资料》,知识产权出版社2010年版,第257页。
③ 东方未明(茅盾):《王统照的〈山雨〉》,《文学》1933年第1卷第6号。
④ 田仲济:《王统照小说的现实主义精神》,载冯光廉、刘增人编《王统照研究资料》,知识产权出版社2010年版,第206页。
⑤ 田仲济:《王统照小说的现实主义精神》,载冯光廉、刘增人编《王统照研究资料》,知识产权出版社2010年版,第207页。

问题，茅盾的乡土小说也多少有着类似的弊病。

　　茅盾的"农村三部曲"和《林家铺子》中的主人公原本都是生活相对宽裕的中产阶层，老通宝原是村子里数一数二的人家，而林老板也小有资产，都并非穷苦的底层大众。这两部小说围绕着老通宝和林老板在帝国主义侵略以及官府压榨等多重因素作用下，一步步从殷实人家沦落到彻底破产的凄惨地步，很容易引起人们对他们的同情，而对于底层大众却缺乏应有的关切。尤其是《林家铺子》，林老板固然不幸，在他铺子里存钱的朱三太、张寡妇却更为不幸，但由于茅盾将更多笔墨集中在林老板身上，以林老板为核心展开故事，因而读者（包括许多论者）往往将同情寄托在林老板身上，在"大鱼吃小鱼"这一故事模式中更为弱小的朱三太、张寡妇等却处于被忽视的地位，仿佛他们苦难的造成者和林老板一样都只是国民党腐败政府和帝国主义侵略者，而与林老板本人反倒没有多少干系。如此一来，在反帝反官僚的主题意蕴得到突出的同时，阶级矛盾和阶级斗争反倒被严重弱化。

　　由于题材较新，在创作手法上又汲取了苏联作家的成功经验，因而沙汀进入文坛不久便引起广泛注意，但正如茅盾当时所指出的那样，此时他所描写的只是"一些点点斑斑的浮面现象，它还缺少一件主要东西：人物"①。沙汀自己总结出的原因是由于他"同当时的革命实际还有不小距离。既不熟悉革命，写出来的东西当然肤浅。而唯一的办法就是到火热的斗争中去。不幸我并没有这样做，甚至没有认真作过考虑"②。沙汀对自我创作经验教训的总结有着一定的代表性，很多左翼乡土小说家都有过与他类似的创作困境，而之所以如此最主要的原因在于他们普遍缺乏对于土地革命的直感经验，单凭想象很难把捉到当时土地革命和农民革命者的真实情形。沙汀所采取的补救措施是由歌颂革命转向对农村中罪恶斑斑的封建统治者的暴露和批判上来，这是他在认同了鲁迅所说的写自己熟悉的生活的创作理念后在文学创作上所做的重大调整和转变。

二　革命想象的本土文化之维

　　借助本土文化资源实质上就是如何古为今用的问题，在文艺大众化讨论中，左翼文论家非常重视左翼文学的本土化和民族化，明确提出"要

---

① 沙汀：《纪念鲁迅先生，检查创作思想》，载《沙汀文集》第7卷，四川文艺出版社2018年版，第36页。
② 沙汀：《纪念鲁迅先生，检查创作思想》，载《沙汀文集》第7卷，四川文艺出版社2018年版，第36页。

吸取前辈作家的宝贵遗产，要注意对于中国民间文学技巧的吸收"[①]，其目的则是吸引知识水平不高而又受到传统文化影响的工农读者。左翼乡土小说家大都希望自己的作品能够为工农大众所理解和接受，并且发挥实际作用，然而当时绝大多数农民都是文盲，识字的农民中能够看懂白话文小说的更是少之又少，如何使左翼乡土小说能够让农民接受成为亟待破解的难题。文艺"大众化"的根本目的就是"化大众"，这就要求左翼乡土小说必须满足农民的文化需要，贴近他们的审美趣味。左翼乡土小说家在从事文学创作时也的确开始注意到大众的文化素养及其文化趣味，注重从传统文学中汲取养分，尽可能地借助本土资源展开革命想象，以实现左翼乡土小说的本土化。具体而言，左翼乡土小说家在想象革命时的本土化表现主要有以下几方面。

首先，左翼乡土小说的一些革命誓师场景和斗争场面具有鲜明的本土化色彩，有着明显的民间传统仪式意味。

萧红的《生死场》中李青山、赵三等在誓师大会上鼓动农民起来抗日时的情景，便颇具本土化意味。李青山原本参加的是人民革命军，但他认为人民革命军中尽是些"洋学生"，上马还需要别人抬上去，同时他也受不了人民革命军严格纪律的约束而选择自己回乡组建抗日队伍。然而，李青山毕竟是个农民，他也弄不清楚到底应该如何来组织和发动群众，因而在宣誓时采用的完全是传统的誓师仪式。由于没有找到公鸡，临时决定拿老山羊代替，老山羊被放在院心铺好红布的方桌上，桌前点着两支红蜡烛。三十多个农民在李青山喊过口号之后跪倒在祭桌前，赵三用力敲了两下桌子，众人便一起向着苍天哭泣，之后每个人走到装好子弹的枪口前跪下盟誓。这一系列带有迷信色彩和传统意味的盟誓仪式，在早期的普罗文学中是不存在的。同时萧红《生死场》中农民的斗争话语和鼓动语言也并非纯正意义上的阶级话语和革命话语，这与萧军《八月的乡村》中陈柱司令出口成章、滔滔不绝的革命话语有着明显的区别。毕竟，萧红描写的是东北农民在面临外敌入侵时所进行的自发反抗，而并非在中国共产党领导下有组织、有纪律的革命斗争，因而其小说中带有煽动性的鼓动语言往往有着鲜明的民间意味和本土色彩，而并非像俄苏小说以及中国普罗文学中所常见的那种充满阶级性和革命性的话语。

左翼乡土小说中的一些斗争场面也富有中国本土色彩。比如在蒋光慈的《咆哮了的土地》中，王贵才提议将张举人和胡根富捆绑后戴上高帽

[①] 茅盾：《我走过的道路》（中），人民文学出版社1984年版，第24页。

子游街示众，同时他还专门弄了一套锣鼓，一面敲着一面拉着游街。这样的斗争场面在之后的革命小说中屡见不鲜，但在当时却是颇为新奇的。这种带有本土意味的斗争方式犹如玩龙灯、看赛会等民间传统娱乐形式一样能够吸引农民的注意，从而收到良好的斗争效果。通过游行示众，平素骑在农民头上作威作福的张举人、胡扒皮颜面扫地，比谁个都要矮三寸，往日的威风荡然无存，在场的农民们真切地感到要翻身做主人了，就连一向反对儿女参加革命的王荣发自从亲眼目睹张举人等被游街示众后也不再干预了。自从游街示威之后，农民感觉到金钱势力不再是神圣不可侵犯的，只要他们团结一心就能够打倒一切土豪劣绅，取得斗争的胜利。此外，当农民们听说要在关帝庙召开斗争地主的大会时，无论男女老少都起了好奇心，其场面如同赶香会一样热闹。老年人虽然认为这种开会方式并不正当，但他们也想看看这些"痞子"要怎样闹腾，于是也纷纷来到会场，年轻人则为"土地革命""减租"等斗争口号欢欣鼓舞，就连经常唱的山歌也变得格外动听起来。在这样的喜庆氛围中农民们极易受到乐观情绪的感染，而斗争地主让他们看到了未来的希望，因此农会十分顺利地成立了。此外，农民自卫军第一次与所谓革命军进行战斗的场面，也与《水浒传》中吴用智取生辰纲有着相似之处，显露出模仿的痕迹。

叶紫乡土小说中呈现的许多斗争场面，并非都像《丰收》中那样剑拔弩张、你死我活的阶级斗争，而是充满着戏剧化和趣味性，读者如同观赏一场场带有谐趣意味的喜剧一样。比如《偷莲》中的汉少爷原本想乘机玩弄夜里来偷莲的农家女，结果却偷鸡不成蚀把米，被十多个女人五花大绑在船上晾了一夜。《鱼》中也是采用传统喜剧中所常用的手法，将湖主黄六少爷戏弄了一番。

其次，左翼乡土小说家还直接从传统文学内容中汲取营养，在进行一番现代改造之后借以完成对于土地革命的想象。

左翼文论家对于传统文学内容的借鉴是有意倡导的，一来可以使得革命的大众文艺能够更加贴合大众的审美趣味和欣赏习惯，从而为他们喜闻乐见；二来旧的题材的改作也可以"最迅速的反映当时的革命斗争和政治事变"[1]，从而起到宣传鼓动的作用。

大革命时期茅盾自 1926 年 2 月 8 日起先后担任过国民党中央宣传部

---

[1] 宋阳（瞿秋白）：《大众文艺的问题》，载文振庭编《文艺大众化问题讨论资料》，上海文艺出版社 1987 年版，第 60 页。

秘书、中央军事政治学校武汉分校政治教官和《汉口民国日报》总主笔，因而对于大革命的情形是非常熟悉的，但他并没有农村革命的亲身体验，因此在写《蚀》三部曲的农村部分时主要根据报刊上的新闻报道和耳食的材料来展开想象。中国共产党独自领导的土地革命和大革命时期的农村革命情形又有着很大的不同，茅盾无法再依凭以往的间接经验来进行文学想象，开始转而借鉴历史小说。在创作乡土小说之前，他在吸收、借鉴传统文学资源的基础上完成了《石碣》、《大泽乡》和《豹子头林冲》这3篇历史小说。茅盾在这些作品中着力揭示出"官逼民反""替天行道""均分土地"等传统农民的反抗意识和斗争口号，同时也有意以此映射当时的社会现实。《石碣》暗示了革命队伍中阶级构成成分的复杂和激烈的阶级分化；《大泽乡》则借陈胜、吴广起义的史实来说明农民在无路可走时是能够进行坚决斗争的；《豹子头林冲》中在林冲看来水泊梁山是"进可以攻，退可以守的根据地"①，这不免让人联想起中国共产党创立的井冈山革命根据地。

茅盾的"农村三部曲"与这3篇历史小说之间有着明显的互文关系②。比如多多头之所以走上反抗道路，很大程度上是由于他清醒地认识到"杀头是一个死，没有饭吃也是一个死"③，与其等死还不如起来斗争，这样反倒可能找到出路，这与《大泽乡》中陈胜、吴广号召众人起义时的言语和情境十分相似。老通宝和多多头父子俩与《豹子头林冲》里的林冲父子的经历也极为相似。老通宝和林冲的父亲一样勤劳能干，但最终都落得凄惨的下场，多多头也和林冲一样在认识到父亲辛苦操劳却注定落得一场空后选择了反抗道路。此外，《残冬》中黄道士利用村民们的迷信心理自制了三个古怪草人，借以赚钱糊口，这与《石碣》中的"石碣"也有相似之处。

再次，左翼乡土小说家还在小说中借鉴了传统文学的叙事模式，在此基础上加以生发改造后进行革命想象。

端木蕻良的《科尔沁旗草原》便有意借鉴了传统文学中所常见的"杀父之仇""夺妻之恨"等根植于血亲伦理的叙事模式，为使之贴近于表现阶级斗争的现实需要也进行了一番必要的改造。小说中生成仇恨的渊薮是阶级压迫，而复仇的对象指向了地主阶级，由此使得私人恩怨

---

① 茅盾：《豹子头林冲》，载《茅盾全集》第8卷，人民文学出版社1985年版，第200页。
② 详见田丰《互文性视阈下的茅盾历史小说研究》，《扬州大学学报》2014年第4期。
③ 茅盾：《秋收》，载《茅盾全集》第8卷，人民文学出版社1985年版，第354页。

和阶级矛盾叠加在一起，复仇的过程即是阶级斗争的过程，从而使得复仇行动不仅因着阶级斗争而被合法化，同时也被神圣化。在杨邨人的《瞎子老李》中，瞎子老李一家因遭遇蝗灾田地绝收无力缴租，地主李三秀才便将老李的妹妹扣留下来以抵谷租，老李的母亲思女心切却又不让探视，不久便患病死去，其父也深受刺激死了。好端端的一家人转眼间只剩下老李孤身一人，为了救出妹妹，也为了给父母报仇，他趁着夜色潜入李三秀才家，用刀结果了李三秀才及其姨太太的性命。洪灵菲《在洪流中》的阿进父亲被地主二老爹捉去知县衙门坐监，后来被当作土匪砍头，阿进长大成人后为给父亲报仇走上了革命道路。阿进被当作农匪通缉后，他的母亲担忧其出现意外而想留他在家里。他劝慰母亲革命是穷苦人改变命运的唯一希望，否则的话便只能一代代地任人宰割，最终深明大义的母亲决定让他继续到外面从事革命。此外，还有许杰《七十六岁的祥福》中大宝的父亲玉明因遭受大财主有组织有计划的毒打而身心俱损，闹到官府又输了官司，直到病亡也未能出了这口恶气，大宝由此更加确信革命是唯一的出路。

此外，左翼乡土小说家还借鉴和改造了传统文学的大团圆结局模式，以此来满足读者追求公平正义和幸福美满生活的愿望，同时也激发起他们对于革命必胜的信念。

中国传统悲剧故事往往会加上一个带有喜剧色彩的大团圆尾巴，将悲剧结尾喜剧化，从而"始于悲者终于欢，始于离者终于合，始于困者终于亨"①。之所以会如此，既受到传统儒家中和为美等文化思想的影响，同时又是长期民族心理积淀和民众审美习惯促成的结果，以"乐而不淫，哀而不伤"作为审美旨趣和道德依归，以喜剧性的结尾冲淡悲剧氛围，达到减弱悲惨故事阴暗色彩和感伤意味的目的。

左翼十年是国共两党军事对峙的十年，自中国工农红军诞生之日起，国民党军队便不断地进行军事围剿，中央苏维埃政权便是在不断地围剿和反围剿的斗争中建立与巩固起来的。在这一过程中广大农民在中国共产党领导下与敌人展开了激烈的战斗，既有胜利也有失败，而在第五次反围剿时由于王明"左"倾思想的影响导致红军屡战失利，最终不得不撤出中央根据地开始二万五千里长征。在如此严峻的斗争环境下，如果在小说中"没有失败，只有胜利，没有错误，只有正确"② 显然是违背现实的，但写成悲剧的话又

---

① 王国维：《〈红楼梦〉评论》，浙江古籍出版社2012年版，第12页。
② 钱杏邨：《〈地泉〉序》，载华汉（阳翰笙）《地泉》，湖风书局1932年版，第22页。

很容易让读者产生失败心理,以为中国革命没有出路了①。因而在当时如何既不违背生活真实,又把新希望灌注人们心中,成为摆在左翼乡土小说家面前的一道难题。正是在此种背景下左翼乡土小说家开始从传统故事大团圆叙事模式中寻求借鉴,从而既原原本本地呈现土地革命和农民运动中的悲剧故事,同时又将光明的出路指示出来。

事实上,对于传统大团圆叙事模式的创造性借鉴也并非始于左翼乡土小说家,早在五四时期鲁迅就已遵奉革命前驱者的命令,在小说中"删削些黑暗,装点些欢容,使作品比较的显出若干亮色"②,而并非像有论者所认为的那样鲁迅终其一生对团圆主义痛施针砭、大张挞伐③。比如在《药》的结尾处鲁迅特意在夏瑜的坟上添上一圈红白的花,以此来预示革命者并没有被人们彻底忘记,仍然后继有人;在《明天》里他为了不让读者感到彻底的悲观绝望,而对原来设定的单四嫂子没能在梦中看到儿子这一情节进行了删改;在通篇充满着阴冷压抑氛围的《故乡》结尾处,鲁迅则指示出一种绝望中的希望。这一切设定或改动的根由都是源于"那时的主将是不主张消极的"④,而鲁迅本人虽然对现实备感失望,但为了给彷徨无措的青年们指示出路,他宁愿违背自己的真实意愿也要对小说的结尾进行修改。今天我们重读鲁迅的这些乡土小说,似乎并没有感到这些光明的尾巴有什么不妥之处,尤其是《故乡》的结尾不仅精练含蓄、富有哲理,同时也进一步升华了主题,提升了作品的思想意蕴,成为脍炙人口的警句名言。左翼乡土小说家所面临的情境与鲁迅多少有些相似,在他们的乡土小说中也常常有着类似的光明的尾巴。

---

① 杜衡在刊载于《现代》1932年第1卷第5期的《人与女人》中便讲述了一个因参加革命导致家庭惨剧的故事,在工厂做工的哥哥因参加革命被捕,他的妻子和妹妹失去了生活来源,不得不卖淫为生。这篇小说在读者中造成了较坏的影响,从而误以为"这就是参加革命的必然结果"。金丁就此与杜衡进行了私下交谈,杜衡坚称他写的都是"真实",题材确有其事(参见金丁《有关左联的一些回忆》,载《左联回忆录》,知识产权出版社2010年版,第147页)。不仅如此,杜衡还有着与之相应的一套理论主张,认为"所谓反映,即如镜子反映人形,不过把这种生活照出来,如此而已。美的照出来是美,丑的照出来是丑,不掩饰丑,同时也不抹杀美,此之谓反映。这是与赞助某一阶级的斗争毫无关系的"(苏汶:《"第三种人"的出路——论作家的不自由并答覆易嘉先生》,《现代》1932年第1卷第6期)。为此金丁撰文《第三种人的出路在哪里》予以批评,主张生活真实并不能等同于艺术真实(金丁:《第三种人的出路在哪里》,《文艺月报》1933年创刊号)。
② 鲁迅:《〈自选集〉自序》,载《鲁迅全集》第4卷,人民文学出版社2005年版,第469页。
③ 雷会:《雾里看花曾几何——对元杂剧"大团圆结局"的几点看法》,载王广田、李明编著《中国古代文学十二讲》,天津大学出版社2015年版,第226页。
④ 鲁迅:《〈呐喊〉自序》,载《鲁迅全集》第1卷,人民文学出版社2005年版,第441页。

吴组缃的《一千八百担》先用绝大部分篇幅来讲述宋氏家族各房代表斗法的故事，在结尾处却又抹上一层亮色，使得整篇小说的意义得到深化和提升。丁玲在向"左"转之前的作品侧重于展现社会的黑暗及其根源，而在此后她却致力于"为迷茫中的青年开了一条光明的康庄大道！"①在《田家冲》的结尾处，丁玲虽然交代了三小姐下落不明、生死未卜，但她播下的革命火种并未熄灭，从赵得胜一家的表现上便昭示出革命之火定然会燃烧起来。萧红的《生死场》以近 2/3 的篇幅描写东北农民"蚁子似地为死而生"，尤其是对于女性苦难生活的描述更是充满着悲剧意味，而剩下的 1/3 却又展现出他们在民族意识和阶级意识觉醒之后开始"巨人似地为生而死"②，从中我们可以感悟到农民身上所蕴藏的巨大反抗力量，也使得当时的读者能够从中感受到中华民族浴火重生的希望。王统照《山雨》的结尾部分奚大有来到城市后的精神成长和革命意识的初步生成，在一定程度上冲淡了前面章节所呈现的阴冷悲观的叙事氛围，使得读者萌发出对于未来的希望和憧憬。在小说结尾，杜氏兄妹的豪言壮语也给小说增添了许多亮色，既表明中国人民抵御外侮的坚定决心，同时也预示着未来革命胜景山雨欲来风满楼之势。

　　早在 1924 年蒋光慈就已强调指出："倘若厌弃现社会，而又对于将来社会无希望的也不能做革命的文学家"③，他提出无产阶级革命文学必须成为无产阶级的战斗武器，充当"为光明而奋斗的鼓号"④，为陷入迷途中的人们指示出光明的前途。他在《咆哮了的土地》中就给大革命失败后陷入迷惘中的革命知识青年指明了一条与工农大众相结合的新的斗争路径，李杰之死虽然让整部作品蒙上灰暗的色调，但小说末尾处暂时失利的农民自卫军在工人张进德的领导下已经认清新的革命道路，那便是到金刚山去与中国共产党领导的革命队伍汇合，从而表明工农大众已经寻找到真正的解放之路。

　　因为全家浴血着 1927 年大革命的缘故，叶紫取材于农民运动的几乎所有的小说都有着悲剧性的情节，但在小说结尾时却很少以悲剧收束，而是通常会添加上预示光明的尾巴来取得叙事上的平衡，同时也以此指明前进的道路。对于这类作品中的"光明的尾巴"不能简单地予以否定，在

---

① 王慧珍：《丁玲及其作品的转变》，《女子月刊》1936 年第 4 卷第 1 期。
② 胡风：《读后记》，载萧红《生死场》，容光书局 1935 年版，第 213 页。
③ 蒋光慈：《现代中国社会与革命文学》，载方铭、马德俊主编《蒋光慈全集》第 6 卷，合肥工业大学出版社 2017 年版，第 64 页。
④ 蒋光慈：《〈鸭绿江上〉的自序诗》，载方铭编《蒋光慈研究资料》，知识产权出版社 2010 年版，第 24 页。

当时而言是有着积极作用和影响的。比如在《电网外》中，王伯伯在家破人亡之际原本打算了结自己的性命，但最终他醒悟过来，"放开着大步，朝着有太阳的那边走去了！"①《丰收》中云普叔一家因为接连遭遇旱灾和丰收成灾承受着深巨的苦难，不仅饿死了两口人，女儿英英也被迫卖出，立秋在被捕后极有可能已经身遭不测，但在小说末尾云普叔和众多农民一道与敌人展开殊死搏斗，取得初步胜利后又一起奔赴雪峰山与革命队伍汇合，展现出光明的斗争前景。虽然叶紫《丰收》中的云普叔和立秋等都是有生活原型的，但叶紫并没有刻板复制现实生活，而是在现实基础上进行了相当大程度的改编，但因与中国共产党领导的农民运动的实际情形相吻合而获得文本真实性，与生硬编造的"尾巴"有所不同。《星》中的梅春姐在农民运动开展之前承受着沉重的身体伤害和心理折磨，在农民运动失败后她不仅痛失情人，儿子也被丈夫虐待致死，而在小说结尾她仿佛听到死去儿子的呼唤，"你向那东方走吧！……那里明天就有太阳啦！"②以上叶紫小说的结尾假如全部删掉的话无疑会减弱其小说的政治性、革命性和战斗性，变成纯然由于农民运动失利而给农民造成深巨苦难的展示，因而这些"光明的尾巴"对于其小说而言绝不是可有可无的，借此可以展现出农民运动虽然遭遇暂时的挫折，但农民的革命信仰和斗争意志并没有垮掉，他们依然憧憬着光明的未来。当然叶紫小说中像这样充满光明意味的结尾也并不都是很自然的，有时也不免给人以牵强之感。

当时也有左翼文论家对左翼乡土小说借鉴传统文学大团圆叙事模式而添加的光明的尾巴提出过异议，比如阳翰笙在作于1932年的《文艺大众化与大众文艺》一文中即明确批评过团圆主义的创作倾向，他认为这是一种自欺欺人的写法，如此一来便"掩盖了失败的教训，一味去粉饰斗争的胜利，在每描写一次斗争的时候，都只有胜利，没有失败，只有正确，没有错误"，有碍于大众"在失败中错误中去求教训"③。然而与此同时，右翼作家也专门针对左翼文学光明的尾巴提出过批评，这恰从反面说明光明的尾巴的确戳中了敌人的要害，发挥了重要的战斗作用。右翼作家菲丁在作于1933年的《左翼文学的尾巴主义》一文中就指出从普罗文学转向左翼文学之后，左翼作家"好像已经聪明得多，他们已不复在文章的中间或开头喊口号写标语，而在文章的末后煽动一下，生硬地接上一条'积

---

① 叶紫：《电网外》，载胡从经编《叶紫文集》（上），湖南人民出版社1983年版，第145页。
② 叶紫：《星》，载胡从经编《叶紫文集》（上），湖南人民出版社1983年版，第382页。
③ 寒生（阳翰笙）：《文艺大众化与大众文艺》，载文振庭编《文艺大众化问题讨论资料》，上海文艺出版社1987年版，第94页。

极性'的尾巴"①。他认为之所以左翼文学中仍然存在尾巴主义是左翼作家"为了党派的命令，为了政治的偏见，为了利用文学的阴谋"②，因而他"希望左翼文学家，割下这样生硬的尾巴；最要紧的是脱离党派的命令，毁弃武器文学的大纲，写出社会的真实来"③。柳风在《所谓左翼文学》一文中也讽刺过左翼文学理论家所订立的文学公式："总而言之是阶级斗争，而最后必然地要胜利。毕竟光是工人还不够，于此有些又主张也要描写农民去，但描写农民，也要一定有阶级意识，而最后也是暴动，加入红军，胜利！——这便是左翼文学理论家共订的文学公式"，并由此对"一定要奉行党派命令而在文学中幻造出什么斗争性，积极性，阶级性这类幼稚可笑的和标语口号一样的所谓左翼文学"④予以猛烈攻击和全面否定。由此可见，"光明的尾巴"在当时确然起到政治鼓动和宣传革命的积极作用。

任何事物都有两面性，需要指出的是，在左翼乡土小说中也的确存在着生硬机械地加上光明的尾巴的弊病。1933年茅盾在《〈雪地〉的尾巴》一文中就对周文《雪地》和艾芜《咆哮的许家屯》的"尾巴"问题有过批评。他指出周文《雪地》的弊病在于作者生硬地把目的意识灌进一群哗变的乌合之众，从而让他们摇身一变成为有组织有纪律的革命队伍，"拖了一条概念的、'公式化'的尾巴"⑤，最终在刊发该文时身为主编的茅盾割去了这条光明的尾巴。艾芜《咆哮的许家屯》是当时非东北籍作家创作的为数不多的反映东北人民抗日斗争的小说，讲述的是许家屯的抗日民众遭遇日军追击，马上就要被逼至绝境，恰在此时义勇军如同神兵天将，迅速扭转战局，之后他们会合一处浩浩荡荡杀奔许家屯。茅盾认为该小说有着"旧小说格调以及非常'罗曼谛克'的色彩"⑥，特别是结尾处"绝处逢生""逢凶化吉"的情节设定更是让许家屯农民的抗日暴动变成杀了几个日本兵的儿戏，不仅严重违背生活实际，也削弱了农民抗日暴动的积极意义，因而他在刊出该文时也剪掉了这一尾巴。但这并非意味着茅盾对于"光明的尾巴"本身完全持排斥的态度，他所反对的只是像周文、艾芜所作小说中呈现的生硬机械的尾巴，事实上在他自己的作品中也有着光明的尾巴。《子夜》出版之后曾因结局的设定受到过左翼批评家的指

---

① 菲丁：《左翼文学的尾巴主义》，《新垒》1933年第2卷第4期。
② 菲丁：《左翼文学的尾巴主义》，《新垒》1933年第2卷第4期。
③ 菲丁：《左翼文学的尾巴主义》，《新垒》1933年第2卷第4期。
④ 柳风：《所谓左翼文学》，《新垒》1933年第2卷第3期。
⑤ 茅盾：《〈雪地〉的尾巴》，载《茅盾全集》第19卷，人民文学出版社1991年版，第488页。
⑥ 茅盾：《〈雪地〉的尾巴》，载《茅盾全集》第19卷，人民文学出版社1991年版，第489页。

责,茅盾本人也颇感遗憾,认为自己"没有表现出中国革命的伟大……没有宣告革命必胜的终局"①。当他创作"农村三部曲"时便"试图在绝望的景色中看到更多的希望",在《残冬》的结尾他将"政治教训相当明显地插入了农村苦难的自然主义描绘之中"②,在多多头等人的带领下农民们已经觉醒起来并取得初步的斗争胜利,这与他早期创作完成的反映大革命时期农民运动的乡土小说《泥泞》的凄惨结局形成鲜明的对比。

其实,左翼乡土小说家并非不想在整部小说中都去描写红军的伟大胜利和土地革命的巨大成功,但如果真这么写的话就无法公开发表,他们为了避开国民党的书报检查不得不隐晦地表达革命思想,而不可能随心所欲地吐露对于革命的衷情向往。左翼乡土小说家不得不退而求其次,既然整部小说不能描写革命的伟大胜利,他们便在小说末尾处添上"光明的尾巴"以曲尽其意。左翼乡土小说家既要揭示旧世界的黑暗,同时又要引发人们对于新世界的憧憬,因而其结尾便显得至关重要,有一个光明的结尾无疑会对整部小说的阴暗氛围起到调节平衡的作用,使得人们对于光明的革命未来充满期待和向往。苏联作家高尔基也说过文学家"必须学习怎样在腐朽的垃圾的烟气腾腾的灰烬中看见未来的火花爆发并燃烧起来"③。

左翼乡土小说光明的尾巴能够给读者带来希望,使他们不至于沉浸在小说所描摹的苦难和挫折之中无法自拔,丧失对革命的希望,这与普罗文学中常见的"描写美满的革命,完全的革命人"④的乌托邦革命想象是有着本质区别的。如同本杰明所指出的那样即便是"政治上的激进派也不允许将其最终欲望画成蓝图来进行拜物教崇拜"⑤,意在提醒人们乌托邦想象是一种非真实性或调节性的状态,而并非真正的革命思想意识。左翼乡土小说创作时期由于正值土地革命兴起之际,斗争形势又异常严峻,这就与中华人民共和国成立后的《青春之歌》《红旗谱》《红岩》等作品中的光明的尾巴有了本质的区别。对于后者而言革命已经获得成功,因而在小说末尾留下光明的尾巴是自然而然的,无须先见之明的预见和深刻入微

---

① [法]苏珊娜·贝尔纳:《走访茅盾》,丁世中、罗新璋译,《新文学史料》1979年第3期。
② [美]费正清、费维恺:《剑桥中华民国史(1912—1949年)》(下),刘敬坤等译,中国社会科学出版社1994年版,第511页。
③ [苏]高尔基:《论文学》,孟昌、曹葆华、戈宝权译,人民文学出版社1978年版,第224页。
④ 鲁迅:《〈溃灭〉第二部一至三章译者附记》,载《鲁迅全集》第10卷,人民文学出版社2005年版,第372页。
⑤ [英]特里·伊格尔顿:《美学意识形态》,王杰等译,广西师范大学出版社1997年版,第208页。

的洞察，也没有遭受查禁甚或人身伤害的危险。左翼作家抱着必胜的革命信心"不仅描写阶级斗争，尤为渗入无产阶级胜利之暗示"①，如同茫茫黑夜之中的一道道闪电划破漆黑一片的夜空，给身陷苦难中的人们以心灵上的慰藉，使他们葆有对于光明未来的希望。同为左翼乡土小说家的柔石的小说结尾却很少出现光明的尾巴，虽然他并没有陷入绝望，仍然"相信人们是好的"，但诚如鲁迅所指出的那样，"看他旧作品，都很有悲观的气息"②。

除了以上途径，左翼乡土小说家还会通过查阅报纸、走访朋友等其他途径来获取创作素材，以便进行革命想象。

蒋光慈在创作《咆哮了的土地》的过程中就"曾参考了不少文件，读了不少报纸，观察社会现象，研究了人物塑象，同时访问了不少朋友，接近各种社会团体，找生活，找经验"③。此时尚未被开除党籍的蒋光慈很有可能接触并阅读过1927年3月毛泽东公开发表的《湖南农民运动考察报告》等材料，因为从小说内容来看两者的确"有不少相似之处"④，由此使得他能够理性地把握土地革命的未来动向和发展方向。当时中国共产党对于"农村包围城市"这一革命道路尚处于探索阶段，党内依然存在反对和质疑的声音，而蒋光慈不仅在小说中赞颂了土地革命，而且在小说末尾还让张进德带领剩下的农民武装奔向金刚山，从而指示出未来革命的方向。

1955年，李准听茅盾亲口讲过他最早产生写《春蚕》的动机"是因为看了当时报纸上一则消息，那个消息大概意思是：'浙东今年蚕茧丰收，蚕农相继破产！'"⑤ 茅盾在创作《蚀》三部曲时主要凭借对于刚刚发生过的事件的记忆来进行创作，由于所要描写的都是他非常熟悉的小资产阶级知识分子，因而只要一铺开稿纸，人物和故事就会扑面而来，但在创作《子夜》和"农村三部曲"时他却不得不先去调查研究，通过与当事人谈话等方式来搜集材料，否则的话便很难写下去。这也是他自己说过的先前是经历了人生才来写小说，而现在正好相反，是为了写小说而去熟

---

① 《国民党反动政府查禁普罗文艺密令》，载张静庐辑注《中国现代出版史料乙编》，上海书店出版社2011年版，第171页。
② 鲁迅：《为了忘却的记念》，载《鲁迅全集》第4卷，人民文学出版社2005年版，第496页。
③ 吴似鸿：《蒋光慈回忆录》，载方铭编《蒋光慈研究资料》，知识产权出版社2010年版，第91页。
④ 黄修己：《中国现代文学发展史》，中国青年出版社1988年版，第272页。
⑤ 李准：《从生活中提炼》，《文学知识》1959年第4期。

悉人生了。也正因为此，在他的"农村三部曲"中就难以避免地存在概念化的弊病，同时有时也会犯一些常识性错误。

沙汀刚开始从事文学创作时在选取题材方面十分注重紧跟时代步伐，经常"从报上和其他方面搜集一些传闻，如有关红军的、苏区的、'一·二八'战争的，等等，写政治的题材了"①，他的第一本小说集《法律外的航线》（辛垦书店1932年出版）中的许多作品就是依据这些搜集到的传闻创作完成的。沙汀除了在《法律外的航线》中间接地反映过土地革命，还在《土饼》中展现了农民的苦难生活，对于后者他说过："是根据当年《大公报》《申报》上面有关河南灾情的通讯报道，结合我自己对四川农村一些知识写出来的！尽管并不怎么像样，当时却也打动过少数读者。"② 但后来他清醒地认识到想象叙事的局限，对前期的作品进行了自我批评，强调自己没有亲身经历土地革命运动，"只是间接了解到一些实际情况和它在一般社会生活上激起的反响"③，由此不仅没能很好地实现创作意图，还导致作品有着概念化的倾向。此后，他在鲁迅、茅盾等人的启发下认识到作家要写自己熟悉的生活，而其早期关涉革命的创作则是"但凭一些零碎印象，以及从报纸通信中掇拾的素材拼制作品"④。

第三节　局限和不足：对左翼乡土小说革命想象叙事的反思

正如前文所述，左翼乡土小说家大都没有土地革命或者苏区生活的经历体验，他们只能根据自己以往的革命体验或者耳食到的一些材料对土地革命和农民运动进行文学想象。历史经验一再表明，作家可以凭借有限的材料和经验经由想象进入极为宽广的文学世界之中，通过形象思维加以生发，最终完成人物形象的创造，"进行想象也就是要创造一个介乎感觉和概念之间某处的形象。获得一种感同身受推己及人的感觉"⑤。然而归根

---

① 《和复旦大学〈鲁迅日记〉注释组的谈话》，载《沙汀文集》第7卷，四川文艺出版社2018年版，第78页。
② 沙汀：《致师陀》，载《沙汀文集》第8卷，四川文艺出版社2018年版，第375页。
③ 沙汀：《〈沙汀短篇小说集〉后记》，载《沙汀文集》第7卷，四川文艺出版社2018年版，第39页。
④ 沙汀：《沉痛的悼念》，载《沙汀文集》第6卷，四川文艺出版社2018年版，第104页。
⑤ ［英］特里·伊格尔顿：《美学意识形态》，王杰等译，广西师范大学出版社1997年版，第29页。

结底,"艺术作品是一种非现实"①,无论作家的想象力多么强大,作为想象性产物的文学艺术毕竟同现实隔着一定的距离。也就是说,左翼乡土小说家在小说中所进行的革命想象毕竟不能完全等同于对现实世界的直接反映,而是一个想象中的革命世界,由此使得左翼乡土小说家在想象革命时难免会存在一些局限和不足。

一 人物形象塑造方面存在的弊病和缺陷

由于国民党统治区推行严酷的白色恐怖和强大的军事存在,城市工人运动已经逐渐衰落下去。1927年,中共中央在汉口召开"八七会议",确定了开展土地革命和武装起义的方针,并决定发动秋收起义,由此使得中国革命开始从城市转向农村,农民成为重点争取和发展的对象。适应于此种情形,左翼乡土小说家开始着力塑造农民革命英雄形象,从根本上否弃了"五四"以来将农民作为集中担负着国民劣根性的落后形象,在先进/落后、革命/反动、觉悟/愚昧等一系列话语调整中农民逐渐被革命化和神圣化。之所以出现如此重大的转变,既与当时的革命斗争形势和政治倡导有关,同时也和知识分子的本性不无关联,"知识分子的批判精神必须以某种方式转化成个人的意志,被该意志攫取的人天生就具有知识分子匮乏的活力和激情"②。之前长期处于被压迫地位的农民的面貌在中国共产党领导下已经焕然一新,在风起云涌的革命浪潮中奋力搏击、勇往直前,农民已经取代工人成为革命的生力军,知识分子唯有在农民身上才能找寻到他们所欠缺的活力和激情。

虽然阳翰笙等人对革命农民形象的塑造有着明显的缺陷,但毕竟在小说中开启了塑造农村革命"新人"的创作实践。左翼乡土小说家创造革命"新人"的冲动始终没有停止,因为"一切浩大的革命无不宣称创造新人。……创造新人远比创造新社会更紧迫,更激越"③。左翼乡土小说家的确在小说中塑造了一批个性鲜明而又真实感人的农民形象,但有时也会在意识形态囿限和生活经验不足等因素共同制约下导致有些农民形象出现不同程度的扭曲和变异。其实,五四乡土小说中的农民形象塑造即已多少存在类似的问题。在启蒙主义思潮影响下五四乡土小说家极其注重揭示

---

① [法]让-保罗·萨特:《想象心理学》,褚朔维译,光明日报出版社1988年版,第284页。
② [美]安敏成:《现实主义的限制:革命时代的中国小说》,姜涛译,江苏人民出版社2001年版,第186页。
③ [俄]尼古拉·别尔嘉耶夫:《人的奴役与自由》,徐黎明译,贵州人民出版社1994年版,第173页。

病苦以引起疗救的注意，由此导致五四乡土小说不无片面地过于强化农民愚昧、无知、落后、呆滞、麻木等负面特征。严格说来，这样的描述本身也并没有完全违背生活真实，在历代封建王朝严密思想束缚和沉重阶级压迫下，中国农民确然受到严重的思想毒害，他们中的许多人的确只求能够坐稳奴隶地位。但问题在于，几乎所有五四乡土小说中的农民形象都是以麻木不仁、愚昧落后的面目出现的，这就很容易让读者认为所有中国农民都是如此，从而形成认识上的偏见，在很大程度上歪曲了农民形象。实际上，广大农民尤其是青年农民并未在严酷的精神控制和经济剥削下完全消磨掉反抗意志和斗争精神，他们对于美好生活依然有着强烈的向往，极其渴望改变生活现状，因而在历次革命风潮中都少不了农民的身影。钱杏邨对于五四乡土小说中农民形象的塑造就颇为不满，他认为宣传是文学最重要的目的，而要做好文学的宣传工作作家自身首先要有正确的世界观和鲜明的阶级意识作指导，作家笔下的农民形象必须是进步的、革命的和觉醒的，而不能像以鲁迅为代表的五四乡土小说家那样只是把农民视为解剖国民劣根性的样本。

然而同时必须指出的是，虽然左翼乡土小说家已经初步认识到土地革命和农民运动的重要性，但他们对于农民尤其是革命农民毕竟缺乏直感经验，在小说中进行革命想象时难免会出于表现特定主题的需要而刻意拔高或者贬低农民，从而使得小说中的农民形象呈现自相矛盾或者突变式、概念化的弊病。具体而言，主要表现在以下四方面。

第一，左翼乡土小说家在作品中描绘农民时虽然也有着一些生活经验作为基础，但因作家认识不深往往会导致农民形象的模糊和扭曲，与真实的农民相比还存在一定的差距。

左翼乡土小说家在小说中对于革命农民形象的塑造往往呈现两种倾向，一是延续五四乡土小说家的叙事脉络，着意突出农民愚昧无知的一面；二则是刻意拔高农民革命性的一面。

茅盾在《蚀》三部曲中就已描绘过农民运动和革命农民，在《动摇》中农民不仅成立了农会进行抗租抗税斗争，还捎着梭镖进入城镇，呈现威武雄壮的一面。然而在他1929年4月3日创作完成的第一篇乡土小说《泥泞》（刊载于《小说月报》1929年第20卷第4号）中，革命农民却被塑造得愚昧无知、落后不堪，与阿Q几乎毫无二致，完全背离了如火如荼的农民运动的真实情状。该小说不仅招致左翼批评家的批评，就连茅盾自己后来也承认这种描写是失败的，"写的农民全是落后的，这就不合实际情况"。其根源在于此时身在日本的茅盾"仅凭国内传来的消息而没有自己的对农村的观察与分析而写农村"①，因而注定是要失败的。到了1932年和1933年，茅盾开始进入乡土小说创作丰收期，以《林家铺子》和"农村三部曲"为代表的一批乡土小说得以问世。他曾撰文描述"太湖区域（或者扬子江三角洲）的农村文化水准相当高。……农民的觉悟性已颇可惊人"②。诚然，多多头带领农民进行抢米运动时表现出相当高的思想觉悟，当阿四告诉他家里已赊到米，不用再去冒险抢米时，多多头毅然决定信守承诺带领众人到自己家里吃饭。但无论是老通宝还是多多头，其思想觉悟实际上并未像茅盾所说的那样颇可惊人。茅盾自己对于这些农民人物形象也不太满意，到创作《水藻行》时他决心要塑造出真正的中国农民的形象，而由他本人所概括出的特征是"健康，乐观，正直，善良，勇敢，他热爱劳动，他蔑视恶势力，他也不受封建伦常的束缚"③。照此而论的话，小说中的主人公财喜正是符合这一特征的。财喜不仅身强体壮、充满活力，而且性格刚强、意志坚定，同时他还敢于大胆冲破封建人伦观念束缚，与堂侄媳发生了不伦之恋。但是财喜的反抗行为仍然是处于自发状态的个人反抗，尚未上升到有组织有纪律的集体行动。茅盾的"农村三部曲"和丁玲的《水》等小说所描述的其实都是农民自发性的集体反抗。在这些小说中，农民运动并不是在中国共产党领导下组织发动的，也没有明确的政治主张、革命宗旨和严密的组织纪律，他们所要谋求的不是从根本上解决土地问题，而是基于吃饭问题进行的经济斗争，一旦吃饭问题得到暂时解决便再无继续下去的动力。"农村三部曲"中多多头所能提出的斗争口号也只不过是"杀头是一个死，没有饭吃也是一个死"④之类传统农民反抗斗争时所习见的口号，而并非现代意义上的革命口号。这种自发性的反抗与中国共产党领导的土地革命有着本质区别，而且在实际反抗斗争中农民往往只反走狗不反地主，这正是由于农民思想认识方面的局限所致，他们无法认清真正的敌人，从而也无法走上彻底的反帝反封建的革命道路。

而在蒋光慈《咆哮了的土地》中，农民的革命化转变过程却显得多少有些过于容易了，他们仿佛脱掉一件旧衣裳一般轻易地便转变为坚定的革命战士。李木匠过去不仅时常打骂老婆，而且经常拈花惹草，在一次与胡小扒皮老婆私通时被抓了个正着，之后别的人家再也不请他打造家具而使得生活困窘起来，这才在张进德的引领下加入了农会。像李木匠这样原

---

① 茅盾：《我走过的道路》（中），人民文学出版社1984年版，第33—34页。
② 茅盾：《我怎样写〈春蚕〉》，《青年知识》1945年第1卷第3期。
③ 茅盾：《我走过的道路》（中），人民文学出版社1984年版，第355页。
④ 茅盾：《秋收》，载《茅盾全集》第8卷，人民文学出版社1985年版，第354页。

本思想非常落后的农民在从事革命斗争以后，必须反复进行深刻的思想教育才能脱胎换骨，最终成为坚定的革命战士。但在小说中除了张进德劝说过他不要欺压老婆，并没有进行过任何其他方面的思想教育和行为规训，然而他却成为一系列革命行动的主要推动者。他先是在没有告知张进德和李杰的情况下带人活捉了张举人和胡扒皮，从而有力地推动了革命运动的开展，接着又是他执意要带人火烧李家老宅，以此来考验李杰是否真心革命。与此形成鲜明对照的是，张进德在抓获胡小扒皮后还一度动了恻隐之心，想要将他释放，而农民们却坚决地要处死他。这些坚决的革命举动原本是应由张进德或者李杰来组织发动的，但从他们的实际表现来看几乎每次都处于被动的地位，只是在组织农会和农民自卫军时起到了主导性作用，而在具体的革命斗争中有着种种思想缺陷的李木匠、刘二麻子等人反倒成为革命的急先锋和推动者。

第二，左翼乡土小说家为了维护革命者的正面形象，在美化革命领袖的同时也时常会有意将农民或者其他革命者丑化。

叶紫在《星》中几乎完全是站在梅春姐的立场上来讲述故事的，而没有注重从陈德隆的视角进行观察。虽然陈德隆是为着个人私利参加农会的，但在此时他毕竟是拥护和支持农会的，最起码没有公开反对农会。而农会本身就负有教育、启发农民思想觉悟的责任，对于参加农会的农民要给予恰当的指导，而不是关起门来将他们排拒在外。但是，在小说中黄副会长等人却并没有教育引导陈德隆，而是"事事都瞒他，而不将他当成自家亲人一般地看待"，尤其是黄副会长"那特别为他们而装成的一副冰凉的面孔，深深地激怒了他那倔强、凶猛的，牛性的内心！"[①] 显然，从城里来的黄副会长有着严重的"左"倾关门主义倾向。顽强、好胜的陈德隆只要引导得当是有可能为农会出力的，在赌气之下他也自愿报名参加了农民军。然而，在陈德隆离开村子到镇上去当兵之后，黄副会长却时常纠缠着梅春姐，终于在一天半夜里越窗而入企图强奸她，之后两人一起来到野外结合。在此之前，小说中一再强调陈德隆经常打骂梅春姐，正是他的凶狠和残暴方才导致梅春姐出轨的，而黄副会长则是以梅春姐身体和情感的拯救者的面目出现的，是革命和正义的化身，但无论如何黄副会长的求爱行为都很难称得上高尚。陈德隆闻讯后从军营回来，先是将梅春姐毒打了一顿，之后又要到农会去评理，但长工出身的农会会长给出的答复却是："关于你老婆的事情，我们是不能管的，你要找回她，我就带你到她

---

① 叶紫：《星》，载胡从经编《叶紫文集》（上），湖南人民出版社 1983 年版，第 317 页。

们的会中去",之后他又劝解道:"你不会赢的","你的理少",然而在陈德隆反问"她们的理在哪里"①时又无言以对,说不出个所以然来。陈德隆到妇女协会要领回梅春姐,得到的答复是"我们这里的规章是这样:女人爱谁就同谁住。……她已经不是你的老婆了"②,然而接着又说"她在我们这里养伤,养好了我们自己教她回去"③,这就等于又承认梅春姐仍然是陈德隆的老婆。无论农会还是妇女协会的工作方法多少都有些简单粗暴,没能讲清楚具体的婚姻政策,也自然无法说服陈德隆。陈德隆在经过一番准备后,趁着深夜来到镇上刺杀梅春姐未能得逞,之后便远遁他乡,梅春姐"非常幸福地又回到村中来了:她是奉了命令同黄一道回的"④。自此,她和黄副会长开始公开在大庙旁边的新房子里同居。然而,在反革命风暴袭来的时候,陈德隆并没有与革命者为敌,经过半年多的漂泊生活,他也意识到"对于梅春姐是还怀着一种不可分离的,充满了嫌忌的爱,爱着她的"⑤。由此看来,陈德隆并非十恶不赦之人,他还有着良心未泯和颇重感情的一面。在村里老人劝说下,陈德隆不计前嫌地卖掉大半田地将梅春姐从监狱中保释出来,这再度说明陈德隆并非视财如命之人,从而在一定程度上解构了小说中对其参加农民运动纯然为了捞取个人私利的描述。总之,陈德隆并非无药可救之人,如果加以合理引导的话是完全有可能改正错误的。蒋光慈《咆哮了的土地》中的吴长兴原本也和陈德隆一样经常打骂老婆,但他不仅在农会和妇女协会的教育引导下改正了这一毛病,还因为做事认真当上了自卫军的小队长。叶紫也许是为了让黄副会长和梅春姐的同居行为变得合情合理,而有意将陈德隆丑化了。

在萧军《八月的乡村》中,虽然革命军遭受了一些损失,但责任完全不在陈柱司令身上,而是在萧明和铁鹰队长带领下造成的,陈柱司令本人除外形多少有些不足之外几乎是完美无缺的。在小说中,陈柱司令实际上担任着指挥员和政委的双重角色,文韬武略俱佳,这多少有着鲁迅所说的"主角无不超绝,事业无不圆满"⑥的弊病。相形之下,知识分子出身的萧明非但没有发挥出应有的作用,反倒和其他农民革命者一道成为被动接受革命启蒙的受众。

---

① 叶紫:《星》,载胡从经编《叶紫文集》(上),湖南人民出版社1983年版,第337—338页。
② 叶紫:《星》,载胡从经编《叶紫文集》(上),湖南人民出版社1983年版,第339页。
③ 叶紫:《星》,载胡从经编《叶紫文集》(上),湖南人民出版社1983年版,第339页。
④ 叶紫:《星》,载胡从经编《叶紫文集》(上),湖南人民出版社1983年版,第343页。
⑤ 叶紫:《星》,载胡从经编《叶紫文集》(上),湖南人民出版社1983年版,第366页。
⑥ 鲁迅:《〈毁灭〉后记》,载《鲁迅全集》第10卷,人民文学出版社2005年版,第366页。

第三，左翼乡土小说中农民出身的革命领袖形象往往是模糊不清的，很难让读者留下清晰深刻的印象。

左翼乡土小说中刻画了许多农民革命者形象，他们是时代的先行者，在自身觉醒之后纷纷致力于启蒙民众和发动革命，是革命的火种和农民的引路人。比如《丰收》中组织引导农民起来抗租的癞大哥，徐盈《旱》中从苏区回到家乡领导农民运动的刘永智等。但是由于左翼乡土小说家对于此类人物并不熟悉，因而存在概念化的弊病，远不如李杰、萧明等革命知识分子那样塑造得较为成功。

左翼乡土小说家对于革命知识分子往往更为熟悉，因而人物形象塑造得较为鲜活，心理刻画也较为深入。这恐怕也是左翼乡土小说家的通病，对于出身于小资产阶级的知识分子有着天然的亲近感，而与农民却存在思想上的隔阂，即便他们与农民朝夕相处地生活过一段时间，也依然难以彻底地融合在一起。赵园在论及丁玲的《太阳照在桑干河上》时就曾感慨道："无论初读，还是重读，以至多次翻阅，这部小说活跃在我的记忆中的最生动的形象，是文采、黑妮这样的人物"①，而纯粹普通农民出身又没有多少文化的张裕民、程仁等就要逊色得多。之所以如此，很大程度上还是左翼乡土小说家对于土地革命和农民革命者比较陌生所致。《田家冲》作为丁玲从小资产阶级知识分子情爱主题转向农民反抗斗争主题的第一篇小说更像是一部试笔之作，作品虽然想要表现的是三小姐深入农村发动农民革命，但小说中的革命农民形象却显得模糊不清，其重点仍然是放在她一贯擅长描绘的知识分子身上。其根源在于丁玲对从事革命活动的农民并不熟悉，她对"大众仅仅只是想象的认同体"，而且在革命知识分子三小姐身上也带有明显的浪漫色彩，小说中对于她的革命行为的呈现"与其说这是一种关于革命的描绘，不如说这是一种关于革命的想象"②。丁玲曾经自剖其乡土小说创作的得失经验，对于自己首部取材于农村革命的小说《田家冲》她这样反思道："失败是我没有把三小姐从地主的女儿转变为前进的女儿的步骤写出，虽说这是可能的，却让人有罗曼谛克的感觉。"③ 这也显示出丁玲此时尚未全然摆脱掉"光赤似的陷阱"，而究其根源在于她尚无多少革命的实感经验，因而还无法全面深入地把握革命者的思想演变过程，以至于三小姐颇有种从天而降的感觉。1933 年，姚蓬子

---

① 赵园：《也谈〈太阳照在桑干河上〉》，《芙蓉》1980 年第 4 期。
② 邓招华：《主体的艰难建构——对丁玲上海时期创作的一种解读》，载《新气象 新开拓：第十次丁玲国际学术研讨会文集》，同济大学出版社 2009 年版，第 72 页。
③ 丁玲：《我的创作生活》，载《丁玲全集》第 7 卷，河北人民出版社 2001 年版，第 16 页。

在编选《丁玲选集》所作的序中也说过："小说中的人物也还不是活生生的现实的战士，多少带着想象的成份。"①

在左翼乡土小说家中，叶紫对农民是颇为熟悉的，他不仅有着深厚的农村生活基础，而且他所塑造的许多小说人物都是以自己的亲人为原型，因而能够塑造出立秋、云普叔、梅春姐等具有独特个性的革命农民形象。同时叶紫尤为擅长塑造老一代农民形象，能够成功地刻画出老农民在时代环境影响下所产生的新变，无论是云普叔、王伯伯还是刘姆妈都成为中国现代文学人物画廊中个性鲜明的"这一个"。叶紫塑造的农民形象不像缺乏实感经验的作家笔下常见的那样"衣服是劳动人民，面孔却是小资产阶级知识分子"②，他的小说中的农民不仅从面孔上是农民的，而且勾画出中国农民具有他自己在血泪中凝定的灵魂。然而叶紫并未亲身经历农民运动的整个过程，他在短暂参与之后便被叔父送到中央军事政治学校武汉分校学习，待到获悉家人罹难后方才赶回家中，旋又为了躲避追捕而不得不离家逃难，因而他在描写农民运动和土地革命时同样也不得不倚重于想象。同时也由于当时叶紫还未成年，对于农民运动的组织发起等工作并不熟悉，因而在想象革命的过程中难免也会存有缺憾和不足。总体而言，《丰收》中的云普叔、立秋，《山村一夜》中的汉生爹，《星》中的梅春姐，等等人物形象因都是依据其家人、亲戚为原型来进行塑造的，因而相对较为成功，而《丰收》中的癞大哥、《星》中的黄副会长和《山村一夜》中的文汉生等革命者形象却有着模式化和概念化的弊病，尤其是癞大哥"不但出场很少，而且过多的是长篇累牍的演说，缺乏生动的内心描写，缺乏个性，缺乏具体行动"③，因而显得有些苍白无力。

沙汀曾经对比总结想象革命的失败经验，以及之后基于熟悉的农村生活取得成功的经验。由于他的早期小说集《航线》和《土饼》里的大部分作品是借助若干报纸通信或者一时的印象拼制而成的，因此创作时不仅感到力不从心，而且"颇难于写出一个压秤的人物"④，而此后取材于川西北乡土生活的小说却因是熟知的题材而取得成功，尤其是1935年他为了料理母亲后事返回故乡重新接触了农村和农民，虽然停留的时间很短，

---

① 蓬子（姚蓬子）：《我们的朋友丁玲》，载《丁玲选集》，天马书店1933年版，第41页。
② 毛泽东：《在延安文艺座谈会上的讲话》，载《毛泽东选集》第3卷，人民出版社2006年版，第857页。
③ 曾祖荫：《叶紫小说初探》，载叶雪芬编《叶紫研究资料》，知识产权出版社2010年版，第225页。
④ 沙汀：《〈兽道〉题记》，载《沙汀文集》第7卷，四川文艺出版社2018年版，第34页。

但收获颇丰。

  第四，我们将左翼乡土小说家与苏联文学家笔下所塑造的革命者形象进行对比也能够明显见出优劣来。

  前文已经论及，蒋光慈的《咆哮了的土地》和萧军的《八月的乡村》都或多或少地受到法捷耶夫的《毁灭》和绥拉菲摩维支的《铁流》的影响，但在革命人物形象塑造上依然有着不小的差距。在《毁灭》里，虽然矿工莫罗兹卡主观上一心想要成为忠诚而又守纪律的革命战士，但他不仅在战斗中酗酒，还旧习难改，偷吃农民的瓜果。这不仅无损于革命人物形象的塑造，反倒使得人物更加真实可信，毕竟江山易改，本性难移，革命者的改造并非一朝一夕所能完成的。对于密契克则在肯定其主观上积极参加革命的同时，又深入揭示出他缺乏坚强的革命意志和坚定的革命信仰，从而使得他最终逃离革命队伍的行为显得合情合理，并不让人感到十分突兀。在《毁灭》中同样也有"革命+恋爱"的情节模式，对革命无比忠诚的瓦丽亚背着丈夫莫罗兹卡在医院中与密契克发生了暧昧关系。总的来看，《毁灭》中的革命人物都有着这样或那样的缺点，而并非像左翼乡土小说家那样常常塑造出类似陈柱司令这样近乎高大全式的革命人物来。此外，在《八月的乡村》和《咆哮了的土地》中许多人物的转变看起来很不自然，有着明显的硬性操纵痕迹。比如对于张进德、陈柱等农民出身的革命领导者的形象塑造就有论者提出过质疑，认为张进德从一个安守本分的农民到精明成熟的农会会长的思想转变过程不可能在短时间内完成，但"叙述者未曾作必要的铺垫就遽然将之提升到领袖的地位，显然是站在意识形态的立场直接赋予人物神圣的革命光环，充溢着知识分子精英意识式的乌托邦想象"，而司令陈柱从一个满洲里土生土长的庄稼汉一跃成为具有卓越领导才能的革命军领袖的成长过程也完全略过，"呈现在读者面前的，是一位素质全面、经验丰富、具有卓越领导才干的政治家和军事家，而所谓的农民出身仅仅只是验证革命身份的政治符码"[①]。的确，在《咆哮了的土地》和《八月的乡村》中对于张进德和陈柱的成长过程都语焉不详，没有作为重点予以介绍，因而我们无从了解其成长经历和心理转换过程，他们在一出场时便以成熟革命者的面目出现，多少显得有些不太真切。

  1931年，茅盾曾就如何描写农村革命发表过意见，他认为必须从农村血淋淋的斗争中揭示出"农民的小资产阶级意识，在革命贫农分子中

---

 ① 周黎燕：《"乌有"之义：民国时期的乌托邦想象》，浙江大学出版社2012年版，第187—188页。

间所残存着的落后的农民封建意识","必须揭示出干部的无产阶级分子的薄弱将在农村斗争中造成了怎样严重的错误,土豪劣绅改组派取消派将怎样利用农民的落后意识来孕育反革命的暴动"①,进而揭示出复杂的斗争过程中的确存在的严重问题。以上这些意见如果能够被左翼乡土小说家充分吸纳的话,将会极大地减弱左翼乡土小说中存在的概念化、公式化的创作倾向,极有可能促使左翼乡土小说创作达到更高的高度。但可惜的是,由于左翼乡土小说家对农村革命的情况并不熟悉,对于革命者在阶级斗争过程中可能面临的各种问题缺乏明晰的认识,单凭想象无法认识到其复杂性和曲折性,因而左翼乡土小说家包括茅盾自己在内都未能彻底摆脱小说创作中所存在的革命人物形象塑造单一化、概念化和脸谱化的弊病。

二 尖锐化、简约化、模式化的阶级斗争叙事

1932年,左翼文论家曾以阳翰笙、蒋光慈等创作的早期普罗文学作品为靶子对革命文学中存在的公式化、概念化问题做过集中清算,同时在1932年1月《北斗》第2卷第1期上还开展了关于创作不振之原因及其出路的讨论,在讨论中许多左翼作家都提出必须在获取新的革命意识的同时,要更加注重新的生活经验的获取,如此方能摆脱单凭主观想象造成的公式化、概念化弊病。但实际上在整个左翼十年期间,左翼乡土小说始终未能全面摆脱公式化、概念化的创作倾向。正如前文所述的那样,现实条件不允许左翼乡土小说家自由地、充分地获取第一手的农村革命材料,除非他们自动放弃表现农村革命,否则的话便不可避免地要借助间接生活经验和二手材料进行革命想象。由此使得左翼乡土小说家在想象革命时难免会犯有简单化、概念化的弊病,未能充分表现出生活的多样性和人性复杂的一面,革命者和反革命者常常是截然对立、泾渭分明的。无论表现农民运动还是土地革命往往都是直线发展,较少曲折和反复,从而将原本繁复芜杂的现实生活变得极为透明,在对革命进行想象时有着将阶级斗争和民族斗争尖锐化、简约化和模式化的通病。

左翼乡土小说家中将阶级斗争尖锐化的典型代表是叶紫。叶紫是怀着深仇大恨从事文学创作的,在仇恨的驱使下他恨不得将敌人碎尸万段,杀之而后快,因而在他的小说中阶级斗争往往是异常尖锐的,而地主及其子弟不是不革命就是反革命,即使起初倾向革命的后来也被证明是假革命,

---

① 施华洛(茅盾):《中国苏维埃革命与普罗文学之建设》,载《茅盾全集》第19卷,人民文学出版社1991年版,第306页。

总之都是应该予以清除和打击的对象。

萧军则在《八月的乡村》中将民族斗争予以简约化的处理,过于突出革命军仁义的一面。小说中革命军明确主张"兵不打兵","不独不打本国兵。外国兵也不打"①,陈柱司令常常教导战士们:"吸兵血的军官们,我们不要饶过他。无论是日本,还是走狗们的。他们全是吸兵血!兵们,全是好弟兄!合我们是一样的痛苦!只要枪,除开实在太妨碍我们进展了才要伤害他们。他们将来全要和我们一起合作……'兵不打兵'记住,同志们记住吧!……除非万不得已的时候……"② 日军士兵松原不仅奸淫了李七嫂,还残忍地摔死了她的儿子,在一次战斗中他被俘虏之后唐老疙疸原本想要枪毙他,但因想到革命军的纪律方才作罢。虽然小说中并未提及松原最终受到何种处置,但依据"兵不打兵"的原则应当不会致其死命,从而很可能使他的罪责得不到应有的惩处。萧军另一部中篇小说《鳏夫》中的金合是流落到满洲的异乡青年,为于姓地主看守山林,在炮手于五死后与其寡妻相恋,东窗事发后被东家于四以败坏于家门风为由予以责罚,做军官的于二东家回家后又将他吊在马厩里鞭打。于五嫂死后,金合有一天哭倒在她的坟上,被于四东家知道后派炮手用猎枪打伤了他的腿。金合在此过程中始终是逆来顺受、毫无反抗的,腿伤有些复原时适逢日本人入侵满洲,他却迅速走向争取民族解放的道路。在该小说中透过金合的凄惨遭遇说明了阶级压迫的严重性,但并没有展开阶级斗争,最后却又安排让性格懦弱的金合去当义勇军投入民族解放的伟大事业中去,这显然是有失妥当的,并不符合人物的性格逻辑和行为方式。

蒋光慈自参加革命以来,一直致力于从事革命文学创作活动,并没有多少实际革命经验,因此他的小说中的革命书写基本上都是来自主观想象,同时由于他对革命秉持着浪漫主义的理解,因而其早期的革命文学作品逐渐形成"革命+恋爱"的叙事模式。蒋光慈在受到左翼文论界批评之后开始将创作题材由城市转向农村,将正在兴起的土地革命作为取材对象,创作完成了第一部反映农村土地革命的长篇小说《咆哮了的土地》。在这部小说中,蒋光慈实际上并未能完全摆脱掉"革命+恋爱"的小说模式。如果说与以往作品有什么不同的话,那便是蒋光慈将获得知识女性青睐的对象由革命知识分子换成了农民革命领袖张进德,与此同时李杰的爱情却受到压抑。为了能让张进德和何月素结合在一起,蒋光慈还特意设

---

① 田军(萧军):《八月的乡村》,容光书局1935年版,第86页。
② 田军(萧军):《八月的乡村》,容光书局1935年版,第120页。

定了英雄救美的情节,其目的则是以此隐喻革命知识分子有待工农大众的拯救,同时他们必须走和工农相结合的革命道路才有出路。同时,在小说中李杰为了证明自己的革命性而不得不同意李木匠等人去烧李家老楼,从而将自己的母亲和妹妹置于危险境地,这样的情节设定多少有些过火,很容易让一些读者对革命感到恐怖和厌恶,不仅起不到宣传革命的作用,反倒会适得其反。实际上,早在此前郁达夫就提出过蒋光慈的作品还不是真正的普罗文学,"他的那种空想的无产阶级的描写,是不能使一般要求写实的新文学的读者满意的"[1]。斯洛伐克汉学家玛利安·高利克也曾指出蒋光慈很少或从未出现在十字街头,也从未亲身感受过实际的革命,因而虽然他"有比较丰富的想象,但其经验则相当有限"[2],因此他单凭主观想象的革命书写常常与现实革命有着很大的出入。在《咆哮了的土地》中所有能叫得出名字的农民(包括守旧农民王荣发在内)最后都无一例外地投奔革命去了,没有任何中间分子或者动摇分子,而除了背叛家庭的李杰和何月素,地主阶级全都是阴狠凶残的反革命分子,革命者的成长过程也是几乎毫无障碍地按照既定的轨迹直线运行。

然而,不容否认的是,左翼乡土小说带有想象意味的革命叙事的确在当时发挥过显著的作用,也得到中国共产党领袖的认可,毛泽东就说过,在十年内战期间有了很大发展的革命文学艺术运动"和当时的革命战争,在总的方向上是一致的"[3]。此外,正是左翼乡土小说家在小说中展开的对于包括农民运动和土地革命在内的社会现实的想象叙事,构成了今天我们想象当时农村革命情状的重要前提和基础。正如同当年冯雪峰在评论柔石《为奴隶的母亲》时所说的那样可以"作为农村社会研究资料,有着大的社会意义"[4],离开了这些想象性的文字我们便很难了解和体会当时土地革命的具体情形。但与此同时值得特别注意的是,我们也不能不加辨别地完全将左翼乡土小说家想象中的革命情形视为当时土地革命的真实再现,正如同巴赫金所说的那样,我们"不能把被描绘出来的世界同从事描绘的世界混为一谈",因为在它们之间"有着鲜明的原则的界限"[5]。

---

[1] 郁达夫:《光慈的晚年》,《现代》1933年第3卷第1期。
[2] [斯洛伐克]玛利安·高利克:《中国现代文学批评发生史(1917—1930)》,陈圣生等译,社会科学文献出版社1997年版,第140页。
[3] 毛泽东:《在延安文艺座谈会上的讲话》,载《毛泽东选集》第3卷,人民出版社2006年版,第848页。
[4] 编者:《编辑后记》,《萌芽月刊》1930年第1卷第3期。
[5] [苏]巴赫金:《小说理论》,白春仁、晓河译,河北教育出版社1998年版,第455页。

第五章　伦理视域下左翼乡土小说的革命书写

左翼乡土小说家虽然大多从事过实际的革命活动，但在大革命失败后却都转而以笔为旗投身文学创作之中，基本上都是在上海、北京这样的通都大邑卖文为生，与实际革命活动有着一定距离，因而只能依据自己以往的革命经历或耳食到的一些材料对土地革命进行文学想象。在具体的小说创作过程中，他们往往借助伦理图景展开革命想象。此种创作方法之所以有着可行性，乃是由中国伦理思想最为显著的特点决定的，那便是"道德与政治的高度一体化"，长期以来中国传统社会人际关系的基本结构为宗法等级制，"维护宗法等级关系也就是稳固统治秩序"[①]。因而土地革命想要摧毁封建专制体制，首先必须瓦解封建伦理观念，之后方能掀起阶级革命，进而推翻封建政治、经济制度。同时，左翼乡土小说家大都经受过"五四"的洗礼，深受"五四"文化的浸染，而"五四"新文化运动掀起的伦理道德革命尤其是家庭伦理革命对于他们来说并不陌生，自然能够驾轻就熟地将伦理革命嫁接到土地革命之中。

中国社会自古以来便以伦理为本，由国到家皆以伦理为中心，从而建构起"仁"和"礼"的伦理秩序，以此来指导和规范人们的各种社会活动。长达两千年的封建统治将伦理观念牢牢地植入人心，用来约束和管制人们的思想意识和行为处事，由此使得封建中国成为伦理道德控制力极其强大的社会形态。五四运动领袖们对此十分了然，因而他们非常重视从伦理视角开展新文化运动和文学革命，极力批判孔孟之道和纲常名教。同时身为反封建斗士和革命领袖的陈独秀强调伦理的觉悟是"吾人最后觉悟之最后觉悟"[②]，在他看来，唯有彻底拆穿封建伦理道德的假面方能建构起革命的宏伟大厦。其实放大来看，也不唯中国如此，西方马克思主义文

[①] 周光迅：《五四新文化运动时期鲁迅伦理思想概述》，《中国石油大学学报》（社会科学版）1991年第3期。
[②] 陈独秀：《吾人最后之觉悟》，《青年杂志》1916年第1卷第6号。

论家马尔库塞就说过:"革命建立着他们自己的道德与伦理规范,并以此成为新的普遍准则与价值的起源、本源与源泉。"① 具体而言,中国共产党领导下的无产阶级革命不仅要掌握政权以实行无产阶级专政,而且必须在摧毁封建伦理道德的基础上创立起崭新的道德价值与伦理规范,以此来确保大多数人的解放和自由。20世纪30年代中国内地农村的封建宗法统治在现代文明冲击下已经开始有所动摇,中国革命业已从五四时期的思想革命转变为社会革命,并且逐渐由城市蔓延到农村,从而引发农村的剧烈变动和农村传统伦理观念的深层调整。对此左翼乡土小说家是有着充分认识的,他们经常从伦理视角出发深入剖析中国农村社会的伦理特点和农民的伦理观念,帮助人们认清传统伦理对于革命所产生的阻碍作用,并从伦理观念解放的意义上来支撑和肯定农民运动和土地革命。

第一节 家庭伦理视域下左翼乡土小说的革命书写

中国自古以来倡扬"家国天下""家国同构",认为唯有"齐家"方能"治国平天下"。在封建社会涉及人与人之间关系的"五伦"之中,父子、夫妇、兄弟这"三伦"都属于家庭伦理的范畴,而在这"三伦"之中,"父子""夫妇"又居于核心位置,父子关系和夫妻关系是家庭关系中的两个关键环节,由此构成中国家庭基本结构中极为稳定的铁三角——"父母子的三角"②。以"三纲五常"为基础构造起来的儒家伦理文化,极其重视差序格局及等级秩序,形成了"父为子纲""夫为妻纲"等传统家庭伦理观念。"子"和"妻"对应于"父"和"夫"构成一种人身依附关系,后者对于前者有着至高无上的权威,可以凭借威权"关其口""锢其心""破其胆""杀其灵魂"③,因而此种"伦理关系即表示一种义务关系。一个人似不为其自己而存在,乃仿佛互为他人而存在者"④。正是这种以血缘和亲缘关系为纽带建构起来的家庭伦理制度将中国社会牢牢地熔铸在一起,形成一种超稳定的统治架构,以至于日本学者稻叶君山即提出家族制度是中国民族社会的基础,"保护这民族的唯一的障壁,也是

---

① [美]马尔库塞:《伦理与革命》,何华辉译,载江天骥主编《法兰克福学派——批判的社会理论》,上海人民出版社1981年版,第131页。
② 费孝通:《生育制度》,北京联合出版公司2018年版,第154页。
③ (清)谭嗣同著,吴海兰评注:《仁学》,华夏出版社2002年版,第124页。
④ 梁漱溟:《中国民族自救运动之最后觉悟》,中华书局1933年版,第87—88页。

家族制度；而且这制度支持力的坚固，恐怕万里长城，也比不上"①。但由此衍生的弊端则是身为人"父"和人"夫"的男性家长居于家庭的绝对核心，对其他家庭成员无论从身体上还是精神上都有着绝对的控制权，从而禁锢住家庭成员尤其是年轻人的思想，对于革命形成一种强烈的阻碍作用，因而打破传统家庭伦理秩序成为革命的首要步骤，对于家庭的背叛和唾弃成为向着革命蜕变与转化的开始。也正因此，左翼乡土小说家往往借助家庭伦理图景来展开革命想象，借此完成对封建反动统治势力的解构和批判，赋予革命合法性和合理性。

一 传统父子伦理的颠覆

在传统的家庭结构序列中，"父者子之天也"②，父亲对于子女有着至高无上的权力。父亲平日里通常会依凭"子不教父之过"和"棍棒之下出孝子"等冠冕堂皇的借口对子女进行超常压迫，在子女成年后试图进行反抗从而对其统治地位构成严重威胁时，往往会断绝其经济来源或者将其逐出家门，甚而有时还会"大义灭亲"。封建家长如此这般实行超常压迫，将子女牢牢地束缚在家庭内部，从而对子女从事革命活动形成强大的阻碍。因而左翼乡土小说家常常会借助父子伦理冲突来展开革命叙事，使之成为革命书写的重要载体。

五四时期的文学作品中就已对父子伦理冲突有过描述，然而斗争的结果通常是青年人所代表的现代伦理屈服于父亲所代表的传统伦理之下。比如在冰心的小说《斯人独憔悴》中，颖铭、颖石两兄弟只因参加学生爱国运动，便被父亲剥夺了接受教育的权利，关在家中不准踏出家门一步。对于此种父子间超常压迫的揭示和表现在左翼乡土小说家笔下更进了一步，对于杀子、卖子甚而食子等恶德恶行也都有所揭露。诚然，贫苦农民溺婴杀子在很大程度上是由于无力养活而不得不采取的无奈之举，但问题在于有时手段极为残忍。在冯宪章的《灾情》中，灾民为了存活竟然杀死4岁的儿子充饥，在小说中借人物之口进一步强调只因他没有分给村长吃才被告发，可见食子现象在当时是普遍存在的。柔石的《为奴隶的母亲》里的黄胖，竟然将刚刚呱呱坠地的女婴"如屠户捧将杀的小羊一般"③投进沸水中溺死。在他的另一篇小说《人鬼和他的妻的故事》中，

---

① ［日］稻叶君山：《中国社会文化之特质》，杨祥荫译，《东方杂志》1921年第18卷第5号。
② 彭林注译：《仪礼》，岳麓书社2001年版，第291页。
③ 柔石：《为奴隶的母亲》，《萌芽月刊》1930年第1卷第3期。

人鬼只因听信谣言便将儿子残忍折磨至死。所谓知书识礼、满口圣贤之道的地方绅士，平日里对于子女的超常压迫较之普通农民更是有过之而无不及，对于那些胆敢离经叛道倾向革命的"逆子"无法容忍，甚至必欲置之死地。比如吴组缃《一千八百担》中的敏斋老在谈及儿子耀祖时就说过："他要真是个共产，那碎尸万断，罪有余辜。不但我痛快，祖上也是除一害。……官厅不杀他，我也是不容他的。"[①] 在蒋光慈《咆哮了的土地》中，虽然李敬斋为保全后嗣起见未必真心想要杀掉独子李杰，但他在向张举人等绅士地保们表态时却又引经据典地说过"乱臣贼子，人人得而诛之"，实际上已经默许他们采取谋杀的极端手段以斩除祸害，从而将李杰置于险地。而在现实生活中也不乏类似的例子，曾担任红二十军和红二十一军军长的胡少海的父亲胡伴藻是湖南宜章有名的大地主，1928 年湘南暴动发生之后，他于 1928 年 7 月 15 日在《湖南国民日报》上刊登了一则"悬赏缉暴子"的启事，"孽子占鳌，客岁与共匪朱德等窜入宜城，屠士绅、焚民屋……乞转呈各处上峰通缉在案。如获占鳌一名，自愿出花小洋伍佰圆"[②]。

无论家庭贫富，父子伦理都有着相同的效力，事实上贫苦家庭的家长对于子女的控制并不亚于地主，因而同样会对子女投身革命造成严重阻碍。蒋光慈《咆哮了的土地》里的王荣发就曾以大逆不道、不守本分之名极力阻挠儿子王贵才参加革命。更为可悲的是，在叶紫的《山村一夜》中，革命青年汉生的父亲受到地主愚弄欺骗，以为替儿子"首告"便可以让儿子像变节的曹三少爷一样做官，竟然带领敌人将儿子捉去，以致原本有机会逃脱的汉生被敌人枪毙。

正所谓"文变染乎世情，兴废系乎时序"[③]，经历过大革命洗礼的农村毕竟已经改换面貌，土地革命的兴起使得往日封闭保守的农村沸腾起来，因而左翼乡土小说家表现更多的是对传统父子伦理的颠覆，在作品中塑造出众多的"逆子"形象，通过对传统意义上"父子关系"的批判揭示出崭新的革命意识和抗争精神。与五四乡土小说有所不同的是，青年一代农民信奉的革命伦理已经逐渐取得压倒性优势，他们为了革命理想不惜背叛家庭，勇敢地投入革命的洪流中去，谱写出一曲曲壮丽的悲歌。更加难能可贵的是，就连老通宝、云普叔这样固守着发家致富等传统思想的旧式人物

---

① 吴组缃：《一千八百担》，《文学季刊》1934 年创刊号。
② 中国井冈山干部学院教材编审委员会编：《井冈风范》，中央文献出版社 2011 年版，第 18 页。
③ (梁) 刘勰著，韩泉欣校注：《文心雕龙》，浙江古籍出版社 2001 年版，第 244 页。

最终也在严酷现实的教育下，认同了以反抗斗争来求生存的革命道路。

在左翼乡土小说家中，叶紫对于父子伦理冲突的描写最为集中，《丰收》《电网外》《山村一夜》《杨七公公过年》等小说中的云普叔和立秋、王伯伯和福佑、汉生爹和文汉生、杨七公公和福生等两代人之间都爆发过激烈的矛盾冲突，最终立秋、福佑、汉生和福生等青年农民都义无反顾地走上革命道路，为摆脱祖祖辈辈被压迫被奴役的命运而不懈奋斗，甚至为此献出宝贵的生命。此外，蒋光慈《咆哮了的土地》中的王贵才，茅盾"农村三部曲"中的多多头和王统照《五十元》中的小住等也是如此，他们都不再对长辈唯命是从，甚至就连沙汀《老人》里有些傻里傻气的儿子也不再像以往那样顺从。

在萧红的《看风筝》中，刘成为了一心从事革命舍弃了自己的亲生父亲，违背了日常的父子伦理。然而他非但不是冷酷无情之人，反倒有着博爱的胸怀，他将所有穷苦人的父亲都视为自己的父亲，为了"大家"才牺牲了"小家"。当父亲费尽周折找到他时，他却抢先跑走了，原因是害怕因要照顾父亲而无法"把整个的心，整个的身体献给众人"①。对于革命者刘成而言，他的生命已经不属于父亲和他自己，而是属于众人，属于革命，他不能因为对父亲的爱而影响到对众人的爱。按照常理而言，刘成的此种行为有些不近人情，让人无法理解和接受，但事实上"革命不回家"却是革命者必须跨过的一道关口，唯有如此方能全身心地置身于革命斗争事业之中，否则的话便永远也不可能成为真正的革命者，更遑论为了革命牺牲自己的一切。

虽然同为左翼乡土小说家，王统照却与叶紫、蒋光慈、萧红等人有所不同，他在小说中主要是从人性、人道及人伦的角度进行深入开掘，却极少直接表现阶级斗争。他的早期作品比如《醉后》主要倾向于表现家庭伦理与人性复苏之间的紧密关联，平凡而又伟大的母爱能够起到净化心灵和拯救灵魂的作用，但在左翼时期创作完成的《父子》却揭示出传统父子伦理的崩塌。《父子》中的老铁匠把产业交给儿子们打理后整天无所事事、狂吃滥赌，久而久之欠下许多债务，他在未征得儿子小福同意的情况下便擅自做主把即将迎来收获的土地卖给债主，结果被小福砍死。

堡垒是最容易从内部攻破的，因此相较而言左翼乡土小说家对于出身地主家庭的革命知识分子与地主父亲之间爆发的激烈的伦理冲突更具有鲜明的时代特点，也更引人注目。土地革命时期地主家庭内部所引发的矛盾

---

① 萧红：《看风筝》，载《萧红全集》第1卷，黑龙江大学出版社2011年版，第29页。

冲突，不仅从根本上瓦解和动摇了地主阶级的统治基础，同时也足以说明革命斗争已经延伸到社会的深层结构之中。

在蒋光慈的《咆哮了的土地》（最初拟定的题名即为《父与子》）中，出身于大地主家庭的李杰为了革命甘愿抛弃家庭和优裕的生活，发动并带领农民反对自己的父亲，成为封建家庭的叛逆者和掘墓人。农民对于李杰一开始也是心存疑虑、将信将疑，因为他毕竟是李敬斋的儿子，而在传统伦理道德中儿子是不能反对父亲的。为此李杰专门从伦理方面做了解释："儿子不能反对父亲？从前是这样的，现在可就不然了"，他的父亲欺负穷人并不代表他也要欺负穷人，"如果我跟着他做恶，孝可是孝了，可是我们这一乡的穷人就有点糟糕"[①]，从而以崭新的现代革命伦理取代了陈旧的传统家庭伦理。

此外，彭家煌的《两个灵魂》也塑造了一个出身于地主家庭的革命者邹健存，他的革命经历较之李杰更为曲折。邹健存原本是个浪荡公子，但突然遭遇家庭变故，当保卫团团长的父亲在农民运动中被杀，哥哥被掳，母亲病死，妹妹到汉口卖淫为生，六七百亩田产也被没收。此时身为大学三年级学生的他失去了经济来源，不得不退学租住在亭子间。茫无头绪的他先是一心想着要复仇，但在经历了生活磨难和深入反思后，他逐渐认识到父亲被杀乃是其为富不仁、多行不义的必然结果，最终决定放弃复仇转而投身革命。

左翼乡土小说中从地主家庭走出的除了李杰和邹健存等男性革命者，还有蒋光慈《咆哮了的土地》中的何月素和丁玲《田家冲》里的三小姐等女性革命者。这些新式革命者的出现，标志着知识分子已经开始从思想启蒙转向革命实践，这既是五四思想解放风潮推动下知识分子群体不断分化的必然结果，也是对五四时期单纯重视思想启蒙的必要修正。五四运动后勇敢脱离封建家庭控制的知识分子尤其是女性大都面临像出走后的娜拉那样如何生存的问题，失去专制家庭的经济保障后她们能够走多远的确是要打一问号的，这也是曾经轰动一时的五四风潮迅速衰落的重要原因之一。但在中国共产党的领导和号召下，此种情形有了根本性的转变，众多地主家庭出身的知识分子开始和工农大众一起置身于反帝反封建反军阀的斗争风潮中，为大众也为自己争取政治上和经济上的自由与独立。他们不仅反对自己的地主父亲，还动员广大农民一起参与进来，从而将原本属于

[①] 蒋光慈：《咆哮了的土地》，载方铭、马德俊主编《蒋光慈全集》第4卷，合肥工业大学出版社2017年版，第37页。

家庭内部的父子矛盾上升为两个敌对阶级之间的生死斗争。左翼乡土小说中出身于地主家庭的李杰、邹健存、何月素、三小姐等人为了革命都舍弃了对于近人的爱，实际上也不唯他们，"在悲剧冲突中，人往往使对真理和真诚的爱高于对近人的爱"①，但由于毕竟牵涉到自己的家庭和亲人，因而他们既为革命斗争取得胜利感到欢欣鼓舞，同时又有着切肤之痛，上演的是一幕幕人伦悲剧。

尤为可贵的是，茅盾的《春蚕》、叶紫的《丰收》《电网外》和蒋光慈的《咆哮了的土地》中的老通宝、云普叔、王伯伯和王荣发等原本思想守旧的父辈也在子辈的带动影响和残酷的现实教育下认同了反抗道路。由此也折射出左翼乡土小说家的思想深度，他们并未将老一代农民排斥在革命轨道之外，而是在真实地反映新旧农民思想差异的基础上"揭示了新的战胜旧的、前进的战胜保守的、老一代农民在事实教育下的逐步觉悟、新一代农民的不断成熟"②。这样的思想转变过程在现实生活中是完全可能的，毕竟贫苦农民父子的根本利益是完全一致的，他们之间的矛盾冲突主要是父子两代进步/落后、激进/保守等思想方面的冲突，正像叶紫《丰收》中所说的那样："儿子终究是自家的儿子，终究是回护自己的人；世界上决没有那样的蠢材，会将自家的十个手指儿向外边跪折！"③贫苦农民父子间的矛盾冲突并非敌我矛盾，因而随着老一代农民思想进步之后便能迅速化解掉，云普叔就是在认识到自己的想法错误之后转而支持儿子立秋从事革命活动的。戴平万《村中的早晨》里的阿荣因参加革命给家里招来祸患，不仅家被警察抄了，还把他的父亲老魏关进监牢，不得已卖掉家里仅有的一块园地后才赎了出来，为此老魏到山头村要找儿子当面问罪。在跟同志们的交谈中，老魏了解到儿子阿荣是个顶好的人，逐渐懂得儿子为何要从事革命，思想开始有所转变，认识到儿子已经"不是他所有的了"④，最后在革命民众庆祝作战胜利的欢笑声中独自离去。云普叔、王伯伯和王荣发等老一代农民最终都走上了革命道路，其中王荣发之所以从厌弃到趋向革命主要是基于传统血亲伦理要为子报仇，由此也说明传统的父子伦理在特定情势下也会对革命起到促进作用。与之相类，许多青年农民也是承续着子报父仇的传统伦理道德走上革命道路的。比如萧军《八月的乡村》中的陈柱司令在演讲时就说过，他的父亲是被地主榨干血

---

① [俄] 别尔嘉耶夫：《论人的使命》，张百春译，学林出版社2000年版，第253页。
② 朱晓进：《三十年代左翼农村题材小说的时代特征》，《中国社会科学》1985年第1期。
③ 叶紫：《丰收》，容光书局1935年版，第114页。
④ 平万（戴平万）：《村中的早晨》，《拓荒者》1930年第1卷第2期。

汗后离开人世的,他的妻子、儿女又被日军残忍杀害,由此才促使他坚决地投身革命。蒋光慈《咆哮了的土地》里的刘二麻子之所以积极参加革命,很大程度上也是为了要给被地主李敬斋逼迫致死的父亲报仇。

但是也并非所有的老一代农民都能认同并参加革命,叶紫《杨七公公过年》和《山村一夜》中的杨七公公与汉生爹就始终未能完成思想转变,依旧是愚昧落后、麻木不堪。魏金枝《焦大哥》中的焦大哥和范三爷原本是同胞兄弟,只因家贫其父焦老叔无奈之下将范三爷送给了财主家。成年后的范三爷和焦大哥简直是势如水火,范三爷一心想要除掉和他作对的焦大哥,而焦大哥针锋相对地发动穷苦弟兄们开展抗租运动,并且计划组织武装暴动除掉范三爷等财主。焦老叔为了阻止兄弟俩自相残杀,将怂恿焦大哥用手枪除掉范三爷的刘光汉密告给官府,导致刘光汉被捕枪毙。焦大哥在获悉真相后亲手杀死了自己的父亲,之后又持枪冲向范三爷家,由此便将阶级情感完全置放于家庭亲情之上,革命伦理彻底压倒父子伦理。

总而言之,左翼乡土小说家常常借助父子伦理展开革命叙事,使得父子伦理成为表现革命伦理和进行革命想象的重要载体,与此同时,形态各异的父子伦理表现也彰显出革命艰难曲折的一面。

二 情爱伦理激荡下的革命书写

情爱伦理主要涉及婚姻恋爱问题,放在现代社会这本应是青年男女自行解决的个人私事,但对于传统社会而言,却并不作如是观,而是将此视为关系到家族兴衰繁盛的一件大事。与西方社会十分重视两性情感有所不同,中国传统社会青年男女在婚姻恋爱方面的自由度是极为有限的。早在先秦时期儒家即已提倡节欲,倡导"养心莫善于寡欲"[①],开始将人的生理欲求置于伦理道德宰制之下。宋明理学又更进一步,直接将人欲和天理对立起来,而所谓天理则是封建纲常伦理。此等压抑人欲的封建伦理思想严重阻碍着人性的自然发展,致使人性发生扭曲和变异,尤其对于女性而言更是如此。

在中国封建传统文化中服从男性是女性的天职,正所谓未嫁从父,既嫁从夫,夫死从子,终其一生都无法逃脱男权的严密束缚。早在两千多年前,孔子就有句名言"唯女子与小人为难养也"[②]。在漫长的封建社会里,如果说身居社会底层的男人是奴隶,那么他们的女人就是奴隶的奴隶。中

[①] (战国)孟轲著,赵清文译注:《孟子》,华夏出版社2017年版,第344页。
[②] (春秋)孔子著,杨伯峻、杨逢彬注译:《论语》,岳麓书社2018年版,第224页。

国传统乡村女性在男权文化压制下毫无人格尊严可言，只能被动匍匐在男性脚下饱受屈辱，抽空了人之为人的一切高贵品质，婚恋自主权更是被剥夺殆尽。长期匍匐在男权专制文化下的女性经过数千年来的不断规训，原本强制性的压迫逐渐演变为女性应当承担的义务，在平日里已婚嫁的女性往往只是男性发泄性欲和繁衍后代的工具，她们无奈地承受着超常的经济、思想和人身等多重压迫；一到灾荒年间或者家庭遭遇重大变故，她们时常为了家庭生计不得不出卖自己的身体或者被当成明码标价的商品进行买卖。

唯其如此，在中国传统社会中女性权益往往无法得到切实保障，甚而连她们的名字也被剥夺了，左翼乡土小说对此也有所表现。萧红《生死场》中的王婆、李妈，《桥》中的黄良子①，《王阿嫂的死》中小环的母亲，《为奴隶的母亲》中的春宝娘，《生人妻》中的妻子，等等，要么有姓无名，要么以子女或者丈夫的名字来称呼，有的甚至干脆无名无姓。绝大多数乡村女性毫无身体的自主权，属于她们本人所有的仅仅是关于自身的身体体验，特别是"生育以及由疾病、虐待和自残导致的死亡"②。萧红在《生死场》中即以独特的女性视角和真切的生命体验描绘出女性所遭受的身体痛苦和精神磨难，以饱蘸深情的笔触给予她们心灵关怀和情感抚慰。成业趁在河边和金枝约会时粗暴地占有了她的身体，"五分钟过后，姑娘仍和小鸡一般，被野兽压在那里"③，他们之间所谓的恋爱只不过是用女性的身体来满足男性的肉欲渴望罢了。金枝有孕在身后，不仅白天需要不停地劳作，天黑时还要在河边洗衣服，成业不但不悉心体贴，反倒还动辄打骂她，直到临盆前还为了发泄性欲不顾金枝的安危强行行房。月英原本是打渔村最美丽的女人，却不幸患病瘫在床上，在病情不见好转之后遭到丈夫的残酷虐待，最后因身体腐烂而死。女人生育时更是如同进了鬼门关，俨然成为她们接受刑罚的日子。萧红在小说中有意将妇女的生育和动物生殖交叉着来写，动物自然生产的顺利和妇女生育时所遭受的巨大痛苦形成鲜明的对比。每逢五姑姑的姐姐生育时其丈夫都要大闹一场，这次更是将一盆冷水泼在难产的妻子身上，带着满身冷水的她"几乎一动不敢动，她仿佛是在父权下的孩子一般怕着她的男人"④。同样经受过

---

① 黄良是她男人的名字，自从做了乳娘那天起别人在"黄良"末尾加了个"子"字来称呼她。
② 刘禾：《文本、批评与民族国家文学》，载陈文忠主编《文学评论文选》，安徽师范大学出版社2012年版，第193页。
③ 萧红：《生死场》，容光书局1935年版，第28页。
④ 萧红：《生死场》，容光书局1935年版，第98页。

生育苦痛折磨的萧红无法抑制自己的悲愤,在小说中以极其沉重的笔调写道:"受罪的女人,身边若有洞,她将跳进去!身边若有毒药,她将吞下去。"[1] 萧红小说中的女性人物大多承受着身体和精神的双重苦难,终其一生"蚁子似地生活着,糊糊涂涂地生殖,乱七八糟地死亡"[2]。柔石《人鬼和他的妻的故事》中人鬼的妻子自从嫁过来后便开始了如同破抹桌布般的生活,每天都要毕恭毕敬地侍奉婆婆和丈夫,否则便要遭受辱骂,"真是一个奴隶,一只怕人的小老鼠"[3]。相较于生育、疾病等给中国女性带来的沉重苦难而言,在典妻、卖妻现象背后更是隐藏着一部中国乡村女性的血泪痛史。柔石《为奴隶的母亲》中的女性身体是明码标价的,典妻3年的价格是80大洋到100大洋,由于秀才家求子心切,加之春宝娘恰好符合他们所要求的各项条件,因而给她的是最高价100大洋,但是如果养不出儿子则要待满五年。典妻到了约定期限毕竟还是可以回家的,"生人妻"却意味着夫妻从此将生离死别,永无相聚之日,罗淑《生人妻》所描摹的正是此种凄惨的景象。

唯其如此,无论五四青年还是20世纪30年代的革命青年都在婚恋问题上与封建家长进行过激烈的交锋和斗争,爱欲本能的苏醒和遇到阻碍后激起的轩然大波都是令人感到无比震撼的。接受过现代文明洗礼的五四青年即已开始在婚恋问题上与封建家长进行激烈交锋,五四作家也在作品中猛烈攻击封建婚恋伦理。无论是第一部现代短篇小说集——郁达夫的《沉沦》,还是第一部话剧剧本——胡适的《终身大事》都涉及男女的婚恋问题,由此便可见一斑。五四时期反映男女婚恋问题的小说在创作数量上占据着压倒性优势,据茅盾统计,1921年四、五、六三个月间刊物上发表的120余篇小说中"描写男女恋爱的小说占了百分之九十八"[4]。在20世纪20年代末,以蒋光慈为代表的"革命+恋爱"小说就曾经风靡一时,并且衍生出"为革命而恋爱""为恋爱而革命""既革命又恋爱"等多重叙事模式。对于创作此类小说的缘由,蒋光慈本人作过解释:"我自己便是浪漫派,凡是革命家也都是浪漫派,不浪漫谁个来革命呢?"[5] 然而,物极必反,此类小说的弊端也逐渐显现,进而受到批判和清算,但对于革命

---

[1] 萧红:《生死场》,容光书局1935年版,第98页。
[2] 胡风:《读后记》,载萧红《生死场》,容光书局1935年版,第211页。
[3] 柔石:《人鬼和他的妻的故事》,《奔流》1928年第1卷第5期。
[4] 郎损(茅盾):《评四五六月的创作》,《小说月报》1921年第12卷第8号。
[5] 郭沫若:《创造十年续篇》,载《郭沫若全集·文学编》第12卷,人民文学出版社1992年版,第268页。

者婚恋问题的表现却并未从此销声匿迹。左翼乡土小说家承其余绪对于革命者的情爱问题也多有描写和展现，甚而还将男女婚恋情爱作为普通农民和知识分子迈向革命的原动力之一，并借此进行革命想象。

其实，从根本上而言情爱追求并不比革命追求等而下之，在这两者之间也确实存在某种内在关联，正如同让·热内所言，性关系在人类制度化了的不平等关系中受到了最无可挽回的毒化，因此"如果革命不去触动剥削和压迫的基本形式——两性（男女或任何类似的阵营）之间的剥削和压迫，那么，任何形式的革命就只能是徒劳"①。究其本意而言，革命原本就已包含人的欲望解放，而情爱伦理的解放又是爱欲解放的重要表现。马尔库塞在《爱欲与文明》中提出人的本质是爱欲，人的解放就是爱欲的解放，但爱欲的解放并非仅仅意味着性本能的发泄，还需要将爱欲进一步升华内化为革命者自觉的革命意愿，从而为革命的持续进行提供助力。"大革命"时期随着革命的不断推进，农民运动"其势如暴风骤雨，迅猛异常，无论什么大的力量都将压抑不住"②，尤其是湖南各地纷纷建立起农民协会，农民开始当家作主，妇女运动也在农会支持下迅速开展起来。在土地革命初期，中国共产党对于革命者的情爱问题并没有做出严格的规定和限制，为了破除封建婚姻思想和解放农村女性在很大程度上是鼓励女性自由恋爱和婚姻自主的。因而左翼乡土小说家在表现革命者之间的恋爱关系时并没有被特别设限，他们经常会描绘出情爱关系对于革命所起到的促进和推动作用，比如叶紫《星》中的梅春姐和蒋光慈《咆哮了的土地》中的何月素、毛姑都是在爱情感召下走向革命道路的。

在叶紫的《星》中，美丽善良的梅春姐不仅经常遭受丈夫的无端打骂，而且要忍受村里男人们的污言秽语和妇人们的恶意嘲讽，几乎得不到乡人们的同情，就连其亲生父母也规劝她要嫁鸡随鸡将就着过日子。革命的到来使得梅春姐萌发改变生活现状的希望，黄副会长大胆的情爱追求更是让她突破了内心的禁锢而迎来新生。

在蒋光慈《咆哮了的土地》中，何月素之所以会连夜给李杰报信，除了她本人受过新思想熏陶，也与她和李杰之间有过的情感波折不无关联。当年李杰因为恋上兰姑而拒绝了她，虽然这是叔父背着她向李敬斋提婚，如果她知道这事的话也会坚决反对，但求婚被拒依然严重地伤害了她

---

① [美]凯特·米利特：《性的政治》，钟良明译，社会科学文献出版社1999年版，第31页。
② 毛泽东：《湖南农民运动考察报告》，载《毛泽东选集》第1卷，人民出版社1991年版，第13页。

的自尊心:"等到后来知道了李杰因为一个什么无知识的女子而拒绝了我,心中不免有点气愤"①,因此她想通过冒险搭救李杰性命的方式来让他"从今当不会再小觑"②。可见,何月素在某种程度上是为了恋爱而革命的,在见到李杰之后她立刻爱上了他,并因此嫉妒起貌美如花的毛姑。当何月素感觉到李杰和毛姑已经相爱之后,不愿做第三者的她只能以革命工作来占据全部身心,以此来消弭求爱不得所带来的精神痛苦。何月素从事革命的整个过程实际上都是以李杰为模板,她先是和李杰一样脱离了地主家庭不再回家,之后又是在李杰鼓励和支持下与毛姑一道开展妇女运动。甚至她之所以能够克制着自己去过俭苦的普通农家生活也是以李杰为榜样的,"她一想到李杰是怎样地行动着的时候,她便对于自己小姐的习惯加以诅咒了"③。当年由于兰姑的惨死方才促使李杰离家出走,开始向着革命蜕变。一方面,李杰被无情地剥夺了选择爱人的权利,这使得他的反抗行为具有了一定的合理性,这是因为性本能是人类最重要和最强大的本能,现代革命业已证明性本能的压抑和转移能够成为强大的革命内驱力;另一方面,也正是通过对婚恋受阻以及兰姑惨死的描绘先将有罪之身推给李敬斋,他才是造成这一切罪恶的渊薮,由此便能让一般读者同情和理解李杰的反叛行为与革命举动。为了避免读者误以为李杰是单纯因个人的婚恋受阻而回乡闹革命的,蒋光慈特意强调在此之前他已经全然忘记兰姑,一心想着的都是革命事业,只是在看到长相酷似姐姐的毛姑后才想起往日的情形,从而掺入为兰姑复仇的因素。李杰在和毛姑互生爱意后也一直在刻意压抑着自己的情感,认为"恋爱一定要妨害工作,这时候,的确不是讲恋爱的时候"④。这在很大程度上乃是由于蒋光慈已经意识到"革命+恋爱"小说模式的弊端,并且他明知这种模式已经遭到左翼批评家的极力否定,因而有意在突出革命的同时压抑爱情。

在土地革命逐渐走向深入的过程中,妇女们的自主意识和情爱意识也会被逐渐唤醒,从而自觉地要求改变在情爱生活中饱受压抑的屈辱地位。由于平日里女性相较于男性而言承受的压迫更为沉重,因此女性的革命潜

---

① 蒋光慈:《咆哮了的土地》,载方铭、马德俊主编《蒋光慈全集》第 4 卷,合肥工业大学出版社 2017 年版,第 91 页。
② 蒋光慈:《咆哮了的土地》,载方铭、马德俊主编《蒋光慈全集》第 4 卷,合肥工业大学出版社 2017 年版,第 91 页。
③ 蒋光慈:《咆哮了的土地》,载方铭、马德俊主编《蒋光慈全集》第 4 卷,合肥工业大学出版社 2017 年版,第 112 页。
④ 蒋光慈:《咆哮了的土地》,载方铭、马德俊主编《蒋光慈全集》第 4 卷,合肥工业大学出版社 2017 年版,第 147 页。

能一旦被激发，释放出的革命能量甚至会比男性更为强烈。在蒋光慈《咆哮了的土地》中，虽然农会尚未组织开展妇女运动，但长兴老婆在参与革命斗争的过程中女性自主意识和解放意识已经开始觉醒。而在叶紫的《星》中梅春姐不仅大胆地公开与黄副会长相恋同居，还积极地在村内开展妇女运动，号召妇女们行动起来打破封建宗法制度对于女性的束缚，争取女性自身的自由和解放。

然而情爱的放纵又不可避免地会对革命产生负面影响，甚至造成严重的后果，因而随着革命走向深入便会逐渐加强对于革命者之间情爱的控制，以便让革命者能够抛却一己之情感而全心投入革命斗争之中①。

在《八月的乡村》里，萧明和安娜都意识到爱情有可能会对革命产生不良影响，他们为此也尝试着进行自我克制，因而并未给革命造成太大的损害。革命要想巩固、发展和壮大必须充分吸收原子化的社会个体组成革命大家庭，而在革命阵营内部这些分散的个体一旦有了组织小家庭的情感需要便有可能对革命大家庭构成威胁和挑战。革命大家庭需要的是同志友谊和兄弟般的革命情感，而并非彼此难舍难分的恋爱关系，如果任由革命者恋爱结婚组建小家庭的话势必会导致人心涣散，革命者无法全心全意地投入革命中去。但是由于此时尚处于中国共产党独立领导土地革命的初期，对于个人欲望的控制并非像解放区和中华人民共和国成立后那样严密，革命者之间的情爱并没有太多的禁忌，即便是禁欲也多半并非强制性举措，而是为着革命的现实需要自觉为之的。因此，在蒋光慈《咆哮了的土地》中，刚参加革命不久的地主侄女何月素在被农会会长张进德英雄救美后两人迅速相爱并没有什么顾忌，但在丁玲作于延安时期的《太阳照在桑干河上》中的农会主任程仁却不敢公开表露他和地主侄女黑妮之间的爱情，生怕群众会因此说闲话，进而影响到他的威信。

与此同时，在革命阵营中也会因单纯的肉欲渴望而引发有碍内部团结的情形出现。在《咆哮了的土地》中，刘二麻子和李木匠对于异性的占有欲就与真正的爱情无关，基本上是源自本能的肉欲渴望，但最终他们都认识到自己的错误而有所改变。不过令人颇感悲哀的是，蒋光慈《咆哮了的土地》中已经投身革命的何月素依然难免成为男性革命者试图满足肉欲渴望的对象，以至于险些被刘二麻子强奸。在冯铿《红的日记》中，

---

① 其实也不唯中国左翼乡土小说如此，苏联作家奥斯特洛夫斯基于1933年创作完成的自传体小说《钢铁是怎样炼成的》中的主人公保尔·柯察金为了实现崇高理想也曾两次主动放弃爱情，其初是与初恋女友冬妮娅因着阶级出身不同和理想信仰差异而失之交臂，之后又以革命利益为重与志同道合的丽达分手。

红军女战士马英历经军旅生活的磨炼后已经充分男性化了，她简直已经完全忘掉自己的女性身份，然而她在夜间熟睡时却险些遭到革命同志的强暴，这又让她重新回归到对于自身女性身份的认识，最后她以"记着我们都是红军的同志兄弟，同志！这个时候我女人还应该负着停止生产的责任"① 才说服这名同志放弃了强暴邪念。叶紫《星》中的黄副会长起初也在某种程度上将梅春姐视为寻求欲望满足的对象，以至于在情欲驱使下半夜越窗而入企图强奸她，由此昭示出女性想要真正实现自身解放是任重而道远的。同时由此也表明确有必要加强对革命者婚恋观念的教育和改造工作，以便让他们最终树立起男女平等的婚恋伦理观。

三　家族伦理的分崩离析

中国"社会之组织，以家族为单位，不以个人为单位，所谓家齐而后国治是也"②，家族作为"国"与"家"的中间过渡部分，在封建权力结构中起着举足轻重的作用。五四时期最先通过自启蒙觉醒起来的知识分子原本大都是封建大家族的成员，他们在实现自我解放之后，回过头来致力于批判封建宗法制度，这在当时而言也的确是极其重要而且颇为紧迫的一项任务。封建家族为了维持家族声誉和既得利益往往会通过联姻等方式来巩固和扩大家族势力，反封建思想先驱者们敏锐地注意到这一点，他们通过倡导婚姻自主、恋爱自由来鼓励孝子贤孙们冲破封建家族对他们在两性情感上的束缚，进而实现个人解放。然而随着"五四"落潮，许多来自封建家族的子弟陡然发现自己正面对着梦醒之后却无路可走的残酷现实，甚而不得不重新回归到旧家族中，由此宣告个人解放之路的失败。鲁迅《伤逝》中的涓生便是在生活难以为继时逼迫子君重新回到旧家族，以致最终酿成子君香消玉殒的悲剧。在残酷现实的不断教育下，从旧家族中脱离出来的知识分子逐渐意识到只有将社会解放和个人解放结合起来才能彻底摆脱封建家族的牢笼，正如同无产阶级革命导师马克思所言，"若不从其他一切社会领域解放出来从而解放其他一切社会领域就不能解放自己的领域"③，于是他们开始趋近和认同无产阶级的革命宗旨。

其实，不仅来自富裕家庭的革命者面临如何摆脱家族控制的问题，对

---

① 冯铿：《红的日记》，《前哨》1931 年第 1 卷第 1 期。
② 梁启超：《新大陆游记》，湖南人民出版社 1981 年版，第 144 页。
③ ［德］马克思：《〈黑格尔法哲学批判〉导言》，载［德］马克思、恩格斯《马克思恩格斯全集》第 3 卷，中共中央马克思恩格斯列宁斯大林著作编译局编译，人民出版社 2002 年版，第 213 页。

于普通农民而言也是如此,他们被束缚在一个个家族之中。毛泽东在作于 1927 年的《湖南农民运动考察报告》中对封建族权的性质做了透彻的解析,将其与政权、神权和夫权一道视为束缚中国人民尤其是农民的"四条极大的绳索"①。诚然,中国传统家族伦理实际上是维系家族乃至稳固国权的关键所在,正所谓"国权不下县,县下惟宗族,宗族皆自治,自治靠伦理,伦理造乡绅"②。平心而论,家族伦理也并非全无是处,它促使整个家族形成强大的凝聚力和向心力,让每个家族成员都有灵魂有所依托之感。因而从封建家族走出来的斗士们在批判家族伦理的同时,往往又会对旧式家族心生不舍。鲁迅在文章中时常号召人们要勇于冲破封建家族牢笼,彻底毁弃传统家族伦理,但在现实生活中他又极力维持家族群居生活,直到迫不得已时方才作罢。巴金《家》中的觉新对于封建家族伦理的缺陷了然于心,他本人也深受其害,但又自觉不自觉地成为封建家族伦理的维护者。

蒋光慈《咆哮了的土地》中的李杰在抨击封建家族伦理制度时也充满着矛盾和纠结,他在脱离地主家族的同时又渴望融入农民家族中去,既对父亲李敬斋厌恶至极,又对远房族叔李木匠恭敬有加,极其重视族叔的意见和看法。虽然他认为李木匠提议要烧掉李家老楼的做法有些太过,但并没有坚持己见。在传统家族伦理文化中,不仅"父之仇,弗与共戴天"③,即便是其他家族成员被人杀害也常常会引发家族间的械斗,但在《咆哮了的土地》中却是李敬斋的族弟李木匠领头放火烧了李家老楼并将其妻女置于死亡的险境。李杰之所以一直不愿回家探望母亲,很大程度上在于他十分明了其革命决心和斗争意志很可能会被骨肉亲情和强大的家族伦理力量彻底摧毁,从而自动解除思想武装,重新去做封建家族的孝子贤孙。在洪灵菲的《流亡》中,革命者沈之菲对于革命事业极其忠诚,而且表现得非常勇敢,但在面对如同坟墓中枯骨似的父亲时却变得唯唯诺诺,不敢过分违逆父亲的意愿。尤其是两个哥哥去世后,他更是为自己未能肩负起家族的重担而心生愧疚。由此可见,李杰、沈之菲等革命者虽然为着革命都勇敢地背弃了封建家族,但他们始终无法彻底割断与家族之间的情感联系。

李杰和沈之菲的经历有着十分相似之处,他们之所以选择革命道路,

---

① 毛泽东:《湖南农民运动考察报告》,载《毛泽东选集》第 1 卷,人民出版社 1991 年版,第 31 页。
② 秦晖:《传统十论——本土社会的制度、文化及其变革》,复旦大学出版社 2004 年版,第 3 页。
③ 钱玄、钱兴奇等注译:《礼记》(上),岳麓书社 2001 年版,第 29 页。

很大程度上都是源自对父亲的不满和仇恨,过于威严的父亲激化了父子矛盾,使得他们在家族内部毫无安全感可言,进而身为父亲独子(沈之菲两个哥哥去世后就剩下他一个)的他们并不愿待在家里,反而渴望走向社会、走向革命。一旦他们有什么意外,整个家族的血脉便有可能就此中断,李杰的死就是如此。其实,如果李敬斋当年不那么看重"门户"的话,有孕在身的兰姑也不会选择自杀,李杰也很可能不会走上革命道路,李氏家族的血脉也很可能不会中断,但这一切还是不可逆转地发生了。相较于此种过于沉重的对于传统伦理的颠覆而言,左翼乡土小说家也会选择让家族中的"幼子"来承担起革命的重任,譬如茅盾"农村三部曲"中的多多头即是如此。

作为社会人,革命者会在理想信念的支撑下自觉地摆脱家族伦理的限制,为了实现自己的人生价值和崇高理想而不懈奋斗,甚至像李杰那样在必要时为了革命利益而甘愿毁弃家庭;作为生活人,冲出物化形态的家族固然容易,但要彻底捐弃精神之家却是很难的。正因为如此,蒋光慈《咆哮了的土地》中的李杰和丁玲《田家冲》里的三小姐都极度渴望融入普通农家,以便能够重新获得家的温暖,同时摆脱由于背叛家庭所背负的沉重心理负担。正如李杰所感慨的那样,这讨厌的过去始终在纠缠着他:"我本来没有家庭了,而我的父亲却送信来要我回去;我本来不要父母了,而我却还有点纪念着我那病在床上的母亲……"[1] 如果出身农家他就可以轻装上阵,彻底排弃掉心中的负罪感,也正因此李杰才会一而再地由衷羡慕张进德"干净得如一根光竹竿一样,直挺挺地,毫不回顾地走向前去"[2]。

在时代语境变迁和革命浪潮冲击下,旧有的家族体制实际上早已今非昔比,面临分崩离析的必然结局。在茅盾的"农村三部曲"中,老通宝所在的村子一共有二三十户人家,但彼此之间几乎没有什么宗法伦理的约束。热心的多多头帮助邻人们车水灌田却遭到老通宝一顿痛骂,可见,各家各户平日里早已习惯各自为生、互不往来,不像传统意义上聚族而居的村民们那样相互协作、共度时艰,家族伦理更是无从谈及。萧军《八月的乡村》中的老八眼见孙氏兄弟加入了革命军,打日本,为国出力,是十分露脸的事,他也非常想成为革命队员,但无奈"老婆太年青,太可

---

[1] 蒋光慈:《咆哮了的土地》,载方铭、马德俊主编《蒋光慈全集》第 4 卷,合肥工业大学出版社 2017 年版,第 77 页。

[2] 蒋光慈:《咆哮了的土地》,载方铭、马德俊主编《蒋光慈全集》第 4 卷,合肥工业大学出版社 2017 年版,第 77 页。

爱！孩子们……嗳！太小啦！"① 他的同胞弟兄们自打分家后"和陌生的人也一样，谁也不接连着谁。他想不出把他的老婆孩子们托靠给谁？"② 实际上在现实生活中，像老八这样有革命意愿却因受家室拖累而又无法得到家族其他成员的支持和帮助，以致不得不放弃参加革命的人是不乏其例的。在丁玲的《水》中，灾民们之所以不敢反抗很大程度上就是由于受到家室拖累，"你敢哼一声吗？有牢给你坐的！你坐了牢，你的娘，你的老婆也是死呀！"③

吴组缃为创作《一千八百担》是花了很大功夫的，他对于封建家族制度深有体会，虽然宗祠"到了本世纪的三十年代，它已经没落了，走向崩溃了，可是仍然抓住权力不放"④。自宋元以来，江南家族已经逐渐有了一整套较为完备的规章制度。大家族不但设有宗祠，还有附属的田地和产业，有些家族还规定其成员售卖田地时必须优先卖给本家族的内部成员或者直接卖给本家族作为公田，因而从经济角度而言，家族实际上还扮演着公共地主的角色。在葛贤宁1933年发表的小说《无花果》中，当谈及并非本村人的雇工卢恒业有过买地的想法时就有这样一段叙述话语，"至于地，平静年头是没有人卖地的，即使有地也摊不到他买。好森严的地面啊，不准他这样人染指的"⑤。起初设立公田的目的并非生利，一是为了承担起道德伦理义务，有着"赡族"和"收族"的功能，在灾荒年间对于困难家族成员施以救济，避免因生活无着而流落他乡，进而导致整个家族的分崩离析，因而"祠内大族，多置义田以备荒歉"⑥；二是兴办义学，教育本族子弟以使他们能够获取功名光宗耀祖，同时也可以凭借官职减免赋税让整个家族受益；三是为家族祭祀活动提供必要的经济支持，因而"每姓必建立祠堂，以安先祖；每祠必公置产业，以供祭祀"⑦。单就《一千八百担》中所积存的义谷而论，如果发放得当是能够起到缓和阶级矛盾的功效的，从而使整个宋氏家族能够维持和谐、融洽的伦理秩序。但问题在于，宋氏家族的上层人物为了个人私利早已忘了所应承担的公义，因此必然会导致家族伦理的崩溃。实际上早在此前，宋氏家族的经

---

① 田军（萧军）：《八月的乡村》，容光书局1935年版，第267页。
② 田军（萧军）：《八月的乡村》，容光书局1935年版，第267页。
③ 丁玲：《水》，《北斗》1931年第1卷第3期。
④ 吴组缃：《答美国进修生彭佳玲问》，《中国小说研究论集》，北京大学出版社1998年版，第427页。
⑤ 葛贤宁：《无花果》，《青年界》1933年第3卷第2期。
⑥ 徐扬杰：《中国家族制度史》，武汉大学出版社2012年版，第302页。
⑦ 徐扬杰：《中国家族制度史》，武汉大学出版社2012年版，第302页。

济活动和伦理功能已经被破坏殆尽，只是在勉力维持罢了。专靠义庄收取租佃来维持日常运营的女子小学已经停办，剩下专收男生的培英小学也不得不靠借贷来维持，很快也要面临倒闭的厄运。在大灾之年，遵照祖制要按市价的一半出售谷物给同宗百姓，但这一规定早已形同虚设。不仅如此，就连家族祭祀等集体活动也基本处于停滞状态，无法按照往常每月三小祭，每年二大祭的规定进行祭祀活动。然而，这并非意味着宋氏家族没有经济能力操办各项公益事业，实际上义庄的田地数目每年都在增加，以至于有人担心终有一日义庄会买走整个宋氏家族的所有田产。针对义庄一家独大的现实状况，讼师子渔提议要瓜分义庄，"大家平分。……我们先来个共产"①，这里所说的"我们"显然并不包括宋氏家族最需要救济的底层成员。由于这些家族上层人物所关切的只是个人利益，因而他们自然无法得到底层农民的拥护与爱戴，在灾变来临之际也就难以起到稳定社会秩序和平复人心的作用。随着经济上的衰落，宋氏子孙再无当年的体面和谦和。宋氏家族内部耀祖和竹堂这两位革命者的出现，昭示着曾经科甲鼎盛、五世同堂的宋氏家族已经到了分崩离析的边缘，底层农民在他们的影响带动下觉醒起来，团结一心抢走了义谷。

  同时值得引起特别注意的是，吴组缃将《一千八百担》中故事的发生地设置在祠堂之上是大有深意的。祠堂既是家族祭祀祖先的神圣场所，也是家族成员进行社会活动的重要场域，然而原本庄重肃穆的祠堂却在宋氏家族头面人物钩心斗角、唇枪舌剑的争斗之中闹得乌烟瘴气，简直如同放牛场。在此前的乡土小说（比如许杰的《惨雾》和胡也频的《械斗》）中，村民们都是在祠堂内组织动员家族成员进行械斗，而在械斗结束后则将自己人和敌人的尸体一起陈放在祠堂内，从而呈现庄严肃穆的氛围。而到了20世纪30年代，左翼乡土小说家却巧妙地利用在祠堂内发生的罪恶行为来嘲讽和批判封建家族制度，借此来展现家族伦理道德的腐朽和衰落。在沙汀的《在祠堂里》中，祠堂里上演的是将出轨女人用手巾塞住嘴后钉入棺材的人间惨剧，充分暴露出传统家族伦理惨无人道的一面。张天翼《脊背与奶子》中的族绅长太爷为老不尊、滥用族权，只因调戏任三嫂不成便挟私报复，在祖宗香火祠堂上进行公审。

  总体而言，左翼乡土小说家借助父子伦理、情爱伦理和家族伦理等伦理图景展开革命想象，虽然与实际革命情形之间难免会有不相谐和之处，但也不失为一种有效的文学创作手段，在一定程度上弥补了没有实际经历

---

① 吴组缃：《一千八百担》，《文学季刊》1934年创刊号。

土地革命的缺陷和不足,对于之后解放区乃至中华人民共和国成立后的革命文学创作也有着借鉴意义,从而产生了深远的影响。

第二节 经济伦理视域下左翼乡土小说的革命书写

在阶级社会中,无论地主与农民,农民与农民,还是家庭内部的父子、夫妻之间都或多或少表现为经济关系,构筑起一种交互缠绕的物化网络,这就为左翼乡土小说家透过经济伦理书写革命提供了可能。中国共产党领导工农开展土地革命所要解决的一系列重大问题中,就包括解决农民的经济问题和满足农民的土地需求。恩格斯曾指出现实中的社会关系"一句话,都是自己时代的经济关系的产物;因而每一时代的社会经济结构形成现实基础,……全部上层建筑,归根到底都应由这个基础来说明"①,政治是建立在经济基础之上的上层建筑的一部分,是集中了的经济,它维护、支持或者反对、限制不同阶级的经济利益。这就使得远离土地革命实际场域的左翼乡土小说家能够借助经济伦理图景来书写革命,从经济问题、经济现象、经济矛盾等方面来把握土地革命的实质。同时左联也明确要求作家必须注意那些最能完成目前新任务的题材,"必须描写农村经济的动摇和变化,描写地主对于农民的剥削及地主阶级的崩溃"②。

一 义利之辨与革命合法性的确立

在中国传统社会架构和经济制度的基础上,经过历代磨合与调整,逐渐形成以儒家经济伦理为核心,以道家、法家、墨家等为补充的经济伦理思想,其中又以"义利之辨"为中心议题。从儒家创始人孔子直至南宋大儒朱熹逐渐构筑并完善起德性主义的儒家伦理观,在伦理与经济的关系问题上强调伦理道德要重于经济利益,获取财富时要取之有道,不可发不义之财,在"见利"的同时更要"思义"。深受传统儒家文化浸染的左翼乡土小说家在作品中也非常注重从儒家经济伦理观念出发来书写革命,从

---

① [德] 恩格斯:《社会主义从空想到科学的发展》,载 [德] 马克思、恩格斯《马克思恩格斯全集》第 25 卷,中共中央马克思恩格斯列宁斯大林著作编译局编译,人民出版社 2001 年版,第 392—393 页。
② 《中国无产阶级革命文学的新任务——一九三一年十一月中国左翼作家联盟执行委员会的决议》,载《中国新文学大系(1927—1937)》第 1 集,上海文艺出版社 1987 年版,第 421 页。

"义""利"之间的关联入手揭示出土豪劣绅、官僚阶层获利不义、为富不仁等恶德恶行，从而赋予土地革命正当性、必要性与合法性。

首先，在中国传统社会中，乡村绅士阶层在"义""利"之间往往会权衡利弊，然而进入现代社会后传统的绅士阶层没落下去，逐渐成长起来的新式绅士阶层在"义""利"之间的权衡标准开始倾斜，变得唯利是图、见利忘义，由此导致乡村中的阶级矛盾和阶级冲突日益尖锐。

中国传统乡村的绅士阶层为维护"乡村共同体"的安全和秩序起见，"富贵人家，常肯救济贫穷；贫穷人家，自然感激富贵"①，在灾害来临之际，"大富户若行救济，则贫民有所依靠，思乱邪心也就会自行消融了。贫民感激并随顺富户，富户就可以使他们安分守己，不会'一朝暴富'而挑起暴乱"②。平日里一遇乡民有难，绅士阶层也多会出面协调解决。绅士阶层在某种程度上起到稳定社会的"减压阀"和"缓冲剂"的作用，清代石成金在《乡绅约》中就说过："往往有府州县得了好官，要行好事，不得乡官帮助，就行不去的。也有府州县没有兴利除害的官，地方上有几个好乡绅，也救得一半。"③ 然而，20世纪20—30年代"由于国家和军阀对乡村的勒索加剧，……村政权落入另一类型的人物之手，尽管这类人有着不同的社会来源，但他们大多希望从政治和村公职中捞到物质利益"④。

中国自古以来便以农业为本，历朝历代都执行重农抑商的政策，城市人多由临时居住的"外乡人"构成，因而城乡矛盾并不是特别突出。读书人多倡扬"耕读传家"，仕途通达便高居庙堂"治国平天下"，一旦致仕或退隐时则又返回故乡以求叶落归根、荣耀乡里。晚清科举废除后诞生的出身农家的知识分子却已开始打破这样的人生循环，多半会选择在城市谋生并终老于此，由此使得"原来应该继承绅士地位的人都纷纷离去，结果便只好听滥竽者充数，绅士的人选品质自必随之降低，昔日的神圣威望乃日渐动摇"⑤。在劣币驱逐良币的循环作用下，留在乡村的绅士阶层的质量自然日渐衰退，乡村事务多由土豪劣绅把持，他们横行乡里、鱼肉乡民的结果必然会加剧农村的动乱和农民的反抗。

---

① [日]沟口雄三：《中国前近代思想的演变》，索介然、龚颖译，中华书局1997年版，第396页。
② [日]沟口雄三：《中国前近代思想的演变》，索介然、龚颖译，中华书局1997年版，第396页。
③ （清）石成金编著：《传家宝全集》第3册，线装书局2008年版，第15页。
④ [美]杜赞奇：《文化、权力与国家：1900—1942年的华北农村》，王福明译，江苏人民出版社1996年版，第149页。
⑤ 费孝通等：《皇权与绅权》，生活·读书·新知三联书店2013年版，第213页。

萧军《八月的乡村》中的地主王三东家用得着穷人的时候笑容可掬，嘴巴也像抹了蜜一样，但到了收地租时少一个铜子儿也不行。平日里他对佃户们冷酷无情，佃户老孔的老婆死时他没有施舍棺木，只用一领破席子卷着埋到土里，而到了危难之际却又口口声声说地主和佃户是一家人，应该互相帮助，让佃户们替他守卫宅院。张天翼《三太爷和桂生》中的地主三太爷阴狠毒辣，表面上他对"造反"的农民客气有加，脸上挂着谦卑的笑容，暗地里却请来军队进行血腥镇压，并将领导农民"造反"的首领活埋。丘东平《火灾》中向来以慈善家著称的陈浩然丧尽天良地纵火将灾民烧死。张天翼《丁跛公》中的乡约丁跛公在征粮时极尽搜刮之能事，凭借着灵活的手腕，竟然逼得贫农上吊。王统照《山雨》中的劣绅吴练长颇有心计和才干，在各个时期都如鱼得水、应付自如，充当着县上与下面乡村社会之间的中介。虽然他打着地方保护人的幌子，但实际上却是鱼肉乡民，大发不义之财，奚大有被抓后将典卖土地的钱送给他去通融方才安然无事。此外，他还借着向各村派款征粮的时机从中谋利。乡绅的蜕变逐渐引起乡民们的警惕，他们开始认识到"现在这些官府，绅士，他们的本身已经变了，……他们在自己的能力中尽着想去收获，——金钱的剥取，责任的意义他们早已巧妙的给它改变了颜色"[①]。如果说在吴练长身上充分暴露出旧乡绅腐化堕落的一面，那么在新绅士小葵身上则显露出卑劣无耻的一面。小葵受过新式教育，他打着兴办新式学堂的旗号要村民们捐资助学，却将钱财贪污一空。除此之外，他还带着警备队到乡下催收赋税，从中赚取好处费。正是以小葵和吴练长为代表的新老乡绅的贪婪无耻和残酷压榨，使得乡村的阶级矛盾变得激烈起来，而陈庄长所代表的旧式乡绅的式微则意味着传统乡村社会矛盾的修复和调节力量正被逐渐消耗殆尽，最终农民们将会因无法忍受残酷的剥削压榨而酿成剧变。徐利正是因吴练长以打发穷兵的名义收齐了一万六千元，放火烧着吴家的宅院，想要以此来为民除害。小葵带领警备队下乡收税时，也被农民们扣押起来。

在叶紫的《鱼》和《偷莲》中，农民们之所以会走上反抗斗争的道路，很大程度上是地主恶霸垄断水产资源导致他们陷入经济困境而引发的。《鱼》中的黄六少爷竟然不顾廉耻地唆使侄儿带着几个长工趁夜偷盗梅立春养的鱼；《偷莲》中的汉少爷则卑鄙地想要趁着夜间调戏来采莲的村姑。梅立春忍无可忍，不得不奋起抗争，而云生嫂等农村妇女为了能够在湖中采莲也与地主少爷展开机智的斗争。

[①] 王统照：《山雨》，开明书店 1933 年版，第 97 页。

其次，平日里乡绅们为非作歹、鱼肉百姓，遇到灾荒时节他们非但不赈济灾民，反倒将此视为盘剥农民的绝佳机会，大发不义之财。

丁玲《水》中的老外婆年轻时曾在张姓地主家做过丫头，亲眼目睹发大水时无数农民背井离乡外出逃荒，而地主少爷们却跑到魁星阁边吃酒边观看这"好景致"，眼见得饿殍一天天多起来。张姓地主囤积居奇，粮价涨了六七倍还不舍得卖，因此成为巨富。叶紫《丰收》中云普叔一家因接连遭受灾荒生活难以为继，苦苦哀求何八爷借贷一二却被拒绝，以至于不仅饿死两口人，还被迫卖掉女儿英英，而到了丰收在望之际，何八爷等劣绅却又争相将米粮借贷出去以坐收渔利。

如果在灾荒发生之际，无论政府还是地方绅士能够及时赈济灾民的话，便可有效防止农民走向反抗乃至革命道路，但他们只顾及一己私利，对于灾民的惨况置若罔闻，任由他们在死亡线上挣扎。不仅如此，国民党政府官员还时常和乡绅们串通一气，变本加厉地压榨灾民，以巧取豪夺、敲骨吸髓为能事，鲜有体恤百姓、为民分忧之义举，由此导致民怨沸腾，最终激起民变。在丁玲的《水》中，水灾之后为了防止灾民暴动，从省里到县里再到镇上都在紧急调拨军火，而乡村中的有钱人早已躲到县城，县里更有钱的人逃往省城，留下来的所谓慈善家们设立的一两个粥厂根本无法满足众多灾民的需要，因此激起灾民的反抗。沙汀《代理县长》中的县长更是一副地痞无赖嘴脸，在灾荒年间他不仅时常手提猪肉到处借锅做饭，还扬言"瘦狗还要练他三斤油哩！"[①] 蒋牧良《赈米》中的赈务委员经不起金钱诱惑，为了区区 300 元利钱置灾民性命于不顾，将赈米转交给商人抵押贷款。救人性命的赈米尚且成为牟利工具，平日里的贪腐行为之严重由此便可见一斑。在蒋牧良的另一篇小说《雷》中，团总乔世伦与王团总沆瀣一气，在发放赈米时往白白的米中掺杂许多糠秕和河沙，又倒上十担热水，从而将已领到的两百担米变作三百担发放给灾民，尚未领出的一百担米由他们私吞，只待从县里委任发放赈米的专员韩八太爷处领出后便可均分。岂料人称"大慈善家"的韩八太爷又利用乔世伦敬畏神灵的迷信心理装神弄鬼，迫使丧魂失魄的乔世伦将这一百担赈米的领据交给了他。韩八太爷得手后，当晚便让运送这一百担赈米的米船驶回县里，第二天上午他带着灾民们送的"万人伞"和纪念碑离开灾区。张天翼

---

① 需要说明的是，沙汀的《代理县长》在《国闻周报》1937 年 1 月 1 日第 14 卷第 1 期首次刊发时并无该语，此据收入小说集《苦难》中的版本（详见沙汀《代理县长》，载《苦难》，文化生活出版社 1937 年版，第 59 页）。

《蛇太爷的失败》中的地主蛇太爷极其狡诈且善于伪装，平日里他借贷给农民时收取的利息要低于印子钱，因此赢得慈善的美名，但在灾荒来临之际却显露出真实面目。他不仅断然拒绝饥民们提出的开仓接济的请求，还暗地里通知官府派兵镇压。

再次，农民们之所以屡屡遭受灾害并非纯然由自然原因造成的，人祸更要大于天灾，正是军阀、官僚、地主等的"不义"促成并加剧了农民的苦难。

冯润璋在小说《灾情》中颇为直白地议论道："其实造成这样巨大的浩劫的主因，不单是天然的不落雨。在这个主因之外，还有近几年来不断的帝国主义经济的侵掠，军阀的勒索以及官厅那苛捐杂税的横征暴敛与劣绅土豪的榨取剥削。因而才奏成现在这空前的浩劫。"① 在王任叔的《灾》中，地主王玉喜为了钱财滥伐山林，结果导致山体失去防护，在连续数日的暴雨冲刷下山体崩塌活埋了全村人。劣绅的行为处事完全从私利出发，甚至就连兴修水利等公益事业也成为他们中饱私囊的工具，由此使得天灾、人祸叠加，致使洪水来临之时毫无抵御能力，给广大农民造成严重的生命财产损失。丁玲的《水》中之所以出现溃堤，除了水势异常凶猛，很大程度上即是劣绅主持修堤时为了中饱私囊偷工减料所致。蒋牧良《旱》中的地主赵太爷有个当旅长的儿子，因而有恃无恐，大肆盘剥农民。他将三四千亩地的田亩捐挪用作为开煤矿的股本，农民们找他讲理，反被他当旅长的儿子以"聚众滋事"的罪名关在县衙，到省里告他"私吞公款"状子又不准。大旱时节大坝内滴水未蓄，致使全村百姓蒙受着难以承受的经济损失。佃农金阿哥只能眼睁睁地看着田地里的禾苗一点点枯死，十分清楚不交田租恶果的他想要车水抗旱却又求借无门，无奈之下拿着刀子逼迫老婆同意将14岁的女儿卖到城里为妓换回12串钱。在叶紫的《丰收》等作品中，农民之所以遭遇"丰灾"不仅与谷价暴跌有关，还与官僚、地主清收灾荒年间积欠的租谷有着极大的关联。其实不仅农民羡慕地主，地主对于农民也会产生嫉妒心理，他们一旦看到农民丰收便会巧立名目、横加剥夺，直至让农民重归赤贫为止，以至于以土地为生的农民甚至畏惧丰年而更愿逢着荒年。这看似荒谬实则是浸染着农民血泪的痛苦经验，陈瘦石《秋收》中的佃农惠生叔就曾感慨道："我想，我们穷人还是逢着荒年的好，人虽然吃苦点，但一至荒到白地时，镇上的老爷太太们定也会发发善心，施舍点寒衣薄粥给我们。"② 然而，实际情形时常并非

---

① 冯润璋：《灾情》，《大众文艺》1930年第2卷第5、6期合刊。
② 陈瘦石：《秋收》，《生路》1928年第1卷第5期。

如同农民所想象的那样，常常更接近于另一种情形，那便是"有钱的人在这种荒年，更知道金钱的魔力之大，所以更吝啬，苛刻，不随便花钱。用去一个铜板，正如在他身上拔掉一根毛发般的叫痛"[1]。蒋牧良《南山村》中的劣绅仇五胖子因村子遭受兵灾而去县里请求赈济，结果非但未能请到赈米，反而转过头来充任魏师长的征税委员要征收田亩捐。在王统照的《山雨》中，兵灾比匪盗给农民造成的苦难还要深重，两拨败兵到来之后不仅吃光农民的粮食，还将所有财物洗劫一空，最后周围几十个村庄为了送走瘟神一般的败兵们不得不借了巨款，从而让当地农民背负起沉重的债务。原本农民们就为干旱、匪患大伤了元气，经此劫难更是走投无路。陈庄长为此送了性命，奚大有落得个倾家荡产，不得不远走他乡。地主和小有产者尚且如此，普通穷苦农民的遭遇更是堪忧。两年之后，奚大有重回故乡看到的景象尽是满目疮痍，二百多家的大村子两年中走了1/3人口，年轻男子更是所剩不多。

总而言之，由于地主士绅和贪官酷吏巧取豪夺，不择手段地压榨贫苦农民，致使大量农民无法生存下去，"当人的心理负荷趋达极限时，便爆发革命"[2]。正如同沙汀在小说《一个绅士的快乐》中所揭示的那样，在这样的年头"农人们早已经不怎样惜疼绅士们的生命了，正如绅士们对他们一样"[3]。事实证明，"长久以来维系人类社会的基本伦理和社会规范，无法抵挡生存竞争的残酷"[4]，当农民们在超常的经济压迫下无力维持生活，性命堪忧之际也会抛弃掉忍耐哲学，为了自救不仅有可能自发联合起来进行抗争，也会不惜铤而走险走向革命道路。中国共产党领导的土地革命也因此深入人心，蓬勃开展起来。

二 "经济人"的生成与革命意识的觉醒

"政治之道源于'争'，'争'的根本原因在于'不足'；'不足'的后面就是人类的'需求'与'欲求'"[5]，对于普通农民而言，"穿衣吃饭即是人伦物理。除却穿衣吃饭，无伦物矣"[6]。尤其是在传统文化伦理随

---

[1] 徐转蓬：《灾后》，《现代》1934年第6卷第1期。
[2] ［俄］尼古拉·别尔嘉耶夫：《人的奴役与自由》，徐黎明译，贵州人民出版社1994年版，第172页。
[3] 沙汀：《一个绅士的快乐》，《现代》1934年第5卷第2期。
[4] 江沛：《二十世纪三四十年代华北区域的灾害与农村社会变动》，载张国刚主编《中国社会历史评论》第3卷，中华书局2001年版，第264页。
[5] 骆冬青：《政治美学的意蕴》，《南京师范大学文学院学报》2004年第1期。
[6] （明）李贽：《答邓石阳》，载《焚书·续焚书》，岳麓书社1990年版，第4页。

着封建统治阶层的衰落而逐渐倾圮之际，社会个体往往会出于求得生存和安全的需要拼命追逐个人私利，充分显现出"经济人"的一面。西尼尔在亚当·斯密理论的基础上提出"个人经济利益最大化"公式，其中不证自明的首要命题便是"每个人都希望以尽可能少的牺牲取得更多的财富"①，这其中的"每个人"是没有贫富贤愚之分的，也即任何人都是"经济人"，均会依从自利原则追求个人经济利益最大化。中国明代思想家李贽说过："如服田者私有秋之获，而后治田必力；居家者私积仓之获，而后治家必力"②，反之也是同理。如果农民终年辛劳非但一无所获，反倒要借贷度日，那么他们的积极性就会受到重挫，对于加在他们头上的沉重租赋难免心存恨意。汉娜·阿伦特就此说过："只有当人们开始怀疑，不相信贫困是人类境况固有的现象，不相信那些靠环境、势力或欺诈摆脱了贫穷桎梏的少数人，和受贫困压迫的大多数劳动者之间的差别是永恒而不可避免的时候，也即只有在现代，而不是在现代之前，社会问题才开始扮演革命性的角色。"③ 对于中国农民而言正如同鲁迅所言，虽然平日里他们如同一盘散沙，但到了"知道关于本身利害时，何尝不会团结"④，从"跪香"到民变，再到造反都是有例可循的。

首先，实事求是地说，当时不仅贫苦农民承受着各种天灾人祸的影响，就是一般的小有产者和地主也难以完全幸免。

吴组缃在《一千八百担》中借人物之口点明这一极为严酷的现实状况："老百姓不管是哪个阶级、哪个阶层的，都穷得要死，没有路子可走，所以必须要革命"⑤，在该小说中当地数一数二的乡绅殷百万便因钱店倒闭无法偿还债务而吞金自尽。丁玲《团聚》中原本在城里一个公司做事的陆老爷一家生活优裕，但由于"九一八""一·二八"事变接踵而至导致公司不得不关门，他在奔走一阵求职无果后无奈返回家乡，四儿子和小儿子无钱再继续求学。失业的大儿子一家，精神病发作的二儿子，被辞退教职的三儿子，丈夫穷困潦倒又怀有身孕的大女儿，都各自怀揣不幸回家"团聚"。一家人全赖那祖传的三石二斗田勉强度日，单靠长工赵德福一人

---

① [英]西尼尔：《政治经济学大纲》，蔡受百译，商务印书馆2011年版，第38页。
② (明)李贽著，陈蔚松、顾志华译注：《德业儒臣后论》，载《李贽文选译》，巴蜀书社1994年版，第220页。
③ [美]汉娜·阿伦特：《论革命》，译林出版社2011年版，第11页。
④ 鲁迅：《沙》，载《鲁迅全集》第4卷，人民文学出版社2005年版，第564页。
⑤ 吴组缃：《答美国进修生彭佳玲问》，载《中国小说研究论集》，北京大学出版社1998年版，第428页。

忙不过来，昔日养尊处优的陆太太也不得不帮着做事。在军阀混战频仍，苛捐杂税繁重和农民运动风潮云涌之际，土地收益也无法得到保障，投资田产已经成为高危行业，甚而出售田地也绝非易事。在兵荒马乱、朝不保夕的动乱年景中，地主们纷纷逃到城市，他们为了获利往往将从农民手中剥夺来的财富存入银行或者流入公债市场。《子夜》中的大地主冯云卿便是将盘剥农民得来的钱财全部投入公债市场中，而《八月的乡村》中的王三东家则将全部钱财都预先存入城里银行。由此导致的后果是留在农村的资产大规模缩水，农民获得资金帮助的渠道极其狭窄，而农产品及田地的价格却一再被压低，为此大量农民不得不背负起沉重的高利贷。

吴组缃在《一千八百担》中详细解析过田地收益情况，叔鸿家有一百多亩田，去年反倒还贴上几十块钱来完粮纳税，他盘算过想把田地卖掉，将钱存到银行吃利息，却不料根本没人愿意买。讼师子渔也说这年头田地成了谁见谁怕的瘟神，就连用田产抵押债款也成了毒主意。由此可见，田地因入不敷出已经到了几乎无人愿意问津的地步，因而他们才会纷纷觊觎义庄积存的义谷，希望能从中分得一杯羹。唯其如此，宋氏子孙们在破产威胁面前纷纷抛开知书识礼、温文尔雅的假面，充分暴露出遮掩在宗法亲情伦理面目下的"经济人"本性。他们为了掌握义谷的分配权而钩心斗角、互不相让，毫无谦恭礼让的宗法伦理情感。沙汀《老太婆》中的老太婆为给儿子筹集钱款要将田卖出，得到的答复却是："您愿意要这个贺（祸）驼子么，怕是倒转去十年，二十年？风声又这样紧，田地，您总不能背起走呀。他们有钱人终归会打算盘"①，最终在她苦苦哀求之下苟老爷方才准许以田地作抵押借出款项。此外，夏征农在《新年是不准哭的》中也通过小说人物之口感慨道："连田地也卖不出去了。"② 手里握有大量田产的地主阶级尚且入不敷出，底层农民的处境更是可想而知。

然而，地主阶级是不会坐以待毙的，越到灾荒年间，他们越会试图加大对佃户剥削的程度，企图借此挽回一些损失，"农村在这些层层压迫，层层朘剥之下，终于不能维持了"③。在叶紫的《丰收》中，灾荒之后，何八爷将从县太爷那里借来的种谷以"十一块钱一担，还要四分利"④ 的

---

① 沙汀：《老太婆》，《现代》1934年第6卷第1期。
② 征农（夏征农）：《新年是不准哭的》，《文学》1934年第3卷第2号。
③ 苏雪林：《王统照与落华生的小说》，载沈晖编《苏雪林文集》第3卷，安徽文艺出版社1996年版，第261页。
④ 叶紫：《丰收》，容光书局1935年版，第38页。

苛刻条件转发到农民手中。丰收之后，云普叔乞求何八爷高抬贵手，少收些租税，但何八爷却给他算起自己的经济账："去年，去年谁没有遭水灾呢？我们的元气说不定还要比你损伤得利害些呢！我们的开销至少要比你大上三十倍，有谁来替我们赚进一个活钱呢？除了这几粒租谷以外"①，最终云普叔家的稻谷被无情地剥夺殆尽。在蒋牧良的《高定祥》中，高定祥一家遇着个丰收年，平常年份只能收六十担谷的田地今年可以收到七十几担，高定祥计划留下四十担供一家人吃外，其余的都卖掉来偿还高利贷和捐税。然而在价格低廉的"西贡米""美麦"冲击下谷价低落，即便如此往年不愁卖掉的谷子卖也卖不出去，陷入绝境之中的高定祥不禁感慨"大概这个世界，是我们这些穷人没有分的了吧"②。然而，这也激起他的反抗决心，"他只觉得现在的一切都会爆炸，都会毁灭"，与其坐以待毙，还不如放手一搏，他"变成像一个赴敌的勇士"③般毅然决然地离家出走，另寻出路去了。在蒋牧良的另一部小说《南山村》中则描写了农民的集体反抗，南山村村民们饱受军阀战争的摧残，筹田亩捐的委员仇五胖子却不顾百姓死活带兵强行征收捐款，激起村民们的反抗，30多个壮汉扑向仇五家。

其次，在沉重的经济压力和生存压力下，不仅富人锱铢必较，残酷压榨农民，显露出"经济人"的本来面目，即便是穷人身上也有着"经济人"的一面。

德国社会学家马克斯·韦伯曾经作过辨析："获利的欲望及对营利、金钱（并且是尽可能多的金钱）的追求，与资本主义并不相干。类似的欲望一直存在于所有的人身上，侍者、车夫、艺术家、妓女、贪官污吏、士兵、贵族、十字军战士、赌徒、乞丐都是如此。可以说，世界上一切国家、一切时代里的所有人民，不管是否具有实现这种欲望的可能性，全都会产生这种欲望。"④茅盾的"农村三部曲"里的老通宝和叶紫《丰收》中的云普叔为恢复家道都选择在经济极端困窘，以至于毫无抵抗风险能力之时盲目地扩大生产投入，他们以为凭借一家人的辛苦努力不仅能还清欠债，还可以过上梦寐以求的好日子。然而他们越是拼命地耕田、养蚕，越是损失惨重，最终陷入彻底赤贫的境地之中。老通宝一家之前通过养蚕致

---

① 叶紫：《丰收》，容光书局1935年版，第83页。
② 蒋牧良：《高定祥》，《现代》1933年第4卷第1期。
③ 蒋牧良：《高定祥》，《现代》1933年第4卷第1期。
④ [德] 马克斯·韦伯：《新教伦理与资本主义精神》，陈平译，陕西师范大学出版社2007年版，第17—18页。

富，短短十年间便购置二十亩的稻田和十余亩的桑地，还盖了三开间两进的一座平屋，成为其所在村庄里首屈一指的富裕人家。然而家境这般殷实的小康之家却最终一步步地沦为佃农，先是卖掉所有田产，而后又卖掉赖以栖身的房屋，最后不得不离开村庄到异地谋生。毛泽东在《中国社会各阶级的分析》一文中专门分析过像老通宝这样先前富裕过的人"发财观念极重，对赵公元帅礼拜最勤"，而当他们的经济状况恶化之后"这种人在精神上感觉的痛苦很大，因为他们有一个从前和现在相反的比较"[1]。事实上也的确如此，老通宝就对家族的发家史始终念念不忘，面对家道中落的惨痛景象他简直痛不欲生，感到自己活得厌了，然而越是如此，他越留恋"光荣的过去"[2]。由于从前在村子里是数一数二的人家，因而老通宝从情感上也是与士绅们更为亲近，他从二十多岁起"就死心塌地学着镇上老爷们的'好样子'"[3]，加上父辈之间结下的情谊，老通宝对陈府抱着好感，对于张剥皮等也并无彻骨的仇恨，反倒是将当过丫鬟的荷花视为仇人，而事实上双方之间并无任何过节，只是源于后者地位的低下。直到彻底破产后他才有些觉悟起来，临死时似乎看着多多头说："真想不到你是对的！真奇怪！"[4] 蒋牧良《报错了仇》中的黎灼五嫂一家被谢家二爹用印子钱夺走田地，是高利贷的受害者，但深受印子钱伤害的她却如法炮制，用印子钱再去剥削别人，重新挣回失去的一切。

其实，不仅普通农民，即便是刚刚参加革命队伍的农民也因尚未经受彻底的无产阶级意识教育和洗礼，在对未来的盘算方面有着明确的经济意图。在茅盾的"农村三部曲"、叶紫的《丰收》、夏征农的《禾场上》、蒋牧良的《高定祥》、张天翼的《丰年》和白薇的《丰灾》等众多"丰灾小说"中，丰收成灾后的百姓自发地走向反抗道路，很大程度上并不是出于政治目的而是出于经济目的。即便平日里生活无着的农民将刚出生的子女送出时，也会首先考虑选择送到地主富农家，以求子女有更好的生活保障和前途，而不会将同一阶级出身的人家作为首选。当他们认识到无论自身如何努力都无法维持生计之时，方有可能认同革命是唯一可行的出路。杨邨人在早年间所作的《董老大》中，农会指导员告诫大家不要理会董老大等顽固农民的反对，"田主和绅士如果打倒，这班蛮顽的家伙虽

---

[1] 毛泽东:《中国社会各阶级的分析》，载《毛泽东选集》第1卷，人民出版社1991年版，第6页。
[2] 茅盾:《春蚕》，载《茅盾全集》第8卷，人民文学出版社1985年版，第349页。
[3] 茅盾:《春蚕》，载《茅盾全集》第8卷，人民文学出版社1985年版，第352页。
[4] 茅盾:《春蚕》，载《茅盾全集》第8卷，人民文学出版社1985年版，第368页。

然蛮顽,到那时他们自家得到利益,自然会觉悟的"①,由此不难看出,农民运动的指导者和发动者对于经济利益的获取之于农民革命觉悟的提升也是有着清醒认识的。许杰的《七十六岁的祥福》中有这样一段话:"现在天下太不平了,有钱的人,吃得好,着得好,高楼堂屋,成仓成廒,大坵小坵……没有钱的人呢,却连一粒米蒂也没有,莫说住的洋房,吃的大菜。——所以××党又是穷人联起来,要同财主人家作对的党呢!"② 端木蕻良《科尔沁旗草原》中的大山在发动农民进行"推地"运动时不仅大力宣传革命思想,还抓住农民的经济需求因势利导,"你们听见没有,今个我们要是我们爹揍的,拿出小子骨头来,硬挺到底——上秋的衣食穿戴都有着了"③,由此方才说服农民拥护和参加"推地"斗争。实际上很多农民一开始都是基于经济层面来理解中国共产党领导的土地革命的,他们对于革命的最大期盼则是"几时能够成功呵!早点能成功便大家有福享了"④,可以说始于经济又终于经济,而无除此之外更为远大的政治目标。

左翼乡土小说中所描写的革命大多是从外部输入的,而非源自农民自觉的斗争,他们的自发运动(比如吃大户等)也通常只是基于经济利益的考虑,一旦经济问题得到暂时解决便会自行消散。因此,从这一点来看,在茅盾的"农村三部曲"中以多多头为领袖的农民抗争与真正意义上的阶级斗争是有着根本区别的,因为他们所寻求的只是暂时生存得到保障的满足,仍属于较低层次的自发反抗行为,而无除此以外更为高尚、远大的革命追求。萧红在《生死场》中着意彰显农民爱国热情高涨的同时,也消解了农民爱国抗日的意义。小说中有的农民虽然加入了"爱国军",但是实际上并"不知道怎样爱国,爱国又有什么用处"⑤,只是因为他们没有饭吃。茅盾《泥泞》中已经加入农会的村民们之所以不愿去开会是因为农会未能兑现承诺把土地分配给他们,也未能实现传言中的"公妻",遂产生被欺骗之感,情绪极为消极低落。萧军《八月的乡村》中的农民们也是如此,他们在"还不知道革命军是怎样"⑥的情况下之所以会积极要求参加革命军,究其根本只是因为他们觉得无论干什么都比做庄稼人强。

---

① 杨邨人:《董老大》,《海风周报》1929年第3期。
② 张子三(许杰):《七十六岁的祥福》,《现代小说》1928年第1卷第6期。
③ 端木蕻良:《科尔沁旗草原》,开明书店1939年版,第329页。
④ 张子三(许杰):《七十六岁的祥福》,《现代小说》1928年第1卷第6期。
⑤ 萧红:《生死场》,容光书局1935年版,第198页。
⑥ 田军(萧军):《八月的乡村》,容光书局1935年版,第200页。

最后，值得特别注意的是，农民"经济人"意识的生成并非一定会对革命构成阻碍，有时反倒可能促使农民认识到自身的利益所在，进而认识到革命的价值和意义。

戴平万《山中》中的青年农民昭骏为了鼓动同村人起来斗争，着意用过去发生的许多事情来证实劣绅老三爷和城里官员们的虚伪和贪婪，"怎样地榨取我们的利益"，因此"他们是我们的敌人"①。村里人面对生存举步维艰的严峻情势，加之昭骏的鼓动宣传逐渐觉醒，他们不要好听的名字而"只要切实的利益！我们的利益"②，由此开始与贪占公共鱼池、侵吞公钱的老三爷进行激烈的斗争。事实上，当年毛泽东在通过实地考察撰写而成的《湖南农民运动考察报告》中就曾明确揭示出"乡村中一向苦战奋斗的主要力量是贫农"，"从秘密时期到公开时期，贫农都在那里积极奋斗。他们最听共产党的领导。他们和土豪劣绅是死对头，他们毫不迟疑地向土豪劣绅营垒进攻"③。之所以会如此，很大程度上是由贫农的社会地位和经济状况决定的。贫农处于社会的最底层，他们不怕失掉什么，尤其是常被称作"痞子"的赤贫农民几乎没有分毫财产，完全依靠出卖劳力来维持生计，和马克思所说的无产者并无两样，因而他们也是土地革命最大的受益者，"在这个革命中失去的只是锁链。他们获得的将是整个世界"④。

蒋光慈《咆哮了的土地》中的李木匠和刘二麻子等人就常被别人称作痞子，他们之所以积极参加革命很大程度上是为了摆脱经济困境。吴长兴对于农会干涉他的家庭生活颇为不满，认为农会破坏了其夫妻关系，但他并未像叶紫《星》中的陈德隆那样走向革命的对立面，之所以如此乃是由于"农会的确做出许多保护像他这样穷人利益的事"，尤其是免除了他所欠的二十多块钱的高利贷，从而证明"农会是保护他的利益的"⑤。萧军《八月的乡村》中的小红脸之所以愿意抗日，主要是为了打败日本后重新过上好日子，经济因素的考量要远远大于政治因素。因此当萧明对

---

① 戴平万：《山中》，《海风周报》1929年第1期。
② 戴平万：《山中》，《海风周报》1929年第1期。
③ 毛泽东：《湖南农民运动考察报告》，载《毛泽东选集》第1卷，人民出版社1991年版，第20页。
④ ［德］马克思、恩格斯：《共产党宣言》，载［德］马克思、恩格斯《马克思恩格斯选集》第1卷，中共中央马克思恩格斯列宁斯大林著作编译局编译，人民出版社2012年版，第435页。
⑤ 蒋光慈：《咆哮了的土地》，载方铭、马德俊主编《蒋光慈全集》第4卷，合肥工业大学出版社2017年版，第120页。

他和其他同伴进行思想政治教育，启发他"革命的同志……一个阶级的弟兄……比什么都亲切"时，他却不由得在心里反问道："这比我的烟袋，我的老婆，孩子，田地和家畜还亲切吗？"① 显然对于小红脸而言，烟袋、老婆、孩子和田地等都是实实在在归自己支配的私人所有物，而相形之下"阶级的弟兄"却显得过于抽象，已经远远超出他的理解接受范围。小红脸一心期盼的只是将来可以把欺负过他的人们和强占了他的田地的日本人杀个一干二净，老婆不再挨饿，孩子们可以同有钱人家的孩子一样读书识字，一旦离开了具体可感的生活经验和个人利益，小红脸是无法想象和认识什么是革命的。但在现实革命斗争中，恰恰是千千万万像小红脸这样怀抱着朴素革命观念而有待进一步接受革命启蒙的农民群众构成了中国革命的重要组成力量，推动着土地革命和民族解放运动走向胜利的。

中国共产党为了激励农民的革命热情，也会将一些打土豪获得的浮财分给农民，而农民在真切感受到经济翻身带来的愉悦后自然会发自内心地支持和拥护革命。在吴奚如的《活摇活动》中，金麻子在分得梦寐以求的几亩好水田后欣喜若狂，成天念叨着："不管共产党跑到哪里，我都是要跟着去拥他的护的，就是跑到五湖四海，我也跟着去！"② 由此可见，土地革命由于契合了贫苦农民渴望拥有自己土地的强烈需求而赢得他们的衷心赞赏和拥护。也正因此，方能使得土地革命不断发展壮大，最终取得革命斗争的胜利，如同金麻子所说："今天这点衣物等件，原不过是苏维埃一点意思，望大家以后好齐心协力，打出更广大更富足的江山来"，"要去创兴一辈子，不，几辈子的江山的啊！"③ 从中可以看出，分享到革命胜利果实的农民不仅会由衷地支持和拥护革命，同时也会在革命现实教育下视野逐渐开阔，进而在中国共产党的引领下去为着更为宏大的革命目标团结起来继续奋斗。

三 二元对立的经济差异及革命书写

阶级的产生归根结底是经济方面的原因，阶级矛盾和阶级斗争也是基于经济利益的争夺，因而要想调动农民的革命积极性就必须先让他们充分认识到造成不同阶级间巨大经济差异的根本原因。唯有如此方能引导农民

---

① 田军（萧军）:《八月的乡村》，容光书局1935年版，第24页。
② 吴奚如:《活摇活动》，载《吴奚如小说集》，长江文艺出版社1984年版，第128页。
③ 吴奚如:《活摇活动》，载《吴奚如小说集》，长江文艺出版社1984年版，第138页。

持续革命,并最终赢得胜利,而这是合乎马克思对于革命的界定的。早年马克思曾经断定"自由与贫困互不相容",他"将贫苦大众那势不可挡的生存需要解释为一场起义,一场不是以面包或财富之名,而是以自由之名发动的起义"①,但后来他转而认为"革命的角色不再是将人从其同胞的压迫下解放出来,更不用说以自由立国了,而是使社会的生命过程摆脱匮乏的锁链,从而可以不断高涨,达到极大丰富,取之不尽,用之不竭"②。

民国时期内忧外患之下,地主阶级为了转嫁危机加强了对于农民的压榨和盘剥,致使广大农民穷困不堪,日益走向破产的边缘。为了生存下去,许多自耕农不得不出售土地沦为佃农,加之土豪劣绅巧立名目横取豪夺,致使土地兼并日趋严重,占据人口极小比例的地主阶级却拥有着绝大部分土地,贫苦农民为了生计不得不接受极为苛刻的租佃条件来租赁田地。地主阶级绝非像经济学家董时进认为的那样靠勤俭起家的,而是依凭对于土地的绝对控制权从经济上剥削农民,从政治上压迫农民,而农民越是濒于破产便会愈加依赖于地主,不得不忍辱负重,当牛做马。董时进认为地主富农"除少数特殊情况外,大多数因为他们能力较强,工作较勤,花费较省"③,方才积攒下财富成为地主富农的,而一般农民之所以贫困却是他们懒惰所致。不可否认,普通农民中的确有像《为奴隶的母亲》中的黄胖和《人鬼和他的妻的故事》里的人鬼那样因为吃喝赌博、懒惰成性导致生活境况进一步恶化的,但大多数农民却是如同老通宝、云普叔、高定祥、奚大有等一样"能力较强,工作较勤,花费较省",最终却落得破产的悲惨处境。造成此种境况一方面是由于帝国主义列强的经济侵略,另一方面则是由于地主阶级凭借地权收取田租以及政府强征超额赋税。中国地主相较于国外而言,其显著特点在于他们本身并不经营或者只经营极少的土地,而把土地以极高的地租分租给贫农耕种,同时地主往往是同时是高利贷者,通过地租和高利贷的双重方式残酷压榨剥削贫苦农民。因而,土地所有权的集中必然会使得财富集中,广大贫苦农民从土地中所获取的绝大部分收益都被转移到地主、官僚、资本家等压迫者手中,由此导致的恶果是"商品经济越发展,农村破产越严重"④。这也难怪像《春蚕》《丰收》等小说中所反映的那样,江浙、两湖一带鱼米之乡的农民反倒更加处于破产的境地。

---

① [美]汉娜·阿伦特:《论革命》,陈周旺译,译林出版社2011年版,第50页。
② [美]汉娜·阿伦特:《论革命》,陈周旺译,译林出版社2011年版,第52页。
③ 董时进:《董时进致信毛泽东谈土改》,《炎黄春秋》2011年第4期。
④ 薛暮桥:《薛暮桥回忆录》,天津人民出版社2006年版,第70页。

地主和资本家往往借着官府军警的势力搜刮逼迫底层劳动人民，以此来换取和维持享乐生活。左翼作家阳翰笙在《五一节谈农民问题》一文开头就以反讽的语调指出："据说在东江一带的农民，因为欠了地主的租或债。没办法来还，地主也很仁慈，并不怎样的追逼，不过有一个重要的条件是要农民履行的。这条件是什么呢？那便是只要一种'肉的抵押品'！不论农民的老婆也好，女儿也好，姊姊妹妹也好，只要年轻而且漂亮，都有充这种'抵押品'的资格。"① 小资产阶级文人苏由慈②在《农民文学简论》一文中也揭橥土豪劣绅为害一方、欺压贫民的部分事实："土豪劣绅因着革命高潮的低落与革命势力的崩析而复活，感于本阶级基础的动摇和利益的削减，于是便不顾一切拼命向奄奄待毙的贫民再加紧其剥削，他们利用了保卫团的武力，在乡间无恶不作，间接造成了社会的乱源。所以，农民文学必然是反封建反土豪劣绅的。"③ 虽然苏由慈和华汉的政治立场和政治信仰有着显豁的区别，但在土豪劣绅通过地租、高利贷等各种方式鱼肉乡里、榨取财富这一点的认识上却是完全一致的。其实在进行革命启蒙之前，对于地主凭借地权收租，农民按照习俗往往是予以认可的，甚而将之视为天经地义之事，并不会从根本上质疑此种权力的来源及其合法性④。同样地，他们不仅视欠债还钱为理所当然，而且时常会为地主能在灾荒年间借给钱粮而感恩戴德。然而，远远超出合理限度的地租和高利贷的的确确对农民的利益造成极大的损害，从而最终引发农民的质疑和反抗。

蒋牧良《三七租》中立福的父亲因地主催缴"阎王债"吃了一大包火柴头自杀身亡，他为生计所迫只好接受地主的苛刻条件，以"三七租"这样的"鬼佃"租下田地，辛苦一年，除掉缴租连生谷子债都无法偿还。地主阶级通常会以放租权作为控制农民的根本手段，他们也常以收回租出

---

① 华汉（阳翰笙）：《五一节谈农民问题》，《流沙》1928年第4期。
② 苏由慈与左翼作家关系不睦，1934年1月8日他在刊载于《晨报（上海）》的《鲁迅所提拔的哼哈二将》一文中便对鲁迅及受到鲁迅影响的张天翼、魏金枝等左翼作家进行了批评和嘲讽。
③ 苏由慈：《农民文学简论》，《文化批判》1934年第1卷第2期。
④ 蒋光慈《咆哮了的土地》中的张进德在发动农民组织农会时为了打消农民的疑虑，特别强调指出："这田地本来是天生成的，大家都有使用的权利，为什么田东家能说这田地是他们的呢？为什么他们动也不动，为什么我们乖乖地将自己苦把苦累所做出来的东西送给他们呢？冤大头我们已经做得够了，从今后我们要实行谁个劳动，谁个才能吃饭的章程，打倒田东家！"（蒋光慈：《咆哮了的土地》，载方铭、马德俊主编《蒋光慈全集》第4卷，合肥工业大学出版社2017年版，第69页。）

的田地相威胁来逼迫农民就范，使之甘愿接受残酷剥削。比如蒋牧良《旱》中的金阿哥请求地主家的当家师爷借钱不成，反被威胁着要退"请耕字"，致使金阿哥不得不卖掉女儿筹钱抗旱以确保不被退佃。为了获得最大的收益，地主阶级往往会采取"高地租"和"押租"等方式来谋取更多的利益，高利贷亦是如此。由于政府救济制度和金融制度都不完善，陷于赤贫境地的农民在灾荒来临之际毫无抵抗能力，如果不借高利贷的话便会难以生存，而一旦借贷的话则无异于饮鸩止渴。如果不是地主阶级残酷压榨剥削农民的话，他们也不会在灾难面前如此不堪一击，正是由于平日里勉强维持一家人的温饱之外毫无积蓄，方才致使他们极度缺乏抵御灾难的能力。而土豪劣绅们之所以愿意借贷显然不是出于公益，他们除了为获取暴利，也是为了维持佃农的生命以实现长期压榨的目的。茅盾《子夜》里的冯云卿单靠放高利贷盘剥农民便挣得了几千亩田地，在他逃亡上海时带出来的现款有七八万元之多，"他的本领就在放出去的五块十块钱的债能够在二年之内变成了五亩十亩的田"①。蒋牧良《集成四公》中的集成四公凭着高利贷日积月累也挣下了二百来亩水田和千把块洋钱的利息，他贪婪吝啬，哪怕别人欠他三个小钱的利息也要千方百计找补回来。当红军到来后，欠债的农民们行动起来，不但烧毁契约，还抄了集成四公的家，"一大批的男女，挺着腰子向陇头涌去"②。

蒋光慈在《咆哮了的土地》开头就写农民们对于李家老楼的钦羡和垂涎，真心地赞叹："住着这一种房子才是有福气的，才不愧为人一世呵！"③ 随着故事的展开，在张进德对农民们进行革命宣传教育后，他们中尤其是青年农民方才对地主由钦佩转向仇恨。这种仇恨教育也多是从经济伦理入手，张进德在启发刘二麻子投奔革命时就说过："我们穷光蛋要起来反抗才是。妈妈的，为什么我们一天劳苦到晚，反来这样受穷，连老婆都娶不到？为什么李大老爷，周二老爷，张举人家，他们动也不一动，偏偏吃好的，穿好的，女人成大堆？……这是太不公平了，我们应当起来，想法子，将他们打倒才是！"按照他的理解，"土地革命的意思就是将地主打倒，土地归谁个耕种，就是归谁个的"④。

---

① 茅盾：《子夜》，载《茅盾全集》第3卷，人民文学出版社1984年版，第207页。
② 蒋牧良：《集成四公》，《文季月刊》1936年第2卷第1期。
③ 蒋光慈：《咆哮了的土地》，载方铭、马德俊主编《蒋光慈全集》第4卷，合肥工业大学出版社2017年版，第4页。
④ 蒋光慈：《咆哮了的土地》，载方铭、马德俊主编《蒋光慈全集》第4卷，合肥工业大学出版社2017年版，第31页。

罗淑在一系列作品中描述了盐场主、灶户和盐工、农民之间经济情形上的两极分化，展现了他们之间的阶级矛盾和阶级对立。在《地上的一角》中，罗淑借阴阳先生六老师之口揭示出富者越富、穷者越穷的不平等现实，"他们发就只有你们倒灶了，难道个个都发财？"[①]"总之他们越发，你们就越败！"[②] 盐场主和灶户"家家发"，"成千成万地赚"的背后却是广大盐工和农民日益贫困化，罗淑正是通过经济状况两极分化的描述来反映他们之间的阶级对立和阶级矛盾。同时罗淑进一步点明造成经济差异越来越大的内在根源，揭示出政治压迫的严酷和法律的虚伪本质，所谓国法、牢狱都只不过是压迫人民、鱼肉百姓的工具。盐贩们向主管盐税的"公垣"提出请求，希望不要取消"敷水"以让他们能够获得薄利来维持生计，却被斥为"好不懂法律"，老实本分的盐贩二爷只因在人群中被推搡到王师爷身上就被冠以"抗税""闹事"的罪名抓进牢狱，花了一大笔钱后方才获释。

经济伦理并不单纯限于经济运行及经济关系的层面，对其背后的道德原则和道德规范也有所涉及。左翼乡土小说家常常在小说中透过富人和穷人之间经济状况的对比，从道义上支撑和强化阶级斗争的必要性与合法性，穷人在被逼至绝境、走投无路时也会自然而然地接受中国共产党的启发教育走上革命道路，从而彻底推翻反动腐朽的统治。同时由于当时中国城乡之间发展极不均衡，聚集了各种优势资源的城市也对农民有着巨大的诱惑力，从而激起他们持续革命的强烈欲望，最终将革命之火从农村引向城市。在吴奚如的《活摇活动》中，苏区农民围绕着分发浮财产生了矛盾，他们都叫苦叫穷地希望能够多分一些东西，乡农会主席德春叔面对此种情形束手无策，而金麻子仅用寥寥数语便平息了事态，"将来苏维埃发达了，还愁什么衣服穿？哼——我们还要搬到省城里去住洋房子哩！"[③]

当然，小说中农民对于革命的认识是有很大局限性的，马克思就说过，只有在物质文明高度发展的基础上社会主义才是可能的，而在没有达到这样一种高度发达的生产力时社会主义将成为"贫乏的一般性"[④]。因此单靠没收和平均分配地主与资本家的财产并不能从根本上满足农民的经济需求，只有通过大力发展经济才有可能实现，但不容否认的是从经济翻

---

① 罗淑：《地上的一角》，载《罗淑选集》，四川人民出版社1980年版，第89页。
② 罗淑：《地上的一角》，载《罗淑选集》，四川人民出版社1980年版，第98—99页。
③ 吴奚如：《活摇活动》，载《吴奚如小说集》，长江文艺出版社1984年版，第138页。
④ ［英］特里·伊格尔顿：《美学意识形态》，王杰等译，广西师范大学出版社1997年版，第210页。

身解放这一角度进行革命动员的确是有着强大效力的。其实也不唯左翼乡土小说家，无论在解放区还是在中华人民共和国成立后，只要涉及对农民革命的描述时往往都浓墨重彩地描绘农民经济上的翻身解放，而对于知识分子则着重展现其精神世界，这已然成为一种固定的叙事模式，而其渊薮正是左翼乡土小说。

第三节 政治伦理视域下左翼乡土小说的革命书写

中国儒家倡扬和崇奉"君君臣臣、父父子子"的治国理念，将伦理和政治高度融合在一起，由此使得"伦理被视为政治，政治也被视为伦理"[①]，形成了伦理治国的管理体制和统治秩序。左翼乡土小说由于具有鲜明的政治倾向和浓郁的政治色彩，因而也极其重视从政治伦理视域来书写革命。

一 阶级怨恨与农民阶级意识的觉醒

在中国远古时代，原始初民过着"断竹属木、飞土逐肉"[②]的渔猎生活，他们集体协作，所获得的猎物也平均分配，并不存在阶级压迫。然而随着经济的进一步发展，由渔猎进入农耕时代以后，情况就有所不同了，随着剩余产品的增多和分配上的不平等出现了阶级分化，劳动人民逐渐有所不满，开始产生阶级怨恨，质问统治者"不稼不穑，胡取禾三百廛兮？不狩不猎，胡瞻尔庭有县貆兮？彼君子兮，不素餐兮！"[③] 历史上农民也进行过无数次大规模的反抗斗争，然而由于没有先进思想作指导，同时也受到历史条件和生产力状况的限制，历次农民起义要么归于失败，要么只不过是改换了皇帝的姓氏，并未能从根本上改变底层农民被压迫被奴役的命运。进入现代社会之后，由于农民不是先进生产力的代表，因而也不能由他们发起和领导现代革命。

事实上在正统的马克思主义观念中，农民非但不能构成革命的主体性力量，反倒是需要加以改造的落后分子。马克思认为小农由于受到生产方式和土地规模的限制，"不容许在耕作时进行分工，应用科学，因而也就

[①] 李泽厚：《实用理性与乐感文化》，生活·读书·新知三联书店2008年版，第249页。
[②] （东汉）赵晔著，张觉校注：《吴越春秋校注》，岳麓书社2006年版，第243页。
[③] 程俊英：《诗经译注》，上海古籍出版社2004年版，第164—165页。

没有多种多样的发展,没有各种不同的才能,没有丰富的社会关系"①。中国农民的情况更是如此,在传统小农经济体制下没有大规模劳动协作的需要,一家一户分散劳动的特点导致农民之间基本处于相互隔绝的状态,也正是在这样的现实背景下才会培育出中国土生土长的道教,其创始人老子心目中的理想社会就是"鸡犬之声相闻,民至老死,不相往来"②,而陶渊明的《桃花源记》正是灌注道家思想的乌托邦想象文本。同时由于农民没有自己独立的思想意识,他们对历代统治阶级的意识形态很少怀疑,他们身上所具备的诸如坚韧、顺从等优点也极易转化为精神劣势,成为封建统治得以长久维持的思想基础。然而由于中国近现代工业发展极为落后,工人数量有限、力量薄弱,加之城市反革命力量十分强大,曾经声势浩大的工人运动逐渐落入低潮;广大农村不仅人口众多,反动统治力量又相对薄弱,因而开辟农村战场展开土地革命对于中国革命来说是至关重要的。如何发动农民,调动起农民的革命积极性,成为开展土地革命工作的重中之重。除了进行对敌斗争取得军事胜利,以及平均分配土地等举措吸引农民拥护和参加革命,"鼓动阶级怨恨成为一种最为直接有效、最为普遍可行的方式。通过阶级怨恨的鼓动,使得封建传统文化在广大农村根深蒂固的愚忠顺从的价值体系遭到前所未有的破坏"③。

诚然,革命要想深入人心,就必须紧紧抓住人们的情感,而其中贫苦农民对地主阶级的怨恨对于土地革命的发动而言是极为重要的积极情感,"革命不可缺少敌人,也不可缺少对过去的仇恨,否则革命便无法存活"④。毛泽东在八七会议所作的发言中就曾谈及不没收小地主土地的话,"如此,则有许多没有大地主的地方,农协则要停止工作",因此他建议"要根本取消地主制,对小地主应有一定的办法,现在应解决小地主问题,如此方可以安民"⑤。这对于土地革命而言的确是生死攸关的问题,如果失去了革命对象,那么势必会无法满足农民的土地要求,进而影响到

---

① [德]马克思:《路易·波拿巴的雾月十八日》,载[德]马克思、恩格斯《马克思恩格斯全集》第11卷,中共中央马克思恩格斯列宁斯大林著作编译局编译,人民出版社1995年版,第228页。
② (东周)老子著,麦田、刘斌释义:《道德经》,华夏出版社2009年版,第149页。
③ 樊志辉、王秋:《中国当代伦理变迁》,中国社会科学出版社2012年版,第6页。
④ [俄]尼古拉·别尔嘉耶夫:《人的奴役与自由》,徐黎明译,贵州人民出版社1994年版,第169页。
⑤ 《中共中央紧急会议(八七会议)记录》,载中共中央文献研究室、中央档案馆编《建党以来重要文献选编(一九二一——一九四九)》第4册,中央文献出版社2011年版,第402页。

他们革命的积极性，最终导致土地革命因失去革命目标而陷入停滞。实际上，一旦农民被发动起来后，往往有着平均主义的倾向，在部分地区不论地主还是自耕农的土地都被统统没收后平均分配。在现实的土地革命中，地主的认定是纯然以财富的多少和占有土地的多少等经济指标来进行划定的，贫富分化演变成阶级对立的前提和基础，这样一来即便是同宗同根甚至同胞兄弟都有可能分属不同的阶级。譬如蒋光慈《咆哮了的土地》中的地主李敬斋和李木匠就是同族，魏金枝《焦大哥》里的焦大哥和范三爷更是同胞，而带领众人火烧李家老楼的不是别人，恰恰就是李木匠，杀向范三爷家去的也正是焦大哥，由此导致"财富准则拆解了血缘链条，血缘的亲情也因此被阶级的爱憎所替代"①。李木匠和焦大哥都有着极深的阶级怨恨，"李杰深知道被社会所十分欺侮过的李木匠，是在深深地恨着他的父亲李敬斋，甚至于一切的比他幸福的人们"②；对于焦大哥而言，"所谓血统亲族，那些颠扑不破的伦常，是冷漠而乌黑，现在在他心里淘腾的一个最后概念是，人类只是在某种同一心理生理上可以互通声息的动物而已"③，在他和范三爷之间早已没有同胞之情，而只有阶级仇恨。

在阶级对立越来越尖锐的时代氛围影响下，越来越多的左翼乡土小说家开始由人性批判转向揭示阶级性。在柔石《为奴隶的母亲》中，透过春宝娘的人生悲剧不仅反映出极其看重血缘延续的封建宗法制度对于人性的戕害以及由此所导致的人性的异化，同时也揭示出由于贫富悬殊所造成的人与人之间的不平等，揭露了阶级压迫的罪恶本质。戴万叶的《激怒》便生动地表现出农民由怨恨所引发的阶级意识觉醒的演变过程。年方12岁的文生只因牵着母牛在李老虎的池塘边饮水时捉小鱼玩就招致一顿毒打，围观的群众先是慑于淫威敢怒不敢言，但最终他们反抗的怒火还是爆发了。虽然他们仍旧不敢直接跟李老虎斗争，指向的只是李老虎的两个帮凶，然而毕竟他们的反抗意识已经觉醒，在桂叔的指引下他们明白了应该组织起来，去向真正的敌人李老虎做英勇的斗争，而不再像惯常的看客们那样只是呆看着，"自己不与斗，只是看"④。艾芜《松岭的老人》中的长工为了养活儿女从地主家偷了些米，却不幸被发现，身体像牛一样壮实

---

① 方维保：《红色意义的生成：20世纪中国左翼文学研究》，安徽教育出版社2004年版，第198页。
② 蒋光慈：《咆哮了的土地》，载方铭、马德俊主编《蒋光慈全集》第4卷，合肥工业大学出版社2017年版，第148页。
③ 魏金枝：《焦大哥》，《萌芽月刊》1930年第1卷第5期。
④ 鲁迅：《观斗》，载《鲁迅全集》第5卷，人民文学出版社2005年版，第9页。

的他毫无反抗地被地主的儿子们吊在房梁上毒打，而地主则乘机强奸了他的妻子。妻子受辱之事终于激起他的反抗意识。在将妻子杀死后，他又杀死了地主一家和自己的儿女，从此远避他乡。在罗淑的《井工》、《地上的一角》和《鱼儿坳》等短篇小说中有一个共同的主人公老瓜，老瓜一家人的遭遇颇为不幸，他的父亲不幸掉入煮盐的沸水中被活活烫死，母亲痛哭不已导致双目失明只能乞讨为生，给地主家放牧的弟弟饿死在荒郊野外，他本人13岁时便到盐场去当童工。一家人的凄惨遭遇让老瓜深切地认识到上层阶级的凶残和冷酷，最终他选择以个人之力进行反抗，将满载着盐的船偷偷划走了。

　　王统照的《山雨》生动地描绘了农村日益凋敝、农民逐渐破产的悲惨现实，有力地揭示出兵燹动乱、匪患丛生的中国农村渐近崩溃的情景。哪里有压迫哪里就有反抗，农民绝非一味地被动承受各种压迫，他们也逐渐觉醒起来进行斗争。奚大有原本"最安分，最本等，只知赤背流汗干庄稼活"①，然而就是这样一个安分而又勤劳的农民却因索要八个铜板的菜钱，反被兵痞敲诈勒索，不得不贱卖掉几亩土地付了50块大洋的赎金后方才获释。从此之后，原本没有任何不良嗜好只知下田干活的奚大有意识到不能再依靠土地为生，在与土匪激战时他也认识到自身的力量，来到青岛后在工人杜烈兄妹的启发下他对生活又有了新的认识。宋大傻也感悟到"穷人到处都受气，……毙在乡间，这个气就受大了"②，他最终离开乡村投奔了军队。徐利出于义愤火烧吴练长宅院之后被捉拿枪决。总而言之，《山雨》中奚大有、徐利等人的斗争反抗依旧处于自发状态，他们还没有得到先进思想的武装，因而无法清醒地认识到未来的革命道路。北方农村还未像南方那样在中国共产党领导下开展轰轰烈烈的土地革命，因而虽有反抗，但大都处于自发状态，尚未能联合起来进行有组织的阶级斗争，这与取材于南方农民运动的蒋光慈的《咆哮了的土地》和叶紫的《丰收》等形成鲜明的对比，但因其毕竟反映了当时北方农村的斗争生活而成为"一些青年读者议论的中心"③，并且刚一出版就遭到查禁。

　　蒋光慈并不刻意掩盖革命农民身上的缺陷和污点，《咆哮了的土地》中的李木匠在参加革命前不仅勾搭妇女，还虐待妻子，吴长兴也是时常打骂妻子，刘二麻子则企图强奸已投身革命的地主小姐何月素。然而恰恰是

---

　　① 王统照：《山雨》，开明书店1933年版，第38页。
　　② 王统照：《山雨》，开明书店1933年版，第42页。
　　③ 王西彦：《回忆统照先生》，《新文学史料》1979年第3期。

这些被老年人称作"痞子"的青年农民却极富反抗意识和斗争精神，张进德决定回乡组织农民革命时首先联络到的就是这些人。城里来了革命军的消息传到农村后，青年们都兴奋起来，尤其是当张进德回乡宣传那种骇人听闻的思想后，他们有了改变不平等、不合理的社会现实的强烈愿望，纷纷表示"现在是时候了，我们应当干起来！"① 革命知识分子李杰到来后，同张进德一起组织农会，很快便将农民运动搞得有声有色，原本表面上平静安宁的乡村终于开始咆哮了。在他们的带动和引导下，农民们逐渐认同一切权力归农会，"农人们有什么争论，甚至于关系很小的事件，如偷鸡打狗之类，不再寻及绅士地保，而却要求农会替他们公断了"②，从而将权柄从地主阶级手里转移到代表农民利益的农会手中。此外，农会还规定了"借钱不还"的章程，根除了地主阶级进行残酷压榨的经济基础。两相结合从根本上动摇了地主豪绅在乡村的统治基础，通过让地主戴上高帽游街示众，对于高利贷者胡扒皮等人进行惩戒，击退反动军队的武装进攻，最终烧毁地主们的巢穴等一系列革命行动对地主阶级进行沉重打击。在开展土地革命的过程中，农民受到革命斗争的洗礼，也迅速成长起来。

二 从个人空间走向公共空间的艰难历程与思想蜕变

阿伦特政治伦理学思想的核心部分是公共性理论，她认为"政治现象是在公共领域中发生，……政治的目标是提供一个公共场所，以便公民能够在其中展示其卓越，并在行动中展示其个性。进而言之，政治是为公民展示英雄行为提供一个竞争的场所，在这样的场所中，必然蔑视私人的家庭生活与家政管理相连的扩大化的社会经济利益"③。虽然由于中国的国情与西方有着极大的不同，在对个人空间和公共空间的界定上存在一定的差异，但在革命者必须经由个人空间走向公共空间方能从事革命实践活动这一点上却是相同的。五四干将陈独秀、李大钊、吴虞、鲁迅等都对封建家族制度提出过尖锐批评，这固然因为他们清醒地认识到封建家族制度是封建专制的统治基础和万恶之源，同时还有另外一层考虑，那便是只有打破封建家族构造起来的"铁屋子"，才能将无数知识青年释放出来，从

---

① 蒋光慈：《咆哮了的土地》，载方铭、马德俊主编《蒋光慈全集》第4卷，合肥工业大学出版社2017年版，第6页。
② 蒋光慈：《咆哮了的土地》，载方铭、马德俊主编《蒋光慈全集》第4卷，合肥工业大学出版社2017年版，第78页。
③ 涂文娟：《政治及其公共性：阿伦特政治伦理研究》，中国社会科学出版社2009年版，第10页。

而造就大批的反封建斗士和革命战士。

  地主家庭出身的革命者在从事革命活动之前大都经历过追求个性解放和个人自由的过程,他们在与地主家庭决裂之后逐渐从个人空间迈向公共空间。土地革命时期他们又开始深入农民群体中进行革命宣传,组织农会来开展农民运动。

  由于"中国的知识分子大部分是地主富农的家庭出身"[①],长期的阶级对立和知识分子脱离群众的现实生活状态使得他们很难轻易被农民信赖、接纳和拥护,对此丁玲就说过:"假若没有革命,知识分子就会仍然处于与农民隔绝的状态中,是革命促使他们接触的。"[②] 也正因为如此,革命知识分子在对农民进行革命启蒙之前必须首先拉近彼此的距离[③]。这就要求革命知识分子改变以往的生活习惯,让自己能够适应农家生活,逐渐成为农民群体的一部分,在赢得农民的认可和信任之后才能进行革命宣传和政治鼓动工作。

  《咆哮了的土地》中的李杰和《田家冲》里的三小姐都是通过适应农民的生活习惯,与农民朝夕相处,逐渐加深彼此间的了解之后方才获得信任的,而何月素则是在紧要关头为农会送来生死攸关的重要情报,成为农会的拯救者而赢得信任。之所以如此,乃是由于农民长期遭受阶级剥削和阶级压迫,在他们的头脑里已经形成一种思维定式,那便是地主豪绅一贯欺凌压榨农民,他们是不可能为了劳苦大众的利益而牺牲掉自己的私利的。因而一开始农民对于李杰和三小姐等出身地主家庭的革命者并不信任,就连李杰的父亲李敬斋也认为自己的儿子是在和一班无知的痞子一块瞎闹。在实际革命活动中,出身于地主家庭的革命知识分子必须经受革命的考验也是势所必然、无可非议的。

  《咆哮了的土地》中的地主少爷李杰在一年以前已经和家庭彻底决裂,如今他回到家乡俨然是一个生疏的过客。父亲已经成了他的仇敌,他

---

① 毛泽东:《关于民族资产阶级和开明绅士问题》,载《毛泽东选集》第4卷,人民出版社1991年版,第1290页。
② [法]苏姗娜·贝尔纳:《会见丁玲》,载孙瑞珍、王中忱编《丁玲研究在国外》,湖南人民出版社1985年版,第459页。
③ 其实也不惟在土地革命的启蒙阶段如此,即便是在解放区也需要知识分子以平等的姿态主动同农民建立情感联系,方才能够获得农民的信赖和接纳,对此曾经身处延安解放区的丁玲有着切身体会,"农民,特别是贫苦农民,是拥护共产党、八路军的,但是你自己若和农民不打好交道,仅仅依靠八路军的声誉,你想吃顿饭也不容易。所以,你必定得同农民搞好关系。陕北是山地,比较闭塞,农民过去文化低,思想比较保守,他如果不了解你,可以半天不和你讲话,你想吃顿饭,想找个地方住,非和他交朋友不可。弄得好了,农民就把你当成他自己家里人了"(丁玲:《谈自己的创作》,载《丁玲全集》第8卷,河北人民出版社2001年版,第81页)。

重返家乡为的是发动农民起来革命,那曾经熟悉的李家老楼也变得陌生起来,他不愿再回到那罪恶的巢穴,而是跟随张进德住进了吴长兴家。农家的饭菜不仅十分粗劣,碗筷也很不洁净,李杰不禁踌躇了一下,饭菜的味道实在是让他感到难以下咽,但在经过一番激烈的思想斗争后他还是忍耐着吃了下去。李杰正是通过与张进德同吃、同住、同工作和同斗争才最终赢得对方的好感与信任的,为之后革命工作的开展打下良好的基础。张进德在和他商讨农会下一步斗争行动时特意强调只有采取剧烈的斗争才能夺得"自己阶级的福利"①,显然无论是李杰自己还是张进德都认为他们已经属于同一阶级了。事实上,在红色经典叙事中,地主家庭出身的革命者大都经历过与李杰大同小异的自我改造过程。

丁玲《田家冲》里的三小姐因为追求革命被地主父亲送往农村封闭起来,一开始赵得胜一家诚惶诚恐,不知道怎么接待这位贵家小姐。幺妹的姐姐小时曾和三小姐熟识,但这时她想三小姐肯定已经不认识她了,阶级分野成为横亘在两人之间的无形障碍。然而,他们很快便发现这些担心都是多余的,三小姐不但没有一点小姐架子,反而极力渴望融入他们。无论三小姐的穿着打扮还是言谈话语都大大出乎他们的意料,穿着男人衣裳的三小姐很快便和赵家人打成一片,大家毫不拘束,"都忘记了她的小姐的身份,真像是熟朋友呢"②。她不准赵家父子再在厨房里吃饭,而是要像一家人那样一块围坐在桌子旁,因此赵家人和三小姐很快便拉近彼此间的情感距离,像是一家人一样融洽自如。同时三小姐不仅与农民同吃同住,而且同劳动,她帮助赵家打谷、纳鞋底、照料家禽牲畜和菜园,因而能够和农民自然而然地融合在一起,很快便突破了横亘在他们之间的阶级界限,开始有条件开展革命工作。身体上和情感上的接近为三小姐进行革命宣传奠定了基础,接着她便开始和赵家人拉家常,询问他们的生活状况并解释他们终日劳苦却一无所得的根本原因,从而将革命道理讲给他们听,由此使得革命鼓动工作很快便取得成效。可见,三小姐在来到乡村之前应当有过一定的革命经验,她已经是一个颇为成熟的革命者,因而在进行革命启蒙之前便已自觉克服掉一般知识分子所常有的嫌弃农民不卫生、不洁净等习惯性生理反应,从而迅速拉近彼此的距离,为革命启蒙创造了必要条件。赵家人也在三小姐的革命启蒙下逐渐觉醒,进而从怀疑到相信

---

① 蒋光慈:《咆哮了的土地》,载方铭、马德俊主编《蒋光慈全集》第4卷,合肥工业大学出版社2017年版,第144页。
② 丁玲:《田家冲》,《小说月报》1931年第22卷第7号。

直至掩护她开展革命工作。虽然后来三小姐失踪了,但她已将革命火种撒向农民之中,阶级斗争的烽火迟早会燃烧起来。

值得特别注意的是,地主家庭出身的革命者李杰、三小姐等都渴望自己出身农家,想以农民为自己精神上的父亲,以此取代生身父亲的合法地位,因而他们的成长过程实际上也是以阶级伦理取代血亲伦理的过程。但这与解放区时期乃至中华人民共和国成立后对于知识分子的政治改造又有着本质不同,李杰、三小姐、何月素等出身于地主家庭的知识分子的身体乃至心理改变都是他们为着实现革命理想和应着现实革命需要主动为之的,而并非受到强力控制和影响的结果,其目的是想要以此来赢得农民的认同,从而一道投身革命。此外,萧军《八月的乡村》里的萧明也对自己的行为和思想有过自我反思和自我批评,认为自己之所以革命信仰不坚定乃是源于自身不是从真正的无产阶级中生长起来的,因此他虽然能克服一切艰难困苦,却始终无法克服对于安娜的爱恋。萧明所做的此种自我批评自有其悖谬之处,他全然不顾任何阶级都有恋爱的权利和自由而将其视为知识分子的专利,从而将知识分子与恋爱捆绑在一起丑化和污名化了,由此造成的双重后果是既"把民众看做存在于他们自己的外部的人",同时也"把自己认为比大众劣一等的人"①。在现实生活中,直到1939年5月中国共产党领袖毛泽东才在《五四运动》一文中正式提出有必要改造知识分子的思想。因此,实际上在很大程度上是知识分子自身开了对知识分子构成极大伤害的阶级出身论的先河,仿佛知识分子天生就由于其出身而注定只能成为被改造和被批判的对象。当然,左翼乡土小说家在强调知识分子进行自我改造的同时,并非就意味着革命农民就无须进行改造。左翼乡土小说家对于革命农民身上的劣根性也有所展现,比如萧军在《八月的乡村》里就通过对萧明的心理描写质疑和批评了农民肆意破坏地主家东西的现象,即便是对与敌人作战牺牲的刘大个子,也并没有因此而减弱对于他思想中所存污点的揭示和批评。中国共产党领袖毛泽东也说过"严重的问题是教育农民"②,对于农民的革命性既不能过于贬低,也不能随意拔高。

李杰在光荣牺牲后,张进德极为悲痛,"李同志!我们的事业没有成

---

① [日] 荒正人:《大众在哪里?——回答岩上、洼川和中野》,转引自[日] 下出铁男《论〈八月的乡村〉》,《左翼文学的时代——日本"中国三十年代文学研究会"论文选》,北京大学出版社2011年版,第68—69页。
② 毛泽东:《论人民民主专政》,载《毛泽东选集》第4卷,人民出版社1991年版,第1477页。

功，你是我们的先生，你，你不能把我们丢开啊！"①此处既表明了张进德的心声，也充分体现出革命知识分子的重要作用，"先生"一词说明革命知识分子并非纯然地处于被动改造的地位，他们在进行自我改造的同时也起着引领并指导农民进行革命的重要作用。同时，这也说明革命知识分子只要真心实意为工农谋福利是能够得到工农信任和赞许的。事实上，经过思想改造后的李杰自己也是以农民革命启蒙者自居的，经过大革命的洗礼他早已认识到要想改变乡间生活的面貌，"问题不在于将做恶的父亲杀死，而是在于促起农民自身的觉悟"②。许多出身于地主阶级家庭的知识分子虽然也可能同样对底层民众的不幸遭遇深表同情，但他们并不都会像李杰一样走上革命道路。王西彦在《失去手指的人》中即塑造了这样一个虽有着清醒的思想认识，却又与农民为敌的出身地主家庭的知识分子，"我何尝不明白，那些不驯良的人为的是已经没有别的路可以给他们活命……不过一遇到要损害到自己的时候，眼睛所见到的便会不同了"③。由此可见，并非所有的地主子弟都会不顾个人私利和骨肉亲情而义无反顾地走向革命道路的。甚而即便是已经初步迈向革命的地主子弟，在遇到挫折尤其是面临杀身之祸时，依然有可能缩回去，重新站到地主阶级一边，成为革命的叛徒。叶紫在《山村一夜》里就讲述了一个地主少爷从发动农民开展革命到背叛革命，直至蜕变为协助反动军队屠杀革命农民的刽子手的离奇故事。

只有在这样的对比中，我们才能切实体会到李杰脱离地主家庭从事革命并为革命牺牲的重要意义和价值。以李杰为代表的革命知识分子从事革命的原初动机和根本动力已经超越了单纯的个人利益获取，开始瞩目于更为高尚远大的奋斗目标，誓志要为建立人人平等的共产主义社会而努力奋斗。他们不再是个人主义者，而是为着实现阶级解放和民族解放的崇高理想发动农民起来抗争的集体主义者，他们早已将个人包括生命在内的一切置之度外，为了更高的目标而甘愿牺牲掉一己之幸福，这种崇高的品质显然不是以个人婚恋受阻而泄私愤的狭隘意识所能囊括和解释的。在小说中已经明确说明与兰姑的婚恋悲剧只是促使李杰脱离家庭的一个诱因，但他并不是单纯为报私仇而反对自己的地主父亲的。李杰在离开家庭后经过黄埔军校的锤炼和大革命的洗礼，已经成长为一名意志坚定、目标明确的革

---

① 蒋光慈：《咆哮了的土地》，载方铭、马德俊主编《蒋光慈全集》第4卷，合肥工业大学出版社2017年版，第172页。
② 蒋光慈：《咆哮了的土地》，载方铭、马德俊主编《蒋光慈全集》第4卷，合肥工业大学出版社2017年版，第17页。
③ 王西彦：《失去手指的人》，《中流》1937年第2卷第6期。

命战士。身为革命知识分子,李杰有着异乎寻常的政治敏感和坚强的革命意志,在一般革命者都在为革命这醇酒所沉醉的时候,他已经清醒地认识到所谓"革命军""未必真能革命,自己反不如走到群众中去,努力做一点实际的工作"①。为此他不顾同志们讥笑他犯了"左"倾幼稚病,主动请求辞掉军中职务,回到家乡开展农民运动,"他相信这是根本的工作,如果他要干革命的话,那便要从这里开始才是"②。李杰在发起和领导农村革命斗争的过程中,为了赢得广大贫农的支持付出了艰辛的努力和超常的代价,为了实现宏大的革命目标他甘愿牺牲掉个人的私利和家庭。如果李杰不是有着远大革命理想的话,这样的牺牲显然是无法让人理解的。他可以牺牲掉包括自己以及亲人生命在内的关乎个人的一切,却唯独不能忍受革命的失败。这样的抉择本身当然是不容易的,李杰为此承受着巨大的心理痛苦。如果说母亲因为阻碍他和兰姑结合以致兰姑自杀,还可以稍微减轻他良心的自责的话,他那年仅10岁的小妹妹却完全是无辜的,因此沉浸在痛苦之中的他可以不再提母亲,但对于妹妹却感到万分愧疚。

然而与此同时,不得不承认的是,作者直接将地主父子置于你死我活的殊死搏斗中多少显得有些过于戏剧化了;不过放大来看,既然土地革命的宗旨是要彻底剥夺地主阶级的土地所有权,那么从大的方面来说地主阶级家庭出身的革命知识分子实际上人人都是李杰,只不过通常不会直接面对自己的生身父亲罢了。面对自己的亲人时能不能像其他阶级敌人一样坚决斗争,这是每一个革命知识分子都必须经受的考验。国民党之所以背离了孙中山的三民主义,不仅未能领导农民进行土地革命,反倒将屠刀伸向共产党和革命农民,除了党派的私利,很大程度上正是因为其阵营内部地主家庭出身的军官和官僚不能容忍农民"革"自家的"命",为了维护家族利益起见而不惜对革命民众痛下杀手。比如张天翼《反攻》中的国民党左派成业恒之所以与共产党彻底决裂,就是因为"家里所有的产业给共产党干完了,家也烧了",还导致他的父亲下落不明,从而"和共产党有不共戴天之仇"③,将共产党和土豪劣绅视为两大敌人,必欲置之死地而后快。

---

① 蒋光慈:《咆哮了的土地》,载方铭、马德俊主编《蒋光慈全集》第4卷,合肥工业大学出版社2017年版,第24页。
② 蒋光慈:《咆哮了的土地》,载方铭、马德俊主编《蒋光慈全集》第4卷,合肥工业大学出版社2017年版,第132页。
③ 张天翼:《成业恒》,《东方杂志》1933年第30卷第5号。

三 政治伦理对于传统伦理的解构及其局限

左翼乡土小说家基于政治伦理分别从肯定和否定这两个角度来进行分析和评价，一方面充分肯定农民阶级意识的觉醒以及他们从事阶级斗争的英勇行为，同时赞美和歌颂了在阶级斗争中涌现的英雄模范人物，以此来激励广大农民尽快觉醒起来进行阶级反抗和革命斗争；另一方面则是极力否定地主阶级以及军阀统治，暴露地主阶级的残暴凶狠及其对农民的残酷剥削和压榨，以便警示农民认清地主阶级的真实面目，彻底抛弃对于地主阶级的幻想。

左翼乡土小说在以现代政治伦理解构和颠覆传统伦理的过程中，有时也会因思想过于激进而造成伦理失范，从而使得有些原本有益无害的传统伦常关系也遭到破坏和贬斥。这在蒋光慈《咆哮了的土地》中有着鲜明的体现。小说中通过李杰断然拒绝父亲以母亲生病为由写信让他回家探望的要求，以及不顾母亲和妹妹的安危同意火烧李家老楼等情节，充分彰显出李杰具有坚定的革命信念和极强的革命意志。然而与此同时，李杰为了证明自身的革命性，不顾母亲和妹妹的安危同意李木匠等人火烧李家老楼的行为，也给正常的家庭伦理关系蒙上了阴影，仿佛在有意地宣扬地主家庭出身的革命者只有六亲不认、弑父杀母才能具备成为革命者的资格，否则便不会被革命阵营认可和接纳，这在某种程度上会歪曲和丑化革命。

其实不仅是土地革命，中国传统社会农民起义的领导者通常都并非居于社会底层的被压迫者，而在此之前就是地方上的有权势者。张进德在得知地主少爷李杰同他一样是要回乡闹革命后，顿时感到一种从未有过的欢欣。这是因为李杰是李敬斋的儿子，更能号召一般人，更何况他不仅进过学堂，还做过许久的革命工作，如果"李杰在这一乡中为首干将起来，那是比较容易有成效的"[1]。在召开农会成立大会时，瘌痢头在会上发言时也特意强调："有了李大少爷和我们在一道，我们还不干吗？"[2] 可见，李杰能够参加并领导革命的确是有着很强的号召力和示范带动作用的。但现实生活中，真正面对面地将自己的亲生父亲作为革命对象的十分鲜见，而为了革命不惜牺牲掉自己的母亲和妹妹等直系亲人的更是绝无仅有。当然，在很大程度上蒋光慈是有意让故事中的矛盾冲突更加激烈，从而在吸

---

[1] 蒋光慈：《咆哮了的土地》，载方铭、马德俊主编《蒋光慈全集》第4卷，合肥工业大学出版社2017年版，第51页。

[2] 蒋光慈：《咆哮了的土地》，载方铭、马德俊主编《蒋光慈全集》第4卷，合肥工业大学出版社2017年版，第71页。

引读者注意的同时也更能彰显出李杰革命性的一面,但不可否认的是这样的情节设定在突出政治伦理的同时也对日常家庭伦理及传统道德观念构成一定的损害。在《咆哮了的土地》中,蒋光慈并没有明确交代李敬斋除阻止儿子李杰与兰姑的婚事,以及逼迫刘二麻子的父亲致死之外,究竟还有哪些欺男霸女、为非作歹的恶德恶行,如果进一步深入分析的话我们就会发现不加辨析一股脑儿地将兰姑致死的原因全部归在他的头上也是有失公平的。李敬斋始终反对李杰与兰姑成婚是毋庸置疑的,关于这一点无须再进行讨论,但这在很大程度上是由于李敬斋固守门当户对、贫富不婚等传统婚姻观念,而非刻意地想要致兰姑于死地。兰姑之所以在不能成婚后跳水自杀,其中一个很重要的原因是当时她已经怀有身孕,害怕未婚生子受人唾弃,方才自寻短见,她的死与李杰的不负责任是有很大关系的。知书识礼的李杰不可能不知道思想保守的父母会阻挠他与贫家女子结为夫妻,但他在未做通父母的思想工作的情况下便莽撞地与兰姑发生了性关系,这种行为在当时的特定情形下是明显有失妥当的,而在兰姑怀孕后他又不能为她负责,以致兰姑担心事情败露无法立足而寻了短见。因而在小说中毛姑对姐姐兰姑的死一心怨恨的也只是李杰而非李敬斋,"她平素想道,如果没有李杰,那她的亲爱的兰姐便不会怀孕,便不会死去","兰姐完全死在李杰的手里呵!"① 然而,在兰姑死后李杰却将所有责任都推在父亲以及母亲身上,却未见他有任何的自责和反思。

　　此外,李木匠曾因与胡小扒皮的媳妇通奸而招致一顿痛打。按照常理而言,胡小扒皮痛打奸夫的行为本身是符合伦理道理规范的,并没有特别出格之处,反倒是李木匠勾搭有夫之妇的行为要受到道义谴责,毕竟他是有妇之夫,勾搭胡小扒皮的媳妇也不是出于爱情而是为了寻欢作乐。但是,作者出于强化政治伦理的需要并没有对李木匠的此种通奸行为进行任何谴责,反倒以此作为李木匠产生阶级怨恨进而全心全意致力于阶级斗争的情感基础和原初动力。由此可见,蒋光慈《咆哮了的土地》在营造故事和塑造人物方面是有一定瑕疵的,但反过来看也说明左翼乡土小说家笔下的革命者并非完人,他们身上也有着这样或那样的缺点与不足,正如同别尔嘉耶夫所说的那样,在宗教和伦理学的意义上"谁也不能认为自己是无罪的,有罪的完全是他人"②。

---

① 蒋光慈:《咆哮了的土地》,载方铭、马德俊主编《蒋光慈全集》第 4 卷,合肥工业大学出版社 2017 年版,第 62 页。
② [俄]别尔嘉耶夫:《论人的使命》,张百春译,学林出版社 2000 年版,第 277 页。

柔石《为奴隶的母亲》最打动人心的地方莫过于春宝娘对春宝和秋宝的母爱情深,以深沉的"母性"情感引起读者强烈的共鸣,从而对春宝娘的不幸遭遇寄予深切的同情。罗淑的《生人妻》则是以真挚的"妻性"来打动读者,妻子虽因生活窘迫被丈夫卖出,但丈夫却不是为了自己,而是为了让她能够有个活路。妻子一开始没有体谅到丈夫的苦衷,但寄予着丈夫一片真情的赎回的银钗却瞬时划开了两人内心的隔阂,相互体谅。在新婚夜遭受继任丈夫和小叔子欺侮后,妻子又逃了回来,但在丈夫因此被人抓走后她又痛悔不已,反倒担心起丈夫的安危来。在叶紫的《星》中却是以"革命性"完全取代了"妻性"和"母性",梅春姐在她与黄副会长所生的"革命之子"被丈夫虐待致死后义无反顾地重新踏上革命的征途,却将另外两个同样亲生的"凡人之子"抛在脑后,政治伦理压倒性地战胜家庭伦理,为了凸显革命性而完全牺牲掉母性。

茅盾的《水藻行》描写了叔叔和侄媳之间的不伦之恋,他后来阐释过创作该小说的宗旨是想塑造一个真正的中国农民的形象,"他是中国大地上的真正主人"[①]。无家可归的财喜寄居在堂侄秀生家中,他身强力壮、勤劳能干,而秀生却体弱多病,不能下地劳动,久而久之财喜和秀生媳妇互生好感发生了性关系。财喜因和秀生有着亲缘关系,因而他和秀生媳妇的媾和并不属于为地方风俗所认可的"拉偏套",而是不折不扣的乱伦关系。东窗事发后,秀生感觉受到莫大的侮辱,他将恶气一股脑儿地倾泻在妻子身上,而他妻子自觉理亏甘愿忍受着,但财喜对此却有不同看法,他觉得病废男人的老婆有外遇并不代表她没有良心。在财喜看来,他和秀生媳妇的爱情是纯真的,并没有什么不妥,虽然他也因和秀生妻子之间的性爱关系而在面对秀生时多少感到有些愧疚,但是并不认为这种行为本身是可耻的、罪恶的。这种崭新的情爱伦理观念的确是惊世骇俗、颇为超前的,但多少也有些过于理想化的色彩。

[①] 茅盾:《我走过的道路》(中),人民文学出版社1984年版,第355页。

第六章 左翼乡土小说的审美表征及审美形态

左翼十年期间中国正处于高度政治化和革命化的风潮中，左翼乡土小说的产生和兴盛与当时特定的政治氛围、社会环境以及作家的思想观念等密不可分。自近代以来中国就始终处于内忧外患、生死存亡的危急情境之中，在五四运动影响下成长起来的青年一代试图通过革命彻底改变中国被动挨打的局面，第一次国共合作更是如虎添翼，由此促成声势浩大的革命浪潮。但令人始料未及的是，曾经轰动一时的大革命猝然遭遇重挫，然而中国共产党非但并未就此倒下，反倒开始独立领导起中国革命。为了适应革命形势的变化以及敌强我弱的斗争态势，以毛泽东为代表的共产党人开始改变对敌斗争的方针和策略，将革命的重心逐渐由城市转向农村，领导工农开展土地革命。左翼作家也顺应着革命潮流的变动开始将表现对象与表现内容从工人和城市革命转向农民和农村革命，由此促成左翼乡土小说的创作风潮。因而毋庸置疑，左翼乡土小说确然是色彩鲜明的政治化写作，但这并非意味着左翼乡土小说家为了政治而全然忽视小说的审美表现，他们不仅以阶级斗争为中心建构起具有独特审美特质的政治美学，而且左翼乡土小说还有着身体美学、悲剧美学和暴力美学等独具特色的多样化审美形态。

第一节 左翼乡土小说的政治与审美

新时期以来在去政治化的时代思潮冲击下，存在刻意贬抑左翼乡土小说而推崇京派乡土小说的倾向，表面看来是用"审美"取代了"政治"，但在此种审美转向的背后却也深藏着另一套政治话语。正如有论者所指出的那样，所谓去政治化的理论倡导者其实"仍然是政治标准第一"[1]，当文学作品在政治思想倾向上符合其要求时就从审美标准上给予肯定，如果

---

[1] 王世德：《论政治与审美》，《高校理论战线》1992年第1期。

不符合便从审美标准上予以否定。由此造成一种认识上的误区，仿佛作家越是远离和淡化文学的政治色彩便越能使其作品带有强烈的审美特质，否则就可能因被贴上政治的标签而随着时代转换弃之如敝屣。然而，是自由主义也好，浪漫主义也罢，作家越是刻意远离一种政治反倒越有可能接近另外一种政治，没有一丝一毫政治意识形态印痕的作品只能是一种不切实际的幻想。倾心于京派乡土小说审美描写的批评家并非就毫无政治功利性，在他们的审美批评背后依然有着特定的政治目的和价值倾向。事实上，左翼文界在左翼十年期间也一直有着重视文学审美价值的呼声，也得到左翼乡土小说家的热烈响应，并由此形成带有鲜明政治色彩和政治内涵的审美特质。

一　在政治和审美之间重建平衡

毋庸讳言，早期革命文学的确有着过于强调政治而忽视审美的弊病，由于秉持的是极端功利主义的文学观，革命文学倡导者往往将文学视为政治的附庸，看重的是其可以充当革命动员和政治鼓动的工具功能，"留声机论"便是此功能极致化的表现。片面强化文学政治功能的弊端使文学丧失了自身的独立性和自主性，陷入政治一元论的误区中，从而让政治话语完全凌驾于文学话语之上。郭沫若在《新兴大众文艺的认识》一文中就说过："大众文艺的标语应该是无产文艺的通俗化。通俗到不成文艺都可以。"[①] 早期革命文学家大都有着强烈的革命罗曼蒂克情绪，片面强调文学作为武器的艺术的政治功用而忽视了文学的审美价值，由此致使政治与审美严重失衡，在小说中存在标语化、概念化和公式化的弊病。钱杏邨对于革命文学中存在的此种弊病并不否认，承认"标语化与口号化，是必然的事实"，但他认为"这些口号就足以代表现代革命青年的苦闷"[②]。因此，在他看来标语口号文学不仅在现阶段是需要的，而且其前途"是比任何种类的文艺更有力量的"[③]。郭沫若更是宣称他不必一定做个诗人，还非常乐意做个"标语人"和"口号人"[④]。一时间革命文学中标语、口号满天飞，常常有大段的宣传和叫喊文字，不仅因生活实感经验严重不足

[①]　郭沫若：《新兴大众文艺的认识》，载文振庭编《文艺大众化问题讨论资料》，上海文艺出版社1987年版，第12页。

[②]　阿英：《冯宪章的诗》，载《阿英全集》第1卷，安徽教育出版社2003年版，第226页。

[③]　阿英：《前田河广一郎的戏剧——读了〈新的历史戏曲集〉以后》，载《阿英全集》第1卷，安徽教育出版社2003年版，第170页。

[④]　郭沫若：《我的作诗的经过》，《质文》1936年第2卷第2期。

而少有真实感人的生动细节，人物描写也是脸谱化，缺乏鲜明的个性，"作品的最拙劣者，简直等于一篇宣传大纲"①。由此导致的严重后果是革命文学因缺乏审美性而失去撼人心魄的艺术魅力，最终反过来削弱了政治功能。

然而值得特别注意的是，也并非所有的革命文论家都无视文学的审美属性，只不过他们是从政治角度来讨论审美的，认为"在阶级社会里面，真，善，美同是反映阶级意识底总和"②，因而必须将革命文学的审美功能置于政治意识形态统摄之下。成仿吾所列出的革命文学公式即是"（真挚的人性）+（审美的形式）+（热情）=（永远的革命文学）"③。王独清虽然明确说过"文学家是政治斗争的代言人"④，但同时也认识到当时的革命文学作品在文学技巧和力量表现上都有着明显的不足。钱杏邨在极力推崇蒋光慈革命文学作品的同时，也指出他还需要"在技巧方面多多的修养"⑤。此外，沈起予撰文指出艺术运动和政治运动合流的根本目的是要"以艺术底力量来启示读者大众"，因而创作出的作品不能是政治论文和说教文章，而是"必须具有真正底艺术性"，这才是"普罗列塔利亚艺术底途径"⑥。沈起予实际上对革命文学提出了较之一般文学更高的要求，既要有正确的革命意识和政治倾向，又要有较高的艺术水准和审美价值。

为了纠正早期革命文学中存在的标语化、概念化、公式化的弊病，同时也为了给左翼文学以正确的理论指导，在鲁迅和冯雪峰等人大力推动下将普列汉诺夫（一译蒲力汗诺夫）和卢那卡尔斯基的很多重要论著⑦翻译过来。普氏和卢氏在关注文艺的政治倾向和社会功利性的同时，都特别重

---

① 茅盾：《关于"创作"》，载《茅盾全集》第19卷，人民文学出版社1991年版，第278页。
② 克兴（傅克兴）：《评驳甘人的"拉杂一篇"——革命文学底根本问题底考察》，《创造月刊》1928年第2卷第2期。
③ 成仿吾：《革命文学与他的永远性》，载丁丁编《革命文学论》，泰东图书局1930年版，第140页。
④ 王独清：《世界新兴文学底基调》，载《独清文艺论集》，光华书局1932年版，第75页。
⑤ 钱杏邨：《蒋光慈与革命文学》，载《现代中国文学作家》第1卷，泰东图书局1928年版，第186页。
⑥ 沈起予：《艺术运动底根本概念》，《创造月刊》1928年第2卷第3期。
⑦ 其中鲁迅翻译的著作有：蒲力汗诺夫《艺术论》（光华书局1930年7月出版）；卢那卡尔斯基《艺术论》（大江书铺1929年6月出版）、《文艺与批评》（水沫书店1929年10月出版）。冯雪峰翻译的著作有：蒲力汗诺夫《艺术与社会生活》（水沫书店1929年8月出版）；卢那卡尔斯基《艺术之社会的基础（外二篇）》（水沫书店1929年5月出版）；等等。

视文艺的审美属性。卢氏认为文艺"不但要有用而便利",还要"令人喜悦"①;"一切露出的思想,露出的宣传"② 都是失败的。普氏也强调要将政治和审美有机地融合在一起,政治功利意图必须潜藏在文学审美之中,同时他认为在"美底愉乐的根柢里,倘不伏着功用,那事物也就不见得美了"③。鲁迅和冯雪峰等人对于普氏和卢氏著作的译介在当时引起广泛而热烈的反响,促成一个"好读蒲力汗诺夫和卢那卡尔斯基的时代"④,对左翼乡土小说创作产生了积极的影响。

左翼乡土小说家张天翼就曾撰文指出所谓艺术价值"是看这艺术作品是于你有利与否,能取乐于你与否而估定的"⑤,可见他是以能否引起读者的阅读兴味和情感愉悦为审美判断标准的,与卢氏的观点十分相似。

茅盾对文学政治性和革命性的强调可以说是一以贯之的,1922 年他在《文学与政治社会》一文中就说过文学作品趋向政治和社会是有内在原因的,在 1933 年所作的评论《关于〈禾场上〉》中他进一步强调指出作家只有获得新的宇宙观与人生观才能摆脱旧写实主义的束缚,但这"又必须从实践生活中获得,不能单靠书本子;这是艰苦的性急不来的自我锻炼",而不能急功近利地翻一个身似的从"旧"转变为"新",那结果"一定只能'创造'出一些戴着革命牌头的空壳子而且难保没有重大的错误"⑥。应该说,茅盾的此种观念在左翼乡土小说家中是有着一定代表性的,而这与普罗文学时期革命文论家的观点有着明显的区别。

左翼乡土小说家无疑是有着鲜明的政治倾向的,他们大都有过实际的革命工作经历,其作品也基本上是在中国共产党的思想指导和左翼政治意识形态影响下创作完成的,其创作宗旨则是为了响应和配合当时中国共产党领导的轰轰烈烈的土地革命。然而深究其实,左翼乡土小说家依然有着较为广阔的创作空间和创作自由。

---

① [苏]卢那卡尔斯基:《艺术论·艺术与产业》,鲁迅译,载《鲁迅译文全集》第 4 卷,福建教育出版社 2008 年版,第 210 页。
② [苏]卢那卡尔斯基:《文艺与批评·关于马克斯主义文艺批评之任务的提要》,鲁迅译,载《鲁迅译文全集》第 4 卷,福建教育出版社 2008 年版,第 380 页。
③ [俄]蒲力汗诺夫:《〈艺术论〉序言》,鲁迅译,载《鲁迅译文全集》第 5 卷,福建教育出版社 2008 年版,第 153 页。
④ [日]芦田肇:《鲁迅、冯雪峰对马克思主义文艺理论的接受(一)》,张欣译,《中国现代文学研究丛刊》1993 年第 2 期。
⑤ 张天翼:《〈北斗〉杂志社文学大众化问题征文》,载文振庭编《文艺大众化问题讨论资料》,上海文艺出版社 1987 年版,第 150 页。
⑥ 茅盾:《关于〈禾场上〉》,载《茅盾全集》第 19 卷,人民文学出版社 1991 年版,第 466 页。

第一，左翼乡土小说家大都经受过传统文化的浸润和滋养，使他们能够在中国古典文学的影响下承续优良传统。

中国第一部诗歌总集《诗经》就既有道德政治的实际功用，同时又有着深广的审美内涵。春秋时代的赋诗活动也是如此，兼具政治和审美的双重功能。中国文学自古以来就有着"兴观群怨"以及"事父"、"事君"的政治教化功能和政治意图，《毛诗序》中就强调诗歌在讲究诗美的同时还要起到"经夫妇，成孝敬，厚人伦，美教化，移风俗"①的社会作用和政治功效，从而将诗歌政治化、历史化，形成诗歌的美刺传统，建构起中国古典文学的美学规范。左翼乡土小说家在潜移默化间继承了中国古典文学同时注重审美和政治的这一优良传统，在不至过分损害文学的审美特质的同时来传达革命意识，实现其政治功能。

第二，在左翼十年间中国共产党的工作重心是从事武装斗争和开展土地革命，文艺工作并未引起足够的重视，因而左翼乡土小说家有着较为充足的创作自主性。

虽然瞿秋白、阳翰笙等人代表中国共产党对左翼文界进行过工作指导，但当时在上海的中共中央总体上是通过冯雪峰等缺乏政治斗争经验的年轻党员来实现党的领导的，而他们"都是些幼稚的人，既缺少政治斗争的经验，又缺少马列主义的理论和文学艺术的知识"②。因而左翼乡土小说家并没有经受过延安时期以及中华人民共和国成立后那样对于作家有组织、系统化的思想改造和政治规训，对于曾经脱离中国共产党的茅盾，被开除党籍的蒋光慈和未加入左联的萧军、萧红、王统照等人而言更是如此，由此便给左翼乡土小说注重多样化的审美风格和审美格调留下了较为充足的空间。

第三，随着中国革命的重心逐渐从城市转向农村，左翼乡土小说家积极响应中国共产党的号召开始以农民运动和土地革命为主要的取材对象，由于他们大都有过农村生活经验，因而对于农村革命的想象能够在一定程度上避免凌虚蹈空、不着边际的弊病。

同时，左翼批评家已经开始着手对普罗文学创作中的标语化、概念化、公式化倾向进行批判和清算，尝试着将处于严重失衡状态中的政治与审美进行再平衡。这就使得左翼乡土小说家在作品中表现出鲜明的政治倾

---

① 《诗大序》，载祝秀权《诗经正义》（下），生活·读书·新知三联书店 2020 年版，第 643 页。
② 冯夏雄整理：《冯雪峰谈左联》，载《鲁迅研究年刊（1980）》，陕西人民出版社 1984 年版，第 27 页。

向的同时，也开始有意识地重视文学的审美特性，从而有效地避免在小说中过于直白地表露政治思想倾向，而是借助审美手法将之融入情节场面中自然地呈现出来。

二　启蒙美学与政治美学的轩轾与合流

启蒙美学的重心"在于个性的自由和人性的解放"，其实质是审美的政治化；而政治美学则"致力于探求'政治的审美化'或者'政治的美学化'的内在秘密"[①]。具体而言，启蒙美学以人为目的，以个体为本位，而政治美学以政治为目的，以群体为本位，这两者既相互交织又相互矛盾。丁玲就是从启蒙美学转向政治美学的典型代表，她早先的小说创作关注于个人价值和人生意义，自加入左联后却将目光转向社会现实和政治层面，用她自己的话说便是："我把我的作风，从个人自负似的写法和集中于个人，改变为描写社会背景。"[②]

普罗文学中有许多个人突变式的英雄，比如《地泉》中的林怀秋，他原本参加过革命，但是在大革命失败后堕落了，开始过着颓废的贵公子生活，嗣后在革命者寒梅的劝诫下他又重新燃起革命斗志，迎来了新生。左翼乡土小说家却开始由对个体革命者的关注，转向对于革命者群像的塑造。丁玲的《水》中几乎没有对个体人物的精雕细琢，阅读完整篇小说后我们的脑海中难以形成对于某个个体人物的清晰印象，也很难指认出占据主导地位的主人公，却对农民的群体反抗和群体斗争留有深刻的印象，这与吴组缃的《一千八百担》正好形成鲜明的对比。在吴组缃的《一千八百担》中，农民群体的面目是模糊的，而宋氏家族出场的中、上层人物的面貌却清晰可见，个性也极为鲜明，透过言语和举止便可以将某个人物指认出来。但是单从美学角度而言，群像浮雕未必就比单个人物雕像等而下之，同样也有着深厚的审美内涵。

中国古代农民起义往往通过假借神鬼附身、神谕天佑等手段，借助农民的迷信心理进行宣传鼓动，现代革命者则是通过思想启蒙和革命动员来引导农民起来革命。马克思主义者既注重通过革命实践满足人们基本的物质需要，也极为重视人们精神领域的自由和解放，同时还注意挖掘其中的美学潜力。农民在摆脱经济奴役和政治压迫的同时，也必然会产生由精神

[①] 张光芒：《启蒙美学与政治美学比较》，《南京师范大学文学院学报》2004年第1期。
[②] [美] 尼姆·威尔斯：《丁玲——她的武器是艺术》，陶宜、徐复译，载《续西行漫记》，解放军文艺出版社2002年版，第262页。

控制到精神解放的转变需要，从而使得革命斗争从物质层面深入精神层面。

左翼乡土小说中在对农民进行革命动员时，不再单纯借助启蒙美学引导和启发农民的革命意识和斗争精神，而是开始侧重于依托政治美学进行政治鼓动和革命动员，而政治美学的实质是将"一部分人的利益打扮、'升华'为所有人的普遍利益，或者说赋予某些人的利益以'普遍性的形式'"①。萧军《八月的乡村》中的陈柱司令就非常注意通过演讲来激发队员们强烈的阶级爱憎，以此来鼓舞他们的革命斗志，让他们认识到只有参加革命才有出路，唯有严守革命纪律才能保证革命的胜利，同时也只有从为了个人利益转变成为了集体利益而战才能取得最终胜利。萧红《生死场》中的抗日宣誓，也是以极富煽动性的语言来激发农民保家卫国的民族意识和国家意识的，从而将个人与集体、家庭与民族等联系在一起，将农民不愿做亡国奴的个体意识引向为民族解放和国家独立而战的群体意识上来。

蒋光慈《咆哮了的土地》则将启蒙美学和政治美学有机地融合在一起，彼此间相互缠绕、难解难分。李杰刚出场时就已是经过革命斗争历练的较为成熟的革命者了，为了能一心革命他心无旁骛，完全压抑住个人对于家庭、恋人的情感和欲望，最终为革命事业献出自己年轻的生命。李木匠和刘二麻子等人之所以倾向革命却是与个人的欲望有着紧密的关联，期冀通过革命来改变生活现状，但最终在李杰、张进德等革命领导者的引导下他们逐渐认识到革命的宗旨及意义，从而成长为忠诚的革命战士。从题材选择和内容表现来看，蒋光慈《咆哮了的土地》已经基本脱离由他本人所开创的"革命+恋爱"小说叙事模式，着重描写火热的革命斗争生活，"虽然也有男女的琐事，可是只占据了一个极不重要的地位，而且没有结束"②。李杰为了革命刻意压制住自己的本能欲望，"为了那个信仰将个体生命的本能与欲望完全压抑和放弃"③，之所以如此，乃是由于他确信只有这样才能实现革命理想和自我价值。在萧军《八月的乡村》中，安娜为了革命毫不犹豫地"枪毙"了她与萧明之间的爱情，将自己的一切交付给革命和信仰。政治美学的要害是"在理想主义的旗帜下，人的具体的感性生存只是为了某种'形而上'的目标而行动，人的一切行动都成了要让'日月换新天'的一个途径，人，成了工具，而不是目的"④。

---

① 骆冬青：《论政治美学》，《南京师大学报》2003年第3期。
② 《田野的风（书评）》，《现代》1932年第1卷第4期。
③ 张光芒：《中国当代启蒙文学思潮论》，上海三联书店2006年版，第47页。
④ 骆冬青：《论政治美学》，《南京师大学报》2003年第3期。

只有经由工具化的步骤，革命者才能真正成为革命的齿轮和螺丝钉，毫无个人私欲和私利可言，他们的肉身只是为了革命信仰而存在，一旦革命需要，即便付出包括生命在内的一切也会毫不犹豫。

左翼乡土小说家的思想观念也会随着斗争形势和外部环境的改变而改变，比如萧红在全面抗战爆发后思想上就发生了很大转变，开始更加侧重于启蒙美学的呈现。1938年4月29日下午，她在《七月》组织的第3次座谈会上就说过："作家不是属于某个阶级的，作家是属于人类的。现在或是过去，作家们写作的出发点是对着人类的愚昧！"①随着创作观念的改变，萧红的小说也发生了新变，在《莲花池》《旷野的呼喊》等小说中不再像《生死场》那样侧重揭示农民自发的抗日热情和斗争精神，而是转而集中揭示农民身上的劣根性及其愚昧无知。在全面抗战前创作完成的《生死场》等小说中连寡妇也参与到抗日斗争中去，但在全面抗战后作品中的许多劳苦农民却成了不觉悟、受贬抑的对象。比如《莲花池》②中的小豆爷爷平时以盗墓为生，日本兵来了之后他害怕被抓而不敢再去盗墓，为了生存他开始给日本宪兵队充当暗探，协助他们抓捕爱国同胞。《旷野的呼喊》③里的陈公公和陈姑姑不仅自己不去抗日，还千方百计地阻挠儿子参加抗日义勇军。

三 "力"和"美"的审美特质

左翼文论家之所以一再强调要重视创作技巧，究其根本是为了让革命文学能够更有力量。郁达夫早在1927年4月8日写就的《〈鸭绿江上〉读后感》一文中就说过："若文学是时代的反映这一句话是真的时候，那么我们在这一个时代里所要求的，是烈风雷雨般的粗暴伟大，力量很足，感人很深的文学"④，他认为蒋光慈的《鸭绿江上》还未达到此要求。1928年2月24日，郁达夫在日记中写道："我以为革命文学之成立，在作品的力量上面，有力和没有力，就是好的革命文学和坏的革命文学的区别"⑤，也就是说在他看来革命文学必须要展现出"力"之美。阿英在1928年2月27—28日创作完成的《〈达夫代表作〉后序》中也说过："达夫的过去的创作，虽有了很大的成功，究竟还缺少力的表现"，因此

---

① 《现时文艺活动与〈七月〉——座谈会纪录》，《七月》1938年第3集第3期。
② 萧红：《莲花池》，《妇女生活》1939年第8卷第1—3期连载。
③ 萧红：《旷野的呼喊》，《星岛日报·星座（香港）》1939年第252—272号连载。
④ 达夫（郁达夫）：《〈鸭绿江上〉读后感》，《洪水》1927年第3卷第29期。
⑤ 郁达夫：《断篇日记三》，载《郁达夫全集》第5卷，浙江大学出版社2007年版，第236页。

希望他今后要"在技巧方面表现出伟大的力量！要震动！要咆哮！要颤抖！要热烈！要伟大的冲决一切，破坏一切，表现出狂风暴雨时代的精神与力量。"①

左翼文论家对于"力"的热切呼唤，得到左翼乡土小说家的热烈回应。以丁玲、叶紫、蒋牧良、萧军、萧红等为代表的左翼乡土小说家都将根深扎在革命风潮涌动的热土之中，致力于创作出属于别一世界的"力的文学"，就像"耸立于风沙中的大建筑"那样"坚固而伟大"②。他们在小说中揭示出血与火的时代里农民革命意识的觉醒，以及他们英勇顽强的抗争精神和革命意志，将力与美结合在一起，呈现鲜明的时代特质和审美表征。

甚而可以说，"力的文学"已经成为20世纪30年代乡土小说"一种整体性的审美追求"③，但相较而言，由于京派乡土小说家大都侧重追求温柔敦厚、平和冲淡的审美情调，因而在"力"之美的呈现上要远远弱于左翼乡土小说家。其典型者（比如叶紫的小说）就"始终仿佛一棵烧焦了的幼树"，灌注其中的"是力，赤裸裸的力，一种坚韧的生之力"④。蒋光慈有着敏锐的观察力，他始终能够走在时代的前面，用充满热情的文字将革命精神表现出来。他的小说中的人物都是坚韧奋斗的强健者，在读过他的作品之后能够"使人振奋，使人激励，使人燃起革命战斗的精神，而愿意跟着时代往前跑"⑤。这在他的乡土小说《咆哮了的土地》中有着十分鲜明的表现，在小说末尾处李杰为了革命献出宝贵的生命，农民自卫军失去了他们的领袖，但在张进德的带领下他们勇敢地冲出敌人的包围圈向着金刚山进发，在这里有流血和牺牲，但绝无伤感与绝望。

此外，萧军、萧红、罗烽、端木蕻良等东北籍乡土小说家都是以热烈的情感来描绘东北人民的誓死抗争和不屈意志，将经受着血与火洗礼的东北大地呈现在读者面前。日本帝国主义的野蛮入侵和日军的凶狠残暴给东北作家带来极强的心理震动和内心伤痛，同时也激起他们强烈的反抗意志和爱国热情。鲁迅在所作序中称赞《八月的乡村》将"作者的心血和失

---

① 阿英：《〈达夫代表作〉后序》，载《阿英全集》第2卷，安徽教育出版社2003年版，第78页。
② 鲁迅：《小品文的危机》，载《鲁迅全集》第4卷，人民文学出版社2005年版，第591页。
③ 朱晓进：《三十年代乡土小说的审美倾向与文体特征》，《南京师大学报》1994年第2期。
④ 李健吾：《叶紫的小说》，载李维永编《李健吾文集·文论卷1》，北岳文艺出版社2016年版，第164—165页。
⑤ 悠如：《怀蒋光慈先生》，《红棉旬刊》1932年第1卷第1号。

去的天空，土地，受难的人民，以至失去的茂草，高粱，蝈蝈，蚊子，搅成一团，鲜红的在读者眼前展开"[1]，从中不难体会到萧军对于东北土地深沉而又热烈的爱。端木蕻良的小说情感热烈奔放，加之他又有着诗人气质，因而被称为拜伦式的诗人，他自己也说过他完全是"抒情似的抒写着土地"[2]，同时对于"力"的文学他也极为推崇，还为此专门拟定过《力的文学宣言》。

左翼乡土小说之所以到现在还能打动我们，正是由于左翼乡土小说家将昂扬激烈的创作热情灌注于小说之中，充溢着雄强的气势和热烈的情感，如同端木蕻良所说的那样，左翼作家是"用生命来作薪炭，供给社会内应有的温度"[3]。他们使得文学艺术充分地介入现实生活，揭露出人剥削人、人压迫人的不公道的社会现状，号召广大农民起来与敌人进行殊死搏斗，为实现自身解放和民族解放永远战斗下去。左翼乡土小说家以进步的政治信仰和社会理想来烛照现实，鼓舞人们的斗志，振奋人们的精神，由此使得他们的小说有着审美的超越性和变革性，同时也充分证明文学是能够发挥现实战斗功能的。左翼乡土小说家非常同情和理解农民为了改变生存现状和穷苦命运所从事的暴力革命和阶级斗争，极力赞扬他们所表露出来的那种粗暴而又有力的阳刚之美，正如阿英所总结的那样："美是藏在我们所不注意的平庸的事物中，在就近处，在被虐待的灵魂里，在贫困的人们的怀中，和真理共同住着的。"[4] 自"五四"落潮以来，中国文坛一直都有着阴柔之风压过阳刚之气的创作趋向，而左翼乡土小说家通过将"力"和"美"结合在一起扭转了这一趋向，从而"以其悲壮、崇高的美学风范凝结成了三十年代小说的阳刚美"[5]。

通过与处于同一时代的京派乡土小说进行对比，更能见出左翼乡土小说的审美特质。左翼乡土小说家大都倾心于早年间为创造社所首倡的"Simple and Strong"[6] 的艺术手法和审美品格，推崇带有斗争意味的革命美学，崇尚"力的文学"，极为偏爱变动之美。

早在五四时期茅盾便对偏爱自然美的乡土叙事颇为反感，认为如果乡

---

[1] 鲁迅：《〈八月的乡村〉序言》，《八月的乡村》，容光书局1935年版，第3页。
[2] 端木蕻良：《我的创作经验》，《文学报》1942年第1号。
[3] 端木蕻良：《燃烧——记池田幸子》，《七月》1938年第3集第2期。
[4] 阿英：《现代日本文艺的考察·殉教者与〈卖淫妇〉》，载《阿英全集》第1卷，安徽教育出版社2003年版，第181页。
[5] 杨剑龙：《悲壮的史诗：论左联作家的乡土小说》，《学术研究》1991年第3期。
[6] 同人：《前言》，《流沙》1928年第1期。

土文学家带着此种成见"进了乡村便只见'自然美',不见农家苦了!"①与京派乡土小说家冷静旁观的处世态度不同,左翼乡土小说家大都有着反映和介入现实的强烈愿望,以及横绝果敢的斗争精神,有着雄强的气魄和悲壮的情怀,他们的乡土小说往往有着浓郁热烈的情感温度,呈现出阳刚之美。不容否认的是,左翼乡土小说家为了反映和彰显阶级斗争而有意对丰富驳杂的现实生活进行了简化和提纯,由此使得阶级斗争成为中心主题。但同样不容忽视的是,在京派乡土小说家的小说中也有着类似的倾向,他们为了呈现给读者优美的田园风光和宁静的乡村生活也有意识地遮蔽和去除了现实生活中确然存在的阶级对立和阶级冲突。擅长描摹田园牧歌的京派乡土小说家看重的是人和自然的关系,而左翼乡土小说家更加注重人和社会的关系。京派乡土小说家在创作倾向上大都偏于追求美好的或者超脱的意境,而左翼乡土小说家却将人们的视线引向最苦难、最悲惨,同时也最昂扬、最奋发的革命现实中去,以"阶级""暴力""悲壮""斗争"等革命话语取代了"人性""人情""悲悯""调和"等人道话语。具体而言,沈从文在小说中往往有意过滤掉现实社会中的不和谐因素而构筑起他心目中理想的人性小庙,而左翼乡土小说家着重表现的恰是这被有意过滤掉的不和谐因素,以此揭示出阶级斗争的必要性和合理性,赋予革命暴力崇高价值和美学意义。京派乡土小说家笔下的农村往往风景宜人、人美景美,人与人之间毫无机心,出身于不同阶级的人也能和谐共处;左翼乡土小说家却有意打破这样的太平幻象,转而营造出山雨欲来的紧张气氛。总之,由于政治观念的不同和审美理想的差异,导致处于相同时空下的左翼乡土小说家和京派乡土小说家笔下的乡村呈现截然不同的面貌。

  不仅左翼文论家,京派文论家李健吾对平和冲淡的静穆之美也有所质疑,逐渐认同左翼"力"与"美"相结合的文学观,他认为"没有比我们这个时代更其需要力的。假如中国新文学有什么高贵所在,假如艺术的价值有什么标志,我们相信力是五四运动以来最中心的表征"②。也正因为如此,身为京派审美批评重镇的李健吾后来也对萧军、叶紫等左翼乡土小说家的小说进行过审美分析。他对于 20 世纪 30 年代的乡土现实所生发的感慨与左翼人士颇为相似:"物质文明(工商的造诣)与享受的发扬开

---

① 郎损(茅盾):《评四五六月的创作》,《小说月报》1921 年第 12 卷第 8 号。
② 李健吾:《叶紫的小说》,载李维永编《李健吾文集·文论卷 1》,北岳文艺出版社 2016 年版,第 163 页。

始把农人投入地狱。正常成了反常，基本成了附着，丰收成了饥荒。'凡物不平则鸣。'讴歌田园的陶潜不复存在，如今来了一片忿怒的诅咒的抗议。"① 正是这忿怒的诅咒的抗议驱散了李健吾有过的田园幻梦，从而对农民的反抗斗争开始予以认同。在特定的时代背景和社会语境下，李健吾对于尚力文化的认同并不是个别现象，当时很多有正义感的文人在左翼文界的影响下都经历过类似的思想和审美转变过程。

第二节 左翼乡土小说的身体美学意蕴

美学既是有关意识形态的话语，也是有关身体的话语，伊格尔顿明确提出审美源自身体的话语的兴起，"美学是作为有关肉体的话语而诞生的"②，试图以美学为中介范畴"把肉体的观念与国家、阶级矛盾和生产方式这样一些更为传统的政治主题重新联系起来"③。身体之所以会成为美学的构成基础，这是因为美之为美必须经由人的感觉器官方能体悟，而人作为社会性存在，其感觉体验又难免会受到意识形态和政治观念的影响。美国心理学家马斯洛将人的需要划分为五个层次，只有当低层次的需要基本得到满足，其激励作用降低之后，更高层次的需要才会成为推动人们行为的主要动力，而其中最低层次的需要是生理需要。生理需要作为人类最原始也是最基本的需要，对人类的生存和繁衍而言有着至关重要的意义。它主要包括人们的衣食住行以及性的需要。梅洛-庞蒂曾经指出，世界的问题可以从身体的问题开始，"我不是在我的身体前面，我在我的身体中，更确切地说，我是我的身体"④。不容否认的是，中国共产党领导的土地革命之所以能够得到广大农民的热烈响应，与他们衣食无着、性欲压抑等生理需要无法得到满足的现实状况是有着一定内在关联的。包括左翼乡土小说家在内的革命作家敏锐地注意到这一点，在他们看来"追求天然合理的基本生存资源、性爱资源的文学演绎要比宣讲革命斗争的长远

---

① 李健吾：《叶紫的小说》，载李维永编《李健吾文集·文论卷1》，北岳文艺出版社2016年版，第162页。
② [英] 特里·伊格尔顿：《美学意识形态》，王杰等译，广西师范大学出版社1997年版，第1页。
③ [英] 特里·伊格尔顿：《美学意识形态·导言》，王杰等译，广西师范大学出版社1997年版，第8页。
④ [法] 莫里斯·梅洛-庞蒂：《知觉现象学》，姜志辉译，商务印书馆2001年版，第198页。

目标和利益更具鼓动力和诱惑力"①。经典马克思主义习惯于从阶级压迫、阶级斗争等政治经济学视角来阐释和界定革命,同时也是出于将革命叙述变得纯洁化和神圣化的现实考虑,因此对包括人的身体欲望在内的本能冲动在革命中所起的作用往往讳莫如深、避而不谈。

然而,无论有意忽视也好,还是根本无视也罢,都无法改变生理需要存在的事实。左翼乡土小说家由于有着较为充裕的创作自主性,因而在小说的革命书写中围绕着男女革命者的身体叙述依然历历可见。由此不仅让我们得以发见肇始于身体的革命启蒙在当时农村革命中所起到的重要作用,而且将现实经验和直觉感悟相互融合,遵从身体经验的感性逻辑呈现带有原初意味的革命者的身体美学,显现出朴拙而又独异的审美内涵。

一 肇始于身体的革命启蒙

罗兰·巴特认为身体是自然而非文化的产物,因而是脱离意识形态的,"身体为我们提供了一个抵御意识形态的有限的自由空间,属于身体的快感也就成为意识形态的对立物,具有积极的意义"②。然而辩证地看,身体与政治之间实际上有着密不可分的联系,身体逃离或者抵御一种意识形态往往意味着它正倾向和认同于另一种意识形态,未必能够全然摆脱掉意识形态的控制。从某种意义上来看,自有人类社会以来,人的身体就不是纯物理和纯自然的,身体欲望的表现受到社会文化观念和政治理念的影响和控制,而人的身体欲望的改变往往意味着新的价值观念的出现和兴起。质言之,无论古今中外,身体从来都不单单是一个自然实体,它同时与政治意识形态和社会权力紧密结合在一起。中国自古以来就对"身体"极为重视,孔子有云:"身体发肤,受之父母,不敢毁伤,孝之始也。"③人活于世先要"安身立命",再则"三省吾身""清身洁己",之后才能"立身处世",在此基础上始而生发身体的政治内涵。无论是"以身许国",还是"杀身成仁",都是为了立身扬名、光耀门楣。"身体"的意义和价值的获得终归要由社会政治来赋予和确认,也正因此"身体叙事的突出特点是它的政治化与意识形态化"④。

---

① 陈红旗:《文艺与革命:中国左翼文学发生的审美之维》,《社会科学研究》2008 年第 4 期。
② 刘自雄、闫玉刚:《大众文化通论》,中国广播电视出版社 2013 年版,第 170 页。
③ 詹杭伦译注:《孝经》,江苏人民出版社 2019 年版,第 3 页。
④ 陶东风、罗靖:《身体叙事:前先锋、先锋、后先锋》,《文艺研究》2005 年第 10 期。

第六章 左翼乡土小说的审美表征及审美形态

五四时期倡导人的解放,首要的任务和难题便是如何实现人的身体的解放。只有将广大的男女青年从封建家庭束缚中解放出来,让他们从铁屋子走向广场、走向社会,才能最终实现人的解放。因此,身体的解放和自由成为实现个性解放与社会解放的首要步骤。五四启蒙者十分注重启发青年对于身体的自主意识,一时间身体的"出走"成为个体解放的表征,一大批中国式娜拉冲出家庭走向社会,而两性之间的自由恋爱更是成为身体得到解放的重要标志。在阶级压迫和经济拮据等多重因素的共同作用下,广大贫苦农民不仅承受着沉重的经济压迫,同时也承受着身体上的压抑和伤害,因而"他们期待着革命会满足他们平生所怀着的,却从未得到过满足的欲求"①。革命解放不单单是经济上的翻身,同时也要解除农民尤其是青年农民的性压抑问题。

革命者的身体可以分为革命的身体和欲望的身体两部分,被解放了的身体依照快乐原则必然会寻求欲望的满足。革命作家业已认识到身体欲求的满足对于革命所能起到的重要推动作用,比如洪灵菲在《流亡》中通过主人公沈之菲之口就说过,"革命和恋爱都是生命之火的燃烧材料"②,然而恋爱和吃饭都被资本主义制度弄坏了,所以必须进行革命。左翼乡土小说家沿着普罗文学开辟出的创作道路继续深入开掘,致力于揭示身体之于革命的重要作用和意义,形成了具有特定政治内涵的身体叙事。

首先,任何革命都有待身体付诸实践,土地革命也是如此,要深入开展下去就必须动员广大的农民参与其中,因而如何充分利用农民的身体欲望和身体需要进行革命动员便成为摆在土地革命发动者面前的重要问题。

之所以要将身体置放于如此显要的位置,这与人的本能欲望是紧密相关的。弗洛伊德在《超越快乐原则》中修正了他之前提出的本能学说,认为本能包括生的本能和死的本能。生的本能是关乎人的自我保存的本能,不仅维持人类个体的生存,而且通过"与其他生殖细胞结合在一起","使生命保持更长的时间"③,其中最为根本的便是食欲和性欲的渴求与满足。

---

① [日]下出铁男:《论〈八月的乡村〉》,载王风、[日]白井重范编《左翼文学的时代——日本"中国三十年代文学研究会"论文选》,北京大学出版社2011年版,第61页。
② 洪灵菲:《流亡》,载乐齐主编《洪灵菲小说精品》,中国文联出版公司1997年版,第163页。
③ [奥]弗洛伊德:《超越快乐原则》,《弗洛伊德文集》,王嘉陵等编译,东方出版社1997年版,第222—223页。

早在两千多年前,孔子就对人性有过深刻的洞察,虽然他云游诸国、阅历丰富,却"未见好德如好色者也"①。《礼记》中也记载,"饮食男女,人之大欲存焉"②,认为"食""色"是人之本性。由此可见,无论古今中外,在对人的身体欲望和身体需要的认识上是有着共通之处的。真正的马克思主义者从不刻意拔高和夸大人的精神力量,而是首先将人作为自然存在物来看待。马克思就说过:"人作为自然的、肉体的、感性的、对象性的存在物,同动植物一样,是受动的、受制约的和受限制的存在物。"③当代西方马克思主义文论家伊格尔顿也将其理论建构在生物性、生理性的肉体基础之上,他认为"对肉体的重要性的重新发现已经成为新近的激进思想所取得的最可宝贵的成就之一"④。

前文已述,马克思早年倾向于认为农民不是为了面包或者财富而是为了自由参加起义和投身革命的,但后来他开始从政治经济学的角度强调面包或财富等生存需要的满足之于革命的重要作用和意义⑤。也就是说,身体欲求的满足要比人的自由更具优先性。诚然,导致底层民众生活苦难的根源在于贫困,对挣扎在温饱线上的农民奢谈自由是难以收到多大成效的,有时候面包要比自由来得更为重要。阿伦特对马克思的观点提出过质疑,她认为马克思让革命沦为纯粹生物性的过程,"不是自由,而是富足,现在成为了革命的目标"⑥。阿伦特的反驳观点虽然不无道理,但脱离了特定的历史语境,在温饱等身体需要已经基本得到满足的前提下来谈论马克思依据当时所处的特定社会语境提出的理论观点,难免会产生错位和隔阂。实际上,源于贫困所导致的身体需要无法得到满足正是中国现代革命的一种重要原动力,在农民参加革命的动机中就包含着合理的利己性的欲求。当人们无论如何努力和挣扎都无法摆脱贫困的袭扰时,便会对他们所置身的社会环境和社会制度产生质疑,而当天灾和人祸叠加导致农民无法生存下去时,便有可能激起他们的反抗情绪和抗争精神,暴力革命也就在所难免。

---

① (春秋)孔子著,杨伯峻、杨逢彬注译:《论语》,岳麓书社2018年版,第116页。
② 钱玄、钱兴奇等注译:《礼记》(上),岳麓书社2001年版,第306页。
③ [德]马克思:《1844年经济学哲学手稿》,载[德]马克思、恩格斯《马克思恩格斯全集》第3卷,中共中央马克思恩格斯列宁斯大林著作编译局编译,人民出版社2002年版,第324页。
④ [英]特里·伊格尔顿:《美学意识形态·导言》,王杰等译,广西师范大学出版社1997年版,第7—8页。
⑤ [美]汉娜·阿伦特:《论革命》,陈周旺译,译林出版社2011年版,第50页。
⑥ [美]汉娜·阿伦特:《论革命》,陈周旺译,译林出版社2011年版,第52页。

质言之，人既是一种理性存在物，也是一种由诸多欲望构成的肉体存在物，其中最为重要的是食欲和性欲。然而由于地主阶级的超经济剥削，导致许多穷苦农民长年挣扎在温饱线上，为着衣食温饱而忙碌奔波，根本无力娶妻生子，肉体欲望被深深压制。有过农村生活体验且深受传统文化浸染的左翼乡土小说家对此并不陌生，他们认识到要对农民进行革命启蒙，势必要先唤起并充分利用他们的身体欲望，从而召唤起他们的革命热情，"恋情和革命激情都是从同一个源泉里喷涌出来的"①。身体是革命的本钱，如果没有一个个的身体愿意参与进来，革命将如同无源之水、无本之木，是难以持续开展下去的。革命要想吸引农民尤其是青年农民加入，必须要贴合他们对于未来生活可能性的想象，让他们认识到只有参与到土地革命中，才能实现在当前现实生活中无法企及的生存需求与两性欲望的满足。因而左翼乡土小说家在小说创作中对于农民的欲望非但不会进行刻意压制，反而会给予充分肯定。在土地革命的动员过程中，为了争取广大农民的支持和拥护，确有必要对农民的欲望满足做出承诺，许诺将来革命胜利后会通过重新调配各种资源来满足农民（包括生存和性欲在内）的基本生活欲求。这在左翼乡土小说中有着鲜明的表现，为数众多的农民之所以愿意积极拥护革命，乃是"一个不安份的生理器官开始同暴风骤雨式的革命衔接起来了，荷尔蒙显现了独特的政治功能"②。

在萧军《八月的乡村》中，孙二是如此这般解释什么叫革命的：

革命？革命就是把从祖先就欺负我们的那些臭虫们，全杀了；……比方没革命以先，富人们有三个五个十个八个老婆，你现在三十多岁了，还没有娶起一个老婆呢，革命以后，一个钱不花，你就可以有个老婆！自己有地，不再给别人种了。懂了吗？这就是革命！这就是那个高丽姑娘说的。他们同志们全是这样讲给我听的。③

上述这段话虽然是孙二以略带戏谑的口吻来描绘革命前景以诱导哥哥参加革命军的，但对于革命的此种理解在底层农民中实际上还是有着很强代表性的，表达出农民期冀通过革命来满足基本的生理需要的朴素愿望，

---

① [美] 李欧梵：《浪漫主义思潮对中国现代作家的影响》，载贾植芳主编《中国现代文学的主潮》，复旦大学出版社1990年版，第80页。
② 南帆：《文学、革命与性》，《文艺争鸣》2000年第5期。
③ 萧军：《八月的乡村》，容光书局1935年版，第211页。

由此使得"性"成为"革命之中的一个拥有某种爆发力的主动因素"①。也正因此,孙二劝导孙大加入革命军去打日本兵,得到的回答是:"他给我一个老婆,我就干;就是死了也不埋怨!"② 在《八月的乡村》里,革命军领导者对于农民出身的革命队员的想法也是一清二楚的,虽然陈柱司令一再强调必须注意革命纪律,但对于队员们"吃烟、谈话、随便说女人,这里是没有禁止的"③。小说中的刘大个子等人参加革命军的初衷,在很大程度上也是为了实现个人欲望的满足。刘大个子在见到安娜之后便不由得想入非非,"想着'革命'一定能够给他一个老婆"④。总之,个人欲望已经融入革命叙事之中,由此使得身体欲望呈现政治化、革命化的趋向,成为激起农民革命意识的重要诱因。

蒋光慈《咆哮了的土地》中张进德号召农民加入农会,启发他们起来斗争的理由也与农民的身体直接相关,甚至连他自己也曾为"生了半世而从不知道女性的温柔与安慰"⑤ 感到一种莫名的悲哀和愁苦。他在引导刘二麻子参加土地革命时这样说道:

> 刘二哥!请你别要这样怨恨自己生了这一副脸孔。没有娶老婆的人多着呢,我不也是一个吗?谁个不想娶老婆?我当然也和你一样。不过你也要知道我们是穷光蛋,就是人家把女人白送给我们,我看我们也养活不了。妈妈的,只要有钱,就是癞子也可以有两个老婆。你看周家圩的周二老爷不是癞子吗?可是我们没有钱,穷光蛋,就是不是癞子,也是尝不到女子的滋味的。你以为你的脸不麻,你就会娶得老婆了吗?老哥,这是笑话!
>
> ……
>
> 请你别要老是想着娶老婆的事情!这世界是太不公平了。我们穷光蛋要起来反抗才是。妈妈的,为什么我们一天劳苦到晚,反来这样受穷,连老婆都娶不到?为什么李大老爷,周二老爷,张举人家,他们动也不一动,偏偏吃好的,穿好的,女人成大堆?……这是太不公平了,我们应当起来,想法子,将他们打倒才是!我们要实行

---

① 南帆:《文学、革命与性》,《文艺争鸣》2000年第5期。
② 萧军:《八月的乡村》,容光书局1935年版,第221页。
③ 萧军:《八月的乡村》,容光书局1935年版,第86—87页。
④ 萧军:《八月的乡村》,容光书局1935年版,第89页。
⑤ 蒋光慈:《咆哮了的土地》,载方铭、马德俊主编《蒋光慈全集》第4卷,合肥工业大学出版社2017年版,第31页。

土地革命……①

不难看出，张进德正是以刘二麻子的身体欲望作为突破口来说服他相信并参加土地革命的。这也的确戳中了刘二麻子的软肋，在此之前他逢人便说自己一定要娶老婆却又娶不到，以致沦为笑柄。他对娶老婆一事原本早已心灰意冷，而张进德的一番话重新激起他的欲望，因而对于土地革命倾心不已，急切地想要借此来实现自己梦寐以求却始终未能达成的心愿。而张进德在对已有妻室的农民进行革命启蒙时则灵活地变换方式，在启发他们的革命意识时从娶老婆变为吃饱饭、穿好衣，"我们种田的人终年劳苦个不休，反来吃不饱肚子，穿不了一件好衣服"②，所以才要组织农会反抗田东家。这对陷入经济困境中的李木匠等人来说有着极大的诱惑力，立竿见影般取得了成效，他们纷纷表示愿意追随张进德开展农民运动。

上述小说中的身体话语是由张进德、孙二等人为了启发或者诱导他人起来革命时所说的，在丁玲的《田家冲》和茅盾的《泥泞》等小说中却并无这样的革命身体话语言说者，但透过作者对小说中农民隐秘心理的揭示，同样可以看出身体欲望对于革命的重要影响和作用。《田家冲》中的三小姐虽然从未像张进德和孙二那样向寄居的赵得胜一家进行过关乎革命的身体话语宣传，但赵家大哥因对她心生爱慕而自愿为她提供庇护。《泥泞》中粗通文墨的黄老爹看着贴在土墙上的两张花纸，纸上的字虽然都识得，却不明白其意义，目不识丁的老七只爱看花纸中间那个有着细细腰肢、短短衣袖和一双白胳膊的姑娘。这个姑娘笑嘻嘻地夹在四五个男子汉中间，左右还各挽着一个，于是老七猜测着这一定是共妻了。很快农民协会成立了，村民们闹哄哄地嚷着要入会，老七虽然觉得很有趣，但"微感不足的是竟不曾'共妻'"③。不久，村里来了五六个女兵发动村里的婆子和姑娘组织妇女协会，由于宣传工作不到位，黄老爹等人误以为这是要实行共妻的信号，而老七瞅着墙上花纸中的白胳膊姑娘更是想入非非，他整天跟在女兵后面贪婪地等待着新花样的出现。也不唯老七如此，村里十几个粗汉聚在村前的树林里议论着："说是不共妻。嘿！新来的五六个干

---

① 蒋光慈：《咆哮了的土地》，载方铭、马德俊主编《蒋光慈全集》第4卷，合肥工业大学出版社2017年版，第31页。
② 蒋光慈：《咆哮了的土地》，载方铭、马德俊主编《蒋光慈全集》第4卷，合肥工业大学出版社2017年版，第69页。
③ 茅盾：《泥泞》，载《茅盾全集》第8卷，人民文学出版社1985年版，第169页。

什么的？只准他们自己共？咱们先去共他们的！不去的不是人！他妈的！""还用你说！那个长条儿的，走起路来屁股扭扭儿的，真叫人嘴馋！"[1] 从这些村民们粗俗的话语中可以见出，他们所关切的并不是革命本身，而是性欲的满足，这才是他们倾心于革命的重要原初动因。大革命的风暴将包括农民在内的各个阶层都卷入革命的洪流之中，在激活农民身上长期以来备受压抑的反抗意识的同时，也将他们的身体欲望释放出来。对于革命而言，身体欲望堪称一柄双刃剑，引导得当将会对革命起到显著的促进作用；反之，任其膨胀则会对革命造成极大的破坏效应，甚而导致农民走向革命的反面，从而严重危及革命活动的开展。茅盾在创作《泥泞》时遵循着现实主义手法，透过身体欲望之于革命的影响这一视角，既呈现农村的落后面貌以及农民的愚昧、保守，同时也对大革命何以会遭致失败进行了反思。

同时需要强调的是，左翼乡土小说家关注农民的身体需求并非就意味着他们赞成或者有意宣扬"共产共妻"，而是他们充分意识到众多农民之所以无力娶妻，不能满足合理的生理需求，根本原因是帝国主义、官僚政府和地主阶级的残酷剥削和阶级压迫所致，农民唯有在中国共产党的领导下团结一致推翻反动统治，才有可能在经济上获得翻身解放的基础上最终实现身体欲求的满足。

其次，地主家庭出身的革命者能否超越阶级界限与农民出身的革命者牢固地结合在一起，关键在于他们能否克服自身的身体障碍和思想局限，这也成为考验他们革命决心是否坚定的重要判断标准。

1939年5月4日，毛泽东在为纪念五四运动20周年所作的演讲《青年运动的方向》中就说过，知识青年和学生青年组成了中国反帝反封建的一个方面军，但单靠他们还无法打败敌人，工农大众才是主力军，因此他们必须和工农群众结合在一起才能组成一支强大的军队[2]。不仅如此，毛泽东还明确地将知识分子能否与工农大众相结合作为判断他们是否革命的"最后的分界"，"愿意并且实行和工农结合的，是革命的，否则就是不革命的，或者是反革命的"[3]。这当然并不仅限于思想上的结合，同时也包括身体上的结合。在左翼乡土小说中对此也有所揭示，知识分子不仅

---

[1] 茅盾：《泥泞》，载《茅盾全集》第8卷，人民文学出版社1985年版，第170页。
[2] 毛泽东：《青年运动的方向》，载《毛泽东选集》第2卷，人民出版社2006年版，第566页。
[3] 毛泽东：《青年运动的方向》，载《毛泽东选集》第2卷，人民出版社2006年版，第566页。

和工农大众心心相通，而且逐步有了身体上的接近和结合，李杰和兰姑、毛姑，张进德和何月素，黄副会长和梅春姐等人之间即是如此。这些跨阶级的恋爱都得到左翼乡土小说家的肯定，他们的结合不仅象征着来自不同阶级的革命者因着共同的革命理想和政治信仰紧密地团结在一起，同时也有助于革命工作的深入开展。与之相反的是，萧明和安娜、唐老疙疸和李七嫂等同一阶级内的恋爱结合不仅遭致否定，而且给革命工作造成了严重的不良后果。

值得特别注意的是，蒋光慈在创作《咆哮了的土地》之前对于跨阶级的两性结合基本上是持否定态度的，正如钱杏邨在评论其小说《野祭》时所指出的那样，"各个人的阶级不同，他们的经济背景和生活状况当然也是不同，以两个经济背景不同的人合在一起，他们的思想行动，事实上是没有方法调协的"①。但在《咆哮了的土地》中蒋光慈改变了看法，转而开始将张进德和何月素以及李杰同兰姑、毛姑等出身于不同阶级的人物结合在一起。由此可见，左翼乡土小说家随着革命形势的变化也在不断调整着对于革命者两性关系的看法。

再次，左翼乡土小说往往将女性的身体欲望与革命启蒙联结在一起，从而使得女性的身体欲望不再单纯是个人欲望的呈现，而是成为女性争取自身解放的重要诱因和有机组成部分。

左翼乡土小说因着对女性身体欲望的呈现而成为欲望化的革命书写，有助于吸引人们更加关注革命的女性和女性的革命，从而在潜移默化中受到革命思想的影响和熏陶。虽然普罗文学时期曾经风靡一时的"革命+恋爱"小说叙事模式遭到批判和清算，但女性身体叙事在左翼乡土小说中非但没有绝迹，反倒依然十分活跃。在左翼乡土小说中，女性身体作为激发男性从事革命的诱发因素的描写仍然大量存在，对于女性身体占有的渴慕对男性革命者而言依然有着不可小觑的吸引力，这与十七年文学热衷于塑造"无性英雄"形成鲜明的对比。在《红岩》等红色经典中对革命者的身体描写都呈现对"肉体"的排斥，生活在"食""色"之中的只能是国民党官员及特务。左翼乡土小说中对革命者的身体描写尚未受到如此严密的规训和限制，革命者的身体欲望仍然可以得到一定程度的满足，而并非纯然地被视作革命的工具。

同时，在左翼乡土小说中女性身体也成为一种象征符号。女性的身体欲望在被男性革命者激发之后往往会催生女性的革命欲望，同时女性的性

---

① 钱杏邨：《野祭》，《太阳月刊》1928年2月号。

取舍标准的变化也与政治取向的变化紧密相关。

在蒋光慈《咆哮了的土地》中,毛姑对于姐姐之死始终难以释怀,对李杰充满着彻骨的仇恨,但在她得知李杰不仅已经和他的家庭彻底断绝关系,而且与张进德一道领导农民组织农会公开反对他的地主父亲并开展土地革命后马上转变了态度,"将脸上的不快的表情取消了"①。而当李杰让她从今以后别再称呼他大少爷而改叫李大哥时,毛姑瞬时变得妩媚起来,显现出一种感激的神情。由此可见,正是革命促成了毛姑对李杰态度上一百八十度的大转变,在第一次谋面之后李杰便由仇敌变成了仰慕的对象。在遇到李杰之前,毛姑所能设想的未来生活只不过是"嫁给一个身份和她相等的人,一个农家的儿子,也和她的妈妈所经过的一样"②,然而现在她有了新的憧憬。虽然她还搞不懂李杰所说的"妇女部""女宣传队""革命"等话语的含义,但她依然模糊地意识到这是一种和她现在所过着的完全不同的正当、有趣的生活。自从见到李杰后,毛姑不仅捐弃前嫌,还慢慢爱上了他,李杰那"英锐的眼睛"、"珠红染着也似的口唇"以及"温雅而又沉着的态度"③深深地打动了她的芳心。毛姑之所以会萌生爱意,除了李杰的相貌、气质,还在于他不仅完全不摆大少爷的架子,而且"吃得来我们家的饭,也睡得来我们家的床被,简直和我们家的人一样了"④。正是在看到李杰所发生的巨大变化后,她才"不但原宥了李杰的过去,而且反转来为兰姑可惜",怪道"兰姐没有福气,不能嫁给他"⑤,假使活到现在李杰也许会娶她的。之后在李杰和何月素的启蒙引导下,毛姑开始走上革命道路,积极从事针对农村妇女的革命宣传工作。

叶紫《星》中的梅春姐也是在身体欲望被唤醒之后,才下定决心脱离家庭走向革命的。在参加革命之前,美丽贤惠的梅春姐不但得不到丈夫的疼爱,反倒常常饱受毒打虐待,她除了忍耐别无他法,早已心如止水般默默地承受着一切苦难。在黄副会长的诱惑下她原本已经死寂的情欲又被

---

① 蒋光慈:《咆哮了的土地》,载方铭、马德俊主编《蒋光慈全集》第4卷,合肥工业大学出版社2017年版,第47页。
② 蒋光慈:《咆哮了的土地》,载方铭、马德俊主编《蒋光慈全集》第4卷,合肥工业大学出版社2017年版,第61页。
③ 蒋光慈:《咆哮了的土地》,载方铭、马德俊主编《蒋光慈全集》第4卷,合肥工业大学出版社2017年版,第62页。
④ 蒋光慈:《咆哮了的土地》,载方铭、马德俊主编《蒋光慈全集》第4卷,合肥工业大学出版社2017年版,第63页。
⑤ 蒋光慈:《咆哮了的土地》,载方铭、马德俊主编《蒋光慈全集》第4卷,合肥工业大学出版社2017年版,第63页。

激活起来，两人很快结合在一起。在黄副会长的指导下，她积极从事革命宣传活动，不久便成为村内妇女运动的领导者。在黄副会长被捕牺牲后，为了抚养儿子她含辛茹苦、忍辱负重，儿子被虐致死后她又开始寻找革命队伍，重新踏上了革命的征途。但令人感到遗憾的是，叶紫在小说中对农会婚姻政策的解读有曲解之嫌，后来也被批评歪曲了革命者的形象。妇女协会的漂亮女人将提倡自由恋爱、婚姻自主简单化地扭曲为"女人爱谁就同谁住"①，这也难怪会赢得村里有名的荡妇柳大娘的共鸣，因为她的信条就是"男人做得初一，我就做得初二"②。然而事实上，叶紫对于黄副会长和梅春姐恋爱故事的描绘应当说是符合生活真实和历史真实的，而并非他蓄意要歪曲农民运动，在当时像陈德隆、梅春姐和黄副会长这样的三角恋爱并不鲜见。况且黄副会长虽然肩负着传播革命火种、发动群众革命的使命，但身为刚刚从师范学校毕业的青年学生，思想中难免会掺杂着罗曼蒂克的成分，距离真正的革命者还有一定的差距。文中的"星"有着双重意指，既隐喻着黄副会长的政治启蒙像"星"一样指引着梅春姐一步步走上革命道路，又喻指黄副会长那双"星"一样的眼睛唤醒了梅春姐的身体欲望，促使她大胆地摆脱封建伦理观念的束缚转而追求自由爱情。无论黄副会长的求爱方式妥当与否，他终究是在与梅春姐互有好感后方才采取爱情攻势的，这就与纯粹玩弄女性的流氓行为划清了界限。如此这般就使黄副会长的求爱行为显得不那么粗暴野蛮，而是多少有了些合乎情理的情感基础。同时受限于当时特定的社会环境，农村尚无自由恋爱的风气，叶紫也很难设定出更为完美无瑕的求爱过程和结合方式。此外，无论是在中国共产党早期的政治文献还是在革命实践中"性并不是一个特别忌讳的字眼"③，当时的革命话语对于性并不特别排斥，这在左翼乡土小说中自然也有所反映。凡此种种，使得黄副会长与"文化大革命"时期小说中所惯常塑造的那种毫无个人情感欲求而一心为公的革命者形象有所不同。

最后，在左翼乡土小说中不仅革命者注意到满足农民身体欲求和生存需要对于土地革命所能起到的重要作用和意义，反革命者也注意到这一点。

当时社会上频繁出现的"共产共妻"的谣言，就是反革命者为了分化和瓦解农民所惯用的招数。国民党及土豪劣绅为了维护自身利益，千方百计地与共产党展开对于农民的争夺。他们时常利用已婚农民的恐惧心理

---

① 叶紫：《星》，载胡从经编《叶紫文集》（上），湖南人民出版社1983年版，第339页。
② 叶紫：《星》，载胡从经编《叶紫文集》（上），湖南人民出版社1983年版，第307页。
③ 蔡翔：《革命/叙述：中国社会主义文学——文化想象（1949—1966）》，北京大学出版社2010年版，第158页。

进行反革命宣传，造谣说中国共产党领导土地革命是要实行"共产共妻"，蒙骗了部分农民，让他们反感和厌恶土地革命。除了茅盾的《泥泞》，在叶紫的《星》、许杰的《剿匪》等小说中都揭示过此类"共产共妻"的谣言。比如叶紫的《星》中村里刚刚成立妇女协会，土豪劣绅便造谣说过不了多久就要实行共产共妻，还要举行妇女裸体游乡大会以方便男人们自由挑选。这些谣言在很大程度上动摇了革命的社会心理基础，对于革命工作有着十分恶劣的负面影响。思想保守的农民也会利用年轻人渴望娶老婆的心理劝阻他们参加革命运动，在魏金枝《焦大哥》中的父兄们便这样劝诱道："好好地做吧，挣钱多难，刚刚弄点钱想给你娶亲，你就在外面鬼闹，谁个女儿还肯给你"①，结果几个一心想讨老婆的年轻人都经不起诱惑发生了动摇，中途退出抗租运动。由此也从反面证明，基于农民身体欲望和生存需要的革命启蒙是有着极强作用和功效的。

综上所述，左翼乡土小说家基于现实生活经验和各自不同的直觉感悟，对身体之于革命启蒙所产生的影响及其作用进行了描绘，同时在此基础之上也呈现朴拙而又独异的身体美学内涵。

二 独异的男性革命者身体美学

在早期革命文学中，革命知识分子往往有着高涨的革命热情和坚定的革命信念，却不仅身体孱弱而且常常罹患疾病。比如洪灵菲小说中的男性革命者虽然大都富于革命斗志，但常常身体羸弱、形容憔悴，与狂热的革命热情之间形成巨大的反差。蒋光慈早期小说中的革命知识分子很多都患有肺结核或梅毒，比如《野祭》中的俞君就患有严重的肺病，又嗜酒如命，显得十分落魄邋遢；《短裤党》中史兆炎在演讲时"没曾咳嗽一声，可是说话刚一停止，便连声咳嗽起来"②，杨直夫更是一出场便因患有重病卧床不起，肺病发作起来持续长达数月。茅盾《蚀》三部曲中的《追求》则是"到处表现了病态，病态的人物，病态的思想，病态的行动，一切都是病态，一切都是不健全"③，革命知识分子的病态既是思想上的，同时也是身体上的。《追求》中的史循从事革命这样"艰苦的经历并不能磨炼出他一副坚硬的骨头，反把他的青春的热血都煎干，成为一个消极者，一个怀疑派"④，最终他不堪忍受病痛折磨和精神痛苦而决定自杀，

---

① 魏金枝：《焦大哥》，《萌芽月刊》1930年第1卷第5期。
② 蒋光赤（蒋光慈）：《短裤党》，泰东图书局1927年版，第11页。
③ 阿英：《茅盾与现实》，载《阿英全集》第2卷，安徽教育出版社2003年版，第184页。
④ 茅盾：《追求》，载《茅盾全集》第1卷，人民文学出版社1984年版，第318页。

被及时抢救过来之后他对章秋柳说:"假使我的身体是健康的,消沉时我还能颓废,兴奋时我愿意革命,愤激到不能自遣时,我会做暗杀党。但是病把我的生活力全都剥夺完了。我只是一个活的死人。"① 与带着病态的革命知识分子形成鲜明对比的是,小说中的农民自卫军个个都有着强健的体魄。左翼乡土小说中的革命知识分子却并非如此,几乎完全改换了模样,他们既有坚定的革命意志,同时又颇具阳刚之气,呈现截然不同的身体美学特征。

蒋光慈《咆哮了的土地》中的李杰就毫无其早期小说里革命知识分子常见的孱弱和病态,完全颠覆了白面书生的柔弱形象,他刚一出场时身着武装便服,"因为行旅的所致,他的面貌很黑瘦,可是从他的两眼中所放射出来的英锐的光芒,的确令人一见了便会发生一种特异的,也许是敬畏的感觉"②。虽然李杰看起来面容有些清瘦,但完全脱去了一年前身为地主少爷时的稚气,变得沉稳庄重起来。这与十七年小说中的革命知识分子形象倒是极为相似,杨沫《青春之歌》中的江华出场时就是"高高的、身躯魁伟、面色黧黑"③,完全褪去白面书生的文人气质而更像一个机关小职员。李杰为了革命甘愿忍受一切艰难困苦,自愿放弃原本优裕的生活而与农民同吃同住。在大革命失败后的危急关头,很多人都脱离了革命阵营,但李杰却意志坚定、毫不畏惧,他英勇顽强的革命表现的确是值得称赞的。李杰对于名利也十分淡薄,以往论者往往只注意到他在农会中的地位排在张进德之下,却忽略了他原本是可以当上会长的。张进德非常赞同李杰出任会长,在他眼中李杰无疑是革命军的主心骨,但李杰为了革命大局起见主动让在农民中更具威信的张进德担任会长。

在萧军《八月的乡村》中,萧明虽然在参加革命之前是个学生,却吃苦耐劳、踏实能干。他敢于只身从旧军队军营中拉出8个弟兄投奔革命军,并且带着他们经历重重险阻摆脱敌人的追击后抵达革命军营地(中途牺牲2个),因此得到工农出身的革命队员们的一致称赞。在之后指挥队员们攻打王家堡子和王三东家宅院的战斗中,他的表现也是可圈可点的。

然而与革命知识分子健康、强壮的身体形成鲜明对比的是,许多工农出身的革命者的身体要么有生理缺陷,要么染上疾患。萧军《八月的乡村》中的人民革命军司令陈柱不仅秃顶,手指骨节奇突,还有些跛脚,

---

① 茅盾:《追求》,载《茅盾全集》第1卷,人民文学出版社1984年版,第315页。
② 蒋光慈:《咆哮了的土地》,载方铭、马德俊主编《蒋光慈全集》第4卷,合肥工业大学出版社2017年版,第16页。
③ 杨沫:《青春之歌》,中国青年出版社2000年版,第253页。

说话的声音也"不很漂亮,而且又有些重浊",就连背影看起来也是"不大强健,也不大灵活"[①];小红脸有着"一副充血的脸色,喝过烧酒般,红红地;瞳仁近乎黄金色;眼睑有些浮肿,他还生着不甚浓密的胡须"[②];郑七点有着一嘴黄牙齿和一张没有胡须的麻子脸,鼻子也是扁平的。无独有偶,蒋光慈《咆哮了的土地》中的青年农民也大都有着这样那样的身体缺陷。刘二麻子天生丑陋,脸上大而深的麻子几乎可以放入一粒粒豌豆,因相貌奇丑不但受到别人嘲笑,而且他本人也自惭形秽;王贵才不但身材很短小,而且瘦弱多病,被人称作王矮子,在革命的危急关头他因为害着严重伤寒无法随军向深山转移而落入敌手被枪毙。端木蕻良《遥远的风砂》中投奔革命军的煤黑子相貌狰狞可怖,他一口黄板牙,"脸上每个红疱都挣得萱红","左太阳穴那儿有个大疤,似乎他就用那个疤在看人,疤上显出紫亮的光","眼中溢漾着非人类的卑亵,脸上淫邪的扭曲着";队长双尾蝎"脸上是菜绿色,血液大概也是红的,身上发青"[③]。放在"十七年"时期,像以上这样对于工农革命者的身体刻画是不可想象的。20世纪50年代初,碧野在长篇小说《我们的力量是无敌的》中对英雄炊事员熊义的身体刻画就受到过严厉批判,认为他故意将英雄人物丑化成半人半动物式的低能者,只见得熊义"又凶又丑,头发深一块,浅一块,白一块,黑一块,低额门,鼻子短粗,大鼻子上长满了密密麻麻的疱钉,大胡子象猪鬃"[④]。相较而言,蒋光慈《咆哮了的土地》中的张进德倒是个例外,他的身体并无明显的缺陷,不仅有两只铁拳,两眼也射出炯炯的光来,令人望而生畏,这样的描述与"十七年文学"中的工农革命者形象倒是完全一致的。在"十七年文学"中,具有健壮、魁梧、仪表堂堂和阳刚之气的革命者大都是工农兵而非知识分子。比如浩然《艳阳天》中的萧长春就是个健壮、英俊的庄稼人,不仅肌肉发达、体魄强健,而且有着满口洁白的牙齿;吴强《红日》中的班长杨军有着"敦厚的黑黑的脸,两只炯炯逼人的黑而大的眼珠"[⑤],显得结实健壮而又精神饱满;柳青《创业史》里的梁生宝虽是红脸,但浓眉大眼、气派不凡,这显然是《八月的乡村》中的小红脸所不具备的。梁斌《红旗谱》里的朱老忠虽然也是红岗脸儿,但"小圆眼睛,目光炯炯","说起话来,语音很响

[①] 田军(萧军):《八月的乡村》,容光书局1935年版,第63—64页。
[②] 田军(萧军):《八月的乡村》,容光书局1935年版,第3页。
[③] 端木蕻良:《遥远的风砂》,《文学》1936年第7卷第5号。
[④] 碧野:《我们的力量是无敌的》,解放军文艺出版社1980年版,第195页。
[⑤] 吴强:《红日》,中国青年出版社2004年版,第360页。

亮,带着铜音"①,并且体格高大魁梧,显现出豪侠仗义之气。

此外,值得特别注意的是,在左翼乡土小说中真正拥有高大健壮、充满力量的身体者很多是革命动摇分子和土匪出身的革命者。比如《八月的乡村》中因违反纪律给革命军带来重大损失的唐老疙瘩的身体素质就极为出色,他有着浓密乌黑的头发和棕色宽阔的肩膀。当过胡子的铁鹰队长有着高大的身材,猛鸷而敏捷,挺立在那里俨然一只没有翅膀的鹰。

总的来看,左翼乡土小说中对于革命者身体的呈现与中华人民共和国成立后尤其是"文化大革命"时期将革命英雄脸谱化的做法有着极大的不同,在后者中敌、我的身体往往判然有别,工农出身的革命英雄及模范人物从身体到精神都是近乎完美的"高大全""红光亮";而革命敌人及落后分子则是"矮丑恶""黑无光"。身体俨然成为一种文化符号,不仅有着浓厚的道德价值内涵,而且已经成为一种鲜明的政治象征,呈现带有浓重阶级意识和政治内涵的身体美学。相较而言,左翼乡土小说中的人物身体刻画较为本色,并未将人的身体美丑与其阶级出身直接画上等号。

三 女性的身体美化及其精神缺失

在早期革命文学中,以蒋光慈为代表的革命作家热衷于以"革命+恋爱"的小说模式来进行文学创作,从而借助"身体"的力量将政治和审美联结在一起。在他们的小说中女性革命者大都有着充满肉欲诱惑的身体,借此一方面可以稀释革命色彩,使得作品能够顺利出版发行,同时也可以满足读者的猎奇心理,吸引青年读者的注意。因此,茅盾和蒋光慈等擅长描写革命女性身体之美的作家都取得了商业上的成功,成为当时的畅销书作家。

茅盾在《蚀》三部曲中塑造了许多革命女性形象,她们无一例外都有着美丽性感的身体,对于男性有着强烈的诱惑力,同时她们对自己的身体也十分自信,渴望用身体来征服男性革命者。茅盾在小说中常常通过描绘女性丰满的乳房、纤细的腰肢、婀娜的身姿和迷人的肉香来展现革命女性的身体美感。不仅如此,这些革命女性还有着不羁的个性和旺盛的欲望,《动摇》中的孙舞阳在方罗兰面前袒胸露乳更换衣服,丝毫也不感到难为情;《追求》里的章秋柳认为女子最快意的事莫过于征服一个骄傲的男子后再下死劲把他踢开,也正是有着如此激进的两性意识,她才会试图以自己

---

① 梁斌:《红旗谱》,中国青年出版社2012年版,第232页。

健美的身体来挽救丧失革命斗志的史循。虽然茅盾也曾解释他给小说中的女性主人公都"穿了'恋爱'的外衣",并在这其中夹带着政治信息,其目的是"想在各人的恋爱行动中透露出各人的阶级的'意识形态'"①,但他自己也十分清楚这是个难以奏效的企图,读者更为关注的显然还是其中的男女恋爱以及女性身体描写。这种创作风向很快便受到左翼文论界的批判。然而值得注意的是,虽然"革命+恋爱"的小说叙事模式逐渐遭到左翼文论家的批判和贬抑,但左翼乡土小说中的革命女性大都依旧有着美丽的身体,叶紫的《星》、丁玲的《田家冲》、萧军的《八月的乡村》、蒋光慈的《咆哮了的土地》等小说中的女性革命者莫不如此。

叶紫《星》中的梅春姐"被太阳晒得微黑的两颊上,还透露着一种少妇特有的红晕;弯弯的,细长的眉毛底下,闪动着一双含情的,扁桃形的,水溜溜的眼睛",太阳光从背面映衬出她"那同柳枝一般苗条与柔韧的阴影,长长的,使她显得更加清瘦"②。梅春姐不仅相貌出众,还是个人见人夸的贤惠女人,却不仅得不到丈夫陈德隆的疼爱,反倒经常遭到虐待和毒打。自从将梅春姐娶进门后,陈德隆就没有对她有过一回笑脸,他打她、骂她、折磨她,还常常在夜深人静的时候无情地殴打她,这就为梅春姐日后的出轨埋下伏笔。在丁玲的《田家冲》中,三小姐从小就有着可爱的面孔和令人称羡的发辫,只要看见过她的人无不称赞她的美貌,而这为三小姐回到农村进行革命启蒙奠定了良好的基础。幺妹一家都十分清楚三小姐是在从事革命工作,尤其是大哥"也知道她的出外,和那些同谋者"③,但因为他对三小姐心生爱慕,不仅比家中任何人都更爱她和同情她,而且爱屋及乌,对三小姐从事的革命工作也心存好感。他不仅没有检举揭发三小姐,反倒自愿为她提供庇护。萧军《八月的乡村》中的安娜则"是一个很漂亮的小东西,眼睛像两块黑宝石;同时在前额表现着充分的顽强——突出的,生着很浓黑的头发一个饱满的前额"④,从中不难体会到安娜是一个外表美丽而又个性倔强的女性革命者。

在《咆哮了的土地》中,蒋光慈并没有直接去描写毛姑有多么美,而是透过李杰、何月素的眼睛进行间接观察和反映。李杰一见到毛姑就不禁呆怔了,毛姑"身穿着蓝布的衣裳,虽不时髦,然而并掩盖不了她

---

① 茅盾:《写在〈野蔷薇〉的前面》,载《茅盾全集》第9卷,人民文学出版社1985年版,第524页。
② 叶紫:《星》,载胡从经编《叶紫文集》(上),湖南人民出版社1983年版,第305页。
③ 丁玲:《田家冲》,《小说月报》1931年第22卷第7号。
④ 田军(萧军):《八月的乡村》,容光书局1935年版,第63页。

那健康的、细长合宜的身材,脸上没有脂粉,微微地现着一种乡村妇女所特有的红紫色,可是她那一双油滴滴的秋波似的眼睛,那带着微笑的一张小口"[1] 强烈地吸引住李杰。何月素初见毛姑时,感觉到她朴素中带着秀丽,"虽然具着乡下的朴素的姿态,但是那姿态在许多的地方令人感到一种为城市女子所没有的美丽来"[2],毛姑自然流露出来的身体之美竟然让同样貌美如花的何月素不由得妒火中烧、自叹弗如,并因此理解了当年李杰为何会因爱上普通农家女子兰姑而拒绝了她,这就使得李杰与兰姑、毛姑之间跨越阶级的恋爱显得更为合乎情理。何月素则有着"一张翕张着的小嘴,高高的鼻梁,圆圆的眼睛,清秀的面庞",虽然李杰初次见面时并非有意要观察她的姿容,却还是一见之后有"一种惊异的,不解的心情"[3],显然李杰被何月素的美貌深深吸引住了。李木匠、癞痢头两人更是像被她催眠了一般,向着她的背影投射出惊奇的眼光。相较而言,毛姑对于李杰的吸引力要更大一些,她并不言语,只向着他含羞地一笑便"把李杰的心境弄得摇荡了。他觉得那是异样地妩媚,异样地可爱"[4]。

与革命女性的身体之美形成鲜明对照的是,左翼乡土小说中的普通农家妇女往往面貌丑陋,即便原来美丽过也会因生活劳累、健康受损等诸多外在因素的作用而不再美丽,其目的是突出唯有革命方能赋予女性身体美感。萧红《生死场》中曾经是村子里最美丽的姑娘月英长期瘫痪在床,下体竟被蛆虫咬出一个洞。农妇麻面婆不仅性情愚笨,面容也极为丑陋,"汗水在麻面婆的脸上,如珠如豆,渐渐侵着每个麻痕而下流。麻面婆不是一只蝴蝶,他生不出燐膀来,只有印就的麻痕"[5]。王西彦《铃凤姑娘》中的铃凤呱呱坠地时母亲便因难产离开人世,9岁那年她被卖给地主家做婢女,长到18岁时出落成美丽温柔的姑娘,却不幸被地主少爷看中后强暴。为此她寝食不安、日渐消瘦而导致身体发生变化,失去了从前的美丽,地主少爷对她的热情也冷淡下来。

两相对照我们不难发现,无论左翼乡土小说家对于革命女性的身体美

---

[1] 蒋光慈:《咆哮了的土地》,载方铭、马德俊主编《蒋光慈全集》第4卷,合肥工业大学出版社2017年版,第45页。
[2] 蒋光慈:《咆哮了的土地》,载方铭、马德俊主编《蒋光慈全集》第4卷,合肥工业大学出版社2017年版,第96页。
[3] 蒋光慈:《咆哮了的土地》,载方铭、马德俊主编《蒋光慈全集》第4卷,合肥工业大学出版社2017年版,第93页。
[4] 蒋光慈:《咆哮了的土地》,载方铭、马德俊主编《蒋光慈全集》第4卷,合肥工业大学出版社2017年版,第97页。
[5] 萧红:《生死场》,容光书局1935年版,第3页。

化，还是对于普通农村女性的身体丑化，都是为了彰显革命之美。然而，任何事物都有两面性，此种将革命女性身体美化的叙事套路过于泛滥，也容易将读者引入歧途，仿佛有意无意间宣示男性只要积极投身革命就能得到美女的青睐，美丽的女性身体成为对男性革命者尤其是革命领导者的奖赏。而美丽的女性革命者只有自愿委身于革命领袖人物尤其是工农出身的领袖，方能证明自己是真正愿意与工农结合的革命者。由此所造成的恶果是即便参加革命的女性依然难以彻底摆脱男权中心主义文化的拘囿，仍然处于依附于男性的从属地位。

第三节　左翼乡土小说的悲剧美学意蕴

左翼乡土小说家虽然与京派乡土小说家处于同一时空中，但并不像后者那样瞩目于乡村优美静谧的自然景象和充满诗情画意的田园生活的呈现，而是着力表现带有浓郁悲情意味的乡土景观和富于悲壮情调的革命画卷，透过对进步农民苦难遭际和不屈抗争意志的生动描绘赋予作品浓郁的悲剧审美意蕴。为数众多的左翼乡土小说家（比如蒋光慈、茅盾、萧红、叶紫、吴组缃、柔石、罗淑、王西彦、沙汀、蒋牧良等人）都呈现以悲为美的审美追求，在他们的作品中不仅描绘了大量的人生悲剧、爱情悲剧和社会悲剧，同时也展现出革命进程中有着崇高底色的革命悲剧。

悲剧在西方美学中一直都是一个极其重要的美学范畴，历来被视为最高的艺术。马克思和恩格斯也对革命悲剧问题有过专门论述，马克思主义悲剧观的核心是用"'充分的现实主义'创作'革命悲剧'"[①]。左翼乡土小说家对于悲剧美学也一直有着特殊的偏爱，其形成原因则是多方面的，既与阴郁压抑的时代环境有关，也是由于左翼乡土小说家在乱世之中经受了太多的苦难，同时还与他们的个性气质和天性禀赋有关。在现实生活中，人们谁都不会希望悲剧发生在自己的身上，也没有多少人会认为发生在别人身上的悲剧能够给自己带来情感愉悦和审美体验，然而文学中的悲剧却因拉开了与现实之间的距离，从而可以给人带来审美愉悦和心灵净化，也正因此有论者说过："现实生活中，悲剧是一只黑色的乌鸦，谁也

[①] 全国马列文艺论著研究会主编：《马列文论研究》第7集，中国人民大学出版社1985年版，第229页。

不希望它落到自家的门前；而文学艺术中，悲剧则是一只白色的天鹅，令人心向神往。"[1] 同时文学艺术往往会呈现一种"幸福的结局"即"绝望成为崇高；痛苦成为美"[2]，因而在悲剧情境中也同样渗透着美学意味。但有必要着重说明的是，左翼乡土小说中的悲剧呈现与西方文学理论中的悲剧有所不同，它并非严格意义上的西方悲剧，更多的是一种对苦难的悲剧性展示，但从美学角度而言同样有着悲剧美的特征。

一 革命悲剧的崇高美学

清人姚鼐曾按表现风格不同将文章分为阳刚和阴柔两大类别，其中"得于阳与刚之美者，则其文如霆，如电，如长风之出谷，如崇山峻崖，如决大川，如奔骐骥；其光也，如杲日，如火，如金镠铁；其于人也，如冯高视远，如君而朝万众，如鼓万勇士而战之"[3]。西方美学家与之相对应的美学划分是崇高与优美。取材于农民运动和土地革命的左翼乡土小说上演的是一幕幕革命壮剧，其主导美学风格即是阳刚和崇高。美是人的本质力量的对象化，革命斗争过程也是人的本质力量对象化的过程，然而由于种种原因，这种本质力量有时不仅得不到实现，反而会受到阻碍和摧残，以致遭到毁灭，酿成悲剧。革命者之所以从事革命并非为了个人私利，而是为着实现崇高的理想信念和远大的政治抱负，即便需要承受常人难以忍受的痛苦甚至付出生命他们也不会低头妥协，只要一息尚存便战斗不止，直至取得最终胜利。然而，在敌强我弱的情形下革命者不仅时常会陷入挫折，而且随时可能牺牲，"当刚美（壮美、崇高、大美）的对象在激烈的社会矛盾冲突之中被否定，即遭受厄运或者被毁灭之时，悲剧性的典型形式也就生成了"[4]。奥尼尔在《论悲剧》中这样说过："最高尚的总是最具有悲剧性的"[5]，也就是说悲剧并不仅仅意味着怜悯和感伤，同时还有着悲壮与崇高的审美内涵。左翼乡土小说家笔下的革命悲剧就如同为给人类盗取天火而被百般折磨的普罗米修斯一样呈现崇高的审美格调，

---

[1] 王玥：《谈悲剧及其创作》，《学术交流》1996年第1期。
[2] ［美］马尔库塞：《作为现实形式的艺术》，邢培明译，载蒋孔阳主编《二十世纪西方美学名著选》（下），复旦大学出版社1988年版，第431页。
[3] （清）姚鼐：《复鲁絜非书》，载江小角、杨怀志、方宁胜编著《新编桐城派文选》，安徽人民出版社2019年版，第160页。
[4] 张玉能：《新实践美学论》，载汝信、曾繁仁主编《中国美学年鉴（2006—2007）》，河南人民出版社2010年版，第271页。
[5] ［美］奥尼尔：《论悲剧》，裴粹民译，载雨林编《诺贝尔文学奖文库6·创作谈卷》，浙江文艺出版社1998年版，第66页。

既揭示出反动阶级的血腥镇压给革命者所造成的严重身心伤害,同时也透过对悲剧主人公英勇斗争历程的描绘,让人们从中感受到革命者战斗意志的高扬和生命力量的强大,从而获得审美体验。

"四一二"政变后国民党施行白色恐怖,对昔日并肩作战的共产党人痛下杀手,上演了一幕幕壮烈的革命悲剧。早在1927年4月4日,郭沫若在位于九江的三军司令部里便预感到"革命的悲剧,大概是要发生了"[①],其他左翼中人在大革命失败之初对于革命前景普遍抱持悲观情绪,这自然会反映到作品中去,从而形成左翼乡土小说以悲剧为主的创作体式。同时国共两党又进行了长达十年的军事对峙,在严峻的斗争形势下中国共产党领导的革命运动时常遭遇挫折甚而濒临险境,左翼乡土小说家在进行文学创作时如果"没有失败,只有胜利,没有错误,只有正确"[②]显然是违背实际斗争情形的。左翼乡土小说家在描绘革命悲剧时,注重将革命者与残暴敌人及自身命运相抗争的尖锐矛盾冲突展现在读者面前,从而促使他们提高思想认识和精神境界。

叶紫一家因积极投身农民运动而在大革命失败后受到残忍迫害,父亲和二姐在"马日事变"后被公开处决,母亲因陪斩而精神受到刺激,叶紫本人因此前被叔父送往军校学习方才侥幸逃过一劫。也正因此,叶紫在小说中注重描述革命悲剧,通过革命者为革命事业所做的牺牲以及所遭受的磨难来激起读者的悲愤,在这其中蕴含着"促人振奋的悲哀与崇高相互渗透的美学情绪"[③]。在叶紫的诸多小说中都揭示了农民反抗意识的觉醒,虽然许多革命者遭遇挫折甚至献出生命,但是其余革命者并未因此偃旗息鼓,依然坚持艰苦卓绝的斗争,呈现悲壮的审美格调。《丰收》中立秋自觉接受革命思想教育,积极投身于抗租抗捐的革命运动中,在遭到反动军警逮捕后命悬一线。原本老实本分的云普叔在现实的教育下终于认清只有反抗才有活路,在儿子被捕后他与敌人进行了坚决的斗争。《乡导》中的刘姆妈在出场时正沉浸在深巨的丧子之痛中,她的三个儿子都被敌人残酷杀害,但她没有屈服和绝望,而是忍着内心和身体的双重剧痛,巧设"苦肉计"将敌人引入伏击圈予以全歼,她本人也为此献出生命。《星》全篇都弥漫着悲剧气氛,梅春姐在参加农民运动之前承受着严重的身心伤害,她不仅成为替丈夫"管理家务,陪

---

① 郭沫若:《脱离蒋介石以后》,载《郭沫若全集·文学编》第13卷,人民文学出版社1992年版,第174页。
② 钱杏邨:《〈地泉〉序》,载华汉(阳翰笙)《地泉》,湖风书局1932年版,第22页。
③ 王吉鹏、李丹:《鲁迅与中国作家关系研究》,吉林人民出版社2006年版,第623页。

伴泄欲的器具"①，而且得不到周围村民们的同情。在农民运动失败后，情人黄副会长为了救她落入敌手被枪杀，她和黄副会长所生的儿子也被丈夫虐待致死。然而，梅春姐并未因此悲观绝望，在儿子不幸夭亡后她又重新踏上革命征途，借此展现出农民运动虽然遭遇挫折但革命者的革命信仰和斗争意志并没有垮掉。

在蒋光慈《咆哮了的土地》中，并未因李杰之死而给人以沉闷压抑之感，虽然革命遭受暂时的挫折，但革命精神延续了下来，透过刘二麻子、李木匠等人在斗争过程中的觉醒和成长让读者认识到革命事业并没有停止，而"给所有的悲剧赋予崇高这种特殊倾向的东西，就是对于世界与人生的觉醒"②。蒋光慈遵从生活真实描绘了英雄人物的牺牲，但对阶级斗争的必然胜利依然抱着乐观主义的态度，新生力量在经过磨难之后将以更加成熟的姿态迎接未来的挑战，为实现革命理想而不懈奋斗。悲剧原本就是"革命与反动、善与恶两种社会力量不可调和的斗争的产物"③，这里所进行的善恶划分的决定性因素是人的阶级立场。虽然李杰出身于地主家庭，但由于他站在工农阶级的立场，顺应了历史发展的潮流，因而他的行为是善的，其牺牲也就具有了崇高价值。

需要指出的是，在革命进程中涌现的恶和仇恨并不是革命本身制造的，在此之前便不断郁积，这也是革命之所以能够发动起来的根本原因所在。革命原本就是由怨恨、复仇和暴力等作为基础，通过渲染反动者的残酷剥削和血腥镇压，不仅使得革命者的暴力行为具有了正义性，同时也使得革命者的受难和牺牲具有了崇高品质。蒋光慈《咆哮了的土地》中的李杰和《乡导》里的刘姆妈都是为了革命正义事业献出了生命，让人感受到阳刚之美的同时也激发起崇高的美感体验，而在此之前他们都承受着常人所无法想象的内心伤痛，有着颇为惨痛的命运遭际。左翼乡土小说家通过对悲剧主人公即使遭受严重的磨难挫折乃至肉身毁灭也绝不退缩的情节设定，能够激起读者的荣誉感和崇高感等强烈的审美感受，从而化悲痛为力量，沿着他们开创出的革命道路继续前进。

虽然叶紫、蒋光慈等人在乡土小说中展现了革命悲剧情景，但他们带有悲剧色彩的作品总能带给人们以希望，指示出奋斗的方向和光明的前

---

① 叶紫:《星》，载胡从经编《叶紫文集》（上），湖南人民出版社1983年版，第308页。
② [德]叔本华:《意志和表象的世界》，蒋孔阳译，载伍蠡甫等编《西方文论选》（下），上海译文出版社1988年版，第335页。
③ 秋文:《试论悲剧的美学意义》，载中国社会科学院哲学研究所美学研究室、上海文艺出版社文艺理论编辑室合编《美学（第一期）》，上海文艺出版社1979年版，第71页。

途,因而这些带有悲剧意味的作品给人们带来的审美感受不是萎靡沉沦、悲观绝望等负面情感,而是充满着悲壮昂扬、积极向上的审美感受。革命悲剧还会引起人们的愤慨,激起同情心和正义感,进而由对革命者的爱戴和同情转向对反革命者的憎恶和愤怒,从而批判和反对造成革命悲剧的黑暗势力,而"悲剧英雄代表历史必然要求,维护人民最高利益,向邪恶势力作斗争,不惜牺牲生命。……他们最后虽然失败甚至死亡,他们的胜利信心和献身精神,丝毫不会令人感到凄惨,反而洋溢乐观的情绪"[1]。

总之,左翼乡土小说家极少像京派乡土小说家那样展现平和冲淡而又富于诗情画意的田园生活景象,而是倾向于描摹充满悲情的乡土画卷和悲壮的革命场景。由于敌对势力的过于强大致使当时的农民运动和土地革命时常会陷入逆境乃至遭遇失败,因而在左翼乡土小说中常常可以见到悲剧,但小说中的革命民众并没有因遭受挫折或者失败而一蹶不振,借此反倒更能映衬出他们迎难而上、百折不挠的革命壮志和斗争精神。

二 伦理悲剧的审美体验

凡是悲剧都离不开伦理问题,必然会牵涉到人与人之间的关系,对此黑格尔就曾指出悲剧的根源在于各种伦理力量之间原有的和谐被否定或消除掉之后,转而互相对立和互相排斥,"由于各有独立的定性,就片面孤立化了,这就必然激发对方的对立情致,导致不可避免的冲突"[2]。处于对立状态的不同伦理力量似乎都是正义的,但其实都有着片面性,对于原本有着血缘亲情的对立双方而言更是没有真正的胜者。中国传统文化为了维护大一统的封建统治格局极其讲究伦理秩序,倡扬忠孝节悌、礼义廉耻的道德行为规范,将和谐之美视为美的极致状态。西方悲剧却更多地指向人的内心矛盾以及性格分裂所引发的冲突,关注点集中在人的命运遭际以及由此激起的历史反思,引发外在矛盾的悲剧情境的设置主要是为细致刻画人物内心矛盾服务。在西方悲剧思想影响下,左翼乡土小说家在悲剧观念上突破了传统的伦理维度而呈现新质。

蒋光慈《咆哮了的土地》即打破了中国传统伦理审美的囿限,有着明显的西方悲剧审美特征。李杰为了实现革命理想不仅与家庭彻底决裂,而且不得不牺牲自己的母亲和妹妹,这种对于理想的不懈追求是常人所无法企及的。他带领农民所要反对的最大邪恶势力恰恰是自己的亲生父亲,

---

[1] 陈瘦竹、沈蔚德:《论悲剧与喜剧》,上海文艺出版社1983年版,第69页。
[2] [德]黑格尔:《美学》第3卷,朱光潜译,商务印书馆2020年版,第695页。

这就使得他的悲剧有着政治和伦理的双重内涵,其悲剧冲突"是两种带有实体性的伦理力量的冲突,是两种义务的冲突"①。李杰为大多数农民的利益起见要反对自己的亲生父亲,而李敬斋为保住家业不惜与独子断绝父子关系,因而父子之间除你死我活地斗争之外别无他途。究其根本,李敬斋出于传宗接代的封建伦理观念起见未必就想将独子李杰置于死地,但双方由于价值观念和政治信仰的不同而使得矛盾无法调和,从而以激烈的冲突形式表现出来。黑格尔认为悲剧冲突并不在于对立双方的善恶斗争,"这里基本的悲剧性就在于这种冲突中对立的双方各有它那一方面的辩护理由,而同时每一方拿来作为自己所坚持的那种目的和性格的真正内容却只能是把同样有辩护理由的对方否定掉或破坏掉。因此,双方都在维护伦理理想之中而且就通过实现这种伦理理想而陷入罪过中"②。黑格尔的这一论点自有其弊端,他所推崇的是"绝对正义",认为"只有在双方都屈服的情况下,绝对正义才获得完成"③,而无视不同伦理力量可能存在的正义与非正义、革命与反动的区别,但单从伦理视角而言也不无合理性。具体而言,李敬斋和李杰父子之间的矛盾冲突从他们各自的角度而言都不无道理,也都有各自的片面性。李杰因着共产主义信仰而与包括自己父亲在内的地主阶级势同水火,这就将其置于两难境地,无论革命是否成功,他都将面临一场悲剧。如果单纯依照传统伦理观念而论的话,李杰脱离家庭与父亲为敌,对于妹妹和母亲也未能尽到保护责任,因而严重违背了传统家庭伦理道德规范。这也是左翼乡土小说的悲剧人物与中国传统悲剧的差异所在,传统悲剧人物往往在道德上近乎完美,如此当他(她)陷入逆境之时才能引起同情,进而演变成正义的化身。李杰基于对劳苦大众的同情自觉接受无产阶级思想教育和政治启蒙,以解放劳苦大众为己任,不可能再回归旧家庭成为孝子贤孙。他所服膺的牺牲一己之幸福来实现大多数人幸福的最高价值理念与传统伦理道德观念之间难免会产生冲突,从而使得其走过的革命道路相较于工农出身的张进德等人而言要更为曲折,更为艰难,同时也更为崇高。唯其如此,李杰的悲剧结局更能打动人心,引起读者的感慨和思索,从而体悟到李杰为革命而牺牲的英勇和悲壮。李杰在接受革命思想后,不仅摆脱了传统人伦亲情观念,而且为了革命事业主动压抑了个人情爱。他与毛姑两人真心相爱,但由于他一心扑在革命事业

---

① 彭修银:《中西戏剧美学思想比较研究》,武汉出版社1994年版,第106页。
② [德]黑格尔:《美学》第3卷,朱光潜译,商务印书馆2020年版,第695页。
③ [德]黑格尔:《精神与绝对知识》,陈建华译,吉林出版集团股份有限公司2017年版,第130页。

上，认定恋爱一定会妨害工作而始终没有与毛姑结合。从李敬斋的角度来看，李杰无疑是不孝之子，他无法理解也无法原宥儿子的反叛行为。单从传统伦理道德观念而论，李敬斋的举动并没有什么过错，他严格遵循门当户对的传统婚姻观念极力阻碍儿子和贫苦农家女子相爱是合乎常规的。然而李敬斋所恪守的封建伦理观念与现代社会格格不入，同时他不仅间接迫使有孕在身的兰姑投河自尽，从而在李杰牺牲后断绝了李家香火，还将李杰逼出家庭，最终酿成父子刀兵相见的人伦惨剧。总而言之，李敬斋与李杰之间的父子冲突因着革命注入了新质，演变为代表善恶两极的不同社会力量之间无法调和的斗争，赋予五四时期常见的伦理冲突更为深刻的悲剧内涵。

归根结底，地主家庭出身的知识分子是否从事革命与他认可并选择何种价值观念有着直接的关联，某个人所做出的选择"对另外一个人而言不具有必然性，因为这另外一个人可能相反地行事，他可能为了这种价值而牺牲另外一种价值"[1]。在蒋光慈的《咆哮了的土地》中，李杰之所以能够义无反顾地走上彻底的反叛道路，乃是因为他所认同的最高价值在于要实现大多数人的幸福，然而"为最高价值而进行斗争的个性与社会法律、社会规范的冲突就具有了悲剧性"[2]。为此他必须悲剧性地担负起间接杀死无辜的母亲和妹妹的罪责，承受着心理负疚和情感折磨。李杰所面临的两难处境充分体现出革命知识分子所面临的道德生活的悲剧性，他们为了宏大的革命目标而不得不舍弃对于个人来说极为宝贵的包括血缘亲情在内的一切。在一般农民看来，地主少爷李杰参加革命是很难理解的，注重实用功利的中国农民往往着眼于短期利益和眼前事实，他们无法理解出身豪富家庭的李杰为什么要背叛家庭和他们一起反对他的亲生父亲，况且并非所有地主家庭的反叛者都能下定如此大的决心。李杰将自己的肉身毫无保留地奉献给伟大的革命事业，如火中凤凰般完成精神的涅槃，自然成为土地革命初期当之无愧的革命英雄人物。身为地主少爷的他纯粹是出于革命信仰自愿选择站在农民一边的，并非外界强迫所为，唯其如此，李杰的悲剧结局更能打动人心。

左翼乡土小说中的革命者为了革命事业常常不得不毁弃家庭和放弃真挚的爱情，甚至舍弃个人的一切投入革命集体之中，由此也会引发个体性与社会性之间难以协调一致的悲剧体验，读者借此更能体悟到革命者的不

---

[1] [俄]别尔嘉耶夫：《论人的使命》，张百春译，学林出版社2000年版，第207页。
[2] [俄]别尔嘉耶夫：《论人的使命》，张百春译，学林出版社2000年版，第207—208页。

易,从而抛却对于革命的浪漫幻想,服膺于革命者高尚的道德品质和坚定的革命意志。别尔嘉耶夫认为"只有在个性和社会性的永恒冲突中才有悲剧的因素"①,而"最具悲剧性的是为了对一种品质的爱而不得不牺牲对另外一种品质的爱"②。以此为标准来衡量的话,萧军《八月的乡村》中的萧明和蒋光慈《咆哮了的土地》中的李杰无疑都是悲剧性人物。两人都面临个体性与社会性之间的矛盾冲突,只不过李杰面对的是家庭伦理与革命正义之间的悲剧冲突,而萧明则是情爱伦理与革命使命之间不可调和的矛盾。萧明原本已经是较为成熟的革命者,很有胆识和谋略,敢于孤身深入敌营拉出一支队伍,为革命军注入了新生力量,在攻打王三东家的宅院时也显现出高超的指挥能力,但他却因无法和安娜恋爱结合而悲痛欲绝,完全沉浸在个人世界中难以自拔,丧失了革命斗志。尤其在生死攸关之际,身为队长的他竟然因恋爱不成完全丧失了指挥能力,从而险些给革命事业带来严重的损害。萧明与安娜两情相悦原本无可厚非,但是严峻的敌我斗争形势不允许儿女情长。同时包括他们俩在内的被压迫者之所以投身革命是为了求得平等,而"有些人看到和他们相等的他人占着便宜,心中就充满了不平情绪,企图同样达到平等的境界"③,因此为了避免引起其他单身革命者嫉妒起见也不适宜公然谈情说爱,从而影响革命队伍的团结稳定。

革命者往往具有悲悯和同情之心,他们时常会因为爱而痛苦,一方面是对家庭和家人的眷恋,一方面是对他人尤其是农民的怜悯和同情,在这两者之间无法兼顾而他们又必须做出选择。到底是为了远人牺牲近人的爱,还是因为近人而牺牲远人的爱成为摆在革命者尤其是出身于富有家庭的革命者面前的一道难题,他们无法交出两全其美的答卷。实际上对于真正的无产阶级革命者而言给出答案其实也并不难,他们毫无疑问地会选择为了工农大众的幸福和利益而奋斗终生,但牺牲家庭和家人对于他们来说却也绝非易事,常常会伴随着撕心裂肺般的情感折磨,"任何法律,任何规范都不能有助于解决这里所产生的道德冲突"④。相较而言,李杰的悲剧比起萧明来显得更为崇高,他所执意追求的对于真理和正义的爱远远超越了对近人的爱。与之类似的还有叶紫《星》中的梅春姐,她在与黄副会长所生的"革命之子"被虐致死后,毅然撇下另外两个与陈德隆所生

---

① [俄]别尔嘉耶夫:《论人的使命》,张百春译,学林出版社2000年版,第208页。
② [俄]别尔嘉耶夫:《论人的使命》,张百春译,学林出版社2000年版,第206页。
③ [古希腊]亚里士多德:《政治学》,吴寿彭译,商务印书馆2017年版,第240页。
④ [俄]别尔嘉耶夫:《论人的使命》,张百春译,学林出版社2000年版,第206页。

的儿子重新寻找革命队伍。萧红《看风筝》中的革命者刘成也是为了革命事业而弃绝了个人所应担负的传统伦理责任,为了一心从事革命他拒绝接见千辛万苦找来的父亲。刘成的"无情之举"是为了确保自己能够全心全意地投身革命活动,为了众人的爱他甘愿牺牲掉一己之家庭和幸福。实际上"革命不回家"是对于广大革命者的基本要求,否则的话革命者永远也无法摆脱原子化的个体家庭而融入革命集体。萧明为着"近人"的爱舍弃了对"远人"的爱,李杰、梅春姐、三小姐、何月素等革命者更加看重的却是对"远人"的爱,而有意忽视或者根本无视对"近人"的爱。李杰、梅春姐、三小姐、何月素等人都绝非无情无义的冷血动物,他们不仅都因对"近人"的爱的舍弃而承受着不同程度的心理苦痛,而且这是导致他们悲剧境遇的重要原因。

左翼乡土小说中的伦理悲剧书写也并非仅仅围绕着革命而作,在众多的小说里也揭示了日常生活中的伦理悲剧,从而展现出贫苦农民所遭受的沉重压迫和人身伤害。

魏金枝《报复》中的农村寡妇在被烟鬼秋老板强奸后生下了"野种",她那守了半辈子寡的母亲不仅不予以安慰,反倒责怪她败坏了自己的好名声,她本人也担心死后会成为腥臊鬼,为此到白云庵赎罪修行。20年后儿子前来认母,勾连起寡妇尘封已久的凄惨回忆,丧失理智的她在幻觉中将儿子杀死,上演了一出伦理惨剧。沙汀《凶手》中的反动军官竟然要求哥哥亲自枪毙当了逃兵的弟弟;《兽道》里的军阀士兵不顾老婆婆的一再哀求,将她尚在月子里的儿媳轮奸,致使老婆婆急火攻心发了疯;《在祠堂里》的连长太太只因大胆追求爱情,便在连长丈夫的指使下由几个军官协同用手巾塞住她的嘴后十分迅速地装入棺材中。张天翼《笑》里的恶霸九爷将带头抵制团防捐的杨发新抓走后,又威逼着发新嫂陪睡,否则就要将杨发新当作土匪法办;《脊背与奶子》里的长太爷因强占寡妇任三嫂不成而恼羞成怒,以任三嫂和邻村男人私通的名义让其丈夫任三在祠堂内将她当众暴打。《一个题材》中的庆二伯娘年方19岁时男人就死了,只留给她30来担租谷田,族绅解太爷明面上体恤她立志守节,替她打了个300块钱的会用来生利,实际上却是以此为交换来占有她的身体。吴组缃《簌竹山房》里的二姑姑当年抱着灵牌拜堂成亲,然而经由她夜里隔窗偷窥"我"和妻子行房这一场景便拆穿了所谓"节烈"的假面,同时折射出封建礼教的虚伪和残酷。《樊家铺》中的线子嫂为了救出被关在狱中的丈夫,杀死了吝啬成性不肯借钱给她的母亲,酿成了人伦悲剧。

透过上述作品不难看出,在沉重的生活压力以及地主豪绅的残酷欺压下乡村的伦理状况正在逐渐恶化,传统意义上和谐友善的伦理关系越来越难觅踪影,上演着一幕幕的伦理悲剧,促使读者认识到乡村社会中人与人之间关系的异化,进而探寻造成这些伦理悲剧的人为原因,从中获得启示和感悟。

三 苦难悲剧的审美意蕴

20世纪30年代的中国仍然是传统意义上的农业大国,80%以上的人口都是农民。由于当时农民尚未被广泛动员起来参加革命,因而绝大多数贫苦农民在遭致毁灭性打击的过程中甚至没有做出过任何形式的反抗,既没有轰轰烈烈的革命事迹,也没有发出过豪言壮语,并不具备崇高、壮美的悲剧精神,只有悲苦和无奈的辛酸血泪。鲁迅对此就说过:"然而人们灭亡于英雄的特别的悲剧者少,消磨于极平常的,或者简直近于没有事情的悲剧者却多"[①],尤其妇女更是安排给阔人享用的人肉筵宴上的一道"佳肴"。左翼乡土小说家身处乱世之中,不仅见证了太多的生活苦难,他们自己也在亲身感受着,因而能下笔成文描绘出底层农民所遭受的苦难悲剧,通过对人生苦难进行提炼和升华产生审美价值。

首先,左翼乡土小说家生动地描绘出农民在灾害频仍、战火不断的时代背景下的苦难遭际,以此来激发人们的同情和关注,进而声讨造成农民苦难的罪魁祸首。左翼乡土小说中悲剧人物所遭受的苦难越深重,越能激起读者的愤怒和同情,从而审美价值也越大。

茅盾的"农村三部曲"、叶紫的《丰收》、丘东平的《火灾》、丁玲的《水》、沙汀的《代理县长》、张天翼的《三太爷和桂生》、蒋牧良的《南山村》《赈济》《雷》等为数众多的左翼乡土小说,细致描绘了灾荒年间贫苦农民所遭受的深重苦难。左翼乡土小说家揭示农民苦难的目的并非纯然为了博取人们的同情,同时也引导人们将斗争矛头指向为富不仁、凶残暴虐的地主和官僚。

茅盾"农村三部曲"里的老通宝一心想要恢复家境,却终因春、秋两季接踵而至的"丰收成灾"彻底破产。叶紫《丰收》中的云普叔一家在灾荒年间受尽煎熬,老父和幼子因食用观音土充饥丧命,灾荒过后为买谷种又不得不将女儿卖掉。不成想雨灾过后又逢旱灾,一家人为了抗灾费心尽力,好不容易盼来丰收却被地主和官僚洗劫一空。丘东平《火灾》

---

① 鲁迅:《几乎无事的悲剧》,载《鲁迅全集》第6卷,人民文学出版社2005年版,第383页。

里的陈浩然平日里以慈善家的面目示人，但在灾荒来临时露出了本相，竟然纵火烧死灾民。丁玲的《水》揭示了地主在灾荒年间搜刮民脂民膏的恶劣行径，灾民们为了求得生存唯有不怕牺牲团结起来进行反抗。沙汀《代理县长》里的代理县长对于灾民冷酷无情，不仅不进行赈济，反倒一心盘算着如何从灾民身上谋利。在张天翼的《三太爷和桂生》中，农民因无法忍受地主的压榨而奋起反抗，地主三太爷假装屈服，背地里却搬来救兵进行残酷镇压，领头的农民惨遭活埋。蒋牧良《南山村》中的劣绅仇五胖子原本要代灾民们到县里请赈，结果反倒成为魏师长筹田亩捐的委员，要来收取田亩捐；《赈米》里的赈务委员经不起金钱诱惑置灾民生死于不顾，将救济灾民的赈米借给商人抵押贷款谋利。《雷》中的两个团总则别出心裁地往赈米中添加糠秕、河沙和热水，借此方法将多出的一百担米据为己有。透过以上作品对身处绝境中的农民苦难的描绘，可以让读者产生怜悯、恐惧的情感反应，在阅读过程中通过对比和联想的移情作用激发起强烈的痛感意识，获得悲剧审美体验。

其次，苦难悲剧借由对人生有价值东西的毁灭，能够唤起人们的审美痛感体验，而在具体呈现时往往是以否定的方式借着苦难叙事来反向肯定人生有价值的东西。

作为审美范畴的悲剧总是与美的事物联系在一起，美好事物毁灭之日便是悲剧诞生之时。人所经受的深重苦难、不幸遭际以及死亡强化了人的价值感，构成了悲剧的前提，而人生有价值的东西在遭到外界非正义力量的压迫下被毁灭构成了悲剧结局。左翼乡土小说家通过对诸多小人物尤其是女性人物被侮辱被欺凌的悲惨处境的揭示，告诫和鼓舞人们要勇于否定和反抗不公平的社会现实，从而积极投身革命进程中。

萧红、罗淑等女性作家在作品中描绘出女性面对苦难时的悲惨处境，以及她们所进行的不懈挣扎和抗争，体现出看似柔弱的女性身上所蕴藏的强大力量，呈现凄婉悲怆与豪放悲壮兼具的审美风格。萧红本人有过颇为坎坷的人生遭际，对于女性的身体磨难和情感伤痛有着深刻的体验，终其一生都在展现女性的悲剧命运，用自身的生命体验谱写出一曲曲女性的悲歌。在《王阿嫂的死》中，王阿嫂的丈夫被地主活活烧死，随后她也被地主踢在肚子上难产而死。《桥》中的乳娘黄良子为了生计用乳汁养肥了富人家的孩子，自己的儿子却严重营养不良。后来儿子因思母心切在风雨之夜想来见她，却不慎落入桥下淹死。萧红的《生死场》中虽然不乏充满欢乐意味的农家生活片段，但总体上还是以悲剧格调为主。麻面婆的丈夫在外经常被人欺负，在家里却俨然是一个暴君。月英原本是村子里最美的姑娘，在她身染重病后遭到丈夫嫌弃，最终身体溃烂而死。金枝和成业自由恋爱，背着家人私定终身，然而在婚后经常被打骂。成业不顾金枝的安危在她即将临盆时还要强行发泄性欲，女儿出生后刚刚满月便被他活活摔死。日寇入侵时金枝为了防止遭到性侵害逃往哈尔滨，却不料被同胞强奸，悲愤之下她发出了"我恨中国人呢？除外我什么也不恨"① 的心声。萧红的高明之处在于她不是一般地在作品中呼吁抗日救亡，而是以女性的敏锐感觉捕捉到女性所遭受的外敌和同胞的双重伤害。如果说男性沦为奴隶的话，女性则是奴隶的奴隶，处境更加堪忧，只能在"生死场"中苦苦挣扎，无法轻易摆脱受侮辱受侵害的悲惨命运。萧红通过对底层女性苦难遭遇和不幸命运的揭示，彰显出实现女性解放的迫切需要，从而终结女性被压迫被凌辱的凄惨地位。罗淑《生人妻》中的农民夫妇同甘共苦、十分恩爱，却因破产陷入绝境，丈夫为了让妻子有个活路不得已将她卖出。妻子想念丈夫连夜从买她的大胡家逃出，辗转回到家中时却发现丈夫已因自己出逃而被人捉去。

柔石《为奴隶的母亲》中安于奴隶地位的春宝娘有着堪称伟大的母爱，她在得知要被出典后最放心不下的是儿子春宝，生怕他会挨饿受冻。当得知春宝病重的消息时她的心都要碎了，想马上回去看春宝，但由于典期未满不能离开，以致日渐消瘦下去。三年典期期满她终于能够见到春宝了，却又不得不和秋宝永生分离，且母子终无相认的一天，这种左右为难的情感折磨是最令人心痛不已的。春宝娘对于两个儿子的爱越是深沉，她所遭受的心理痛苦越发沉重，其悲剧意味也就愈加强烈。

再次，吴组缃、沙汀和王西彦等左翼乡土小说家由于不同程度地受到鲁迅、契诃夫、莫泊桑等人的影响，往往倾向于以纯客观的态度描摹由于农民生活苦难所酿成的悲剧。他们作品中的大多数主人公都是在温饱线上奋力挣扎的底层农民，呈现出凄凉、惨淡、阴冷、悲戚的悲剧美学风格。

吴组缃在《一千八百担》中揭示出农村凋敝和农民破产的凄惨景象，帝国主义列强的经济入侵和国内统治阶级的残酷剥削压榨使得贫苦农民纷纷破产，挣扎在死亡线上。《樊家铺》中的线子嫂一家原本生活无忧，但随着农村经济凋敝而日益陷入困境，丈夫为生活所迫铤而走险，绑票不成被捕入狱。沙汀的短篇小说《土饼》和《苦难》揭示了贫苦农民生活难以为继的真实状况，充满了悲剧色彩。王西彦的《苦命人》、《玉蜀黍的

---

① 萧红：《生死场》，容光书局1935年版，第189页。

悲剧》、《麻舅舅丢掉一条胳膊》和《悲凉的乡土》等作品,单从题名上便可以见出凄凉的悲剧意味,作品中的人物都有着悲苦的面容与凄楚的身世,甚至连作者自己"也不能不吃惊执笔时的沉郁心情"①。时人曾问王西彦为何要将小说人物写得那么苦,他将之归因于时代环境,并强调自己作品中的所有悲剧都源自现实生活中的所见所闻所感。为了反映真实的生活,他甘愿做一只不讨人喜欢的乌鸦,向读者报告农村已经和正在发生的悲剧。

总之,左翼乡土小说家在农村经济凋敝和农民纷纷破产的时代背景下没有沉浸于对乡村美丽风景的摹写,而是更注重描绘农村的悲惨景象。法国哲学家阿多诺在第二次世界大战结束后不久曾经这样写道:"在'奥斯维辛'之后写诗是野蛮的"②,而在20世纪30年代正当中国农民沉浸于水深火热之中时却对他们的苦难视而不见,转过头去讴歌诗意美好的田园生活,在某种程度上也显现出作家良心的缺失和对社会责任的漠视。左翼乡土小说家本着社会责任感和政治信仰创作完成的悲剧,向我们展示出当时农民处于水深火热之中的真实情景,不仅让我们认识到革命为何会在中国的苍茫大地上逐渐呈现星火燎原之势,而且从中可以获得审美体验。

第四节 左翼乡土小说的暴力美学意蕴

马克思、恩格斯在《共产党宣言》中提出了暴力革命学说,认为无产阶级"只有用暴力推翻全部现存的社会制度"③才能达到解放全人类的目的,强调暴力是孕育新社会的助产婆。对于中国革命者而言,阶级斗争就是你死我活的暴力革命,中国共产党领袖毛泽东就明确说过:"革命不是请客吃饭,不是做文章,不是绘画绣花,……革命是暴动,是一个阶级推翻一个阶级的暴烈的行动。"④ 既然阶级斗争是两个敌对阶级的生死对

---

① 王西彦:《风雨中的独行者》,载艾以等编《王西彦研究资料》,知识产权出版社2009年版,第89页。
② [德]阿多诺:《多棱镜:文化批判和社会》,转引自[美]马丁·杰《阿多诺》,瞿铁鹏、张赛美译,中国社会科学出版社1992年版,第67页。
③ [德]马克思、恩格斯:《共产党宣言》,载[德]马克思、恩格斯《马克思恩格斯选集》第1卷,中共中央马克思恩格斯列宁斯大林著作编译局译,人民出版社2012年版,第435页。
④ 毛泽东:《湖南农民运动考察报告》,载《毛泽东选集》第1卷,人民出版社1991年版,第17页。

决、杀戮和牺牲自然无法避免,"要人生"的同时就必须"要人死"。历史经验也一再证明,国家的改朝换代通常只有通过暴力才有可能实现,"不论多么合理、多么必要、多么使人获得自由——革命包含着暴力"①。无产阶级革命暴力就其本身而言是无须特意证明其合法性的,但是在小说中出于对革命进行宣传鼓动的需要,也为了让读者更能同情和信仰革命却又必须对革命暴力进行必要的合理的阐释,而不能赤裸裸地将暴力呈现出来,以免让读者误认为革命就是打打杀杀。

早在普罗文学时期,普罗文学家对于革命暴力持褒扬赞美的态度,在他们看来革命暴力不仅是正义的,而且是美的、善的。蒋光慈曾经提出"革命就是艺术"②的口号,有着明显的罗曼蒂克倾向。华汉在《深入》中将革命暴力视为维护农民自身生存的必要手段,革命农民开始认识到要想推翻这不良的社会制度,"绝对不是和和平平可以了事的,我们要杀人!我们必须杀人!我们要放火!我们必须放火!"③总之,普罗文学家以崭新的革命话语颠覆了日常的道德话语,消解了革命暴力的非法性,使得革命者不仅不会从心理上抵触暴力行为,反而能够激起他们从事暴力革命的崇高感和自豪感。

20世纪30年代中国始终处于内忧外患之中,广大农民陷入破产的境地,传统乡土社会的分配制度和救济制度面临全面崩塌,阶级矛盾日益激化,农民在严峻的生存危机下要么坐以待毙,要么联合起来进行武装暴动。"人性中本来就有暴力的冲动,每个人都是具有暴力倾向的"④,历史经验也一再表明,当农民忍辱负重、委曲求全也无法生存下去之际,往往会爆发出巨大的反抗力量。深究其实,农民之所以愿意响应和参加土地革命,在初始阶段倒并非因为他们有多么高深的政治觉悟,而是在很大程度上残酷的阶级压迫和经济剥夺已经将他们逼上了绝路,不起来斗争只有死路一条,此时他们才会不惜身家性命地投入暴力革命中去。在人类历史上爆发过的无数次战争中,交战双方往往都自视为正义之师,赋予自身合法性,也只有赋予暴力正义性和合法性才能使得"暴力因必然性之故而正其名并受到称颂"⑤,中国

---

① [美]马尔库塞:《伦理与革命》,何华辉译,载江天骥主编《法兰克福学派——批判的社会理论》,上海人民出版社1981年版,第137页。
② 华维素(蒋光慈):《革命与罗曼谛克——布洛克》,载华维素编《俄国文学概论》,泰东图书局1929年版,第20页。
③ 华汉(阳翰笙):《地泉》,湖风书局1932年版,第68页。
④ 李启军:《"暴力美学"之辩证观》,《哲学动态》2012年第11期。
⑤ [美]汉娜·阿伦特:《论革命》,陈周旺译,译林出版社2011年版,第99页。

共产党领导的土地革命也不例外。无论是革命暴力还是反革命暴力都不可避免地要杀人，由此便牵涉到人道问题，究竟是否违背人道主要依持论者的阶级立场而定。统治阶级为了维持自身利益必然要尽力反对被统治者使用暴力，因而依照集中反映统治阶级利益的日常伦理道德而论，革命者杀人肯定是一种犯罪；如果从革命者的角度来评判的话，杀掉阶级敌人不仅不是犯罪，反倒是值得褒奖的革命行为，杀戮越多越有资格成为革命英雄。但是左翼乡土小说家通常不会在小说中赤裸裸地展现革命暴力，而是通过对暴力的美化表现使得革命暴力行为不仅不会与血腥杀戮联系在一起，反倒会让读者产生愉悦、振奋的审美快感体验。

首先，左翼乡土小说家在小说中往往将革命暴力描述为一种被迫采取的必要行动，而很少直接渲染主动的革命暴力行为。

革命暴力的起因通常肇始于地主、军阀、官僚等坏人欺侮、残杀好人，革命者为了保存自身起见不得不进行暴力还击，强调革命暴力是在遭到反革命武装力量的血腥屠杀后所采取的自卫行动，由此便使得正义牢牢掌握在革命者手中。同时左翼乡土小说家还通过揭示地主阶级为富不仁、欺压百姓的恶德恶行，先从道德层面揭露、批判和否定地主阶级，从而赋予革命暴力正义性、合法性和必要性，如此一来，农民的暴力反抗便显得合情合理、顺理成章。统治阶级越是凶狠残暴、冷酷无情，革命者的暴力行为便越能得到读者的同情和理解。

在革命过程中，大量的恶和仇恨会浮现出来，但这并非"革命自身制造了这个恶和仇恨"，而是"旧有的，早就积累下来的恶和仇恨，它们只是在革命里集中了并摆脱了一切束缚"[①]。农民对于地主的疯狂报复及仇杀，其实是对地主残酷杀戮农民行为的模仿，正是他们的暴力行为激发起被动承受者的暴力反抗。蒋光慈《咆哮了的土地》中的李杰之所以想要弑父，倒也并非他本人有多么恶，而是其父李敬斋压迫的结果。李杰、张进德成立农会之后并没有马上组建革命武装，反倒是胡小扒皮首先带人偷袭农会，在此之后他们方才不得不领导农民开展暴力斗争，与阶级敌人展开殊死搏斗。《丰收》中的癞大哥、云普叔等人也是在敌人抓走立秋之后，方才掀起了暴力反抗。在暴力行动展开之前叶紫做了大量的铺垫，因而当云普叔在战斗中用牙齿生生咬下敌人的一块肉时，我们不仅不会对云普叔的暴力行为产生心理上的反感和不适，反倒会为此拍手称快，为云普叔革命意识的觉醒感到由衷的欣慰。类似的情景在中华人民共和国成立后

---

① ［俄］别尔嘉耶夫：《论人的使命》，张百春译，学林出版社2000年版，第275页。

吴强的《红日》中也出现过，革命战士张德来在与敌人肉搏时"张开嘴巴，用他那尖利的大牙齿，猛力地撕咬着敌人的脸肉"[1]，这种充满原始意味的暴力行为极大地满足了读者渴望对统治阶级和反动敌人实施暴力反抗的心理。云普叔是在谷子被夺、儿子被抓且生死未卜的情势下幡然醒悟的，他终于明白"世界整个儿都是吃人的"[2]，因而对土豪劣绅充满刻骨的仇恨。世道如此，与其坐以待毙，还不如拼死抗争，他对癞大哥说道："大哥呀！我这条老命不能要了！……我要冲进去同何八这狗入的去拼命！"[3] 其他革命农民事实上也都经过与云普叔相类似的思想转变过程，由此使得个人的暴力抗争凝聚为群体的暴力革命。

其次，左翼乡土小说家时常借助具有恢宏气势的斗争场景的描绘来传达暴力的美感体验。

在蒋光慈的《咆哮了的土地》中，李杰、张进德带领农民将张举人等五花大绑游街示众，使得暴力行为公开化和仪式化，通过戴帽游行等举措既沉重打击了土豪劣绅的嚣张气焰，也扩大了革命影响。同时癞痢头、何三宝等人还登台现身说法，讲述自己的悲惨故事以及参加革命的动机，从而引起台下农民的共鸣以及对革命的向往。总之，公审大会使得革命被仪式化和戏剧化了，诚如钱理群在论及《太阳照在桑干河上》《暴风骤雨》等小说中的类似场景时所言的那样"群众性的暴力，被描写成革命的狂欢节，既是阶级斗争的极致，也是美的极致"[4]。

再次，暴力原本就是人性的一部分，左翼乡土小说中的革命者有时也会在革命暴力和人道人情之间出现犹疑，但最终大都会认同革命暴力的正义性和必要性，由此也充分证明革命者并非嗜血的暴力狂和毫无人性的杀戮者，其暴力行为完全是无奈的和被迫的。

这在蒋光慈、萧军的小说中都有所显现。早在普罗文学时期，蒋光慈在《短裤党》中就描述过革命者鲁正平在目睹革命工人处死工贼和阶级敌人时出于人道主义所萌发出的怜悯之情和恻隐之心，他在一瞬间怀疑过革命暴力的正当性，但马上又进行了自我纠正："对于反革命的姑息，就是对于革命的不忠实"[5]。在蒋光慈的另一篇小说《最后的微笑》里，从前连鸡也不敢杀的工人阿贵为给工友们报仇杀掉了工头张金魁和特务刘福

---

[1] 吴强：《红日》，中国青年出版社2004年版，第404页。
[2] 叶紫：《丰收》，容光书局1935年版，第130页。
[3] 叶紫：《丰收》，容光书局1935年版，第130页。
[4] 钱理群：《1948：天地玄黄》，山东教育出版社1998年版，第205页。
[5] 蒋光赤（蒋光慈）：《短裤党》，泰东图书局1927年版，第158页。

奎，他对自己的行为感到满意的同时，又不禁心生疑惑，"你杀我，我杀你，这样将成了一个什么世界呢？而且人又不是畜生，如何能随便地杀呢？"① 最后，当他回忆起被张金魁害死的革命者沈玉芳生前对他说过的话后迅速地解开了心结，那便是"凡是被压迫者反抗压迫者的行动，无论是什么行动都是对的"②。以上情景的反复出现表明蒋光慈实际上对于革命暴力是否有违人道是存有疑问的，而且这样的疑问也延续到了其左翼乡土小说中。

在蒋光慈《咆哮了的土地》中，农会成立之后并没有迅速展开暴力活动，也没有制订具体的斗争计划，反倒是土豪劣绅们首先行动起来，谋划趁李杰等人不备时发动偷袭打死他们，全赖何月素千钧一发之际通风报信才让敌人的偷袭计划流产，否则的话后果不堪设想。然而即便如此，身为革命领袖的张进德仍对暴力的合法性和正义性持怀疑态度，当他看到因偷袭失败而被打得满脸伤痕的胡小扒皮时不禁动了恻隐之心，"我与他既无仇恨，何苦这样对待他呢？一夜的苦头谅他也受够了，不如把他放了罢……"想到这时正好一阵寒风吹过才让张进德马上清醒过来，想起胡小扒皮原本是带人来要杀死自己和农会同志们的，转而认识到"也许他不是你个人的仇人，但是他是农会的仇人啊！"③ 后来胡小扒皮逃脱后带领民团大肆杀戮革命农民的血腥暴行，让张进德、李杰等人充分认识到他残暴无情的本来面目，而不再对革命暴力的必要性产生怀疑。萧军《八月的乡村》中的萧明也对于杀人有过质疑，在陈柱司令命令他执行枪决王三东家夫妻的任务时有过抵触，但最终他认识到革命暴力是必要的，听见处决地主夫妻的枪声后他瞬间"感到一种矛盾的轻松"，"决定的自语着说：——这是对的啦！"④ 由别人代替自己执行枪决，使得萧明可以不必直接违背内心所遵奉的人道主义思想，同时对于枪决这一行为本身的事后肯定，又让他觉得自己还是和革命队伍保持一致的，由此获得心理上的平衡，从而感到内心轻松了。

此外，需要指出的是，也并非所有的革命者都能认同革命暴力，有些革命意志薄弱者也会因质疑革命暴力而退出革命斗争。聂绀弩《走掉》中的革命军人麦其佳就是个反面例子。麦其佳因在部队中表现不佳而被指

---

① 蒋光慈：《最后的微笑》，现代书局1928年版，第158页。
② 蒋光慈：《最后的微笑》，现代书局1928年版，第158页。
③ 蒋光慈：《咆哮了的土地》，载方铭、马德俊主编《蒋光慈全集》第4卷，合肥工业大学出版社2017年版，第105页。
④ 田军（萧军）：《八月的乡村》，容光书局1935年版，第181页。

派到新成立的农民武装队去指导工作,开始时他也表现得颇为积极,还亲自带人捉住了劣绅田南山,但在亲眼目睹农运积极分子海遯当众暴打田南山后又不禁动了恻隐之心,"何消说,土豪劣绅该打倒,革命底障碍该铲除的。但是千千万万的理论,敌不住老头子那苦痛的脸,那悲惨的声音"①,最终他脱离革命队伍走掉了。

---

① 聂绀弩:《走掉》,《现代文学》1935 年第 2 期。

第七章 左翼乡土小说的查禁情形及影视剧改编探析

20世纪30年代国民党实施严密的文化"围剿",左翼乡土小说纷纷被查禁,这不仅在很大程度上限制了左翼乡土小说的发展,而且促使左翼乡土小说的面目发生改变。左翼作家为了冲破文网始终坚持不懈地努力着,通过"非法"地下出版以及左联自办刊物等方式做着韧性的斗争。然而毋庸置疑,国民党当局近乎疯狂的查禁确然使得左翼乡土小说的生存空间受到强力挤压,20世纪30年代在"左"倾刊物纷纷被查禁的严峻形势下,左翼乡土小说家为了能让作品获得公开发表或出版的机会,有时也不得不依循国民党图书杂志审查机关给出的意见进行修改。左翼作家还通过将左翼乡土小说改编为电影的方式来开辟新的阵地,早在20世纪30年代茅盾的《春蚕》(由夏衍改编成同名电影)和楼适夷的《盐场》(由郑伯奇和阿英改编成电影《盐潮》)即已被改编成电影公开放映。中华人民共和国成立后,又有茅盾的《林家铺子》、叶紫的《星》《火》《丰收》、艾芜的《南行记》、柔石的《为奴隶的母亲》等左翼乡土小说被改编为影视剧,时间跨度长达70余年。单从数量上来看,左翼乡土小说被改编成影视剧者并不算多,但在中国电影史上却有着独特的意义和价值。

第一节 左翼乡土小说的查禁情形探析

20世纪30年代国民党为了配合军事围剿展开声势浩大的文化"围剿",随着文网收紧,左翼乡土小说的生存空间逐渐受到强力挤压。左翼乡土小说家为了应对国民党的查禁也在不断地寻求对策,由此使得左翼乡土小说的面目有所改变。

一 文化"围剿"对创作空间的强势挤压效应

自1927年秋收起义爆发之后,中国革命的重心开始从城市转向乡村,随着土地革命的蓬勃开展,乡村和农民开始取代城市和工人成为左翼作家的重点关注对象。左翼乡土小说创作逐渐呈现繁荣之势,涌现一大批诸如茅盾、蒋光慈、丁玲、吴组缃、叶紫、艾芜、沙汀等为代表的作家,以至于左联中人任白戈不由得感慨"几乎所有的作家全写农村去了"[1]。之所以会如此,自然是多方面因素合力促成的,从读者接受角度而言是由于左翼乡土小说满足了他们渴望了解如火如荼的中国土地革命情形以及产生根源的心理欲求。然而,随着国民党文化审查制度的不断完善,文化"围剿"的力度逐渐加大,致使左翼乡土小说的生存空间日益被侵蚀和压缩。

早在1929年国民党当局就以"煽惑暴动""鼓吹共产谬说""攻击中央""宣扬阶级斗争"等名义,查封了包括《我们月刊》《创造月刊》《幻洲》《洪荒》等太阳社、创造社主要发表阵地在内的"反动刊物"270余种[2]。左翼十年间(1927—1937)国民党政府查禁的书刊,仅有案可查的即多达2058种[3]。1929年国民党当局发布的《中央宣传工作概况》中标明当年共查禁刊物272种,其中由中国共产党创办的有148种,占1929年"反动刊物"的54%强[4]。国民党1929年颁布《宣传品审查条例》、《取缔销售共产书籍办法》和《取缔销售共产书籍办法令》,1930年颁布《出版法》,1931年颁布《出版法施行细则》,1932年颁布《宣传品审查标准》,1933年又颁布极具针对性的《查禁普罗文艺密令》,1934年颁布《图书杂志审查办法》,等等。国民党实施查禁制度之初尚留有一些空隙,出版商为了盈利也甘愿冒着风险出版带有左翼色彩的刊物和刊发左翼文学作品以投读者所好,"查禁书籍的法令,在当时并不十分严厉。文艺作家们正在大谈其普罗文艺。姚蓬子主编的《萌芽》[5],蒋光慈主编的《拓荒者》,鲁迅主编的《奔流》,郁达夫主编的《大众文艺》等杂志都有广大的读者群"[6]。这些左翼刊物虽然存续时间普遍较短,但在其上发表了为

---

[1] 任白戈:《农民文学底再提起》,《质文》1935年第4号。
[2] 《国民党中央宣传部民国十八年查禁书刊情况报告》,载中国第二历史档案馆编《中华民国史档案资料汇编》第5辑第1编文化(一),江苏古籍出版社1994年版,第214—217页。
[3] 倪墨炎:《现代文坛灾祸录》,上海书店出版社1996年版,第65页。
[4] 参见查建瑜编《国民党改组派资料选编》,湖南人民出版社1986年版,第554—555页。
[5] 此处表述不确,姚蓬子是《萌芽月刊》的编委而非主编。
[6] 张静庐:《在出版界二十年》,西北大学出版社2018年版,第89页。

数众多的左翼乡土小说,诸如柔石《为奴隶的母亲》(《萌芽月刊》1930年第1卷第3期)、魏金枝《焦大哥》(《萌芽月刊》1930年第1卷第5期);平万(戴平万)《村中的早晨》(《拓荒者》1930年第1卷第2期)、建南(楼适夷)《盐场》(《拓荒者》1930年第1卷第2期)、平万(戴平万)《新生》(《拓荒者》1930年第1卷第3期)、洪灵菲《大海》(《拓荒者》1930年第1卷第2—3期)、蒋光慈《咆哮了的土地》(《拓荒者》1930年第1卷第3—5期);柔石《人鬼和他的妻的故事》(《奔流》1928年第1卷第5—6期)、柔石《没有人听完她的故事》(《奔流》1929年第1卷第8期)、魏金枝《父子》(《奔流》1929年第2卷第2期);许杰《剿匪》(《大众文艺》1928年第3期)、杨邨人《瞎子老李》(《大众文艺》1930年第2卷第3期)、冯润璋《灾情》(《大众文艺》1930年第2卷第5、6期合刊);等等。

  随着文网收紧,左翼作家的处境变得日益艰难,比起单个作品的查禁而言,更为严峻的是许多左翼刊物被禁。

  1930年蒋光慈主编的《拓荒者》① 创办仅4个月就被查禁,同一年还有《现代小说》《大众文艺》《萌芽月刊》② 等其他左翼刊物被查禁。更有甚者,许多左翼刊物[比如《引擎》(1929年)、《艺术》(1930年)等]创刊号即终刊号。国民党当局近乎疯狂的查禁致使左翼作家经常陷入无刊可用的境地③,1931年左翼刊物的数量即大为减少,"据统计,到一九三一年四月,被禁的书刊有二百二十八种,后来达到七百多种……"。④ 国民党当局对于左翼刊物的打击不仅不遗余力,而且十分精准。他们对出

---

① 《拓荒者》原本是由《新流月报》改名而来,第1期即为《新流月报》第5期,1930年1月10日由现代书局发行,1930年5月出至第4、5期合刊后停刊。第4、5期合刊发行时有两种不同的封面,内容完全相同,一种是《拓荒者》第4、5期合刊,一种改名为《海燕》第4、5期合刊(1930年5月10日出版)。

② 1928年1月《现代小说》第1卷第1期由现代书局发行,1930年3月15日出至第3卷第5、6期合刊停刊。1928年9月20日《大众文艺》第1期由现代书局发行,1930年6月出至第2卷第5、6期合刊停刊。1930年1月1日《萌芽月刊》第1卷第1期由光华书局发行,1930年5月1日出至第1卷第5期停刊。

③ 1932年底,身处上海的宋之的在写给王余杞的信中即说过由于上海设立了书刊报纸检查机关导致"左翼稿子登不出去",为此他想让王余杞在尚未进行书刊检查的天津办一个刊物,"天津还没被反动派注意,可能开辟一处阵地"。1934年7月,王余杞费了一番周折后在天津创办了左联刊物《当代文学》,"创刊号上除刊登董秋芳的一篇翻译论文和徐盈的一篇小说外,全数采用宋之的寄来的稿子",但总共出了5期便被迫停刊(王余杞:《记〈当代文学〉》,《新文学史料》1979年第5期)。

④ 阳翰笙:《在纪念"左联"成立五十周年大会上的发言》,载《左联回忆录》,知识产权出版社2010年版,第18页。

第七章　左翼乡土小说的查禁情形及影视剧改编探析　235

版商为何热衷于发行左翼刊物进行过专门调查，并且抓住出版商害怕亏本的软肋有针对性地加以限制。1930年国民党当局在一份审查总报告中认为，左翼文学受欢迎的原因是"在国内一班青年，又多喜新务奇，争相购阅，以为时髦。而各小书店以其有利可图，乃皆相索从事于此种书籍之发行，故有风靡一时、汗牛充栋之况。但最近数月以来，此种出版，渐次减少"，之所以会如此在于"本部以前，对于此类书籍的发行，采取放任主义，少加查禁，所以他们毫无畏忌的尽量出版，故极一时之盛。但是最近数月以来，本部审查严密，极力取缔，各小书店，已咸具有戒心，不敢冒险，以亏血本了"①。国民党当局对书店的施压的确收效显著，有鉴于《拓荒者》《大众文艺》《艺术》等左翼刊物陆续被查禁，左联不得不改变靠书店合法经营的路线，"为了要广大我们文化斗争的宣传工作，是不应该再幻想那些以买卖为主的书店来代我们发行，只有坚决的建立我们自己的出版发行工作"②。然而，左联自办书店来发行刊物和出版书籍，也面临经济拮据、印刷困难、发行麻烦等一系列棘手问题。左联自办书店由于处于"非法"也即地下状态，销售依然要通过书报摊或者别人的书店③，"别的书店有充分理由不卖你的书，你就没办法。钱一下子周转不过来，就有很多进步书店办不下去，出了几本书就关门了，不是被国民党封掉的，因为没钱办下去了"④。曾经出版过蒋光慈遗著《咆哮了的土地》（改名为《田野的风》）的湖风书局是白色恐怖下左联唯一的出版机构，坚持出版了《北斗》《文学导报》《正路》等左翼刊物和许多进步书籍。

---

① 《一份〈审查全国报纸杂志刊物的总报告〉》，载倪墨炎《现代文坛灾祸录》，上海书店出版社1996年版，第173—174页。
② 潘汉年：《本刊出版的意义及其使命》，载《中国新文学大系（1927—1937）》第19集，上海文艺出版社1989年版，第208—209页。
③ 孙席珍在《关于北方左联的事情》一文中即讲述了北方左联刊物《北方文艺》当时举步维艰的窘况，"先与出版商接洽，他们怕担风险，不愿接受，决定凑点钱自费印行。集稿编定后，跑印刷所，看校样，这些都没啥困难，成问题的是怎样发行。几家正式书店，甚至连经售代销都推辞，不得已，只好拿到各校传达室和东安市场、西单商场几家书报摊去寄卖，条件相当苛刻，卖出后对折结帐。有一次，有个摊上被特务抄没了若干本，摊贩不肯承担损失，而且连前帐都赖掉不还。从此，一些书报摊都怕惹麻烦，个别讲交情的继续代卖，却搞得很神秘，往往面上只摆一本，其余的放在邻近售卖什物的摊子里，卖掉一本再去拿出一本来。其实，内容也没有什么，不过几篇不成熟的创作，间或也刊载一、两篇译文。但这样一来，价款就不大能够收回，盟员们大都很穷，出了三期就出不下去了"（孙席珍：《关于北方左联的事情》，载《北方左翼文化运动资料汇编》，北京出版社1991年版，第288页）。
④ 胡愈之：《关于出版工作的三次谈话》，陈原整理、注释，载《出版史料》第6辑，学林出版社1986年版，第19页。

不仅如此，以 1931 年 2 月 7 日发生的"左联五烈士"遇难事件为标志，许多左翼作家横遭国民党的残酷迫害和杀戮，经过国民党政府变本加厉的轮番打击"一九三一年春，左联的阵容已经非常零落。人数从九十多降到十二。公开的刊物完全没有了"①。1932 年 1 月 5 日，鲁迅写给艾芜、沙汀的著名回信刊发在左联机关刊物《十字街头》第 3 期，但由于该刊是地下刊物，以至于作为收信人的艾芜和沙汀除原信外并未见到正式刊出的文本。1932 年左翼刊物又稍有恢复，4 月 1 日《文艺新地》创刊，只出一期；4 月 25 日《文学》创刊，仅出一期；6 月 10 日《文学月报》创刊，12 月 15 日出至第五、六期合刊被迫停刊，而这是"继《北斗》以后的唯一公开的左倾文艺刊物，由左联直接领导"②；11 月 15 日《文化月报》创刊，但创刊号即是终刊号。

鉴于国民党对于左翼文学的查禁力度不断升级，虽然出版商明知道左翼文学深受读者欢迎而不愁销路，但为了避免遭受查禁以致血本无归，不敢或者尽量少出左翼文学作品，茅盾对此曾经感慨道："好销的书不好出，好出的书不好销，……所以在外国，也许出版家是跟着'读者的需要'走，而在中国，却是出版家拖着读者走。……在这年头儿，不亏本的生意也就是好买卖！"③ 凡此种种，自然使得左翼作家的创作环境变得极度恶化，"书局已因此不敢印书，一是怕出后被禁，二是怕虽不禁而无人要看，所以卖买就停顿起来了。杂志编辑也非常小心，轻易不收稿"④。现代书局曾经是热衷于印行左翼文学作品的书局之一，1928 年新出版的 21 部小说中有 10 部是左翼文学，1929 年出版的 16 部小说中左翼文学占了 6 部，1930 年出版的 10 部小说中左翼文学占了 5 部，但 1931 年之后数年内左翼文学只出版了 5 部⑤。现代书局的发行所被查封后，为了重新营业卢芳不得不登报声明脱离与现代书局的一切关系，又经多方奔走疏通关系方才得到谅解。国民党当局开出条件，除了由他们推荐一位编辑主任，现代书局还必须承担《现代文学评论》和《前

---

① 茅盾：《关于左联》，载《左联回忆录》，知识产权出版社 2010 年版，第 120 页。
② 茅盾、鲁迅：《中国左翼文艺定期刊编目》，载北京鲁迅博物馆鲁迅研究室编《鲁迅研究资料》第 6 辑，天津人民出版社 1980 年版，第 26 页。
③ 兰（茅盾）：《所谓"杂志年"》，《文学》1934 年第 3 卷第 2 号。
④ 鲁迅：《340224 致曹靖华》，载《鲁迅全集》第 13 卷，人民文学出版社 2005 年版，第 31 页。
⑤ 参见李玮《从"直语"到"曲笔"——论三十年代出版走向与左翼文学形式的审美变化》，《中国现代文学研究丛刊》2008 年第 5 期。

锋月刊》①这两本民族主义文艺杂志的印行事务，"经过这度风波，经济状况真临到'山穷水尽'的境地，时时有倒坍的可能"②。自此之后，现代书局变得谨小慎微，不敢轻易越雷池一步。张静庐决意通过创办一个文艺刊物来复兴书局的地位和营业时便立下三个原则：第一条便是不再出左翼刊物，第二条是不再出国民党御用刊物③，也即彻底地与政治隔绝开来创办纯文学刊物（后来选定施蛰存主编《现代》），第三条是争取时间，在上海一切文艺刊物都因战事而停刊的真空期间出版第一个刊物。其他出版商也大致如此，亚东图书馆、北新书局等出版过较多左翼文学作品的出版商也因受到国民党当局的迫害，不得不大幅度缩减乃至放弃左翼文学作品的出版。这些出版商明知好销的书不好出，好出的书不好销，然而却也无可奈何，为了避祸宁可销售那些盈利微薄却更为安全的图书杂志，而对于左翼文学及左翼刊物则敬而远之，由此导致包括左翼文学在内的革命的马克思主义的书报"往后希望那些书店来出版，是一天天的困难了"④。

　　国民党对于那些并非左翼刊物但思想倾向进步的刊物也不放过，具体情状透过由叶紫和陈企霞担任主编的《无名文艺月刊》的遭遇便可见一斑。该刊创立于1933年6月1日，叶紫的代表作《丰收》即刊发在创刊号上，然而仅出了1期便遭查禁。《无名文艺月刊》创刊之后不仅引起读者的广泛关注，而且赢得左联领袖鲁迅、周扬和茅盾的肯定和支持。《无名文艺月刊》创刊号出版后不久，钟望阳通过熟识的一位内山书店的店员给鲁迅先生捎了一封信，并附《无名文艺月刊》一本⑤，1933年6月10日鲁迅在复信中很赞同该月刊⑥。茅盾不仅在由他实际担任主编的大型

---

① 施蛰存对此曾经评论道："从《拓荒者》到《前锋月刊》，两个刊物的兴衰，使现代书局在名誉和经济上都受到损害。"（施蛰存：《我和现代书局》，载上海市出版工作者协会《出版史料》编辑组编《出版史料》第4辑，学林出版社1985年版，第98页。）

② 张静庐：《在出版界二十年》，西北大学出版社2018年版，第92页。

③ 施蛰存：《我和现代书局》，载上海市出版工作者协会《出版史料》编辑组编《出版史料》第4辑，学林出版社1985年版，第98页。

④ 潘汉年：《本刊出版的意义及其使命》，载《中国新文学大系（1927—1937）》第19集，上海文艺出版社1989年版，第208页。

⑤ 鲁迅在1933年6月5日的日记中也有相关记载："午后得白兮信并《无名文艺》月刊一本。"（鲁迅：《日记廿二（一九三三年）》，载《鲁迅全集》第16卷，人民文学出版社2005年版，第381页。）不过，鲁迅收到的《无名文艺月刊》也有可能不止一本，刘流在《鲁迅与叶紫》一文中即说叶紫在周扬陪伴下第一次到鲁迅家中拜访时就带去了一本，鲁迅在看过刊于其上的《丰收》后说很好，并且鼓励他将苏区的情况实事求是地反映出来（刘流：鲁迅与叶紫》，《春秋》1995年第3期）。

⑥ 白兮（钟望阳）：《心中的碑铭》，载《鲁迅研究集刊》第1辑，上海文艺出版社1979年版，第307页。

文艺刊物《文学》上对《无名文艺月刊》进行了大力推介，而且对叶紫的《丰收》给予了高度评价，认为"这是一篇精心结构的佳作"①；《出版消息》对此这样描述道："《无名文艺月刊》为叶紫等所编辑——茅盾在《文学》上曾一度介绍之，故销路尚可。"②然而恰因为《无名文艺月刊》销路尚可又有着进步倾向，引起国民党当局的注意，导致第 2 期送审时未能通过，1933 年 12 月 1 日上海市政府在第 1474 号批令中以"该刊语多失检""内容未臻妥善"为由不予照准③。本已排印出来的《无名文艺月刊》第 2 期上有叶紫的短篇小说《电网外》，他在第 2 次到鲁迅家里时曾将该文带去让鲁迅审阅指导。鲁迅一口气读完后赞不绝口，惊奇地问叶紫："你不害怕吗？"叶紫简短地回答"不怕"④。鲁迅建议叶紫别叫《电网外》，改作在上海人看来似乎有些傻里傻气的《王伯伯》，这样不容易被国民党的检查官们发觉。叶紫遵照鲁迅的意见修改之后，直到 1934 年 9 月 25 日才化名杨镜英在左联刊物《文学新地》创刊号上发表，迟发了 1 年有余，1935 年 3 月收入小说集《丰收》时方才恢复原名《电网外》，由此窥斑见豹不难见出国民党的审查制度对于左翼乡土小说的发表所造成的深巨影响。鲁迅在为叶紫小说集《丰收》写的序中不由得慨叹，"'中国为什么没有伟大文学产生？'我们听过许多指导者的教训了，但可惜他们独独忘却了一方面的对于作者和作品的摧残"⑤⑥。

---

① 茅盾：《几种纯文艺的刊物》，《文学》1933 年第 1 卷第 3 号。
② 《〈无名文艺〉近讯》，《出版消息》1933 年第 20 期。
③ 《上海市政府批第一四七四号　为发行〈无名文艺月刊〉请核转登记一案查该刊语多失检碍难照准仰即知照由》，《上海市政府公报》1934 年第 140 期。
④ 刘流：《鲁迅与叶紫》，《春秋》1995 年第 3 期。
⑤ 鲁迅：《〈丰收〉序言》，载叶紫《丰收》，容光书局 1935 年版，第 3 页。
⑥ 王璟在《中央党部查禁新文艺作品目录及其意义》一文中也对国民党中央党部查禁新文艺作品有过感慨，一方面他站在国民党政府立场上认为查禁新文艺无可非议，从秦始皇到清帝乾隆为了达成思想统一莫不如此，在某一个时候查禁书籍是必须用的手段，另一方面也对国民党中央党部的查禁行为予以谴责，并引用沈从文《禁书问题》中的观点指出国民党当局对于现在的革命文学之于中国社会革命的价值看得过分重大，乃至中国作家稍稍地努力就会牺牲了他们的生命，"政府既从不知道对于这种人加以关切，商人因书业萧条，又不能不待遇吝啬。他们通常的收入，在上海方面，甚至于就从不能够从从容容过一天较好的日子，平时吃的住的皆远不如一个南京小部员。病了无法从医生处加以治疗，文章不能出卖又难于寻找其他职业时，如今年投江的某君，去年病死的某君，皆莫不把一生结束在最悲惨的死亡里。"而又有更甚于此的，如以前有过七位作家在龙华枪毙的事，不久以前又有二位作家失踪的消息。最近又有了查禁新文艺书籍举动。要在这种环境里创造出伟大的文艺，当然是不可能的了。"（王璟：《中央党部查禁新文艺作品目录及其意义》，《无锡图书馆协会会报》1935 年第 4 期。）

1934年，国民党当局为了进一步加强对于出版机构的掌控，又开始推行《图书杂志审查办法》，强令实施原稿送审制度，企图将左翼文学扼杀在摇篮之中，以此来最大限度地削除左翼文学的影响。国民党政府各级图书杂志审查委员会时常会以"鼓吹阶级斗争"、"普罗文艺"、"攻击本党"、"诋毁本党"、"含有反动意识"、"宣传共产主义"或者干脆以"欠妥"的名目对左翼文学作品进行查禁。凡此种种举措，对于左翼文学的生存空间形成强势挤压。1928年出版的263部新书中左翼文学占了66部，1934年出版的204部新书中左翼文学却只有区区14部[1]，无论从数量上还是所占比例上都明显下降。当时的情形正如同茅盾所言的那样"目前我们这棵'文学'树正因为有大石头压着，正因为空气光线的关系，只能抽放着不大像样的茎叶。我们是感到不满的"。"虽然是往上长，却是曲折盘旋，费了许多冤枉的力量。"[2] 1935年，茅盾拟在国外发表的文章更是直言不讳，"左翼作家联盟成为中国革命文学运动的中心以后，不断地受着统治阶级的残酷的压迫。从一九三〇年到现在，左联联盟员被捕被杀的总在一百以外。左翼刊物，作品，被禁止的，更三倍四倍于此数"[3]。图书杂志原稿送审制度的实施，不仅极大地限制了左翼刊物的创办发行，而且连带着对于左翼作家想要借助其他带有保护色或者中间色彩的刊物发表作品的计划造成极大阻碍，反过来自然影响到左翼乡土小说的产出。曾经出版过蒋光慈《田野的风》等左翼乡土小说的湖风书局是20世纪30年代白色恐怖下为数不多的敢于坚持出版左翼书刊的书局，但透过丁玲的回忆便不难想见其举步维艰的情境，"在白色恐怖统治下，在我们党处在地下的困难时期，周先生惨淡经营"[4]。

国民党查禁进步图书杂志不仅有着严密的审查制度，而且是全国范围内有组织的统一行动。由于国民党经过1930年中原大战后已经基本实现全国统一，为了维护和巩固权力开始启动意识形态国家机器进行文化"围剿"，各地方政府也紧密配合予以查禁。单就左翼乡土小说而言，譬如武汉警备司令部在《警备专刊》1932年第5期上刊发了关于查禁反动

---

[1] 参见李玮《从"直语"到"曲笔"——论三十年代出版走向与左翼文学形式的审美变化》，《中国现代文学研究丛刊》2008年第5期。
[2] 茅盾：《文学的新生》，《新生周刊》1934年第1卷第36期。
[3] 茅盾：《给西方的被压迫大众》，载《茅盾全集》第20卷，人民文学出版社1990年版，第556页。
[4] 丁玲：《上海湖风书店与周廉卿先生》，载《丁玲全集》第10卷，河北人民出版社2001年版，第310页。

刊物的函件："密令所属各机关、部队准汉口市党部临时整理委员会函查禁《田野的风》及《丰台》等反动刊物仰查禁检扣文"，"为密令事案准汉口市党部临时整理委员会密函开迳密启者案准中央宣传委员会先后密函以查有蒋光慈著上海湖风书局出版之《田野的风》小说一种（即《咆哮了的土地》之化名）系鼓吹暴动之文艺刊物……"① 汕头市政府于1935年在《汕头市市政公报》上"训令公安局各书局各学校等抄发查禁书籍表仰饬属一体查禁以绝流传由"，"查上海容光书局出版之《丰收》，……等或为赤匪刊物宣传共产，或为挑拨青年感情，鼓动阶级斗爱【争】，与衹【诋】毁政府当局及本党之刊物，均应严予查禁"。②

二 由查禁引发的传播及产出负面效应

20世纪30年代左翼乡土小说在白色恐怖下频频遭受查禁，自然会对左翼乡土小说的传播乃至产出③造成极大的负面影响。作家的名气越大，作品越受读者欢迎，相应地被查禁的可能性也越大，蒋光慈、茅盾、丁玲、叶紫、萧红、萧军、王统照等左翼乡土小说代表作家，无一例外都成为国民党政府查禁的重点关注对象。

1930年3月2日左联宣告成立，3月10日蒋光慈《咆哮了的土地》便开始在销量颇大的左联刊物《拓荒者》上连载，连载至第13章时因刊物被国民党当局查禁而被迫中止。之后在《读书月刊》1930年第2期上又刊发过书籍出版预告，声称"《咆哮了的土地》将由北新出版"，具体内容如下："前在《拓荒者》按期刊载蒋光慈之长篇创作《咆哮了的土地》因《拓荒者》被禁，未曾刊完，兹悉蒋氏已将此稿做完，编入《光慈全集》内，不日由北新书局出版云。"④《读书月刊》此举原本是要广而告之以做宣传，但由于点明了作者是蒋光慈，结果引起国民党图书杂志审查机关的警觉而下令封禁，不准出版和发售，接着又将蒋光慈的所有著作查禁，由此使得蒋光慈成为被查禁数量最多的现代作家之一。国民党当

---

① 叶蓬：《（参）关于查禁反动刊物之件》，《警备专刊》1930年第5期。
② 李源和：《训令公安局各书局各学校等抄发查禁书籍表仰饬属一体查禁以绝流传由》，《汕头市市政公报》1935年第119—121期合刊。
③ 捷克汉学家丹娜·卡尔沃多娃在（《〈丁玲选集〉捷克文版前言》一文中即满怀遗憾地感慨道："一九三二年和一九三三年，在严禁公开发表言论的情况下，她发表了几部小说。假如她当时能自由创作，她要多创作多少作品呀！"（［捷］丹娜·卡尔沃多娃：《〈丁玲选集〉捷克文版前言》，载孙瑞珍、王中忱编《丁玲研究在国外》，湖南人民出版社1985年版，第83页。)
④ 《出版界消息：(八)〈咆哮了的土地〉将由北新出版》，《读书月刊》1930年第1卷第2期。

局不仅查禁了蒋光慈的所有著作,而且安排特务跟踪监视,他随时都有被捕的危险。难能可贵的是,蒋光慈并没有屈服,他对吴似鸿说:"他们去封禁,我还是要写"①,之后便开始构思准备再写一部小说。不幸的是,蒋光慈于1931年8月31日因贫病交加离开了人世,但读者并没有将他遗忘,国民党当局对其作品的查禁也始终没有放松。《咆哮了的土地》是较早反映中国共产党领导的农民运动和土地革命的长篇力作,不仅有助于后世读者了解当时的农村革命状况,而且借此足以表明已被开除党籍的蒋光慈②依旧对革命事业极为关切。此前蒋光慈撰写的普罗文学作品的故事背景基本上都是在城市,之所以转向描绘农村土地革命源于他清醒地认识到中国革命成功的希望在农村。据吴似鸿回忆,当年蒋光慈对她认真地说过:"现在提出要夺取都市政权,我看时机还不成熟。不但群众没有组织起来,工人也没有都组织起来,武器也没有。这样,我们每次暴动,损失很大。我看应当首先巩固农村的苏维埃政权,发展农村红色区域,然后由农村包围都市,才能夺取都市政权。"③ 这一番话与毛泽东"农村包围城市"的革命主张相一致,然而当时却并未得到认同,"但当时我们大家并没有很好懂得,相反,不少同志在一定程度上,反而加深了对他的误解"④。1930年11月,蒋光慈顶住重重压力将《咆哮了的土地》全书完稿,虽然这是他最为成熟的一部作品,但由于此时其作品遭受严密查禁而一时间没有书局愿意出版,直到1932年4月30日也即蒋光慈病逝大半年后方才改名为《田野的风》由湖风书局出版。然而即便如此,依旧未能逃脱国民党当局的严密审查,分别于1932年7月和1934年两度遭受查禁,之后再未出版。这与蒋光慈早期作品畅销一时的盛况形成巨大反差,其中《冲出云围的月亮》出版之后当年便重版6次之多。

---

① 吴似鸿口述,谢德铣整理:《回忆蒋光慈同志——纪念蒋光慈诞生八十周年暨逝世五十周年》,《绍兴师专学报》1981年第2期。
② 1930年秋,蒋光慈为了安心创作拒绝将他的住处作为开会场所,几天之后左联党组负责人找他谈话时明确说写作不算工作,要他到南京路上去参加实际革命活动。蒋光慈予以拒绝,并递交了"退党书"。10月20日,中国共产党中央委员会机关报《红旗日报》上刊文宣布"蒋光慈是反革命,被开除党籍"(参见余世存《世道与人心》,北京联合出版公司2016年版,第159页)。
③ 吴似鸿口述,谢德铣整理:《回忆蒋光慈同志——纪念蒋光慈诞生八十周年暨逝世五十周年》,《绍兴师专学报》1981年第2期。
④ 吴似鸿口述,谢德铣整理:《回忆蒋光慈同志——纪念蒋光慈诞生八十周年暨逝世五十周年》,《绍兴师专学报》1981年第2期。

20世纪30年代茅盾不仅在文学创作和文学批评方面卓有建树，还担任过左联行政书记，因此较之其他左翼乡土小说家更易引起国民党审查机关的关注。据不完全统计，茅盾创作的小说和剧本被查禁多达10次以上，其中涉及左翼乡土小说的主要是《春蚕》、《秋收》、《残冬》和《林家铺子》。1934年2月，国民党中央宣传委员会列出149种查禁图书，其中包括茅盾的《春蚕》《虹》《蚀》《三人行》《子夜》《野蔷薇》《宿莽》《路》《茅盾自选集》等，查禁理由是"其内容鼓吹阶级斗争"①。本次查禁由于数量庞大，遭到上海出版界的联合抵制，牵涉其中的上海各出版商为了减少损失联名向国民党上海市党部发起请愿，请求分轻重处置"以苏商困而惟文化"②。此次请愿活动取得一定成效，国民党中央宣传委员会又对这149种查禁的图书进行分档处理以示区别对待，分为"先后查禁有案之书目""应禁止发售之书目""暂缓发售之书目""暂缓执行查禁之书目""应删改之书目"。其中茅盾的短篇小说集《春蚕》（收入短篇小说《春蚕》、《秋收》和《林家铺子》等）被列入"应删改之书目"。1934年12月，茅盾的《残冬》（上海生活书店出版）也被国民党中央宣传委员会查禁，查禁理由是"诋毁当局"。

丁玲在加入左联前便以《梦珂》《莎菲女士的日记》等作品闻名于世，她起初对于左联活动并不热心，但在丈夫胡也频被杀害后思想开始急剧"左"倾，先于1931年担任《北斗》主编，又于1932年加入中国共产党，并出任过左联党团书记。唯其如此，她引起国民党当局的注意，不仅作品被查禁，还于1933年5月被国民党特务绑架后秘密拘禁。1934年国民党当局为了起到震慑效应，将从各大书店查获的书籍集中销毁，据3月3日《申报》报道《各大书店缴毁大批反动书籍》中所言，"商务印书馆被查禁者，有《希望》一种"，"新中国书店亦有《水》一种，呈送市党部"③。鲁迅在致萧三的信中也曾提及此事，"昨天大烧书，将柔石的《希望》，丁玲的《水》，全都烧掉了，剪报附上"④。

---

① 国民党中央宣传委员会致国民党上海特别市党部的密令详细内容为："查上海各书局出版共产党及左倾作家之文艺作品，为数仍多。兹经调查，其内容鼓吹阶级斗争者，计149种。为特印送该项反动刊物目录一份，即希严行查禁，并勒令缴毁各刊物底版，以绝根据。"[宋原放主编，陈江辑注：《中国出版史料（现代部分）》第1卷（下），山东教育出版社2001年版，第388页。]

② 《上海各书局呈市党部文》，载王煕华、朱一冰合辑《1927—1949年禁书（刊）史料汇编》第2册，北京图书馆出版社2007年版，第79页。

③ 《各大书店缴毁大批反动书籍》，《申报》1934年3月3日第12版。

④ 鲁迅：《340304 致萧三》，载《鲁迅全集》第13卷，人民文学出版社2005年版，第36页。

第七章 左翼乡土小说的查禁情形及影视剧改编探析

叶紫的《丰收》、萧军的《八月的乡村》和萧红的《生死场》这3部左翼乡土小说是左翼十年间左翼文坛的重要收获，这些作品着力渲染农民的不屈抗争精神以及积极从事阶级斗争和投身民族解放战争的坚强意志，较之此前问世的左翼乡土小说而言其战斗性和政治色彩不仅没有削减，反倒显得更为强烈。然而由于国民党文网收紧，这些作品根本无法公开出版。其中萧红的《生死场》虽然经由鲁迅介绍已有出版商愿意出版，但送交国民党中央宣传委员会图书杂志审查委员会审查后被拖延半年之久依然杳无音讯。鲁迅在给萧军《八月的乡村》写的序中也说："这书当然不容于满洲帝国，但我看也因此当然不容于中华民国。这事情很快的就会得到实证。如果事实证明了我的推测并没有错，那也就证明了这是一部很好的书"，之所以不见容是因为"一方面是庄严的工作，另一方面却是荒淫与无耻！"① 1935年是左翼十年中的一个重要时间节点，是年因受到《新生》杂志事件的影响，国民党中央宣传委员会图书杂志审查委员会被全体改组几同撤销，文网随之有所松动，也正是在这一年叶紫的《丰收》、萧军的《八月的乡村》和萧红的《生死场》在鲁迅帮助下假借"奴隶社"和"容光书局"的名义"非法"出版，引发文坛瞩目和读者欢迎。由于这些作品是地下印刷发行，加之国民党中央宣传委员会图书杂志审查委员会停止工作，因而除了出版最早的叶紫的《丰收》于1935年8月被以"鼓吹阶级斗争"的名目查禁，萧军的《八月的乡村》和萧红的《生死场》当年并未受到太大影响，直到1936年3月《八月的乡村》方被查禁。

同于1933年出版的王统照的《山雨》和茅盾的《子夜》因分别反映了当时农村和城市的革命斗争生活而引发一些青年读者的热议，这两部作品也确然称得起20世纪30年代初期左翼文学中的佼佼者，同样也难逃被国民党当局查禁的命运。1933年9月，由开明书店出版的《山雨》因为暴露了当时农村社会的黑暗而于当年12月即遭查禁，连带着王统照本人也被视为危险人物列入黑名单，为了避免遭受国民党当局的人身迫害不得不自费到欧洲考察，以避风头。此后经开明书店与国民党当局交涉，在被迫删去24章至28章后才得以重新发售。1936年8月，《山雨》经过删改后由开明书店重新出版。

透过以上左翼乡土小说代表性作家作品遭遇查禁的状况，我们不难体会国民党文网之严密，这不仅影响到左翼乡土小说的传播和接受，同时也

---

① 鲁迅：《〈八月的乡村〉序言》，载田军（萧军）《八月的乡村》，容光书局1935年版，第4页。

会反过来影响左翼乡土小说的产出，并且导致左翼十年后期左翼乡土小说的面貌发生变化。下附国民党当局查禁左翼乡土小说一览表。

附　　　　　　　国民党政府查禁左翼乡土小说一览表

著作者	查禁作品名称	出版者	出版时间	查禁缘由	查禁时间	备注
许杰	剿匪（内含《剿匪》《七十六岁的祥福》等）	明日书店	1929.6	普罗文艺	1930.10	
蒋光慈	田野的风	湖风书局	1932.4	普罗文艺	1932.7	
王统照	山雨	开明书店	1933.9	颇含阶级斗争意识，予以警告，勒令禁止发行	1933.12	
蒋光慈	田野的风	湖风书局	1932.4		1934.2	再度被查禁
茅盾	春蚕	开明书店	1933.5		1934.2	
茅盾	茅盾自选集（内含《林家铺子》等）	天马书店	1933.4	普罗文艺	1934.2	
丁玲	水（内含《水》《田家冲》等）	新中国书局	1933.2		1934.2	
柔石	希望（内含《人鬼和他的妻的故事》《没有人听完她底哀诉》等）	商务印书馆	1930.7初版、1933.1再版		1934.2	
李辉英	万宝山	湖风书局	1933.3		1934.2	
丁玲	丁玲选集（内含《水》等）	天马书店	1933.12	普罗文艺	1934.5	姚蓬子编
茅盾等	残冬（内含茅盾《残冬》、艾芜《咆哮的许家屯》、沙汀《老人》、夏征农《禾场上》、王统照《父子》等）	生活书店	1934.10	诋毁当局	1934.12	
魏金枝	奶妈（内含《父亲》《桃色的乡村》等）	联合书店、现代书局	1930.11初版、1932.10再版	欠妥	1935.2	联合书店盘给了现代书局
叶紫	丰收	容光书局	1935.3	鼓吹阶级斗争	1935.8	

续表

著作者	查禁作品名称	出版者	出版时间	查禁缘由	查禁时间	备注
田军（萧军）	八月的乡村	容光书局	1935.8	鼓吹阶级斗争	1936.3	实际出版时间为1935年7月
胡也频	也频小说集（内含《一个村子》等）	大光书局	1936.1	普罗文艺	1936.7	
丁玲	丁玲选集（内含《水》等）	万象书屋	1936.4	普罗文艺	1936.10	徐沉泗、叶忘忧编选
含沙（王志之）	租妻	金汤书店	1936.11		1936.12	

三 文学与传媒结合突破文网的非常效应

国民党政府在查禁左翼文学的同时，也试图大力推行三民主义文艺和民族主义文艺，期冀以此改换读者的口味而宣扬己方的意识形态。虽然他们能够凭借强权迫使现代书局等出版商为其印制刊物，同时又有雄厚的官方资本作为支撑，但因无法满足读者的阅读需求而仍旧难以同左翼文学抗衡，"盖官样文章，究不能令人自动购读也"①。实际上包括左翼乡土小说在内的整个左翼文学之所以能够在20世纪30年代国民党严密的文网下求得生存，不仅仅是左翼作家群体主观努力的结果，同时更为重要的是因其满足了读者的需求而衍生巨大的商业价值，由此获得以逐利为本的图书杂志出版界的青睐，可以称得起当时的先锋文学和畅销作品。对于以读者口味为基础所形成的市场需求偏好状况，时人的观点或许更有代表性和说服力，1933年冯瑜文在《查禁思想左倾刊物》一文中即曾切中肯綮地评述道："须知文学是人们精神的食粮，某一种刊物被人唾弃的终被人唾弃，受人欢迎终受人欢迎的，这自有它的社会的客观条件，毋须政府之查禁与否。正如今日市场上的电影，香艳肉感的片子已失却了诱惑观众的力量，而为社会现状写实的片子所代替一样。时代潮流所趋，资本主义统治的没落，岂希特勒焚书坑儒的手段所能挽救吗？"②

文学作为一种社会意识形态是宣扬政治思想的重要手段，原本就无法

---

① 鲁迅：《310123 致李小峰》，载《鲁迅全集》第12卷，人民文学出版社2005年版，第252页。

② 冯瑜文：《查禁思想左倾刊物》，《抗争》1933年第2卷第26期。

摆脱现实社会关系的制约,左翼文学的传播事实上在不断塑造着新的想象共同体,而它与国民党意识形态的异质性事实上也在不断制造着现存统治秩序的反叛者。文学与传媒有着天然的联系,传媒需要文学,文学也无法离开传媒。在国民党政府未进行强力干预之前,左翼乡土小说家和传媒密切协作,传媒需要借助他们的名气来扩大销量以获取利益,而左翼乡土小说家凭借传媒的销售网络既扩大了影响,也得以将文化资本转化为物质资本,从而通过获取稿费和版税等方式来维持生存,甚而过上相对优裕的生活。

　　传媒对于有着巨大市场号召力的知名作家通常会施行特稿特酬制度,虽然在当时的条件下尚不至于一夜暴富,但也能提供足够的经济支撑,使得卖文为生成为可能,对此左翼畅销书作家蒋光慈就堪称典范。"大革命"失败后蒋光慈走上文学创作道路,出版了诗集《新梦》《哀中国》和小说《少年漂泊者》等几部书,在文坛上产生了一定的影响,但没有后来那样大,"一九二八,一九二九以后,普罗文学就执了中国文坛的牛耳,光赤的读者崇拜者,也在这两年里突然增加了起来"①。"大革命"失败后广大青年读者对革命文学有着浓厚的兴趣,形成巨大的市场需求,书商们眼见有利可图又不用担负太大风险,自然乐于投读者所好而大量刊用,作为太阳社创始人和核心人物的蒋光慈由此成为出版界热捧的对象。自 1927 年开始从事普罗文学创作到 1931 年不幸病逝,短短 4 年间蒋光慈出版了 20 多部作品,这些作品大都一版再版,"在短短一两年时间内创造了新文学的奇迹,他使先锋文学转变成为了畅销书和流行读物"②。出版商为了获得利润争相出版蒋光慈的作品,并且给出了与鲁迅一样的千字 5 元的极高稿酬,版税也和鲁迅齐平,对此他说过:"鲁迅作品是抽百分之二十的,我也和鲁迅的一样。因为销路大,书店钱赚得多,给我们也多些。"③ 蒋光慈平均每月单是版税收入即有 200 元左右,成为当之无愧的畅销书作家,不仅得以在繁华都市上海过着相对优渥的生活,还接济过安徽老家的亲人和钱杏邨等其他左翼作家。有段时期蒋光慈和爱人吴似鸿两人住着一幢二层楼房,还雇有一个女用人,稳定优裕的生活让他能够投入更多的时间和精力来从事文学创作。由于蒋光慈的作品有着巨大的市场影响力和读者号召力,以至于当时许多非法出版商不仅靠翻印其作品出售牟利,还将别人的作品改头换面后冒充由他所作的来发售,就连在当时文坛

---

① 郁达夫:《光慈的晚年》,《现代》1933 年第 3 卷第 1 期。
② 旷新年:《1928:革命文学》,山东教育出版社 1998 年版,第 95 页。
③ 吴似鸿著,傅建祥整理:《我与蒋光慈》,广西教育出版社 1992 年版,第 29 页。

有着显赫声名的茅盾的短篇小说集《野蔷薇》（开明书店1929年7月出版），竟然也于1930年1月被专门从事盗版的上海爱丽书店更名为《一个女性与自杀》①冒充蒋光慈的作品盗印。然而，随着蒋光慈的作品不断被国民党当局查禁，各书局为了避祸起见纷纷表示不再与他合作，虽然他一次性得到高达一千余元的版税结清款项，但自此断绝了财源，又因身染重病很快便陷入赤贫境地。在蒋光慈去世后，幸赖亚东图书馆老板汪孟邹念及旧情出资操办，方才得以料理后事。随着文网收紧，蒋光慈的遗著《咆哮了的土地》也遭到冷遇，包括亚东图书馆在内的几个出版商都不敢出版。正如前文所述，直到1932年也即蒋光慈逝世大半年后才由湖风书局将书名改换为《田野的风》出版问世。

随着国民党当局一系列图书杂志审查制度的颁布实施，的确给左翼文界带来巨大压力，以至于当时主要靠卖文为生的鲁迅也不由得感叹"上海靠笔墨很难生活，近日禁书至百九十余种之多"②。鲁迅这样有着强大文化资本和社会资本的名家巨擘面对国民党当局查禁时尚且感到无可奈何③，更遑论当时籍籍无名的左翼青年作家，其处境自然更为艰难④。由于白色恐怖绝大多数左翼作家不能公开就业，没有固定的生活来源，而当时中国共产党的经费又极其紧张，左翼作家除从事党的具体工作可以获得一些经济补助外是不可能获得任何财力支持的，只能依靠卖文为生，设若

---

① 《野蔷薇》和《一个女性与自杀》均收入5篇作品，且都为茅盾所作，只不过作品的排列顺序并不相同。《野蔷薇》收入的作品顺序为《创造》《自杀》《一个女性》《诗与散文》《昙》；《一个女性与自杀》收入的作品顺序为《一个女性》《自杀》《创造》《昙》《诗与散文》。

② 鲁迅：《340224 致曹靖华》，载《鲁迅全集》第13卷，人民文学出版社2005年版，第30页。

③ 20世纪30年代鲁迅编、译、著大量被查禁，总数达到30余本。1932年8月15日，鲁迅在写给台静农的信中感慨道："文禁如毛，缇骑遍地，则今昔不异，久见而惯，故旅舍或人家被捕去一少年，已不如捕去一鸡之耸人耳目矣。我亦颇麻木，绝无作品，真所谓食蒇而已。"（鲁迅：《320815 致台静农》，载《鲁迅全集》第12卷，人民文学出版社2005年版，第322页。）

④ 艾芜在回忆当时情形时就曾写道："我知道当时左联（以及北平的左联）办的刊物，一出几期，就会遭到封闭，损失不小。大书店不敢出，小书店敢冒险出几期，怕受损失，就不愿支付稿费。可能对著名的作家是要给稿费的。在这种情形中，为了壮大左翼文学运动，我们年轻的盟员，很愿意贡献各种力量，不要报酬。至今已过了几十年，还要谈稿酬问题，只是说明那时候成年成月住在上海，没有一文收入，而要生活下去继续工作的痛苦心情而已。象这样生活的盟员，当然不只我一个人。"（艾芜：《三十年代的一幅剪影——我参加左联前前后后的情形》，载《左联回忆录》，知识产权出版社2010年版，第185页。）

没有稿费收入很难在上海立足。透过蒋光慈的遭遇便可见一斑,早期由于其作品满足了文化市场的需要而获利颇丰,得以在上海维生,但遭遇国民党当局全面查禁后不久便因贫病交加撒手人寰。20 世纪 30 年代蒋牧良家中经常无米下锅,在最为困难之际不得不将唯一的一支钢笔送进当铺[①]。另据葛琴回忆:"那时——一九三四年——正是出版界最黑暗的时期,要靠写作维持生活,几乎是不可能,于是我又被掷回到农村中去,整天的躲在村屋的窗子下。"[②] 生计维艰致使许多左翼作家为了能够生存下去而疲于奔命,这自然会影响到其文学创作。

然而,这也并非意味着文网毫无突破的可能,20 世纪 30 年代左翼乡土小说之所以屡禁不止,能够不断冲破文网而获得广泛传播,究其实质正是与传媒结合所达成的双赢结果。

针对国民党当局近似疯狂的查禁,左翼文界以及出版界也采取了一些反制措施。1933 年 5 月 14 日丁玲在上海被国民党秘密逮捕,之后又被送往南京秘密拘禁,左翼文界对此次失踪事件进行了大力宣传,其中 1933 年 7 月 1 日在由茅盾掌控的《文学》创刊号上刊登了丁玲尚未完成的长篇小说《母亲》的广告,在第 2 号上又刊登了《水》的广告,从而引发读者的广泛关注。之所以在丁玲被秘密拘捕之后其作品依然能够畅销,一方面源于其作品应和了读者尤其是进步青年的心理需求,另一方面国民党的查禁也刺激了读者的猎奇心理[③],"在他们的心目中,越是查禁的书价值越高,千方百计寻求得到它"[④]。有的书店抓住读者这一心理还故意利用国民党的查禁令来引起读者关注,国民党中央宣传委员会对此也十分明了,慨叹"本会之禁令,反成为反动文艺书刊最有力量之广告,言之殊为痛心"[⑤]。许多书店为了逐利也会采用变通的方式铤而走险,对于那些有市场号召力但极有可能招致国民党当局查禁的左翼名家名作通常采用真名出书而"少印勤印"的出版策略,有的书连续再版多达 10 次以上。即便某次印的书被查禁损失也不大,而且书一旦被禁地下销售渠道反而更旺。书摊相较于书店而言更为灵活也更少顾忌,为了获利采用化整为零的

---

① 蒋子丹:《祭父》,载《一个人的时候》,四川人民出版社 1995 年版,第 155 页。
② 葛琴:《〈总退却〉后记》,载《总退却》,良友图书公司 1937 年版,第 308 页。
③ 国民党政府对此也有所警觉并严加防范,据彭燕郊回忆,当时蒋光慈的《田野的风》、华汉的《〈地泉〉三部曲》等都是禁书,"看这样的书被发觉,轻则坐牢,重则枪毙"(彭燕郊:《谈禁书》,载《纸墨飘香》,岳麓书社 2005 年版,第 40 页)。
④ 赵晓恩:《三十年代生活书店的推广宣传工作》,《出版史料》1988 年第 1 期。
⑤ 陈瘦竹:《左翼文艺运动史料》,南京大学学报编辑部 1980 年版,第 335 页。

隐蔽方式来销行左翼书刊①。

　　叶紫、萧军和萧红在鲁迅支持和帮助下自费出版《丰收》、《八月的乡村》和《生死场》也是打破文网束缚的重要途径，他们计划和鲁迅一道"非法"出版10本奴隶丛书，凡是不能公开出版的书都由他们自印，"随便国民党们怎样，斗，还是得斗下去，只要能挣扎，是决不甘心束手让他们扼死的"②。其实早在1933年10月，从事文学创作不久的萧军和萧红便自费合印过作品集《跋涉》（五画印刷社出版，署名三郎和悄吟），收入萧军的《桃色的线》《烛心》《孤雏》《这是常有的事》《疯人》《下等人》和萧红的《王阿嫂的死》《广告副手》《小黑狗》《看风筝》《夜风》，共计11篇作品。该作品集是在友人资助下自费印行的，印数也不是很多（1000册），发行不久就被日伪查禁并强行没收，这也是促使他们离开凶险莫测的哈尔滨南下的重要原因。萧军和萧红初到上海时举目无亲，全赖鲁迅的帮助和扶持，《八月的乡村》和《生死场》的出版成为他们文学道路上的重要转折点。虽然这两本书和叶紫的《丰收》一道被列入奴隶社丛书自费出版，但也离不开文学传媒的鼎力支持，印刷环节是通过叶紫的朋友王先生的民光印刷厂，销售环节则主要是经由鲁迅介绍交由书店寄售。1936年2月15日，鲁迅在致萧军的信中就曾谈及《八月的乡村》和《生死场》的销售情况，"那三十本小说，两种都卖完了，希再给他们各数十本。又，各给我五本，此事已托张兄面告，今再提一提而已"③。两书的热销使得他们从籍籍无名的文学青年一跃成为上海滩的当红作家，不仅经济拮据的状况有了极大改善，在此之后他们的作品不借助鲁迅的推荐也能够不断地在刊物上发表。

　　在以奴隶社名义出版的3部小说中，由于萧军的《八月的乡村》深受读者欢迎，加之原本就是"非法"自费出版，销售渠道又较为隐蔽，

---

① 陈北鸥在《回忆中国左翼作家联盟北平分盟的艰苦斗争》一文中即向我们展现了左翼文艺刊物的此种隐蔽销行方式，"半公开发行的左翼文艺刊物象《艺术信号》、《文学杂志》、《新大众》、《文艺小报》、《新诗》、《文学前线》、《科学新闻》、《北平美术》等是比较薄、比较小（有的是三十二开本）的刊物，全是自费印刷，一部分赠送给文总，一部分分送到东安市场、西安市场、青云阁等书摊去卖。这些书摊不敢把革命的书刊放在书架上，但是却巧妙地藏在书柜里，专供熟人或是老主顾购买。特务搜查的时候，他们能悄悄地暂时运走。因为这些书极受读者欢迎，销路大、获利多，所以一些小书商虽然冒着危险却乐于暗中推销"（陈北鸥：《回忆中国左翼作家联盟北平分盟的艰苦斗争》，载《左联回忆录》，知识产权出版社2010年版，第428页）。
② 萧军：《鲁迅给萧军萧红信简注释录》，黑龙江人民出版社1981年版，第152页。
③ 鲁迅：《360215 致萧军》，载《鲁迅全集》第14卷，人民文学出版社2005年版，第28页。

使之"成为名副其实的禁而不止的查禁小说"①。《八月的乡村》实际自费出版时间为 1935 年 7 月初，但在书上标注的时间为 1935 年 8 月，之所以较之实际出版时间靠后一个月就是为了迷惑敌人，假使国民党当局"按书上所标的日月（八月份出版）来判断，即使'查禁'，也已经销售出一批了，不至于一本也发不出去。这所谓：'明修栈道，暗度陈仓'，也即是'不宣而战'是已"②。1935 年《八月的乡村》以上海奴隶社的名义出版后不久便销售一空，后又于 1936 年 2 月再版，仅隔 1 个月也即 1936 年 3 月印至第 3 版时以"鼓吹阶级斗争"的名义被查禁。1937 年全面抗战爆发后国民党政府复又大力推行图书杂志审查制度，1938 年 7 月 21 日国民党第五届中央常务委员会第 86 次会议通过《修正抗战期间图书杂志审查标准》和《战时图书杂志原稿审查办法》（1938 年 12 月 22 日国民党第五届中央常务委员会第 106 次会议修正），重新启动了原稿审查制度。1938 年 10 月 1 日，国民党又成立中央图书杂志审查委员会③，主管全国图书杂志原稿审查工作，该委员会自成立之日起到 1941 年 6 月间查禁的图书和刊物即已多达 961 种④，其中包括萧军的《八月的乡村》。但由于《八月的乡村》是自费出版，且从一开始印刷和销售均秘密进行，因此抗战前后均未因查禁而中止，依旧接连再版，先后以上海奴隶社和容光书局的名义出了第 4 版（1936 年 4 月）、第 5 版（1936 年 8 月）、第 6 版（1936 年 11 月）、第 7 版（1937 年 4 月）、第 8 版（1937 年 6 月）、第 9 版（1938 年 1 月）、第 10 版（1939 年 1 月），直到 1940 年 2 月又以"触犯审查标准"的名义再度查禁后方才告一段落。⑤ 之所以如此，主要原因在于容光书局原本就是虚设的出版机构，因而不像现代书局那样直接承受着国民党当局的施压而不敢刊印左翼文学作品。全面抗战胜利后，1946 年 4 月《八月的乡村》又由大连市文化界民主建设促进会出版（5 月再版，10 月

---

① 陈思广：《国民党查禁现代长篇小说的缘情与效果辨析》，《励耘学刊》2017 年第 1 期。
② 萧军：《致谷兴云》，载《萧军全集》第 16 卷，华夏出版社 2008 年版，第 93 页。
③ 中央图书杂志审查委员会会址设在重庆，受国民党中央执行委员会宣传部、军事委员会政治部及行政院内政部、教育部的指导，初设图书原稿审查和杂志原稿审查两个组，1940 年 5 月改隶行政院后扩大为 5 个科及 1 个专员室。1940 年改为图书杂志审查处，1945 年抗战胜利后国民党当局鉴于进步文化工作者反对而宣布撤销。
④ 《国民党"中央图书杂志审查委员会"查禁目录（1938 年 10 月—1941 年 6 月）》，载宋原放主编《中国出版史料（现代部分）》第 2 卷，山东教育出版社 2001 年版，第 159 页。
⑤ 萧军《八月的乡村》版本演变情形详见梁京河《〈八月的乡村〉版本初探》，《中国现代文学研究丛刊》2015 年第 11 期；陈思广《国民党查禁现代长篇小说的缘情与效果辨析》，《励耘学刊》2017 年第 1 期。

三版）。1946年12月位于上海的作家书屋将《八月的乡村》列入周而复主编的"北方文丛"出版（1947年8月再版，1949年1月三版）。1947年4月由位于哈尔滨的鲁迅文化出版社出版（该出版社由萧军创办并任社长，7月再版）。据萧军1947年1月3日作于佳木斯的《〈八月的乡村〉新版前记》所述，"这书，在'八·一三'抗战以前，我自己经手印过七版。后来又交给一家书店代印了几版，总共有一万五七千的数目。这在那时已经算销路很不错的书，虽然国民党一直是查禁着。另外有些地方还在翻版，因此这书究竟销售过多少，我也不清楚。可见这'查禁'的办法，也并不太好"。①

吊诡的是，国民党政府文网收紧之后盗版猖獗反倒成为确保左翼乡土小说能够在读者群中持续流通的重要渠道②，出版商为了获取利益不顾风险以地下流通的方式悄然发售，其中尤以萧军和蒋光慈的作品最为典型。

萧军《八月的乡村》销售异常火爆，因此市面上开始出现盗版，为了遏制盗版，萧军和萧红还自制版权印花票贴于书上，但由于该书原本即为"非法"出版，因此盗版者有恃无恐而收效甚微。盗版猖獗虽然使得萧军经济收益受损，但客观上也有助于作品的传播。文网收紧之后原本作品畅销一时的蒋光慈成为重点查禁对象，其作品全部被禁。蒋光慈作品被查禁之前即被许多不法书商盗印，甚至在当时还有书店因专门盗印其作品而出名③，被查禁之后通过盗版反倒使其作品得以继续流通。

之所以会如此，一方面虽然国民党政府自1930年中原大战取得胜利后开始收紧意识形态管控，在一系列严密的图书杂志审查制度颁布实施之后左翼文学备受压制，但并不能从根本上断绝读者的阅读需求，在利益驱动下许多盗版书商事实上发挥着传播左翼文学的作用④；另一方面中国人自古就有喜读禁书的传统，虽然为数众多的左翼乡土小说遭到查禁，但越是被禁止青年人就越要想方设法找来看，书店和书摊为了盈利也想方设法

---

① 萧军：《新版前记》，载《八月的乡村》，鲁迅文化出版社1947年版，第1页。
② 许多正规书商为了能够让左翼文学作品顺利通过检查进入正式销售和流通渠道，不得不遵照国民党当局的要求进行相应的修改，由此造成许多不连贯处，显露出被肢解的痕迹。盗版商人却没有这方面的顾忌，原本就在法律之外遁形的他们反倒能够呈现左翼小说的原貌来，并且查禁越严获利空间越大，相应地盗印的积极性也越强，从而在左翼文学传播过程中扮演着极为特殊的角色。
③ 当时上海有爱丽书店、沪滨图书馆等翻版盗印蒋光慈作品的出版机构。
④ 由华通书局发行的《中国新书月报》1932年第2卷第4、5号合刊至第8号连续刊登了北平各种被翻印书籍，在被翻印的199种书籍中包括蒋光慈、茅盾、丁玲、胡也频、洪灵菲等人的作品，其中就有蒋光慈的《田野的风》。

继续销售①。据王仿子回忆,1937年他在苏州时对禁书产生了浓厚兴趣,但书店里并不售卖,在观前街书摊前他悄悄地问有没有《八月的乡村》,摆书摊的看他是学生模样,从书摊下边看不见的地方飞快地抽出来之后用纸包好交给他②。此后,他又采用同样的办法买到萧红的《生死场》和叶紫的《丰收》以及鲁迅的一些著作。由此可见,虽然左翼文学受到国民党当局的严密查禁,但读者的需求并未稍减,在利益驱动下出版商和书商也愿意为左翼文学的出版、刊发与销售提供助力③。自然出版和销售禁书有着巨大的风险,鲁迅在致萧军信中就说过:"那一本《八月的乡村》印出后,内山书店是不能寄售的,因为否则他要吃苦。"④ 为了应对国民党的查禁,左翼作家在刊物上公开发表作品时还经常更换笔名,萧军《八月的乡村》自费出版时即署名田军,鲁迅专门提醒他此后必须用两个笔名,"一个用于《八月》之类的,一个用于卖稿换钱的,否则,《八月》印出后,倘为叭儿狗所知,则别的稿子即使并没有什么,也会被他们抽去,不能发表"⑤。然而出版商为了获取利益却经常反其道而行之,由于唯有出现作家真名的书销路才会更好,故而甘愿冒着查禁风险使用作者真名出版书籍。

毋庸置疑,国民党政府的严密查禁对左翼乡土小说创作产生了重大影响,不仅对左翼作家的经济收入产生直接影响,而且迫使左翼乡土小说的面目较之以往发生明显改变。

在国民党当局严密而又残酷的文化"围剿"之下,左翼作家在创作时不得不掩其锋芒,不仅取材对象、主题意蕴以及战斗性方面较之以往有

---

① 1934年3月2日,国民党当局将收缴来的丁玲的《水》放火烧毁,但这本书并未从此销声匿迹,依旧在市面上可以买到。梁永1936年离开开封前的四五个年头里是北书店街的常客,据他回忆,"国民党政府当局查禁的书有很多,但有的'禁书'却在书店街能买到",他本人就在北书店街买到了丁玲的《水》等"禁书"。(梁永:《三十年代开封新书业》,载范用编《买书琐记》,生活·读书·新知三联书店2005年版,第189页。)彭燕郊也在《谈禁书》中说自己当年在县城一家"人生商店"里买到了已被列为禁书的丁玲的《水》。(彭燕郊:《谈禁书》,载《纸墨飘香》,岳麓书社2005年版,第41页。)
② 王仿子:《出版生涯七十年》,百家出版社2010年版,第347页。
③ 任白戈在回忆左联时期的情形时也说过:"'左联'的实力一天一天大起来,使得所有国民党统治下的报纸副刊和文艺杂志都要左翼作家撰稿,否则就没有销路。资本家为了要赚钱,报刊杂志的编辑为了要吸引广大的读者,都设法对付国民党反动派的检查,而想尽一切办法发表左翼作家的文章。"(任白戈:《我在"左联"工作的时候》,载《左联回忆录》,知识产权出版社2010年版,第293页。)
④ 鲁迅:《350520 致萧军》,载《鲁迅全集》第13卷,人民文学出版社2005年版,第460页。
⑤ 鲁迅:《350325 致萧军》,载《鲁迅全集》第13卷,人民文学出版社2005年版,第421页。

所变化，而且在具体行文时更为注重技巧。茅盾在谈及《子夜》创作时说过："为了使这本书能公开的出版，有些地方则不得不用暗示和侧面的衬托了"，这是因为"当时检查的太厉害，假使把革命者方面的活动写的太明显或者是强调起来，就不能出版"。[1] 经过调整后较之原写作计划缩减了一半，"只写都市的而不写农村了"[2]，后来茅盾又创作完成专写农村的《林家铺子》和"农村三部曲"等乡土小说来弥补创作《子夜》时的缺憾。由于只要涉及阶级斗争和批判国民党政府就无法通过检查，这就迫使左翼乡土小说家开始更多地关注反帝反封建这一政治主题，而较少直接描绘你死我活的阶级斗争。同时左翼乡土小说家为了以合法的方式出版刊物或者发表作品也不可能像以往那样锋芒毕露，开始更为重视艺术表现技巧的问题。茅盾就主张从技术上解决左翼文学的发表问题："问题是总得解决的，……我以为与其硬着头皮尽讲一些宽皮胖肉的装门面的大话，公式话，倒不如老老实实多登些'技术问题'的讨论"[3]，以致当时有人感慨说："在每一个言论不自由的时代，会有某种新的文体产生出来。"[4]

具体而言，为了冲破国民党的文网左翼乡土小说家不得不改变言说方式，由直语向着曲笔转变[5]。文网松弛之时，左翼乡土小说家在强烈的政治热情驱动下其关注点在于直抒胸臆，以便直切地表达革命思想及政治欲求，蒋光慈就说过："当写的时候，我为一股热情所鼓动着，几乎忘记了自己是在做小说"[6]；楼适夷也说过："拿起笔来就写，想到那儿就写到那儿，情感这东西本来就是波动无定，没有意识地去把握，就变成了放野马，结果就凌乱无章，不知所云。"[7] 文网收紧之后，左翼乡土小说家不得不将关注点更多地转向表达技巧，有意使用曲笔进行模糊化处理，不可能像以往那样直截了当，否则的话极难通过审查。1953年5月22日，沙汀在当天写就的《〈沙汀短篇小说集〉后记》一文中就说过："发表时候，为了避免反动政府检查，有的地方故意含糊其辞。"[8]

---

[1] 茅盾：《〈子夜〉是怎样写成的》，《战时青年》1939年第2卷第3期。
[2] 茅盾：《〈子夜〉是怎样写成的》，《战时青年》1939年第2卷第3期。
[3] 茅盾：《"杂志办人"》，《文学杂志》1933年第1卷第3、4号合刊。
[4] 张若谷：《辣椒话》，载《辣椒与橄榄》，四社出版部1933年版，第69页。
[5] 参见李玮《从"直语"到"曲笔"——论三十年代出版走向与左翼文学形式的审美变化》，《中国现代文学研究丛刊》2008年第5期。
[6] 蒋光赤（蒋光慈）：《写在本书的前面》，载《短裤党》，泰东图书局1927年版，第1页。
[7] 适夷（楼适夷）：《痛苦的回忆》，载鲁迅等《创作的经验》，天马书店1933年版，第121页。
[8] 沙汀：《〈沙汀短篇小说集〉后记》，载《沙汀文集》第7卷，四川文艺出版社2018年版，第41页。

当然左翼乡土小说家不可能就此放弃政治表达欲求，只不过不得不以间接、含蓄的方式来曲尽其意。既然无法自由彰显主观化意愿和进行正面表达，那么左翼乡土小说家便开始尝试着作品的客观化和侧面揭示，但由此也招致一些批评意见。针对左翼乡土小说面目的改变当时即有论者提出质疑，比如阿英就曾批评茅盾的《春蚕》采取的是"非辩证的超阶级的纯客观主义的态度"[①]，同时认为另一位左翼乡土小说家吴组缃的作品也有着类似的过于客观的弊病。

第二节　左翼乡土小说的影视剧改编探析

左翼乡土小说自 20 世纪 30 年代迄今已被改编成多部影视剧，其中茅盾作品的影视剧改编时间最早，早在 1933 年《春蚕》便被明星影片公司搬上银幕（程步高执导，萧英、龚稼农、严月闲、郑小秋等主演），另有楼适夷的小说《盐场》也被改编成电影《盐潮》[②]，加上其他左翼电影的上演，以至于 1933 年也被称作"左翼电影年"。除了《春蚕》，茅盾的《林家铺子》也于 1959 年由北京电影制片厂拍摄成电影（水华执导，谢添主演），叶紫的《星》先于 1984 年被潇湘电影制片厂改编成电影《一个女人的命运》（张今标、原野执导，殷新、高维明、王伯昭等主演），后又于 2007 年与《火》《丰收》一起被改编成 32 集电视剧《星火》（刘毅然执导，林熙越、江一燕、梁冠华等主演）。艾芜的《南行记》先于 1983 年由上海电影制片厂改编成电影《漂泊奇遇》（于本正执导，王诗槐、薛淑杰等主演），后又于 1990 年由峨眉电影制片厂拍摄成同名电影（周力执导，雷汉、谭小燕、郑振瑶、张丰毅、孙敏主演），编剧同为冀邢和先子良。2003 年柔石《为奴隶的母亲》被中央电视台电影频道节目制作中心改编为同名电影（闫建钢、聂造执导，刘子枫、何琳、柏寒主演）。单从数量上来看，左翼乡土小说被改编成影视剧者并不算多，但在中国影视史上却留下了深刻的印迹，具有独特的意义和价值。

[①] 阿英：《关于"丰灾"的作品》，载《阿英全集》第 2 卷，安徽教育出版社 2003 年版，第 721 页。

[②] 1930 年 2 月 10 日，楼适夷（署名"建南"）的《盐场》刊载于《拓荒者》1930 年第 1 卷第 2 期，后由郑伯奇和阿英两人合作改编成电影剧本《盐潮》，明星影片公司出品，由徐欣夫导演于 1933 年拍摄成电影，蝴蝶、王征信、孙敏等主演，1934 年 1 月 5 日在上海新光大戏院公映。

一　左翼乡土小说影视剧改编的光辉历程

20世纪30年代左联中人是带着明确的政治意图进入电影界的，不仅要在电影界学习本领为日后发展无产阶级电影积累经验，而且肩负着创设左翼电影扩大进步文艺影响的使命，借助电影这一大众传媒来宣传革命。

中国早期电影的产生和发展并非政府主导，而是完全由市场决定，自1905年诞生后到20世纪20年代便步入快速发展期，据明星影片公司老板张石川夫人何秀君回忆，"上海的电影事业，从一开始就落在投机商人的手掌里。到一九二八年间，大家明争暗斗，达到白热化的程度。那时拍片子是很有油水的生意。一部母片不过几千元成本，印一部子片才五六百元。一家公司只消出上六七部片子，扣去成本至少可赚一半利钱。因此，各家公司只要预算决算没有抵触，就可以大出特出，坐收厚利。投机成性的电影公司老板们见有这等好处，哪个不往前赶？"[①] 致力于让劳苦大众同情革命的左翼作家之所以起初没有重视电影工作，原因在于当时的电影界是由帮会势力掌控而声誉不佳，且与之合作的多是鸳鸯蝴蝶派文人，粗制滥造的国产片带有浓烈的市侩气，左翼人士不愿与之为伍。

20世纪30年代初，随着"九一八""一·二八"事变相继爆发，民众的民族意识开始觉醒，对于电影也从单纯的娱乐消遣转而要求反映社会现实。为了迎合民众的需求变化，同时也为了借重左翼文界的社会影响力[②]，从而保证公司获利，原本专注于改编鸳鸯蝴蝶派小说的影片公司开始寻求与左翼作家合作，主动邀请他们来当编剧、顾问。与此同时，左翼作家也从大众接受角度体认到电影的巨大影响力。茅盾就对明星影片公司拍摄的红极一时的《火烧红莲寺》震惊不已，"《火烧红莲寺》对于小市民层的魔力之大，只要你一到那开映这影片的影戏院内就可以看到。叫

---

① 何秀君口述，肖凤记：《张石川和明星影片公司》，载《中国无声电影》，中国电影出版社1996年版，第1527页。

② 1935年6月，国民党上海市社会局在呈报给市长吴铁城的《抄共党在电影界活动情况》中对此即有所展现，"民国二十年，联华公司扩大业务，在上海设立三个制片厂，拟大量出品，俾能独霸影界，时郑君里在联华任编剧及演员，即乘机竭力介绍田汉等之剧本于公司，经罗明佑、黎明伟之采纳，并请田汉任导演，乃出版《摩登三女性》、《都会的早晨》、《上海之夜》（均于二十一年上演）等。左联为巩固公司的信任，及改变电影作风，以全力动员宣传，因之公司获利不少，社会亦受影响甚大。于是明星公司继起追逐，拟以茅盾为生力军开拍《春蚕》、《秋收》（后改《黄金谷》）及田汉之《上海二十四小时》三片"（《三十年代上海左翼电影界活动情况史料一则》，《档案与史学》1994年第3期）。

好，拍掌，在那些影戏院里是不禁的；从头到尾，你是在狂热的包围中，而每逢影片中剑侠放飞剑互相斗争的时候，看客们的狂呼就同作战一般"。① 也正因此，1931 年夏衍、阿英②、郑伯奇在征得瞿秋白同意后打入电影界，通过不懈努力在方兴未艾的电影界开辟出宣传左翼意识形态的阵地，为左翼乡土小说改编成电影提供了契机。

1933 年，夏衍、阿英、郑伯奇在电影界站稳脚跟后开始发力，左翼电影运动获得长足发展，以至于该年也被称为"左翼电影年"。1932 年由程步高导演、夏衍编剧的"左翼电影第一燕"《狂流》获得成功，紧接着两人再度于 1933 年联袂推出由茅盾的乡土小说《春蚕》改编的同名电影。虽然《春蚕》的票房不尽如人意，但在中国电影史上却有着非同一般的地位，不仅作为首部由新文学作品改编而成的电影有着筚路蓝缕的开创性意义，而且是为数不多的保存至今既能看到剧本又能看到影片的中国早期电影之一。该影片创造了两个第一，既是新文坛与影坛的第一次握手，同时也是教育影片的第一炮，自此开了新文学改编成影视剧的先河，仅此一点便足以在中国电影史上留下永远的印迹。电影《春蚕》诞生之前，电影界与文学界的接触都是通过改编鸳鸯蝴蝶派等旧小说，因此该影片有着划时代的意义，放映当年赵家璧就曾明确指出"《春蚕》的演出是值得歌颂的，因为他是第一部新文艺小说被移入了开麦拉的镜头"③。1932 年 11 月茅盾的《春蚕》在《现代》第 2 卷第 1 期上刊发时，夏衍就极其关注，由于童年时期家里养过蚕，他对《春蚕》备感亲切，不仅化名罗浮在《文艺月报》1933 年第 1 卷第 2 期"书报介绍栏"发表了评论文章《评〈春蚕〉》，还化名蔡叔声将《春蚕》改编成电影剧本在明星影片公司自办的《明星》1933 年第 5—6 期上连载。茅盾对于电影《春蚕》的拍摄也高度重视，不仅拍摄期间在夏衍陪同下亲临现场参观指导，而且

---

① 茅盾：《封建的小市民文艺》，《东方杂志》1933 年第 30 卷第 3 号。
② 1932 年，明星影片公司老板周剑云以同乡关系找到阿英，并通过阿英认识了夏衍等人，关于其中的一些细节阿英在回忆文章中描述得非常清楚："一九三二年，大约在四、五月，洪深来找我，说明星电影公司老板周剑云希望我，再找几位有点名气的作家去做他们公司的剧本顾问。洪深当时在那里当编剧。为什么周剑云来找我呢？因为我们是同乡，早就认识。……洪深说，明星老板感到形势发展，如影片内容不改变，怕赚不了钱，所以才决定聘请几位左翼作家。当即我将这个情况向组织汇报了，不久秋白（他当时已受中央委托主管文化工作）找夏衍和我去谈话，决定派夏衍、郑伯奇和我去。关于这次谈话，夏衍写过文章。为了这件事，我还找过一次秋白。"（吴泰昌：《阿英忆"左联"》，载《艺文轶话》，安徽人民出版社 1981 年版，第 310—311 页。）
③ 赵家璧：《映画〈春蚕〉之批判：小说与电影》，《矛盾月刊》1933 年第 2 卷第 3 期。

因此和夏衍结下深厚友谊,"此后,夏衍就成了我家的常客"①。《春蚕》拍完后先在上海六马路中央大戏院进行试映,夜戏散场后楼下坐满了观看样片的明星影片公司同人,据导演程步高回忆鲁迅也在旁人陪同下在正中一个包厢里观看了试片②。鲁迅对该影片褒扬有加,"当然,这是进步的","幸而国产电影也在挣扎起来,耸身一跳,上了高墙,举手一扬,掷出飞剑,不过这也和十九路军一同退出上海,现在是正在准备开映屠格涅夫的《春潮》和茅盾的《春蚕》了"。③

1933年,郑伯奇和阿英根据楼适夷的小说《盐场》改编的电影《盐潮》上映,讲述了"盐霸"李大户为了霸占茅柴公地使出浑身解数,将盐民逼得家破人亡,最终激起盐民公愤,同仇敌忾同李大户展开尖锐的斗争,迫使李大户等人逃往上海。然而自此之后,整个20世纪30年代再也没有直接由左翼乡土小说改编的电影诞生。1933年夏衍曾想接着改编茅盾的《林家铺子》,但听说已有一家电影公司准备拍摄而放弃,最终不了了之,其背后的原因自然是多方面的,主要有以下两方面。

首先,1933年左翼电影的兴起引起国民党当局的注意,为了阻止其进一步蔓延而进行了严格管控。

1933年共拍摄了22部左翼以及受到左翼影响的影片,这也引起了国民党有关人士的危机意识和当局的高度关切。1933年4月3日,时任国民党浙江省政府主席鲁涤平在提交给行政院的呈文中认为中国共产党的宣传方法层出不穷,对于文艺政策尤为注意,"数年前,左联勃兴,中国文坛几全为普罗作家所占据,即其明证。现在复施故技,注重电影政策,竭力夺取电影事业,以作宣传共产主义之武器","若不及时亟加遏止,则电影宣传,有关社会观听,瞻念前途,殊觉危险"④。同时,鲁涤平还在附于该呈文之后的《电影艺术与共产党》一文中列举了7部带有"左"倾色彩的影片作为例证,分别是《天明》《三个摩登女性》《城市之夜》《续故都春梦》《失恋》《狂流》《孽海双鸳》。"浙江省密报事件"引发国民党当局的高度重视,1933年底指使"上海影界铲共同志会"将艺华影片公司的摄影棚捣毁,明星和联华影片公司也受到恐吓,这自然会对左翼

---

① 茅盾:《〈春蚕〉〈林家铺子〉及农村题材的作品》,《新文学史料》1982年第1期。
② 程步高:《影坛忆旧》,中国电影出版社1983年版,第4页。
③ 鲁迅:《电影的教训》,载《鲁迅全集》第5卷,人民文学出版社2005年版,第310页。
④ 鲁涤平:《关于挽救电影艺术为中共宣传呈(附〈电影艺术与共产党〉)》,载中国第二历史档案馆编《中华民国史档案资料汇编》第5辑第1编"文化(一)",江苏古籍出版社1991年版,第379页。

乡土小说改编电影产生负面影响。左翼电影也开始遭到严查,1934年1月,中国青年铲共大同盟理事会在《为铲除电影界赤化活动宣言》中认为"中国电影事业,不幸在一九三三年的开始,被一般赤色作家和共产党徒攫住了做宣传共产主义煽动阶级斗争的工具,所谓四大制片公司——明星、天一、联华、艺华——几全为彼等操纵,出品亦大多渗入普罗意识,我们为了复兴中国民族文化,维护中国电影事业之正当发展起见,所以,不得不用种种手段,促起中国电影界的觉醒,希望他们不要被共产党利用",并将已经放映过的《盐潮》[①] 等9部电影列为"鼓吹共产的影片","须一律自动删剪"[②]。1934年10月中国工农红军第五次反围剿失败后白色恐怖再度升级,国民党政府公开查禁大批左翼电影,并告知各大影院不准放映田汉、夏衍等人参与拍摄的影片。在白色恐怖下夏衍不得不退出影片公司,为了躲避检查他在此后创作《女儿经》(1934年)、《风云儿女》(1935年)、《自由神》(1935年)、《压岁钱》(1937年)[③] 等电影剧本署名时都是借用他人的名义。这些电影剧本的取材范围也做了调整,与取自农村题材的《狂流》《春蚕》有所不同,所描绘的都是繁华都市中底层民众的艰辛生活和凄惨命运。1935年6月20日,国民党上海市社会局在对电影界活动情况进行一番侦察后,汇辑成《抄共党在电影界活动情况》呈报给上海市市长吴铁城,呈文分为三部分:甲、过去经过;乙、"左"倾对于从业人员;丙、"左"倾影片之检阅。该呈文列出了11部尚在公开放映的"左"倾影片,其中《春蚕》的附注为"描写农村破产及阶级斗争"[④]。

其次,《春蚕》《盐潮》的票房表现不佳,尤其是《春蚕》堪称惨淡,不仅影片公司对此有所不满,左翼电影人对于直接将左翼乡土小说改编成电影也心存顾虑。

20世纪30年代中国电影不仅没有得到政府的财政支持,反倒还要受到电影审查制度的束缚和政治的强大制约,这就促使影片公司将满足市场

---

① 单就《盐潮》而言,不仅许多斗争场面被电影检查官剪掉了,而且被迫生硬地加上一个"盐潮"平静结束的尾巴(程季华等:《中国电影发展史》第1卷,中国电影出版社1963年版,第227页)。
② 中国青年铲共大同盟理事会:《为铲除电影界赤化活动宣言》,《时事新报》1934年1月22日第9版。
③ 《女儿经》由明星影片公司出品,公映时署的是笼统的"编剧委员会"(夏衍、郑正秋、洪深、阿英、郑伯奇联合编剧);《风云儿女》由电通公司制片厂出品,田汉提供电影故事,夏衍编写分场电影剧本,公映时编剧署的是田汉;《自由神》由电通影片公司出品,编剧署名司徒慧敏;《压岁钱》由明星影片公司出品,编剧署名洪深。
④ 《三十年代上海左翼电影界活动情况史料一则》,《档案与史学》1994年第3期。

需求获得盈利放在首要位置，而"电影业的竞争看似商家的明争暗斗、实质上有其市场规律在起作用，何种影片的兴盛，并非取决于商家，而是取决于市场，及市场的消费者——观众"①。中国早期电影是典型的都市现代文化的产物，其受众群体主要是城市市民，因此有着浓郁的市民文化特征，其故事主题主要是伦理、武侠、神怪等，以此来满足市民的精神需求。1931年"九一八事变"和1932年"一·二八事变"的相继爆发激起民族意识的觉醒，此前沉溺于从电影中获得消遣娱乐的市民们开始将目光转向社会现实的暴露，而左翼话语恰恰能够满足这种新的文化需求，随着其关注度的攀升而显现出一定的商业价值②。此前电影市场中关乎男女恋爱的悲情故事颇受市民欢迎，但"一·二八事变"后根据张恨水的《啼笑因缘》斥巨资拍摄的6集同名电影却遭到冷遇，明星影片公司因此亏损严重，而与之形成鲜明对照的是《十九路军血战抗日》等纪录电影却受到观众欢迎。在此种情势下，明星、联华和天一等影片公司都逐渐从注重娱乐消遣向着关注国家民族存亡的方向转变。因此影片公司经营者之所以纷纷主动与左翼文界开展合作，并非意味着他们的思想倾向多么进步，而是为了满足观众新的需求以获得票房，设若拍摄出的左翼电影无法获得盈利也会被迅即舍弃掉。《春蚕》的票房表现不佳就使得满怀期待的明星影片公司颇感失望，1934年1月刊载于明星影片公司自办刊物《明星》上的新年题词中就这样写道："这一年中，制作者采用最多的剧本是以农村破产为题材的，为什么不约而同的采用了这一种剧本？对于观众的影响如何？在另一方面，这一年中，国产影片的营业渐见衰败，为什么会得到

---

① 陈墨：《中国早期武侠电影再认识》，《当代电影》1997年第1期。
② 中国早期本土电影基本上都是由自负盈亏的私营公司来制作，因此极为关注市场动向。20世纪30年代初，各大影片公司之所以纷纷与左翼文界合作倒也并非它们想向"左"转，而是市场规律在发挥作用，他们想要借左翼文学颇受读者欢迎的势头来挽救票房，其实质是想将左翼文学商品化，借助在文学出版界颇受欢迎的左翼元素的加入来赢得观众青睐。对此夏衍曾经有过分析："为什么这些官僚资本和投机商人为后台的电影公司要向左转？为什么他们要吸收进步电影工作者和党员文艺工作者参加他们的事业？是为了找资本吗？共产党是一个穷党，一个钱也没有，不可能像今天这样向电影事业投资；找关系吗？共产党是一个内外敌人围攻中的地下党，在官场和洋场没有一点势力；说是为了找人材吗？当时我们这些人对电影事业应该说是十足的外行。那么为什么这些资本家偏要找进步人士和共产党员呢？很明白的一个理由，就是为了当时的广大的人民群众已经不满足于武侠片、侦探片、爱情片，而要求能够反映现实生活和现实政治的新的影片了。"（夏衍：《中国电影的历史和党的领导》，载程季华主编《夏衍电影文集》第1卷，中国电影出版社2000年版，第803—804页。）影片公司与左翼文界之所以能够进行合作，究其实质是各取所需，左翼作家期冀着通过电影来宣传革命，而资本家却希望让左翼作家参与电影制作来获得观众认可，以便赚取高额利润。

这样恶劣的结果？这些，我们都当仔细的估量一下，以来决定未来的路线。"① 这段话包含了三个问句，足以见出明星影片公司经营者对于农村破产题材盛行却未能带来良好票房收益的忧虑和反思，这势必会影响到之后的决策。左翼电影人也因势而变，在此之后出品的左翼电影《渔光曲》《小玩意》《三个摩登女性》《马路天使》等都是直接编写电影剧本，且重心由农村转向城市。创造了国产片连映 84 天纪录且票房收入高达 10 余万元的《渔光曲》原本是农村题材，但编导蔡楚生认为大部分观众是都会中人，遂不顾文不对题将大部分场景放到上海以吸引他们观看。左翼电影在不断摸索中最终实现了经济收益与教育作用的平衡，生产出一批既有票房价值又有思想意义和政治作用的影片。

然而我们并不能因为《春蚕》《盐潮》没能迎合当时观众的趣味，以及没能为影片公司带来丰厚收益而低估或者否定这两部由左翼乡土小说改编成的电影的意义和价值。阿英在影评中对于《春蚕》的不卖座非但毫无指责，反而提醒那些批评者要"真的站在'运动'的立场上说话"②，坚称它开辟了中国电影文化的新路，将中国电影从以往的娱乐消遣品转变成了教育之工具。导演程步高对于《春蚕》的不卖座也并不懊悔，1933年他除《春蚕》外还导演了根据张恨水小说改编的《满江红》，票房收益却大相径庭，前者票房惨败，他觉得对不住公司却对得住自己，后者很卖座，但又觉得对得住公司对不住自己。中国电影史学家程季华等人也对《春蚕》赞誉有加，"影片《春蚕》放映后，在文艺界引起了广泛的讨论，认为这是一次成功的有意义的尝试，是 1933 年中国影坛的一次重大的收获"③。《春蚕》和《盐潮》在中国电影史上开启了以现实主义手法反映农村生活的新路，为了让电影切近真实生活，明星影片公司特地将小摄影棚临时改为养蚕场所以供拍摄《春蚕》；《盐潮》拍摄时不仅摄制组到"盐乡"体验生活，而且进行了实地拍摄。这两部经由左翼乡土小说改编的电影，不仅为左翼电影介入农村现实生活开辟了路径，而且为日后中国农村题材电影的发展提供了可资借鉴的典范。

中华人民共和国成立后，左翼乡土小说并没有被人们遗忘，及至进入21 世纪后改编成的影视剧依然能够大放异彩，其对于底层劳苦大众的关怀意识、人性的深刻把握以及对社会公平正义的呼唤仍旧让人为之动容。

---

① 《别矣！一九三三：一切，重新来开始吧！》，《明星》1934 年第 2 卷第 3 期。
② 阿英：《再论〈春蚕〉——从〈申报〉电影专刊的批评说到电影批评家的任务》，载《阿英全集》第 2 卷，安徽教育出版社 2003 年版，第 734 页。
③ 程季华主编：《中国电影发展史》第 1 卷，中国电影出版社 1963 年版，第 211 页。

1958年初，时任文化部副部长的夏衍提议为向中华人民共和国成立10周年献礼，将茅盾的《林家铺子》改编成电影，1959年在全国公开放映时颇受好评。该电影虽然在放映五六年后引发猛烈的批判，但这是由特定的政治环境使然，并不妨碍《林家铺子》作为中华人民共和国电影史上经典影片的地位，也无碍于该片在国际上的认可和接受。"文化大革命"结束后，该影片于1983年获得葡萄牙第12届菲格拉达福兹国际电影节评委奖，1995年也即纪念中国电影诞生90周年之际，又被评为有史以来中国十部优秀影片之一。

1983年，艾芜的《南行记》被改编为电影《漂泊奇遇》，同时被改编成电影的还有张天翼的《包氏父子》、孙犁的《风云初记》等，但相较而言《漂泊奇遇》因其传奇色彩和西南边地风光交相辉映而更受观众欢迎。1984年，叶紫的《星》又被改编成电影《一个女人的命运》，同年还有《边城》《雷雨》《寒夜》等也被改编成电影。从1984年开始对现代文学名著的改编逐渐减少，与此同时对当代文学名著的改编开始增多，但左翼乡土小说的影视改编并未就此终结。

2004年，中央电视台电影频道节目制作中心为纪念柔石100周年诞辰拍摄的电影《为奴隶的母亲》播出后，不仅引发了收视热潮，而且获得诸多奖项，荣获2004年好莱坞国际电影电视节星光奖最佳影片奖、2004年第10届上海国际电视节白玉兰奖最佳电视剧奖、2005年第17届法国兰斯国际电视节最佳音乐奖和2005年第33届国际艾美奖最佳女主角奖。这也并非柔石小说首次被改编成电影，早在1964年由《二月》改编而成的《早春二月》便由谢铁骊执导拍摄，并于1983年荣获葡萄牙第12届菲格拉达福兹国际电影节评委奖。柔石的《为奴隶的母亲》发表于1930年，时隔74年后改编成电影依然能够赢得国际国内好评，足以证明左翼乡土小说有着历久弥新的影响力，能够超越时代的囿限而熠熠生辉。

2007年，由韩毓海等编剧[①]、刘毅然执导的电视剧《星火》在中央电视台综合频道黄金时段播出，据央视索福瑞发布的收视率调查报告显示单集最高达12.16%，平均8.93%，是2007年度中央电视台收视率第1名[②]。该剧改编自叶紫创作于20世纪30年代的乡土小说《星》《火》《丰收》，与《激情燃烧的岁月》《历史的天空》《亮剑》等一道在荧屏上掀起了红色风潮，将老一辈革命者走过的激情岁月和光辉历程呈现给观众，

---

① 总编剧为韩毓海、刘毅然，编剧为张文钟、毛建福。
② 高峰主编：《中国电视剧名剧鉴赏辞典》，武汉出版社2010年版，第442页。

从而达成铭记革命史、教育新一代的目的。

二 左翼乡土小说影视剧改编的具体情状

改编文学作品是影视剧本的一个非常重要的来源途径,获得奥斯卡金奖的影片大多数都是改编自文学名著。当然小说和影视剧作为不同的门类有着各自的特点,小说在被改编为影视剧时必须要遵循影视剧的运行法则进行加工处理,左翼乡土小说自然也不例外。左翼乡土小说家在从事文学创作时并没有当下作家那样明晰的影视剧改编意识,加之他们注重的是革命启蒙和政治教化,因此大多数小说故事性并不是很强,情节也缺少起伏变化,这对于讲究故事性叙事的影视剧而言改编难度极大。然而这也并非意味着所有的左翼乡土小说都缺乏改编成影视剧的条件,1934年唐纳就说过:"电影《春蚕》在艺术的完成上是有着许多缺陷的,这是非常错综复杂的原因的总和,但并非是证明小说《春蚕》不能够也不应该电影化。"[①]《为奴隶的母亲》和《星火》等根据左翼乡土小说改编的影视剧在影视圈内外深受好评,也充分证明了这一点。

夏衍在改编《春蚕》之前与导演程步高合作完成了电影《狂流》,担任编剧的他写出了中国正式发表的第一个十足电影性的摄制台本,也是进步电影的第一个剧本,因此积累了一些经验。夏衍对首部改编自左翼乡土小说的《春蚕》高度重视,依照"抓主线,舍其余"的总体设想对原作进行了一番重新结构,对此程步高也说过他"不但在编剧上尽了不少力量,而且在导演的工作上也帮助我用了不少力量,这是我所最感到愉快的"[②]。程步高在《春蚕》配乐方面匠心独运,将许多西洋名曲自然融入影片中,蚕宝宝吃桑叶时配以舒伯特的《军队进行曲》,老通宝为出售蚕茧在"蚕厂"门前焦灼等待时配以圣桑的《天鹅》等。夏衍在将小说《春蚕》改编成电影剧本时也做了一些创新,"在这一影片里,由编剧者加入了许多统计的材料,这是小说中所没有的,可是,就我个人看来,它的效果却非常好,同时,这实在还是电影中的一个新创的方式"[③]。鉴于《狂流》采取纪录电影的形式取得成功,《春蚕》也采取了此种形式,以

[①] 唐纳:《关于文艺影片——为电影〈唐吉诃德〉敬质布拉斯先生》,《生存月刊》1934年第4卷第9期。

[②] 蔡叔声(夏衍)、程步高等:《〈春蚕〉座谈会》,载《中国左翼电影运动》,中国电影出版社1993年版,第440页。

[③] 蔡叔声(夏衍)、程步高等:《〈春蚕〉座谈会》,载《中国左翼电影运动》,中国电影出版社1993年版,第441页。

近乎纪录片的方式全景式地呈现养蚕的整个过程,追求真实地再现生活,而不注重戏剧性,有意淡化故事情节和矛盾冲突。明星影片公司对于《春蚕》这部首次由新文学作品改编而成的电影也寄予厚望,给予大力支持,当时整个公司只有大小两个摄影棚,每个摄影棚每天都要拍至少三组戏,但为了拍摄《春蚕》特地将小摄影棚改成蚕房,根据蚕的生长状况进行跟随拍摄,影片中的小桥流水也是花费巨资在上海的拍摄场地专门搭建的。为了营造出杨柳依依的景观,明星影片公司还向北新泾农民购买了48 辆卡车的柳枝,几乎将北新泾的柳枝砍伐殆尽。

电影《春蚕》在观众接受和电影界评价上存在不相一致处,不同于遭遇观众冷遇票房不佳,在电影评论界却引发一时之热议。《春蚕》公开放映后《每日电影》专门为此举办了座谈会,给予《春蚕》高度评价,编者认为"中国的电影如果真是'转变'了的话,那么《春蚕》就应该是最好的一张了。在这里,它不用标语口号,不用想象,不用戏剧的夸张来作粗暴的但是空虚的发泄,而只是抓住了现实,细针密缕地描写出了在帝国主义者侵略之下的中国的农民的命运和中国的蚕丝事业的命运"[①]。阿英也指出电影《春蚕》在一味注重以情节引人入胜的电影界开辟了新的道路;沈西苓认为《春蚕》作为小说改编成电影的第一次尝试,"能有这样的成绩,的确是难能可贵了"[②];导演程步高也现身说法讲述了拍摄《春蚕》的亲身体验,称之为新的电影文化的发轫,在拍摄过程中"对于原作,我自信可以说是很忠实的了"[③];席耐芳(郑伯奇)也对夏衍改编电影时的大胆处理表示赞同,"我以为各种艺术有着各种艺术的特质。……因为电影有着它的特质而这些特质是必须保持的;所以只要注意着效果所在,而达到它的目的,相当的增删实在是必要的"[④]。

夏衍本人也曾针对《春蚕》票房惨淡的状况有过反思,认为"步高是太忠实于剧本,而我则太忠实于小说,因之,这一影片也许可以说是'太文学的'了,也因之,恐怕对于一般对文学不感兴趣的人是会觉得减

[①] 蔡叔声(夏衍)、程步高等:《〈春蚕〉座谈会》,载《中国左翼电影运动》,中国电影出版社 1993 年版,第 440 页。

[②] 蔡叔声(夏衍)、程步高等:《〈春蚕〉座谈会》,载《中国左翼电影运动》,中国电影出版社 1993 年版,第 443 页。

[③] 蔡叔声(夏衍)、程步高等:《〈春蚕〉座谈会》,载《中国左翼电影运动》,中国电影出版社 1993 年版,第 440 页。

[④] 蔡叔声(夏衍)、程步高等:《〈春蚕〉座谈会》,载《中国左翼电影运动》,中国电影出版社 1993 年版,第 441 页。

少了教育的效果的,虽然他们也断不致失望"①。程步高拍摄《春蚕》时的确过度执着于纪录片风格而忽视了故事的曲折起伏,使得影片几乎成为怎样养蚕的科普纪录片,"《春蚕》,是平凡的,素朴的,稍嫌沉闷的,没有轻松的笑料,没有较强的 Climax"②。这对于对农村生活不熟悉也不感兴趣的观众而言自然会感到太沉闷,实际上就连左翼影评人也有同感。《春蚕》试映时就曾有人向夏衍建议,在蚕茧无人收购时增加债主向老通宝逼债的情节,以此来营造戏剧效果,但夏衍以忠实原著为由断然拒绝。然而,实际上将电影《春蚕》的失败归咎于"太文学"也有失偏颇,在此之前鸳鸯蝴蝶派小说的电影改编就取得了很好的效果,创作出许多颇受观众欢迎也有着较好票房价值的电影。总体而言,电影《春蚕》忠实于原著,呈现鲜明的民族性和阶级性,揭示出鱼米之乡且兼具蚕桑之利的江南农村在帝国主义经济入侵以及军事侵略的双重影响下走向破产的凄惨情状,但遗憾的是未能表现出农民的反抗性,农民的抗争依旧停留在经济层面的思想觉醒,而并未真正触及政治层面的暴力反抗。由此使得电影《春蚕》结局显得过于黯淡,无法给观众尤其是同情农民遭遇的市民以希望,从而有违习惯于大团圆结局的中国观众的审美接受心理。当时美国商业部内外贸易司发布的海外电影市场调查报告中就曾对中国电影观众为何偏好美国电影作过分析,"在中国,美国电影比任何其他国家的电影都受中国人的欢迎。除了美国电影的奢华铺张、高妙的导演和技术,中国人也喜欢我们绝大多数电影结尾的'永恒幸福'和'邪不压正',这和许多欧洲电影的悲剧性结尾恰成对照"③。加之当时的电影观众普遍对于乡村生活缺乏了解,也没有去了解的主观欲求,因此对于乡土题材的电影《春蚕》兴味索然,由此导致票房不佳。

1959 年,由夏衍编剧、水华导演的《林家铺子》是"十七年"时期的经典影片。在当时特定的政治环境下夏衍担负着一定的风险,该小说描绘的是私营小业主受到多种因素的共同挤压而最终破产的故事,而早在1956 年底业已基本完成资本主义工商业的社会主义改造。虽然夏衍明确主张文学作品的影视改编是"从一种艺术样式改写成为另一种艺术样式,

---

① 蔡叔声(夏衍)、程步高等:《〈春蚕〉座谈会》,载《中国左翼电影运动》,中国电影出版社 1993 年版,第 444 页。
② 唐纳:《〈春蚕〉〈小玩意〉〈挣扎〉三片横的批判》,载《中国左翼电影运动》,中国电影出版社 1993 年版,第 453 页。
③ [美]诺斯:《中国的电影市场》,转引自[美]李欧梵《上海摩登:一种新都市文化在中国(1930—1945)》,毛尖译,上海三联书店 2008 年版,第 108 页。

所以就必须要在不伤害原作的主题思想和原有风格的原则之下,通过更多的动作、形象——有时还不得不加以扩大、稀释和填补,来使它成为主要通过形象和诉诸视觉、听觉的形式"①,但是为了更切近主流意识形态,他在征得茅盾同意后以阶级斗争主题取代了小说中的经济矛盾主题。夏衍认为可以通过改换主题的方式来使其符合当时的政治情势,具体设想是"把《林家铺子》作为一面镜子,让今天正在改造中的工商业者回忆一下过去的那种'自己不能掌握自己的命运'的时代,也许是有益处的"②。

《林家铺子》中林老板的原型基本上都是茅盾的同乡故旧,而且从祖父辈开始家里便经营着纸店,因此他对于小工商业者寄予着真切的同情。茅盾对于林老板同情有余而批判不足这一点,在当年小说刚刚发表之时便引发过批评,左翼文艺批评家阿英化名凤吾撰文批评道:"作者非辩证的超阶级的纯客观主义的态度,是不断的妨碍了作者,对于事件的更深入的理解,而产生走向机械的唯物论的前途的危机。"③夏衍在改编时不仅展现出林老板所遭受的压迫和勒索,而且对其进行了阶级分析,揭示出他面对豺狼时是绵羊,但面对绵羊时是野狗的两面性,总体原则是"不把林老板写成一个十足的老好人,不让今天的观众对林老板有太多的同情"④。在林老板的性格设置上着意彰显其两面性,软弱可欺又恃强凌弱,既切合了"大鱼吃小鱼,小鱼吃虾米"的主题,又符合主流意识形态对于小资产阶级具有两面性的定位。小说中对林老板的遭遇给予更多的同情而非谴责,以至于在濒临破产之际他依然想方设法要还张寡妇和朱三太的钱,对寿生等伙计以诚相待,最终逃离也是迫于无奈。夏衍除了小说中原有的林家铺子破产造成张寡妇等人的深重苦难,还增设了林老板逼迫零售商户陈老七致其破产,以及对张寡妇刻意哄骗的情节。小说中陈老七和朱三太、张寡妇一样都是借钱给林老板的"存户",但在电影中对其身份进行了改换,从债权人变成了债务人。电影中的陈老七是小杂货店店主,因生意维艰而无法偿还林老板的钱,林老板便带着伙计抢走了店里的小百货,致使陈老七一家陷入绝境,其目的就是不让观众对林老板有太多的同情。为了

---

① 夏衍:《杂谈改编》,载罗艺军主编《20世纪中国电影理论文选》(上),中国电影出版社2003年版,第465页。
② 夏衍:《谈〈林家铺子〉的改编》,载会林、陈坚、绍武编《夏衍研究资料》,知识产权出版社2010年版,第206—207页。
③ 阿英:《关于"丰灾"的作品》,载《阿英全集》第2卷,安徽教育出版社2003年版,第721页。
④ 夏衍:《谈〈林家铺子〉的改编》,载会林、陈坚、绍武编《夏衍研究资料》,知识产权出版社2010年版,第208页。

避免走向另一个极端,夏衍曾专门致信叮嘱林老板的扮演者谢添:"在当时的情况下,林老板受到的压力的分量比较大一些,他可以压迫人的分量要小一些。"① 也正因此,电影《林家铺子》并未刻意丑化林老板,作为一个商人他不仅极其注重信誉,而且通过让女儿叫顾客"伯伯",以及和伙计寿生之间如同父子的师徒关系的方式来让商业交易染上浓郁的人情味,但由此也在当时招致批评意见,认为这是着意宣扬资产阶级人性论乃至美化资产阶级、掩盖阶级矛盾与调和阶级斗争,从而将原本势不两立的阶级斗争改换成为资本家好人受难的故事。

对于次要人物形象也做了大幅调整,夏衍原计划在电影开头部分设置这样的情景,寿生在接受社会主义改造后成为公私合营商店的私方经理,而林明秀则成长为机关干部,透过他们的回忆来讲述故事。虽然实际拍摄时采用了字幕加画外音的方式来引出故事,但小说中尚不明世事的林明秀在电影中还是被塑造成思想进步的爱国青年学生,借此突出当时的抗日宣传对于青年产生的影响,夏衍认为:"反对日本帝国主义的侵略是全国人民的共同要求,林明秀是一个年轻学生,因此,她被卷进这个时代风暴,跟着同学们喊喊口号、写写标语,也还是有可能的。"② 小说中有林大娘打嗝的情景设定,通过她每次打嗝声的变化读者就能够了解林家铺子的经营情况,但在改编剧本时夏衍将这些情景全部去除,原因在于这与电影所要营造的悲剧气氛不相吻合,"在电影里,这可能会对观众引起喜剧效果,而抵消了某些规定情景的悲剧气氛"③。夏衍在改编剧本时十分注意场景设置,这是源于他体认到"小说中只要有对话就行了,而电影随时要表现生活场景和人物动作"④,因此电影《林家铺子》中还增加了一些小说中所没有的细节场面,比如街头乞丐的特写镜头,以及林老板妻子三次跪拜观音的场景画面。此外还增设了游逛关帝庙的场景,新年时节关帝庙前的空场上挤满了变把戏的杂耍和售卖货物的摊子,但人们却空手走过,摊贩们本想借着庙会赚些钱过年,结果却连伙食也开销不起。林明秀也和女同学来逛庙会,被正在从茶楼二层往下俯瞰杂耍的卜局长看个正

---

① 夏衍:《给谢添同志的一封信》,载会林、陈坚、绍武编《夏衍研究资料》,知识产权出版社 2010 年版,第 209 页。
② 夏衍:《谈〈林家铺子〉的改编》,载会林、陈坚、绍武编《夏衍研究资料》,知识产权出版社 2010 年版,第 208 页。
③ 夏衍:《谈〈林家铺子〉的改编》,载会林、陈坚、绍武编《夏衍研究资料》,知识产权出版社 2010 年版,第 208 页。
④ 夏衍:《对改编问题答客问——在改编训练班的讲话》,载程季华主编《夏衍电影文集》第 1 卷,中国电影出版社 2000 年版,第 710 页。

着,由此引出逼迫林老板嫁女的桥段。

柔石的小说《为奴隶的母亲》仅有一万余字,故事情节也较为简洁,因而编剧李一波在改编时做了较大幅度的修改,不仅涉及人物身份设定,也对故事中的许多细节进行了调整。在小说中沈家婆充当的是阿祥典妻的中间人,类似于当时农村中常见的媒婆,但在电影中增加了戏份,她既是媒婆,也是接生婆。影片开始时她给阿秀接生,身为接生婆的她对于乡村女性的苦难处境早已麻木,在给阿秀接生时先是用手拖拽婴儿没能成功,之后又用擀面杖推碾腹部的方式想将孩子挤出,丝毫不顾及阿秀的惨叫。孩子出生后,阿秀的丈夫阿祥要将孩子带走丢弃掉也未见她阻拦,在阿秀问她孩子哪里去了时沉默以对,但在规劝阿祥出典阿秀时却又巧舌如簧,软硬兼施劝诱阿祥就范。小说中阿祥将刚生下来的女儿投入沸水中淹死,在影片中改为装在水桶中连桶一起掷入江流中溺水而死。小说中阿祥农闲时兼做皮货生意,但随着欠债越积越多而逐渐堕落,后来"烟也吸了,酒也喝了,博也赌起来了。这样,竟使他变做一个非常凶狠而暴躁的男子,但也就更贫穷下去,连小小的移借,别人也不敢答应了"①,最终不得不将妻子出典以还债。电影中阿祥的身份并无改变,但并没有染上抽烟、酗酒、赌钱等恶习。如此改动之后"典妻"本身的悲剧色彩并未减弱,却由个人悲剧转变为社会悲剧,增强了对于黑暗社会控诉的力度,也更容易引发观众的同情。小说中春宝娘的性格温顺,在得知丈夫要出典自己时完全是逆来顺受而丝毫不敢抗争的。影片中的阿秀却并非如此,她起初坚决抗争,只是在丈夫以投水自杀相威胁时方才不得不同意。电影中阿秀不仅敢于反抗丈夫,对于秀才夫妇也不是一味委曲求全,在青玉镯子事件发生之后她对秀才夫妻的责骂愤愤不平,"这样的福我不享,我走",而不像小说中那样贪恋秀才家衣食无忧的生活。小说中阿祥在秋宝周岁庆典时去向秀才道喜,借机找阿秀要钱,阿秀将秀才给的五块钱和青玉戒指交与他以给春宝看病。影片中阿祥为了要钱到秀才家去了两次,第一次秋宝刚出生后他到秀才家找阿秀,想让她回家探望生病的春宝,得到秀才两块大洋的赏钱后从后门离开;第二次趁着秋宝周岁庆典之际,他又借着送礼道贺到秀才家找阿秀要钱以给春宝治病,却因阿秀准备将青玉镯子交给他时被秀才妻子发现而发生争抢,结果镯子被失手打碎,秀才迁怒于阿祥将他赶出门外。小说中虽然秀才妻子让秋宝叫阿秀"婶婶",喊自己"妈妈",但准许阿秀喂养并照看孩子,直到典妻结束方才中止。电影中秀才

---

① 柔石:《为奴隶的母亲》,《萌芽月刊》1930年第1卷第3期。

妻子待阿秀生下秋宝后不久便雇了一个奶妈，不让阿秀喂奶以彻底隔绝母子情感。

此外，《一个女人的命运》、《星火》和《漂泊奇遇》在经由小说原著改编成电影时既忠实于原著的基本精神，又灵活自如地加以融合创造。《一个女人的命运》由范舟、左辛、王亚元、丁旭峰担任编剧，为了彰显梅春姐的反抗精神进行了大胆改编。原著中梅春姐在黄副会长到来之前对于丈夫陈德隆的毒打逆来顺受、委曲求全，丝毫不敢进行反抗；在电影中却并非如此，赌红了眼的陈德隆把梅春姐抵作三十块大洋，作为赌注输掉后，她毅然决然地选择投水自尽，被及时救出才幸免于难。相较而言，原著中梅春姐的思想转变显得过于突兀，经过改编之后过渡得更为自然。韩毓海在改编《星火》时并不拘泥于叶紫的单部小说，而是将《星》《火》《丰收》糅合在一起粹其精华进行改编，以梅春姐的革命历程为核心勾勒起扣人心弦的故事。冀邢、先子良在将艾芜的《南行记》改编为电影《漂泊奇遇》时也不拘泥于原著，将发生在偷马贼老三身上的情节转移到小黑牛身上，小黑牛起初是因着独自一人偷马时被发现遭到毒打的，之后加入扒窃团伙才因集市盗窃时被人发现再度被毒打。小黑牛因偷马被人打伤后，通达客栈的赵老板让"我"这个伙计去给受伤的小黑牛送药，当"我"找到躺在树丛中的小黑牛后给他擦洗伤口敷药，并满怀同情地劝慰他："哎呀，老弟，看你瘦骨伶仃的，经得住几回打"，"年轻轻的，干什么不好，何必受这个苦，当偷马贼"。小黑牛忍着疼痛说："老哥，你不懂！偷马贼的招牌在这边是值钱的。你该向我道喜！这招牌昨天晚上我已经挂起来了"，"流点血算什么！你没看见那些生意人，开张上匾还得挂道红呢！"这与小说中性格懦弱的小黑牛迥然有别。此外，影片末尾还加有旁白："我改变不了他们，他们也改变不了我对人生的探索和对光明的追求，可我是多么希望能再见到他们，哪怕是一面也好，然而我的希望就如同我的南行，是那么漫无边际，是那么渺茫……"

三　左翼乡土小说影视剧改编的缺憾

自20世纪30年代左翼乡土小说开始被改编成电影后，既广受赞誉也饱受争议，之所以会如此不仅与改编过程中的细节处理方式有关，同时也与其自身有着明确的政治指向性息息相关。毋庸置疑，左翼乡土小说改编成影视剧并非尽善尽美，在这其中的确存在不少缺憾。

虽然电影《春蚕》的票房收入没有达到预想的结果，但由于是第一部自新文学作品改编而成的影片还是在文学圈子内引发了广泛关注和持续讨论,其中左翼电影人和刘呐鸥、黄嘉谟等围绕电影的"软硬之争"展开了激烈的争论。1933年11月,在《矛盾月刊》上刊发了一组"映画《春蚕》之批判"的文章,包括刘呐鸥的《评〈春蚕〉》、黄嘉谟的《〈春蚕〉的检讨》和赵家璧的《小说与电影》。相较而言,赵家璧的批评文章较为客观、公正,而刘呐鸥和黄嘉谟的批评文章却充满着火药味。刘呐鸥和黄嘉谟都将电影看作一种怡情养性的消遣品,讲究趣味性,其中黄嘉谟在《硬性影片与软性影片》一文中就曾明确提出这样的观点:"电影终于还是戏剧,它的表现法虽然是异于各种旧的方式,但是它的原质应该还是永远保存着,那便是戏剧对于人生原有的趣味性的吸引力",并在此基础上提出"电影是给眼睛吃的冰琪淋,是给心灵坐的沙发椅"①。因此他们从根本上否定左翼电影的政治教化功用,故而给予电影《春蚕》措辞严厉的批评。

刘呐鸥认为由于《春蚕》丧失了"剧"的特性而不能称其为电影,"坏的印象,缺乏电影的感觉性,效果等于零,这便是电影《春蚕》"②,在他看来"《春蚕》是一部纪录影片。但在片内关于蚕的生长或培养的纪录,我们从画面所看到的却极少,既不是整篇一贯的Realism,又不成其为教育影片。再,据说《春蚕》是一部暴露农村经济破产的作品,这当然是很好的暴露Photo Play了,但这里头实在没有应有的'剧'底形成。材料是散漫的横陈,毫无剧底趣味和结构"③。黄嘉谟的言辞比刘呐鸥更为激烈,他认为《春蚕》原本就是一篇平凡的小说,"文学的干涩已经达到了摧眠的程度","把一个乡村描写得干燥无味,结构和布局也散漫得无从收拾",而明星影片公司将这样的小说改编成电影"不能不算是近年文坛的奇迹"④。黄嘉谟对于《春蚕》缺乏"美点"的批评显露出脱离实际的审美趣味,他认为该影片既很少拍摄美丽的自然景物,同时就连人物的衣着也"实在是欠洁净而又破旧"⑤。然而,实际情况是《春蚕》中的老通宝一家正在生死线上挣扎,全家指望着靠养蚕翻本还债,因而在养蚕过程中一家人含辛茹苦,根本无暇顾及穿着打扮。故事开始时原本富庶的江南乡村早已辉煌不再,在日寇入侵上海的大背景下更是雪上加霜,蚕农辛苦养蚕却因战事爆发丝厂纷纷关门停业而无处售卖,由此酿成丰收成灾的惨剧,大量蚕农破产沦为赤贫。然而黄嘉谟却罔顾事实,在他脑海中浮

---

① 嘉谟(黄嘉谟):《硬性影片与软性影片》,《现代电影》1933年第1卷第6期。
② 刘呐鸥:《映画〈春蚕〉之批判:评〈春蚕〉》,《矛盾月刊》1933年第2卷第3期。
③ 刘呐鸥:《映画〈春蚕〉之批判:评〈春蚕〉》,《矛盾月刊》1933年第2卷第3期。
④ 黄嘉谟:《映画〈春蚕〉之批判:〈春蚕〉的检讨》,《矛盾月刊》1933年第2卷第3期。
⑤ 黄嘉谟:《映画〈春蚕〉之批判:〈春蚕〉的检讨》,《矛盾月刊》1933年第2卷第3期。

现的依然是世外桃源般的乡村景象。此外,黄嘉谟也对影片所揭示的造成农村丰收成灾的原因持反对态度,他认为"我们在这片子里的发见的,只觉得在今日的这些农村所采用的育蚕法,仍旧是几千年来的老法子。像这样'泥古不化'的现象,怎能怪得洋货猖獗,土产衰落呢"[1]。之所以会产生如此大的分歧,究其根本还是在于黄嘉谟和左翼人士所持的立场不同,他赞同的是优胜劣汰、适者生存的社会达尔文主义,对于以因循守旧的老通宝为代表的农民由于拒斥先进的科学技术导致破产完全是咎由自取、势所必然,不值得同情。左翼人士则是从阶级意识和民族意识出发来揭示造成农民深巨苦难的社会因素,从而透过"丰收成灾"这一反常社会现象来抨击黑暗现实,启迪人们进行反抗斗争。

　　平心而论,刘呐鸥、黄嘉谟的批评也并非毫无可取之处,他们对于《春蚕》缺少趣味的批评就切中了要害,编剧夏衍在改编剧本时对于当时电影观众的审美偏好的确估计不足,就连左翼电影批评家观影后也颇感沉闷。夏衍自此之后吸取教训,开始同时注重政治性和趣味性,创作出许多既叫好又叫座的电影的剧本。

　　除了围绕《春蚕》引发的电影"软硬之争",《申报》上刊发的严白璧《〈春蚕〉散片所引起的疑》一文还对《春蚕》提出了两点质疑,第一点是过惯了都市生活又习惯于拍摄都市题材的导演和演员是否适合摄制农村题材的电影;第二点是关于《春蚕》的非真实的背景问题,"直觉地感到《春蚕》所描写的不是崩溃了的农村,而是都市化的农村"[2]。严文刊发当日导演程步高便撰写了回应文章,并于两日后在《申报》上发表,他一方面赞同严白璧所提出的导演和演员的问题"在今日确为一严重之问题";另一方面他也对严文中所言的非真实的背景问题不予认同,认为这是"观察失当之处","盖该片摄制以来,对背景问题始终严密考虑"[3]。嗣后,严白璧又于1933年8月5日在《申报》上发表了《再谈〈春蚕〉——读〈一封重要来信〉后》一文,明确表示自己对《春蚕》非真实的背景问题仍持保留意见。值得注意的是,20世纪30年代左翼电影佳作频出,比如《渔光曲》(1934)、《风云儿女》(1935)、《马路天使》(1937)、《夜半歌声》(1937)、《十字街头》(1937)等都是经典影片,单从票房来看这些左翼电影都远在《春蚕》之上,然而却再也没有哪部左翼电影能像

---

[1] 黄嘉谟:《映画〈春蚕〉之批判:〈春蚕〉的检讨》,《矛盾月刊》1933年第2卷第3期。
[2] 严白璧:《〈春蚕〉散片所引起的疑》,《申报》1933年7月27日第25版。
[3] 程步高:《一封重要来函》,《申报》1933年7月29日第25版。

《春蚕》这样引起整个电影界和文化界的广泛批评和讨论。

1955年，夏衍从上海调至文化部担任副部长，分管电影的他吸取之前全国批判《武训传》的经验教训，"懂得了有些题材可以写小说，但不是小说都可以改编电影"①。因此他改编的都是鲁迅、茅盾这样的大家名作，自以为比较保险，但始料未及的是改编自茅盾的《林家铺子》却成为众矢之的。对电影《林家铺子》的批判主要集中于主题表达方面，譬如"《林家铺子》原作在发表时有一定的积极意义，但就它没有揭示出资产阶级和无产阶级之间的阶级关系这一点来看，在当时也是一个很大的缺陷。……在社会主义革命深入的时期，影片仍然是从人性论出发，掩盖资产阶级的剥削本质，美化资产阶级；从人性论出发，宣扬阶级合作，鼓吹奴才哲学，这就不能不说是对现实的反动了"。②对于电影《林家铺子》的批判不仅只限于评论界，还延伸到全国上下，有的地方还专门召集经历过旧社会的工商业老职员现身说法予以批评，认为电影不仅对资本家进行了美化，而且掩盖了劳资矛盾背后的阶级对立。

1984年，叶紫的《星》由张今标和原野共同执导拍摄成一部彩色宽银幕电影《一个女人的命运》，讲述的是20世纪二三十年代发生在洞庭湖区的农村妇女梅春翻身闹革命的故事。大革命时期她在黄副会长的引导下逐渐觉醒，大胆地突破四权（政权、神权、族权、夫权）束缚，原本压抑已久的爱情渴望被激发，开始认识到女性自我价值，从逆来顺受转向追求男女平等，与黄副会长上演了一段激动人心的爱情故事。原野和张今标之所以选中这个题材，不仅由于故事情节曲折生动、人物形象栩栩如生、生活氛围浓郁和乡土气息醇厚，也源于叶紫的取材角度新颖不落俗套。然而《一个女人的命运》的摄制过程并不顺利，曾经数次遭受非难，原野将反对意见归纳总结为以下三个方面：一、认为妇女解放、男女平等早已是过时的主题，没有什么现实意义；二、认为小说原著没有正面描写阶级斗争，只是写了夫权思想对梅春的压迫，因此质疑其没能反映社会矛盾的本质方面，难以构成典型；三、认为黄立秋既然来到农村搞农运工作，就不应该与有夫之妇梅春恋爱结合，尤其是他到农村工作不久便在夜间爬进梅春的房间私会，从而引起他与陈德隆之间矛盾的激化，更有挖苦者说："他除了搞了人家的一个老婆，什么事也没干"③。虽然电影剧本在

---

① 夏衍：《懒寻旧梦录》，生活·读书·新知三联书店2000年版，第442页。
② 刘翘、倪玉：《阶级合作论的艺术标本——谈电影〈林家铺子〉的劳资关系问题》，《吉林师大学报》1965年第1期。
③ 原野：《在坎坷中诞生的〈一个女人的命运〉》，《电影评介》1984年第5期。

涉及这一重大情节时做了修改，改为梅春的丈夫听信坏人的谣言和挑拨而怀疑梅春与黄副会长有染，进而毒打梅春，但依旧有人认为这有损革命者成熟稳重、高大完美，甚至料事如神的光辉形象。针对这些否定意见，原野不以为然，认为这些恰恰是叶紫本着生活真实而不落俗套的地方，没有刻意拔高或虚化革命者形象，将黄副会长还原成有着七情六欲的活生生的人，不过他也认为黄副会长趁着夜里通过窗户爬进梅春的房间"这一点或许是生活里的真实，但未必是艺术的真实，尤其不符合中国传统的道德准则与道德观念"①。

由左翼乡土小说改编而成的影视剧之所以饱受争议并非全由外在环境使然，作品改编本身也的确存在不少缺憾，尤其是《春蚕》等早期电影更是如此，但其得失经验也为之后的左翼电影创作提供了有益借鉴。

夏衍将《春蚕》称作极端素描，在改编《春蚕》剧本时着意强化政治宣传效果，开启了20世纪30年代电影政治化的帷幕。夏衍为了达成这一目的有意淡化多多头与荷花之间的情感关联，但由此既削弱了影片对于市民观众的吸引力，同时也减弱了思想深度。原本导演程步高擅长拍摄关乎世俗男女恋爱的旧市民电影，或许是为了摆脱窠臼在电影《春蚕》中对于荷花、六宝与多多头之间的情感矛盾进行了简化处理，却又将荷花趁着夜色掩护偷蚕宝宝作为全剧的顶点，削弱了对于乡村女性悲剧的呈现，造成影片对于女性悲剧立场的模糊。小说中老通宝等农民破产的悲剧主要是由外在社会因素的变化造成的，但他们却绝非单纯的受害者，同时也是造成荷花悲剧的施害人，由此不仅赋予作品强烈的道德与文化内涵，而且显露出文学大家茅盾的思想深度。茅盾在《春蚕》中以细腻的笔法大量呈现老通宝的心理活动，但在影片中他却整日机械地忙碌于养蚕事务，仿佛丧失了思索能力，使得这一主要人物表现得不够充分，当时的电影批评家就认识到这一点，"电影《春蚕》用看图识字式的说明来代替了小说上紧张心理的描写，没有把握住小说《春蚕》中老通宝等人，对自然及隐藏着的社会势力的搏斗的紧张空气，以及全剧的顶点放在白虎星偷宝宝的不妥当等这些编剧与导演上的缺点是该特别指出的"②。为了突出政治主题，电影《春蚕》中采用插入带有数行文字的图片的方式，直白地告诉观众江南农村之所以丰收成灾是帝国主义的政治和经济入侵所致。表面上

---

① 原野：《在坎坷中诞生的〈一个女人的命运〉》，《电影评介》1984年第5期。
② 唐纳：《关于文艺影片——为电影〈唐吉诃德〉敬质布拉斯先生》，载王永生主编《中国现代文论选》第2册，贵州人民出版社1984年版，第254页。

如此设计显得清晰明了，但并不符合电影的艺术规范，"文学和电影这两种艺术的不同之点在于，前者是通过观念描写出形象，然后作用于人的心灵的艺术，后者首先依靠形象的不断出现，然后构成观念的艺术"①。作为配音片的《春蚕》辅助一些无声片时代所常用的字幕原本也无可厚非，但采用图片文字的方式来直接呈现主题确然有图解政治之嫌。

虽然《春蚕》有着诸多缺憾，但作为第一部改编自新文学作品的电影仍不失为左翼电影思想和艺术变革的有益尝试，为制作左翼电影积累了经验，洪深的反思就很有代表性，电影为什么不能"用透明质的薄纸或者是糖皮包着，使病人容易吞下"②。左翼电影人确然逐渐注重用商业娱乐手段来对左翼革命话语进行包装。导演蔡楚生向左转后"几部生产影片未能收到良好的效果"，《都会的早晨》（1933）却大获成功，促使他"更坚决地相信，一部好的影片的最主要的前提，是使观众发生兴趣"，电影"在正确的意识外面，不得不包上一层糖衣"③。1934 年，蔡楚生执导的左翼电影《渔光曲》获得成功，不仅创造了国产电影连续放映 84 天的纪录，还荣获莫斯科电影节荣誉奖（这也是中国电影首次获得国际声誉）。左翼影评人对于颇受观众欢迎的蔡楚生和孙瑜执导的电影也有过批评，认为他们的作品是典型的小市民电影。然而实际上这恰恰是他们自觉为之的，其中蔡楚生就十分清楚当时的观众大部分是小市民，因而只有比较接近他们的生活，才能引起他们的观看兴趣，因此其电影中的场景绝大部分都取自城市。实际上 1932 年夏衍等人刚加入明星影片公司后不久，在应邀为郑正秋准备拍摄的《姊妹花》出谋划策时也十分注意掌握分寸，适度地加入了阶级话语，使得剧本所描写的一对嫡亲姊妹之间的关系"不再像他从前写的那样，只是善与恶的分野，而是开始努力表现阶级关系了"④。由此既公开打出了反帝反封建的旗号，又没有因为过度宣扬政治而压制电影的艺术趣味，因而大获成功，创下了 20 万元这一当时电影票房的最高纪录，"这部片子神话一般，扭转了明星公司危在旦夕的命运"⑤。票房的成功不仅坚定了明星影片公司老板与左翼文界合作的信心，

---

① ［日］岩崎昶：《电影的理论》，陈笃忱译，中国电影出版社 1982 年版，第 49 页。
② 沙基：《中国电影艺人访问记》，载《中国无声电影》，中国电影出版社 1996 年版，第 1250 页。
③ 蔡楚生：《八十四日之后——给〈渔光曲〉的观众们》，载《蔡楚生文集》第 2 卷，中国广播电视出版社 2006 年版，第 10 页。
④ 陈坚、陈奇佳：《夏衍传》，中国戏剧出版社 2015 年版，第 154 页。
⑤ 何秀君口述，肖凤记：《张石川和明星影片公司》，载《中国无声电影》，中国电影出版社 1996 年版，第 1534 页。

而且夏衍等人有了更大的话语权，对此夏衍就说过："我们一方面替资本家赚钱，一方面尽可能通过自己剧本和帮助导演修改剧本，在资本家拍摄的影片中加进一点进步的和爱国的内容，用这样的方法，创作出了一批进步影片。"① 三人所在的影片公司不仅替他们保密政治背景，而且为了能让左翼电影剧本顺利通过检查还不惜行贿国民党上海市党部和租界工部局。夏衍等人对于正面的经验和反面的教训也有所汲取和反思，从而为之后的左翼电影剧本改编和创作奠定了基础。

艾芜的《南行记》改编成电影《漂泊奇遇》时经过了长时间的准备，1983 年由上海电影制片厂拍摄，后又于 1990 年改编成同名电影。虽然两部电影的编剧同为冀邢和先子良，但相较而言《漂泊奇遇》更为忠实于原著，然而也与原著之间存在不小的偏差。艾芜在创作《南行记》时秉持的宗旨是将"身经的，看见的，听过的，——一切弱小者被压迫而挣扎起来的悲剧"② 呈现出来，而在改编之后的《漂泊奇遇》却多少有些背离了这一主题。

小说《南行记》中的舵把子、野猫子、夜白飞等原本都是破产农民，之所以当盗匪是被挤出正常生活轨道之后的无奈之举，长期的盗匪生涯也使得他们的人性发生扭曲，变得粗粝、野蛮和残酷。影片中所着重展现的却是他们的人性人情之美，从而将他们塑造成侠肝义胆的侠客，他们的残酷举动完全是由外界压迫促成的，不无刻意美化之嫌，如此一来反倒削弱了对于人性的反思深度。由于时代间隔久远，演员们又普遍缺乏艾芜那样的流浪漂泊体验，因而在把握剧中人物时有些偏差，缺乏层次感，理解得不够深入。加之编导过于强化野猫子、夜白飞等人物身上所蕴藏的人味而减弱了鬼气，反倒使得人物失却了野性。野猫子自幼便跟随父亲行走江湖，因而她身上有着桀骜难驯的野性，沾染上浓重的江湖习气。长期偷盗为生的生存境遇让她变得撒谎成性，不仅在集市偷盗时沉着老练，而且在小黑牛死后向"我"撒谎时显得平静自然。但在电影中却着意展现野猫子的人性之美，她皮肤白皙、衣衫整洁、谈吐文雅，加之对于知识充满渴求，从而与小说中的形象设定有着显豁的差异。小说中野猫子在集市上与商人周旋时显得聪慧异常，但在面对官兵时却又表现出疑虑不安，这是符合实际情形的，但在影片中野猫子面对官兵时应对自如，显得毫无戒虑，这是不太切合实际的。电影也对小说的结尾进行了大幅修改，舵把子和夜白飞等人都死去了，野猫子虽然与"我"有着朦胧的爱情，但她毅然选

---

① 夏衍：《新的跋涉》，载《中国左翼电影运动》，中国电影出版社 1993 年版，第 11 页。
② 艾芜：《〈南行记〉序》，载《南行记》，文化生活出版社 1935 年版，第 7 页。

择离"我"而去。结尾处那悠远的歌声引发的是人们对于无法成真的爱情悲剧的喟叹，却无法像小说那样激起人们对于人鬼颠倒社会的批判性思索。此外，小说中身负重伤的小黑牛痛悔自己不该沦落为盗，惹怒了舵把子，半夜里将他投入江中，但在影片中却改为他自愿求死以寻求解脱，其性格禀赋也由此发生反转，从懦弱善良摇身一变成为有着硬汉精神的草莽英雄，将其悲痛的遭际转变为悲壮的抗争。同时舵把子也从为求得生存心狠手辣、惨无人道的匪首，成为有情有义的侠客。

《漂泊奇遇》对于《南行记》的改编也并非毫无可取之处，对于西南边陲风景画面的呈现就给人以新奇之感，在其中活跃着的人物性格及其行为举止也给人以神秘刺激的审美体验，然而由于过度追求新奇之感也多少有些违背作品的艺术真实性。

第八章 左翼乡土小说的历史价值及其创作局限

左翼乡土小说自创建之初便有着异常鲜明的政治化和革命化色彩，对长达半个世纪的中国乡土小说创作产生重大而深远的影响。但也正因为左翼乡土小说有着明确的意识形态内涵和政治趋向，对其所作的评价往往会受到政治语境和社会环境的影响而发生变化。不过毋庸置疑的是，作为20世纪中国乡土小说的重要一环，虽然左翼乡土小说难免会有所局限，但也自有其独特的历史价值。

第一节 左翼乡土小说的历史价值

在中国现代文学史上左翼十年无疑是光辉的十年，在这十年间中国共产党无论在政治上还是军事上都遭遇过重大的挫折和失败，但在文化战线上却取得引人注目的成就，周扬在纪念"左联"成立五十周年大会上就曾这样总结道："把三十年代左翼创作作为一个整体来看，无论是反映生活的广度和深度，还是情节的生动和丰富，人物形象的多样性和性格的典型化，都达到了新的水平，把我国现代文学推向了一个新的阶段"①，而左翼乡土小说家在这其中发挥了不容小觑的作用。这十年中左翼文艺创作最为显著的特点是"作家们努力反映农村生活，歌颂土地革命，描写武装斗争"②，甚而可以毫不夸张地说左翼文学创作"是以农村生活为基调的"③。左翼文学单就小说而言除了茅盾的《子夜》等少数作品取材于城市，大多数都是乡土小说。左翼乡土小说家将乡土小说从五四乡土小说家

---

① 周扬：《继承和发扬左翼文化运动的革命传统——在纪念"左联"成立五十周年大会上的讲话》，载《左联回忆录》，知识产权出版社2010年版，第12页。
② 马良春、张大明：《左翼文艺创作的巨大成就》，《中国现代文学研究丛刊》1980年第2期。
③ 殷国明：《中国现代文学流派发展史》，广东高等教育出版社1989年版，第412页。

所擅长的对于乡村衰落和农民苦难的叙写，转向对于农民阶级意识和斗争精神的揭示上来，实现了继五四乡土小说之后的第一次重大转折，在五四乡土小说和解放区以及中华人民共和国成立后的革命乡土小说之间起到桥梁和纽带的作用，在20世纪中国乡土小说史上有着独特的贡献和地位。正是在左翼乡土小说家和京派乡土小说家共同努力下，方才促成中国现代小说"从二十年代早期以城市为背景的自传体裁转变到三十年代以后描写农村范围的乡土文学"[1]。相较而言，由于中国共产党所秉持的意识形态在20世纪相当长的历史时期内都占据着主导地位，因而左翼乡土小说产生的影响要远远大于京派乡土小说。

众所周知，毛泽东《在延安文艺座谈会上的讲话》正式提出"文艺为工农兵服务"的创作方针，以此来指导解放区作家从事文学创作，并在中华人民共和国成立后相当长一段历史时期内成为创作的主导方向。然而深究其实，文艺作品描写工农兵并非自《在延安文艺座谈会上的讲话》发表之后开始，1982年4月3日丁玲在接受访谈时就说过："毛泽东在延安干部大会上说：丁玲写的《田保霖》很好嘛，就是写的老百姓，工农兵嘛。他请我吃饭时就讲了，他说：这是你写工农兵的开始。当时我心里想，怎么这才是开始？《田保霖》之前我就写过工农兵嘛。有些研究文学史的人也说延安文艺座谈会后才写工农兵，那么鲁迅，还有与他同时代的人就没有写过工农吗？这不符合事实。"[2] 丁玲所言在《田保霖》之前她就写过工农兵题材的作品，应当包括左联时期创作完成的《田家冲》《水》等乡土小说，只不过此时关涉工农兵的创作带有强烈的自发性，而不像毛泽东《讲话》倡导之后那样自觉罢了，但显而易见的是左翼乡土小说对于工农兵方向的文学创作有着内在的延续性和示范性。恩格斯说过："任何一个人在文学上的价值都不是由他自己决定的，而只是取决于他对整体的态度"[3]，对于左翼乡土小说的价值评判和意义认定也应放在中国乡土小说发展的历史进程中进行纵横交错的整体考察。

深究其实，左翼乡土小说并非单单因为迎合了特定的政治意识形态而获得殊荣，而是源于其自身有着独特的价值和内涵，比起他们的前辈来左

---

[1] ［美］李欧梵：《论中国现代小说（摘要）》，邓卓译，《中国现代文学研究丛刊》1985年第3期。

[2] 庄钟庆、孙立川：《丁玲同志答问录》，《新文学史料》1991年第3期。

[3] ［德］恩格斯：《评亚历山大·荣克的〈德国现代文学讲义〉》，载［德］马克思、恩格斯《马克思恩格斯全集》第2卷，中共中央马克思恩格斯列宁斯大林著作编译局编译，人民出版社2005年版，第449页。

翼乡土小说家的确提供了一些新的东西。

其一，左翼乡土小说家以激进的政治态度和强烈的革命意识开拓了新的表现领域和取材范围，率先将乡土小说从五四时期的思想启蒙和个性解放引向革命启蒙和社会解放，开创了革命的乡土小说的创作潮流，对于解放区和"十七年"乡土小说创作产生了深远的影响。

左翼乡土小说家有着明确的政治倾向和鲜明的阶级意识，自觉地把阶级革命与启蒙叙事融合在一起，将乡土小说纳入革命文学的轨道。他们非常重视文学的社会作用和政治功用，从而将乡土小说与革命实践、政治活动紧密联结在一起，使其服务于中国共产党领导的阶级解放和民族解放事业，为宣传中国共产党的革命宗旨和方针政策做出突出的贡献，有力地配合和促进了土地革命的展开。相较于同时期的其他乡土小说家而言，左翼乡土小说家承受着巨大的危险和压力，就连最基本的人身安全也毫无保障。国民党当局不仅查封了大批左翼乡土小说，而且通过颁布实施《图书杂志审查办法》等一系列举措防患于未然，明文规定图书杂志在正式付印前必须先经过国民党中央宣传委员会图书杂志审查委员会审查，通过后才能刊印，否则便要予以处分，由此使得许多宣扬土地革命和农民运动的小说即便侥幸过关也往往被改得面目全非。因而左翼乡土小说家能够冲破国民党当局设置的森严文网，并在20世纪30年代的乡土小说创作中占据一席之地，实属不易。左翼乡土小说家继承并发扬了鲁迅"不克厥敌，战则不止"的硬骨头精神，自觉地将文艺创作与中国共产党领导的革命事业相结合，在白色恐怖和高压政策下用鲜血凝成充满战斗性和火药味的文字，既有力地配合了中国共产党领导的革命活动，同时也为乡土小说注入了激情和活力。众所周知，夏志清对左翼文艺颇多诟评，但在评论张天翼的作品时却说："正因为张天翼对于左翼的文艺观，趋附从不置疑，这种道德上的承担，使其成就更属卓越"①，而同为20世纪30年代高产作家的沈从文的小说与之相比则"缺乏了张咄咄逼人的力量，以及粗犷的风趣"②。

左翼乡土小说家有着强烈的悲悯意识和同情精神，他们真切地关心和爱护底层民众，致力于创作出能被他们理解和接受的小说文本，此种对于底层民众的关怀意识是值得赞扬的。左翼乡土小说家在取材时从一己情感之狭小天地走向了广阔的社会生活，因而在视野得以扩大的同时也提高了

---

① [美]夏志清：《中国现代小说史》，刘绍铭等译，中文大学出版社2001年版，第181页。
② [美]夏志清：《中国现代小说史》，刘绍铭等译，中文大学出版社2001年版，第183页。

创作实践能力，开始从"离社会走到向社会，从个人主义的虚无走到工农大众的革命"①，不仅引领了乡土小说创作新的潮流，而且对其后革命乡土小说的创作产生了持续而强烈的影响。

其二，左翼乡土小说家以平视乃至仰视的态度看待农村和农民革命，既深刻地揭示出农民在帝国主义、封建主义和军阀专制统治下所承受的深巨苦难和悲惨遭遇，同时也表现了农民所进行的英勇抗争及其革命壮举。

中国虽然是传统的农业大国，但占据人口绝大多数的农民在古代文学作品中却一直处于被忽视的边缘化地位，自鲁迅为首的五四乡土小说家出现之后才开始将农民作为小说的主人公，但由于当时农民尚未被动员起来从事革命活动，加之受限于作家主体思想启蒙意识的影响，致使呈现的农民形象往往是愚昧无知、麻木不堪的落后面目。自左翼乡土小说家始方才正面地描绘了农民革命意识的觉醒以及在中国共产党领导下所进行的革命斗争，而在五四乡土小说家笔下，农民即便敢于抗争也常常像阿Q那样处于冥顽不化的状态，并不属于真正的革命活动。五四乡土小说家虽然对于农民的苦难也感同身受，但由于当时正值"五四"落潮期，即便倔强如鲁迅者也在承受着"荷戟独彷徨"的苦闷和孤独，面对日益衰败的乡村，他们痛切地体验到理想追求失落的受挫感，因此不免"起了怀疑，有了负疚，增添颓唐"②。左翼乡土小说家虽然处在大革命失败后的革命低潮期，但他们大都有着坚定的革命信仰和必胜的革命信念，更加"注重从'政治化'、'阶级性'、'政治革命'的角度来看问题"③，从而使得小说中的农民形象与五四时期相比有了十分显著的变化。有论者指出中国现代乡土文学有一个阴暗悲惨的基调，从而让"乡土成了一个令人窒息的、麻木僵死的社会象征"④，左翼乡土小说却是个例外，总体上显现出的是光明振奋的基调。自左翼乡土小说家始才真正开始有意识地深入民间，走向大众，在乡土小说中自觉摒弃对于农村及农民美化和诗化的文字，以锐利的笔触刺向地主豪绅和官僚军阀。五四乡土小说中虽然也不乏对农村衰落破败和农民凄苦命运的揭示，但五四乡土小说家往往有一种游子的心态，对于故乡风物和人事的讲述常常给人一种置身事外而淡漠静观

---

① 丹仁（冯雪峰）：《关于新的小说的诞生》，《北斗》1932年第2卷第1期。
② 吴福辉：《中国现代文学发展史》，北京大学出版社2010年版，第175页。
③ 朱晓进：《政治化角度与中国20世纪30年代文学论争》，《南京师大学报》2002年第4期。
④ 孟悦：《〈白毛女〉演变的启示》，载陆华编《贺敬之研究文选》（下），文化艺术出版社2008年版，第838页。

的感觉。此外，五四乡土小说家集中地从思想文化方面揭露和批评了农民群体的精神愚弱和灵魂脆弱，却没有深入剖析造成农民此种状况的经济、政治等方面的原因，而左翼乡土小说家恰恰补上了这重要的一环，揭示出导致农民精神困苦和愚昧落后的根本原因，强调指出正是由于残酷的阶级压迫和经济剥夺方才导致农民无力掌握自己的命运，只能被动地屈服在地主、官僚的脚下任其践踏和蹂躏。

虽然中国自古以来便以农立国，在士农工商的排位序列中农民名誉上的地位在工、商之上，但实际上只有农村中掌握土地所有权的中上层阶级才真正当得起"农"的身份和地位，而广大无地、少地的农民却一直处在社会的最底层。进入现代社会以来，虽然五四乡土小说家对于农民颇为同情，但他们毕竟是站在启蒙立场自上而下地启发教育农民的，农民时常被作为懵懂无知和愚昧落后的国民劣根性的标本，在此种背景下农民自然难以摆脱掉卑微屠弱和备受歧视的处境，依然无法发出自己的声音。左翼乡土小说家却是真正地以平等的态度来看待和认识农民的，在他们的作品中开始呈现正面的、积极的农民形象，并且成为革命的主体力量。

其三，左翼乡土小说不仅涉及的地域非常广阔，而且有着史诗般的巨大历史容量和情感内涵，展现出当时广大农村所经历的历史性巨变。

由于左翼乡土小说家来自多个省份，因而在小说中从北国雪原到南方水乡，从拥挤内陆到荒凉边地等都有所展现，全部连缀起来便可以组合成一幅中国农村破产与土地革命兴起的壮丽画卷。

左翼乡土小说家不但彻底摆脱了唯农最苦的传统文学叙事套路，而且超越了五四乡土小说家单纯注重揭示农民精神病苦的固定叙事模式，生动地展现了已经沉睡几千年的中国农民在摆脱掉欲做奴隶而不得的卑微处境后为取得自身"人"的地位而浴血奋战的感人情景，从而谱写出中国农民带有悲壮意味的抗争史诗。左翼乡土小说家塑造了众多有着浓郁时代色彩和打上鲜明政治烙印的农民形象，勾画出农民从蒙昧到觉醒、由懦弱到勇敢的成长过程，构建起敢于反抗、勇于斗争的崭新的农民形象系列。左翼乡土小说家描绘了许多气势宏大的斗争场面，觉醒起来的农民纷纷投身反抗社会黑暗和腐朽统治的武装斗争之中，比如蒋光慈的《咆哮了的土地》、丁玲的《水》、叶紫的《火》和戴万叶的《激怒》等都展现出农民群起反抗的斗争景象。

而由茅盾开创的带有社会剖析性质的乡土小说更是有着史诗性品格，不仅有着宏阔的视野和庞大的结构，而且致力于展现具有历史深广度的社会生活和时代风云变幻。

其四，左翼乡土小说家不仅关心民瘼疾苦，而且有着极强的政治敏感，他们能够对刚刚发生甚至正在发生的重大事件及时作出反应并加以表现，使得左翼乡土小说呈现鲜明的时代性和深刻的现实性。

左翼乡土小说家不仅写出了农民对于命运的挣扎，更写出了农民的觉醒和反抗，从而将革命元素注入乡土小说中，使其带有明确的政治倾向和鲜明的现实指向。20世纪30年代中国广大农村不仅频繁遭受自然灾害，而且战事频仍、租税繁重，天灾人祸叠加致使农民时常挣扎在死亡线上，左翼乡土小说家对此及时作出反应，在小说中加以表现。举凡蔓延全国16个省份的大水灾，丰收成灾的畸形社会现实，以及农民在被逼至绝境时自发进行的反抗活动和在中国共产党领导下自觉投身土地革命，等等，都在左翼乡土小说中予以表现。不仅如此，左翼乡土小说家还进一步揭示了造成农民苦难的深层原因，强调指出人祸要大于天灾，是"帝国主义的经济侵略以及国内政治的混乱造成了那时的农村破产"①。以丁玲、茅盾和蒋光慈为代表的左翼乡土小说家，都紧紧围绕着重大的现实题材来进行乡土小说创作。丁玲在《水》中揭示出1931年横跨16省的大水灾给农民造成的深巨苦难，以及灾民在走投无路之际所进行的反抗斗争，彻底清算了曾经盛极一时的"革命+恋爱"小说模式，标志着新的小说开始诞生。从丁玲的《水》开始，左翼乡土小说家纷纷将目光转向农村灾害书写以及由此引发的农民抗争活动，为农民运动和土地革命提供了助力。茅盾在"农村三部曲"中就对"丰收成灾"这一反常社会现象进行了剖析，揭示出农村日益严重的危机状况。蒋光慈《咆哮了的土地》取材于轰动一时的湖南农民运动，最早在文学作品中对中国共产党领导下的农民武装斗争给予充分肯定，成为中国红色文学经典的源头与范本。

左翼乡土小说家十分注重以文学形式来介入现实世界，"这种介入不是通过对现实世界存在结构的平庸模仿来实现的，而是通过对现实世界进行改造来实现的"②。他们并不像五四乡土小说家那样单纯满足于揭出病苦以引起疗救的注意，而是尝试着要开出药方，指明出路，从而不仅加强了乡土小说的现实指向性，而且直接参与了中国革命的历史进程。左翼乡土小说家能够对现实生活中刚刚发生或者正在发生的重大事件及时作出反应，而不像五四乡土小说家那样多是回忆故乡，从而增强了乡土小说的时

---

① 茅盾：《我怎样写〈春蚕〉》，《青年知识》1945年第1卷第3期。
② ［德］沃尔夫冈·伊瑟尔：《虚构与想象：文学人类学疆界》，陈定家、汪正龙等译，吉林人民出版社2011年版，第5页。

代感和实践性,使得小说文本与现实世界能够直接关联和对应起来。左翼乡土小说家此种以强烈的责任感和使命感将文学引向现实政治与社会生活的文学精神和创作取向是值得称道和大力弘扬的,已经构成"中国现代文学史和政治文化史乃至民族精神史和心灵史的宝贵资源"①。

左翼乡土小说家通过创作实践扭转了早期革命文学普遍存在的浪漫主义创作倾向,从而使得"乡土小说向 20 世纪 20 年代的写实主义方向皈依"②,为之后将乡土小说引向革命现实主义奠定了坚实的基础。左翼乡土小说家既承续了五四乡土小说家所开创的现实主义文学传统,同时又从苏联引进了社会主义现实主义的创作方法,以火样的创作热情、高度的责任感和强烈的现实性描绘出觉醒后的农民进行反抗活动和武装斗争的壮阔情景和宏伟场面,以带着强烈情感热度的文字充分证明文学既是写实的,也是战斗的。毛泽东在《新民主主义论》中对此也给予高度的评价,认为"这一时期,是一方面反革命的'围剿',又一方面革命深入的时期",既有军事"围剿"和文化"围剿"这两种反革命的"围剿",同时也有两种革命深入,"农村革命深入和文化革命深入"。③

其五,需要强调指出的是,左翼乡土小说家并没有因汲汲于政治而毫不顾及作品的审美表现和艺术技巧,而是始终在寻求着文学的社会价值与艺术价值之间的平衡。

左翼乡土小说家并非像解放区时期和中华人民共和国成立后的革命作家那样在政治上和思想上受到严密管控,在当时特殊的政治语境和文化环境下他们依然有着很强的创作自由。左翼乡土小说家并未因作品的高度政治化而完全丧失掉乡土小说的文学属性和审美品格,而是在承续着五四乡土小说家所开创的悲剧审美格调的基础上又平添了悲壮的和崇高的审美表现。左翼乡土小说的优秀之作能够较好地将政治和艺术协调合一,既满足了政治宣传的现实需要,同时也具有较高的艺术价值。譬如萧红的《生死场》所运用的就是一种介于小说、散文和诗歌之间的新型文体形式,对于后世的小说创作文体有着很大的影响。左翼乡土小说家对于小说中的人物对话也十分重视,最为典型者当数丁玲和吴组缃。此外,张天翼、沙汀对于讽刺手法的创造性运用也是值得称道的。

---

① 韩传喜:《观念突围、视角延拓及其实践限度——对左翼文学研究中若干重要问题的反思》,《黑龙江社会科学》2009 年第 1 期。
② 丁帆:《论"社会剖析派"的乡土小说》,《福建论坛》2007 年第 1 期。
③ 毛泽东:《新民主主义论》,载《毛泽东选集》第 2 卷,人民出版社 2006 年版,第 702 页。

第二节　左翼乡土小说的创作局限

　　左翼乡土小说虽然取得了显著的成就，但并非毫无缺陷，在人物塑造、创作手法和艺术审美等方面也存在一定的局限。旁的不论，单是长篇小说创作匮乏就是左翼乡土小说的一大软肋。20 世纪 30 年代本是中国长篇小说迅速崛起并且走向兴盛的时代，但左翼乡土小说中却仅有蒋光慈的《咆哮了的土地》、王统照的《山雨》、萧军的《八月的乡村》、萧红的《生死场》和端木蕻良的《大地的海》及遭遇出版延宕的《科尔沁旗草原》等寥寥几部长篇小说。虽然这主要受限于国民党严密的检查制度和恶劣的创作环境，当时涉及革命题材的单行本小说时常会被国民党政府查禁而导致书商血本无归，左翼乡土小说家为了维持生活起见也需要发表大量短平快的作品，但是多少也有着作家自身思想认识方面的原因。端木蕻良就说过："我的长篇不能在那个时候写起来，最大的原因，是因为我曾参加了一种活动，这种活动把我的兴味引到政治方面去"①，直到1933年下半年他在北京创办并主编的《四万万报》和《科学新闻》等刊物被查封之后到天津哥哥家里躲避期间，才开始着手创作第一部长篇小说《科尔沁旗草原》，"大概在八月十八日开始写的。在十二月中旬就完成了"②。实际上也并非端木蕻良一人如此，类似观点和创作情形在当时左翼作家尤其是青年作家群体中普遍存在，他们受到当时"左"倾激进思想的影响往往将文学创作和革命活动分割对立起来，从而无法集中时间和精力来进行文学创作，进而使得左翼乡土小说尤其是长篇的数量和质量都难以得到保证。要而言之，左翼乡土小说主要存在以下三方面的局限。

　　首先，左翼乡土小说家在进行小说创作时大都有着热烈的情感，因而左翼乡土小说并不缺少富有感情地感染读者的艺术手法，但是依然缺乏用审美的形式来影响读者的创作手段。

　　茅盾在为《地泉》作序时就指出过早期革命文学家所存在的常见创作弊病，认为他们必须"更刻苦地去磨练艺术手腕的精进和圆熟"③，然而左翼乡土小说家并未能很好地吸取早期革命文学的经验教训，同样存在

---

① 端木蕻良：《我的创作经验》，《文学报》1942 年第 1 号。
② 端木蕻良：《我的创作经验》，《文学报》1942 年第 1 号。
③ 茅盾：《〈地泉〉读后感》，载华汉（阳翰笙）《地泉》，湖风书局1932年版，第19页。

类似的问题。

深究其实，左翼乡土小说之所以会在艺术表现上存在明显的局限和不足，并非单单由对现实政治和社会生活的热心关切造成的，也在于处理文学属性与政治倾向之间的关系时失衡所致，当政治价值和实践趋向被推至极致时文学作品的文学价值和审美趣味自然会受到压制，从而使得左翼乡土小说成为政治的传声筒和扩音器。文学艺术究其本质而言是一种审美意识形态，是以审美的方式来把握和反映现实生活的，而非现实生活的直接摹写和反映，它虽然也能够通过读者的阅读接受活动影响读者的思想，进而间接地发挥影响和改造社会现实的功效，但是并不能直接地改变社会现实。然而，很多左翼乡土小说家却模糊了文学艺术的边界，认为文学能够直接干预和改造现实生活，过于看重文学的实用功利和社会功能，从而使得文学味和审美性变得比较稀薄，经不起时间的淘洗和检验。当时过境迁，随着作品所包含的政治思想内涵逐渐淡化和弱化，已经完全脱离当时政治语境和社会环境的读者就难以再产生情感上的共鸣，同时又无法借助稀薄的艺术魅力和文学表现来吸引读者的注意，引发读者的阅读兴味，自然难免会遭到读者的冷落和遗弃。唯有类似于茅盾的"农村三部曲"、叶紫的《丰收》、萧军的《八月的乡村》、萧红的《生死场》、吴组缃的《一千八百担》、柔石的《为奴隶的母亲》、艾芜的《南行记》和王统照的《山雨》等为代表的一批左翼乡土小说优秀之作，既有着明确的政治思想内涵，同时又有着较强的艺术魅力和感染力，在对于农村风俗、风情和风景等的呈现上也都有着鲜明的个性特点，从而葆有较强的艺术价值和较大的审美空间，能够为不同时代的读者所欣赏和接受。

许多左翼乡土小说家在确保政治正确的同时，多少忽略了对于文学艺术性的追求，导致作品有着概念化、模式化和脸谱化的弊病，革命热情有余而艺术魅力不足，同时还存在主题先行的缺陷。此外，由于左翼乡土小说家非常重视文学的大众化、通俗化，而不大重视文学表现形式上的美学化，忽视了文学的个性化、审美性以及对于文学本质的探讨，因而在突出文学的阶级性、政治性、革命性的同时势必会伤及文学的个体性、独创性和审美性。

在当时的政治语境和社会环境下，左翼乡土小说家注重文学的阶级性本是无可厚非的，但"文学的国土是最宽泛的，在根本上和在理论上没有国界，更没有阶级的界限"[①]，生活中原本就是包罗万象、琳琅满目，

---

① 梁实秋：《文学是有阶级性的吗？》，《新月》1929年第2卷第6、7号合刊。

阶级性只是其中的一种，人性与阶级性是可以同时共存的，正如鲁迅所说的那样都带有而非只有阶级性。左翼文论家茅盾说过："在特殊的风土人情而外，应当还有普遍性的与我们共同的对于运命的挣扎"①，他在这句话中虽然着重强调的是对于"运命的挣扎"的表现，但并未因此否定对于"特殊的风土人情"的描写。然而在左翼乡土小说创作中的确存在片面强调政治标准和政治倾向而忽略审美标准和艺术价值的趋向，甚至有些左翼乡土小说除了具有鲜明的政治功利意图，单纯从文学标准来衡量的话简直是乏善可陈，对于地方色彩和风俗画面的描绘更是几近于无。

其次，左翼乡土小说家为了揭露国民党政府和地主阶级的罪恶往往会对社会现实生活进行过滤、简化甚至夸大，从而在彰显出文学的政治倾向性的同时也损害了文学的真实性和反映农村生活的多面性。

左翼乡土小说家在取材时往往集中在反映农村阶级斗争和揭示农民苦难等方面，而对于农民日常生活的描绘却明显不足。受制于特定的政治意识和功利目的，左翼乡土小说家尤为看重的是农民日常生活中的变数，倾向于描写地主对于农民的超常剥削、农村经济的破产和农民遭受的沉重灾难等苦难事相，而极少关注农民日常生活中的常态化表现，由此导致左翼乡土小说的描写对象相对集中在揭示农民的斗争性、反抗性和革命性的狭窄圈子内。诚然，左翼乡土小说家有着强烈的社会责任感，对于农村和农民有着发自内心的真切关怀，同时他们大多来自乡村，与乡村有着扯不断的紧密联系，因而"对于乡村灾难的关注自然会比常人更为敏感，也会更为强烈"②。对此无须进行否认，但值得注意的是左翼乡土小说家有意无意间忽略或者过滤掉对于农民宁静质朴却也不乏愉悦的田园生活的表现，而着意强化突出剑拔弩张的阶级斗争和武装革命。虽然当时农民长期生活在物质极端匮乏的窘迫情境中，但这也并非意味着他们每天都在愁眉苦脸地过日子，在他们的生活中也不乏欢笑和亮色，有着苦中作乐或者以苦为乐的一面。比如在萧红作于全面抗战时期的《呼兰河传》中，开粉房的一家人住在随时都有可能倒塌的房子里，然而他们非但没有整天怨声载道，反而为能在雨天后的房顶上采到大蘑菇而兴奋不已。但在大多数左翼乡土小说中，农民都是以苦大仇深或剑拔弩张的面目出现的，从而使得对于农民生活多样化和丰富性的呈现方面受到损害。

---

① 蒲（茅盾）：《关于乡土文学》，《文学》1936年第6卷第2号。
② 贺仲明：《责任与偏向——论20世纪30年代农村灾难题材文学》，《人文杂志》2008年第3期。

大多数左翼乡土小说在描述人与人之间的关系时都有着简化的趋向，以至于令人觉得"乡村社会基本上只是由两个尖锐对立的阶级和阵营构成的"①。左翼乡土小说家为了激起人们的革命意识，拥护和支持革命，在小说中刻意营造出乐观、积极的革命氛围，多少违背了生活真实和社会现实。如同有论者所指出的那样，左翼乡土小说家在"有关农村社会现状的小说叙述中普遍表现出对国民党南京政府针对农村经济危局的系列政策及其执行效果的漠视、回避，放大对农村社会可能性事件（农民生活境遇的苦难、农村生存环境的恶劣、农业经济的萧条残破）和经济政策负面影响的叙写"②，这显然是与左翼乡土小说家所秉持的政治宗旨和功利目的有关。如果从政治角度来看这当然是无可厚非的，但从文学角度而言却多少有碍于文学真实性的表达。

左翼乡土小说家对于革命农民形象的塑造也有着明显的政治烙印，茅盾"农村三部曲"、叶紫《丰收》、王统照《山雨》等作品中的多多头、立秋、奚大有等革命新人无不是在家庭经济彻底破产后才开始趋向革命的，而在蒋光慈的《咆哮了的土地》中地主家庭出身的李杰不仅要和家庭划清界限，还必须赞同一把火烧掉自家房屋和烧死骨肉亲人才有可能获得农民的认同。然而在实际的土地革命中却并非如此，左翼乡土小说家为了迎合阶级斗争的政治观念起见而对此做了简化处理。

左翼乡土小说家为了服务于特定的政治目的，在刻画人物形象时显得有些操之过急，许多左翼乡土小说中的人物都像在床上翻个身一样从不革命变成革命。同时左翼乡土小说家为了突出和肯定农民的阶级意识和斗争精神，时常有意无意间忽视了对于农民思想弱点的反思和批判。左翼乡土小说家对于集体农民形象的塑造倾注了大量的心力和笔墨，但对于个体农民反抗者的描绘却常常极力贬抑，"作家笔下的单个农民形象常是无力的，他们酗酒、赌博、哭天号地、怨天尤人、眼光狭窄"③，这样的文学处理方式也是有失妥当的。诚然，想以个人之力对抗和推翻反动势力是不切实际的，必须借助政党的宣传和组织工作将广大农民团结在一起，依靠群体之力才有可能撼动和推翻反动统治，但在革命酝酿和发动阶段是有着不平衡性的，往往是少数人首先觉醒起来，之后再由先进带动后进，通过革命启蒙让更多的人觉悟起来，共同投身革命活动之中。此类革命的先行

---

① 朱晓进：《三十年代乡土小说的审美倾向与文体特征》，《南京师大学报》1994年第2期。
② 布小继：《民国经济下的左翼农村题材小说》，《文艺报》2012年3月12日第3版。
③ 王爱松：《政治书写与历史叙事》，中国广播电视出版社2007年版，第68页。

者，在左翼乡土小说中并不乏其例，比如蒋光慈《咆哮了的土地》中的张进德、叶紫《丰收》中的癞大哥、徐盈《旱》中的刘永智、李辉英《万宝山》中的李亮平等都是如此，但如前文所述的那样，左翼乡土小说家对于此类人物的描绘并不成功，显得有些模糊和苍白，没能给读者留下深刻的影响。

最后，左翼乡土小说家的优势在于他们大都有着丰富的农村生活经验，这为他们趋向文艺大众化奠定了基础，但由于他们中的大多数学识和文化修养较低，无论知识水平还是理论视野都受到很大的限制，同时由于过于强化政治功利而削弱了作家创作的独立品格，从而使得他们的作品有着概念化、公式化和模式化的弊病，阻碍他们迈向更高的艺术境界。

左翼乡土小说家虽然执着于对农民运动和土地革命的书写，但受限于当时的历史条件和生存境遇，他们大都是在上海、北京这样的大都市从事文学创作，而与真正的农村现实生活有着一定的隔阂，只有到了全面抗战爆发后才真正地深入农村和走近农民。由于左翼乡土小说家普遍对于农村中的老一代农民较为熟悉，因而此类人物形象往往塑造得更为成功，比如老通宝、云普叔等都是堪称典范的老农民形象，但他们对于倾向革命的年青一代农民却较为陌生，基本上是凭借主观想象来进行人物塑造，由此导致青年革命农民形象往往显得较为单薄，没能呈现人物个性心理的丰富性、复杂性和曲折性来，有着明显的概念化和模式化印迹。

参考文献

一　著作类

（一）国内著作

阿英：《阿英全集》第1、2卷，安徽教育出版社2003年版。
艾以等编：《王西彦研究资料》，知识产权出版社2009年版。
艾芜：《南行记》，文化生活出版社1935年版。
艾芜：《艾芜全集》第5、11、13、14卷，四川文艺出版社2014年版。
北京鲁迅博物馆编：《鲁迅译文全集》第4、5卷，福建教育出版社2008年版。
碧野：《我们的力量是无敌的》，解放军文艺出版社1980年版。
蔡楚生：《蔡楚生文集》第2卷，中国广播电视出版社2006年版。
蔡翔：《革命/叙述：中国社会主义文学——文化想象（1949—1966）》，北京大学出版社2010年版。
陈顾远：《中国婚姻史》，商务印书馆2017年版。
陈国恩：《中国现代文学的历史与文化透视》，武汉大学出版社2005年版。
陈坚、陈奇佳：《夏衍传》，中国戏剧出版社2015年版。
陈继会等：《中国乡土小说史》，安徽教育出版社1999年版。
陈瘦竹：《左翼文艺运动史料》，南京大学学报编辑部1980年版。
陈瘦竹、沈蔚德：《论悲剧与喜剧》，上海文艺出版社1983年版。
陈文忠主编：《文学评论文选》，安徽师范大学出版社2012年版。
程步高：《影坛忆旧》，中国电影出版社1983年版。
程季华主编：《中国电影发展史》第1卷，中国电影出版社1963年版。
程季华主编：《夏衍电影文集》第1卷，中国电影出版社2000年版。
程俊英：《诗经译注》，上海古籍出版社2004年版。
丁丁编：《革命文学论》，泰东图书局1930年版。
端木蕻良：《科尔沁旗草原》，开明书店1939年版。
端木蕻良：《端木蕻良文集》第5、7、8卷，北京出版社2009年版。

樊志辉、王秋:《中国当代伦理变迁》,中国社会科学出版社 2012 年版。
范用编:《买书琐记》,生活·读书·新知三联书店 2005 年版。
方铭、马德俊主编:《蒋光慈全集》第 1、4、6 卷,合肥工业大学出版社 2017 年版。
方铭编:《蒋光慈研究资料》,知识产权出版社 2010 年版。
方维保:《红色意义的生成:20 世纪中国左翼文学研究》,安徽教育出版社 2004 年版。
费孝通等:《皇权与绅权》,生活·读书·新知三联书店 2013 年版。
费孝通:《乡土中国》,上海人民出版社 2013 年版。
费孝通:《生育制度》,北京联合出版公司 2018 年版。
葛琴:《总退却》,良友图书公司 1937 年版。
郭沫若:《郭沫若全集·文学编》第 12、13 卷,人民文学出版社 1992 年版。
广播电影电视部电影局党史资料征集工作领导小组、中国电影艺术研究中心编:《中国左翼电影运动》,中国电影出版社 1993 年版。
韩石山编:《徐志摩全集》第 3 卷,天津人民出版社 2005 年版。
何平:《现代小说还乡母题研究》,复旦大学出版社 2012 年版。
胡从经编:《叶紫文集》(上),湖南人民出版社 1983 年版。
华汉(阳翰笙):《地泉》,湖风书局 1932 年版。
黄修己:《中国现代文学发展史》,中国青年出版社 1988 年版。
黄修己编:《赵树理研究资料》,知识产权出版社 2010 年版。
会林、陈坚、绍武编:《夏衍研究资料》,知识产权出版社 2010 年版。
贾植芳主编:《中国现代文学的主潮》,复旦大学出版社 1990 年版。
蹇先艾:《蹇先艾文集》第 1 卷,贵州人民出版社 2004 年版。
蒋光赤(蒋光慈):《短裤党》,泰东图书局 1927 年版。
蒋光慈:《最后的微笑》,现代书局 1928 年版。
蒋牧良:《蒋牧良小说选》,湖南人民出版社 1983 年版。
蒋孔阳主编:《二十世纪西方美学名著选》(下),复旦大学出版社 1988 年版。
江小角、杨怀志、方宁胜编著:《新编桐城派文选》,安徽人民出版社 2019 年版。
(春秋)孔子著,杨伯峻、杨逢彬注译:《论语》,岳麓书社 2018 年版。
旷新年:《1928:革命文学》,山东教育出版社 1998 年版。
(东周)老子著,麦田、刘斌释义:《道德经》,华夏出版社 2009 年版。
李敖主编:《史通·文史通义》,天津古籍出版社 2016 年版。

李旦初：《李旦初文集》第 10 卷，人民日报出版社 2004 年版。
李健吾：《咀华与杂忆》，中央编译出版社 2010 年版。
李今：《二十世纪中国翻译文学史·三四十年代·俄苏卷》，百花文艺出版社 2009 年版。
李维永编：《李健吾文集·文论卷 1》，北岳文艺出版社 2016 年版。
李怡：《东游的摩罗：日本体验与中国现代文学的发生》，江苏凤凰文艺出版社 2018 年版。
李运抟：《现代中国文学思潮新论》，广西师范大学出版社 2011 年版。
李泽厚：《实用理性与乐感文化》，生活·读书·新知三联书店 2008 年版。
（明）李贽：《焚书·续焚书》，岳麓书社 1990 年版。
（明）李贽、陈蔚松、顾志华译注：《李贽文选译》，巴蜀书社 1994 年版。
梁斌：《红旗谱》，中国青年出版社 2012 年版。
梁启超：《新大陆游记》，湖南人民出版社 1981 年版。
梁启超：《梁启超全集》第 1 卷，北京出版社 1999 年版。
梁漱溟：《中国民族自救运动之最后觉悟》，中华书局 1933 年版。
林志浩、李葆琰主编：《中国新文艺大系（1937—1949）评论集》，中国文联出版公司 1998 年版。
刘恪：《中国现代小说语言史（1902—2012）》，百花文艺出版社 2013 年版。
（梁）刘勰著，韩泉欣校注：《文心雕龙》，浙江古籍出版社 2001 年版。
刘运峰编：《1917—1927 中国新文学大系导言集》，天津人民出版社 2009 年版。
刘再复：《论中国文学》，作家出版社 1988 年版。
刘自雄、闫玉刚：《大众文化通论》，中国广播电视出版社 2013 年版。
陆华编：《贺敬之研究文选》（下），文化艺术出版社 2008 年版。
鲁迅等：《创作的经验》，天马书店 1933 年版。
鲁迅：《鲁迅全集》，人民文学出版社 2005 年版。
陆志平、吴功正：《小说美学》，东方出版社 1991 年版。
罗淑：《罗淑选集》，四川人民出版社 1980 年版。
罗艺军主编：《20 世纪中国电影理论文选》（上），中国电影出版社 2003 年版。
马良春、张大明编：《三十年代左翼文艺资料选编》，四川人民出版社 1980 年版。
马云：《端木蕻良与中国现代文学》，北京出版社 2001 年版。
茅盾：《茅盾评论文集》（上），人民文学出版社 1978 年版。

茅盾：《茅盾全集》第 1、3、8、9、18、19、20、23 卷，人民文学出版社 1984、1984、1985、1985、1989、1991、1990、1996 年版。

茅盾：《我走过的道路》（中），人民文学出版社 1984 年版。

茅盾：《子夜》，中国青年出版社 2013 年版。

毛泽东：《毛泽东选集》第 1、3 卷，人民出版社 2006 年版。

（战国）孟轲著，赵清文译注：《孟子》，华夏出版社 2017 年版。

倪墨炎：《现代文坛灾祸录》，上海书店出版社 1996 年版。

潘光武编：《阳翰笙研究资料》，知识产权出版社 2009 年版。

逄增玉：《文学现象与文学史风景》，商务印书馆 2011 年版。

彭林注译：《仪礼》，岳麓书社 2001 年版。

彭修银：《中西戏剧美学思想比较研究》，武汉出版社 1994 年版。

彭燕郊：《纸墨飘香》，岳麓书社 2005 年版。

蓬子（姚蓬子）：《丁玲选集》，天马书店 1933 年版。

钱理群：《1948：天地玄黄》，山东教育出版社 1998 年版。

钱杏邨：《现代中国文学作家》第 1 卷，泰东图书局 1928 年版。

钱玄、钱兴奇等注译：《礼记》（上），岳麓书社 2001 年版。

秦晖：《传统十论——本土社会的制度、文化及其变革》，复旦大学出版社 2004 年版。

瞿秋白：《赤都心史》，北京联合出版公司 2021 年版。

全国马列文艺论著研究会主编：《马列文论研究》第 7 集，中国人民大学出版社 1985 年版。

饶鸿競等编：《创造社资料》（上），知识产权出版社 2010 年版。

汝信、曾繁仁主编：《中国美学年鉴（2006—2007）》，河南人民出版社 2010 年版。

沙汀：《苦难》，文化生活出版社 1937 年版。

沙汀：《沙汀文集》第 7 卷，四川文艺出版社 2018 年版。

上海图书馆文献资料室、四川大学郭沫若研究室编：《郭沫若集外序跋集》，四川人民出版社 1983 年版。

上海文艺出版社编：《中国新文学大系（1927—1937）》第 1、19 集，上海文艺出版社 1987、1989 年版。

沈承宽、黄侯兴、吴福辉编：《张天翼研究资料》，知识产权出版社 2010 年版。

沈从文：《边城》，生活书店 1934 年版。

沈从文：《沈从文全集》第 8 卷，北岳文艺出版社 2002 年版。

沈辉编：《苏雪林文集》第3卷，安徽文艺出版社1996年版。
（清）石成金编著：《传家宝全集》第3册，线装书局2008年版。
石尔编：《外国名作家创作经验谈》，浙江人民出版社1981年版。
舒聪选编：《中外作家谈创作》（下），山西人民出版社1980年版。
四社出版部编：《辣椒与橄榄》，四社出版部1933年版。
宋贤邦、王华介编：《蹇先艾廖公弦研究合集》，贵州人民出版社1985年版。
宋原放主编，陈江辑注：《中国出版史料（现代部分）》第1卷（下），山东教育出版社2001年版。
孙萍萍：《继承与超越：四十年代小说与五四小说》，武汉出版社2002年版。
孙瑞珍、王中忱编：《丁玲研究在国外》，湖南人民出版社1985年版。
孙郁编：《被亵渎的鲁迅》，群言出版社1994年版。
（清）谭嗣同、吴海兰评注：《仁学》，华夏出版社2002年版。
田军（萧军）：《八月的乡村》，容光书局1935年版。
涂文娟：《政治及其公共性：阿伦特政治伦理研究》，中国社会科学出版社2009年版。
王爱松：《政治书写与历史叙事》，中国广播电视出版社2007年版。
王独清：《独清文艺论集》，光华书局1932年版。
王仿子：《出版生涯七十年》，百家出版社2010年版。
王富仁：《王富仁序跋集》（下），汕头大学出版社2006年版。
王观泉：《一个人和一个时代——瞿秋白传》，天津人民出版社1989年版。
王国维：《〈红楼梦〉评论》，浙江古籍出版社2012年版。
王吉鹏、李丹：《鲁迅与中国作家关系研究》，吉林人民出版社2006年版。
王鲁彦：《鲁彦散文集》，上海文艺出版社1984年版。
王统照：《山雨》，开明书店1933年版。
王煦华、朱一冰合辑：《1927—1949年禁书（刊）史料汇编》第2册，北京图书馆出版社2007年版。
王瑶：《中国新文学史稿》，北岳文艺出版社2015年版。
王永生主编：《中国现代文论选》第2册，贵州人民出版社1984年版。
王自立、陈子善编：《郁达夫研究资料》，知识产权出版社2010年版。
魏家文：《民族国家视野下的现代乡土小说》，光明日报出版社2010年版。
温儒敏：《新文学现实主义的流变》，北京大学出版社1988年版。
文振庭编：《文艺大众化问题讨论资料》，上海文艺出版社1987年版。
吴福辉：《中国现代文学发展史》，北京大学出版社2010年版。

伍蠡甫等编：《西方文论选》（下），上海译文出版社1988年版。
吴黎平整理：《毛泽东一九三六年同斯诺的谈话》，人民出版社1979年版。
吴强：《红日》，中国青年出版社2004年版。
吴似鸿、傅建祥整理：《我与蒋光慈》，广西教育出版社1992年版。
吴泰昌：《艺文轶话》，安徽人民出版社1981年版。
吴奚如：《吴奚如小说集》，长江文艺出版社1984年版。
吴秀明主编：《郁达夫全集》第5、10卷，浙江大学出版社2007年版。
武在平编：《丁玲散文选集》，百花文艺出版社2009年版。
夏衍：《懒寻旧梦录》，生活·读书·新知三联书店2000年版。
萧红：《生死场》，容光书局1935年版。
萧军：《鲁迅给萧军萧红信简注释录》，黑龙江人民出版社1981年版。
《新气象　新开拓》选编小组编：《新气象　新开拓：第十次丁玲国际学术研讨会文集》，同济大学出版社2009年版。
徐訏：《徐訏文集》第10卷，上海三联书店2012年版。
徐扬杰：《中国家族制度史》，武汉大学出版社2012年版。
许翼心、揭英丽主编：《丘东平研究资料》，复旦大学出版社2011年版。
薛暮桥：《薛暮桥回忆录》，天津人民出版社2006年版。
乐齐主编：《洪灵菲小说精品》，中国文联出版公司1997年版。
杨沫：《青春之歌》，中国青年出版社2000年版。
杨义：《中国现代小说史》，人民文学出版社1986年版。
耀群编：《端木蕻良小说选》，湖南人民出版社1981年版。
叶雪芬编：《叶紫研究资料》，知识产权出版社2010年版。
叶紫：《丰收》，容光书局1935年版。
殷国明：《中国现代文学流派发展史》，广东高等教育出版社1989年版。
应人编：《漠华集》，浙江文艺出版社1984年版。
雨林编：《诺贝尔文学奖文库6·创作谈卷》，浙江文艺出版社1998年版。
余荣虎：《凝眸乡土世界的现代情怀：中国现代乡土文学理论研究与文本阐释》，巴蜀书社2008年版。
余世存：《世道与人心》，北京联合出版公司2016年版。
袁良骏编：《丁玲研究资料》，知识产权出版社2011年版。
詹杭伦译注：《孝经》，江苏人民出版社2019年版。
张大明、陈学超、李葆琰：《中国现代文学思潮史》（下），北京十月文艺出版社1995年版。
张光芒：《中国当代启蒙文学思潮论》，上海三联书店2006年版。

张国刚主编：《中国社会历史评论》第 3 卷，中华书局 2001 年版。
张炯主编：《丁玲全集》第 7、8、10 卷，河北人民出版社 2001 年版。
张静庐辑注：《中国现代出版史料乙编》，上海书店出版社 2011 年版。
张静庐：《在出版界二十年》，西北大学出版社 2018 年版。
张铁夫、张少雄主编：《湖湘文化与世界文学》，中南工业大学出版社 2000 年版。
张铁荣、陈子善编：《周作人集外文（1904—1925）》（上），海南国际新闻出版中心 1995 年版。
张学正编：《孙犁代表作》，河南人民出版社 1994 年版。
张永：《民俗学与中国现代乡土小说》，上海三联书店 2010 年版。
张毓茂、阎志宏编：《萧红文集》第 3 卷，安徽文艺出版社 1997 年版。
赵顺宏：《社会转型期乡土小说论》，学林出版社 2007 年版。
（东汉）赵晔、张觉校注：《吴越春秋校注》，岳麓书社 2006 年版。
郑振铎：《郑振铎全集》第 2 卷，花山文艺出版社 1998 年版。
郑振铎：《俄国文学史略》，岳麓书社 2010 年版。
中共北京市委党史研究室、中共天津市委党史资料征集委员会编：《北方左翼文化运动资料汇编》，北京出版社 1991 年版。
中共中央文献研究室中央档案馆编：《建党以来重要文献选编（一九二一——一九四九）》第 4、7 册，中央文献出版社 2011 年版。
中国电影资料馆编：《中国无声电影》，中国电影出版社 1996 年版。
中国井冈山干部学院教材编审委员会编：《井冈风范》，中央文献出版社 2011 年版。
中国社会科学院文学研究所左联回忆录编辑组编：《左联回忆录》，知识产权出版社 2010 年版。
中国社会科学院哲学研究所美学研究室、上海文艺出版社文艺理论编辑室合编：《美学（第一期）》，上海文艺出版社 1979 年版。
祝秀权：《诗经正义》（下），生活·读书·新知三联书店 2020 年版。
周黎燕：《"乌有"之义：民国时期的乌托邦想象》，浙江大学出版社 2012 年版。
周文：《周文选集》（下），四川人民出版社 1980 年版。

（二）国外著作

[美] 埃德加·斯诺：《活的中国》，文洁若译，湖南人民出版社 1983 年版。
[美] 安敏成：《现实主义的限制：革命时代的中国小说》，姜涛译，江苏人民出版社 2001 年版。

［苏］巴赫金：《小说理论》，白春仁、晓河译，河北教育出版社1998年版。
［俄］别尔嘉耶夫：《论人的使命》，张百春译，学林出版社2000年版。
［美］杜赞奇：《文化、权力与国家：1900—1942年的华北农村》，王福明译，江苏人民出版社1996年版。
［苏］法捷耶夫：《毁灭》，磊然译，人民文学出版社1978年版。
［美］费正清、费维恺：《剑桥中华民国史（1912—1949年）》（下），刘敬坤等译，中国社会科学出版社1994年版。
［苏］弗·博博雷金：《亚历山大·法捷耶夫》，刘循一译，北京出版社1984年版。
［苏］高尔基：《高尔基文学书简》（上卷），曹葆华、渠建明译，人民文学出版社1962年版。
［苏］高尔基：《论文学》，孟昌、曹葆华、戈宝权译，人民文学出版社1978年版。
［日］沟口雄三：《中国前近代思想的演变》，索介然、龚颖译，中华书局1997年版。
［德］海德格尔：《人，诗意地安居：海德格尔语要》，郜元宝译，广西师范大学出版社2000年版。
［美］汉娜·阿伦特：《论革命》，陈周旺译，译林出版社2011年版。
［德］汉斯-格奥尔格·伽达默尔：《真理与方法——哲学诠释学的基本特征》，洪汉鼎译，商务印书馆2021年版。
［美］凯特·米利特：《性的政治》，钟良明译，社会科学文献出版社1999年版。
［美］李欧梵：《上海摩登：一种新都市文化在中国（1930—1945）》，毛尖译，上海三联书店2008年版。
［美］马丁·杰：《阿多诺》，瞿铁鹏、张赛美译，中国社会科学出版社1992年版。
［德］马克思、恩格斯：《马克思恩格斯全集》第2、3、11、25卷，中共中央马克思恩格斯列宁斯大林著作编译局编译，人民出版社2005、2002、1995、2001年版。
［德］马克思、恩格斯：《马克思恩格斯选集》第1卷，中共中央马克思恩格斯列宁斯大林著作编译局编译，人民出版社2012年版。
［德］马克斯·韦伯：《新教伦理与资本主义精神》，陈平译，陕西师范大学出版社2007年版。
［斯洛伐克］玛利安·高利克：《中国现代文学批评发生史（1917—1930）》，

陈圣生等译，社会科学文献出版社1997年版。

［美］玛莎·努斯鲍姆：《诗性正义——文学想象与公共生活》，丁晓东译，北京大学出版社2010年版。

［法］莫里斯·梅洛-庞蒂：《知觉现象学》，姜志辉译，商务印书馆2001年版。

［俄］尼古拉·别尔嘉耶夫：《人的奴役与自由》，徐黎明译，贵州人民出版社1994年版。

［美］尼姆·威尔斯：《续西行漫记》，陶宜、徐复译，解放军文艺出版社2002年版。

［法］让-保罗·萨特：《想象心理学》，褚朔维译，光明日报出版社1988年版。

［苏］绥拉菲摩维支：《铁流》，曹靖华译，三闲书屋1931年版。

［英］特里·伊格尔顿：《美学意识形态》，王杰等译，广西师范大学出版社1997年版。

［苏］屠格涅夫：《新时代》（上册），郭沫若译，商务印书馆1925年版。

［苏］U. Libedinsky：《一周间》，蒋光慈译，北新书局1930年版。

［英］维特根斯坦：《哲学研究》，陈嘉映译，上海人民出版社2005年版。

［德］沃尔夫冈·伊瑟尔：《虚构与想象：文学人类学疆界》，陈定家、汪正龙等译，吉林人民出版社2011年版。

［英］西尼尔：《政治经济学大纲》，蔡受百译，商务印书馆2011年版。

［美］夏志清：《中国现代小说史》，刘绍铭等译，中文大学出版社2001年版。

［日］信夫清三郎：《日本政治史》第3卷，吕万和等译，上海译文出版社1988年版。

［古希腊］亚里士多德：《政治学》，吴寿彭译，商务印书馆2017年版。

［日］岩崎昶：《电影的理论》，陈笃忱译，中国电影出版社1982年版。

二　报刊类

（一）现代报刊

白瑛：《文学大众化》，《大路》1935年第1号。

丙申（茅盾）：《"五·四"运动的检讨——马克思主义文艺理论研究会报告》，《文学导报》1931年第1卷第2期。

陈独秀：《吾人最后之觉悟》，《青年杂志》1916年第1卷第6号。

陈瘦石：《秋收》，《生路》1928年第1卷第5期。

陈穆如：《急转》，《现代文学评论》1931 年创刊特大号。
程步高：《一封重要来函》，《申报》1933 年 7 月 29 日第 25 版。
成仿吾：《从文学革命到革命文学》，《创造月刊》1927 年第 1 卷第 9 期。
戴平万：《山中》，《海风周报》1929 年第 1 期。
丹仁（冯雪峰）：《关于新的小说的诞生》，《北斗》1932 年第 2 卷第 1 期。
丁玲：《阿毛姑娘》，《小说月报》1928 年第 19 卷第 7 号。
丁玲：《田家冲》，《小说月报》1931 年第 22 卷第 7 号。
丁玲：《水》，《北斗》1931 年第 1 卷第 3 期。
东方未明（茅盾）：《王统照的〈山雨〉》，《文学》1933 年第 1 卷第 6 号。
端木蕻良：《遥远的风砂》，《文学》1936 年第 7 卷第 5 号。
端木蕻良：《燃烧——记池田幸子》，《七月》1938 年第 3 集第 2 期。
端木蕻良：《我的创作经验》，《文学报》1942 年第 1 号。
方璧（茅盾）：《王鲁彦论》，《小说月报》1928 年第 19 卷第 1 号。
菲丁：《左翼文学的尾巴主义》，《新垒》1933 年第 2 卷第 4 期。
冯铿：《红的日记》，《前哨》1931 年第 1 卷第 1 期。
冯润璋：《灾情》，《大众文艺》1930 年第 2 卷第 5、6 期合刊。
冯文炳（废名）：《柚子》，《努力周报》1923 年第 59 期。
冯文炳（废名）：《火神庙的和尚》，《语丝》1925 年第 18 期。
冯瑜文：《查禁思想左倾刊物》，《抗争》1933 年第 2 卷第 26 期。
干釜：《关于普罗文学之形式的话》，《白露月刊》1929 年第 1 卷第 5 期。
刚果伦：《一九二九年中国文坛的回顾》，《现代小说》1929 年第 3 卷第 3 期。
葛贤宁：《无花果》，《青年界》1933 年第 3 卷第 2 期。
郭沫若：《东平的眉目》，《东方文艺》1936 年第 1 卷第 1 期。
郭沫若：《我的作诗的经过》，《质文》1936 年第 2 卷第 2 期。
浩歌：《丁玲会见记》，《新西北》1937 年第 1 卷第 4 期。
胡适：《〈吴歌甲集〉序》，《国语周刊》1925 年第 17 期。
华汉（阳翰笙）：《五一节谈农民问题》，《流沙》1928 年第 4 期。
华汉（阳翰笙）：《普罗文艺大众化的问题》，《拓荒者》1930 年第 1 卷第 4、5 期合刊。
黄嘉谟：《映画〈春蚕〉之批判：〈春蚕〉的检讨》，《矛盾月刊》1933 年第 2 卷第 3 期。
嘉谟（黄嘉谟）：《硬性影片与软性影片》，《现代电影》1933 年第 1 卷第 6 期。
蹇先艾：《回去！》，《晨报副镌·诗镌》1926 年第 1 号。

蒋光慈：《编后》，《新流月报》1929 年第 1 期。
蒋光慈：《关于革命文学》，《太阳月刊》1928 年 2 月号。
蒋牧良：《高定祥》，《现代》1933 年第 4 卷第 1 期。
蒋牧良：《当家师爷》，《现代》1934 年第 5 卷第 2 期。
蒋牧良：《懒捐》，《文学季刊》1934 年第 1 卷第 3 期。
蒋牧良：《集成四公》，《文季月刊》1936 年第 2 卷第 1 期。
金丁：《第三种人的出路在哪里》，《文艺月报》1933 年创刊号。
克兴（傅克兴）：《评驳甘人的"拉杂一篇"——革命文学底根本问题底考察》，《创造月刊》1928 年第 2 卷第 2 期。
匡庐：《水灾》，《北斗》1932 年第 2 卷第 1 期。
兰（茅盾）：《所谓"杂志年"》，《文学》1934 年第 3 卷第 2 号。
郎损（茅盾）：《评四五六月的创作》，《小说月报》1921 年第 12 卷第 8 号。
李源和：《训令公安局各书局各学校等抄发查禁书籍表仰饬属一体查禁以绝流传由》，《汕头市市政公报》1935 年第 119—121 期合刊。
李赞华：《变动》，《前锋月刊》1930 年第 1 卷第 2 期。
梁实秋：《文学是有阶级性的吗?》，《新月》1929 年第 2 卷第 6、7 号合刊。
林伯修：《1929 年急待解决的几个关于文艺的问题》，《海风周报》1929 年第 12 号。
凌冰：《〈丰收〉与〈火〉》，《现代》1933 年第 4 卷第 2 期。
柳风：《所谓左翼文学》，《新垒》1933 年第 2 卷第 3 期。
刘呐鸥：《映画〈春蚕〉之批判：评〈春蚕〉》，《矛盾月刊》1933 年第 2 卷第 3 期。
鲁迅：《关于小说题材的通信》，《十字街头》1932 年第 3 期。
鲁彦：《乡下》，《文学》1936 年第 6 卷第 2 号。
马子华：《大众化的白居易诗》，《光华大学半月刊》1934 年第 2 卷第 7 期。
马子华：《路线》，《现代》1934 年第 5 卷第 1 期。
满红：《悼〈丰收〉的作者》，《长风》1940 年第 1 卷第 2 期。
茅盾：《春蚕》，《现代》1932 年第 2 卷第 1 期。
茅盾：《女作家丁玲》，《文艺月报》1933 年第 1 卷第 2 号。
茅盾：《封建的小市民文艺》，《东方杂志》1933 年第 30 卷第 3 号。
茅盾：《几种纯文艺的刊物》，《文学》1933 年第 1 卷第 3 号。
茅盾：《"杂志办人"》，《文学杂志》1933 年第 1 卷第 3、4 号合刊。
茅盾：《文学的新生》，《新生周刊》1934 年第 1 卷第 36 期。
茅盾：《水藻行》，《月报》1937 年第 1 卷第 6 期。

茅盾：《谈"人物描写"》，《青年文艺》1942年第1卷第1期。
茅盾：《论大众语》，《新中华》1943年第1卷第8期。
茅盾：《我怎样写〈春蚕〉》，《青年知识》1945年第1卷第3期。
聂绀弩：《走掉》，《现代文学》1935年第2期。
潘训：《乡心》，《小说月报》1922年第13卷第7号。
平万（戴平万）：《村中的早晨》，《拓荒者》1930年第1卷第2期。
蒲（茅盾）：《关于乡土文学》，《文学》1936年第6卷第2号。
钱杏邨：《死去了的阿Q时代》，《太阳月刊》1928年3月号。
钱杏邨：《野祭》，《太阳月刊》1928年2月号。
钦文（许钦文）：《父亲的花园》，《〈晨报〉五周年纪念增刊》1923年第12期。
瞿秋白：《赤俄新文艺时代的第一燕》，《小说月报》1924年第15卷第6号。
任白戈：《农民文学底再提起》，《质文》1935年第4号。
任钧：《忆叶紫》，《文学月报》1940年第1卷第6期。
荣福：《被逐的农夫》，《炉炭》1933年第28期。
柔石：《人鬼和他的妻的故事》，《奔流》1928年第1卷第5期。
柔石：《为奴隶的母亲》，《萌芽月刊》1930年第1卷第3期。
若沁（夏衍）：《关于〈蟹工船〉》，《拓荒者》1930年第1卷第1期。
沙汀、艾芜：《关于小说题材的通信》，《十字街头》1932年第3期。
沙汀：《老太婆》，《现代》1934年第6卷第1期。
沙汀：《一个绅士的快乐》，《现代》1934年第5卷第2期。
沈起予：《艺术运动底根本概念》，《创造月刊》1928年第2卷第3期。
苏汶：《"第三种人"的出路——论作家的不自由并答覆易嘉先生》，《现代》1932年第1卷第6期。
苏雪林：《〈阿Q正传〉及鲁迅创作的艺术》，《国闻周报》1934年第11卷第44期。
苏由慈：《农民文学简论》，《文化批判》1934年第1卷第2期。
王慧珍：《丁玲及其作品的转变》，《女子月刊》1936年第4卷第1期。
王璟：《中央党部查禁新文艺作品目录及其意义》，《无锡图书馆协会会报》1935年第4期。
王淑明：《丁玲女士的创作过程》，《现代》1934年第5卷第2期。
王统照：《山雨》，开明书店1933年版。
王西彦：《失去手指的人》，《中流》1937年第2卷第6期。
魏金枝：《焦大哥》，《萌芽月刊》1930年第1卷第5期。

吴组缃：《栀子花》，《文学月刊》1932 年第 2 卷第 2 期。
吴组缃：《樊家铺》，《文学季刊》1934 年第 1 卷第 2 期。
吴组缃：《一千八百担》，《文学季刊》1934 年创刊号。
羡（季羡林）：《辛克莱回忆录》，《大公报（天津）·文学副刊》1932 年 11 月 28 日第 256 期。
徐转蓬：《灾后》，《现代》1934 年第 6 卷第 1 期。
严白璧：《〈春蚕〉散片所引起的疑》，《申报》1933 年 7 月 27 日第 25 版。
杨邨人：《董老大》，《海风周报》1929 年第 3 期。
叶蓬：《（参）关于查禁反动刊物之件》，《警备专刊》1930 年第 5 期。
叶紫：《编辑日记》，《无名文艺月刊》1933 年第 1 卷第 1 期。
叶紫：《菱》，《四友月刊》1940 年第 8 期。
悠如：《怀蒋光慈先生》，《红棉旬刊》1932 年第 1 卷第 1 号。
郁达夫：《光慈的晚年》，《现代》1933 年第 3 卷第 1 期。
张天翼：《成业恒》，《东方杂志》1933 年第 30 卷第 5 号。
张子三（许杰）：《七十六岁的祥福》，《现代小说》1928 年第 1 卷第 6 期。
赵家璧：《映画〈春蚕〉之批判：小说与电影》，《矛盾月刊》1933 年第 2 卷第 3 期。
正厂：《鲁迅之小说》，《时事新报·学灯》1924 年 3 月 18 日第 2、3 版。
征农（夏征农）：《新年是不准哭的》，《文学》1934 年第 3 卷第 2 号。
周扬：《新的现实与文学上的新的任务》，《解放》1938 年第 41 期。
［美］巴特莱特（Robert Merrill Bartlett）：《新中国之思想界领袖》，石孚译，《当代》1928 年第 1 卷第 1 期。
［日］稻叶君山：《中国社会文化之特质》，杨祥荫译，《东方杂志》1921 年第 18 卷第 5 号。

(二) 当代报刊

布小继：《民国经济下的左翼农村题材小说》，《文艺报》2012 年 3 月 12 日第 3 版。
陈朝辉：《论〈毁灭〉从翻译到重译——再谈鲁迅与藏原惟人》，《鲁迅研究月刊》2011 年第 12 期。
陈红旗：《文艺与革命：中国左翼文学发生的审美之维》，《社会科学研究》2008 年第 4 期。
陈晋肃：《二三十年代乡土小说美学的文化苦旅》，《宁夏社会科学》1997 年第 3 期。
陈墨：《中国早期武侠电影再认识》，《当代电影》1997 年第 1 期。

陈思广：《国民党查禁现代长篇小说的缘情与效果辨析》，《励耘学刊》2017年第1期。

丁帆：《论"社会剖析派"的乡土小说》，《福建论坛》2007年第1期。

韩传喜：《观念突围、视角延拓及其实践限度——对左翼文学研究中若干重要问题的反思》，《黑龙江社会科学》2009年第1期。

贺仲明：《责任与偏向——论20世纪30年代农村灾难题材文学》，《人文杂志》2008年第3期。

贺仲明：《论新文学中的农民土地意识书写》，《吉林师范大学学报》（人文社会科学版）2009年第3期。

李启军：《"暴力美学"之辩证观》，《哲学动态》2012年第11期。

李兴阳：《中国社会变迁与乡土小说的"流动农民"叙事》，《扬子江评论》2013年第3期。

李运抟：《"主义文学"与苦难书写》，《江汉论坛》2011年第1期。

李政文：《鲁迅约见朝鲜友人的一封信》，《新文学史料》1983年第3期。

李准：《从生活中提炼》，《文学知识》1959年第4期。

梁京河：《〈八月的乡村〉版本初探》，《中国现代文学研究丛刊》2015年第11期。

林朝霞、杨春时：《蓝、红、白的交响——中国乡土小说思潮论》，《东南学术》2013年第3期。

刘流：《鲁迅与叶紫》，《春秋》1995年第3期。

刘翘、倪玉：《阶级合作论的艺术标本——谈电影〈林家铺子〉的劳资关系问题》，《吉林师大学报》1965年第1期。

刘旭：《重思赵树理文学中的"国民性"问题》，《杭州师范大学学报》2013年第3期。

骆冬青：《论政治美学》，《南京师大学报》2003年第3期。

马良春、张大明：《左翼文艺创作的巨大成就》，《中国现代文学研究丛刊》1980年第2期。

茅盾：《〈春蚕〉〈林家铺子〉及农村题材的作品》，《新文学史料》1982年第1期。

苗振亚：《彭柏山：一位小说家的逆变》，《书屋》2010年第4期。

南帆：《文学、革命与性》，《文艺争鸣》2000年第5期。

陶东风、罗靖：《身体叙事：前先锋、先锋、后先锋》，《文艺研究》2005年第10期。

汪介之：《俄罗斯文学精神与中国新文学总体格局的形成——中俄文学关

系的宏观考察》,《国外文学》1992年第4期。
王世德:《论政治与审美》,《高校理论战线》1992年第1期。
王西彦:《回忆统照先生》,《新文学史料》1979年第3期。
王余杞:《记〈当代文学〉》,《新文学史料》1979年第5期。
王玥:《谈悲剧及其创作》,《学术交流》1996年第1期。
吴伯箫:《剑三,永远活着》,《前哨》1958年1月号。
吴福辉:《吴组缃谈张天翼》,《新文学史料》1981年第2期。
吴似鸿口述,谢德铣整理:《回忆蒋光慈同志——纪念蒋光慈诞生八十周年暨逝世五十周年》,《绍兴师专学报》1981年第2期。
吴组缃:《感激和怀念——纪念鲁迅诞生一百周年》,《文艺报》1981年第18期。
吴组缃:《谈〈春蚕〉——兼谈茅盾的创作方法及其艺术特点》,《中国现代文学研究丛刊》1984年第4期。
许杰:《我与左联》,《新文学史料》1980年第1期。
徐美恒:《现代乡土小说兴起的社会变革意义》,《新疆大学学报》2006年第3期。
徐美燕:《论中国左翼文学思潮中的"日本元素"及其产生的正负效应》,《东北师大学报》2011年第4期。
杨剑龙:《悲壮的史诗:论左联作家的乡土小说》,《学术研究》1991年第3期。
耶林:《写给丁玲的四封信》,《新文学史料》1980年第1期。
余荣虎:《论京派乡土小说的审美趣味》,《中国现代文学研究丛刊》2012年第6期。
臧克家:《我认识的王统照先生》,《文史哲》1987年第6期。
张光芒:《启蒙美学与政治美学比较》,《南京师范大学文学院学报》2004年第1期。
赵晓恩:《三十年代生活书店的推广宣传工作》,《出版史料》1988年第1期。
赵园:《也谈〈太阳照在桑干河上〉》,《芙蓉》1980年第4期。
周光迅:《五四新文化运动时期鲁迅伦理思想概述》,《中国石油大学学报》(社会科学版)1991年第3期。
朱晓进:《三十年代左翼农村题材小说的时代特征》,《中国社会科学》1985年第1期。
朱晓进:《三十年代乡土小说的审美倾向与文体特征》,《南京师大学报》1994年第2期。

朱晓进：《政治化角度与中国 20 世纪 30 年代文学论争》，《南京师大学报》2002 年第 4 期。
庄钟庆、孙立川：《丁玲同志答问录》，《新文学史料》1991 年第 3 期。
［美］李欧梵：《论中国现代小说（摘要）》，邓卓译，《中国现代文学研究丛刊》1985 年第 3 期。
［日］芦田肇：《鲁迅、冯雪峰对马克思主义文艺理论的接受（一）》，张欣译，《中国现代文学研究丛刊》1993 年第 2 期。
［法］苏珊娜·贝尔纳：《走访茅盾》，丁世中、罗新璋译，《新文学史料》1979 年第 3 期。
［美］王德威：《革命时代的爱与死——论阎连科的小说》，《当代作家评论》2007 年第 5 期。

后　记

　　当年成绩还算优异的我因家境贫寒不得不忍痛失去上高中升大学的机缘，进入了一所中等师范学校。1999 年，我尚未成年就踏上讲台成为一名小学教师，白天拿起教鞭传道授业，晚上夜深人静时捧起书本，历经十年业余寒窗苦读，从自考大专、本科直到考研，终于圆了进入大学求学的梦想。

　　十三年前的那个秋天，已近而立之年的我提包携裹、负笈北上，步入河北师范大学的大门开始了为期三年的硕士求学生涯。从入学那刻起，我就暗暗下定决心，一定要珍惜这来之不易的求学机会。在导师李惠敏老师的悉心指导下我阅读了大量期刊研究方面的书籍，同时也根据自己的兴趣爱好阅读了其他诸如乡土文学方面的书籍，从而为之后的学术研究奠定了基础。在李老师的指导下，我的硕士论文《拨开尘封的历史迷雾　还原论争的事相本真——茅盾与太阳社、创造社间的革命文学论争研究》获评河北省优秀硕士论文，同时我也在李老师的鼓励下决定考博。

　　有一天在河北省图书馆查阅资料时，偶然间看到了贺仲明老师的《中国心像——20 世纪末作家文化心态考察》一书，感觉如获至宝，为贺老师思想的犀利敏锐和见解的深刻独到所深深折服，遂决定报考于贺老师所在高校，并有幸如愿拜入门下。进入山东大学之后，我在贺老师的悉心指导下度过了忙碌而又充实的博士求学生涯，确立了初步的学术自信，也取得了一些微薄的成绩，并得以提前一年获得博士学位。在博士论文《历史、革命与审美——对左翼乡土小说的多元考察》的基础上，经过历时 4 年之久的不断充实和打磨，我申报了国家社科基金后期资助项目，2020 年成功获批，使我有机会对中国左翼乡土小说进行更为全面也更为深入的研究。

　　除了两位敬爱可亲的导师，我要感谢的人还有很多，老师、家人、同事、同学、朋友，他们都曾给予我真诚的帮助和无私的支持。在博、硕连续六年的求学生涯中，我无暇陪伴家人、教导儿子，全靠妻子一人支撑，实属不易。

  回顾一路走来的浅浅足迹，我深知接触的圈子还很小，在学术研究的无边疆域里是那么的微不足道，但我仍然希望自己能认真地一直走下去。

田 丰

于新乡牧野寓所

2023 年 4 月